CHAIN-GANG ALL-STARS
By Nana Kwame Adjei-Brenyah

Copyright © Nana Kwame Adjei-Brenyah 2023
All rights reserved.

Korean translation edition is published by arrangement with
The Gernert Company Inc. through EYA.

Korean Translation Copyright © Minumin 2025

이 책의 한국어판 저작권은 EYA를 통해
The Gernert Company Inc.와 독점 계약한 ㈜민음인에 있습니다.
저작권법에 의해 한국 내에서 보호를 받는 저작물이므로 무단 전재와 무단 복제를 금합니다.

Chain Gang All Stars
체인 갱 올스타전

나나 크와메 아제-브레냐 장편소설

석혜미 옮김

황금가지

"어려운 사람을 돕는 것만큼 좋은 일이 없단다,
그만한 일이 없지."
라고 말씀하신 아버지를 위하여.

오늘 우주가 당신을 사랑하길.

― 켄드릭 라마

목차

멜랑콜리아 비숍의 자유

1부 — 23

허리케인 스택스

B3

티컵

밴드왜건

열광

'스콜피온 싱어' 헨드릭스 영

밴

링크의 인격

서킷

「스포츠 센트럴」

솔트 바스

사이먼

새로운

음식

4번 문

안정

2부 — 213

사이먼 크래프트
수용자의 아이들
베가
이사회
멜레
인플루언스된다는 것
인플루언스의 기술
싱 아티카 싱
휴가
현실에 발 딛기
사이먼 J. 크래프트
노래
자기야?
드라이브
맥클러스키
하마라
기자회견
노예된 우리들
인터뷰
카이
풍선 아치
농산물 시장
딘의 아이스크림
이것

3부 — 405

선셋 하클리스
최루 가스
외팔 스콜피온 싱어 헨드릭스와 불사신 정글 크래프트의 전설
배드 워터
리저널
준비
운전
그날 아침
샤리프
느낌
네
문을 통해
시즌 33
엿이나 먹어라, 미국
블랙아웃
게임
콜로설
자유의 날
로레타 서워

감사의 말 — 521

*괄호 안에 쓰인 주석은 모두 역주입니다.

멜랑콜리아 비숍의 자유

그녀는 그들의 눈을 느꼈다. 사형 집행자들의 눈.
"어서 와요, 젊은 아가씨."
CAPE(형사 범죄 처벌 엔터테인먼트) 프로그램의 꽃인 '체인 갱 올스타전'의 진행자 미키 라이트가 말했다.
"이름이 뭐죠?"
라이트의 롱부츠는 길고 푸르게 돋아난 배틀그라운드의 잔디를 딛고 있었다. 미식축구 경기장처럼 선을 그려 둔 잔디 곳곳은 코카인 같은 하얀색으로 얼룩덜룩했다. 슈퍼볼 주간이었다. 라이트는 계약에 따라 그날 저녁 경기 사이사이에 이를 언급해야 했다.
"알잖아, 내 이름."
저도 참 한결같다고 생각하며 그녀는 희미한 자기애를 느꼈다. 이상한 일이었다. 오랜 시간 스스로가 형편없는 사람이라 생각한 터였다. 하지만 대중은 뻔뻔함을 높이 사는 것 같았다. 잔인한 모순이 담긴 응원이긴 했지만 사람들은 환호했다. 그들은 회색 죄수복 차림의 흑인 여자를 멸시했다. 그녀는 키가 크고 강했지만, 대중은 그녀와 그녀의 검은 곱슬머리를 경멸했다. 그게 신이라도 난다는 듯이. 그녀는 죽을 것이다. 그들은 이 사실을 해와 달과 숨 쉬는 공기만큼이나 당연하게 생각했다.

"'하룻강아지'는 어때요? 아무래도 그렇게 불러야겠는걸요. 귀여운 하룻강아지 아가씨라고."

라이트가 씩 웃었다.

"내 이름은 로레타 서워야."

그녀는 관중석을 둘러보았다. 많기도 했다. 한 번도 이런 잔인한 관심을 받아 보지 않았을 사람들이 파도처럼 몰려 있었다. 이럴 때 사람이 얼마나 작아지는지, 그러면서도 강해지는지 그들은 절대 모를 것이다. 수천 명이 그렇게나 시끄럽게, 그렇게나 계속해서 내는 소리가 어떤 것인지. 그리고 이윽고 귀에서 사라지는 듯하던 그 소리가 몸에 남아 웅웅 진동하는 느낌도. 서워는 자신이 받은 무기를 꽉 움켜쥐었다. 체리나무 손잡이가 달린 가느다란 코르크 따개. 가볍고 단순하고 약했다.

"그럼 귀여운 하룻강아지 아가씨가 아니라는 거죠?"

라이트가 그녀 주위를 크게 돌았다.

"그래."

"차라리 다행이군요. 좋은 이름을 낭비하긴 싫으니까."

라이트는 중계석으로 향했다. 그가 웃자 관중이 따라 웃었다.

"그럼, 로레타 서워."

라이트는 대놓고 장난스럽게 거들먹거리며 '로레타'라는 이름을 각각 한 음절씩 힘주어 발음하고 어린아이 같은 목소리로 흥얼거리듯이 '서워'라는 성을 불렀다.

"배틀그라운드에 온 걸 환영합니다."

허공에 전기가 흐르더니 아래에서 무언가가 팔을 확 잡아당겼다. 잠깐 팔이 빠졌나 생각될 정도였다. 무릎을 꿇은 채 무슨 일을 해야 할지 몰라 서워는 웃기 시작했다. 처음에는 키득거리는 수준이었지만 나중에는 깊은 곳에서 번지는 폭소로 바뀌었다. 팔에 심긴 자성 장치가 주는 느낌은 정말로 피부 아래를 부드럽게 주무르는 듯했다. 손가락은 자유롭게 꿈틀거릴 수 있었지만 손목은 땅에 박힌 채였다. 모든 게 터무니없었다. 서워는 숨이 가빠질 때까지, 아니, 그러고도 조금 더 웃었다.

종이 울리기 시작했다.

라이트가 허공에 소리쳤다.

"여왕 폐하 납시오, 일동 기립!"

그는 중계석까지 남은 길을 달려갔다.

관중이 일어섰다. 모두가 곧게 서서 움직임을 멈췄다. 그녀를 위해. 그녀가 모조 풋볼 경기장으로 걸어 들어왔다. 양팔의 알루미늄 합금. 목 뒤에서 멈춘 짧은 땋은 머리. 홀마켓 로고 문신이 있는 드러난 양어깨. 가슴 보호대에서 돌출되어 근육질의 복부를 매끈한 새장 모양으로 감싼 금속 막대 몇 개. 맞춤 제조된 것이었다. 처음에는 전적으로 방어용이라 생각됐던 금속 조각은 그 이상이었다. 서워는 그 사실이 드러난 순간을 보았고 환호하기까지 했다. 저 여자가 갑옷에서 막대기 두 개를 뽑아 '슬링샷' 밥의 양 눈에 쑤셔 박았을 때 같은 수감동 수용자들과 중계 화면 앞에 옹기종기 모여 있었던 것이다.

이제 서워는 그것들을 바로 앞에서 보고 있었다. 이번 경기는 멜랑콜리아 비숍 최후의 전투였다. 비숍은 해냈다. 그녀 이전의 어떤 여자도 해내지 못한 일을 해냈다. '서킷'에서 삼 년을 살아남는 것 말이다. 삼 년간 해머 '하스 오마하'를 내리찍고 철퇴 '베가'를 휘둘렀다. 영혼들을 정복하는 삼 년이었다.

"익사의 성지 킹 카운티(워싱턴주에 속한 카운티로 바다와 강에 인접해 있다. 실내 물놀이 시설을 이용하지 못하는 가난한 흑인 가정의 아이들 및 음주자·마약 이용자들이 익사 사고를 많이 당한다고 분석된다)에서 온 저주받은 자들의 여왕!"

그녀가 손에 든 것은 투구뿐이었다. 멜로디의 투구. 십자군들이 쓰는 것과 같은 모양으로, 주석으로 만들었고 가운데에는 금십자가가 있었다.

"절멸자, 흉문(凶聞)의 여전사, 죽음을 노래하는 여인 그 자체!"

일곱 번째 종이 울렸다. 사람들이 소리를 질렀다. 몇 년간 이것은 신성한 의식이었다. 멜랑콜리아 비숍의 종소리 일곱 번. 사람들은 그녀가 지구에서 인간쓰레기를 쓸어 버리는 모습을 보았다. 한때 그들이 사랑한다고 주장한 남자와 여자를 죽이는 모습을 보았다. 비숍은 이제 우뚝 서서 마지막으로 관중석을 바라보고 있었다. 곧 그녀는 자유로워질 것이었다.

멜랑콜리아!

멜랑콜리아!

멜랑콜리아!

관중이 구호를 외쳤다. 비숍의 갈색 눈이 관람석을 훑었다. 그러고는 머리 위로 투구를 들어 올렸다. 일단 투구를 쓰자 그녀는 제자리를 찾은 듯했다.

멜랑콜리아!

멜랑콜리아!

멜랑콜리아!

"이제 마지막입니다."

라이트가 사기를 북돋웠다.

"역대 배틀그라운드에 발을 딛은 여성 중 가장 많은 승리를 거둔 자를 함께 반겨 주시기 바랍니다. 죽음의 노래를 부르는 여인. 신성한 연인. 십자군의 전사. 이 땅에 나타났던 최악의 인간. 여러분만의 '멜랑콜리아 비숍' 멜로디 프라이스입니다!"

과연 '여러분만의'였다. 관중석에서 폭발적으로 터져 나오는 사랑의 힘은 당황스러울 정도였다. 사람들이 그토록 사랑을 퍼부었음에도 비숍은 누구에게도 속하지 않았다. 그녀가 뿜어내는 아우라를 보면 그 점은 확실했다. 서워는 그 힘에 눈을 내리깔았다. 앞에 있는 여자가 진짜 왕족이라도 되는 것처럼.

서워는 '킵'에 묶여 고개를 숙인 채 그녀 앞의 불가능한 힘을 바라보았다. 해머와 철퇴. 경기장 한쪽에는 갑옷을 입은 기사가 있었다. 반대쪽에는 죄수복을 입고 번들거리는 코르크 따개를 축축한 손에 쥔 서워가 있었다.

비숍!

비숍!

"멜랑콜리아, 마지막으로 할 말 있습니까?"

라이트가 물었다.

"무슨 말이 남았겠습니까? 나는 시작할 때와 같은 곳에 서 있습니다."

투구 안에서 울리는 금속성의 익숙한 목소리가 관중에게 말했다.

관중이 미친 듯 열광했다.

"여기 왔을 때 내 등에는 M이 두 개 새겨져 있었죠. 살인(Murder) 두 번. 떠날 때도 그대로 그 두 글자만 가지고 있을 겁니다. 하지만 여기까지 오기 위해 그보다 훨씬 많은 사람을 죽여야 했습니다."

"정말 그렇습니다. 많은 전투를 헤쳐 왔어요. 하지만 그중에서 특별한 순간은 없었나요? 하이라이트가 정말 많았잖아요. 스스로를 의심한 순간도 많았겠지만 모두 이겨 냈고요. 정상에 서서 아래를 돌아보는 지금, 무엇이 가장 자랑스럽습니까?"
"자랑스럽다고?"
금속 얼굴이 하늘을 향했다. 관중이 어색하게 따라 웃었다. 여왕이 웃었기에. 관중의 웃음이 요란해지자 비숍은 웃음을 멈췄다. 그리고 관중이 이제 어떡해야 할지 모르는 듯한 순간이 왔다.
"결박!"
라이트가 외쳤다. 다시 전기음이 나며 이번에는 멜랑콜리아 비숍이 바닥의 플랫폼에 묶였다. 그녀의 목소리를 전하던 HMC˚는 그녀의 뒤쪽 위로 날았다. 관중이 작게 숨을 내뱉었다. 자유의 날에 강제로 결박하고 마이크를 빼앗다니. 너무한 처사였다. 갑작스러운 강제 결박은 비열한 자, 경험 없는 자, 제멋대로인 자, 두려워하는 자를 다루는 방법이었다. 관중은 받아들일 수 없다는 듯 콧방귀를 뀌었지만 앞에서 펼쳐지는 역사를 감상하기 위해 그만큼 빨리 다시 집중했다. 멜랑콜리아 비숍이 자유를 얻는 날이었다.
"데스매치가 시작됩니다!"
결박이 풀리는 크고 공허한 소리가 경기장을 울렸다. 이제 두 여자는 서로 싸우도록 풀려났다.
서워는 일어서서 달렸다. 앞에 선, 패배를 모르는 여자를 향해 곧장. 공격할 수 있을 만큼 거리를 좁히자마자 그녀는 공중으로 뛰어올라 코르크 따개를 꽉 움켜쥔 주먹을 한껏 당겼다가 뻗으며 정타를 노렸다. 목, 목. 그녀의 온몸이 목이라고 말했다.

---

* '홀로 마이크 카메라'는 모든 액션 스포츠에 쓰이는 주요 영상 및 음성 녹화 장비다. 이들 인공지능 자율 비행 카메라가 인간 대신 험하고 더러운 장면을 촬영한다. 코덱스 제품.

멜랑콜리아는 서워의 손목을 낚아채 힘을 흘린 다음 복부에 주먹을 꽂았다.
멜랑콜리아!
관중이 베이스 드럼의 비트에 맞춰 환호했다. 그들은 몇 번이고 그녀의 '붙잡아 부수기'를 봐 왔다. 하스 오마하나 베가를 내던지고 빈손으로 상대를 붙든 다음 다른 손에 남아 있는 무기로 치명타를 가하는 방식이었다. 하지만 방금은 아무것도 들지 않고 상대의 손목을 붙들고 맨주먹을 날렸다. 누구라도 살아남을 수 있는 공격이었다. 비숍은 먹잇감으로 장난치는 중이었다. 그들은 웃고 환호하고 소리 질렀다. 끝까지 쇼맨십을 발휘하는 여자.
"날 때리려 하지 말고, 날려 보낸다고 생각해."
멜랑콜리아가 말했다. 사람들은 듣지 못했다. 붕붕거리며 주위를 맴도는 HMC가 없는 지금(전투를 방해하거나 결과에 영향을 미칠 수 있으니) 그녀가 헬멧 안에서 한 말은 오로지 배틀그라운드에 있는 두 여자만의 것이었다.
멜랑콜리아는 다시 서워에게 주먹을 날린 뒤 잔디밭에 내던졌다.
서워는 그녀가 목숨을 살려 줬다는 사실을 알았다. 왜 그랬는지는 몰랐다. 서워는 멜랑콜리아에게 붙잡힌 순간 보았던 죽음을 삼켰다. 그녀는 눈앞에 우뚝 솟은 영웅적이고 끔찍한 여자를 올려다보았다.
"내 말 들려?"
멜랑콜리아가 물었다.
서워는 숨을 심하게 헐떡이며 허겁지겁 기면서 잔디밭을 훑었다. 코르크 따개를 잃어버린 것이다. 서워는 스스로를 혐오했다. 강렬하고도 익숙한 감정이었다. 그녀는 울고 있었다. 그 순간 웅크린 채 뭔가를 찾는 슬픈 존재가 되어 버린 자신이 가엾었다. 제정신이 아닌,

곧 죽을 존재. 그러나 그녀의 살인자가 말을 걸어왔다.

"내 말 잘 들어."

그리고 서워는 갈비뼈를 때리는 발길질을 느꼈다. 그녀는 잔디밭을 굴렀고, 숨을 들이켜고, 다시 허둥지둥 일어섰다.

서워는 마음을 다잡고 십자군 전사를 보았다: 이기고 싶었다. 절실하게 이기고 싶었다. 앞에 있는 여자를 으스러뜨리고 싶은 맹렬한 욕구가 일었다. 그녀는 관중이 울길 바랐다. 너무나 오랜만에 처음으로, 그녀는 살고 싶었다.

아무 무기도 없이 서워는 멜랑콜리아에게로 달렸다. 서워는 뛰어오르기 전, 해머와 철퇴가 둘 다 땅에 놓인 것을 보았다. 거인은 자기 인생을 걸고 도박을 하고 있었다. 서워는 죽어 가는 자의 절박함으로 여자 쪽으로 몸을 날렸다. 함께 굴러 넘어지는 잠깐 사이 그들의 몸은 경기장의 흰 선을 벗어났다. 다음으로 서워는 두피가 팽팽히 당겨지는 것을 느꼈다. 몸싸움하며 머리로 손을 뻗는데 가슴에 주먹이 날아왔다. 그녀는 머리채를 잡혀 끌려가며 무릎을 꿇었다.

"이건 다 밀어."

멜랑콜리아가 서워의 머리카락을 주먹 가득 움켜쥐고 말했다. 이번에는 서워도 들었고, 멜랑콜리아가 뭔가를 가르쳐 주려는 것을 알 수 있었다.

"머리를 밀어."

멜랑콜리아는 반복했다. 단호하고 낮은 목소리였다. 그녀는 다시 서워의 얼굴에 주먹을 날렸다. 서워는 코에서 흘러 입술에 닿은 피의 맛을 느꼈다. 서워는 다시 땅 위에 던져졌다.

"너한테 달렸어."

서워는 들었다.

"지금 선택해."

멜랑콜리아가 승리를 약속하듯 양팔을 들었다. 온 세계가 환호했다.

서워는 보았다. 나무에 박힌 금속 코일을. 그녀는 뱀처럼 순간적으로 뛰어 코르크 따개를 잡으려다 서두르는 바람에 가운뎃손가락을 깊이 베었다. 피를 무시하고 일어서는데 동시에 멜랑콜리아가 그녀 쪽으로 돌아서더니 아래로 손을 뻗어 해머를 쥐었다.

서워는 거리를 둔 채 보폭을 크게 하여 신중하게 멜랑콜리아의 주위를 돌았다. 소음은 일정한 크기의 함성으로 잦아들었지만, 그 소리는 이제 메아리일 뿐이었다. 몸의 통증도 마찬가지였다.

"난 그들이 하라는 게임을 했어. 넌 그러지 마."

"난 여기서 안 죽어."

서워가 말했다. 오랫동안 억눌렸던 그녀의 어떤 부분이 모습을 드러냈다.

"그럼 날 때리려고 하지 말고, 날려 보낸다고 생각하고 휘둘러."

서워는 멜랑콜리아를 보았다. 멜랑콜리아가 이어서 말했다.

"난 너무 지쳤어. 내 말 이해해?"

"난 여기서 안 죽어."

서워가 다시 말했다. 저절로 떠오른 말이었다. 서워는 계속 멜랑콜리아의 주위를 돌며 더 멀리 물러나 공격 거리를 확보했다. 멜랑콜리아는 매끄럽게 회전하며 따라왔다.

"그럼 날 때리려 하지 말고, 날려 보낸다고 생각해. 빌어먹을 머리카락은 밀어 버려. 그리고 사람들이 네 모습을 사랑할 수 있도록 만들어. 뭘 하든 그게 가장 중요해. 사랑을 받아야 여기에서 나갈 수 있어."

서워는 기다렸다. 코르크 따개를 움켜쥔 채.

무릎을 적당히 구부린 멜랑콜리아의 자세는 마치 이렇게 말하는 것 같았다. 들어와. 그녀는 서워를 보고 말했다.

"난 너를 살려 주지 않을 거야. 네가 살겠다고 선택해야 해. 나는 온몸으로 해머를 휘두를 거야. 일단 해머가 움직이면 나는 멈출 수 없어. 이해했어?"

서워는 이해했고 하지 못했다. 할 수 없었다. 그때는. 멜랑콜리아는 투구로 손을 뻗어 벗었다. 피부색이 어두운데도 목의 상처는 번득 빛났다. 검은 머리는 단단히 땋은 채였다. 멜랑콜리아는 팔을 치켜들었고 관중은 다시 환희에 찬 소리를 질렀다. 서워는 대형 스크린을 흘끗 올려다보았다. 순간, 눈앞의 신 역시 자신과 같은 여자라는 생각이 들었다.

한 번 더 짧은 웃음을 보인 뒤 멜랑콜리아의 얼굴은 다시 차갑고 잔인해졌다. 서워는 운명을 향해 앞으로 나섰다.

서워의 왼팔이 공기를 갈랐다. 손은 느슨하게 오므렸고 오른발을 최대한 세게 디뎠다가 차올렸다. 그녀는 가속을 만들어 내는 자유에 온전히 잠긴 채 계속 나아갔다. 서워의 시선은 여느 사람들같이 연약하고 인간적인 멜랑콜리아의 목에 꽂혀 있었다. 그녀는 왼팔을 뒤로 당겼다가 공기를 퍼올리듯 빠르게 앞뒤로 움직였고, 동시에 왼쪽 무릎을 앞으로 당기며 큰 보폭으로 왼다리를 뻗으며 달렸다.

멜…

왼발이 먼저 바닥에 닿았다. 그녀는 발바닥 가운데로 땅을 디딘 뒤 발가락 끝까지 땅을 눌러 밀었다. 그녀의 몸은 목표를 가지고 달리는 법을 기억했으며, 앞으로도 항상 기억할 것이다.

…랑…

다시, 오른발이 올라갔다가 떨어지며 양팔이 정확하게 교차했다.

그녀는 보폭을 아직도 키우고 있었다. 거의 다 왔다. 그녀는 아무 생각도 하지 않고 자기 몸을 믿으며 속도를 올렸다.
…콜리아.
팔이 번갈아 나가고 다리는 몸을 싣고 달렸다. 서워는 계속해서 팔다리를 뻗고 바꾸며 속도를 올렸다. 서워의 몸이 서워에게 말했다. 이 속도가, 내가, 너의 몸이 너의 무기야.
서워가 두 걸음 앞까지 다가가자 멜랑콜리아가 해머를 쥔 팔을 뒤로 당겼다. 반동을 주려는 준비 동작이었다. 파괴적인 잠재력이 느껴졌다.
서워의 발이 먼저 땅에 닿았다. 멜랑콜리아가 해머를 휘두르자 몸이 자연스럽게 따라가며 앞으로 나아갔다. 해머가 살인의 노래를 부르며 공기를 갈랐다. 서워는 머리와 목을 바짝 웅크리고 땅으로 몸을 던졌고, 해머가 뿌린 신선한 죽음을 무위로 돌리며 굴러서 일어났다. 그녀는 쭈그렸다가 뛰어올랐고, 코르크 따개를 쥔 오른손 주먹을 먼저 뻗었다. 그녀는 멜랑콜리아의 턱을 크게 찢으며 고함쳤다.
그 정적은 서워의 안에서 뭔가 새로운 것을 낳았다. 붉은 액체가 주먹을 타고 흐르자 온몸이 화끈거렸다. 멜랑콜리아의 입술에서 피가 후두두 떨어졌다. 멜랑콜리아는 해머를 잠시 올렸다 다시 내리찍었다. 가까스로 몸을 비틀어 죽음을 피한 서워의 어깨에 그것이 스쳤다. 서워는 멜랑콜리아의 등으로 뛰어올랐다. 그녀는 멜랑콜리아의 허리에 다리를 감고 목 옆을 푹 찔렀고, 코르크 따개를 뽑아 다시 찔러 넣었다. 재차 뽑으려고 했지만 이번에는 살에 박혀 뽑히지 않았다. 더 세게 당기자 금속 나사는 멜랑콜리아의 목 어딘가에서 사라지고 손잡이만 뽑혀 나왔다. 찌를 것이 없어진 서워는 주먹으로 멜랑콜리아의 머리를 쳤다. 세 차례 힘차게 때리자 챔피언의 무릎이 꺾이는 것이 느껴졌다.

멜랑콜리아는 귀찮은 파리를 쫓듯 등 뒤의 서워를 힘없이 때렸다. 그녀의 해머는 땅에 있었다. 서워는 달콤하고 그윽한 절대적 경외의 침묵을 들이마셨다.

서워는 포효했다. 그 순간의 유일한 소리였다. 서워가 등에서 뛰어내리는 동안 멜랑콜리아는 졸린 듯 왠지 가만히 서 있었다. 서 있는 그녀를 보며 서워는 재빨리 해머를 잡으러 뛰었다. 서워의 손가락이 손잡이를 찾은 순간 멜랑콜리아는 그녀를 내려다보았다. 갑자기 두려워진 서워는 펄쩍 뛰어 물러났다. 멜랑콜리아는 비틀거렸고 자신의 목을 붙들었다가 이내 손을 놓았다. 멜랑콜리아의 아름다운 갈색 눈은 피로해 보였으나 자신을 죽이려는 서워를 보며 잠시 커졌다.

덤벼. 그 눈이 말했다.

서워는 복종했다. 달렸다. 그녀는 해머를 그 첫 주인의 얼굴에 폭탄처럼 날렸다. 그리고 사람들은, 아까 그 사람들은, 더 이상 침묵하지 않았다.

허리케인 스택스

성스러운 순간이었다.

그녀를 기다리는 수천 명이 내는 낮은 아우성. 저 위 온 사방이 목소리의 바다였다. 그녀는 대낫을 양손으로 쥐었다. 경비들에게 공간을 달라고 한 뒤 왼쪽으로, 다시 오른쪽으로 휘두르며 몸을 데웠다. 힘이 온몸에 흘렀다. 이어서 그녀는 눈을 감고 자신의 몸속으로 들어갔다. 그녀의 몸이 늘 안전하게 느껴지는 건 아니었지만, 여기, 목소리의 바다 아래에서는 무결한 공간으로 느껴졌다.

정면의 게이트가 열렸다. 빛이 있는 복도 끝에서 '허리케인 스택스' 하마라 스태커는 아직 그림자로만 보였다.

공중에 뜬 반짝이는 금속 공이 앞에 나타났다. 스택스는 거기에 대고 말했다.

"칼이랑 놀아 주는 사람이 누구게?"

전자 신디사이저 소리가 활기찬 멜로디와 피치가 변조된 보컬 루프와 겹쳐졌다. 사람들의 심장이 더 세게 뛰었다.

스택스. 그들은 단호하게 입을 모았다.

그녀는 경기장으로 뛰어들었다. 쇼 조명이 쏟아지며 그녀의 옅은 갈색 피부를 금빛으로 물들였다. 아무렇게나 늘어뜨린 굵게 땋은 머리카락은 목을 타고 어깨를 지나 풍성한 과일 바구니 모양의 홀마켓 로고가 새겨진 경량 강화 탄소섬유 폴리머 가슴 보호대 너머까지 늘어져 있었다. 양쪽 정강이와 왼팔은 미라처럼 흰 볼트 가죽으로 감겨 있었는데, 서워가 유행시킨 스타일이었다. 전투용 가죽을 칭칭 감은 왼팔 위로는 단단한 갑옷을 덮었다. 한때 흰색이던 전투화는 곳곳에 갈색과 붉은색 점이 흩뿌려졌고 빛이 바랬으며 얼룩덜룩한 흙빛으로 변한 채였다. 탄력 있는 소재의 타이즈가 허벅지 근육을 조였다. 이 타이즈에도 골반 근처에 홀마켓의 과일 바구니가 선명히 그려져 있었는데, 대부분의 인기 브랜드와는 다르게 성기를 중심으로 하지 않은 것이 특징이었다. 홀마켓은 가족 브랜드였으니까.

스택스의 손목이 빛났다. 피부 아래 이식된 전자기 수갑이 그녀를 영원한 붙들고 있음을 보여 주는 변함없는 증거였다.

추가된 공중 카메라 한 대가 주위를 맴돌며 그녀의 몸 전체에 새겨진 X를 찍었다. 탄탄한 복근에 하나, 목에 몇 개, 팔에 여러 개, 양쪽 눈꺼풀에 한 개씩. 모든 X는 그녀의 삶이 다른 이의 삶을 꺾은 승리의 이야기였다. 그녀는 죽음과 생명의 결정체였다.

"목소리가 그게 다야?"

스택스가 경기장을 향해 부르짖었다.

위쪽 대형 스크린에서 백 배로 확대된 얼굴이 꽉 찌푸려졌다. 관중은 실패했다는 생각에 더 크게 소리 질렀다. 스택스의 입이 사악한 웃음으로 비틀렸다.

"네놈들이 보고 딸치는 아름다운 년이 누구게?"

스택스는 앞에 떠 있는 HMC에 대고 노래했다. 그녀는 손과 팔뚝

주위로 자신의 무기인 대낫 '러브가일'을 빙빙 돌리고 있었다. 가속이 붙자 스택스가 마술처럼 대낫을 몸 주위로 돌릴 때마다 앞서가는 날 끝이 속도를 내며 공기를 먹어 치웠다. 이 막대와 날이 그녀의 일부라는 건 온 세상이 다 알았다. 그들은 그녀의 이름을 외쳤다.

스택스!

"너희 심장을 처절하게 짓밟아 줬으면 하는 사람이 누구야?"

스택스!

"네놈들이 미치도록 사랑하는 사람은?"

스택스!

허리케인 스택스. 그들은 그녀의 바람이자 천둥이었다.

"여긴 사랑이 죽어 있는 곳이야. 난 그걸 바꾸려고 하고. 자, 날 살려내!"

스택스는 러브가일을 거꾸로 땅에 내리꽂았다. 날 끝은 경기장의 먼지에 묻혔고, 검은색과 금색 볼트 가죽에 싸인 손잡이는 포장된 흙더미 위로 비스듬히 솟았다. 중앙 부근의 흙더미 몇 개를 제외하면 경기장은 텅 비고 평평했다. 흙더미 주위로는 자동차 다섯 대가 자리했는데, 시청자들에게 전시 모델을 가장 잘 노출시키기 위한 배치였다. 바깥쪽 테두리는 원형 도로처럼 보였지만, 아스팔트가 아니라 그저 가공 플라스틱이었다. 스택스 맞은편에 있는 흰 세단의 전면 유리는 이전 경기의 여파로 금이 가 있었다. 경기장 중앙에서 멀지 않은 파란색 대형 트럭의 조수석 문짝은 피 흐르는 잇몸에서 반쯤 빠진 이빨처럼 몸체에 매달려 있었다.

"허리케인을 좋아하는 거야, 아니면 아플 만큼 사랑하는 거야?"

사랑해. 사랑해. **사랑해. 사랑해!**

"너희들은 그게 뭔지도 몰라. 어떻게 알겠어? 본 적이 없는데. 하지만 우린 이제 그걸 바꿀 거야. 나는 오늘 밤 전기 같은 사랑을 나눠 주러 왔어! 다들 그걸 원해?"

환호의 홍수가 관중석 전체를 휩쓸며 연대감을 만들어 냈다. 서워처럼 '블러드 포인트'를 지불하고 앉은 '체인'의 '링크'들, 그리고 그 바로 뒤의 일등석 '블러드박스'에 앉은 사람들부터 가장 먼 꼭대기 좌석에 이르기까지.

경건한 침묵 속에서 지켜보던 서워는 삭발한 머리가 근질거렸다. 그녀의 양옆에는 군사 경찰 두 명이 있었다. 서워는 하늘의 은총을 바라듯 손바닥을 위로 향한 채로 좌석에 묶여 있었다. 양 손목에서 빛나는 붉은 세로줄 세 줄은 그녀가 움직이고 싶어도 그럴 수 없다는 뜻이었다. 그녀는 오른팔을 내려다보았다. 가운뎃줄이 끊어져 있었지만 외관상의 결함일 뿐이었다. 서워는 억지로 가려움을 잊으며 대신 경기장에서 관중을 쥐락펴락하는 공연자에 대한 경외에 집중했다.

"얼마나?"

스택스가 땅에서 러브가일을 비틀어 뽑고 앞으로 나서며 말했다. 가끔 몸에서 무기를 멀리 떨어뜨린 채 경기를 시작하는 것은 스택스의 시그니처였다. 그녀는 관중의 즐거움을 위해 자진해서 페널티를 안았다.

"날 얼만큼 사랑해?"

스택스는 앞에 있는 HMC에 말을 내뱉었다. 그녀가 대낫의 손잡이로 땅에 금을 긋는 동안, HMC는 순식간에 그녀의 움직임에 따라붙었다. 관중은 더 많은 것을 원하며 야유했다.

"욕심 많은 새끼들."

스택스가 웃고는 몇 걸음 뛰어나갔다. 전투화 뒤로 먼지구름이 일었다 가라앉았다.

"이만큼은 어때?"

그녀는 다른 선을 그었다. 관중은 불만에 차서 더 크게 소리를 질렀다.

"좋아, 좋아. 내가 쟤를 처리할 수 있을까?"

스택스가 앞에 있는 게이트를 가리키며 말했다. 스택스는 경기장 정중앙으로 나서서 단단히 포장한 흙으로 쌓은 둔덕에 올랐다. 사람들은 다시 한번 폭발했다. 스택스가 러브가일을 잠시 어깨에 얹었다가 휘둘러 떨어뜨리며 예리한 날을 내리꽂았다. 그녀가 손을 놓자 대낮은 땅에 박힌 깃발처럼 우뚝 섰다. 그녀가 무기를 이렇게까지 멀리 둔 적은 없었다. 관중들은 환희에 차서 함성을 질렀다.

스택스는 손목에서 두꺼운 헤어밴드를 풀어 굵게 땋은 머리를 한데 그러쥐고 묶었다. 채찍처럼 늘어져 있던 머리 가닥들은 이제 머리에서 돋아난 나뭇가지 하나처럼 보였다. 스택스는 무기에 등을 돌렸다. 그녀는 사람들이 소리치는 가운데 걸어서 자리로 돌아갔다. 투지는 느껴지는 것, 길들지 않은 것이었다. 그것은 온몸에 흐르며 그녀를 자신에 차게, 빛나게, 살아 있게, 거의 자유롭게 했다. 스택스는 경기장으로 들어올 때 통과했던 게이트 앞에 깔린 검은 타일을 다시 넘어갔다. 그녀가 가까이 가자 마그노 킵 플랫폼의 테두리가 붉게 빛났다.

스택스는 머리 위로 팔을 뻗고 섰다. 거세게 밀려오는 찬양의 외침에 온몸을 적시며 그녀는 목 왼쪽의 장식 없는 검은 X를 가리켰다.

"딱 여길 찌르면 허리케인 스택스를 잠재운 사람이 될 거야!"

전류가 흘렀다. 전자기 족쇄가 작동되는 소리가 났다. 잠시간 그 자체가 공연이 됐는데, 스택스가 자신을 아래로 끌어당기는 엄청난 압력을 버티고 섰기 때문이다. 손목의 세 줄기 빛이 주황색에서 붉은색으로 휙 변하더니 피부 아래 뼈에 이식된 수갑이 플랫폼에 그녀를 엎드리도록 했다. 손목의 전자기 수갑이 검은 플랫폼에 처박히면서 불경하게도 강제로 무릎 꿇려지는 그 짧은 시간 동안 스택스는 입을 맞추는 듯한 표정을 지었다. 스택스는 플랫폼에 무릎을 대고 손목이 자성으로 결박된 채 기다렸다. 때가 되면 박차고 나가기 위해 손가락을 쫙 펼친 모습이었다.

지켜보던 라이트가 배틀박스에 올랐다. 그곳은 무대이자 중계석이었다. 그는 스택스가 나타난 게이트와 불과 몇 미터 거리에 있었다. 라이트는 대형 스크린에서 자신의 미소를 확인한 뒤 크게 숨을 들이마시고 HMC에 소리쳤다.

"오늘 출전하는 선수 중 한 명은 날뛸 준비가 됐군요. 하지만 과연 누가 살아남을까요? 회색 곰일까요, 허리케인일까요?"

*허리케인 속의 회색 곰*이 그날 경기의 슬로건이었다. 관중석은 번개가 번쩍이는 구름을 향해 거대한 회색 곰이 발톱을 세운 티셔츠로 가득했다.

라이트는 배틀박스 꼭대기에서 걸음을 옮기며 말했다.

"허리케인은 한바탕 휘몰아칠 것 같은데요. 곰은 어떡하고 있는지 봅시다."

경기장 반대편의 금속 게이트가 회전하며 열렸다. 거대한 언덕 같은 인간이 모습을 드러냈다. '미친 곰' 배리 해리스.

스피커에서 데스메탈 음악이 쾅쾅 울렸다. 미친 곰은 가차 없는 야유를 받았다. 그는 오래된 잠수함에서 떼어 낸 듯한 두꺼운 주석판으로 가슴과 등을 가린 채 느릿느릿 걸어 나왔다. 허벅지 한쪽에도 비슷한 금속판이 있었다. 드러난 손과 팔, 팔꿈치, 무릎은 분홍빛이고 더러웠다. 가슴과 등은 금속판으로 가렸을 뿐 그 아래 옷을 입지는 않았다. 등에 거꾸로 매달린 금속 야구방망이 두 개가 금속판을 때리며 쟁강거리는 소리를 냈다. 둘 다 '호라이즌 와이어리스'의 유명한 날개 달린 H 상표가 붙어 있었다. 얼굴에는 용접공 마스크 같은 철 가면을 썼는데, 앞면에는 침 흘리는 회색 곰의 벌린 입이 스프레이로 그려져 있었다.

곰 앞으로 HMC가 떠오르자 그는 거기에 대고 으르렁거렸다. 그의 시그니처인 '회색 곰의 으르렁'은 산비탈이 무너지는 듯한 소리 같았고 가장 충실한 팬들 몇 명의 응원을 이끌어 냈다. 그는 어쨌든 꽤 괜찮은 링크 몇 명을 처부수고 여기까지 왔다. 파월 앵글러의 창이 벌침 정도로 보이게 만든 적도 있었다. 그리고 파월 앵글러도 만만한 상대는 아니었다.

미친 곰은 방망이를 플랫폼 옆 바닥에 내려 두었다. 그가 자신의 킵에 무릎을 꿇자 전류가 흐르며 그를 결박했다.

"좋습니다, 허리케인과 아주 굶주린 곰이 묶여서 준비하고 있군요. 마지막 말을 들어 볼 시간입니다."

미키 라이트가 만족스러운 듯 말했다.

그는 배틀박스에서 내려가 전기 스쿠터에 오른 뒤, 미소를 띠고 손을 흔들며 경기장 주위를 한 바퀴 돌았다. 사람들이 진짜 바라는 것을 주기 전에 시간을 끌려는 것이었다.

그는 거대한 배리 해리스에게로 다가갔다. 거리가 가까워지자 그는 스쿠터에서 뛰어내려 마그노 킵 플랫폼에 묶인 미친 곰 옆에 책상다리로 앉았다. 그토록 가까이 앉은 두 남자, 라이트는 사람들이 이 이미지를 기억할 것을 알았다. 녹슨 갑옷을 입은 곰 인간과 회색 맞춤 정장을 입은 라이트. 물론 미친 곰의 전자기 수갑이 혹시 오류로 풀리더라도 바로 손이 닿지 않도록 충분한 거리를 유지한 채였다.

"그럼, 할 말이 있을까요, 곰? 허리케인을 상대하기 전 마지막으로 남길 말이라도?"

상체를 숙인 채, 붉게 빛나는 수갑을 찬 채, 곰은 눈을 들어 흙더미로 울퉁불퉁한 경기장 너머의 스택스와 스택스가 아주 멀리 놓은 대낮을 보았다. 스택스와 대낮 사이의 거리는 대낮과 미친 곰 사이의 거리와 비슷했다.

"저년한테 할 말 없어."

곰의 낮은 목소리가 가면 안에서 웅웅거렸다. 저년을 죽여, 저년을 죽여. 곰이 배리에게 말했다. 배리는 곰 덕분에 지금까지 살아남았다. 저년을 죽여. 그는 여기까지 해냈다. 다른 생각은 할 수 없었다. 그는 준비됐다. 그는 포효했다. 그는 준비됐다. 관중이 고함을 질렀다. 그들은 그를 싫어했다. 그러나 이 경기가 그의 뜻대로 풀리면 다들 그를 가장 좋아하게 될 것이다.

"와, 거침없군요!"

라이트는 일어서며 말하고 다시 전기 스쿠터에 올라타 스택스 쪽으로 향했다. 같은 루틴을 빠르게 반복하기 위해서였다. 사람들은 이미 충분히 달아올라 있었다. 이제껏 기다렸으니 곧 즐거움을 맛보게 될 것이다. 이번에 라이트는 약속에 늦기라도 한 듯 스쿠터에서 내리지 않았다. 라이트의 목소리가 경기장에 울려 퍼졌다.

"당신은 어때요, 스택스 양? 마지막 할 말은?"

깊은 명상이나 기도를 하듯 몇 분간 고개를 숙이고 있던 스택스가 올려다보았다. 그녀는 진심으로 미소를 지었다.

스택스의 깨진 아래 앞니가 서워의 눈에는 선했다. 친절로 빛나는 스택스의 눈이 보이는 듯했다. 서워는 그 눈을 볼 때면 공포 비슷한 것을 느꼈다.

"사랑해."

스택스는 배리 해리스 쪽을 건너다보며 속삭였다. 그녀의 마지막 말은 지난 열 번의 배틀그라운드 출전에서 매번 했던 마지막 말과 같았다. 그래서 그녀의 말에는 함께 만트라를 외우는 관중 수천 명의 목소리가 더해졌다.

사랑해. 온 세상이 소리쳤다. 스택스는 그 선언이 경기장에 메아리치는 것을 듣고는 진짜 힘을 느끼기 위해 몸에 집중했다. 그녀는 그것을 담는 그릇이었다, 사랑. 모든 데스매치에서 그녀는 대놓고 사랑을 설파했다. 사랑, 사랑, 사랑. 그녀는 사랑이 없는 이 공간에 사랑을 억지로 끌어와 삶의 주제로 삼았다. 그녀는 그들에게 그녀가, 허리케인이 위대한 사랑을 할 수 있음을 보여 줬고, 제대로 보기만 한다면 자기들도 역시 그럴 수 있음을 알게 되리라는 것을 보여 줬다. 그리고 어쩌면 언젠가 저들은 자신들이 무엇을 가능하게 했는지, 무엇을 만들어 냈는지 이해할 것이다.

"뭐, 좋습니다. 더는 기다릴 수가 없네요!"

라이트는 아나운서실 안에 스쿠터를 몰고 가서 댔다. 그러고는 바닥에서 천정까지 통으로 이어진 투명 아크릴로 밖을 내다보며 얼굴 가까이에 있는 유선 마이크 쪽으로 몸을 기울이고 소리쳤다.

"결박 해제!"

고출력 자기장이 해제되면서 공기 자체가 크게 기침을 내뱉는 듯한 소리가 경기장을 관통했다. 그리고 경기가 시작됐다.

늘상 하듯이 미친 곰이 분노를 표출하며 하늘에 대고 울부짖었다. 경기장 건너편에서 스택스는 손바닥으로 힘차게 플랫폼을 밀고 일어나 걷고 있었다. 처음 몇 걸음은 정확하고 신중했다. 스트레칭이라도 하는 것처럼.

미친 곰은 양손에 방망이를 쥐고 달리기 시작했다. 그의 움직임은 느릿느릿했고, 허기에 차 있었으며, 분명했다. 그는 나아가며 머리 위로 방망이를 부딪쳤다. 적당한 거리를 두고 따라가던 HMC는 가죽끈으로 고정한 어깨의 금속판이 축축한 피부를 철썩철썩 때리는 소리를 잡아 냈다.

스택스도 뛰기 시작했다. 서워는 그녀가 홀가분한 몸으로 가뿐하게 돌진하는 모습을 지켜봤다. 손은 느슨하게 늘어뜨렸고, 팔은 점점 더 빨리 흔들렸으며, 걸음은 앞에 있는 거리를 간식처럼 집어삼켰다.

둘이 만났을 때 스택스는 러브가일의 손잡이를 막 잡고 있었다.

미친 곰이 부숴 버리겠다는 듯 방망이를 휘둘렀다.

러브가일을 쥔 채로 스택스는 연습한 춤을 추는 듯이 쉽게 몸을 뒤로 틀었다. 변화구를 놓친 강타자처럼 차갑고 사나운 속도로 휘두른 방망이 두 개가 그녀의 왼쪽 옆구리를 몇 센티미터 차이로 불길처럼 스쳤다. 스택스는 계속 몸을 돌리며 대낫의 날을 아래로 비스듬히 눕혀 뒤쪽 세상을 거침없이 베었다. 워낙 순식간이라 미친 곰은 무거운 몸이 바닥으로 팽개쳐진 후에야 오른쪽 다리가 잘려 나갔다는 사실을 깨달았다.

관중은 하나가 되어 멍하게 숨을 들이켰다.

이어서 환희가, 정직한 날것의 기쁨이 모두를 삼켰다. 다들 자리에서 일어났다. 서워도 할 수만 있다면 관중과 함께 일어섰을 것이다. 능수능란한 폭력이었다. 전설의 일격이었다. 잠시 뒤에는 서워도 서 있었다. 수갑을 주황색으로 바꾼 경비들이 따라와서 준비하라고 했기 때문이다. 서워는 더는 돌아가지 않을 때까지 목을 돌려 스택스를 보았다. 그리고 경비들과 스타디움 안쪽으로 사라졌다.

곰의 얼굴은 흙에 묻혔지만 팔은 여전히 흔들리고 있었다. 여전히 방망이를 잡은 채 위로, 아래로, 위로, 아래로, 마른 땅에서 수영이라도 하려는 것처럼. 가장 가까운 HMC가 내려가서 그의 비명을 잡아냈다. 비명은 신음이 되었다가 중얼거림과 훌쩍거림으로 바뀌었다. 그의 안에 고여 있던 삶의 시간이 화산이 분출하듯 허벅지에서 흘러나왔다. 관중은 광란에 빠졌다.

"젠장."

배리가 말했다.

"사랑해, 응?"

스택스는 두 번째 무기인 사냥용 칼 '킬'을 뽑아 곰의 가면과 갑옷 끈을 잘랐다. 등의 살갗에 푸른 문신으로 새겨진 M 하나가 드러났다. 그녀는 그가 바닥 말고 다른 것을 볼 수 있도록 몸을 뒤집었다. 그녀가 철가면을 벗기자 군중은 죽음을 앞둔 곰의 모습을 볼 수 있었다. 그의 갈색 눈은 마치 이리저리 떠다니는 뭔가를 뒤쫓는 것처럼 초점을 잡지 못했다. 머리카락은 떡이 진 채 엉겨 붙었고 두툼한 뺨은 창백하게 질려 있었다.

"저 사람들은 신경 쓰지 마, 자기. 저 사람들은 신경 쓰지 마. 이건 네 거야. 놓치지 마."

스택스는 그에게 몇 차례 입을 맞추고 목을 그었다.˙ 스택스의 주

---

* 배리 해리스는 술에 취해 있었다. 또 다시. 경찰이 해럴드 머서의 시신 위에서 정신을 잃은 채 쓰러져 있던 배리를 발견했다. 배리의 주장에 따르면 해럴드는 배리와 가장 친한 친구였다.
"좋아하는 마음을 보여 주는 방식이 참 독특하네."
경찰관은 그렇게 농담하고는 주먹으로 배리의 입을 한 대 치고 수갑을 채워 그를 차에 밀어 넣었다. 배리와 해럴드는 고등학교 때 함께 레슬링을 했다. 그 후로도 가끔 레슬링을 했다. 배리는 100kg급, 해럴드는 /4kg급이었지만 해럴드는 물러서는 성격이 아니었다.
"뭔가에 화났던 기억이 있습니까?"
뭔가에 화났던 기억은 있었지만, 그 정도로 화가 나는 건 상상할 수도 없었다. 티파니가 배리에게 못되게 굴다가 차 버리고, 또 연락하고 다시 차 버리는 동안 해럴드는 늘 배리의 옆을 지켜 주었다. 하지만 그들은 취했다. 배리가 일어나 보니 해럴드는 차갑게 잠들어 있었다. 해럴드의 머리는 배리의 가슴에 놓여 있었고, 배리의 팔은 친구의 목에 감겨 있었다. 배링턴 일라이 해리스.

제곡이 스피커에서 터져 나오자 관중은 함성을 질렀다. 스택스는 그의 몸에 X자를 여럿 새기며 피가 솟구치는 상처 하나하나에 입을 맞췄다. 스택스는 스스로를 그녀 자신에게서 분리시킬 수 있다는 사실에 감사했다. 그녀는 무슨 일을 했어야 했는지, 그걸 왜 하고 있는지를 알았고, 소리 지르는 관중 중 하나가 된 것처럼 자기 자신을 관찰하고 있었다.

그녀가 일을 끝내자 곰은 톱밥 만드는 기계에서 끄집어낸 것 같은 몰골이 되었다. 스택스는 피로 샤워한 것 같았다.

"사랑해!"

경비들이 뛰어들어 시신에서 그녀를 떼어 내고 다시 킵에 강제 결박하는 사이에도 스택스는 외쳤다.

"관짝의 문을 닫는 마무리(보통 미국에서는 관을 열고 장례를 치르는데 시체의 훼손이 심해 관을 닫아야 한다는 의미)가 있다면 바로 이거로군요."

라이트가 아나운서실에서 말했다. 경비 두 명이 죽은 남자를 비닐에 말아서 그가 들어왔던 길로 끌고 나갔고, 세 번째 남자가 잘린 다리를 들고 그 뒤를 따랐다.

"안 그래도 잔고가 두둑한데 스태커 양이 블러드 포인트를 더 벌었네요."

라이트는 머리를 내밀더니 전투의 흔적이 남은 경기장을 껑충껑충 뛰어 스택스 쪽으로 향했다.

그가 다가오자 스택스는 머리를 쳐들고 땅에 침을 뱉었다. 라이트는 속도를 늦췄지만 멈추지는 않았다.

"대단한 쇼였어요, 대단한 쇼. 지금 허리케인이 된 기분이 어떤가요?"

그는 웃음기 어린 목소리로 말했다.

"손으로 어린애를 으깨 버린 기분이야. 미래로 보내는 메시지를 팔에 새겨 넣으며 자기 살갗이 갈라지는 걸 보는 기분이라고."

스택스가 숨을 가라앉히며 말했다. 그녀 역시 관객이었다. 그녀 역시 이것을 보고 있었다.

"날 '콜로설'이라고 불러, 난 미래를 볼 수 있으니까. 그래도 돼."

언젠가 그들은 이해할 것이다.

관중은 감탄의 박수를 보냈다. 그들은 그렇게 길들여졌다. 그들은 스택스와 스택스가 하는 말을 좋아했다. 그들은 그녀가 살아남기를 바랐으며 그녀가 계속 살아남았다는 사실을 사랑했다. 배틀그라운드는 잔인한 폭력의 성지였으며 스택스도 여느 선수와 마찬가지로 폭력적이었지만, 다른 이들과는 달리 그녀는 거의 모든 경기 후에 뭔가를 더 제공했다. 시, 이야기, 당연히 많은 사랑도 물론. 스택스는 꼭 그랬다. 폭력, 따뜻함, 때론 아리송하고 때론 또렷한 메시지. 그것들이 허리케인이라는 캐릭터에 쌓였다. 관중들은 자기들이 선하고 배운 사람들이라고 생각했고, 스택스가 그들에게 여흥을 주는 방식을 즐길 수 있다고 오래전에 판단했다. 그로 인해 마음이 무겁고, 때로 의문이 들어도⋯⋯ 뭐, 깊게 생각할 필요는 없다. 대체로 그들은 스택스가 그렇게나 콜로설 등급에 가까워졌다는 사실에 열광했다. 그건 가장 위대한 링크들만 도달한 경지였다.

스타디움의 복도에서 서위는 '그랜드 콜로설*'로 새로 임명되었다는 불안이 주는 통증에 웃음 지었다. 그건 일종의 책임 의식이었다. 서위는 서킷에서 거의 삼 년을 채웠고, 이 새로운 타이틀은 자기만의 것이라는 생각이 들었다. 링크로서 사는 동안 사귄 가장 친한 친구

---

* 그 시점에 석방에 가장 가까운 링크에게 수여되는 타이틀. 링크의 계급은 다음과 같이 분류한다: 루키, 서바이버, 커스프, 리퍼, 하시 리퍼, 콜로설, 그랜드 콜로설, 프리드.

한 명이 최근 죽은 후 얻은 타이틀이었다. 이제 그랜드 콜로설은 그녀의 것이었다. 그리고 스택스가 방금 관중에게 자신을 콜로설로 부르라고는 했지만, 사실은, 적어도 지금은, 스택스는 아직 하시 리퍼라는 것이었다.

"예언자의 말씀이었습니다."

라이트가 말하면서 경비에게 스택스를 데려가라고 손짓했다.

"사랑하는 연인에게 남길 격려의 말이라도?"

라이트는 피에 젖은 스택스의 머리카락을 한 움큼 쥐었다가 놓고는 붉게 물든 손을 털며 떫은 표정을 지어 보였다.

"알다시피 오늘은 그녀에게 중요한 날이죠. 이기면 그녀는 새로운 차원에 올라서게 될 겁니다. 거의 삼십오 개월을 버텼죠. 어떻게 생각하시죠?"

"밖에 나가 서킷에서 축하할 것 같은데. 어쩌면 당신 같은 남자들이 보고 딸칠 만한 장면이 좀 있겠어."

관중이 함께 웃었다. 라이트는 당황스러운 척 입에 손을 갖다 댔다.

"그러길 바랄 뿐이에요."

라이트가 말하는 순간, 스택스 뒤에 서 있던 경비 하나가 그녀의 양 손목에 검은 매그로드*를 갖다 댔다. 붉은 줄 세 개가 하나로 합쳐지며 스택스의 손목이 막대에 달라붙었고 그녀는 일어섰다. 낚싯줄에 걸린 상어 같은 모양새였다.

"사랑해."

스택스가 떠나가며 한 번 더 말했다. 관중이 함성을 질렀다. 스택스

---

* 아크테크 전자기 핸들 진압봉 Te-SIP 2.2 매그로드 모델 7은 통제 장치, 이동식 이송 보조 장치이자 직접적인 방어와 징계의 확실한 도구로서 전자기 보안 7 시리즈 전체 상품과 연동된다. 아크테크, 가장 냉정한 전략적 보안.

는 경비들에게 끌려가는 와중에도 서위의 모습이 언뜻 보일까 해서 고개를 돌렸다. 서위의 자리는 예상대로 비어 있었다. 경비 중 하나가 스택스의 대낫과 칼을 집었다. 그 뒤 그들 모두 스타디움 내부로 사라졌다. 그사이 관중은 신형 FX-709 일렉트리코 파워 픽업트럭 광고를 시청했다.

군사 경찰의 군화가 회색 바닥에 부딪히는 소리가 벽을 타고 울렸다. 벽은 마이너리그 야구팀인 브룸 브룸 시티 롤러스의 사진으로 도배되어 있었다.

"그래, 나한테 수건이 필요할 거라고 생각한 사람은 아무도 없어?"

스택스가 말했다. 스택스를 끌고 가던 경비가 살짝 뒷걸음질 쳤다. 그는 바이저를 쓰고 있었지만 스택스는 그가 당황했음을 알 수 있었다. 모든 군사 경찰이 그렇듯 그의 헬멧에는 눈을 완전히 숨기는 검은 바이저가 달려 있었다.

"닥쳐, 죄수."

다른 군사 경찰들과는 다르게 팔뚝에 회색 띠를 두르고 있는 경비대장이 말했다. 그는 검은 막대로 그녀의 등을 찔렀다.

"설마 진심은 아니겠지."

스택스가 바이저 너머를 응시하며 말했다.

"아가리 닫아야 할 거야, 죄수."

경비대장은 다시 말하며 무리에게 계속 가라고 손짓했다.

스택스는 눈을 감고 계속 걸었다.

"수건이 필요해."

"탈의실과 샤워실에 준비돼 있다. 알고 있을 텐데, 스태커."

"스택스라고 불러."

"죄수."

"콜로설."

"아닐 텐데."

스택스는 바닥에 드러누웠다. 등을 대고 눕자 여전히 매그로드에 연결된 팔이 위로 들렸다. 피부에 묻은 피가 말라서 얇게 떨어졌다. 그녀는 이 순간을 빨아들이려고 노력했다. 수백, 수천 명이 관찰하는 대신 나약한 인간 몇 명이 감시할 뿐인 얼마 안 되는 순간을. 꽁무니에 바짝 붙어 허리케인으로서의 모습을 요구하는 카메라가 없는 순간을. 여기서 그녀는 자유롭게 후회하고, 솔직하게 희망을 품고, 자기 자신이 될 수 있었다. 스택스는 자신만을 생각하려 애썼다. 서킷을 고민하지 않고, 서워나 선셋이나 방금 도륙한 불쌍한 남자를 생각하지 않고.

경비 하나가 진압봉으로 갈비뼈를 때렸다. 기침이 터졌지만 그래 봤자 그녀를 다치게 하면 자신에게 무슨 일이 일어날까 두려워한다는 사실이 느껴지는 강도였다.

"가자, 죄수."

그녀는 좀처럼 찾아오지 않는 스스로와의 이 시간을 즐기고 싶었다. 깊은 두려움이 느껴졌고 아드레날린은 잦아들었으며 머리가 아팠다. 그리고 무수한 방식으로 그녀를 찾아올지도 모르는 보복에 대한 강한 공포도 느껴졌다. 그녀는 자신에게 그녀가 하마라 스태커라고 말했다. 또 허리케인 스택스라고도 했다. 동시에 그 둘 다 아니기도 하다고 말했다. 불안이 그녀를 짓눌렀다. 그녀는 숨 쉬는 법을 기억해 내려고 하며, 지금이 행복한 순간임을 떠올리려고 애썼다. 누군가 다시 그녀의 갈비뼈를 찬 다음 엉덩이에 대고 세게 진압봉을 휘둘렀다. 스택스는 숨을 마시고 눈앞에 무엇이 있는지 생각했다. 그녀를 두려워하는 나약한 남자들. 갓 흘린 피. 차가운 콘크리트. 가까워지는 더 많은 군홧발 소리.

스택스는 다시 눈을 뜨고 경비대장을 보았다. 경비대장은 좌우를 둘러보았다. 무리는 그에게 집중하고 있었다.

"전능한 스택스 양. 콜로설의 엉덩이를 드시죠."

경비대장은 그렇게 말하며 스택스의 팔뚝을 잡아 일으켰다. 그녀는 순순히 일어섰다.

"그 정도만 해 주면 되는 거야."

그녀는 다정하게 말했다.

스택스는 어깨를 돌리고 목 근육을 풀면서 다치지 않았음을, 군사 경찰이 그녀를 다치게 할 수 없음을 보여 줬다. 몇 미터 앞에서 문이 열렸다. 스택스는 미소 지었고 손가락을 꿈틀거리며 손을 흔들었다.

"잠깐 보게 해 줘."

서워가 조용히 말했다.

"정말 잠깐만이야."

군사 경찰 하나가 대답했다. 어쨌든 그녀는 서워였으니까.

서워는 이렇게 복도에서 마주치기 위해 스택스가 쉬는 시간을 조정하느라 애썼다는 사실을 알 수 있었다. 그녀가 살아서 미소 짓는 모습을 보니 피를 뒤집어쓰고 있는데도(특히 피를 뒤집어쓰고 있으니) 서워는 진짜 스택스를 꿰뚫어 보고 있다고 느꼈다. 방금 누군가를 죽였고, 생명을 빼앗을 때 몰려오는 감정을 고스란히 느끼고 있는 사람. 서워는 전투용 해머를 잡은 손에 더 힘을 주고 앞으로 걸었다. 서워가 다가오자 스택스 주변의 남자들은 물러섰다. 스택스의 손목이 결박된 막대를 잡고 있던 경비는 상사를 살피다가 그가 고개를 끄덕이자 죄수를 풀어 주었다. 스택스의 손목이 겹쳐지자 두 줄의 붉은 선이 나타났다. 두 전사가, 한 사람은 깨끗하고 한 사람은 사라진 생명에 흠뻑 젖은 채 눈을 마주쳤다.

"잘했어."

서워가 말했다. 그녀의 손목 역시 스택스처럼 마주 붙어 있었다.

"로맨틱하네."

고개를 옆으로 돌린 스택스가 과장스럽게 실망한 척하며 말했다. 서워가 웃었다. 그리고 몸을 돌려서 못을 때리는 망치 모양의 라이프디포 로고가 새겨진 탄소섬유 보호대에 싸인 어깨를 내밀었다. 스택스도 똑같이 돌아서서 자기 어깨를 내밀었다. 그들이 어깨를 비비며 가정용품 판매 회사 로고에 피가 번지는 순간 서워는 눈을 감았다. 스택스는 그 순간을 즐기는 서워의 모습을 눈을 뜬 채 지켜보았다. 그것은 진정한 전사 두 사람이 전장에서 나누는 포옹이었고, 수 세기 동안 세상이 보지 못한 종류의 것이었다.

서워는 계속 어깨를 문질렀다. 스택스는 먼저 몸을 떼고 똑바로 서서 서워가 눈을 뜰 때까지 기다렸다.

"이제 집중해. 꼭 내게 돌아와야 해. 우리가 모든 걸 바꿀 수 있게. 선셋이 원했던 대로 할 수 있게."

스택스는 더 말하지 않고 거기서 멈췄다. 전투를 넘어선 미래를 이야기하는 건 위험했다. 죽이려면 현재에 머물러야 했다.

"나랑 너야."

스택스는 그렇게 말을 마쳤다.

"너랑 나."

서워가 되풀이했다.

그리고 나서 서워는 전(前) 그랜드 콜로설이었던 선셋을 생각했다. 선셋도 이런 삶을 선택하기로 한 결정에 따라 살아 간다는 것이 무엇인지 그녀만큼이나 잘 알았다. 그러나 이번 주초 잠에서 깬 그들은 선셋이 죽었음을 알게 되었다. 그는 죽었는데 그를 죽였다고 나서는 사람은 없었다. 선셋은 모든 카메라가 꺼진 '블랙아웃의 밤'에 죽었다. 죽인 사람 말고는 세상 누구도 그가 어떻게 죽었는지 보지 못했다. 누군가 몰래 뒤에서 공격한 듯 목이 그어 있었다. 누군지 모를 살인자는 선셋의 검을 썼고 솜씨는 정확했다. 선셋은 바깥세상에 나가기 직전이었다. 그녀는 그를 허망하게 떠나보냈다. 그녀의 체인인 앙골라 해먼드 체인 구성원 누군가가 선셋 하클리스를 죽였다. 그리고 앙골라 해먼드의 모든 것을 아는, 앙골라 해먼드 체인의 서워는 범인이 누구인지 감도 잡지 못했다. 옅은 의심은 있었으나 그쪽으론 차마 더 생각할 수 없었다.

감정이 솟구쳤지만 늘 그렇듯 내리눌러야 할 때였다. 서워는 코로 숨을 들이마시고 잠시 참았다가, 자신과 해머가 아닌 모든 것을 내보냈다. 전투를 마치기 전까지 그 외에는 다른 무엇도 존재해서는 안 됐다. 마침내 서워는 눈을 뜨고 스택스를 보았다. 서워는 '퀘스천 매치' 대결을 뽑았다. 누구와 맞서게 될지, 상대가 무엇을 할 수 있는지 아무것도 미리 알 수 없었다. 하지만 지금은 그것조차도 생각할 수 없었다.

"저 밖에 네가 걱정할 사람은 아무도 없어. 운도 좋지, 너는 내 체인에 있으니까."

스택스가 웃으며 말했다. 농담이었지만 사실이기도 했다. 같은 체인의 링크는 절대 배틀그라운드에서 서로 맞붙지 않았다. 체인은 팀으로 설계된 건 아니었지만 이 규칙 때문에 팀이 될 수도 있었다. 같은 체인끼리는 전투 계획을 공유하거나 무기를 얻도록 서로 도울 수도 있었고, 서워도 많은 이들을 도왔다. 체인의 연대, 선셋은 늘 그것을 설파했다. 같은 체인의 링크는 유일하게 믿을 수 있는 사람들이었다. 그런데도 서로 죽이는 일이 너무 잦았다. 하지만 선셋은 그러지 않았고, 다른 링크들도 자신처럼 하라고 독려했다. 앙골라 해먼드의 일원이었던 그는 챔피언이었지만 힘을 과시하거나 자기가 사람을 얼마나 죽였는지 떠벌리지 않았다. 대신 모든 링크는 세상이 생각하는 것보다 나은 사람이라며, 서로 힘을 합쳐 그 사실을 보여 줘야 한다는 주장을 폈다.

"네가 내 체인에 있는 거지."

서워가 말했다. 둘 중 누가 콜로설인지 은연중에 강조한 것이다.

스택스는 서워에게서 웃음을 한 번 더 짜내려 했지만, 서워의 얼굴은 무표정으로 돌아가 있었다. 그녀는 서워가 이미 세계가 두려워하는 전사로 변했음을 알았다. 스택스는 그녀에게 유일한 사람과 몇 분이라도 더, 따뜻한 몇 초만이라도 더 나누고 싶었다. 하지만 끝이었다.

"됐어, 됐어."

스택스 쪽의 경비대장이 말했다. 그리고 그 순간 복도의 모든 사람이 그에게 감사했다. 스택스는 그녀를 기다리고 있는 절차와 샤워와 피부에 새길 새로운 X를 향해 계속 움직였다.

서워는 앞으로 걸었다. 미키 라이트가 관중들에게 서워의 경기를 알리는 소리가 들렸다.

B3

 '나는 B3에 반대한다. 나는 B3에 반대한다. 나는 B3에 반대한다.'
 '신(新) 노예제 중단을 촉구하는 연합'은 모토클라인 아레나 밖을 행진하는 여러 집단 중 하나에 불과했다. 모두 합쳐서 그들의 수는…… 수십 명? 거기 있는 사람이 백 명은 되었을까? 나일은 알 수 없었다. 시위 참가자가 이백 명이 되지 않는 건 분명했지만, 나일은 기자들이 수십 명이 아니라 수백 명이 참여했다고 말해 주길 바랐다. 메가폰을 잡은 손바닥에 땀이 흥건했다. 그래도 자랑스러웠다. 모이자는 목소리가 퍼진 것이다. 사람들은 피드에 뜬 뉴스를 보았을 것이다. 선셋 하클리스의 갑작스러운 죽음은 그들이 와야만 한다는 의미였다.
 나일은 그가 속한 연합 지사가 있는 세일즈빌부터 운전해 왔다. 그

---

* 일명 바비의 블러드스포츠 브릿지 또는 BBB, B3로 불리는 정당한 선택에 관한 법률(로버트 버처 대통령 임기 중 법안 통과)은 유죄 판결을 받은 국가시설 수용자가 본인의 의지와 권한으로 국가가 집행하는 사형이나 최소 25년의 수감 생활 대신 CAPE 프로그램에 참가하기로 선택할 수 있다고 명시한다. 해당 프로그램에 3년간 성공적으로 참여한다면 해당 수용자는 사면, 감형, 또는 완전 면책의 대상이 된다.

는 간식을 챙겼다. 마리가 그의 차 대신 연합 운영위원회장인 그녀의 어머니, 카이의 차를 탄 건 실망스러웠다. 하지만 그는 다른 모두와 마찬가지로 검은 옷을 입고 이곳 경기장 밖에서 땀을 흘리며 구호를 외치고 있었다. 스택스나 서워, 사이 아이 아이의 경기를 보지 않고, 시위대를 지나 경기장에 들어가는 사람들에게 그들이 화려한 포장에 싸인 독을 먹고 있다는 사실을 알려 주고 있었다. 그는 친구들과 함께 애도하기 위해 이곳에 왔다. 게다가 다른 회원들로부터 메가폰을 다루는 일에 재능이 있을 것이라고 인정받았다는 사실은 멋진 일이었다. 손에 쥔 매끈한 구식 플라스틱은 힘처럼 느껴졌다.

"나는 B3에 반대한다!"

확성기에서 나오는 나일의 목소리를 수십 명이 따라 했다. 그들은 경기장 주위를 셀 수 없이 돌며 행진했다. 걸음마다 목소리를 높였다. 나일이 메가폰을 받아 들 자신감을 얻기 전에도, 시위는 한 시간 넘게 지속되는 중이었다. 그리고 이제 그의 차례였다.

"좋아, 그거 켜 봐. 마이크는 이제 네 거야, 계속해."

마리가 팔꿈치로 슬쩍 그의 갈비뼈를 찌르며 말했다.

"나는 B3에 반대한다!"

나일이 마지막으로 구호를 외쳤다. 마리의 검은 곱슬머리는 폭탄이라도 맞은 것처럼 소용돌이치고 있었는데, 그녀는 그것을 이마와 헤어라인을 덮는 검은 밴드로 뒤로 넘겨 두었다. 갈색 눈은 모든 내막을 다 알고 있다는 듯 이글거렸다. 입술을 조금만 끌어올리면 양 뺨의 보조개가 살아날 것이지만 시위 때는 좀처럼 일어나지 않는 일이었다. 물론 나일도 이해하는 바였다.

나일은 군중의 소리에 귀를 기울였다. 구호가 힘있게 나오지 못하고 늘어지는 듯했다. 그는 메가폰에서 얼굴을 떼고 마리에게 속삭였다.

"이제 뭐라고 하지?"
"눈을 떠라, 악마의 놀이, BBB를 중단하라."
마리가 대답했다.
"눈을 떠라, 악마의 놀이, BBB를 중단하라."
나일이 메가폰에 대고 반복했다. 작은 군중은 계속 경기장 주위를 돌면서 동의의 함성을 질렀다. 군사 경찰이 유심히 지켜보는 가운데 그들은 새로운 활기로 구호를 외쳤다. 나일은 구호 선창을 맡을 용기가 생기기 전에 다른 사람들을 자세히 관찰했다. 그것은 일종의 예술이었다. 빠르고, 정확하고, 정직하게 그 순간을 움직일 단어를 고르는 것. 잘못하면 삔 발목으로 뛰는 것처럼 어색했다. 제대로 하면 모여 있는 영혼 모두를 하나의 강력한 힘으로, 통일된 천하무적의 힘으로 꿰맬 수 있었다. 나일은 충분히 많은 사람을 하나의 목소리로 모을 수 있다면 뭐든 할 수 있다고 믿었다.

눈을 떠라, 악마의 놀이, BBB를 중단하라.
눈을 떠라, 악마의 놀이, BBB를 중단하라.
눈을 떠라, 악마의 놀이, BBB를 중단하라.

나일은 주위 사람들을 관찰했다. 군사 경찰은 시위대의 '호위'로서 그들을 보호한다는 명목으로 와 있었다. 허가증이 약속한 대로였다.
"허락을 구하면 그들에게 권력을 주는 셈이야."
카이가 삼 회 전의 회의에서 그렇게 말했다. 하지만 시위를 이끌던 브룸 브룸 현지 집단은 허가를 받기로 선택했다. 모양새가 좋아야 하고 상황이 너무 미쳐 돌아가지 않도록 안전장치를 둬야 한다는 것이었다. 이제 나일은 카이의 의견에 동의했다.
군사 경찰은 남색과 짙은 검은색 제복을 입고 오토바이로 시위대 주위를 돌거나 가슴을 쭉 내밀어 오후의 햇살에 배지를 빛내며 걸었다. 그리고 대형 스포츠 행사, 콘서트, (특히) 시위나 집회에서 늘 그렇듯 길 건너편에는 측면에 밝은 노란색으로 VVPD라고 새겨진 검은 소형 탱크가 주차되어 있었다. 군사 경찰 한 명의 머리가 꼭대기에 솟아 있었고 헬멧 바이저 아래로 태평한 웃음이 드러났다.* 차 한 대가 지나가며 시위대에게 "개새끼들아!"라고 소리 질렀을 때, 나일은 경찰이 키득거리며 운전자에게 엄지를 세워 보이는 것을 보았다.

그래도 주먹을 들어 연대의 뜻을 보여 주는 행인들도 있었다. 어떤 사람들은 지나가면서 박수를 보냈다. 어떤 사람들은 웃었다. 하지만 대부분은 시위대가 아예 그곳에 없다는 듯이 행동했다. 그리고 물론, 어떤 사람들은 행동하지 않았다. 어떤 사람들은 그들의 아들딸이 학교에서 충성을 서약하는 바로 그 정부에 의해 매일 남자들과 여자들이 살해당하고 있다는 사실을 아예 생각하지 않았다.

눈을 떠라, 악마의 놀이, BBB를 중단하라.

눈을 떠라, 악마의 놀이, BBB를 중단하라.

쉰 목소리가 나기 시작했다. 나일은 마리의 어깨를 잡고 메가폰을 넘기려 했다.

"아냐, 넌 할 수 있어."

마리가 말했다. 그러곤 물병 뚜껑을 따고 상쾌하게 마시는 척하려다가 웃음이 터지는 바람에 사레가 들릴 뻔했다. 나일이 침을 삼키고 다시 구호를 외치려는데 다시 음악이 나왔다. 경기장 밖에서도 소리가 잘 들렸다. 가장 치명적이고 사랑받는 극한 격투 스포츠의 스타, '허리케인 스택스'로 잘 알려진 하마라 스태커의 테마 음악.

---

* 법률집행지원사무국은 1033 프로그램을 운영한다. 조지 허버트 워커 부시 대통령 행정부에서 만들어진 이 프로그램은 민간 경찰 부서에 잉여 군사 장비를 이전한다. 잉여 장비, 무기 등은 마약 단속 지원에 사용된다.

"젠장."

나일은 미처 메가폰을 입에서 떼지도 않은 채로 말했다. 그는 실제로 일이 일어나는 배틀그라운드를 피하려고 최선을 다했다. 그러나 그것의 잔인함은 어디에나 있었다. 스포츠뷰넷이 경기 전체를 중계할 준비를 하고 있다고들 했다. 지금까지는 링크 한 명이 주먹을 들거나 이두를 자랑하거나 가슴을 치고, 다른 한 명은 땅 위에 죽어 있는 모습의 스틸 컷이 공개되는 게 다였다. 이제 전체 중계가 시작되면 그 작은 편집상의 품위조차 버려질 것이었다. 곧 체인 갱 올스타전을 별도 결제하지 않아도 정규 스트리밍 서비스에서 쉽게 접근할 수 있게 될 참이었다.

나일은 스포츠뷰넷을 더 이상 보지 않았다.

배틀그라운드를 보면 내장이 드러나는 느낌이었다. 체인 갱 올스타전이 탄생하고 몇 년 후에도 그는 학생이었는데, 나일은 데스매치 이야기가 나오면 대화를 거부하거나 살인을 통렬히 비판했기 때문에 친구를 잃었다. 그는 대학에 등록하기 전 몇 년간 일하느라 보통 졸업반일 나이에 신입생이 되었다. 게다가 체인 갱과 관련된 것은 모두 반대하는 바람에 캠퍼스에서 더더욱 별종 취급을 받았다.

그냥 스포츠잖아.

그들이 자원한 거야.

그놈은 강간범이라고, 친구.

백인도 좀 나오잖아, 공정해.

위험한 사람들이야.

쫄보처럼 굴지 마.

나일은 그 모든 걸 거부했고 그래서 매우 별난 사람이 되었다. 그러나 결국은 비슷한 생각을 가진 친구들을 찾아냈고, 뭔가를 해야 한다는 걸 잘 알았던 그들은 활동가가 되었다. 혹은, 그러려고 노력했다. 보통 때는 파티하고 공부하고 젊고 멍청한 삶을 살았다. 하지만 시간이 있으면 시위에 나서고 회의를 열었다. '휴먼 리그'가 모임의 명칭이었다. 삼 년 전 졸업한 나일은 캠퍼스에 여전히 휴먼 리그의 지부가 남아 있다는 사실이 자랑스러웠다.

"야, 움직여."

마리가 빠르게 말하고는 나일의 손에서 메가폰을 낚아챘다. 그녀는 깊게 숨을 쉬고 나일보다 더 크고 더 분명하게 외쳤다.

"오늘 한 사람이 살해당했다."

처음에는 거의 무심하게 사실을 단언하는 느낌이었다.

"오늘 한 사람이 살해당했다."

그녀는 두 번째로 말하고는 몸을 낮춰 무릎을 꿇었다. 도미노처럼 질서정연한 움직임은 아니었지만, 주변에 모인 사람들도 파도처럼 그녀를 따라 했다. 결국 시위대는 모두 모토클라인 아레나 남쪽 광장에서 눕거나 엎드린 모습이 되었다. 행진 중에 경기가 끝날 때마다 거치는 관례였다.

"오늘 한 사람이 살해당했다!"

마리는 눈앞에서 죽어 가는 가족을 보는 사람처럼 절규했다. 죽어 가는 아버지를. 나일은 오르내리는 그녀의 가슴을 보며 격렬하고 진실한 날것의 에너지를 느꼈다. 마리의 삶은 쉽지 않았다. 그녀가 모르는 사람들, 그녀가 빼앗긴 사람들이 삶의 너무 많은 부분을 결정했다. 나일이 성장 과정에 관한 이야기를 꺼내자 그녀는 바로 그의 입을 다물게 했다. 몰아붙이고 싶지는 않았지만, 나일은 시위가 끝난 후에 마리에게 이야기하고 싶은지 물어봐야겠다고 결심했다.

"오늘 한 사람이 살해당했다!"

마리는 다시 소리쳤다. 하늘을 올려다보며, 외침 사이에 크게 숨을 쉬면서. 시위 참여자들이 그녀와 함께였다. 나일이 그녀와 함께였다. 나일은 실수로 땅에 입술이 긁혔지만 전혀 상관하지 않았다. 그들은 살아 있는 추모비였다. 그들은 완전히 함께였다. 마리가 끌어낸 목소리들은 모두의 영혼을 하나로 묶었다. 그들은 반복해서 구호를 외쳤다.

오늘 한 사람이 살해당했다.
오늘 한 사람이 살해당했다.
오늘 한 사람이 살해당했다.

그 뒤엔. 우리는 다른 세상을 희망하고 기도한다. 우리가 길을 잃었음을 알기를 바란다. 더 나은 방법이 있다. 부디 우리를 보라. 당신은 두렵다. 우리는 두렵다. 그 점에서 우리는 같다. 부디 우리 말을 들어라. 한 사람이 살해당했다. 그의 이름은……

나일은 재빨리 휴대폰을 꺼내 정보를 찾았다.

"그의 이름은 배리 해리스였다."

나일이 마리에게 말했다.

"그의 이름은 배리 해리스였다."

마리가 소리쳤다. 기계를 통해 나오는 그녀의 목소리는 그 자체로 분노와 기도의 노래였다.

그의 이름은 배리 해리스였다. 시위대가 세상에 외쳤다.

그의 이름은 배리 해리스였다. 그들은 말했다. 그리고 함께한다는 것은 훨씬 더 많은 것을 의미했다.

그는 태어났고 살았고 사랑받고 미움받았다. 우리는 그를, 그가 세상에 초래한 혼돈과 고통을 용서하지 않는다. 우리는 그가 혼란과 분노의 순간에 저지른 일은 모든 신성한 것에 대한 모독임을 알고 있다. 그러나 그렇기에 그를 응징하기 위해 하는 일은 그가 옳았음을 증명한다는 사실을 알고 기억해야 한다. 똑같은 방식으로 그를 응징하는 것은 그가 틀렸다기보다는 그가 약했을 뿐이라는 사실을 보여 줄 따름이다. 이런 식의 처벌은 씨앗에 물을 주는 것이다. 그의 이름은 배리 해리스였다. 그의 이름은 배리 해리스였다. 그가 희생되어 봤자 우리의 공포만 커질 뿐이다. 우리의 나태함은 유지될 뿐이다.

그의 이름은 배리……

"다들 엿 먹어!"

반쯤 닫힌 창틈에서 나온 소리였다. 차는 멈추지 않고 속도를 높여 지나갔지만 그 말은 시위대를 꿰뚫었다.

"너도 엿 먹어."

행진 참가자 한 명이 분노로 몸을 굳히며 벌떡 일어나 외쳤다.

"저기, 괜찮아요, 저기요."

"아냐, 저 망할 놈!"

카이와 다른 사람 몇 명이 양 주먹을 작은 무기처럼 들고 선 남자를 진정시키러 갔다. 나일은 인도 근처의 군사 경찰이 흰 이를 드러내며 웃는 것을 지켜보았다. 나일이 보고 있음을 알아차린 경찰은 잠시 웃음을 거뒀지만 이내 다시 소리 내어 웃더니 약한 미소를 지었다. 나일은 입술에 묻은 돌 조각을 털어냈다. 그는 들었다. 갑작스럽지만 분명하게, 주먹이 얼굴을 때리는 둔탁한 소리를. 어떻게, 누가 그랬는지 잠시 혼란스러웠다. 그러나 돌아선 나일의 눈에는 저마다 가장 좋아하는 링크로 꾸민 셔츠를 입은 새로운 무리가 남쪽 광장으로 뛰어드는 모습이 들어왔다. 한 명은 오른쪽 눈 아래에 X 문신을 하고 있었다. 이미 싸움은 벌어졌다. 마리는 서로를 마구 때리는 사람들 쪽으로 급히 움직였다.

마리는 싸우러 달려갔다. 그녀는 막 아버지를 잃은 참이었다. 그녀의 아버지는 선셋 하클리스로 알려진 남자, 세계에서 가장 유명한 링크 중 하나였다.

그리고 나일도 뒤따라 달렸다. 자기 안에 가득 차오르는 폭력을 느끼며.

티컵

 어깨와 등을 써서 천천히, 기술적으로 해머를 뽑아 공중에 휘두르자 하스 오마하가 손안에서 살아났다. 하스 오마하의 머리는 넓고 뭉툭했고, 육십 센티미터 길이의 손잡이는 날카롭게 끝이 마무리되어 뼈와 살, 금속까지도 뚫을 수 있었다. 서워가 케니 다 도그곤 데미데몬 플레치와 세라 고를 상대한 경기에서 증명한 사실이었다. 머리 뒤쪽은 손잡이 끝을 향해 전갈 꼬리처럼 휘어져 있었다.
 일 년 동안 해머를 휘두른 후, 서워는 하스 오마하의 손잡이를 가공한 볼트 가죽으로 감아 땀에 미끄러지는 것을 방지했다. 그즈음 해머는 그녀의 일부였고, 그녀는 다른 링크에게 배운 행진곡을 불렀다. 그 링크는 매번 경기 전에 무기 손잡이에 천을 감으며 노래를 불렀다.
 서워 주변에는 경비가 여섯 명 있었다. 경비들은 링크들을 봉제 인형이나 도축장의 동물처럼 취급했지만 서워에겐 신중하게 거리를 두고 심지어 가끔은 경의의 기색을 내비치며 늙은 부모를 대하듯 했다.
 서워는 왼쪽에 있는 경비의 젊은 입술을 바라보았다. 그는 손가락을 진압봉 근처에 댄 채 꼼지락대고 있었다. 뭔가 말하고 싶은 듯했다. 무서워하던 것도 지루해지던 중인지라 서워는 그에게 물었다.

"오늘 기분 어때?"

그는 이를 드러내며 긴장한 듯 웃다가, 무심한 듯이 입꼬리를 히죽거리는 수준으로 빠르게 웃음을 가라앉혔다.

"아주 좋습니다, 부인."

"그만해, 로저스. 집중하게 돼."

경비대장이 정중하게 말했다.

"괜찮아."

서워는 경비들이 얼마나 해이한지 생각하며 말했다. 그녀의 결박은 완전히 풀려 있었다. 양 손목의 녹색 선 한 줄. 이 가느다란 자유는 링크로서 누릴 수 있는 최대의 것이었다. 팔을 움직일 수 있었고, 이론상으로는 시설의 핵심 앵커 포인트로부터 최대 삼백오십 미터까지 떨어질 수 있었다. 서워가 자신이 치명적인 존재라는 사실을 증명할수록 경기와 경기 사이에 그녀를 이러저리 움직이는 사람들의 경계가 느슨해진다는 건 지긋지긋한 역설이었다. 그들은 종종 자신들을 서워와 동일시하고 싶은 것 같기도 했다. 서워는 자신이 거둔 성공이 그들 안의 어떤 마음을 정당화한다는 사실을 알고 있었다. 그녀가 누군가를 죽이면 그들은 그녀를 더욱 사랑했고, 그녀는 그들을 더욱 깊이 증오했다. 서워는 숨을 들이마셨다. 그들은 사람일 뿐이고, 사람은 모두 똑같았다. "다들 그냥 행복하고 싶을 뿐이야." 서워가 교도소에 있을 때 같은 감방을 썼던 현명한 여자에게 들은 말이었다. 모두가 수많은 다른 방식으로 같은 것을 좇고 있었다.

"궁금한 거 있어?"

"그러니까……" 경비가 말문을 열었다. "지금 기분이 어때요? 바로 지금 말이에요. 어떤 기분이에요?"

서워는 잠시 그를 가만히 응시했다. 젊고 호리호리한 경비는 그녀의 교도관일 뿐 아니라 사형집행자였지만, 그 사실을 자각하지 못하고 있었다. 서워는 그에게 폭력을 휘두르고 싶지는 않다는 사실에 안도했다. 스택스를 만나기 전 그녀는 오랫동안, 타인을 파괴하고 싶다는 급작스럽고 깊은 충동에 주기적으로 사로잡히곤 했다. 물론 자기를 파괴하고 싶은 충동은 더 꾸준했다.

"너는…… 너는 내리막에서 자전거를 아주 빨리 타 본 적 있어?"

"그럼요."

그가 친구들에게 이 이야기를 어떻게 떠벌릴지 짐작이 갔다.

"최대한 빠르게 말이야."

그는 최상급으로 그녀를 설명할 것이다. 가장 자신감 넘치는, 가장 침착한, 가장 흉터가 적은, 가장 강한, 가장 냉정한, 가장 차가운. 역대 가장 위대한, 아니면 두 번째로 위대한, 링크.

"자전거를 타다가 브레이크를 잡으려는데 브레이크가 고장 난 걸 깨달아. 그런 일 겪어 봤어?"

그녀는 주위 남자들을 한 명 한 명 보면서 물었다. 그들은 그녀의 말을 유심히 들으며 생각했고, 그녀에게 관심을 받는 그 순간을 온전히 누리려 노력했다.

"아뇨. 하지만, 네, 무슨 말인지 알겠어요."

"전 실제로 그런 일이 있었어요. 엄청 높은 언덕은 아니었지만 그래도 꽤 됐죠. 어렸을 때요. 아무튼, 네."

다른 남자가 수줍게 말했다.

"그 공포, 엄청난 속도로 내려가고 있을 때만 알 수 있는 공포. 내 말 알겠지?"

남자들이 모두 끄덕였다. 그녀는 목소리를 낮추며 가까이 다가오는 그들을 바라보았다.

"무슨 실수라도 하면 몸이 온통 뒤집힐지도 모르는데 그걸 영혼이 미리 알아차린 거야. 그리고 한 겹 한 겹 벗겨지기 시작하지. 그런 기분 알아?"

이럴 때, 위험이 적을 때, 어찌 되든 상관없을 때, 서워는 관객을 붙드는 법을 되새겼다. 남자들이 너무 세차게 고개를 끄덕여서 머리를 감싼 헬멧이 덜그럭거릴 정도였다.

"있잖아, 그거랑은 전혀 달라."

서워가 말하고는 시선을 돌렸다.

뭔가 할 말이 있다는 듯 젊은 경비의 입이 벌어졌다가 조금 생각하더니 다시 닫혔다.

그녀 앞에 있던 게이트가 사라졌다. 사람들이 아우성쳤다. 음악은 없었다. 서워는 자기 교도관 겸 에이전트에게 음악이 '편안함'이라고는 없는 이 세상에서 편안한 척하는 눈속임'이라며 전통을 거스르기로 했다.

서워는 공식적으로 CAPE 프로그램 역사상 세 번째로 오래 버틴 참가자였고, 선셋이 죽었으니 현재 서킷에서 모든 링크의 목표인 자유에 가장 가까이 있는 링크인 셈이었다. 자유라니. 서워는 그것을 터무니없다고 여겼다. 너무나 오랫동안, 너무나 멀리 떨어져 있던 것이라 상상할 필요조차 없던 것이었다. 이제는 그것이 기차처럼 서워를 향해 돌진했다.

서워는 극한 격투 스포츠 세계의 아이콘이었다. 미키 라이트가 극한 격투 스포츠 세계의 아이콘으로 살아가는 기분이 어떠냐고 자주 물었기 때문에 스스로도 익히 아는 사실이었다. 과거에는 그 질문에 속이 뒤집혔다. 그녀는 일종의 섹스 심벌이 되어 있었다.

"지구상에서 제일 핫한 여자가 된 기분이 어때요?"

라이트는 테네시 출신 여자의 두개골을 박살 낸 서워에게 물었다. 해머가 떨어지기 전에 그 여자가 내뱉을 수 있었던 건 간절한 애원의 반절밖에 되지 않았다. "제바……" 애처로운 유언이었다. 그리고 서워는 그 소리를 들으며 즐거워했다는 사실에 스스로가 역겨웠다. 세 번째 경기였다. 그리고 그 경기는 격투 스포츠 사상 최다 관중을 동원했다. 그 기록은 서워의 다음 경기에서 바로 경신됐다. 보잘것없던 그녀는 전설이 되었다. 그녀는 해머를 쟁취한 여인이었다.

초반의 성공 이후 서워는 머리를 완전히 밀어 버렸다. 멜랑콜리아 비숍의 조언을 받아들인 것이다. 머리카락이 배틀그라운드에서 골칫거리인 것도 있었지만, 그러면 유명세가 조금 잦아들리라는 생각도 있었다. 하지만 사람들은 해머만큼이나 서워의 삭발에도 열광했다. 지금 관중석에 앉은 여자 절반은 삭발한 채였다. 팬들 사이에서 LT 컷은 서워가 했던 것처럼 직접 해야만 유효했다. 서워처럼 칼로 민 것 같이 보여야 했다.

서워는 유명세에서 자유로워질 수 없었다. 팬들의 메일을 읽는 일은 점점 줄었다. 대부분은 그녀의 갈색 피부가 맛있다느니, 어깨 갑옷을 치우면 타격이 더 치명적일 거라느니, 침대에 같이 있을 때 스택스를 어떻게 다뤄야 한다느니 말하는 남자들의 편지였다.

서워는 한때 정제되지 않은 팬들의 숭배를 사랑했고, 즐겁게 그 팬들을 만족시켜 줬다. 솔직히 말하면 아직도 그랬다, 그 모든 걸 혐오하면서도. 그녀는 자신이 약한 쪽이 아니라는 사실을 사랑했다. 세상이 '서워'라고 아는 여자가 너무 오랫동안 그녀의 전부였다. 그렇게 계속 나아갔다. 여전히 계속 나아가고 있었다. 매일 잠에서 깨어나면 이렇게나 오래 계속했다는 사실이 부끄러웠으나 그녀의 삶에 스택스가 있었기에, 붙잡을 만한 진짜 뭔가가 있었기에, 팬들과, 명성과, 국가가 그녀를 죽이려 하고 있으며 그녀가 자신의 삶을 부끄럽게 여기고 스스로가 살 자격이 없다고 생각하면서도 죽지 않으려 한다는 사실을 모호하게 가리는 모든 예쁜 장식을 좀 더 쉽게 놓아 버릴 수 있었다.

결국은 죽음이었다, 느리든 빠르든. 고통스럽든 갑작스럽든. 그 이상은 없었다. 체인 갱의 문화는 죽음이었다.

서류에 서명할 때부터 알고 있던 사실이었다. 서워는 비참하고 슬픈 삶을 끝장내고 싶었다. 그러나 이제 그녀에겐 스택스가 있었고, 체인이 있었다. 그냥 떠날 수 없을 것 같았다. 그래서 죽음이 그녀를 제외한 모두를 찾아가는 세상에서도 계속 나아갔다.

넉 달 전, 캠프에 나와 있을 때 같은 체인의 링크인 거니 퍼들스가 다른 링크의 팔다리를 자르고는 거시기를 끄집어내 시체에 소변을 보는 일이 있었다. HMC가 반딧불처럼 그의 주위를 맴돌고 있었다.

"메이저리그에 온 걸 환영한다, 꼬마야."

퍼들스는 바지 지퍼를 올린 후에 말했다. 서워는 그 일이 일어나는 광경을 보았다. 잘못 건드리면 안 될 사람이 되어 보려다가 잘못된 링크를 잘못 건드린 루키가 거니에게 살해당한 것이다. 서킷에서 본 게 워낙 많았던 서워는 살인 현장을 편안히, 심지어는 가벼운 흥미까지 가지고 스택스와 나란히 앉아 뜨거운 저녁을 입에 떠넣으면서 관전했다.

선셋 역시 그 일이 일어나는 광경을 보았다. 그는 점잖게 말렸다. 퍼들스는 그에게 꺼지라고 했다. 선셋은 웃어 넘겼는데 그건 순전히 스택스와 서워가 이미 그를 지키려고 무기를 들었으며 그는 피곤했고 자유를 얻을 준비가 되어 있었기 때문이었다.

이제 서워는 조명과 함성의 합창 속으로 걸어 나왔다.

서워

서워

서워

구형 물체가 입 앞으로 날아왔지만 서워는 아무 말도 하지 않았다. 그녀는 몇 달 전부터 경기 전 마지막 말을 남기지 않고 있었다. 한동안 그녀는 가식적으로 행동하며 이런 삶을 원할 법한 캐릭터를 연기했다. 존재하고 싶은 척, 잘 살고 싶은 척했다. 그러나 지금은 삶에 스택스가 있는데도, 스스로의 존재에 대한 수치심 때문에 배틀그라운드에서 절대 기쁨을 느낄 수 없었다. 그래서 그녀는 침묵을 택했다. 사람들에게 자신의 성공이, 계속 살아간다는 사실이 부끄럽다고 말할 수 없어서 침묵을 택했다.

"그녀가 왔군요. 삼십이 승, 참혹한 압승이 이십삼 회입니다. 지구상에서 가장 치명적인 여자, 로레타 서워!"

라이트가 외쳤다.

서워는 어두운 플랫폼으로 몸을 낮췄다. 문제가 있는 왼쪽 무릎이 삐걱거렸다. 서워는 킵에 무릎을 꿇으며 통증으로 숨을 몰아쉬었다.

"언제나처럼 냉정하군요! 이렇게나 집중력이 좋은 살인 기계를 본 적이 있습니까?"

라이트는 경기장에 있는 중계 공간에서 말했다.

관중은 고함으로 대답했다.

대부분의 사람들은 이런 걸 느낀 적이 없다는 사실을 서워는 알았다. 전율. 집중되는 관심. 그녀가 계속 존재하길 바라는 집단적 연대. 서워는 에너지가 온몸을 타고 흐르게 두었다. 수치스러웠음에도 그 느낌을 즐겼다. 그것은 현재였다. 배틀그라운드에 있는 건 현재뿐이었다.

"오늘은 그녀가 기록적인 다섯 번째 퀘스천 매치에 나섭니다!"

라이트가 말을 이어 갔다. 기다리는 사이 살갖 아래 전자기 수갑이 붉게 변했다.

"그녀는 항상 행동하는 여성이었죠!"

서워는 일이 극적으로 흘러가는 걸 완강히 거부했지만, 라이트는 언제나 그녀를 드라마의 주인공으로 만들려 했다. 그리고 물론, 그는 성공했다. 더 크게, 더 크게.

보통 때라면 그녀는 상대와 그들의 무기, 기질에 대해 외워 둔 구체적인 사항을 머릿속으로 쭉 훑고 있었을 것이다. 하지만 이번은 퀘스천 매치였다. 무릎의 통증에 저항하지 않으면서 기본적인 부분을 되새기는 것이 서워가 할 수 있는 전부였다. 빠르게, 효율적으로 움직일 것. 때린다고 생각하지 말고 날려 보낸다고 생각할 것.

"상대는 누구일까요?"

라이트가 세상에 묻자 대형 스크린이 번쩍이며 세 줄이 돌아가는 거대한 슬롯머신 이미지가 떴다. 경기장에 기대감이 넘쳐흘렀다.

지금껏 미지의 세계에 이렇게나 많이 들어갔다가 살아 나온 사람은 없었다. 자신이 강한 이유가 철저히 준비해서라는 걸 서워는 너무나 잘 알고 있으니, 상대에게 기회를 주고 싶어서 또 한 번 퀘스천 매치에 나섰을지도 모른다. 멜랑콜리아 비숍도, 선셋 하클리스도 아닌 그녀가 역대 최고의 링크임을 증명하고 싶었는지도 모른다.

첫 줄이 느려지다 'CCNA'에서 멈췄다.˙ 관중은 거의 무덤덤했다.

---

* CCNA, 즉 북미교정국은 세계 최대의 민영 교도소 기업이다. 토마스 웨스플랫, 버토 랜츠, T. 론 쿠토에 의해 공동 설립되어 전국에 여러 시설을 운영하며, 지속적으로 연간 수십억 달러의 수익을 창출하고 있다.

CCNA는 거대 조직이라 그것만으로는 어떤 정보도 알 수 없었다. 사람들이 기다리는 가운데 두 번째 줄이 느려지다가, 커다란 V의 한쪽 획에 뱀이 기어 올라가는 그림에서 멈췄다. 이번에는 관중들이 좋아했다.

벨몬트 바이퍼는 인디애나주 벨몬트의 교정 시설에서 탄생한 체인으로 한동안 엄청난 사랑을 받는 링크들을 배출했다. '레프티' 레이 피터슨, '턴업' 티토 마르콘, 그리고 제인 마셜. 지금은 모두 죽었다. 그래도 성적이 꽤 좋아 팬들은 바이퍼 체인의 잠재력이 대단하다고 믿었다. 가장 기억에 남는 서워의 승리 중 두 번은 바이퍼의 링크를 상대한 것이었다. '얼서' 우디네 포틀리와의 기나긴 싸움이나 팔콘 윈스턴 이튼과의 혈투를 누가 잊을 수 있겠는가? 이번 경기는 바이퍼의 이름으로 복수할 드문 기회였다. 관중은 목이 쉬도록 소리를 지르며 마지막 줄이 멈추길 기다렸다.

물론 이 모든 것은 쇼였다. 서워와 하스 오마하를 마주할 상대는 이미 게이트가 연결된 복도 저편에서 기다리고 있었다.

서워는 대형 스크린을 올려다보았다. 지금. 그녀는 생각했다.

셋째 줄이 돌아가다가 서워가 한 번도 본 적 없는 소년의 얼굴에서 멈췄다. 그녀는 얼굴을 찌푸렸다. 극한 격투 스포츠의 맹렬한 후원자인 관중도 숨을 들이마시더니 당황하고 초조한 듯 웃고서 다시 함성을 질렀다.

"음. 첫 경험이 아주 화끈하겠군요!"

라이트가 말하자 서워 반대편의 게이트가 올라갔다. 청바지를 입은 앙상한 두 다리가 걸어 나왔다. 윗옷을 입고 있지 않은 소년의 등에 있는 두 개의 푸른 M 문신이 모두의 눈앞에 그대로 드러났다. 그는 냄비를 들고 있었다. 서워는 냄비 바닥이 그을린 것을 알아채고 잠시 생각했다. 제작자가 무기 발표식 이후에 돌려받을 생각으로 집에 있는 걸 가져온 걸까? 아니면 변태스러운 진정성을 위해서 굳이 시간을 들여 바닥에 검은 동그라미가 생길 때까지 냄비를 불에 올려놓은 걸까?

서워는 소년의 눈에서 아무것도 읽을 수 없었다. 그는 눈을 깜박이며 앞으로 나서서 그를 응원하고 저주하는 관중을 바라보았다.

"이런, 이런, 이런, 하룻강아지로군요! 환영해 줍시다! 이름을 말씀해 주시죠, 선생님."

라이트가 배틀박스에서 말했다.

"팀."

소년은 스피커에서 흘러나온 자기 목소리의 크기에 눈에 보일 만큼 놀랐다. 그가 대고 말한 구형 물체는 얼굴에 더 가깝게 움직였다. 대형 스크린에 이마가 여드름투성이인 얼굴이 비쳤다.

"이름, 성 전부요."

라이트가 카메라를 보고 의도적으로 눈을 치켜뜨며 말했다.

"저는 팀 자렛입니다."

소년이 말했다.

"팀 자렛, 팀 자렛. 일단 티컵이라고 부르도록 하죠."

미키 라이트는 이 말이 스피커로는 울려 퍼지지 않는다는 듯이 비밀스럽게 한 손을 입에 대고 한쪽으로 몸을 기울였다.

---

* 살인자, 살인자.
  그건 기분이 좋지 않았다. 혹은 좋으면서 좋지 않았다. 늘 혼자인 느낌이었다. 혼자가 아니었던 적이 없었다. 일을 끝냈다, 혼자서 끝까지 해냈다. 이미 친구는 없었고, 이제 부모도 없다.
  나는 총을 들어 겨눴다. 엄마와 아빠. 탕, 그리고 탕. 죽었고, 죽었다. 기분이 나아질 줄 알았다. 그러나 모든 고통은 그대로다.
  그리고 그들이 말했다. "저 남자애는 성인이야." 그는 사람들을 두렵게 한다. 글쎄, 모든 것이 그를 두렵게 한다. 특히 자기 자신이.
  어쩌면 이것은 기분이 좋을 것이다. 최소한 이게 끝이니까. 역대 최연소 링크.

"떨어뜨리면 반으로 쪼개질 것 같이 생겼잖아요."

관중이 웃었다. 라이트가 말을 이어 갔다.

"하지만 정말이지, 티컵, 오늘 왜 여기 있는 거죠? 어쩌다 이런 곤경에 처했어요?"

"엄마 아빠를 죽였어요."

티컵이 말했다. 관중이 야유하고 그에게 소리 질렀다. 자기 어머니와 아버지를 사랑하는 사람들이었다.

"문제아로군요. 예전에도 본 적 있어요. 하지만 당신은 좀 특별 케이스라고 들었는데요."

"난 특별하지 않아요."

티컵은 말하는 동안 어딜 봐야 할지 모르는 것 같았고, 결국 경기장 너머 미키 라이트가 있는 배틀박스를 보았다. 라이트가 소년을 마주 보고는 톡 쏘듯 말했다.

"하지만 당신은 특별해요. 나이가 십육 년하고 백이십이 일이니, 당신은 공식적으로 역대 최연소 링크입니다! 축하해요!"

티컵은 아무 말도 하지 않았다.

라이트가 계속 말했다.

"그리고 당신은 왜……"

"그만."

서워의 목소리가 들리자 관중이 조용해졌다. 라이트는 혐오를 담은 눈으로 서워에게 미소를 보냈다.

"아! 서워 양이 하고 싶은 말이 있다는……"

"더는 아무 말도 하지 마."

서워가 티컵을 건너다보며 말했다.

"너, 무릎 꿇고 한마디도 더 하지 마."

이 소년의 삶을 최대한 빨리 끝내면 잔인한 걸까? 그녀도 티컵이었던 적이 있다. 그리고 그가 한마디 할 때마다 그녀는 과거를 떠올렸다. 그건 배틀그라운드에서 미래를 생각하는 것보다 더 나쁜 일이다.

미키 라이트가 입을 삐죽였다.

"마마가 그렇게 말한다면."

그가 즐거운 척했다.

"저쪽에 있는 플랫폼으로 가 줘요."

티컵은 서위를 한번 본 후 시키는 대로 했다. 그녀는 그의 얼굴에서 짧은 미소를 보았다고 생각했지만, 그럴 이유가 없다고 판단했다. 대형 스크린을 올려다보았을 때, 카메라는 이미 그녀에게로 돌아와 있었다. 그녀는 경직되고 화나 보였다. 서위는 숨을 쉬고 긴장이 풀렸는지 확인했다. 그렇지 않았다. 마침내 서위는 돌아서서 상대에게 집중했다. 곧 죽여야 할 팀이라는 이름의 소년에게.

밴드왜건

이게 진정한 경쟁이었다. 다른 모든 스포츠는 이것의 은유일 뿐이었다. 이게 진짜였다. 더 나은 건 없었다. 그런데도 월은 행복하지 않았다. 좌석은 괜찮았다. 놀랍게도 구내 매점에서 지역 IPA 생맥주를 팔고 있어서 잔뜩 마셨고, 머스터드와 사우어크라우트를 잔뜩 넣은 핫도그를 세 개째 먹을지 생각 중이었다. 스택스의 끝내주는 경기를 봤다. 순식간이었지만 아름다웠다. 말도 안 되는 등 뒤 베기. 콜로설이라고 소리치는 듯한 일격이었다. 집에서 다시 보고 싶어 죽을 지경이었다. 월은 현장에서 본 경기도 포함해서 체인 갱 올스타전 방송 전편을 녹화해 두었다. 고액의 플래티넘 패키지에 가입한 그는 언제든 체인 갱의 모든 것에 접근할 수 있었다. 아카이브까지도.

스택스의 경기가 금방 끝날 줄은 알았다. 그녀의 경기는 평균 이 분을 넘기지 않았으니까. 스택스는 독보적인 존재다. 월은 한동안 어쩌면 스택스가 심지어 서워보다 나을지 모른다고 생각해 왔다. 누구보다 먼저 그렇게 생각해 왔던 월은 이제 그가 모든 걸 다 통틀어 가장 좋아하는 선수가 스택스라고 말하면 유행에 편승하는 사람처럼 보일 것 같아서 짜증이 났다. 사실은 그가 바로 그 유행을 만든 사람인데 말이다. 윌은 스택스 밴드왜건을 만들었다. 스택스가 커스프일 때부터 콜로설이 될 줄 알았다. 몸에 X를 새기지는 않았지만(아직은) 상사가 방을 떠날 때 양손 가운뎃손가락을 들어 목 앞에서 교차하는 행동으로 알려져 있었다. 동료들은 그에 동조하듯 키득거리거나 음흉한 미소를 짓곤 했다.

스택스가 미친 곰 해리스를 썰어 버려서 가장 좋은 점은 윌이 카일라에게 졌다는 사실이었다. 카일라는 스택스가 미친 곰을 상대로 일 분 안에 이길 거라는 데 걸었다. 윌은 스택스가 미친 곰을 사십 초 안에 끝장낼 거라 생각했지만, 카일라에게 지고 싶어서 일 분을 넘긴다는 데 걸었다. 그녀의 삶에, 그녀의 바지 안에 들어가기에는 그쪽이 승산이 컸다. 이제 마음껏 '내가 졌소' 행세를 하면 그녀는 십중팔구 웃으면서 내기에서 졌으니 점심을 사라고 먹고 싶은 메뉴를 이야기할 것이다. 그리고 그는 그날 밤이나 며칠 후에 저녁으로 하자고 무료 업그레이드를 제안할 것이다. 물론 그가 사는 것이다. 윌은 카일라가 승낙할 거라고 확신했다. 그녀는 그가 극한 격투 스포츠 광팬이라는 사실을 안 후부터 은근히 호감을 표현하고 있었다. 뭔가 행동을 취하면 그 호감을 발전시킬 수 있을 것이다. 그래서 스택스의 경기는 여러모로 훌륭했다. 다행이었다. 서워의 대진에 정말 열받았기 때문이다. 윌은 동쪽 게이트에 선 똥 덩어리 같은 존속살해범을 바라보았다. 총알받이를 본 적은 없지만 딱 그렇게 생겼다. 결박음이 들리자 그 소년, 티컵은 팔이 뽑혀 나갈 듯이 하며 매그노 킵에 주저앉았다.

이를 이해하지 못하는 사람들에게도 누차 설명했듯이 이 격투 스포츠의 멋진 점은 모두에게 싸울 기회가 있다는 것이었다. 이 게임은 솔직히 말해 똥 묻은 막대기도 가질 자격 없는 인간들에게 살고, 경쟁하고, 이 나라 곳곳을 돌아다니고, 심지어 영웅이 될 수도 있는 기회를 주었다. 격투 스포츠의 본질은 공정함의 실현이었다. 모든 인종과 종교와 배경의 여성, 남성, 제3의 성 개인들이 서로 싸울 기회를 얻는다. 배틀그라운드의 경기는 거의 100퍼센트 매우 공정하다 할 수 있었다. 그들은 전투 경험이 비슷한 선수끼리 대진시키려고 노력했다. 그리고 패배가 곧 사망을 뜻한다는 사실을 감안하면 아주 잘하고 있었다. 독보적인 링크들도 종종 나타났지만, 그들 역시 부상당하고 서킷에서 오랫동안 생존하는 부담을 지면서 경쟁의 장은 나름대로 공평하게 조정되었다.

하지만 완전한 초보와 체급 불문 챔피언의 대결이라. 그저 총알받이였다. 선셋 하클리스가 죽은 지금, 서워가 정상에 있는 건 사실이었다. 서워가 산 그 자체였다. 윌은 서워의 위대함을 찬양하느라 산더미 같은 돈을 쓴 터였다. 그는 스스로가 페미니스트라고 생각했고, 서워는 그가 경이로운 여성의 힘을 알게 된 관문이기도 했다. 하지만 GEOD*의 누군가가 연줄을 대서 결승선에 다가가고 있는 서워에게 손쉬운 승리를 선물한 것이었다. 윌이라면 절대 그런 식으로 서워의 명성에 흠집을 내지 않았을 것이다. 멜랑콜리아 비숍을 제외하면 서워는 그에게 역대 최고의 선수였고 스택스도 분명히 그 지위에 오르려는 중이었다. 하지만 입은 비뚤어져도 말은 바로 해야 한다. 열여섯 살 아이라니.

"이게 무슨 헛짓거리야."

윌은 주변에 앉은 사람들과 아내 에밀리를 대화에 끌어들이기 위해 다 들릴 만큼 큰 소리로 말했다.

---

* 집단교정조합. 서킷에 있는 체인의 20퍼센트를 보유한 모기업이다. CAPE 프로그램 참가 기업 중 CCNA에 이어 규모가 두 번째로 크다.

"하룻밤쯤 쉽게 가도 되잖아."

'무서워'라고 쓰인 모자를 쓴 남자가 말했다.

"맞아, 맞는데. 그녀에게 필요한 건 게임에서의 위치를 유지할 수 있는 상대야. 스택스가 벌써 바짝 쫓아가고 있단 말이지. 스택스랑 같은 체인이라니 서위는 운이 좋은 거야."

월은 겸연쩍게 웃으며 말했다. 그는 고약한 지휘자였다.

"스택스가 콜로설이 될 수 있는지 보자고. 그때가 오면 빌어먹을 로레타 서위와 비교해 주지."

"쟨 총각 딱지도 못 뗐을걸!"

월이 소리치자 꽤 많은 사람이 웃었다. 가까이 있는 낯선 이들의 동조는 강력하고 단순한 만족감을 주었다. 월은 에밀리를 살피기 위해 잠시 다시 앉았다. 에밀리는 경기를 보며 진저리를 쳤고 내내 앉아 있었다. 가끔 월은 그녀 때문에 정말 난처해졌다.

"괜찮아, 여보?"

그는 다른 관중의 허벅지와 뒷주머니의 바다로 사라져 에밀리와 눈높이를 맞추고 말했다. 경기장은 거의 보이지 않았다.

"난 괜찮아."

에밀리가 말했다. 그녀는 열심히 경기를 보고 있는 척하며 굳이 그를 보려 하지 않았지만, 때때로 대형 스크린을 올려다보았다.

"하지만 이게 왜 불공평한지는 이해했지? 왜냐면 서위는 대단하거든. 그랜드 콜로설이라고. 그러니까, 그 말은 그녀가 서른 번도 더 이겼다는 거야. 너무 유리하지. 더 높은 계급이 없어. 아, 자유를 얻은 프리드 빼고는. 하지만 그건 지금은 상관없고. 그리고 저쪽 아이는 완전히 루키야. 커스프였대도 공평하지 않을 텐데 말이야. 커스프는……."

"이해했어, 월. 저 여자가 저 애를 죽일 거잖아."

"맞아, 하지만 보통은 이렇지 않아."

월은 인내심을 갖고 그녀를 대했다. 스스로 참을성없는 걸 고쳐야 한다고 인정하기도 했고, 누군가를 가르치는 순간이었기 때문이다.

"보통 서위에게는 전투에 훨씬 익숙한 사람을 붙여. 리퍼나 그 이상 계급으로. 그녀를 이길 가능성이 있는 사람 말이야. 알겠어?"

"이해했어."

"그녀가 누구를 대비해야 할지 몰랐으니까 그들이 보상을 준 거 같다는 뜻이야, 퀘스천 매치였으니까. 하지만 그래도…… 젠장, 내 말 알겠지?"

"알았어."

"괜찮아? 진짜 일어서서 안 봐도 돼?"

"응, 진짜 괜찮아."

"알겠어."

다시 일어선 월에게 완전히 새로운 세계가 펼쳐졌다. 더 밝고 시끄러웠고, 그는 더 행복했다. 쏟아진 맥주 냄새, 바비큐 연기, 먼지, 진정한 경쟁이 뭔지 이해하는 수천 명의 숨결이 섞인 공기는 상쾌했다. 누구나 언젠가는 죽는다는 사실을, 도망쳐도 소용없다는 사실을 두려워하지 않는 사람들.

"모두, 준비, 됐나요?"

미키 라이트가 특유의 말투로 외쳤다. 그 소리를 현장에서 들으면 월은 배틀그라운드에 직접 서 있는 것만 같았다.

"빌어먹을, 당연하지!"

그는 외쳤고, 형제와 자매 모두 그와 함께 외쳤다. 그러나 월은 불편했다. 그는 여전히 뜨겁게 고함치고 있었고, 지금 느껴지는 이게 무슨 기분인지 몰랐다. 굳이 말해야 한다면 티컵이라는 소년이 소름끼친다, 엉망이다, 이상하다는 본능적 반응 정도로 그 기분을 축소할 것이다. 하지만 윌은 다른 사람들이 지르는 함성의 색깔, 산발적인 야유, 함성의 크기(엄청나게 컸지만 더 클 수도 있었던)를 통해서 그들도 불편해한다는 사실을 알 수 있었다. 좋은 자리를 얻은 덕에 윌은 저 아래 배틀그라운드를 온전히 감상할 수 있었고, 청바지를 입고 운동화를 신고 손에 냄비를 들고 선 티컵이 한눈에도 어린 양으로 보인다는 바로 그 사실이 불편했다. 그리고 어린 양을 도축하는 모습을 보는 것은 좋은 스포츠가 아니었다.

"전투 시작!"

미키 라이트가 외쳤다. 공중에 조명탄이 터졌다. 전자기 수갑이 풀리는 소리가 귀를 때리자 윌은 침을 삼켰다. 서워가 달렸다. 하스 오마하의 무게 때문에 다른 엘리트 링크보다 한 발 느려야 정상이었지만, 그렇게나 무거운 금속 무기를 들고서도 그녀의 걸음걸이는 오늘도 마찬가지로 전처럼 강하고 부드러웠다. 일 년 전 전성기 때와는 다르지만 여전히 대단한 볼거리였다. 보호구 때문에 M자는 보이지 않았지만 움직이는 그녀의 등은 강해 보였다. 윌은 티컵을 확인했다. 소년은 손에 쥔 둥근 냄비를 마술 지팡이처럼 서워 쪽으로 뻗은 채 서 있었다. 냄비에서 폭발한 녹색 빛이 서워를 맞혀 영원히 죽이기라도 할 것처럼. 서워는 앞으로 나아갔다. 그녀의 긴 다리는 둘 사이의 거리를 증발시켰다. 어떤 기분일까? 서워가 돌진해 온다면. 살아 있는 누구도 몰랐다. 그리고 냄비가 떨어졌다. 윌은 그것을 보았다. 소년의 손에서 냄비가 떨어졌다. 윌의 좌석은 그 정도로 좋은 자리였다. 그리고 서워가 달려들었다. 어린 양을 덮친 거대한 힘. 어린 소년은 찌르듯이 팔을 앞으로 뻗었지만, 그의 손은 비어 있었다. 그는 눈을 부릅떴다. 서위는 다리와 엉덩이와 등으로 추진력을 만들어 강하고 빠르게 해머를 휘둘렀다. 하스 오마하는 서위의 움직임을 받들어 표적을 찾아갔다.

스타디움 전체가 소년의 두개골이 으깨지는 소리를 들었다. 나무가 반으로 쪼개지는 듯한 소리였다.

윌은 학살의 장면을 흡수했다. 방금 무슨 일이 일어난 걸까? 어째서 조금 전까지 소년이었던 저 몸이 일 초 후 빈 껍질이 된 걸까? 빈 요람. 가 버린 것의 기념비.

하지만.

"와!"

윌이 외쳤다. 아마도 스택스의 경기보다도 빨리 끝났을 것이다. 그는 '무서워' 모자를 쓴 남자와 하이파이브를 하고 아내를 내려다보았다. 에밀리는 양손으로 얼굴을 가린 채 손가락 사이로 대형 스크린을 보고 있었다. 환호와 함성의 혼돈 속에서 윌은 그녀 곁으로 슬그머니 내려갔다.

"어땠어?"

윌이 에밀리의 옆구리를 찌르며 물었다.

"당신 정말 이게 즐거워?"

"전혀 즐겁지 않았다고 할 거 아니지? 정말, 하나도?"

"어쩌면 조금은."

그녀는 스스로에게 눈살을 찌푸리며 말하고는 남편의 팔을 주먹으로 쳤다.

열광

"또 승리했군요. 어쩌면 죽은 선셋에게 바치는 제물이겠죠. 그가 살아 있었다면 분명 파괴의 현장에 열광했을 겁니다."

라이트가 말했다. 그리고 서워는 줄에 잡아당겨진 것처럼 킵으로 향하던 걸음을 멈췄다.

"아니."

경기장이 침묵에 빠져들었다.

미키 라이트가 미소 지었다.

"뭐라고요, 블러드 마마?"

"하지 마."

서워를 보고 흥분한 관중은 다음 말을 예상하지 못한 채 조용히 수군거렸다.

"내가 그 말 싫어하는 거 알잖아요. 하지만 말해 봐요. 뭐가 불편한 거죠, 피의 여왕님?"

"당신 말은 틀렸어. 그는 열광하지 않았을 거야."

서워는 미키 라이트를 보았고 자칭 '격투 스포츠계에서 가장 짜릿

한 목소리'의 얼굴이 그 완벽한 미소로 돌아가기 전에 잠시 구겨지는 걸 보며 비밀스럽게 조금 기뻐했다. 소년의 피는 아직 따뜻했다. 서워 생각에는 지금이 경기 후 스타디움이 가장 고요해진 순간 같았다. HMC가 그녀의 입술 가까이 날아왔다. 그녀가 말했다.

"며칠 전 잠에서 깨니 선셋이 죽은 채 땅에 쓰러져 있었어. 캠프에서 꽤 떨어져 있어서 나에겐…… 나에겐 앵커가 그를 끌고 떠나기 전에 남은 시간이 별로 없었지. 그는 거기 있었어, 밤새, 아침까지, 목이 베인 채로."

군중이 귀를 기울였다.

"아무 이유 없이 죽었어. 죽었는데 '마치'가 시작되기 몇 분 전까지 난 알지도 못했어. 시신도 간신히 봤고, 그의 죽음에 아무것도 할 수 있는 일이 없었어. 심지어 누가 그랬는지도 몰라. 그런데 지금 나한테 살아 있었다면 오늘 행복해했을 거라고 말하는 거야? 당신 미쳤어? 다들 미쳤어?"

이제 서워는 절규하고 있었다. 이런 목소리를 들려주지 않겠다고 굳게 다짐했었는데. 그녀는 숨을 들이쉬고 냉정을 찾았다.

미키 라이트가 초조하게 웃었다.

"아이잖아. 죽은 아이. 선셋은…… 그는 아마도 울었을 거야. 그게 다야."

단어 하나하나가 다음 말로 이어지기 전에 울림을 남기며 사라졌다. 할 말이 끝나자 그녀는 플랫폼으로 걸어가서 팔을 모으고 무릎을 꿇고 결박을 기다렸다. 서워는 챔피언이었고, 스스로 킵에 앉을 품위가 허락됐다. 앞일을 예상한 그녀의 근육은 긴장했고, 곧 갈색 손목에 붉은 세 줄이 나타났다.

서워는 언제나처럼 고개를 숙이고 라이트의 중계를 기다리며 혼잣

말했다.

"보고 싶어, 선셋. 미안해."

너무 작은 소리라 그녀의 입과 불과 몇 센티미터 거리에 있는 HMC조차 숨소리밖에 잡아내지 못했다.

스타디움은 무슨 말을 할지 갈피를 못 잡는 관중의 어수선한 소리로 가득했다. 미키 라이트는 그 소리를 질색했다. 그는 배틀박스를 박차고 나와 경기장으로 쿵쿵거리며 나아갔다.

"여러분, 바로 이겁니다! 그 충격적인 퀘스천 매치로는 충분하지 않았는지 블러드 마더가 애도를, 가슴 찢어지는 슬픔을 보여 주고 있습니다."

웅성거리는 소리는 났지만 관중은 아직도 라이트가 원하는 수준보다는 훨씬 조용했다. 그는 양손으로 매끄러운 금발을 쓸어 넘기고 깊게 숨을 쉰 후에 앞에 있는 구형 물체에 대고 소리쳤다.

"확인이 필요한 부분이지만…… 아마도 법률에 따라 사형된 최연소 인간*일 티컵을 학살한 후에, 수갑의 여왕 로레타 서워는 그녀 이전에 그랜드 콜로설 타이틀을 가졌던 남자가 살해당한 데 분노를 표출하고 있습니다. 그녀는 평정을 유지할 수 있을까요?"

웅성거림이 커졌지만 함성은 없었다. 라이트는 함성을 원했다.

"이 아름답고 감상적이며 잔인한 년 같으니라고!"

라이트가 말했다. 그것은 그들을 흥분시켰다. 서워의 팬들은 라이트가 서워에게 아름답다고 하는 걸 좋아했고, '년'이라고 부르는 것도

---

* 사실은 조지 스티니 주니어. 사우스캐롤라이나의 어린 흑인. 그럼 당연하지. 1944년 6월 16일, 열네 살의 조지 스티니 주니어는 미국에서 가장 어린 나이로 처형당한 사람이 되었다. 그는 백인 소녀 두 명을 철로를 고정하는 정에 머리를 꿰뚫어 살해한 혐의로 기소됐다. 전기가 그의 삶을 잡아 찢고서 70년 뒤, 그의 무죄가 밝혀졌다.
1973년 이후 오심으로 사형이 선고된 사람은 최소 186명이다.

그만큼 좋아했다. 로레타 서워. 논란의 여지가 없는 서킷 최고의 스타. 그녀는 삼 년을 거의 채워 가고 있었다. 오늘날 링크의 평균 수명은 약 삼 개월이었지만 삼 주를 넘기지 못하는 경우가 많았다. 서워가 앞으로 삼 주도 되지 않는 시간 동안 살아남는다면 서워는 자신의 죄를 피로 용서받고 사람들 사이로 풀려날 것이다.

미키 라이트는 서워를 사랑했었다. 그녀의 성공은 그의 성공이었다. 그러나 이제 도도하고 고결한 척 모든 것을 대하는 그녀의 태도를 보면 가슴이 내려앉는 것 같았다. 서워는 자기에게 특권이 있다는 듯 굴고 있었다. 그녀의 이름만 봐도, 아니, 라이트가 붙여 주는 그 어떤 예명도 단호하게 거부하는 것만 봐도 그렇다. 라이트가 별명을 제안하고 서워가 거부하는 건 장난으로 시작됐다. 그러나 이쯤 되자 서워는 그냥 자신이 라이트보다 위에 있다고 생각하는 게 분명했다. 라이트는 수많은 별명을 지었다. 블러드 마마, 서워 장군, 삭발의 예수. 하지만 거의 모두가 그녀를 서워라고 불렀다. 그가 짓지 않은 유일한 이름을.

라이트는 자신이 한 방울의 공포조차 느끼지 않고 서워의 곁에 설 수 있는 세상에서 몇 안 되는 사람이라는 사실이 좋았다. 그녀가 고개를 숙이고 움직이지 못하는 순간에 한정되긴 하지만. 발치에 서워가 죽어 넘어져 있어도 두려워할 사람이 대부분이었다. 그의 심장이 뛰는 것은 스타 옆에 서 있다는 순수한 희열 때문이었다. 그리고 그는 바보가 아니었다. 라이트는 그가 아닌 그녀가 스타임을 알았다. 저 아름답고 감상적이고 잔인한 년. 그녀는 동요를 일으키려 일부러 그가 방심했을 때 허를 찌른 것이다.

라이트는 짧고 정확한 보폭으로 걸었다. 아래로 손을 뻗어 서워의 숙인 머리를 쓰다듬었다. 매끄럽고 살짝 젖어 있었다. 서워는 꿈쩍하지 않았다.

"혹시 모르죠. 경기에선 이겼지만, 선셋 허클리스를 잃었다는 상실감이 그 전능하고 전능한 서워를 드디어 무너뜨릴 수도 있을까요?"

다시 함성이 일었다. 관중의 함성을 들으니 거시기가 움찔거렸다. 라이트는 킵으로 가서 그녀 곁에 누웠다.

"그런 일이 일어나고 있는 건가요, 로리? 마마가 드디어 무너지고, 무너지고, 무너지나요?"

그는 자신의 많은 시그니처 중 하나인 특별한 아기 목소리로 말했다.

서워의 땀 냄새가 났다. 라이트는 그녀를 보았다. 투박한 어깨 보호대. 왼쪽 무릎까지 내려온 허벅지 보호대. 팔과 목을 감고 있는 깨끗한 볼트 가죽 전투복. 최근 조사에 따르면 서워의 경기 후 인터뷰 때 시청자들이 가장 많았다. 그 이후로 제작진은 라이트에게 그 시간을 더 길게 끌라고 지시했다. 공중에 HMC 세 개가 떠 있었다. 세 개의 빛이 주위를 빙빙 돌며 가능한 모든 각도에서 찍은 화면을 시청자들에게 제공했다.

서워가 경기 이후 뭔가를 말한 건 몇 달 만에 처음이었다. 솔직히 말하면, 라이트는 그녀의 침묵에 기분이 상했다. 그는 그녀의 하이프맨(추임새를 넣으며 관객의 흥을 돋우는 백업 가수)이었다. 그들은 함께 스타가 됐다. 라이트는 그녀에게 무대에 오른 사람으로서 보일 수 있는 최고의 사랑을 보여 줬다. 그녀가 배틀그라운드에 나타날 때마다 절대적으로 A급의 기량을 발휘했다. 그러나 지금 그녀는 그를 신경도 쓰지 않는다. 마음이 쓰렸다. 하지만 상관없었다. 그녀는 곧 떠나겠지만, 그는 여전히 세계에서 가장 빨리 성장하는 프로그램의 목소리일 것이었다.

라이트가 손짓하자 HMC 하나가 서워의 숙인 머리 아래로 파고들었다. 그녀의 거친 숨소리가 세찬 바람처럼 스피커를 통해 울렸다. 그는 관중석의 백성들에게 여왕이 숨 쉬는 소리를 들려줬다. 흥분하는 관중이 느껴졌다. 그들은 그녀의 모든 것을 사랑했다. 말 그대로. 시청자들은 「링크라이프」에서 서워가 보내는 하루의 모든 순간에 집중했다. 그녀는 너무나 많은 초신성 중에서도 가장 밝은 별이었고, 어째선지 그녀의 별은 아직도 커지고 있었다.

더 이상 그녀의 숨소리를 들으며 버틸 수 없게 되자 라이트는 다시 벌떡 일어섰다.

"언제나처럼 말이 많군요."

그는 키득거리며 말했다. 그는 바지의 먼지를 털고 마지막으로 서워의 머리를 쓰다듬었다.

"체인 갱 올스타전 시즌 32를 후원해 주신 월 스토어, 스프리비 와이어리스, 맥푸드에 감사를 전합니다. 언제나처럼 이 모든 것은 교정 업계의 최고인 CCNA, GEOD, 스피컷 교정 시스템, 토템웍스 덕분에 가능했습니다. 또한 아크테크 시큐리티˙에 특별히 감사를 표합니다. 아크테크, 가장 차가운 전략적 보안 시스템. 다음 주에는 마크 마크스와 그의 페일 브루저가 리바이 폴과 그의 검 리켐 스플리템을 상대합니다. 놓치지 마세요! 그리고 여왕 서워의 결정적 순간에 대한 반응을 꼭 남겨 주세요. 다음 배틀그라운드에서 만납시다!"

강제된 침묵 속에서 동료들을 기다릴 이송용 밴으로 호송되기 전, 서워는 늘 그랬던 것처럼 그녀를 기다리고 있는 팬들과 인사할 예정이었다. 경비들이 화물용 출구를 통해 그녀를 경기장 밖으로 데리고 나

---

* 가장 차가운 전략적 보안. 아크테크는 다국적 사업을 하는 미국의 무기, 방위, 교정 기술 기업이다. CEO 로저 웨스플랫은 토마스 웨스플랫과 모니카 티슬리 웨스플랫의 아들이다.

갔다. 금속이 긁히는 소리와 함께 무거운 옅은 색 문이 열렸다.

서워의 눈이 오후의 햇살에 적응했다. 사람들이 함성을 질렀다. 그녀는 라운드넥 운동복을 입고 섰다.

그들은 그녀의 얼굴이 그려진 현수막을 들었다. 그들은 그녀를 사랑한다고 말했다. 그들은 그녀를 소유한 듯 이름을 외쳤다. 금속 바리케이드 뒤에 수백 명이 모여 있었다.

군사 경찰이 군중 쪽으로 이끌자 서워는 천천히 숨을 마셨다. 수치심이 밀려들고 있었다. 그들이 아우성을 치자 그녀는 안도했다. 그들이 자신을 숭배하는 소리 덕에 그녀가 계속 나아가고 있다는 사실을 잠시 잊었기 때문이다.

녹색으로 설정된 손목은 편히 늘어져 있었다. 경비들이 그녀를 보았다. 그녀가 끄덕였고, 그들이 뒤따랐다. 금속 바리케이드가 사람들의 흥분을 가까스로 견뎠다. 손이 잡초처럼 뻗어 나왔다. 서워는 계속 걸으며 그들이 자신을 만지게 두었다. 그들은 그녀의 머리를 문질렀고 팔을 느꼈다. 서워는 그걸 그냥 두었을뿐더러 심지어는 그들에게 다시 팔을 뻗으며 그쪽으로 기대기도 했다. 그러며 그녀는 그들의 살갗을 만졌는데 믿기 어려울 정도로 부드러웠다. 그들의 옷, 그들의 머리카락. 그녀의 조각을 가질 수 있더라면 사람들은 그렇게 했을 것이다. 그들은 그녀를 꼬집었다. 문지르고, 당겼다. 찌질한 남자들은 손가락으로 가슴을 스쳤다 움켜잡으며 우연인 척했다.

서워. 서워. 사랑해요. 씨발. 서워. 계집년. 살인자. 레즈비언 새끼. 여기. 여기요. 사진이요. 사진! 제발. 서워. 여기예요.

그들은 그녀의 목덜미를 때리고 운동복을 잡아당겼고, 그녀는 이리저리 밀려다니며 이따금 누군가의 손을 잡기 위해 멈춰 섰다. 실제로 손을 잡기도 했다. 경비들이 보고 있었지만 경계는 느슨했다. 어쨌든 그녀는 서워였다. 그녀는 아빠의 목마를 탄 아이를 만지려고 손을 뻗었다. 그녀의 수감 생활을 보겠다고 돈을 낸 사람들이 그녀를 한번 만져 보려고 애원하는 가운데, 서워는 지금 느끼는 열기가 스스로를 혐오하기 때문인지 알 수 없었다. 그들은 그녀가 진짜라는 사실을 알기 위해 직접 만져 봐야만 하는 것 같았다. 그녀의 피부에서 뭘 얻을 수 있다고 생각했을까? 그녀는 사람들의 격렬한 욕망에 취했다. 그들을 보고 있으면 뭔가 다른 사람이 된 것 같았다. 가치 있는 누군가가.

그녀는 바리케이드에 있는 남자 하나와 여자 하나를 보았다. 황갈색 피부를 가진 여자의 눈가는 부드러운 보라색으로 빛나고 있었다. 머리에는 검은 밴드를 둘렀다. 같이 있는 남자는 키가 컸고 늘어난 티셔츠 목으로 어두운색 가슴이 드러났다. 그들도 소리를 질렀다. 여자의 목소리는 군중을 뚫고 나왔다. 예전부터 서워를 알았다는 걸 암시하는 듯한 목소리였다. 간절하고 익숙했다.

"로레타!"

여자는 이십 대인 것 같았다. 서워는 여자와 남자를 보았다. 남자는 조금씩 가까이 다가오며 여자를 도와 길을 뚫었다.

"로레타! 당신은 소중한 사람이에요, 로레타!"

그녀가 손을 내밀었다.

서워는 자기도 모르게 뻗은 팔을 잡으려 손을 마주 내밀었다.

"당신은 소중한 사람이에요!"

군중을 뚫고 나오는 목소리는 힘있고 간절하게 들렸다. 삶에서 자신의 싸움을 치르고 있음에도, 숨이 막혀 가는데도 크게 부르짖는 사람의 목소리였다.

기름진 얼굴의 키 작은 남자가 끼어들더니 위로 손을 뻗어 서워의 쇄골을 만지고, 손가락으로 더듬어 젖꼭지를 찾아 일부러 가볍게 꼬집었다. 서워는 그를 내려다보았다. 그는 히죽 웃더니 군중 속으로 사라졌다. 그녀는 아무 말도 하지 않았다. 서워는 다시 눈에 멍든 여자를 찾았다. 인간의 숲에서 그녀를 잃어버린 것 같아 겁이 났다. 그 여자는 뭔가 달랐다. 목소리부터가 그랬다. 그녀가 서워의 이름을 부르는 방식, 그녀의 눈물. 서워 앞에서 우는 사람은 많았지만, 이번에는 달랐다. 여자의 걱정은 진실돼 보였다. 지나가는 순간의 것이 아니라 진짜 같았다. 서워는 그 여자가 자신을 다시 찾을 수 있도록 걸음을 늦췄다.

"로레타."

이번에는 원래 있던 곳보다 훨씬 왼쪽이었다. 서워는 고개를 획 돌려서 여전히 주먹을 꽉 쥔 채 팔을 뻗고 있는 젊은 여자를 찾았다. 서워가 앞으로 몸을 기울이자 어깨와 목과 가슴과 등으로 팔들이 마구 쏟아졌다. 그녀가 자신을 많이 내줄수록 관중들은 격렬하게 그녀를 움켜쥐었다. 그들은 운동복을 잡아당겼다. *서워, 서워.* 마침내 서워의 손가락이 여자의 손에 닿았다. 서워는 손을 뻗어 여자의 두 손을 느꼈다. 부드러웠지만 믿을 수 없을 정도는 아니었다. 여자가 서워를 향해 손을 펼쳤고, 두 여자는 서로 손을 꽉 마주 잡았다.

"전 당신의 친구예요. 앞으로 있을 일을 당신이 알았으면 좋겠어요."

여자가 말했다. 아니면 서워의 상상에 불과할지도 모른다. 너무나 많은 목소리가 관심을 갈구하며 소리 질렀다. 여자는 손을 놓고 서워가 긴 숭배의 행렬을 뚫고 지나가는 모습을 바라보았다. 이제 서워는 손에 작은 명함 종이를 숨겨 쥔 채였다.

"선생님!"

군사 경찰 하나가 말했다.

서워의 심장이 요동쳤다. 남자들이 쪽지를 받는 현장을 봤는지 궁금했다. 이 비밀 쪽지를 펴 볼 기회도 없이 빼앗긴다면 어쩌지. 그녀는 주먹을 더 꽉 쥐었다.

"대니얼스, 뭐야?"

부대 대장이 말했다.

서워는 이를 악물었다. 그녀는 이것을 놓지 않겠노라고 마음먹었다. 손안의 선물을 내주느니 차라리 '인플루언스'를 당할 것이다.

"사진을 찍어도 되나 해서요. 서워와 함께."

대니얼스라고 불린 경비가 말했다.

"그게 근무 시간 중에 적절한 행동이라고 생각하나?"

"무슨 말씀이신지 알고 있습니다, 대장님. 전 그저…… 제이키가 워낙 서워를 좋아해서……."

서워는 이들의 대화를 지켜봤다. 그녀의 몸에 대한 거래를.

"젠장, 날 나쁜 놈으로 만들지 마. 최소한 헬멧이라도 벗어. 카메라 이리 내."

"감사합니다, 대장님."

대니얼스가 헬멧을 벗자 땀으로 머리에 들러붙은 갈색 머리카락이 드러났다. 그는 젖은 머리카락을 손가락으로 몇 번 빗었다.

"저 괜찮아 보입니까?"

"제발, 대니얼스."

"알겠습니다."

대니얼스가 서워에게로 돌아섰다.

"웃어 주실 수 있으실까요?"

그는 총과 진압봉과 인플루언서가 있는 허리께에 양 주먹을 갖다 대고 포즈를 잡으며 말했다.

"안 돼."

서워가 대꾸했다.

"아, 물론이죠."

대니얼스는 대장이 사진을 찍을 때 몸을 조금 옮겨서 약간 거리를 벌렸다. 빛이 번쩍이며 그들의 모습을 포착하는 순간, 서워는 자기도 모르게 웃었다.

"감사합니다."

"천만에."

남자들이 잠긴 밴의 문을 열자 그녀는 안으로 걸어 들어갔다. 차는 비어 있었다.

"당신 수갑을 푸른색으로 맞출 거야. 그게 무슨 뜻인지 알지?"

서워는 치밀어 오르는 욕을 참았다. 푸른 줄은 침묵을 뜻한다는 사실을 그녀는 잘 알고 있었다. 손목이 푸른색으로 설정되었을 때 말하면 강력한 전기 충격을 받게 됐다. 자신에게 고통을 준 뭔가를 잊기는 힘들다. 자기가 어떤 감옥에 갇혀 있는지를 잊는 일도 없다. 대신 서워는 고개를 끄덕이며 말했다.

"알아."

그녀는 혼자 있고 싶었다.

"좋아. 오늘 잘했어."

대장은 손에 쥔 검은 슬레이트 제어판의 버튼을 몇 개 눌렀다. 서워의 양 손목에 푸른 줄이 하나씩 생겼다. 문이 닫혔다.

서워는 소리 없이 안도의 한숨을 쉬었다. 그녀는 혼자였다. 그녀의 삶에서 가장 귀한 사치였다. 그녀는 손을 펴기 전에 관찰도 감시도 당하지 않는 이 순간을 누리며 휴식을 취했다. 군중이 주었던 황홀감을 내려 두었다. 이 모든 일이 일어나기 전 서워는 선량한 여자 하나의 삶을 비틀어 짜냈다. 그런데도 어떻게 사람들이 사랑한다고 믿는 사람이 되었을까? 서워의 등에는 M이 새겨져 마땅했다. 자신이 저지른 일을 생각하면 서워는 단순히 자신이 숭배받을 자격이 없다고 믿는 수준에서 멈추지 않았다. 서워는 자신이 아예 존재할 자격이 없다고 믿었다. 그런데도 계속 나아갔다.

서워는 손을 펴고 무릎에 피가 돌도록 다리를 뻗었다. 명함 종이는 구겨져 있었지만 거기 쓰인 말은 분명했다. 종이 맨 위에는 '체인 갱 시즌 33'이라고 쓰여 있었다. 제목 밑에 쓰인 내용을 눈으로 훑자 그녀에게 남아 있던 모든 선함이 뜯겨 나갔다. 뱃속이 액체로 변한 느낌이었고 솟구치는 아드레날린이 가슴을 데웠다. 밖에 있는 군중이 팡파르를 울리는 소리가 들렸다. 그녀는 눈물을 닦았다. 그녀는 쪽지를 반으로 찢어 두 조각 다 입에 넣었다. 마른 흙의 맛이 났다.

하지만 같은 체인의 다른 링크를 태우기 위해 밴 문이 열릴 때쯤, 서워는 거의 웃고 있었다.

'스콜피온 싱어' 헨드릭스 영

'이 안에서는 말할 수 없다.'
"822번, 내 말 들리는 거 알아."
교도관은 그가 가진 보물을 신경 쓰지 않는 척 말을 던진다. 나는 다시 침대에 눕는다. 움직이지 않으면 그에게 또 말을 시킬 수 있다.
"822번, 가자. 자, 어서."
주간 교도관이 말한다. 어때, 내가 가진 힘을 봐라.
나는 철창 반대편의 그를 본다. 나는 팔을 흔들어 그의 눈이 내 팔을 따라가는 것을 본다. 우리는 여기 함께 있지만, 사실은 그렇지 않다. 굶주린 사람이 음식의 가치를 가장 잘 안다. 식충이는 자기 몫을 바닥에 흘린다. 그는 제복을 입었다. 바지는 진녹색, 셔츠는 조금 연한 녹색이다. 허리에 총을, 허리에 제압용 스프레이를, 허리에 진압봉을, 그리고 인플루언서를 찼다. 그것은 뼈까지 고통을 전할 수 있고,

---

* 19세기에 만들어진 오번 시스템을 모델로 한 뉴 오번 재실험 시설. 오번 시스템에서 수용자들은 침묵 속에 살아야 한다. 이 시스템은 수용자들의 자의식을 박탈하도록 설계되었고, 이는 수용자들이 일상 업무(제품 생산 및 기타 상업적으로 판매되는 작업)를 더 효율적으로 하는 데 도움이 된다고 여겨졌다.

바닥을 구르고 울고 똥오줌을 지리게 만든다. 내가 아닌 고통이 몸을 지배하게 된다.

인플루언서를 가지고 다니는 교도관은 일부다. 뭔가 심각하게 개판을 쳤을 때만 그들을 만나게 된다. 주간 교도관에겐 허리에 찬 수많은 살상 무기 외에도 다른 교도관과 소통하기 위한 비상 전화기가 있다. 모두 그것을 가지고 있다. 나는 내 손목을 본다. 혈관에 자리한 푸른 줄을 본다. 푸른 줄은 말하면 고통을 받는다는 뜻이다. 말하면 굉장한 전기 충격이 뒤따른다. 목소리를 사용하면 강력한 벼락을 맞는다. 푸른 줄은 그것이 거기 있는 한, 즉 영원히 닥치고 있어야 한다는 뜻이다. 푸른 줄은 우리가 여기에 가만히 있다는 뜻이다. 이 안에서 우리 손목에는 항상 푸른 줄이 있다.

주간 교도관에게 고개를 끄덕이자 그는 내 외로운 철장을 지나 다음 사람을 깨우러 간다. 나는 옷을 입는다. 얼마 지나지 않아 나는 자리에 앉아서 포크 겸용 숟가락으로 회색 계란을 입에 떠넣고 있다. 씹는 소리, 뜨는 소리, 가끔 아삭거리는 소리가 난다. 식당에 목소리는 하나도 없다. 주위를 둘러본다. 주변 남자들이 나와 똑같이 음식을 뜨고, 깨작이고 있다. 긴 회색 테이블과 회색 의자에 앉은 남자들.

나는 그들과 같고 그들은 나와 같다. 우리의 손목. 우리의 손. 우리의 눈. 우리의 피부. 경보음이 들리면 모두 식당에서 광장으로 이동한다. 우리는 회색 점프 수트 위에 흰 점프 수트를 입는다. 그 위에 주황색이나 녹색 앞치마를 두른다. 그들이 눈에 쓸 투명한 고글을 준다. 머리카락에 쓸 망과 도살된 것을 처리할 장갑도.

'광장'은 꼭 그 이름처럼 생겼다. 큰 방이다. 창고가 더 맞겠다. 기다란 네 변. 동쪽 벽에 있는 공간을 지나 갈고리에 매달린 고기가 천천히 넘어온다. 곧 버거와 스테이크가 될 시체. 광장의 내 쪽에는 수직

톱들이 있다. 아니, 우리 쪽이라고 해야 맞겠다. 우리의 업무는 동물을 반으로 가르는 것이다. 우리는 고기를 아래로 당겨서 절단기에 댄다. 톱날이 있다. 앞에 있는 컨베이어 벨트에 세 개가 솟아 있다. 우리가 자르고 나면 고기는 다음 테이블로 넘어간다. 거기서 칼을 든 남자들이 시체를 더 다듬는다. 녹색 앞치마를 한 남자들은 칼을 들고, 주황색 앞치마를 한 남자들은 톱과 컨베이어 벨트를 다룬다. 모두가 시체를 자르는 남자들의 광장. 우리가 하는 일은 살덩이를 찢는 것뿐이다. 상상해 보라, 칼날을 잡고 다루는 남자들로 가득한 감옥을. 강력한 통제 덕에 저들 중 아무도 걱정하지 않는다. 그것이 광장이다. 그것이 일이다. 그것이 낮이다. 우리는 고기를 처리한다.

바닥은 온통 피바다고 우리 몸에도 피가 묻었다. 광장에서는 손목의 푸른 줄에 붉은 줄 하나가 더해지는데, 우리가 자리를 벗어나지 않게 하기 위함이다.

위에서는 교도관들이 보고 있다.

멀리서 보면 손목은 보라색이다.

우리는 일한다. 내 일은 내 삶이다. 나는 일을 위해 기도한다. 나는 내 일을 혐오한다. 나에겐 내 일이 필요하다. 나는 진동하는 톱날에 고기를 밀고 당긴다.

나는 시체를 반으로 자른다.

톱이 게걸스레 먹는다.

반쪽짜리 시체 둘.

나에겐 시체가 있다.

시체를 반으로 가른다.

똑같이 한다. 똑같이 한다.

톱날은 멈추지 말라는 신의 명령을 받은 듯이 움직인다. 라인에 선 우리 모두 이렇게 일한다. 톱은 강력하고 뜨겁다.

일해라. 똑바로 해라.

오늘 내 옆에 있는 남자. 잘 자르고 민다. 그의 옆에 있는 남자, 그는 그렇지 않다. 우리는 일한다. 우리 사이는 겨우 일 미터 남짓이다. 우리 모두에게 푸른 줄이 있다는 건 아무 말도 없다는 뜻이다. 항상 푸른 줄이 있다.

우리는 자르고 건너편에 있는 이들은 토막 내고 민다. 톱은 공기뿐이면 윙, 고기일 때는 스슥, 뼈일 때는 크르르르 하고 노래한다. 톱이 홀로 노래한다. 스물아홉 살, 오 년째. 오 년 동안 내 목소리를 들은 건 아주 잠깐뿐이다. 하지만 나는 이래도 마땅하다. 변명하지 않는다.

톱이 내 손이 아니라 고기를 썰도록 누르고 잡아야 한다. 피는 같은 색깔이다. 손이 반쪽 날아가더라도 V 표시를 만들려다가 손가락이 없다는 걸 발견할 때까지 깨닫지 못한다. 고깃덩어리로 만든 L뿐이다. 손가락이 하나다. 톱은 앞에 무엇이 놓였는지 상관하지 않는다.

내 옆에 있는 남자가 내 옆에 있었던 건 오래되지 않았다. 일 년, 어쩌면 이 년. 그 남자 옆의 남자는 이제 늙었다. 우리는 친척일 수도 있다. 수 세대를 내려온 흑인 더하기 흑인 더하기 흑인. 내 옆에 있는 남자 옆에 있는 남자, 그는 늙고 흐느적거린다. 제대로 자르지 못한다. 그가 실수하면 우리 모두 고통받는다.

우리는 오전에 고기를 썰고 나서, 식사한다.

변기 물로 밥을 해도 누가 알까. 후루룩 소리, 씹는 소리만 들리고 내 손과 이 공간의 모든 것에서 피 냄새가 난다. 그리고 다시 광장으로. 피곤한 일이다. 나는 내 옆에 있는 남자, 그 옆에 있는 남자를 보고 나 자신을 보고, 그리고 나 자신을 더 본다. 마지막 남자는 백발에 안경을 썼고 가만히 있으려 노력하는데도 몸을 떤다.

여기는 행복한 곳이 아니다.

밤이 되어 가면서 우리는 모두 피곤하다. 시간이 늦어지자 마지막 남자는 특히 피곤해한다. 피곤하다는 말로는 부족하다. 다리가 후들거리고 몸은 구부정하다. 우리는 헛되이 일한다. 우리는 일하고, 일하고 받는 돈은 없다. 우리는 잘못했고 그래서 이제 우리는 노예가 됐다.˚ 이 안에서 바깥에 있는 사람들을 위해 얻는 것 없이 일한다. 그렇다. 누추한 상자 안의 노예. 그게 전부다.

마지막 남자는 이제껏 노예였다. 그는 지금 휘청인다. 너무 휘청인다. 소리 없는 바람의 노래를 맞는 앙상한 나뭇가지 같다. 나는 옆에 있는 남자를 팔꿈치로 찌른다. 그가 그 옆의 남자를 찔러 줄 수도 있으니까. 세 번째 남자가 괜찮지 않아 보이니 찔러서 깨워야 한다. 나는 그에게 닿으려면 한 다리로 서야 하지만, 그렇게 한다. 나는 그를 툭툭 친다. 그가 마지막 남자에게 똑같이 쳐 줘서 마지막 남자가 늙은 자기 몸을 죽이지 않게 해 주길 바란다. 내 옆의 남자는 아무것도 하지 않는다. 내가 할 수 있는 건 다시 그를 건드리는 것뿐이다. 팔꿈치로 그의 어깨를 민다. 우리는 모두 자기가 선 자리에 묶여 있다. 나는 옆에 있는 늙은 남자를 보라고 그에게 눈으로 말한다. 내 옆에 있는 남자는 그에게 전자기 수갑을 채워 이 라인에 묶어서 영원히 고기를 자르게 만든 사람이 나인 양 불쾌한 얼굴로 쳐다본다. 그의 눈이 말한다. 뭐. 그리고 우리 라인 끝에서 휘청이는 남자를 보더니 고개만 가로젓고 아무것도 하지 않는다. 나는 그를 한 번 더 찌른다. 그가 해야 할 일은 늙은 마지막 남자를 한 번 찔러서 깨워 주는 것뿐이기 때

˚ 1865년 12월 6일에 비준된 미 헌법 13차 개정안은 다음과 같다.
 "미국 내, 또는 미국 관할권의 어느 곳에서도 노예제 또는 비자발적 강제 노동은 존재해서는 안 된다. *단, 적법한 절차에 따라 유죄 판결을 받은 자의 범죄에 대한 처벌은 제외한다.*" (강조 표시 추가)

문이다. 마지막 남자가 썬 고기는 이제 엉망진창이다. 고기는 쓰레기가 될 것이다. 우리 모두 고통을 느낄 것이다. 그는 아파 보인다. 뒤로 넘어지면서 레일에 머리를 박을 것 같기도 하고, 아니면 앞으로 엎어져 몸 전체가 완전히 갈라질 것도 같다. 내 옆의 남자는 사투를 벌이며 미쳐 가는 듯한 마지막 남자를 흘깃 보더니 다시 나를 본다. 이것이 지금까지 보고 싶어 하던 영화의 한 장면이라도 되는 듯 씩 웃는다.

나는 걸음을 옮겨 본다. 전자기 수갑을 제대로 채우지 않을 때가 있다. 보통은 그렇지 않지만 나는 항상 확인한다. 보통 우리는 보이지 않는 상자 속에 갇혀 있어서 고기만 썰 수 있고 다른 일은 아무것도 못 한다. 나는 한 걸음 뒤로 걸어 본다. 할 수 있다. 한 걸음 더 옮기려 하자 어떤 인간보다도 힘센 손이 나를 제자리로 당기는 듯하다. 보이지 않는 사슬이 우리 모두를 고기 라인에 묶어 둔다. 우리가 하는 일은 고기를 써는 것뿐이다.

마지막 남자는 잘리지 않은 고기를 그냥 보낸다. 그는 넘어질 듯 서 있다. 나는 손뼉을 한 번 친다. 다시 손뼉을 친다. 꼭대기의 교도관이 나를 내려다본다. 노예들 말고는 보이는 것이 없자 그는 보던 것을 다시 본다. 나는 내 옆에 있는 남자를 한 번 더 찌른다. 이번에는 갈비뼈를 세게 찌른다. 마지막 남자가 괜찮지 않다. 더는 서 있지 못할 것 같아서다. 내 옆의 남자는 내 어깨를 마주 때린다. 한 번 더 귀찮게 하면 이 정도로는 끝나지 않을 거라는 표시일 뿐이다. 나는 손뼉을 치고 마지막 남자를 본다. 나는 시체를 반으로 가른다. 나는 저쪽에 있는 남자, 몇 년이고 노예 생활을 한 남자가 뒤로, 다시 앞으로 휘청거리는 모습을 본다. 어쩌면 그는 쓰러져야 한다. 가끔은 나도 같은 생각을 한다. 어쩌면 우린 할 만큼 했다. 어쩌면 이것이 출구다. 나는 그를 보고 주변에서 잘려 나가는 고기를 보고 모든 남자의 손목에 있는 푸른 줄을 본다. 그건 그들이 일하는 존재일 뿐 다른 무엇도 아니라는 뜻이다.

나는 말하는 법을 떠올린다. 기억을 되새기며 심호흡한다. 손목의 푸른 선은 고통을 겪지 않고서는 말할 수 없다는 뜻이기 때문이다.

"어이!"

나는 내 목소리로 말한다. 이 길고 슬픈 시간 동안 듣지 못했던 소리다. 차에 치인 동물처럼 늘어지고 건조한 소리지만, 그건 내 목소리고 나는 그것을 사랑한다. 모두가 나를 보고 있다. 나 헨드릭스 영이 무대에 올랐다. 이어서 전기 충격이 나를 만신창이로 만든다. 어떤 손아귀가 몸의 모든 근육을 단번에 쥐어짜는 것 같다. 나는 더 소리 지른다. 내 목소리는 그들이 여전히 나를 소유하고 있지만, 동시에 소유하지 못했음을 알려 준다.

나는 바닥에 쓰러진다. 원래 움직일 수 있었던 거리보다 멀리 있다. 전기 충격 때문에 조금 더 움직일 수 있게 된다. 수갑은 한 번에 여러 가지를 하지 못한다.

"어이."

나는 바닥에서 다시 말한다. 그리고 다시 몸을 관통하는 벼락을 느낀다. 하지만 조금은 움직일 수 있다. 나는 바닥에서 버둥거린다. 바닥에 깔린 얕은 피의 바다를 기어간다. 고통과 무시할 수 없는 다른 종류의 인력에 지배당하는 느낌이다.

"어이!"

나는 다시 소리 지른다. 몸이 너무 심하게 뒤틀려서 입 밖으로 혀가 삐져나와 피투성이 바닥에 닿는다. 무슨 맛이 느껴지긴 하는지 모르겠다. 내가 보고, 듣고, 맛보고, 느끼는 건 고통이 전부다. 나는 피바다인 바닥을 무릎으로 누른다. 몸을 밀어 기어간다. 군홧발이 나를 향해 쿵쿵 달려오는 가운데 마지막 남자를 향해 움직인다.

그리고 더 많은 목소리가 들려온다. 나와 같은 목소리, 짓밟혔지만 여전히 존재하는 목소리.

"라이어넬!"

누군가 목청껏 외친다.

"메리, 보고 싶⋯⋯"

저들이 이 혼란을 진압할 방법이 많지 않다는 사실을 알 때 일어나는 종류의 작은 폭동.

"개새끼들!"

누군가 소리 질렀다. 그리고 전기 충격이 오자 다른 소리를 질렀다.

"내일이면 이십이 년째인데⋯⋯"

점점 많은 사람이 목소리를 낸다. 노예들의 합창. 모든 음은 전기 충격으로 짧게 끊기지만, 그럼에도 합창이다. 그들은 단지 자기 목소리를 듣기 위해 전기 충격을 감수한다. 그냥 무슨 말이라도 하기 위해. 나와 같은 그들이 자기 이름을, 뭐든 생각나는 것을 외친다. 이 안에서 자신의 목소리는 일종의 소망이다. 별똥별이다. 아무것도 아닌 것에 써 버릴 수 없다. 짧은 목소리, 그리고 거친 숨소리와 비명의 마술쇼 같다. 그들은 짓밟히고 다시 일어나 베일 준비를 한다.

나는 기어간다. 힘들기 때문이다. 내 옆에 있던 남자를 지나쳐 기어간다. 거친 숨을 쉬며 마지막 남자를 붙들고 일어나 늙은 노예를 당겨 딱딱하고 피비린내 나는 바닥에 앉힌다. 그가 넘어져서 완전히 반으로 갈라지지 않도록.

나는 일어선다. 두 발을 딛고 선다.

그리고 마지막 남자를 내려다본다. 상태는 그리 좋지 않지만 적어도 썰리지는 않았다. 그리고 나는 내 손목이 나를 잡아당기는 것을 느끼고 거의 허공을 걷듯이 내가 있던 곳으로 돌아간다. 이어서 진녹색 바지와 연한 녹색 셔츠를 입은 몸이 내 얼굴에 진압봉을 휘둘러서 나를 위잉 하는 소리의 세계로 돌려보낸다.

그건 키다리 존,
그는 오래전에 죽었네.
"그 노랠 어떻게 알지, 젊은이?"
그가 묻는다. 그리고 내가 대답하길 원한다. 나는 계속 노래한다.
옥수수밭을 지나는 칠면조처럼
키 큰 옥수수밭을 지나
"이 서류에 서명한다면, CAPE 프로그램에서 당신의 삶이 어떨지 이해했다는 거겠죠, 영 씨? 당신의 이해가 중요합니다."
정장을 입은 남자가 내가 읽지도 생각하지도 못한다는 듯 말한다. 나는 부드러운 침대에 누워 있고, 그래서 나는 노래하고 있다. 나는 침대에 있다. 나는 맛이 나는 음식, 색이 있는 음식을 먹고 있고, 그래서 노래하고 있다. 내 손목은 녹색이다. 오래, 아주 오래 보지 못한 색이다. 그래서 나는 노래한다.
그래, 나의 존은 말했지
십 장에서
"한 사람이 죽으면
다시 살게 되리니."
나는 공장에 팔을 두고 왔고, 그래서 나는 노래한다. 내 몸의 일부가 잘려 나갔다 해도 나는 다시 내 목소리를 듣는 온전한 내가 되었기에 노래한다. 그것은 빌어먹게도 거친 동시에 부드럽다. 내 목소리

는, 껍질 밑에 부드러운 속살이 있는 나무 같다.

"당신은 이미 시설에 들어올 때 전자기 수갑 이식 시술을 받았습니다. 그래서 CAPE 프로그램으로 이동하면서 할 일이 하나 줄었고요. 새로운 수술이 필요하지는 않겠습니다. 최근 당신의……."

그는 톱에 팔이 썰린 일을 어떻게 표현할지 모르는 듯 잠시 말을 멈췄다.

"사고와 관련된 것 말고도 말입니다."

그래, 그들은 예수를 처형하고
십자가에 못박았지
성모 마리아는 울었네
"내 아들이 떠났구나!"

"이게 당신이 바라는 바가 맞는다면 여기에 서명해 주시겠어요? 이번 결정이 온전히 당신의 의지와 힘으로 이루어졌으며 뉴 오번 시설의 누구도 당신을 어떤 방식으로든 CAPE 프로그램에 참여하라고 강요하지 않았다는 의미입니다."

그래, 키다리 존
그는 오래전에 죽었네,
그는 오래전에 죽었네.

그는 오번에 대해 이야기하고 있다. 내가 절대 돌아가지 않을 곳. 나는 나를 채워 주는 노래를 부르고 있다. 나는 그의 서류에 서명하고 그는 나를 향해 웃고 찡그리고 돌아선다. 나는 침대에 누워 세상이 나를 받아 준다면 바깥세상을 볼 만큼 낫기를 기다리고 있다.

밴

앙골라 해먼드 체인 전체가 밴에 함께 타고 있었다. 그들 모두와, 그리고 제리까지. 밴 뒷좌석 네 모서리 높은 곳에 설치되어 제리에게 항상 링크들을 잘 보여 주는 CCTV도 물론이다. 브룸 브룸을 떠나 다음 정지 지점을 향해 속도를 높이는 동안 제리는 슈퍼 빌런 겸 히어로들이 탄 밴에서 아날로그 백미러와 콘솔에 달린 화면 여러 개를 유심히 지켜보았다. 그는 침묵 속에 앉아 있는 그들을 제대로 관찰하는 데 중점을 두었다. 그들이 거기 있었다. 여덟 명 모두, 전자기 수갑에 묶인 채. 그 순간 제리는 자신이 그들의 리더라고 생각했다. 밴은 그의 휘파람 소리 말고는 조용했다. 그는 그들이 침묵 속에 갇혀 있는 만큼 누군가에게서 무슨 소리라도 듣고 싶을 거라 짐작했다.

제리는 자신이 이 불량배 집단의 추가 구성원이라고 생각했고, 어떤 면에서는 그는 분명 그들의 리더였다. 밴을 운전하는 남자를, 아니, 자율주행 밴이 하차 지점을 향해 안정적으로 고속도로를 따라가는 동안 운전석에 앉아 있는 남자를 달리 뭐라고 부를 수 있을까? 제리는 좌석에 비스듬히 기대며 콘솔 스크린을 보았다. 보조 프로듀서

이자 앙골라 해먼드 링크 시스템의 서킷 내 이송 최고 담당자로 승진한 것은 그의 삶에서 몇 안 되는 확실한 승리였다. 특전 중 하나는 다른 누구도 볼 수 없는 그만의 「링크라이프」 특별 에피소드를 갖게 됐다는 것이었다. 「링크라이프: 더 밴」. 어쩌면 조만간 상사들에게 이 아이디어를 제안할지도 몰랐다.

왜냐하면 제리 말고는 아무도 스택스가 잔혹한 승리 후에 서워의 어깨에 기대 소리 없이 흐느꼈다는 사실을 모르기 때문이다. 스택스가 이런 순간에 찾는 건 서워였고 언제나 서워였다. 그리고 눈물이 서워의 운동복을 적시는 사이 서워가 스택스의 머리를 부드럽게 어루만지는 모습을 아는 사람도 없었다. 하지만 오늘 서워는 스스로를 들여다보는 것 같았다. 스택스를 감싼 서워의 팔에는 힘이 없었다. 그토록 많이 안았던 여자를 안고 있다는 사실에 놀란 듯했다.

다음 마차 장소로 이동하는 사이 밴에서는 너무나 많은 일이 일어났다. 그만을 위한 침묵의 오페라였다. 머리가 벗어지고 있는 정신병자 거니 퍼들스가 밴을 탈 때마다 눈을 부릅뜨고 이를 악문 채 문과 가장 가까운 긴 좌석에 앉는다는 사실을 아는 사람은 없었다. 한때는 서워 지망생이었지만 지금은 독자적인 나쁜 새끼 이미지를 구축한 사이 아이 아이가 다른 링크들을 웃기려고 노력하는 모습을 본 사람도 없었다. 아주 조금 길게 웃었다가 손목에서 시작된 전기 충격이 몸을 관통하는 바람에 링크들이 비명을 지르는 소리도 들은 적이 있었다. 누군가 전기 충격을 받으면 게임은 잠시 중단됐지만, 몇 킬로미터 후에 다시 시작됐다. 그리고 랜디 맥이 있었다. 무심한 수준을 넘어 태평하게 보이려고 최선을 다하는 사람. 랜디는 스택스가 그가 아닌 서워에게서 위로를 받는다는 사실을 신경 쓰지 않는 척하려고 각별히 노력했다. 그는 리코 무에르테나 사이 아이 아이, 아이스와 가위바위보 토너먼트를 펼치며 질투를 숨겼다. 하지만 제리는 사모아 출신의 거구 아이스 아이스 엘리펀트가 거대한 주먹을 낼 때 랜디가 손바닥을 보여 주면서도 스택스 쪽을 힐끔거리는 모습을 화면으로 볼 수 있었다. 그리고 물론 밴 전체가 선셋 하클리스의 부재를 느꼈다. 그는 제리가 그들 중 유일하게 실제로 알았던 사람이었다. ……조금은.

승리한 랜디 맥은 두 손을 들어 마주 잡고 머리 위로 흔들었다. 랜디 맥이란. 그는 알고 보면 슬픈 남자였다. 제리는 좌석에 기대며 한숨을 쉬었다. 대답 없는 짝사랑. 그런 면에서 제리와 랜디는 일종의 형제였다. 최소한 스택스는 랜디와 종종 잤다. 랜디는 그 점에선 운이 좋았다. 제리는 그런 행운은 꿈에서나 누릴 따름이었다.

제리는 그들에게 말 한마디 제대로 한 적이 없지만, 앙골라 해먼드의 링크들은 그를 잘 알았다. 지난 한 해 그는 대부분의 이동을 담당했고 입양한 아이를 학교에 내려 주듯 그들을 외딴 들판에 내려 줬다. 그는 보통 그들의 침묵을 함께하는 친절을 베풀었다. 엔터테인먼트 사업에서 이 시간은 '얼음 위의 시간'으로 불렸다. 카메라가 보고 있지 않을 때 링크들이 말하는 것을 막자는 취지였다. 그러지 않으면 세상이 듣지 못하는 가운데 군침 도는 이야기가 흘러 나갈지도 모르니까. 밴은 체인이 함께 있으면서도 직접 감시당하지 않는 몇 안 되는 장소 중 하나였다. 물론 제리의 눈길은 예외다. 블랙아웃이 오는 밤도 있었지만, 언제일지 미리 알 수 없었고 횟수도 매우 적었다.

그들이 물리적으로 침묵을 강요당하지 않았다면 제리는 자신의 삶에 관해 이야기했을 것이다. 그는 상상하는 「더 밴」 에피소드는 어쩌면 토크쇼일 수도 있었다. 그는 그들에게 전 부인 메건과 아들 카일에 대해 말할 것이다. 그러나 가족에 대해 이야기하면 배고픈 개들 앞에 스테이크를 흔드는 꼴일까? 그리고 솔직히 말하면 전 부인도 아이도 몇 달간 보지 못했다. 제리가 진짜 원하는 화제는 업무와 관련된 것뿐이었지만, 물론 링크들과 그 이야기를 할 수는 없었다. 그는 죽은 선셋과의 인척 관계도 밝힐 수 없었다. 그건 상사들도 전혀 모르는 이야기였다. 그 사실이 알려졌다면 이 자리로 승진할 수도 없었을 것이다. 사실은 보조 프로듀서의 보조이자 앙골라 해먼드 링크 시스템의 서킷 내 이송 공동 담당자에 지나지 않는 자리인데도 말이다.

그의 새 친구들(옛 친구들은 모두 그가 아닌 메건을 선택했다)은 보조 프로듀서 보조이자 앙골라 해먼드 링크 시스템 서킷 내 이송 공동 최고 담당자인 그의 일에 대해 듣는 걸 좋아했다. 그리고 그는 사실 이 이야기로 조카와도 다시 유대를 쌓았다. 아니, 전 조카라고 해야 하나? 조카는 제리를 좋아하지 않았고 그 사실을 말한 적도 여러 번 있었다. 하지만 그는 어쨌든 이혼 후에 안부차 전화를 걸어 앞으로도 연락하고 지내자고 말했다.

마리는 평범한 아이(아니, 이제는 아이가 아니지)였지만 아무것도 좋아하지 않는 사람이었다. 정부를 싫어했고, 평화와 행복 속에서 신성하게 마련되지 않은 대부분의 음식을 싫어했고, 이런 문제 저런 문제를 제대로 해결하지 못한다고 TV에 나오는 사람을 거의 싫어했다. 마리는 강한 사람이었고, 언제나 그랬으며, 아버지 없이 살았다는 걸 생각하면 그럴 법도 했다. 마리는 힘든 패를 받았지만 모든 판에 똑같은 태도로 임했다. 비판적으로, 아무런 믿음 없이. 하지만 독선적으로 저항하던 마리도 그가 승진 이야기를 했을 때는 사실 흥분한 것 같았다. 처음에는 믿을 수 없다고 했다. 제리가 그녀의 아버지인 선셋과 함께 이동하고, 이야기하고, 그리고 조금은 알게 되었다는 사실을. 그러다가 처음에는 소심했지만 나중에는 더 끈질긴 태도로 아버지 이야기를 해 달라고 부탁하기 시작했다. 가까이서 본 그는 어떤지? 개인적으로 만나면 어때 보이는지? 그리고 제리는 사실대로 말했다. 항상 웃고 있다고. 무슨 짓을 저질렀는지를 믿을 수 없을 거라고. 선셋은 항상 가장 먼저 밴에 오르고 가장 늦게 내리는 사람이었다. 강제로 침묵할 때가 아니면 제리의 안부를 물었다. 두 사람의 전 부인이 자매 사이라는 건 둘 다 입에 올리지 않았다.
 마리는 홀로폰 너머로 조용히 귀를 기울였다. 한번은 제리가 이렇게 말했다.
 "선셋은 처음 왔을 때보다 훨씬 나은 사람이 됐어. 이 프로그램의 장점이 있는 셈이지……."
 그러나 마리는 말을 듣다 말고 끊어 버렸다.
 마리의 아버지가 살해당한 후, 자기가 연락하기 전에 마리에게 먼저 연락이 왔다는 사실에 제리는 죄책감을 느꼈다. 그는 사실대로 말했다. 무슨 일이 일어났는지 모른다고. 그리고 달리 뭐라 말할지 몰라('아버지는 좋은 분이셨다'고는 할 수 없었다) 프로그램에 대해 떠벌리기 시작했고, 잘못 참조되어 있던 이메일에 쓰여 있던 규칙 변경에 대해 발설해 버리고 말았다. 인사하고 전화를 끊고 나서야 그는 기밀 정보를 누설했다는 사실을 깨달았다. 제리는 이 사실을 아무에게도 말하지 말아 달라고 마리에게 문자를 보냈다. 답장이 왔다. *당연하죠.*
 전 조카와 전 처제 둘 다 그가 이 일을 하게 되기 훨씬 전부터 체인갱 프로그램과 맞지 않는다고 분명히 밝혔다. 하지만 극한 격투 스포츠는 제리가 자신과 가족을 부양하는 수단이었다. 그는 링크로서의 삶이 공평한지 아닌지, 혹은 범죄자가 오락의 도구가 됨으로써 공동체에 기여하는 것이 옳은지 판단할 위치에 있지는 않았지만 집에서는 프로그램을 보지 않는다는 원칙을 세웠다. 소름 돋는 짓 같았다.
 그러나 어쨌든 그는 보조 프로듀서 보조 겸 앙골라 해먼드 링크 시스템 서킷 내 이송 공동 최고 담당자였고 앙골라 해먼드 체인이 가야 할 곳으로 보낼 책임이 있는 인간 활동 및 보안 관리 담당자였기 때문에 죄수들에게 마음을 썼다. 앙골라 해먼드는 역대 가장 인기 있는 체인이었고, 개인적으로도 유명한 링크가 많았다. 아무도 보지 않는 길 위에서의 시간에 제리는 그들의 리더 비슷한 것이었다.

제리는 그들에게 부성에 가까운 애정을 느꼈다. 배틀그라운드 후에 링크들에게 돌아가거나 허브 시티 정거장에 태우러 가거나 마치를 위해 내려 줄 때, 그는 인원을 확인했고 한 명이라도 사라지면 조금은 안타까움을 느꼈다. 배틀그라운드의 결과든 앙골라 해먼드 체인 내의 갈등 때문이든, 그들의 눈도 똑바로 보기 힘들었다. 불과 며칠 전 서워와 스택스가 연이어 밴에 타고 체인 전체가 착석했는데 선셋의 흔적이 없었을 때 제리는 자리에서 울음을 터뜨릴 뻔했다. 선셋이 없는 앙골라 해먼드를 태우고 가면서 그는 다시 친자식과 삶을 함께하고 싶다고 간절하게 느꼈다. 선셋의 아이는 다시는 그를 볼 수 없지만, 제리와 카일은 그렇게 될 필요가 없었다. 다만 메건이 여전히 만남을 방해했고 카일은 힘들어했다. 지금 제리는 밴 뒷좌석에 카일이 여러 명 앉아 있다고 생각했다.

흑백의 털뭉치가 멀찍이서 도로로 뛰어들었다. 도망칠 시간은 충분하고도 남았다. 트럭은 속도를 줄이지 않았고 털뭉치는 움직이지 않았다. 스컹크? 스컹크였다. 그것은 순교자처럼 도로에 멈춰 있었다. 제리는 몸을 앞으로 기울였지만 뭔가 조작하지는 않았다. 밴의 바퀴가 돌진했다. 텅 빈 산길이니 속도를 내지 않을 이유가 없었다. 지금 말고는. 스컹크는 그냥 앉아 있었다. 그들을 기다렸다는 듯, 마침내 도착한 걸 보고 안도했다는 듯 제리를 보았다. 제리는 앞 유리로 내다보았다. 자율주행 중인 운전대는 침착하게 경로를 교정하고 안정성을 유지하며 이쪽으로, 또 저쪽으로 기울어졌다.

"망할 놈."

제리는 경적을 울리며 운전대를 잡고 브레이크를 밟았다. 속도가 급격히 주는 바람에 몸이 앞으로 쏠렸다. 밴 바닥의 짐칸에서는 무기들이 서로 긁히는 소리가 났다. 하지만 경적은 효과가 있었다. 스컹크는 거의 나는 듯이 뛰어올라 도로 맞은편 가드레일 아래로 날쌔게 도망쳐서 긴 풀숲으로 사라졌다.

제리는 백미러를 보았다. 그는 배고프고 피곤한 채로 이쪽을 응시하는 랜디 맥과 눈이 마주쳤다. 랜디 맥은 미소 짓고는 손바닥이 제리 쪽을 향하도록 양팔을 들어 손목에 빛나는 푸른 줄을 보여 줬다. 그러고는 가운뎃손가락 두 개를 들어 제리에게 완전한 엿 하나와 부러진 엿 하나를 보냈다. 그의 왼쪽 중지와 약지는 몇 달 전에 마디가 잘려 나갔기 때문이었다.

역시 감사를 기대하기는 어려운 직업이었다.

제리는 휘파람을 멈추고 기대앉았다. 차가 느려지고 멈출 때까지 완전한 침묵 속에서 마지막 몇 킬로미터를 달린 것 같았다.

"행운을 빌어, 응?"

링크들은 아직 안에 묶여 있었지만 제리는 들리도록 크게 말했다. 차는 빈 도로에 멈췄다. 제리는 밴의 바닥 짐칸을 열어 길고 검은 금속 막대기를 꺼냈다. 그것의 머리는 거의 완벽히 납작한 모양의 원반으로 펴졌다가 뒤로 접히며 원뿔형이 되었다. 제리는 주머니에서 검은 스크린을 꺼내 눌렀다. 늘 그렇듯 차가 움직이는 내내 바닥에서 잠들어 있던 아크테크 앵커가 똑바로 서더니 떠올라서 공중에 매달렸다. 제리는 밴 아래에서 작은 무기고를 끄집어내 링크들이 자기 무기를 잡을 수 있도록 땅에 두었다. 허리를 삐끗하지 않도록 조심하며 해머를 놓고, 이어서 대낫, 칼 몇 개, 삼지창, 골프채, 나머지 파괴적인 화물을 꺼내 도로 가장자리 마른 풀에 내려놓았다.

그리고 링크들이 나올 수 있도록 차 뒷문을 열고, 그들이 느릿느릿 걸어 나오는 사이 운전석으로 다시 달려가 문을 잠갔다. 수갑이 앵커와 동기화되며 모두의 손목에 붉은 알림이 깜박였다. 스페이스 니들(미국 시애틀 소재의 전망대)의 축소판 같은, 떠다니는 검은 몸통 같은 1.5미터 길이의 금속 우두머리의 가장자리에도 똑같은 붉은빛이 빛났다.

개방형 결박 설정이 끝나자 링크들은 아무것도 없는 주위를 살피고, 서로를 살폈다. 서워가 밴의 문을 닫았다. 그들이 내린 곳은 오래전부터 비어 있는 농장의 외곽이었다. 기다리는 동안 지나가는 차는 없었고, 보이는 불빛이라고는 어둑해지는 하늘빛과 별빛과 손목의 빛뿐이었다. 그날 다섯 명이 배틀그라운드 경기를 치렀다. 서워, 스택스, 랜디 맥, 아이스 아이스 엘리펀트, 그리고 배드 워터라는 남자. 모두 이겨서 앙골라 해먼드 체인의 링크 여덟 명은 여전히 건재했다.

내린 지 일 분도 되지 않아 그들을 태우고 온 밴이 움직여서 떠났다. 이제 그들은 감시도 강제 침묵도 없이 함께 있는 잠깐의 사치스러운 시간 속에 서 있었다. 서워, 스택스, 랜디 맥, 사이 아이 아이, 아이스 아이스 엘리펀트, 거니 퍼들스, 배드 워터, 리코 무에르테. 앙골라 해먼드 체인.

"다들 보게 돼서 좋네."

스택스가 환하게 웃으며 말했다. 윗옷 단 밖으로 흰 반창고 모서리가 살짝 삐져나왔다. 전투 후 받은 최신 X 타투가 아직 자리를 잡는 중이었다. 타투를 새기는 것은 모든 경기장에서 블러드 포인트를 지불하지 않아도 되는, 일종의 경기 후 의식 같은 것이 되었다.

콘크리트에 깡통이 떨어지는 듯한 알림음이 울렸다. 손목의 빛이 주황색으로 완화됐다. 서워가 해머로 향했고 스택스는 대낫을 집어 들었다. 대낫을 잡는 순간 스택스는 밝아지는 것 같았다. 고통스럽게 제거되었던 한 조각을 다시 만나 이제야 온전해진 것처럼. 스택스는 대낫을 들고 달려가 서워를 끌어안았다. 정수리에 입을 맞추고 가슴을 움켜잡았다. 서워는 랜디 맥을 보았고, 그는 스택스가 서워를 움켜잡았다가 다시 빠르게 안았다가 밀어내는 동안 한쪽 입꼬리를 올려 웃었다. 사이 아이 아이가 다가와 서워를 끌어당기며 깊이 포옹했다.

서워는 HMC가 배치되어 쇼가 시작되기 전의 이 짧은 시간을 한껏 누렸다. 이것은 그들의 의식이었고, 이런 면이 다른 체인과는 다르다는 사실은 서워에게 큰 의미를 가졌다. 밴에서 내리면 그들은 서로를 반겼다. 그건 서워와 선셋이 이 집단에 불어넣은 관습이었다. 서워는 선셋을 죽인 사람이 누구든 최소한 앞으로 나서서 이유를 설명하라고 말해야겠다고 느꼈다. 선셋이 있을 때도 그녀가 서열을 정리했고, 서워는 그것을 재정립하고 싶었다. 서워는 누가 친구를 죽였는지 알고 싶었다.

"블러드 마마."

사이 아이 아이가 드문드문 빠진 이를 드러내며 웃었다. 그이는 턱에 돌을 맞아 위쪽 작은 어금니 두 개와 아래 송곳니 하나가 빠졌다. 깨끗한 피부는 엷은 갈색이었고, 머리는 서워처럼 밀었다.

"흥미로운 저녁이었어. 넌 그랜드 콜로설이잖아. 잘 해내고 있어. 위대한 자유를 맞을 때까지 함께할게."

말을 맺은 사이는 진정한 동료처럼 미소 지었다.

차로 이동하는 내내 침묵한 후에 나누는 대화는 마른 입을 적시는 물과도 같았다.

"응. 그래. 너도 잘했어."

서워와 스택스는 아이스 아이스 엘리펀트의 어깨를 두드려 아는 척을 했다. 그는 고개를 끄덕여 답했다. 그는 서워보다 키가 몇 센티미터 작았지만 팔, 다리, 몸통이 모두 나무둥치만큼이나 굵어 아마 몸무게는 두 배일 것이었다.

"잘 싸웠어."

아이스가 말했다.

"너도."

스택스는 그렇게 말한 뒤 말을 이어 갔다.

"방송 시작되기 전에 한 번 더 꽉 잡아 줬으면 하는 사람 있어?"

스택스의 눈이 랜디 맥에게서 멈췄다.

"여기 딱 그런 사람이 보이는 것 같네."

"어딜 꽉 잡아 주느냐에 달렸지."

랜디가 말했다. 스택스가 그에게 다가갔다.

육십오 초 후에 촬영이 시작됩니다. 앵커의 공허하고 가벼운 목소리가 말했다. 사람 목소리 같았지만 분명 영혼이 없었고, 링크들에게 행동을 지시하는 것 외에는 관심이 없었다.

앵커 머리 부분의 패널이 미끄러져 열리더니 둥그런 HMC 세 개가 떠올랐다.

"이게 필요한 거 알아. 날 걱정했다는 사실에 내기를 걸어도 좋아. 덩치만 큰 겁쟁이."

스택스는 대낫으로 목을 자르지 않게 조심하며 랜디를 끌어안았다. 그는 따뜻하게 받아들이며 그녀 안으로 녹아들었다. 모두 두 사람을 유심히 보았다. 스택스는 어려운 일을 하고 있었다. 그 누구도, 그 무엇도 안심할 수 없도록 치밀하게 설계된 스포츠에서 누군가의 위안이 되어 준다는 일 말이다.

거니 퍼들스가 땅에 침을 뱉었다.

"나도 그거 필요한데."

사이 아이 아이가 말했다.

"사실 저도 받고 싶어요."

리코 무에르테가 덧붙였다.

삼십 초 후에 촬영이 시작됩니다. 대형을 만드세요.

"좋아. 그럼 두 명이 한 팀이 돼야겠어."

스택스가 사악하게 웃으며 말했다.

스택스는 어깨를 으쓱하는 사이를 왼팔로 감싸 안았다. 리코 무에르테는 앞으로 나서서 스택스의 오른팔을 받아들였다.

"다들 부끄러워 마. 긴 하루였잖아."

지난 두 달간 이것이 스택스의 처방이었다. 다른 인간과의 접촉은 피부로 전해지는 사랑과 같았다. 스택스가 모든 마치를 사랑으로 시작하는 전통을 만들었을 때 선셋은 응원했다. 어떤 면에서 스택스가 지금과 같은 스타가 되도록 지원해 준 셈이었다.

홀로뷰가 시작됩니다.

여기까지였다. 그들의 주인인 앵커가 당기자 링크들은 흩어졌다. 그들은 일 미터 간격으로 어깨를 나란히 하고 한 줄로 섰다. HMC 세 개는 날아서 리코 무에르테의 발치에 자리했다. 그는 이미 포즈를 취하고 있었다. 6번 아이언을 땅에 놓고 까다로운 골프 코스에서 형세를 살피듯 쭈그려 앉았다. HMC들이 그의 주위를 빙빙 돌며 날았다.

북미에서 가장 인기 있는 극한 격투 스포츠 프로그램이 시작됐다.

링크의 인격

"설명 드릴 게 몇 가지 있습니다."
저것은 일곱 가지 진실이 아닌가.
"당신이 이하 'CAPE'로 표시할 형사 범죄 처벌 엔터테인먼트의 본질을 이해했음을 확인해 주셔야 합니다. 이것은 키언 서버를 살해한 대가로 받은 삼십육 년형의 연장이며 어떤 방식으로도 당신이 '키언 서버'에게 저지른 범죄의 사면을 보장하지 않습니다. CAPE 프로그램에 참여하면 당신은 면책되어 석방될 수도 있지만, 그럴 가능성은 희박합니다. 그러기 위해서는 제가 이제부터 읽어 드릴 서류에 당신이 서명한 시점으로부터 삼 년간 CAPE 프로그램에 성공적으로 참여해야 합니다. 당신에게도 사본이 있으니, 제가 항목들을 소리 내어 읽을

---

* 한 남자가 살해당했다. 총에 맞아 즉사했다. 문젯거리를 쏠 때는 문제만 보이지 그들이 살아온 삶도, 그들의 행복과 슬픔도 보이지 않는다. 헨드릭스 영은 총을 쏠 때 대부분은 분노가 솟구쳐서 그럴 것이라고 상상해 왔다. 하지만 키언 서버를 죽일 때, 헨드릭스는 상대가 거대한 감정을 느낄 수 있고 대단한 사랑을 할 수 있는 사람이라는 사실을 완벽하게 인지하고 있었다. 그게 문제였다. 사람들은 그런 걸 두고 냉혈한이라고 한다. 그러나 사실 방아쇠를 당길 때 그는 피가 끓었다. 가슴의 불꽃.

때 따라 읽으시면 됩니다. 글은 읽을 줄 아십니까?"

그는 기계처럼 말하며 너무 쉽게 이름들을 내뱉는다. 가슴이 아프다. 이렇게 말한다고 해서 내가 좀 덜 괴물 같아지지는 않는다. 내가 그 사실을 안다고 해도 마찬가지다. 그래도 가슴이 아프다.

이 사무실에는 백인 남자 세 명이 있다. 고개를 돌리면 방에 있는 거울 속의 나를 볼 수 있다. 모든 거울은 문이다. 거울 속에서 나는 내 얼굴, 어두운 피부, 밝은 갈색 눈을 본다. 거친 검은 털이 머리부터 턱까지 뒤덮고 있다. 면도를 해야겠다. 좋은 면도는 일종의 사랑이다. 내가 꽤 오래 느끼지 못한 사랑.

말하고 있는 남자는 프로그램의 대표로, 정부 관료가 맬 법한 넥타이를 하고 있다. 테이블의 나와 같은 쪽에 앉은 남자는 댄, 이곳 뉴 오번 시설의 인사부장이라고 한다. 이곳에 돌아오니 피부가 불탄다. 나를 침묵하게 만든 곳. 내가 노예였던 곳.

이 서류가 어떤 죽음을 의미하더라도 나는 서명할 것이다.

아니 그보다는, 나를 노예로 만든 곳. 누군가를 노예로 만든다고 해서 꼭 그 사람이 노예가 되는 건 아니다. 절대 그렇게 될 수는 없다.

인사부장 댄은 탁월한 노예 관리자다. 안에 있을 때는 댄을 많이 보지 못했지만, 그를 보았을 때 그는 자기랑 많이 보지 않는 편이 좋다고 했다.

첫 만남에서 댄은 내게 질문했다. 나는 손목을 보고 있었다. 수술 자국은 생긴 지 얼마 안 된 것이었고 실밥 사이로 푸른색이 빛났다. 댄은 말했다.

"내 말이 맞으면 끄덕이고 아니면 고개를 저으세요."

내가 말했다.

"내 이름은……"

그리고 나는 전기 충격에 바닥으로 쓰러졌다. 나는 거기서 얼마간 흐느꼈다. 댄이 말했다.

"영 씨, 자리로 돌아가세요."

그것이 오번에서 보낸 시간의 시작이었다.

지금 댄의 맞은편에는 검은 머리를 빗어 넘기고 금붕어 색 넥타이를 맨 다른 남자가 앉아 있다. 시작할 때 그는 내게 자기 이름이 소여라고 말했다.

"이제 내가 당신 에이전트 같은 거야. 새로운 대장이기도 하고. 좋은 시간이 될 거야, 친구."

그는 미소 짓고는 내 어깨 아래, 붕대로 가려져 있는 잘린 팔의 흔적을 보지 않으려 노력한다.

우리는 댄의 사무실에 있다. 아무것도 없는 벽에 구식 TV만 하나 놓여 있는 작은 방이다. 필요 이상으로 덥다. 우리는 댄의 사무실에 있지만 지금 이 공간은 그의 것처럼 느껴지지 않는다.

"그 사람 읽을 줄 압니다."

댄이 말한다. 말을 잇기 전에 나를 흘깃 보고, 다음으로 맞은편의 두 남자를 본다.

"우리는 재실험 행동 프로젝트로 침묵 프로토콜을 수행합니다. 그리고 우리가 항상 유지하는……"

"우리도 여기가 조용한 거 압니다. 여기서 똥 냄새가 나는 것도 잘 알고요."

소여가 말하고는 나를 보고 윙크한다. 난 네 편이야, 친구. 그의 생각이 들린다. 내가 그에게서 단두대를 보고 있다는 사실을 분명 알 텐데도 그는 그렇게 생각한다.

"제 고객이 말할 수 있으면 좋겠는데요. 댄, 이건 중요합니다. 얼마

전 입원해 있을 때 저 사람이 말하는 걸 들었는데, 왜 지금 와서 침묵 프로토콜을 유지하려고 하는 겁니까?"

"시설 내에서는 엄격하게 방침을 적용하고 있습니다. 병실에서는 분명한 이유로 침묵을 해제하는 것뿐입니다."

다쳤을 때는 누구나 비명을 지르기 때문이다. 가뜩이나 비명을 지르는데 전기 충격으로 비명을 더할 필요는 없다. 여기 죄수가 다리가 부러진 적이 있는데, 소리를 너무 지르다 뇌가 거의 튀겨질 뻔했다. 충격 장치가 포착하지 않을 정도의 크기라면 가끔 조용히 울 수는 있다. 뉴 오번에서 우리는 모두 조용히 우는 데 도사가 됐다.

정부 사람이 말한다.

"다시 말씀드리죠. 사전 확인을 받기는 했지만, 영 씨가 자신의 의견을 직접 말할 수 있어야 합니다. 로터미스 부장님, CAPE 프로그램의 신규 참가자들은 신체적으로 불가능하지 않는 한 서명과 구두로 동의 의사를 표현해야만 합니다. 그것이 관례죠. 만약 다른 교정 시설처럼 이곳 수용자들을 프로그램에 계속 참여시키고 싶다면 표준 절차에 따르셔야 합니다."

댄이 나에 대한 권위를 잃는 것을 보니 슬퍼질 지경이다. 내 목소리를 듣는 것이 그에게 얼마나 괴로운 일인지 알 수 있다. 목소리를 내는 이유가 죽음을 선택하기 위함이라도 말이다. 충분히 파고들면, 언제나 더한 악을 발견할 수 있다.

"규정의 일부라……"

"이건 협상할 수 있는 문제가 아닙니다. 당신 회사 대표가 오래전에 동의한 사항입니다. 영 씨의 **침묵**을 해제하십시오."

댄은 눈을 깜박이더니 왼쪽에 있는 나를 보지 않고 책상에서 작은 검은 스크린을 꺼낸다. 손가락으로 스크린을 누르고 스크롤하고, 다시 누르고 스크롤한다. 내 손목의 줄이 녹색으로 바뀐다. 이어서 정부 사람이 말한다.

"감사합니다. 그럼 다시, 제가 CAPE 프로그램의 규칙과 조건을 검토할 때 따라 읽어 주셨으면 합니다, 영 씨. 글을 읽을 수 있다는 걸 확인해 주시겠습니까?"

나는 댄을 본다. 그가 얼마나 슬퍼하고 있는지를. 소여는 정부 사람에게 미소 짓고 정부 사람은 지루해한다. 사형집행자는 따분해하고 있다. 흰 셔츠와 검은 넥타이. 생명력을 모두 짜낸 것 같은 얼굴이다.

"헨드릭스, 이제 말해도 됩니다. 읽을 수 있습니까?"

"읽을 수 있다고요."

댄이 말한다.

"우린 여기 있는 챔피언에게 말하는 거예요."

소여가 말한다.

"당신이 우리 말을 따라오고 이해할 수 있다는 걸 확인해 줘야 합니다. 당신이 강요당하지 않고 이 프로그램에 참여하고 있다는 사실도 확인해 줘야 합니다."

나는 웃으면서 생각한다. 저들이 기회가 있을 때마다 새로운 고통을 만들어 낸다는 점만큼은 인정할 수 있다. 모든 맛을 갖고 있는데도 계속해서 더 만든다.

정부 사람이 눈살을 찌푸린다. 소여는 나와 함께 웃는다. 그는 그런 사람이니까. 하하.

"당신은 글을 읽을 수······."

그가 또 물어오는 걸 참을 수 없다. 나는 바닥에서 배꼽을 잡는다. 내가 여전히 그럴 수 있다는 것이 놀랍다. 뉴 오번에서는 웃지 않지만, 웃을 수 있는 내 영혼은 바로 지금 이런 순간을 기다리고 있었다.

"읽을 수 있어요."

나는 여전히 웃으면서 말한다.

"감사합니다."

정부 사람이 아무것도 쓰여 있지 않은 듯한 얼굴로 돌아가서 말한다. 소여가 끄덕인다. 댄은 내 목소리를 전혀 듣지 않는 쪽을 더 좋아했을 것임이 느껴진다. 내 목소리가 그의 벽에 지울 수 없는 얼룩이라도 남기는 것처럼.

"계속하겠습니다."

정부 사람이 이런저런 말로 포장해 봤자 이 모든 게 뜻하는 바는 살인뿐이다. 그는 죽음 위에 아무것도 아닌 것들을 덧칠하려고 한다. 저 사람 역시 아무것도 아니다. 그가 할 수 있는 건 저런 일뿐이다. 그는 껍데기였다. 이미 나처럼 속이 죽어 있지 않다면 거울을 들여다보는 것만으로도 파괴될 거대한 무언가의 일부.

나는 스스로에게 묻는다. 내가 이런 사람을 싫어할 수라도 있을까?

"잘 듣고 질문이 있으면 제가 모든 규정을 설명한 후에 해 주세요."

물론 나는 그럴 수 있다.

"당신, 헨드릭스 영은 본 문서에 서명함으로써 이하 CCNA로 명명할 북미교정연합과 GEOD가 주축이 되어 만든 초고난도 극한 격투 스포츠 엔터테인먼트 플랫폼인 CAPE 프로그램에 참가하기 위해 뉴오번 재실험 시설에서의 총 이십구 년 형기 중 남아 있는 이십사 년 삼십구 일을 포기함을 확인하고 인지합니다. 또한 체인 갱 언리미티드와 그 모든 하위 시리즈는 CAPE 프로그램의 일부이며, 또한 그러므로 이는 프로그램 기반 형벌 모델의 일환임을 이해합니다."

그들은 단어들로 벽을 칠한다. 그들은 그들의 단어들로 벽을 짓는다.

"프로그램 참가자로서 당신은 다음의 철회 불가능한 조건에 동의

합니다.

CAPE 프로그램 중 체인 갱 언리미티드 계열 참가자를 통칭하는 말인 링크로서, 당신은 과거 싱 아티카 싱 체인으로 알려졌던 싱 오번 아티카 싱 체인에 속하여 동료 링크들과 함께 이동합니다. 해당 체인은 뉴욕주 아티카의 아티카 교정 시설, 뉴욕주 오시닝의 싱싱 교정 시설, 뉴욕주 오번의 뉴 오번 재실험 교정 시설 수용자로 구성되며, 해당 시설들은 모두 GEOD 교정국이 소유하거나 GEOD에 의해 CAPE 프로그램 목적으로 운영되는 곳입니다. 해당 체인은 또한 운영상의 이점 또는 재정적 판단에 의해 다른 체인으로부터 재배치되거나 '거래'된 링크들로도 구성될 수 있습니다. CAPE 프로그램은 체인의 감독끼리 합의하는 한 어떠한 링크든 재배치할 수 있는 최대한의 권리를 가지고 있습니다.

싱 오번 아티카 싱의 구성원으로서 당신의 최우선 의무는 항상 스스로를 보호하는 것이며 CAPE 프로그램, 프로그램의 사업상 제휴사들, 또는 미국 정부는 당신의 신변에 대해 어떠한 법적 책임도 지지 않습니다.

서명 시점부터 영구적으로 링크로서 당신은 삶의 모든 부분이 녹화되어 공적, 사적으로 공개될 수 있음에 동의하며, 당신의 초상이 CAPE 프로그램 임의로 마케팅 도구로 사용될 수 있음에 동의합니다.

본 문서에 서명함으로써 당신은 CAPE 프로그램에 성공적으로 참여하여 취득한 것과 본 문서에 부분적으로 설명된 것 외의 모든 소유물에 대한 권리를 박탈당하는 데 동의합니다.

본 문서에 서명함으로써 당신은 CAPE 프로그램이 공식적으로 특정하지 않은 모든 권리를 박탈당하는 데 동의합니다.

링크로서 당신은 숫자로 표기된 경제권을 할당받게 됩니다. 프로그램에 성공적으로 참여하여 취득하는 이 가치는 통상 블러드 포인트로 불리는 점수로 수치화됩니다. 이 블러드 포인트로 당신은 음식, 무기, 일정 수준의 의료 서비스, 방호구, 옷을 비롯한 기타 생활 편의 용품 등을 구매할 수 있습니다. 외부 후원사가 당신의 참가를 후원할 수도 있습니다. 배틀그라운드 경기 한 번을 성공적으로 마친 후에만 새로운 무기나 방호구를 구입하기 위하여 블러드 포인트를 사용할 수 있습니다.

본 문서에 서명하는 즉시, 당신은 블러드 포인트 십오 점을 받게 됩니다. 블러드 포인트 일 점의 가치는 일 센트의 천 분의 일에 해당합니다.

모든 링크는 일 단계인 R, 또는 루키로 시작합니다. 배틀그라운드 전투를 세 번 성공적으로 마치면 링크는 서바이버 단계로 승급합니다.

현재 계급의 순서는 다음과 같습니다. 루키, 서바이버, 커스프, 리퍼, 하시 리퍼, 콜로설, 그랜드 콜로설. 매 시즌 새로운 규정이 발표되면, 각 계급에 따라 블러드 포인트로 구매할 수 있는 기회, 방호구, 편의용품의 목록을 수령할 수 있습니다."

나는 그가 그들이 만든 계급에 대해 오름차순으로 설명하는 것을 듣는다. 계급들, 죽음을 거래하면 얻게 되는 다른 이름들. 내가 그들 중 가장 뛰어난 자를 죽인다면 얻을 수 있는 돈을.

"여기까지 이해하셨습니까?"

나는 그를 똑바로 보고 고개를 끄덕인다.

"알겠다는 뜻인가요?"

"네."

그가 계속한다.

"개인 링크로 배치되면, 당신 헨드릭스 영은 아크테크 장비에 구속

된 채 형기 전체를 보내는 데 동의합니다. 또한 프로그램의 관리를 벗어나려고 시도하면 약물 주입, 폭파, 전기 충격, 기타 적절한 방식으로 즉시 제거될 수 있습니다.

CAPE 프로그램의 체인 갱 언리미티드 프로그램에 참가하는 데 동의함으로써, 당신은 또한 각각 기간이 정해져 있지 않은, 보통 사 일에서 십육 일 사이이긴 합니다만, 표준 마치에 참가하기로 동의하는 것입니다. 해당 마치 중에 링크는 항상 외딴곳의 프리즌 앵커에 구속될 것입니다. 탈출을 시도하면 강제적으로 제압되거나, 혹은 제거될 수 있습니다.

각 마치의 세션이 끝나면 즉시 '허브 시티'에 머무르게 됩니다. 링크들은 이곳에서 주최 지역 사회를 풍요롭게 하고 지원하기 위해 민간 활동에 참여해야 합니다. 이러한 활동 협조에 실패하면 즉시 제거됩니다.

최장 사 일인 허브 시티 체류 기간 동안 링크들은 배정받은 기숙사에서 생활하며, 이를 블러드 포인트로 업그레이드할 수 있습니다.

허브 시티 세션 이후, 링크들은 CAPE 프로그램의 이동 수단으로 배틀그라운드 경기 스타디움으로 이송됩니다. 이는 마치 기간 동안 결정되며, 전자 메시지로 링크에게 전달됩니다. 배틀그라운드 경기에 대한 고급 정보 역시 블러드 포인트로 구매할 수 있습니다.

배틀그라운드 경기 동안 링크들은 항상 스스로를 방어해야 합니다. 링크는 모든 상대가 제거된 경우에만 승자로 간주됩니다. 체인 갱 언리미티드의 현재 시즌에서 링크들은 동일 체인의 링크를 배틀그라운드 상대로 배정받지 않습니다.

스스로를 방어하는 데 실패하거나 상대 링크를 모두 제거하는 데 실패하면 모든 참가자가 즉시 제거됩니다."

그는 쉬지 않고 말한다. 그가 하는 말을 모두 따라가는 건 불가능하지만 동시에 명확했다. 그가 몇 번이고 반복하는 말은, 너는 이미 죽었다는 것이다.

"이해하셨습니까?"

"네."

이건 일종의 제단(祭壇)이다.

"상기 조건들은 철회가 불가능합니다. 당신, 헨드릭스 영은 이를 이해하고 CAPE 프로그램에 등록하는 데 동의합니까?"

나는 댄을 본다. 그가 아직도 오늘 일에 자존심 상해한다는 사실이 느껴진다. 나는 아무것도 느끼지 않으려고 노력하고 거기에 성공한 정부 사람을 본다. 나는 자기 이를 핥는 소여를 볼 수 있다.

"네."

소여가 내게 펜을 내민다.

"아주 좋아. 이제 지루한 건 끝났으니 준비하러 가자. 내일 돌림판을 돌려서 무기를 고를 거야. 포인트랑 기본적인 옷도 받을 거야."

나는 남자들을 보고 내 하나뿐인 손목을 본다. 내가 여기 이들과 있는 이유는 목소리를 사랑하는 것이 고통스러운 일이기 때문이다. 그것을 되찾기 위해 팔을 내주고 나니 다시는 침묵으로 돌아갈 수 없다는 사실을 온 마음으로 느낀다. 내가 톱날에 다시, 더 정확하게 몸을 던지지 않는 한.

나는 서명한다.

서킷

에밀리는 새로 마련한 U 냉장고 뒤의 8K 디스플레이를 보았다. 이 쇼를 싫어한다고 말하고 다녔지만 이제는 꼬박꼬박 챙겨 보고 있었다. 할머니가 남겨 준 유산으로 가전제품을 싹 맞춘 터라 완전히 'U' 되지 않은 기기는 하나도 없었다. 그녀는 너무 오래된 포도 너머로 머리에는 반다나를 쓰고 발목에서 가늘어지는 밀리터리 카고 팬츠를 입은 리코 무에르테가 어색한 골퍼처럼 쭈그려 앉은 모습을 보았다. 그는 몸을 웅크리며 왼쪽 눈 바로 아래에 있는 역 십자가 타투를 가리켰다. 리코는 아직 루키라서 보조 무기는 고사하고 제대로 된 주무기조차 없었다. 아니, 서바이버였던가? 에밀리는 확신할 수 없었다. 그래도 리코는 아직 신선한 고기였다. 그러니까 저기 냉장고 안에 있는 걸 보는 게 썩 어울린다. 우웩, 에밀리는 생각했다. 그녀의 머리에 흘러든 윌의 농담 중 하나였다.

U 통합된 가전 중에서 냉장고는 가장 터무니없었다. 그 모든 걸 좋아하는 윌은 유산을 그렇게 쓰라고 그녀를 부추겼다. 에밀리는「체인갱 올스타전 배틀그라운드」를 보기 어려워했지만 그 자매 프로그램

인 「링크라이프」는 적어도 지적이고 사회적으로 의식이 있는 사람이라면 제대로 봐야 할 인류학 연구 자료라고 생각했다. 그것은 문화적 대화의 일부였다. 거기에 담긴 윤리에 대해서는 좋기도 하고 싫기도 했지만, 그래도 그것이 이 세상의, 그리고 월 때문에 그녀의 삶에서의 흥미로운 부분임을 부정할 수는 없었다. 그녀는 두 프로그램을 다 보았지만, 에밀리에겐 「링크라이프」가 훨씬 흥미로웠다. 「링크라이프」에서는 모든 것이 중요했다.

새로운 마치는 매번 라인업과 함께 시작됐다. 누가 살아 있고 누가 그렇지 않은지 상기시켜 주는 것이었다. 그건 대서사시였다. 방금 체인 동료의 승리나 죽음을 지켜본 링크들이 어떤 기분인지 알 수 있었다. 그들이 미국의 마음과 정신에 어떤 사람을 보여 주고 싶은지 알 수 있고 그들의 잠재력을 볼 수 있었다. 유력 체인 앙골라 해먼드의 신입, 나름의 유머 감각이 있는 리코 무에르테처럼. 그는 엄청난 동료들을 피하고 있지 않았다. 그는 움직일 때마다 말하는 듯했다. *나 여기 있어, 나 좀 봐, 난 두렵지 않아.*

월은 오프닝 라인업이 무슨 의미인지 몇 번이고 설명했다. 그는 아카이브 속 사 개월 전 마담 룰루 와즈˚의 패배 직후 앙골라 해먼드의 라인업을 보여 주다가 눈물을 글썽였다. 한 바퀴 도는 카메라 앞에서 앙골라 해먼드의 각 구성원은 새끼손가락을 든 채 상상 속의 찻잔을 홀짝이는 마담 룰루 와즈의 시그니처를 따라 했다. 에밀리는 스택스가 아직도 죽은 전우를 위해 종종 새끼손가락을 드는 걸 알아차렸다.

이제 화면은 아이스 아이스 엘리펀트를 보여 줬다. 그가 지난 네 번의 경기에서 살아남을 수 있었던 것은 방호구를 현명하게 배분하는 전략과 단단한 체구 덕분이었다. 그는 길에서는 단순한 공사용 장화

˚ 초라한 자유. 리퍼. 사람들은 그녀를 '일류 킬러'로 불렀다. 가족들은 그녀를 '루시'라고 불렀다.

와 회색 운동복을 입었다. 상의로는 티셔츠와 *마이크의 오토보디*라고 쓰인 가벼운 재킷을 입었는데 회사가 너무 작아서 오래가지는 못할 것이었다. 아이스의 인기가 높아지는 중이라 *마이크의 오토보디*는 곧 다른 큰 회사로 대체될 듯했다. 그가 사용하는 철퇴의 가시 달린 쇠공은 자루에 들어 있었고, 쇠사슬은 굵은 허리를 벨트처럼 감싸고 있었다. 카메라가 아이스의 얼굴로 올라가자 그는 장난스럽게 으르렁댔다.

다음으로 카메라는 거니 퍼들스의 시그니처가 된 파란 카우보이 부츠를 잡았다. 뒷굽 쪽에는 맥푸드의 금색 MF 로고가 있었다. 눈에 보이는 무기는 없지만 이 등급 무기인 투척용 칼 네 개가 있다고 알려졌고, 주 무기는 없었다. 독특한 구성이었지만 지금까지는 그 효과가 증명됐다. 숱이 줄어들고 있는 머리는 떡이 진 채 뒤쪽으로 넘겨져 있었다. 창백한 얼굴에 초점이 잡히자 그는 땅에 침을 뱉었다.

하지만 에밀리는 등이 벌써 아파 왔다.

에밀리는 포도를 몇 알 따먹고 냉장고 문을 닫은 뒤 손에 진저에일을 든 채 허리를 폈다.

"돈값 하네."

그녀는 소리 내어 혼잣말을 하고 다시 소파까지 조금 걸어가 손을 흔들어 메인 디스플레이를 켰다.

모든 제스처를 인식하도록 업그레이드된, 풀 3D뷰 캐스팅을 완벽하게 갖춘 텔레플렉스 인피니티 뷰 캐스터. 그녀는 손님들에게 바깥 풍경을 감상하고 싶은지 종종 물어봤는데, 단지 "U 연결"이라고 말하면서 손가락을 모았다 커튼을 여는 것처럼 펼치기 위해서였다. 그것은 마법이었다.

"링크라이프."

에밀리가 말하자 소파 반대편 벽이 프로그램이 되었다. 그들은 아직 라인업 중이었다. 카메라는 스택스를 비추고 있었다. 땅을 굳게 딛고 선 등산화. 그리고 양쪽 다리의 허벅지 부분을 직접 세 번씩 찢은 운동복으로 올라갔다. 홀마켓 로고는 운동복 가슴에 찍혀 있었다.

배틀그라운드에 있지 않을 때면 왼쪽 팔에 감는 볼트 가죽이 손바닥까지 감싸고 있었다.

"U 연결, 몰입형."

그렇게 말하자 그녀는 그들이 있는 곳으로 나가 있는 거나 마찬가지가 되었다. 탁 트인 벌판이 펼쳐졌고 발밑의 나무 바닥에는 풀이 자란 듯했다. 에밀리는 스택스의 복근과 목에 새겨진 X를 다시금 감탄하며 바라볼 수 있었다. 그걸 보는 건 포상과도 같았다. 후드티는 잘려 있어서 갈색 피부에 모자이크처럼 새겨진 X들과 복근이 드러나 보였다. 머리는 그녀의 등 한가운데까지 내려왔다.

시야도 완벽했다. 올라가는 카메라가 비춘 스택스의 얼굴은 언제나처럼 유쾌했다. 그녀는 오른팔을 눈앞으로 들어, 척골에 새긴 X 두 개로 양쪽 눈을 대신했다. 그녀는 만화에서 기절을 묘사할 때처럼 혀를 내밀고 머리를 옆으로 떨어뜨렸다. 다른 팔로는 머리 위의 보이지 않는 올가미를 잡고 있었다. 에밀리는 스택스가 선셋 하클리스를 기리는 모습을 보이지 않아 조금 놀랐다. 가슴이 찢어지게 아팠다. 선셋은 확실히 이 체인에서 좋은 사람이었다. 그녀는 다른 사람이었다면 상대를 죽이려고 했을 상황에도 농담을 선택하는 선셋의 클립 영상들을 보았다. 그리고 저장된 영상으로만 아는 한 남자가 죽었다는 사실이 자신에게 아직도 사라지지 않는 구름을 드리웠다는 사실에 놀랐다.

젠장. 그녀는 생각했다.

스택스는 서워가 스크린에 나타날 때까지 포즈를 유지했다. 서워와 그녀의 완벽한 몸은 긴 양말에 쑤셔 넣은 헐렁한 검은 바지에 대부분 가려져 있었다. 볼트 가죽으로 감싼 양팔은 라이프 디포 로고가 있는 둥근 넥 라인의 두꺼운 스웨터 소매로 다시 덮었다. 서워는 아무것도 응시하지 않고, 아무것도 주지 않고, 지난 몇 달간 그랬듯 침묵을 지켰다. 그러다 마지막 순간 그녀는 한 손으로 그늘을 만들듯 눈을 가렸다. 선셋의 대표적인 포즈였다. 에밀리는 눈시울이 뜨거워지는 걸 느꼈다.

이십오 초 후에 마치가 시작됩니다.

"좋아."

에밀리는 눈물을 닦고 다른 세계의 모험이 주는 기쁨에 빠져들었다.

마치. 앵커가 당기기 시작했다.

앵커의 명령은 몇 가지뿐이고 모두 절대적이었다. 라인업, 마치, 멜레, 마치 재개, 잠시 멈춤, 휴식, 블랙 아웃. 당신이 그것을 당기기 전에 그것이 당신을 당긴다. 신체에 가해지는 앵커의 전자기 인력만큼 링크의 삶에서 확실한 것은 없었다. 앵커는 앙골라 해먼드 체인 구성원들의 머리 위 오 미터 상공까지 떠올라 태평하게 북쪽으로 떠 가기 시작했다.

링크들은 이런 일에 익숙했다. 그들은 걸음을 옮기고 팔을 스트레칭하며 다음에 어떤 일이 다가올지 궁금해하지 않으려고 노력했다. 그들은 기계를 중심에 두고 고르게 퍼진 원형 대형으로 앵커를 따라갔다.

"어느 높으신 분이 널 좋아하는 것 같은데."

거니 퍼들스가 앞에 있는 서워를 보며 말했다. 인간 나침반의 동남쪽에 있는 거니는 너무 고귀해서 진짜 이름 말고는 그 어떤 호칭으로도 불려지지 않겠다는 듯이 구는 저 못된 년을 싫어했다. 하지만 그녀가 지금 그들의 리더라는 사실에는 의문의 여지가 없었다. 흑인년이 그의 대장이라니…… 상상해 본 적도 없었다. 서워가 배틀그라운드 매치의 탈을 쓴 사회적 약자 우대 정책의 덕을 입었다는 사실을 지적받은 것에 대해 어떻게 받아들일지 궁금해하며 거니는 땅에 침을 뱉고 풀밭을 가로질러 걸었다.

서위는 나침반의 북쪽에서 걸으며 말했다.

"그러게."

서위는 모두가 선셋 이야기를 피하는 것에 화내지 않으려고 노력 중이었다. 잡아끄는 앵커를 따라 무의식적으로 걸으면서 그녀는 현재에 집중했다. 마지막 몇 주간 어떻게 이들을 이끌 것인가? 지난 이년 내내 그녀가 죽기를 바란 강간범이자 살인범인 거니 퍼들스를 어떻게 다룰 것인가? 모든 일을 쉬워 보이게 해 줬던 선셋 없이 어떻게 해야 할 것인가? 그리고 브룸 브룸의 젊은 여자가 알려 준 사실을 생각하면, 이 모든 것이 무슨 상관이겠는가?

스택스가 그들의 남쪽 끝이었다. 한동안 그랬다. 그녀는 앵커 바로 뒤에 있었기 때문에 다른 모두보다 조금 빨리 걸었다. 계속 보조를 맞추지 않으면 결국 끌려가게 될 테니까. 그녀는 가끔 멈추고 앞으로 당겨지며 올라가는 자기 팔을 보다가 이내 달려서 다시 팔이 떨어지도록 일행을 따라잡았다. 그러다 손목이 다시 한번 앵커에 복종하여 떠오르는 동안 잠시 멈추곤 했다. 하지만 오늘은 그 어떤 일도 하지 않았다. 그녀는 미소 지으며 세심하게 지켜볼 따름이었다. 스택스가 여섯 시 방향에 선 것이 일종의 약속이라는 사실을 체인의 모두가 알았다. 많은 사람에게 등을 보이고 걷고 있어 비교적 취약한 서워를 누군가 공격하면(선셋 하클리스를 공격했던 누군가) 스택스가 즉시 달려들 것이었다. 스택스는 행동 대장 역할에 자부심을 느꼈다. 그녀는

'차—칭' 휘터커 에임스를 반으로 가르는 일은 즐기지 않았지만, 몇 달 전 마치에서 서워를 찌르려 했던 그를 결국 토막 냈다. 그녀는 그녀가 무엇인지는 혐오했지만, 그녀가 할 수 있는 일을 사랑했다.

배드 워터 월터는 스택스의 왼쪽 조금 앞에서 걸었다. 그는 언제나 처럼 조용히 주위를 살폈고, 자신의 생존을, 마음에 여전히 간직한 결백을, 죽음을 앞두고 무덤에 실려 가는 듯한 그것을 경외했다. 그는 아무 짓도 하지 않았고, 이렇게 벌을 받고 있었다. 그는 거니 퍼들스에게 선물로 받은 사냥용 칼을 들고 있었다. 거니에게 선물을 받으면 선셋, 서워, 심지어 스택스까지 등지게 된다는 사실을 알기 전에 받은 것이다. 이번에도 그의 결백은 아무런 의미도 없었다.

"오늘 밤은 무난할 거 같은데. 모기가 죽도록 귀찮게 굴지만 않으면 좋겠어."

아이스 아이스 엘리펀트가 말했다. 그는 오늘을 버틸 것이고, 앞으로의 날들도 버티려 노력할 것이다. 여기 오기 직전에 그는 사람을 죽였다. 사람을 죽였는데 이제 모기 이야기를 하고 있었다. 그러나 여기서는 이런 식이다. 한 번에 하루씩. 모든 마치가 시작하기 전과 끝난 후에 그가 스스로에게 하는 말이다. 허리에 두른 금속 사슬이 절그럭거렸다. 늘 그를 달래 주는 소리다.

"그러게 말이야."

사이 아이 아이가 친구의 말을 받아 말했다. 그이의 바로 앞 오른쪽에 서워, LT, 그랜드 콜로설이 있다. 사이는 여전히 솟구치던 환희의 여운을 느꼈다. 자신의 경기를 빠르고 쉽게 끝내자마자 찾아온 희열은 서워의 퀘스천 매치 상대가 소년으로 밝혀졌을 때도 계속되었다. 쉬운 표적이었다. 그이는 탈의실에서 경기를 보았다. 몸에 묻어 있던 피를 닦으면서. 그이는 그런 기쁨을 느끼는 것이 역겨웠다. 그러나 그 아이는 어차피 가망이 없었고, 경기를 보면서 그이가 원한 건 그이의 리더가 마지막 이 주를 더 살아남는 것뿐이었다. 서워는 결국 서워였다. 서워에 대해 생각하면 그이가 배틀그라운드에서 죽인 전사, 롤레이드 커리큘럼으로부터 쉽게 주의를 돌릴 수 있었다. 결국은 그에 대해 생각하고 그 죽음을 받아들이겠지만, 지금 당장은 서워에게 집중하며 그녀가 선셋과 같은 일을 겪지 않도록 할 것이다.

"정말이지, 며칠 전날 밤 모기는 미쳤지. 망할 날개 달린 흡혈귀 같으니."

아무 말이나 주워섬긴 뒤 리코가 웃었다. 나머지는 아무도 웃지 않았다. 그는 거니 퍼들스 뒤, 스택스 가까이에서 걷고 있었고 그 사실에 감사했다. 그녀와 가까이 있으니 안전하게 느껴졌다. 체인에서 그에게 도전한 사람은 없었고 그는 그 사실에도 감사했다. 잘못된 곳에 있으면 사람들은 어두워졌다. 직접 본 바였다. 군화가 마른 풀을 밟으며 바스락거렸고 그는 익숙한 공포감이 휩쓸고 지나가는 것을 느꼈다. 주여, 당신은 모든 문제에서 저의 진심을 아십니다. 그가 기도했다. 제가 항상 일을 망쳤다는 걸 압니다. 이런 벌을 받을 만한 짓을 저지르지 않았다는 게 아닙니다. 하지만 제 진심을 아시지 않습니까. 주여, 한 가닥 은혜를 내리시어 제 앞의 심판을 헤쳐나갈 수 있게 하소서.

랜디 맥은 리퍼였고 그의 삼지창 홀리홀리를 지팡이처럼 짚으며 걸었다. 그는 침묵을 지키며 이제 스택스와 서워를 제외하면 그가 체인에서 계급이 가장 높은 링크라는 생각에 골몰해 있었다. 걸어가는 동안 땅이 부드러워지는 것 같았다. 그는 그 책임감이 달갑지 않았고 무른 땅에 막대를 꽂으며 얼굴을 찡그렸다. 지금은 선셋이 죽은 후의 세상이었다.

앙골라 해먼드 체인은 칠 킬로미터를 걸었다. 그들은 하늘에 온통 어둠이 내릴 때까지 걸었다. 거니가 꺼낸 말 외에는 아무도 배틀그라운드 이야기를 나누지 않았다. 그들은 쉽게 움직였다. 그들의 몸은 이보다 훨씬 힘든 훈련에 적응되어 있었다. 서워는 그 부분에서 철저했다.

랜디 맥이 말했다.

"다들 이쪽 좀 알아? 브룸 브룸에서 멀진 않은데, 그거 말고는 전혀 모르겠네."

"난 올드 테이퍼빌 출신이야. 거기서 멀지 않아."

스택스가 잠시 밝아져서 말했다. 체인 전체가 귀를 기울였다.

"그 후진 동네에서 너 같은 사람을 낳았다고?"

랜디 맥이 돌아보지도 않고 말했다. 스택스를 위해서만 아껴 두는 부드러움으로 말하는 그의 단어들이 상대를 찾아가리라 믿고서.

"여기 어디서도 나 같은 사람을 낳진 않았지. 내 말은, 거긴 내가 착륙한 곳이야."

스택스가 말했다.

"이제 네가 외계인이라는 거야?"

랜디 맥이 물었다.

"난 천왕성 너머에서 왔어."

"그렇다면 널 향한 내 마음이 좀 달라지는 것 같은데."

"네가 차별주의자인 거 알고 있었어."

스택스가 웃으며 말했다.

"내 처남이 외계인이야. 외계인 친구도 많고. 내가 차별주의자일 수가 없지."

랜디 맥이 말을 이었다. 체인이 웃었다. 랜디에게는 스택스를 즐겁게 하는 느긋한 매력이 있었다. 그는 충분히 강하고, 잘생겼고, 목의 흉터 몇 개와 사라진 손가락 몇 개 말고는 옅은 갈색 피부에 전투나 다른 일로 생긴 흠집도 거의 없었다. 그보다 나쁜 건, 그는 멍청이가 아니라는 점이었다. 일반적으로는 말이다. 랜디 맥은 자기가 책을 얼마나 많이 읽었는지 알려 주는 남자였다. 서위는 스택스가 제대로 살고 체인과 함께 마치를 계속할 수 있도록 행복하게 해 주는 데 랜디 맥이 중요하다는 사실을 마뜩잖더라도 인정할 수밖에 없었다.

드디어 그들은 캠프 한가운데 커다란 모닥불에 도착했다. 보조 프로듀서들이 준비해 둔 것이었다. 모닥불 옆에는 고플레임의 장작이 쌓여 있었다. 앵커는 모닥불 위 높은 곳에 자리잡더니 말했다. 캠프 단계 시작. 열한 시간 후에 마치가 재개됩니다.

손목의 빛이 녹색으로 완화됐다. 캠프 단계 동안 녹색 빛이 뜨면 어느 방향으로든 삼백 미터까지는 움직일 수 있었지만 링크들은 대부분 바로 그곳, 불 근처에 머무르는 편이었다. 모닥불 주위로 나무 그루터기가 다섯 개 있었다. 그것들은 어두운 불빛 아래에서 진짜처럼 보였지만 사실은 백야드프로가 만든 가공 플라스틱 의자였다. 그 사이로는 다양한 크기와 색의 상자가 흩어져 있었다.

시즌 17 이후로는 이런 방식이었다. 결국 시청자들은 야생에서 살아남으려고 발악하는 지친 링크들을 보는 데 질렸다. 이제는 캠핑하는 것처럼 보여도 야영지는 매일 밤 서킷에 있는 각 체인을 위해 점검됐으며 일종의 상업 무대처럼 쓰였다. 스태프들은 현장을 치우고 특히 위험한 야생 동물, 해로운 식물, 기타 안전을 해칠 수 있는 것이 있는지 조사했다. 사람들은 링크끼리 서로 싸우다가 죽는 걸 보고 싶어 했지, 뱀에 물려서 죽어 가는 모습을 보고 싶어 하지 않았다. 링크들은 블러드 포인트로 텐트와 간이 침대를 살 수 있었고, 계급에 따라서 살 수 있는 조합이 달랐다. 음식은 전문적으로 조달되어 공급됐다.

각 캠프 중앙에서 일렁이는 불은 진짜 같은 느낌을 주는 멋들어진 마무리 같은 것이었다. 기온이 떨어질 때면 랜턴과 적외선램프도 몇 개씩 더 놓았다. 불은 집을 뜻했다. 불은 자유와 더 가까운 어떤 것을 뜻했다. 그들은 불을 조명 외의 용도로 사용하지 못하게 되어 있었다. 조명은 캠프에 무작위로 흩어져 있는 것 같지만 사실 자유를 누릴 수 있는 영역 어디든 빛과 어둠이 좋은 균형을 이루도록 세심하게 설계된 횃불로 보완됐다.

깔끔하게 손질된 모닥불 주위에 놓인 '그루터기'에 기대어 가방과 배낭들이 그들을 기다리고 있었다. 늘 그렇듯 마치는 링크들이 무기 외의 소지품을 찾으며 시작됐다. 세속적인 소지품은 상표가 있는 배낭에 들어 있었다. 서워가 제일 먼저 다가서서 검은 배낭을 끌어당겼다. 두꺼운 어깨끈 양쪽에 금색 해머 엠블럼이 박혀 있었다. 그녀는 그것을 가지고 가장 큰 텐트로 사라졌다, 서킷에 하나뿐인 '여왕의 텐트'로. 이제 서워가 서킷 전체를 통틀어 전 체급 챔피언이었으니, 여왕의 텐트는 그녀의 것이었다.

스택스는 녹색과 금색이 섞인 배낭을 잡아 끌어당겼다.

"집만 한 곳이 없지."

그녀는 그루터기 하나에 자리를 잡으며 말했다.

다른 링크들도 자기 가방을 들었다. 안정적이지 않은 체인들에서는 몹시 위험한 순간이었다. 다른 링크의 배낭에 손대다 팔이 잘리는 링크들이 있었다. 스택스는 이제 몸에 러브가일을 기대고 그 과정을 보고 있었다. 오늘은 이 집단에 강제된 차분함이 느껴졌다. 스택스는 숨을 들이쉬고 불을 바라보았다.

"엿이나 먹어라, 미국."

랜디 맥은 데님 배낭을 땅에서 집어 들며 한숨을 쉬었다. 웃지도 않고 그의 캐치프레이즈를 말한 것이다.

체인의 링크는 여덟 명, 텐트는 여섯 개였다. 리코와 배드 워터는 아직 그 정도 호사를 누리지는 못해서 체인의 누군가가 자기 공간을 열어 주지 않는 한 침낭 안에서 거대한 하늘을 이불 삼아 잠들어야 했다. 여왕의 텐트는 아주 최근까지 선셋의 것이었다. 비록 '여왕'이라는 말 자체는 군림자로서 살았던 위대한 멜랑콜리아 비숍을 영원히 의미하겠지만. 여왕의 텐트는 안에서 일어설 수 있을 정도로 크고 추가 보급품(피타 칩, 후무스, 몇 가지 탄산수에 생리대와 탐폰, 코코아 버터, 작은 테이블 위의 화장지까지)이 딸려 왔으며, 서 있는 땅에 단단히 고정되어 있었다. 다른 텐트들은 평범한 캠핑 장비에 더 가까웠지만 스택스와 랜디 맥, 거니의 텐트 역시 일어서기 편한 크기였고 구획이 하나 이상이었다. 모든 텐트에서 가장 중요한 건 침대였다. 슬리프로열이 만든 그녀의 침대는 야외에서 가장 안락하게 잠들 수 있는 곳이었다.

서워는 부드러운 침대에 몸을 던졌다. 전례 없는 성공을 거둔 덕분에 그녀는 사실 하시 리퍼일 때부터 슬리프로열에서 잤다. 체인 갱의 세계에서 로레타 서워는 첫날부터 부유했다.

그리고 결과적으로, 침대에 누운 서워의 이미지는 슬리프로열을 세계에서 가장 수익성이 좋은 매트리스 회사 중 하나로 만들었다.

HMC 하나가 그녀 앞으로 날아왔다. 그녀는 발치에 배낭을 내려놓았다. 그녀는 거기서 아쿠아H헨테 생수병을 꺼내 들이켰다. 거기엔 또한 속옷(그녀를 위해 항상 새롭게 준비됐다)과 판초를 포함해 따뜻한 옷 한 세트가 있었고, 공책과 펜 두 자루, 그리고 그녀의 보조 무기인 군용 나이프 '잭'도 있었다. 소유물과 다시 만나는 이 순간은 은밀하면서도 폭력적이었다. 서워는 쑤시는 무릎을 주물렀다. 무릎을 누르자 상당한 통증이 느껴졌다.

스택스가 텐트에 들어섰다.

"뭔 문제 있지?"

스택스는 자기 배낭을 땅에 던지고 침대 옆 바닥에 대낫을 놓았다. 서워는 하스 오마하를 자기 배낭 옆에 놓았다.

"뭐가? 아무 문제도 없어."

그녀는 말하자마자 후회했다. 늘 뭔가 문제는 있었다. 서워는 마음속으론 항상 비관주의자였다. 그러나 브룸 브룸에서 있었던 일과 거기에서 알게 된 소식으로 몇 년의 비관주의가 사실로 입증된 듯했다.

스택스는 부츠를 차서 벗더니 침대에 몸을 웅크렸다.

"괜찮아."

그녀는 그렇게 말한 뒤 갑자기 울음을 터뜨리며 서워의 품에 파고들었다. 몇 달 전부터 경기가 끝나면 정확히 이런 그림이 펼쳐졌다. 스택스는 배틀그라운드에서 상대를 죽이고 나면 의식을 치르는 것처럼 서워에게 자신을 쏟아 냈다.

"울보."

서워는 스택스의 목에서 가장 눈에 띄는 표시를 문지르며 말했다.

"꺼져."

스택스는 콧물을 들이마셨지만 계속 훌쩍이는 바람에 콧물은 다시 윗입술까지 늘어졌다. 스택스는 민소매를 남기고 운동복을 벗었다. 그리고 팔에서 볼트 가죽을 풀기 시작했다. 서워는 그녀를 가까이 당겨 목에 키스했다. 스택스의 목에 있는 X, 즉 '과녁'은 그녀가 맨 처음 받은 타투였다. 그것은 사람들을 사랑에 빠뜨린 이 전사의 궁극적인 상징이 되었다.

서워는 울고 있는 스택스의 허리를 감싸 안아 주었다. 콧물 범벅이 된 코에 키스하고 거친 숨 때문에 팽창했다 수축하는 스택스의 복근을 느꼈다.

"너도 안 좋아할 거 알아. 하지만 오늘이어야 해."

스택스가 말했다.

이해한다는 표정이 자리 잡기 전 서워는 잠시 굳었다.

"금방 할 거야. 선셋 일을 먼저 해결해야 해. 정신도 좀 차려야 하고. 걱정하지 마. 나랑 있을 시간이 너무 조금밖에 안 남아서 힘든 거 알아."

서워는 그 쪽지와 거기에 담긴 정보, 그녀가 자유에 얼마나 가까워졌는지에 대해 생각했다. 서워는 스택스를 따라 울 뻔했다.

"오늘이야."

스택스가 다시 말했다. 서워는 누가 이래라저래라하는 데 반감을 느꼈다. 너무나 오랫동안 그럴 수 있는 사람이 거의 없었지만, 스택스는 계속했다.

"나 너한테 해야 할 말이 있어. 하지만 네가 그 일부터 해야 돼."

스택스는 자신에게 얼마나 깊은 확신이 있는지 보여 주려는 듯 울음을 애써 멈췄다.

"그럼 네가 해."

"너여야만 해. 선셋이 하려던 일을 해야 해."

분한 감정이 순간적으로 몰려왔다 사라졌다. 서워는 그들 위를 떠다니는 HMC를 조소하며 올려다봤다. 그녀는 국가의 눈을 똑바로 응시했다. 서워는 그랜드 콜로설이었고, 해야 하는 일이 생기면 그건 서워의 몫으로 떨어졌다.

"다음 더블 매치까지 기다릴 수 있잖아. 하고 싶지 않은……"

"그럼 오늘 밤에 랜디에게 갈 거야. 오늘 밤에 가면 다시 돌아올지 모르겠어. 너도 말했지만, 너에겐 몇 주밖에 안 남았잖아. 어쩌면 지금부터 널 놓아줘야 할지도 몰라."

서워는 생각에 잠겨 잠시 멈췄다. 누구 옆에서 자든 너는 내 거라고 스택스에게 말하고 싶었지만 잠시 참았다가 그 말은 생각으로만 머물게 두었다. 질투는 여러 면에서 그녀의 삶을 형성했다. 애초에 감옥에 들어갔던 이유 중 하나가 되기도 했고, 지금은 이 나라가 그녀를 사랑하는 이유가 됐다. 그녀와 스택스의 관계, 스택스가 종종 랜디 맥과 잘 만큼 열려 있다는 것, 그리고 그 일이 평화롭게 진행되도록 서워가 자기 질투를 제어하는 방식 같은 것들.

"내가 신경 쓸 것 같아?"

서워는 지겹다는 투로 말하려 했지만 결코 그렇게 들리지는 않았다. HMC 두 대가 주위를 빙글빙글 돌았다.

"알았어."

스택스는 러브가일을 땅에서 집어 들고 다른 손으로는 자기 배낭을 들었다. 그녀가 일어서자 서워도 곧장 일어섰다.

"제발."

서워가 말했다. 워낙 빨리 움직이는 바람에 무릎이 항의했지만 그녀는 통증을 무시했다. 서워는 하스 오마하를 들고 텐트 문 앞에 섰다. 자기도 모르는 사이에 해머를 집어 든 것이다. 서워의 심장에서 엄청난 수치심이 부풀었다.

"오늘이야. 선셋은 떠났어. 이제 너랑 나야."

"이 체인은 지금도 괜찮아. 내 게임에서 우리를, 나를 탈락시킬지도 모를 일을 왜 해야 하지?"

서워가 물었다. 하지만 선셋이 막 제거되었는데 어떻게 그들이 '괜찮다'고 할 수 있을까?

"그럴 일 없어. 내가 약속해."

스택스는 다시 부츠를 신으며 말을 이었다.

"지금 할 수 있어. 그러면 오늘 일 때문에 별로였던 네 기분도 나아질 거야. 그 아이 말이야."

"그 일이라면 난 괜찮아."

서워의 목소리에서는 진실됨이 느껴졌다.

"물론 그렇겠지. 당장 해야 할 이유가 더 있었네."

스택스는 마지막으로 눈물을 훔치고 저녁 속으로 걸어 나갔다. 땅과 말라 죽어 가던 풀을 적시던 보슬비의 냄새가 아직도 났다.

"어이. 모여 봐, 다들. 모두에게 중대 발표가 있어."

스택스의 목소리가 들렸다. 서워는 체인의 소리를 들을 수 있었다. HMC들이 윙 소리를 내며 서워를 지나쳐 스택스를 찾으러 텐트 밖으로 나갔다.

서워도 따라갔다. 그녀는 배가 고팠고 그녀 몫의 뜨거운 음식이 든 큰 검은 박스를 보았다. 앙골라 해먼드 체인 멤버들은 대부분 이미 식사 중이었다.

서워는 목을 가다듬었다. 꽤 오랜 시간을 통틀어 그녀가 낸 목소리 중 가장 약한 소리였다. 불 쪽으로 걸어가자 뒤편으로 거대한 그림자가 늘어졌다. 그곳에 있는 링크들은 집중하고 있었다. 서워는 다 안다는 듯한 미소를 짓는 스택스를 보았다. 그리고 서워는 말을 시작했다.

"이 말을 지금 하는 이유는 누군가 나서길 기다리고 있었기 때문이야."

이제 스택스의 미소가 잦아들었다.

"선셋 하클리스가 지난주에 살해당했지. 나는 무슨 일이 일어났는지 알고 싶어. 누가 왜 그랬는지 알고 싶어, 오늘 밤에 말이야. 내 친구에게 무슨 일이 일어난 건지 알고 싶어. 내가 지금부터 할 말을 들으면 두려워하지 말고 자백해도 된다는 걸 알 수 있을 거야."

그녀는 링크 한 명 한 명의 눈을 들여다보았다. 머물렀다가, 다음으로 움직이고, 머물렀다가, 다음으로 움직이고. 그녀는 진심을 감추려 했다. 누구든 그 짓을 한 사람은 두려워해 마땅하다는 진심 말이다.
"나중에 나한테 와서 말해도 돼. 하지만 난 오늘 밤에 알고 싶어."
그녀는 흉성을 써서 말했다. 모의 전투를 하거나 배틀그라운드 전 며칠 동안 무기를 들고 달릴 때처럼 무리 앞에서 연설했다. 그녀는 사람들 앞에서 말하는 데 익숙했다. 거니는 차갑게 서워를 응시했다. 배드 워터는 땅을 보았다. 랜디 맥과 사이는 진지하게 그녀를 보았다. 그녀는 계속했다.
"우리는 앙골라 해먼드에 중요한 사람을 잃었어. 선셋을 기리기 위해서 우린 이렇게 할 거야. 앞으로 우리 체인은 공식적으로 서로 해치지 않을 거야. 이게 우리의 새로운 방침이야. 이 게임의 다른 규칙과 똑같이 진짜야. 우리 앙골라 해먼드 체인에서는 동료 링크를 해치지 않는다. 이제 얘기 끝. 우린 서로 그런 짓을 하지 않아."
링크들은 혼란스러워 보였고, 심지어 약간 즐거워도 보였다.
서워는 다시 목을 가다듬었다. 단전에서부터 목소리를 끌어올렸다.
"내 말은, 배틀그라운드 매치에 나선 게 아니라면 지금부터 우리 사이에 폭력은 없을 거라는 뜻이야. 선셋이 늘 주장했던 거지. 이제 우린 그걸 실천할 거야."
훨씬 흥미를 잃은 듯한 반응이 돌아왔다. 그녀가 그저 그런 농담을 두 번째로 한 것처럼. 서워는 하스 오마하를 왼손에서 오른손으로 옮겼다. 서워는 어떤 면에서 자기가 하는 말이 타당하지 않다는 걸 알고 있었다. 그녀의 힘, 그녀의 살상 능력, 그것이 그녀가 그녀인 이유였다. 죽음과 그것의 가능성은 서워가 가진 초능력이었다.
"알겠지만 나와 선셋이 들어왔을 땐 모두가 항상 오픈 시즌이었어.

그게 핵심이라고도 할 수 있었지. 리코 같은 사람은 신참이라는 이유만으로 이미 세상에 없을 거야. 그게 핵심이었지, 이 모든 게 일종의 출구였으니까."

리코가 채 숨기기 전, 서워는 공포가 그를 사로잡는 것을 보았다.

"난 새로운 얘길 하는 게 아냐. 너희도 알지. 대부분은 위대한 자유를 기대할 수 없어. 하지만 우리가 나머지 체인들이랑 다르다는 건 다들 알 거야. 이 체인에는 진짜 가능성이 있어. 지난주 그 일만 아니었다면 이 체인의 두 명이 이 주 간격으로 위대한 자유를 맞았을 수도 있어. 전에 없던 일이야. 하지만 그럴 뻔했지. 우리가 함께 성장했기 때문이야. 나와 선셋이 서킷에서 내리찍는 칼을 걱정하지 않아도 됐기 때문에 가능했던 일이야. 너희 대부분처럼 내게도 M이 있어."

서워가 자신을 예로 들어 설명하자 체인은 더 집중하는 것 같았다. 그녀는 자기 과거를 이야기한 적이 없었다. 그들 전체에게는, 이런 식으로는 하지 않았다.

"난 어떤 여자와 함께였어. 그녀는……"

서워는 주위를 도는 카메라를 보고 얼굴을 찡그렸다. 자신이 택한 방법이 벌써 후회됐다.

"그녀는 특별했고, 난 내가 그녀를 소유한 것처럼 굴었어. 그녀가 떠나고 싶어 했을 때……. 나는, 내 말은…… 나는 사랑하는 사람의 숨통을 짓이기는 게 어떤 느낌인지 안다는 거야. 그것 때문에 나는 내가 싫어. 선셋을 처음 만났을 때 내가 원했던 건 출구가 전부였어. 그는 나를 도왔고, 나는 그를 도왔고, 우린 다른 사람들을 도왔어. 이제 우리 모두 여기 모여 이야기하고 있지. 선셋이 체인에서 그런 모습을 보였던 건 사람이 변할 수 있다고 생각했기 때문이야. 그는 언제나 내내 그 얘기를 했어."

이 대목에서 랜디가 말했다.
"그건 확실하지."
서워는 감사했다.
"그가 이루고 싶었던 건 이거야. 체인을 가족으로 만드는 것. 그래서 지금부터는 선셋을 기리기 위해서 살인은 금지야. 자기 목숨을 건지기 위해서가 아니라면 누구든 때리지도 마. 마치 동안에도, 캠프 동안에도, 식사 동안에도, 누가 자는 동안에도 안 돼. 그런 건 경기장으로 한정해. 여기서 우린 가족이야, 알겠지? 앙골라 해먼드는 가족이야. 선셋뿐만 아니라 우리를 위해서. 우린 오랜 시간 저들이 원하는 게임을 했지만 이제 그걸 바꿀 거야."
주변 사람들의 얼굴에서 희미한 미소와 혼란이 피어오르는 게 느껴졌다. 그녀는 모닥불 쪽으로 한 걸음 다가가 그 열기를 느꼈다. 그냥 일종의 상징에 지나지 않는 말을 한 걸까? 아니다, 그녀는 이 일을 실현할 것이다. 이것은 진짜가 될 것이다. 그리고 그렇다, 그녀는 죄책감에서 벗어나지 못했다. 그렇다, 스택스가 없었더라면 분명 이미 세상을 등졌을 것이다. 하지만 그녀는 로레타 서워였고 이것은 그녀의 체인이었으며, 가능할지 아닐지는 모르겠지만 그들은 누군가 자부심을 느낄 만한 일에 도전해 볼 것이다.
"크게 변할 건 없어. 우리 사이는 이미 견고하다고 할 수 있으니까. 지금 내가 원하는 건 모두가 그 조건을 받아들이는 거야. 이 체인에 있는 한 동료 링크를 가족으로 보고 해하지 않기로 맹세하는 거지."
"그럼 내가 남을 박살 내지 않으려고 노력하는데 먼저 남이 날 찌르면, 그럼 어떡해?"
아이스 아이스 엘리펀트는 진지하게 서워를 보았다. 그는 그녀에게 충직했고 그녀가 원하는 일이라면 할 것이다. 합당한 범위 내라면 말이다. 서워는 지금까지 아이스가 살아남을 수 있도록 지켜 준 보호구와 무기를 제공했다.

"그냥 만약을 이야기하는 거야. 여기 있는 다들 성자는 아니잖아."

"우선 넌 원한다면 성자든 뭐든 될 수 있어. 등에 뭐가 새겨져 있지, MS(과실치사) 두 개? 거기에 M 하나."

아이스 아이스 엘리펀트가 고개를 끄덕이고 부츠로 눈을 떨궜다.

"그렇게 나쁘진 않네. 술 문제가 있어서 과실치사로 사람을 죽였고 그러다가 다른 사람도 죽였을 거야."

"한 명은 엄마였어."

"큰일이었네, 그런 일이 일어났다니 유감이야. 하지만 난 너를 알아. 넌 성자가 될 수 있어."

그녀는 기세를 유지하려 노력했다.

"그리고 너."

그녀가 리코 무에르테를 가리키자 체인을 구성하는 모든 링크가 더 관심을 보였다.

"너는 A(방화) 하나, M 하나 맞지? 불 한 번 질렀고 그래서 사람이 죽었지? 너도 원한다면 차기 성자가 될 수 있어. 그리고 너도, 사이."

사이 아이 아이는 몸을 굳혔지만 그래도 고개를 끄덕였다.

"제가 불태운 건 교회였지만, 당신 말 이해해요."

리코 무에르테가 희미한 미소를 지으며 말했다.

---

* 현재 아이스 아이스 엘리펀트로 알려진 레이니 바인스는 차를 타고 있었다. 취한 채 운전대를 잡았다. 역시 알코올 중독인 모친은 그에게 더 속도를 내라고 했다. 세상에 볼만한 것이 너무 많았는데 그들은 뭘 하는 건지. 위스콘신에 박힌 채 아무것도 보지 못하고 있었다. 이제 그들은 모든 걸 볼 것이다. 하지만 갑작스러운 장거리 자동차 여행에는 술이 필요했다. "오"가 오팔 바인스가 한 마지막 말이었다. 그가 들은 바로는 그랬다. 헤드라이트가 얼굴에 마지막 빛을 비출 때 상대 차량의 열여덟 살 소년이 뭐라고 했는지는 전혀 알 수 없었다.

그리고 안에 들어온 후, 그는 한 남자를 죽였다. 그 남자가 그를 죽이고 싶어 했기 때문이다.

"주님은 여전히 널 사랑해, 난 확신해."

일어나 러브가일을 옆에 끌어다 놓은 스택스가 이어서 말했다.

"중요한 건 우리가 앞으로 더는 서로에게 나쁜 짓을 하지 않는다는 거야. 선셋의 규칙이야."

"이 게임은 그런 게 아니잖아."

거니가 말했다.

"이제 이 게임은 그런 거야."

스택스가 그를 쳐다보지도 않고 대답했다.

"그래, 정확해."

서워는 하스 오마하를 땅에 내려놓으며 말했다.

"우린 더 나아지려고 노력할 거야. 이런 문신이 우리가 사람이 아니라는 뜻은 아니야. 이런 쇠사슬이 우리가 저 사람들이 원하는 대로 해야 한다는 뜻도 아니고."

"집어치워."

거니의 손에는 도시락이, 무릎에는 칼 두 자루가 있었다. 그는 그루터기 위에 앉아 있었다.

"난 특별한 척하려고 여기 온 거 아냐. 선셋은 그렇게 착한 척하다가 바닥에 처박혀 죽었지. 그리고 아무도 그 개새끼 목을 그었다고 나서지 않을걸. 난 내가 여기 왜 왔는지 알아. 누구랑 친구나 먹자고 온 거 아냐. 저 사람들이 놔줄 때까지 먹으려고 온 거야."

"그런 일이라면 다 계속할 수 있어. 넌 계속 싸우면서 정면 승부에서 블러드 포인트를 잔뜩 벌 거야. 여기 길 위에서의 푼돈만 없어지는 거지. 체인 갱은 이제부터 가족이야."

거니는 베테랑이었다. 서킷에서 이 년을 보냈다. 운과 날카로운 것을 던지는 진짜 재주가 그에게 꽤 큰 팬덤을 만들어 줬다.

"난 내가 누군지 알아."*

거니는 여성을 악랄하게 경멸하다가, 그 마음이 끔찍하게 폭발하면서 자신의 삶을 빼앗겼다. 그리고 여성인 서워가 그가 사는 지하 세계의 꼭대기에 있었다. 거니는 모닥불을 쏘아보았다.

그가 마침내 말했다.

"타이밍 한 번 좋네. 마법을 부리는 여자, 자기가 만든 시체에 목까지 파묻힌 여자가 모두 가드를 내리고 알콩달콩 지내 보자고 결정한다 이거지. 우리를 두고 세상으로 나가기 직전에."

이럴 줄 알았다. 예상했던 알력 다툼이었다. 이미 배드 워터는 한발 물러났고, 리코 무에르테도 마찬가지였다.

"나는 너희보다 훨씬 자유에 근접해 있어. 그리고 너희 모두에게 이게 제일 좋은 방식이라고 말해 주려는 거야. 그게 삶의 질적으로도 전략적으로도 더 나아."

"그렇다면 그런 줄 알아. 우린 하나의 커다란 가족이 되는 거야. 우리가 여기서 상대하지 않아도 되는 유일한 사람은 우리 자신들이야. 강간도, 살인도, 절도도, 아무것도 안 돼."

스택스가 말했다.

서워는 가슴의 열기를 느꼈다. 그녀는 잠시 기다린 뒤 거니에게 시선을 고정하고 천천히 말했다.

"강간도, 살인도, 아무것도 안 돼."

거니는 그레이비 소스를 뿌린 쌀 요리를 한입 가득 우물거리며 말

---

* 누군가가 저지른 최악의 일이 진짜 그 사람이 어떤 사람인지 알려 줄 수는 없다고 하지만, 헛소리다. 거니 퍼들스는 그들의 눈을, 그들의 공포를 보았고, 그들의 몸에서 뭔가를 가져갔다. 그는 자신이 누구인지, 무엇인지 알았다. 젠장, 죽기 전에 이 나라를 다시 볼 기회가 생긴다면 대단한 일이었다. 배틀그라운드에서의 승리는 그때와 같은 기분을 가져다줬다. 사람들은 그를 괴물이라 불렀다. 그는 부정하지 않았다.

했다.
"네 말 들었어. 집어치워. 있지, 너희가 말하는 그 새끼는 좋은 놈이 살해당하거나 강간당한다는 걸 이미 알고 있었지. 애초에 그게 그 작자가 여기 온 이유이기도 했잖아. 그놈이 아무리 사람 좋은 연기를 했어도 그 사실은 안 변해. 여기 있는 모든 사람들이 여기 있어도 싸지."
서워는 거니의 말에 동의하는지 곱씹어 보았다. 그녀 자신은 서킷이 주는 지속적인 죽음과 고통, 고난의 위협보다도 더 큰 벌을 받아야 마땅했다.
"그런 일은 이제 끝이야."
그녀가 말했다. 한번 만든 공포는 영원히 자기 것이다.
"네가 뭐라고 말해도 뭣도 신경……"
스택스가 전갈의 꼬리처럼 러브가일을 앞으로 휘둘렀다. 러브가일은 치명적인 속도로 거니 퍼들스 쪽으로 움직였지만, 스택스는 어떻게 했는지 휘두르는 중에 날을 회전시켜 무딘 쪽이 그를 향하게 한 뒤 속도를 늦춰 러브가일의 칼등이 거니의 목에 강하게 입 맞추게 했다. 스택스가 대낫으로 할 수 없는 일은 없었고 그녀의 모든 움직임은 의도적이고 정확했다. 그녀가 러브가일로 실수하는 법은 없었다. 모든 HMC가 그 행동을 따라 돌았다. 거니가 기침을 하자 그레이비라이스가 입 밖으로 떨어졌다. 링크들이 지켜보았다.
"그것 봐. 방금 좀 무서웠지? 이렇게 죽었다면 슬프고 허무한 인생의 끝이 되지 않았을까?"
거니는 움직이지 않았다. 그는 눈에 불꽃을 담고 스택스를 보았다.
"어디 하고 싶으면 해 봐. 난 죽어도 싸. 너도 그렇고 선셋도 그랬지. 다들 그 새끼가 사람 죽인 강간범이었고 그렇게 죽어도 싼 거 알잖아. 여기 한 명 한 명이 전부 다가오는 배틀그라운드를 받아들여야 마땅한 것처럼."

"젠장, 퍼들스, 좀 닥쳐."

랜디 맥이 말했다.

"쟨 죽고 싶어 하는 거 같으니까 죽여 줘. 나머지 우린 다 좋아, 가족인지 뭔지 하는 거."

사이 아이 아이가 말했다.

"지금부터."

스택스가 말했다. 날을 거둬 거니를 토막 내지 않고 온전하게 두면서. 스택스는 그의 어깨를 두드리고 나서 서워에게 걸어갔다. 그리고 엄지와 검지로 서워의 옆구리를 슬쩍 꼬집었다.

"새 규칙이 생겨서 기쁘지 않아?"

거니 퍼들스는 목에 생긴 가벼운 멍에 손을 갖다 댔다. 그는 일어서서 자기 텐트로 향했다.

그러다가 돌아섰다.

"한 번 말했지만 빌어먹을, 타이밍 한번 아주 좋네. 여기서 쿰바야(흑인 영가로 캠프파이어를 할 때 둘러앉아 주로 부른다. 평화와 통합을 이루려는 노력을 폄하하는 말로 쓰였다)를 부르려는 개놈들 중 하나가 너희가 애도하는 사람을 죽인 지 일주일도 안 됐다고."

"거기에 대해서……"

스택스가 입을 열었다. 스택스는 한 걸음 나서서 모닥불 빛으로 스스로를 밝혔다.

"할 말이 있어."

스택스는 어딜 쳐다봐야 할지 모르는 듯했다.

"내가 선셋 하클리스를 죽였어."

에밀리는 자기 아파트에 선 채 말했다.

"맙소사."

「스포츠 센트럴」

트레이시 래서는 세상에 말할 준비를 하고 데스크에 앉았다.
"칠월 칠일은 친구 친정 칠순 잔칫날."
그녀는 한번 카메라를 보았다가 천천히 2번 카메라로 시선을 옮기는 연습을 했다. 촬영장 감독인 리가 몇 주 전부터 연습하라고 몰아붙인 대로였다. 몇 주를 걸쳐 마침내 꿈을 이루는 날이 이르렀다.
"큰 깡통은 깐 깡통인가 안 깐 깡통인가. 칠월 칠일은 친구 친정 칠순 잔칫날."
그녀는 자기가 적당한 세기로 단어 하나하나를 발음하고 있는지 가늠하며 말했다. 그러고는 입고 있는 드레스를 당겨 보았다. 몸매가 드러나는 황갈색 드레스에는 적갈색 포인트가 들어가 있었다. 엉덩이 쪽이 조금 끼지만 스튜디오 스타일리스트인 톰이 말한 대로 화면에 멋지게 나올 것이다. 머리도 잘 됐다. 한 달 월세보다 비쌌던 이 가발이 그녀의 데뷔 무대 일부이자 파트너가 돼 줄 것이다. 그녀는 가발에 스텔라라는 이름을 붙였다.
1번 카메라 쪽으로 고개를 돌리자 스텔라는 화려하게 찰랑거렸다.

"큰 깡통은 깐 깡통인가 안 깐……"
"걱정하지 말아요. 당신은 잘할 테니까."
데뷔 무대를 같이 하는 또 다른 파트너, 엘튼 바시테르가 특유의 미소를 지으며 말했다. '내 문제의 대부분은 이 얼굴로 사람들을 쳐다보면 해결되지.'라고 말하는 미소였다.
"고마워요, 엘튼."
트레이시는 눈을 감고 올드 테이퍼빌에 있을 부모님이 캐스트 스크린 프로젝터 앞에 모인 모습을 상상했다. 부모님은 육 학년 때 진행했던 아침 방송 영상의 복사본을 달라고 학교에 요청 했다. 지역 방송국에서 처음으로 사소한 보도를 했을 때 파티를 열어 주기도 했다. 이제 그들은 스포츠뷰넷 채널에서 미국 최고의 스포츠 프로그램인 「스포츠 센트럴」을 진행하는 그녀를 보게 될 것이다. 아무튼 그녀가 집에 보낸 모든 후드티와 운동복에는 그렇게 쓰여 있었다. 트레이시는 너무나 오랫동안 부모님에게 자랑스러운 딸이 되고 싶었고, 그 순간이 코앞으로 다가오자 속이 메스꺼웠다.
일을 시작하기 직전에는 너무나도 강한 공황이 덮쳐와 피 흐르는 소리가 성난 강물처럼 들릴 정도였다. 그녀는 반사적으로 휴대폰을 쥐었고, 들어 보니 아버지가 보낸 영상통화 링크가 있었다. 그 알림을 본 것만으로 피가 솟구치는 소리가 가라앉았다. 그녀는 테이블에 휴대폰을 놓고 말했다.
"홀로뷰 링크 활성화."
그리고 그곳에 아버지의 얼굴이 있었다.
"준비됐어? 전화 왔어."
아버지가 누군가에게 소리 질렀다. 트레이시에겐 아무도 보이지 않았지만, 누가 함께 있는지는 알고 있었다.

"잠깐만 기다려."
어머니는 아직 보이지 않았지만 목소리는 또렷이 들려왔다.
"어, 벌써 시작했어. 잠깐, 이렇게 하는 거 맞아?"
아버지가 눈을 가늘게 뜨고, 그가 화면을 잘 보는 한편으로 자기 자신도 화면에 잘 보이도록 조정했다.
"누가 벌써 통화하래?"
어머니가 아버지 얼굴 옆에 나타나며 말했다.
"늦지 않게 준비만 해 놓으려고 했어. 근데 지금 되는 것 같으니까 헷갈리게 하지 마."
"혼자 헷갈려 놓고선."
어머니가 말을 끝내자 부모님은 둘 다 딸을 보고 있었다.
"안녕, 아가."
그녀의 어머니가 말했다.
"안녕, 날쌘돌이야."
아버지는 활짝 웃으면서 말했다.
처음에 그녀의 별명이 날쌘돌이가 된 건 어릴 때 빨리 화내고 빨리 싸워서였다. 작은 외딴 동네의 누구도 트레이시를 괴롭히지 않았다. 그녀가 빠르게 주먹을 휘두른다는 걸 다들 알았으니까. 그러다 그녀가 고등학교 때 이백 미터와 사백 미터 달리기에 맛을 들이면서 별명은 계속 유지됐다. 당시 그녀는 계주팀에서 기록을 경신해서 기자들로부터 인터뷰를 받았다.
"안녕, 엄마. 안녕, 아빠."
"아가, 무슨 문제 있어?"
영상을 통해 전해지는 아버지의 목소리는 너무나 선명했다.
"아무것도 아니야. 그냥 흥분해서 그래."

트레이시는 아이라인이 번져 눈 밑이 얼룩지지 않도록 젖은 눈 아래를 조심스레 닦아 냈다.

"아이고, 부담되겠지. 하지만 우린 너를 사랑해. 멋지게 해낼 거라는 거 알아."

어머니가 말했다.

"고마워, 엄마."

이제 트레이시는 완전히 울고 있었다. 돌아가서 메이크업을 손보고 다시 준비해야 했다. 그녀는 부모님이 보지 못하도록 얼굴을 가렸다.

"모르겠어."

생각만으로도 벅찼다. 너무나 오래 간직한 꿈이었다. 사우스 뉴 플로리다 계주 경기에서 무릎 인대가 끊어져 운동을 그만둬야 했을 때부터 꿈꿔 왔다. 그 일이 드디어 벌어지고 있었다.

"잘 들어, 날쌘돌이! 넌 굉장하니까 아무 걱정할 필요 없어. 우린 벌써 네가 정말 자랑스러워."

아버지가 말할 때면 트레이시는 항상 기분이 나아졌다. 하지만 오늘은 마음이 더 무거워졌다.

"무슨 일이 있어도 우리가 네 곁에 있어, 아가. 넌 잘할 거야."

"고마워, 엄마."

"나는!"

"아빠도."

"그냥 장난친 거야. 우린 널 사랑해, 알지?"

"알지. 나도 사랑해."

셋은 서로 바라보았다. 트레이시는 억지로 웃었다.

"그냥 긴장해서 그런 것 같아. 화장 다시 해야겠어. 알겠지?"

"알았어."

부모님이 동시에 말했다. 둘 다 긴장한 게 분명했다.

"전 세계가 보는 방송 마치고 또 얘기하자."

그녀의 아버지가 말했다.

"지금 왜 그런 말을 해, 애가 가 봐야 한다고……"

"엄마, 아빠, 끊을게."

"사랑해."

이번에도 부모님은 함께 말했다. 그녀가 닦아 내는 듯한 손짓을 하자 홀로 링크가 종료됐다.

그리고 그녀는 다시 메이크업을 받고 준비하러 갔다.

그녀는 그 자리에 서기 위해 매우 오래 노력했다. 멋지게 보여야 했다.

1번, 2번, 3번 카메라가 그녀와 엘튼을 비추는 「스포츠 센트럴」 메인 데스크에 앉아, 트레이시는 최선을 다해 구역질을 참았다.

"큰 깡통은 깐 깡통인가 안 깐……"

"괜찮을 거예요. 나만 믿어요. 긴장하지 말아요. 글 읽을 줄 알잖아요. 당신은 이미 잘해 왔어요. 유일하게 다른 점이 있다면 이번엔 전 세계가 보고 있다는 거죠. 하지만 침착해요."

엘튼은 그녀 쪽으로 의자를 굴렸다.

"내가 여기 함께 있잖아요."

그는 트레이시의 허벅지에 손을 대고 옷을 위아래로 쓰다듬었다.

"그건 그렇고 드레스 정말 잘 어울려요. 멋지네요."

트레이시의 공포는 열기로 바뀌었다.

"저 침착해요."

트레이시는 똑바로 앉으며 그의 손을 치웠다. 그가 처음으로 '친근하게' 어깨를 문질렀을 때 그녀는 신체 접촉을 원하지 않는다고 분명히 말했다. 하지만 엘튼의 행동은 거의 바뀌지 않았다. 사실 그녀가 스튜디오 트레이닝을 받던 지난 몇 달간 그는 자기가 그 대단한 엘튼 바시테르인 한 뭐든 정확히 원하는 대로 하겠다는 입장을 완벽하게 분명히 했다. 지금으로선 끈적한 눈길이나 다정한 손길이었지만 다음에 무엇이 올지는 뻔했다.

"사십 초 후에 생방송 시작."

감독의 목소리가 귀에 들렸다. 트레이시가 끄덕였고 엘튼은 일 미터 정도 떨어진, 자기 원고가 있는 자리로 다시 의자를 굴렸다. 트레이시도 원고와 태블릿 펜을 가지고 있었다. 그녀는 「스포츠 센트럴」 앵커였다. 흑인 여성이 그 자리를 맡은 건 수십 년 된 프로그램의 역사에서 겨우 두 번째였다.

트레이시는 앞에 놓인 원고를 눈으로 훑었다. 뉴스 속보에서 옛 친구의 이름을 발견한 건 놀랄 일이 아니었다. 그들은 예전에 같은 팀이었다. 그녀는 빠르게 눈을 깜박였다. 완전히 무너지고 싶었지만 울지 않을 것이었다.

"이십 초."

그녀는 카운트다운을 들으며 생각했다. 스포츠를 사랑한다는 것이 무엇인지, 배턴을 받고 달리는 것이 무엇인지. 팀의 일부가 된다는 것. 그녀는 뭔가를 그렇게 간절히 원한다는 사실이 지니는 의미를 사랑했다. 최대한 빨리 달리는 것을 사랑했다. 결승선에 들어간 뒤 돌아보는 기분, 트랙에 내가 가진 모든 걸 바쳤다는 사실을 아는 기분. 그리고 승리해도 패배해도 성장을 향한 길을 찾을 수 있다는 사실을 사랑했다. 누가 나왔나? 나, 아니면 너? 우리, 아니면 그들? 어제의 나, 아니면 오늘의 나?

사백 미터 계주는 대부분 대회의 하이라이트였다. 그녀는 졸업반

때 마지막 주자가 되고 싶었지만 대신 세 번째 주자를 맡았다.
"생방송 십 초 전."
마지막 주자. 트레이시가 배턴을 넘겨준 사람은 초인적인 운동선수였다. 너무 특이하고 너무 자기다워서 이미 고등학교 때 자기가 만난 모든 사람에게 사랑받았던 소녀. 천부적인 재능 덕분에 그녀는 고향의 보석이었다.
졸업반 시절 사우스 뉴 플로리다 계주에서 트레이시가 받은 배턴 터치는 훌륭했다. 그녀는 뒤돌아보지 않고 손을 뻗고 팀원을 믿었다. 손바닥에 매끄러운 금속을 느끼자마자 트레이시는 날았다. 힘차게, 무겁게. 모든 걸 트랙에 바쳤다. 하지만 약 삼백 미터 지점에서 오른 다리가 꺾였다. 속도는 녹아내리듯 느려졌고 그녀는 절뚝거렸다. 움직이라고 빌었지만 몸은 움직이지 않았다. 그녀를 지나쳐 가는 다른 여자아이들의 등이 보였다. 인대가 끊어졌지만 한동안 그걸 몰랐다. 그때 그녀가 알았던 건 더 이상 그녀가 바랐던 사람이 될 수 없다는 것뿐이었다. 하지만 다른 여자아이들이 모두 지나쳐 간 뒤 그녀의 팀원이자 마지막 주자인 하마라 스태커가 달려왔다. 그러고는 그녀를 일으켜 어깨로 받치고 몸무게를 거의 다 지탱하며 부축해 주었다. 그녀는 코스를 완주하고 나서 트레이시를 내려놓고 말했다.
"야, 그렇게 빨리 뛸 거 없잖아. 이제 내가 실력 한번 발휘해 볼게."
그러고는 출발했다. 다리의 통증이 정말로 커지는 가운데서도 트레이시는 어쩐지 하마라 덕분에 웃을 수 있었다. 물론 팀은 져서 탈락했지만. 이길 상대가 남아 있지 않은데도 하마라 스태커는 끝까지 달렸다. 하마라가 결승선을 통과하기도 전에 트레이시에게 의료팀이 붙었지만, 하마라는 구급차를 찾아 트레이시 곁에 보조 코치와 의료팀만 남고 문이 닫힐 때까지 잘 가라고 손을 흔들었다.

"생방송 오 초 전, 사, 삼, 이…….."
"안녕하세요, 시청자 여러분. 「스포츠 센트럴」입니다."
엘튼이 시작했다.
"지난 주말 동안 스포츠계는 바빴습니다. 짐작하셨겠지만 오늘의 첫 소식은 당당한 두 여성에 관한 것인데요. 그 소식을 전하기 전에 「스포츠 센트럴」 팀과 함께하게 된 멋진 여성을 모두 환영해 주시기 바랍니다."
"고마워요, 엘튼."
트레이시가 말했다. 도입부 두 문장을 한 다음 가장 최근 데스매치의 요약으로 넘어갈 예정이었다.
"이 무대에서 스포츠 소식을 전한다니 꿈 같은 일이에요. 이 자리에 서다니 영광입니다."
엘튼을 보자 그는 그녀에게, 온 나라에 미소 지었다. 그녀는 프롬프터로 눈을 돌렸다.
"그리고 엘튼이 말한 것처럼, 오늘은 로레타 서워와 허리케인 스택스로 알려진 여성들의 활약상으로 시작해 보겠습니다."
2번 모니터에는 스택스가 관중에게 말하는 영상이 떠 있었다. 트레이시는 요약 영상이 나오는 동안 겹쳐서 멘트를 하게 되어 있었다.
"웃긴 건……"
트레이시는 자신이 말한 즉시 스튜디오의 에너지가 바뀌는 것을 느꼈다.
"전 허리케인 스택스를 아주 잘 안다는 거예요. 좋은 친구였죠. 우린 그 아일 해미라고 불렀어요. 그녀는 제가 아는 최고의 운동선수 중 하나예요. 하지만 그녀가 지금 하고 있는 건, 이 프로그램이 여러분에게 스포츠라고 말하는 건…… 스포츠가 아니에요. 저는 성취에 관해 이야기하고 싶어서 이 프로그램에 합류하고 싶었어요. 살인, 폭력, 죽음이 아니라요. 하지만 몇 년 동안이나 제 꿈이었던 이 프로그램은 몇 달 전부터 바로 그걸 보도하고 있죠. 살인, 폭력, 죽음. 저는 금방 다시 방침이 바뀔 줄 알았어요. 제가 틀렸지만요. 부끄러운 줄 아세요, 「스포츠 센트럴」. 제 이름은 트레이시 래서입니다."

이제 영상은 끝났고, 카메라는 어쩔 수 없이 그녀에게로 돌아갈 수밖에 없었다.

"그리고 저는 전국 곳곳에서 소위 극한 격투 스포츠 반대 시위를 하는 사람들의 편에 서서 연대하겠습니다. 저는 사형제 폐지를 지지하듯이 B3의 폐지, 모든 소위 극한 격투 스포츠의 폐지도 지지합니다. 우리는 더 인간적인 사회를 위해 싸우고 있습니다. 시간을 내주셔서 감사합니다."

그녀가 일어섰다. 엘튼은 입을 떡 벌리더니 다시 카메라를 보았다.

"와, 이것도 좋은 데뷔 방법이죠. 「스포츠 센트럴」에는 항상 흥미로운 소식이 가득합니다."

"꺼져요, 엘튼."

트레이시가 말했다. 그리고 촬영장을 벗어나 탈의실을 향해 걸어갔다. 그녀의 나머지 삶을 향해. 그녀는 방송이 광고로 바뀌는 소리를 기다렸다.

"젠장, 방금 무슨 일이 있었던 거야?"

엘튼은 카메라가 꺼지자마자 소리쳤다.

"여기서 방금 무슨 일이 일어난 거냐고?"

그녀는 물건을 챙기러 갔다. 눈물이 고인 채 촬영장을 나설 때, 그녀는 미소 짓고 있었다. 궁극적으로 그녀는 정확히 자신이 되고 싶었던 사람이 되었으니까.

솔트 바스

앙골라 해먼드 체인은 서워를 보았다. 무엇을 해야 할지 그녀가 말해 주길 기다리면서. 서워는 스택스를 보았다. 선셋 하클리스의 죽음을 둘러싼 진실이 둘 사이를 떠돌았다.

"저런, 평화와 화해 양의 마음속에 지난주에는 그런 게 없었던 모양이네."

거니가 웃으며 말을 이었다.

"하지만 잘 들어, 난 너한테 화 안 났어. 아까 말한 것처럼 개는 개새끼였거든. 여기서 그 얘기를 하는 사람 대부분이랑 똑같이 말이야."

서워는 선셋을 생각했다. 그녀는 그가 잃어버린 삶 때문에, 안아 본 적은 있지만 이제 그에 대해 아무것도 기억하지 못할 게 확실한 자기 딸 때문에 우는 것을 보았다. 그녀는 그가 피의 길을 검으로 헤쳐 나가며 이 나라의 사랑을 받는 모습을 보았다. 선셋 하클리스가 살해당한 밤, 스택스는 그녀에게 랜디 맥과 밤을 보냈다고 말했다.

서워는 서 있었다. 그녀의 얼굴은 아무것도 드러내지 않았다.

"왜?"

스택스의 눈이 그렇게 말하는 서워를 찾았다. 그 눈은 그렇게 하기 힘겨워하는 것처럼 보였지만.

스택스는 러브가일을 땅에 놓고 링크들 가까이로 걸음을 옮겼다.

"자랑하는 거 아냐. 나도 선셋을 사랑했어. 밖에서 그와 위대한 자유에 대해 이야기하고 있었어."

서워는 불 가까이 다가갔다. 서워의 가장 친한 친구를 죽인 이야기를 하는 스택스의 얼굴을 보고 싶었다. 공기는 건조하고 따뜻했다. 모닥불 그림자가 스택스의 턱선 근처에서 춤을 추었다. 서워는 하스 오마하를 꽉 쥐었다. 감정을 헤쳐 나가는 데 도움이 됐다. 어떤 면에서 이것은 뜻밖의 일이 아니었다. 구체적으로 생각하기 싫어 외면해 왔지만, 스택스를 제외하면 선셋을 이길 수 있을 만한 사람은 없었다.

"그가 내 사람이었다는 거 다들 알잖아. 그러니까, 맞아, 선셋하고 밖에 나가서 이 모든 게 끝나고 난 다음의 세상에 대해 이야기하고 있었어. 그리고……."

스택스는 무리를 둘러보았다. 그녀의 눈이 눈물로 반짝였다.

"정말 미안해. 하지만 해야 했던 일이야. 너희 모두 이해할 수 있길 바랄게."

서워는 자기가 먼저 말해야 하는 위치라는 걸 알았다. 그리고 그녀가 하는 말에 따라 오늘 밤이 달라질 것이라는 사실도.

"씨발, 믿을 수가 없네. 사랑을 이야기하는 여자가 친구를 죽였다니. 놀랍고 놀라워라, 심지어 그녀는……."

거니 퍼들스가 말했다.

"그래야만 했다고…… 느껴?"

서워가 물었다.

"내가 그를 사랑했던 거 알잖아, 로."

스택스가 말했다.
"그래서 이제 뭐야? 딸이 아빠를 죽인 행복한 대가족이 됐으니, 앞으로는 어떻게 할 거야?"
스택스가 그렇게 말하는 거니를 보았다. 그녀는 땅에 놓였던 러브가일을 들면서 볼트 가죽을 감은 팔뚝으로 눈을 문질렀다.
"거봐. 진실이 우리를 자유롭게 한다니까."
거니는 재킷에서 던지는 칼 세 자루를 뽑았다. 하나는 이로 물고, 두 자루는 한 손에 하나씩 쥐고 던질 준비를 했다. 그가 이를 악문 채 말했다.
"너 할 일 해. 그리고 난 내 할 일을 할 거야."
"걔한테 칼 던지면 넌 오늘 죽는 거야."
서워는 그렇게 말한 뒤 아이스 아이스 엘리펀트와 랜디 맥을 보았다. 그들은 일어서 있었다. 랜디는 거니에게 삼지창을 겨누고, 아이스는 허리에 두른 사슬을 손가락으로 쓸고 있었다. 두 사람 모두 몸을 거니에게 향하고 있었다.
스택스가 고개를 저었다.
"막 합의했잖아. 거니가 지금 당장 내 눈에 칼을 던져도 너희는 쟬 죽이지 말아야 해. 이제 그건 더 이상 우리가 하는 짓이 아니니까. 지금부터 시작이야. 선셋 일은 미안해. 진심이야."
그리고 스택스는 등을 돌려 대낫을 뒤로 질질 끌며 여왕의 텐트로 들어갔다.
사이도 일어나서 거니와 서워 사이에 자리를 잡고 '신호만 주면 거니 퍼들스를 지구에서 없애 버릴게.'라고 말하듯 서워를 보았다. 서워는 자신을 보고 있는 모든 눈을 보면서, 전 세계에서 자신을 보고 있을 눈을 상상하지 않으려 노력했다.

"손대지 마."

그녀의 링크들은 움직이지 않았다. 대기 상태로 서서 거니가 뭔가 그들을 자극할 만한 일을 하길 기다렸다.

"하지 말라고 했어."

서워가 다시 말했다. 그녀의 링크들은 여전히 거니를 지켜보았지만 그녀의 말을 들었으며 거니가 움직일 때만 움직이리란 것을 보여 주듯 몸에 힘을 풀었다.

"미친, 생각 없는 것들."

거니 퍼들스는 입에서 칼을 떨어뜨려 받아서 세 자루 모두 긴 코트에 쑤셔 넣고 자기 텐트로 돌아갔다.

서워를 제외한 모두가 앉았다.

"젠장."

리코는 공포감을 웃음으로 지우려 했다.

"닥쳐."

랜디 맥이 말했다.

"알았어요. 하지만 나한테 그런 식으로 말하지 말아요."

리코가 가슴을 펴며 말했다.

"닥쳐, 리코."

서워가 말했다.

"네."

리코는 기가 꺾인 채 땅콩버터와 딸기잼이 발린 샌드위치를 베어 물었다.

이제 어떡해야 할까? 모두 그녀만 보고 있는 상황에서?

사이가 잠시 후 입을 열었다.

"저기, 둘 다 오늘 경기 좋았어."

"걘 어린애였어."

서워가 말했다.

"모든 배틀그라운드는 중요하지."

사이가 말했다. 오래전 사이가 제대로 걷지도 못하는 사람을 죽이고 나서 몹시 힘들어했을 때 서워가 해 준 말이었다.

서워가 끄덕였다.

"스택스는 완전 죽여줬어요."

샌드위치를 씹으며 리코가 조금 밝은 분위기로 말했다.

"스택스가 스택스 했지."

랜디 맥이 말했다.

"준비하면 그렇게 할 수 있어."

서워가 말했다. 그녀는 체인이 그녀와 스택스에게 빠져나갈 구멍을 주는 것을 느낄 수 있었다. 충성과 권력, 그녀가 아무것도 하지 않아도 괜찮게 해 주려는 방식이 기쁘긴 했다.

하지만 '준비'라는 단어 때문에 선셋이 떠올랐다. 그는 경기 전 상대를 가족이라고 부를 정도로 하나하나 완벽히 연구했다. 서워는 선셋이 블러드 포인트로 산 상대의 경기 영상을 분석하는 것을 도왔다. 그는 다른 사람들을 위해서도 그렇게 했다. 그녀와 선셋, 랜디 맥은 랜디의 마지막 상대였던 글레이셔 림의 영상을 함께 보았고, 선셋은 랜디에게 글레이셔가 제풀에 지칠 때까지 기다렸다가 죽이라고 했다. 실제로 랜디가 글레이셔의 옆구리에 삼지창을 박아 넣은 건 몇 분 내내 언월도를 들고 랜디를 쫓아다니느라 지쳐서 글레이셔가 헉헉댈 때쯤이었다.

이제 랜디는 지난 일은 지난 일이라는 듯 행동하고 있었다. 그가 스택스를 사랑하기 때문일지도 모르지만, 그녀도 스택스를 사랑했다.

그리고 랜디가 모닥불 옆에서 팔꿈치를 괴고 앉은 채 내보이는 편안함을 그녀는 전혀 느낄 수 없었다.

그녀는 뭔가 하고 싶었다. 그러나 그녀가 죽음을 기리는 방법, 다른 누군가가 죽음을 기리는 방법은 모두 더 많은 죽음을 의미했고, 그건 선택지에 없었다.

그녀는 자기 텐트로 향했다.

스택스는 엡솜염을 푼 따뜻한 물에 몸을 담그고 있었다. 감긴 눈을 그대로 둔 채였다. 그녀는 서워가 하스 오마하로 훈련하며 공기를 휘젓고 내리치는 소리를 들었다. 큰 텐트의 벽을 후려치지 않도록 조심하고 있었지만 연습이라도 치명적이었다. 스택스는 훈련하기에 적당한 시간은 아니라고 생각했다.

"너 화났구나."

스택스가 온기에 몸을 맡긴 채 말했다. 그녀는 아무도 이해하지 못할 선하고 옳고 어려운 일을 한 기분을 만끽하려고 애썼다. 그녀는 자신이 옳았는지 의문을 갖지는 않았다. 왜 선하고 어려운 일을 그렇게나 많이 하는 게 그녀의 운명인지가 궁금했을 뿐이다. 떠다니는 카메라들이 그녀를 주시했다.

서워는 자세를 바꿔 해머를 바깥쪽으로 휘둘렀고 스택스는 그녀가 만들어 낸 바람이 피부 끝을 스치는 것을 느꼈다.

"항상 걱정하고 있을 뿐이야."

주위의 허공을 으깨 버리려는 동안에도 서워의 호흡은 일정하고 통제되어 있었다.

스택스는 웃음이 터져 나오는 것을 삼키려 했으나 실패했다.

"넌 그러지 않아. 그냥 네가 좀 더 쉬었으면 좋겠어서 우리가 그렇게 말해 주는 거야."

그러고 그녀는 서워를 보았다.

"왜 나한테 말 안 했어?"

"했잖아. 방금."

"그 일이 일어났을 때 왜 말 안 했어?"

"블랙아웃이 끝나서 우리끼리 말할 수가 없었잖아. 퀘스천 매치 전에 네 마음을 어지럽히고 싶지도 않았고."

스택스는 눈을 감은 채 숨을 들이쉬고 내쉬면서 말했다. 그건 모두 진실이었다.

서워는 연습을 멈추고 천천히 무릎을 꿇었다. 서워의 얼굴이 욕조 가장자리로 다가온 것을 느낄 수 있었지만, 스택스는 계속 눈을 감고 있었다. 서워는 존재하는 것만으로 일종의 압력을 행사했다. 스택스는 그 느낌, 무거운 코트처럼 두툼한 중력을 사랑하게 되었다.

"내 제일 친한 친구가 죽은 걸 보면 마음이 어지러울 거라고는 생각 안 했어? 말이 안 되잖아. 왜 나한테 오지 않았어?"

"내가 네 제일 친한 친구라고 생각했는데."

"나한테 말했어야지."

"난 결정을 내린 거야."

HMC 두 대가 그들 위를 떠다녔다. 그 빛이 물에 일렁였다.

"좋은 결정이 아니었어."

스택스가 얼굴을 찌푸렸다. 서워의 실망을 이해하긴 했지만, 그래도 자신을 제일 잘 아는 여자에게 자신의 마음을 구구절절 설명하는 게 싫었다.

"내가 어렵게 구는 것 같겠지, 알아."

"같다고?"

서워가 말했다. 그러고는.

"미안해."

스택스는 눈을 떴다. 서워가 보통 물씬 풍기는 압박감만큼이나 인상적인 건 그걸 거뒀을 때였다. 사랑하는 사람을 위해 스스로가 가벼워지도록 내버려둘 때.

"난 너에게 날 믿어 달라고 부탁하는 거야."

"믿어. 믿고 싶어. 하지만 이런 일에서 날 빼지 마. 난 네 편이 되고 싶어."

스택스는 욕조에서 일어섰다. HMC들이 그녀의 벗은 몸 주위를 빙빙 돌았다.

"네 말이 맞아. 나랑 너야. 너한텐 더 빨리 말했어야 했어."

스택스는 서워를 감싸 안았다. 서워는 젖기 싫어서 잠시 몸을 빼다가 자기 옷부터 벗기 시작했다.

"넌 정말 걱정이 너무 많아."

스택스는 서워가 옷을 벗는 것을 도왔다. 오직 가볍고, 무장하지 않은 몸만 남도록.

그들은 여기 둘만 있는 척하며 침대로 갔다. 실제로 그런 순간은 없었지만. HMC가 몇 센티미터 거리에서 찍고 있어도 그들은 서로의 근처에서 쉽게 움직였다. 사람과 카메라는 모두 서로에게 익숙했다. 서워의 손은 천천히 스택스의 엉덩이와 허벅지를 오르내렸다. 스택스는 키스하며 느긋하게 그 순간을 즐겼다. 그들은 아무 생각 없이 하나일 수 있었고, 감각이 다른 감각을 만났다. 스택스는 서워의 곡선, 그녀의 근육, 죽음을 위해 빚어졌으나 그토록 부드러운 그녀의 몸을 손으로 감상했다. 서워의 손가락이 스택스의 다리 사이에서 움직였고 스택스는 그 순간에 완전히 빠지기 전에 서워가 이해하길 바랐다.

스택스가 서워를 믿는 만큼 서워도 그녀를 믿어 주길.

서워는 스택스의 갈색 눈을 들여다보고, 그녀의 입에 키스했다. 그리고 달라졌다. 스택스를 깊이 들여다보고 얼굴을 자세히 보며 작은 부분을 음미하는 것에서 어딘가 먼 곳으로, 이미 다음에 할 일을 생각하며 떠나 버렸다. 같이 누운 지 삼십 분도 되지 않았는데 말이다. 스택스는 그녀가 일어나기 전 "잠깐" 하고 다시 부르고 싶었지만, 이미 서워가 떠나 버렸다는 사실을 알았다. 서워는 스스로에게 많은 기쁨을 허락하지 않았다. 스택스는 자신이 그 점의 가장 큰 예외 중 하나가 될 수 있어 기뻤다. 그녀는 사람들이 다른 방식으로는 느끼지 못했을 감정을 가져다주는 걸 좋아했다. 그 과정을 사랑했다. 그녀가 경기 전 관중에게 말하듯, 그걸 인정하는 건 그녀에게 문제가 되지 않았다. 그녀는 자신이 거기서 세상을 바꾸고 있음을 알았다. 비록 가능한 최악의 맥락이긴 하지만. 모든 상처받은 사람들에게 가장 진실되게 말하는 것. 모두 그녀의 메시지를 위해서였다. 돌림판을 돌려 러브 가일을 주 무기로 얻었을 때, 처음 상대 여섯 명의 내장을 발랐을 때, 그녀는 마침내 이해했다. 체인 갱 올스타전은 그녀가 지구에 온 목적이었다. 그것은 세계가 잊고 있던 것을 일깨우는 장소였다. 그리고 그 목적을 이루려면 그녀에겐 서워가 필요했다. 처음부터 분명했다.

그러나 목적이고 뭐고 스택스도 역시 인간이었다. 빈 곳을 채워 주어야 할 인간. 보살핌과 사랑을 받아야 하는 인간. 그리고 서워는 그렇게 해 주었지만, 딱 비어 있지 않을 정도에 그쳤다. 스택스가 완전히 채워질 만큼 오래 머무르는 법은 없었다.

스택스는 서워가 일어서서 말아 놓은 볼트 가죽을 집어 드는 모습을 지켜보았다. 서워는 천천히 부드럽게 왼 팔뚝을 감쌌다. 피부에 딱 붙는 회색 합성 가죽의 감촉은 집중에 도움이 된다. 준비한다는 사치를 누릴 수 없음을 일깨운다. '준비'는 이미 내 안에 있어야 한다. 볼트 가죽에는 통기성이 있었지만, 딱히 편하다고 할 만큼은 아니었다. 그래도 여유 있는 링크들은 서킷에 있을 때 항상 가죽을 썼다. 한 번에 살 수 있는 건 몇 미터 정도라 대부분은 한 팔만 감았고, 양팔을 감아 팔뚝을 방패로 바꾸기도 했다.

스택스는 현실로 돌아왔다. 이것도 서위의 힘 중 하나였다. 한순간 사랑하고 사랑받는 느낌으로 끌려 들어갔다가 다음 순간 그녀를 따라 게임에 대해 생각한다. 내 몸으로 어떻게 살아남을지 생각한다. 서위는 팔 한쪽, 허벅지 한쪽, 허리에 볼트 가죽을 감았다. 여러 체인의 링크들이 널리 따라 하는 그녀의 방식 중 하나였다.

서위는 훈련에 강박적이었다. 모두가 그걸 알았다. 오늘날의 그녀가 될 수 있던 이유였다. 블러드 마더. 콜로설. 스택스도 충분히 이해했다. 하지만 그녀가 저렇게 금방 옷을 입고 해머를 휘두르는 건……아팠다. 몸은 게임에서 살아남아야 하는 것의 일부일 뿐이었다.

스택스는 일어나서 다시 욕조에 들어갔다. 그녀의 첫 목욕은 짧게 끝났었다.

수도꼭지를 틀자 캠프에서 몇 미터 떨어진 탱크에서 욕조로 물이 밀려 들어왔다. 그 물은 밖에 있는 욕조 셋과 공동 호스 두 개로 흘렀다. 모든 캠프에는 같은 위생 시설이 있었고 식수용 개수대 서너 개도 있었다.

스택스는 눈을 감았고 바닥으로 물이 넘치는 소리가 날 때까지 열기에 몸을 맡겼다. 아깝네, 그녀는 생각했다. 그리고 눈을 떠서 손목의 녹색 빛을 보았다. 그건 그녀가 그들에게 빚진 것이 없다는 사실을 끊임없이 상기시켰다. 스택스는 온몸으로 웃었고, 더 많은 물이 출렁이며 욕조 가장자리로 넘쳤다. 그녀는 달처럼 천천히 주위를 도는 HMC를 바라보았다. 두 번째 HMC는 그녀와 서워 사이를 오가고 있었다.

"난 당신들한테 갚아야 할 거 없어."

스택스가 말했다. HMC가 가까이 날아들었다.

"사랑 말고는 아무것도."

스택스는 다시 눈을 감고 뜨거운 물에 몸을 맡겼다. 서워가 다가오는 소리가 들렸다. 부드럽게 나일론을 밟는 걸음.

"누군가는 걱정해야 하니까 내가 그러는 거야."

서워가 말했다.

눈을 뜨지 않았지만 서워의 갈색 눈이 자신에게 머무르는 것이 느껴졌다. 서워는 스택스를 내려다보며 우뚝 섰다. 심호흡하며, 관자놀이에 땀이 송골송골 맺힌 채.

스택스는 따뜻한 물속에서도 온몸을 훑는 한기를 느꼈다. 서워가 시선만으로도 감정을 느끼게 하는 것이 좋았다.

스택스는 자신이 웃고 있는 걸 느낄 수 있었다.

"우린 옳은 일을 했어. 그리고 앞으로 어떻게 되는지 볼 거야. 이걸 네가…… 부담이라고 느끼지 않았으면 해. 네가 마지막 전력 질주만 남겨 두고 있는데 부담 같은 걸 주기 싫다고."

서워는 침대 쪽으로 두 걸음 다가가 하스 오마하를 바닥에 내려놓았다. 그들은 끝에 대해 이야기하지 않았다. 그들은 자유를 향해 계속 달리는 탈것에 탄 전사들이었다. 이쪽이든 저쪽이든. 위대한 자유든 초라한 자유든. 하지만 어떻게든 여기까지 왔다. 이 주 남았다.

"무슨 일이 일어나도……"

스택스는 나른하고 졸린 목소리를 유지하려 했다.

"이 새로운 방식은 약속이야. 이제 기준이 있어. 여기서 괜찮다면 우린 어디서든 괜찮아."

"알아. 이제 우리 다섯만 남았어."

"너희는 거물들이야."

그 사실에 불편해해서는 안 되겠지만, 스택스는 자신이 서워가 생각하는 사람들에 포함되지 못했다는 사실에 가슴이 따끔거리는 듯한 느낌이 들었다. 아직은 그랬다. 현재 서킷에서 활동하는 체인 중에 서워를 제외하고 콜로설 계급에 있는 링크는 넷뿐이었다. 스택스가 다음 경기에서 이기면 그 존중받는 계급에 합류할 터였다.

"우리가 거물들이지."

서워가 말했다.

"우리 모두에게 이게 더 나아."

스택스는 말하고 눈을 감았다.

서워는 다시 옷을 벗어 던졌다. 알몸이 된 후 욕조에 달린 샤워기로 몸을 씻었다. 물기를 닦은 후에는 그녀를 위해 준비된 막 세탁한 옷 쪽으로 향했다. 해머와 풍성한 바구니가 둘 다 옷에 박혀 있었다. 프로듀서들은 친절하게도 스택스의 옷을 스택스의 텐트뿐 아니라 서워와 랜디 맥의 텐트에까지 가져다 놓았다. 스택스를 후원하지 않는 기업의 로고가 박힌 옷을 입는 일을 방지하기 위해서였다.

스택스는 표정을 그대로 유지했다. 그녀는 자기 팔을 보았고, 이름을 보았다. 키티 루슬리스는 이두에 새겨진 X였다. '산사태' 힉스 레투페는 팔뚝에 있었다. 무릎 위에는 곰이라 불리던 거대한 남자를 기리는 두꺼운 검은 선이 서로 교차했다. 그들 모두 너무나 많은 일을 했다. 이것이 그녀의 목적이었다. 그 공포를 뭔가로 만드는 것. 그녀가 아침에 찢어 버린 미친 곰과 불과 한 시간 전 낫으로 갈라 버리기 직전까지 간 거니 퍼들스 사이에 차이가 있던가? 그녀는 살인자인가, 아니면 세상이 그녀를 살인자로 만들었는가?
"그래."
스택스는 혼자 중얼거렸다.
"뭐라고?"
"정당한 자기방어는 다른 거라고."
스택스는 큰 소리로 단호하게 말했다.
"내 말이 그 말이야. 우린 이미 좋은 사람이야."
"자, 이건 무엇이 맞고 아닌지 더 명확하게 해 줄 거야. 그렇게 어렵지 않을 거야."
스택스는 서워를 본 후 HMC를 보았다. 그건 링크들의 암호였다. 저 사람들에게 이런 모습 보여 주지 마. 아니면 지금 같은 경우에는 이런 뜻이었다. 저들이 널 바꾸게 두지 마. 스택스는 말을 이었다.
"큰 일 아냐. 뭐가 시도해 보는 거지. 모두가 중요한 사람이라는 거, 모두가 다이아몬드 같다는, 아니 다이아몬드보다 낫다는 걸 일깨워 주려는 거야."
서워는 어이없다는 티를 내지 않으려고 노력했다.
"내 말은 우리가 모두, 모르겠어, 마음 깊은 곳에서는 순수하다는 걸 보여 줄 수 있다는 거야. 우린 각자 서로 다른 정도의 똥에 뒤덮여 있을 뿐이야. 우리의 내면은 빛나고 있어. 우리가 말해 줄 수 있는 게 그거야. 다들 귀담아들을 거야, 너니까. 네가 이 가족의 엄마니까. 난 미친 이모나 여주인쯤 될까. 우리가 어떻게 움직일지는 네가 결정해."
서워는 생각했다. 모두가 그렇게 순수하다면 이 모든 공포는 어디서 왔을까? 침묵이 이어졌고 스택스는 자신이 한 말에 서워가 눈을 깜박이는 것을 보았다.

"그건 그렇고 유감이야. 오늘 일 유감이라고, 그 아이. 기분이 어때?"
둘은 무수한 방식으로 서로를 보호했다. 이것도 그런 방법 중 하나였다.
서워는 가슴에 라이프디포 로고인 해머가 자수로 새겨진 가운을 걸쳤다. 왔다 갔다 하던 HMC는 최적의 각도로 로고를 잡기 위해 그녀 쪽으로 움직였다가 다시 물러서서 둘 사이에서 까닥거렸다.
"느낌이 좋았어, 몸 상태가. 준비돼 있었지."
"알아."
스택스가 물에서 일어섰다. HMC가 물을 흘리는 그녀를 찍었다.
"그래서……"
서워는 결심하면서 HMC를 보았다. 그녀는 크게 숨을 쉬고 이 진실을 공유하겠다는 듯 말했다.
"나는 화가 났어. 반칙 당한 느낌이었어. 나는……"
스택스는 욕조에서 나와 물기를 닦고 수건으로 몸을 감쌌다.
"난 도움이 필요 없어."
"이해돼. 작은 아이의 머리통을 해머로 부수고 싶은 사람은 없지."
스택스는 침대 위에 서워와 나란히 앉았다.
"그래, 특히 나는. 왜냐면 나한테는 그런 게 필요 없으니까. 하지만 또……."
서워가 갑자기 말을 멈췄다. 스택스가 말을 받았다.
"하지만 또, 이길지 질지 걱정하지 않아도 되니 안심도 되고 조금 행복하기도 했을 거야."
"그 애가 무슨 말을 하려고 했는진 모르겠지만 그걸 다 하게 해 주지도 않았어."
서워는 스택스에게 기대서 웃었다. 메마른 너털웃음. 다른 사람이라면 울었을 순간에 서워는 그렇게 웃는다는 걸 스택스는 알고 있었다.

"나 왜 그랬을까? 왜 그 애가 말하도록 두지 않았지? 왜 그놈들은 내 상대로 그런 아이를 배정했을까?"

"아마 그들은 그 아이가 서워를 상대로 서워처럼 할 수 있는지 보고 싶었을 거야."

"아마도. 멍청한 짓이었어."

그리고 그렇게 끝났다. 스택스는 더 원했다. 그녀는 모든 배틀그라운드가 서워에게 어떤 의미였는지 알고 싶었다. 스택스는 서워의 일부가 내심 실패하기를 원한다는 사실을 알고 있었다. 그리고 실패하는 데 실패할 때마다, 그녀의 상처가 벌어진다는 사실 또한.

"그래. 우리."

스택스가 말했다.

그리고 그녀는 다시 눈을 감았다.

사이먼

ㅅ, ㅏ, ㅇ, ㅣ, ㅁ, ㅓ, ㄴ.

나는 떠나고 있다. 나는 내가 돌아올 거라고 생각하지 않는다.* 나는 금지품 때문에 사람들이 반년간 떠나 있는 걸 보았다.** 나는 금지품 문제에 휘말리지 않는다.***

나는 나올지도 모른다.

나는 내가 돌아올 거라고 생각하지 않는다.

---

* 미국은 어떤 민주주의 국가보다 많은 사람을 독방에 가둔다.

** 앨버트 우드폭스는 독방에서 43년 10개월을 보냈다. 로버트 킹은 석방되기 전에 29년을 독방에서 보냈다. 헤르만 월리스. 헤르만 월리스. 헤르만 월리스. 헤르만 월리스. 그는 그들이 42년간 그를 죽인 이틀 후에 간암으로 죽었다.

앨버트 우드폭스, 헤르만 월리스, 그리고 로버트 킹, 앨버트 우드폭스, 헤르만 월리스, 그리고 로버트 킹, 로버트와 헤르만과 앨버트. 헤르만과 로버트와 앨버트. 월리스, 우드폭스, 킹.

*** 수용자는 금지품 소지나 불복종 등 비폭력 범법 행위로 독방에 감금될 수 있다. 수용된 개인을 '보호'하기 위해 격리 수용하는 경우도 있다.

새로운

'두 번 더'가 잠에서 깨자마자 떠올린 생각이었다. 그녀는 최소한 두 명을 더 죽여야 했다. 그녀는 두 번 더 배틀그라운드에서 자기 목숨을 지켜야 했다.

서워는 숫자와 통계의 집합체였다. 그랜드 콜로설인 그녀가 정의하고 거역한 숫자와 통계들. 그것들을 이해하는 능력은 그녀가 치명적일 수 있었던 이유 중 상당한 부분을 차지했다.

링크보다는 민간인에 가까웠던 초창기, 그녀는 자기 상황을 거의 잊어버릴 수 있는 순간을 즐기곤 했다. 아침에 그 찰나의 순간, HMC가 하루를 시작하기 위해 위를 맴돌고 있지 않다면 그녀는 달콤한 침묵을 즐기면서 자기 삶이 잔인한 엔터테인먼트가 아닌 다른 뭔가인 척할 수 있었다.

그녀는 자면서 이를 악물고 있는 스택스를 보고 이마에 한 차례 입을 맞췄다. 긴장되어 있던 스택스의 얼굴 근육이 풀어졌다. 그리고 침대에서 바닥으로 굴러 나와 그날의 팔굽혀펴기 오십 개로 첫 세트를 시작했다. 한 번 땅을 밀어낼 때마다 그녀는 스스로를 평가했다. 팔꿈치에서 저항이 느껴지는지, 어깨의 힘이 단단한지 관찰했다. 한 번 동작을 할 때마다 코어를 탄탄히 잡고 내려가는 내내 꾸준히 중력에 저항했다. 가슴은 매번 나일론 바닥에 닿았다. 피곤했지만 몸 상태는 필요한 대로였다. 그녀는 몸을 펴고 등을 젖혀 아치를 만들었다가 코어를 바닥으로 눌렀다. 고양이 자세, 낙타 자세를 여러 번 반복하며 척추를 데우며 풀었다.

그 뒤에는 하스 오마하를 집어 들고 스쿼트를 했다. 하스 오마하의 자루는 일 미터 정도였고 합금이라 가벼웠다. 살인의 역사와는 어울리지 않게도, 그것의 머리는 라이프디포에 놓인 여느 해머 머리 모양과 같았다. 보통보다 여덟 배 크다는 사실만 빼면. 강철로 뭉툭하고 단단하게 만든 표면은 도금한 스파이크로 날카로움을 더했다. 그녀는 주 무기를 여행 중에 가지고 다니기 위해 매일 추가로 블러드 포인트를 냈다. 대부분의 링크는 가능하다면 그렇게 했다.

기본적인 자유가 완전히 박탈당한 사람치고는 서워는 전반적으로 잘 사는 편이었다. 블러드 포인트를 충분히 모은 덕이었다. 하루에 두 번 풍족하게 식사를 했고, 첫 끼는(그녀는 공중에서 오전 일곱 시 팔 분임을 표시하는 웨이타임의 홀로그램을 보았다) 이십이 분쯤 후에 도착할 것이었다. 놀라운 소식은 아니었다. 그녀는 기본적으로 매일 같은 시간에 일어났다. 그녀는 평소보다 몇 분 늦은 것에 짜증 내지 않으려 노력했다. 그녀는 팔을 펴서 하스 오마하를 들어 해머의 목 부분을 오른손으로, 자루 끝을 왼손으로 잡았다.

그녀는 스쿼트를 계속했다. 이것도 데이터 수집이다. 데이터는 점점 나빠진다. 일 년 전에는 해머 스쿼트 오십 번을 하면 사십 회를 지날 때쯤 왼쪽 무릎에 묵직한 통증이 오는 정도였다. 서워의 하체는 수감 생활과 서킷을 겪기 이전에도 이후에도 엄청난 장점이었다. 해머는 다리와 등으로 휘두르는 것이다. 전력으로 질주해서 악마를 마주한다. 그렇게 그랜드 콜로설이 되었다. 하지만 지금은 스쿼트를 시작할 때부터 통증이 느껴졌다. 통증의 불꽃은 점점 커지다가 몸이 풀리면 조금 수그러들었지만, 다시 커져서 은은한 강도로 지속됐다. 하지만 그녀는 계속했다. 채널을 틀어 놓은 시청자 수백만 명의 눈에 그녀는 통증을 전혀 느끼지 못하는 사람처럼 보였다.

그녀는 더 철저하게 스트레칭을 한 후에 빠르게 샤워를 마칠 것이었다. 스택스가 일곱 시 삼십 분쯤 일어나면 최고의 미소를 보여 줄 것이다. 스택스가 선셋을 죽였지만, 그들이 체인에 새로운 삶의 방식을 강요했지만, 브룸 브룸에서 만난 여자로부터 시즌 33에 있을 끔찍한 룰 변경에 대해 알게 되었지만, 서워는 모든 것을 이전처럼 유지하려 노력할 것이다.

서워는 욕조에 들어갔다. 스택스의 눈꺼풀이 움찔거리더니 정신없이 팔을 휘저으며 서워를 찾았다.

"거기 있었네."

스택스는 밤 내내 서워가 베고 있었던 레밍턴 슬립 캐논의 메모리 폼 베개를 쥐어짜며 말했다. 그녀가 눈을 떴다.

"아, 내가 널 찾는다고 생각했어?"

스택스는 베개를 팔다리로 감싸고 더 세게 졸랐다. 핀서 고어튼의 몸과 눈을 재빨리 네 번이나 찔러 끝장냈을 때와 같은 방식이었다. 핀서의 X는 스택스의 왼쪽 눈꺼풀에 있었다.

"넌 훌륭해. 하지만 난 그냥 이 느낌이 좋아."

서워는 그 모든 것에도 불구하고 웃었다. 스택스보다 이 삶에 넘침도 모자람도 없이 적합한 사람을 상상하긴 어려웠다. 그녀는 물론 사람을 해체하는 데 확실하게 능력이 있었지만, 그 외에도 재미있고 항상 뭔가를 생각하고 있었다. 마치 중에 링크가 제품이 돋보이는 말 한마디를 던지거나 장면 하나를 선보여 시청자들의 눈을 사로잡으면, 해당 제품의 회사와 미팅을 가지고 곧 후원 제안을 받을 수도 있다는 것을 스택스는 잘 알고 있다. 블러드 포인트로 사야 할 것들을 더 많이 얻고, 때로는 독점할 수도 있다는 뜻이다. 또한 할인되는 경우도 많아 포인트를 아낄 수 있다. 블러드 포인트가 많을수록 살아남을 가능성이 높아진다. 스택스는 게임을 이해했다. 레밍턴이 다음 허브 시티에 도달하기 전 그녀에게 연락을 취할 것은 거의 확실했다.

"바보."

서워가 말했다.

그녀는 높게 달린 샤워기 꼭지를 틀었다. 깨끗하고 보송보송한 새 샤워 타월을 꺼내 계속해서 그날의 점검을 이어 갔다. 그녀는 어깨, 이두, 삼두, 목 옆쪽과 뒤쪽을 누르며 알아채지 못했던 통증이 있는지 찾았다. 그러고는 가벼운 스트레칭을 했다. 그녀는 그림자처럼 움직임을 따라오는 HMC를 피하며 천천히 움직였다.

"섹스 많이 하고, 돈도 많이 벌어. 여러분, 사랑해."

스택스가 말했다.

"그래, 뭐가 됐든."

서워가 말했다. 그녀는 스택스가 머릿속 생각을 얼마나 편하게 드러내는지 또 한 번 충격받았다.

굴러서 자기 배낭 옆으로 간 스택스는 머리를 굵게 땋아 묶고 그녀를 위해 만들어진 샤워캡으로 감쌌다. 그녀는 이를 닦고 병에 든 생수로 입을 헹궜다. 살아 있을 때 선셋은 서워나 스택스와 종종 텐트를 바꿔서 여왕의 텐트를 양보해 주곤 했다. 그래서 모든 것이 풍족한 건 특별히 새롭지는 않았다. 다만 그 모든 게 서워의 것이라는 사실은 줄곧 이상하게 느껴졌다.

"어금니도 잘 닦아야 해, 어린이들."

스택스는 게임이 마치 예상했던 삶의 일부인 것처럼, 이게 자연스러운 것처럼 굴었다. 시청자에게 직접 말을 걸었고, 절대 끝나지 않는 쇼에 출연하는 것처럼 농담을 했고 매력을 발휘해 인기를 얻었는데, 결국 이런 행동들이 후원사를 끌어모아 그녀는 더 치명적인 링크가 되었다.

HMC 두 대가 윙 소리를 내며 사라졌다. 눈에 보이는 카메라 없이 그들만 남겨졌다. 서킷 중에 서위가 눈에 띄지 않는다는 사실을 느낀 것은 오랜만이었다. 먼저 떠오른 생각은 세상의 눈 없이 스택스와 둘만 남아 행복하다는 것이었다. 브룸 브룸의 여자를 통해 알게 된 사실을 말해 줄 기회였다. 이 순간을 활용할 수 있었다. 진실이 목젖까지 올라왔지만 일단 말하는 순간 절대 이전과 같을 수 없다는 사실을 알았다. 그녀는 말을 삼켰고 그 순간 알몸의 서위를 두고 HMC를 이동시킬 만큼 중대한 상황이 텐트 밖에서 벌어지고 있을 거라는 데 생각이 미쳤다. 이미 가운을 입고 있던 스택스는 한발 앞서 같은 깨달음을 얻은 것이 분명했다.

"젠장."

스택스가 말하며 러브가일 쪽으로 뛰었다. 그 순간 스택스에게 말할 기회는 날아갔다.

서위는 욕조에서 뛰어나와 수건을 집어 몸에 두른 다음, 서둘러 스택스의 뒤를 따랐다. 해머를 들고 텐트 밖을 뛰자 풀이 젖은 발바닥을 감싸며 피부에 달라붙었다.

리코 무에르테는 6번 아이언을 양손으로 쥔 채 가장 작은 텐트 근처에 서 있었다. 사이 아이 아이는 몇 걸음 앞에 있는 그루터기에 앉아 있었다. 사이의 한 손에는 녹베리, 한 손에는 터스크가 있었다. 녹베리는 뼈에 둥근 돌을 붙여 만든 곤봉이었고, 터스크는 그보다 가는 고무 손잡이가 달린 나무토막이었다. 몇 주 전에 터스크의 살상력을 높이려고 개조해서 이제 그 끝에는 못들이 날카로운 이빨처럼 삐죽삐죽 튀어나와 있었다.

"제기랄, 그런 건 하나도 상관없다고요."

리코는 가슴을 펴고 골프채를 들고 서서 자신을 향한 시선을 이글이글한 눈으로 맞받아치다가 다시 사이에게 눈을 고정했다.

"안녕, 여러분, 뭐가 문제야?"

스택스가 끼어들었다. 서워는 유심히 보았다. 벌써 싸움이 일어났다. 물론이었다. 긴장 풀라고 말한 것만으로 인간의 본능과 역사를 다 막을 수 있다고 생각하는 건 어리석었다.

"사이는 내가 놀러 온 게 아닌지 알고 싶다는데요."

스택스는 리코를 보았다. 그녀는 둘만 있는 것처럼 말했지만 나머지 체인 멤버들이 이미 주변에 모여 있었다.

"문제가 뭔지 말해 봐. 함께 해결하자."

"저쪽이 알겠죠. 나는……"

"왜냐면 넌 싸울 거 아니니까."

서워는 스택스가 다음에 할 말을 짐작하고 작게 한 걸음 다가섰다.

"고작 어제 새로운 규칙을 확실하게 세웠다고. 여기 있는 누가 그걸 어긴다니, 생각만 해도 모욕이야. 알아?"

스택스는 천천히 러브가일을 돌리며 날로 모든 방향을 겨누었다. 러브가일은 촉촉한 아침 공기 속에 모두의 머리 위로 나침반과 같은 궤적을 그리며 계속 돌았다.

"당신이나 LT랑은 문제없어요. 하지만 누가 날 애 취급하는 건 용낭 못 해요. 대단히 미안하지만, 엄마를 걸고 그런 일은 없을 거예요."
 갑자기 끓어오른 듯 사이가 벌떡 일어나더니 분위기가 어두워졌다.
 "잡담할 필요 있나? 네 머리 따서 포인트 좀 얻을게, 호랑아."
 사이는 지루하다는 듯이 직접적으로 말했지만, 머지 않아 리퍼가 될 사람답게 살인에 대한 충동이 느껴졌다. 게임에서 제법 오래 살아남은 사람에게 적절한 타이틀이었다. 커스프에서 리퍼가 되면 그 순간 다른 종류의 살인자가 되는 전환점을 넘게 되었다. 죽음을 언제고 어디서고 사용할 수 있는 도구로 보게 되는, 죽음을 열망하게 되는 전환점이라고 할 수 있었다.
 "너희가 하려고 하는 일이 좋긴 해. 하지만 이 자식이 나한테 죽고 싶어 한다면 죽여 주지 못할 것도 없지."
 사이가 말했다.
 랜디 맥이 텐트에서 밖을 내다봤다. 서워는 가운을 걸친 스택스의 몸을 관찰하는 그의 시선을 느꼈다. 사이와 리코의 뒤로는 아이스가 배낭을 베개처럼 베고 땅에 누워 있었다. 월터 배드 워터는 공동 샤워 시설 쪽에 있었다. 그의 핑크빛 피부가 물에 젖어 번들거렸다.
 "난 아무것도 두렵지 않아."
 리코가 말했다.
 "딴소리 그만하고 제대로 설명해."
 러브가일이 회전을 멈췄다. 스택스는 그것을 떨어뜨려 날을 리코와 사이 사이의 땅에 꽂았다.
 서워는 세 사람 모두 싸우고 싶어 하지 않는다는 것을 알았다. 계급과 관계없이 싸움의 기회비용은 막대했다. 이기더라도 부상을 입을 것은 거의 확실했고, 그건 다음 배틀그라운드 매치에서 살아남지 못할 확률이 훨씬 높아진다는 뜻이었다. 싸우는 것보다 빨리 죽이는 편이 훨씬 나았다. 그러나 리코로부터 인간의 삶과 그들이 건드린 모든 것을 망친 역병이 스며들었다. 그는 힘세고 위협적이고 강력하게 보이고 싶었다. 그는 계속 이 문제로 몸부림쳤다.

"전 그냥 제가 할 일을 하고 있었어요."

리코가 입을 열며 6번 아이언을 꽉 움켜쥐었다.

"땅콩 같은 꼬마 신세인 건 이제 지긋지긋해서 앞으로 절대 땅콩버터 딸기잼 샌드위치를 먹지 말아야겠다고 말하고 있었죠."

"그래서."

스택스가 말했다.

"그래서, 전 제 할 일 하면서 아이스와 이야기하고 있는데 사이가 끼고 싶어 했어요."

리코는 얼굴을 잔뜩 찌푸리더니 사이의 낮은 목소리를 흉내 냈다.

"'먹는 것보단 손에 든 것부터 걱정하는 게 좋을 거야.' 그래서 제가 그랬죠. '씨발, 당신한테 말한 거 아닌데요.' 그랬더니 사이가 '입조심 안 하면 누구한테건 말 못 하게 될 거다.' 그렇게 날 찍어 누르더라고요. 제 잘못 아니라고요!"

리코는 흥분해 있었다. 그는 골프채로 풀밭을 푹푹 찔렀다. 스택스는 그 단호하고 폭력적인 동작을 보다가 리코의 눈을 보았다. 그는 움직임을 멈추며 말했다.

"신께 맹세코 이게 다예요, 아이스도 봤어요!"

아이스 아이스 엘리펀트는 책을 읽고 있었다. 최근 사이 아이 아이의 영향으로 생긴 습관이었다. 물론 리코는 아이스와 사이가 좋은 친구가 되었다는 사실을 알았다. 둘은 계급이 비슷했고 심지어 더블 매치에서 함께 싸운 적도 있었다. 어쩌면 한편으로 리코는 자기 편이 아무도 없는 것 같다고 외쳤던 게 아닐까? 서워는 이 부분을 고려하며 상황을 지켜보았다.

스택스가 아이스를 넘겨보자 그가 말했다.

"사실 관계만 따지자면 맞아."

이 일에 관심이 거의 없다는 것을 확인해 주는 투였다.

"더 할 말 있어, 사이?"

스택스가 물었다.

"아니, 정확해."

사이 아이 아이가 말했다.

"저 봐, 둘이 벌써 의견이 같네."

랜디가 자기 텐트 근처에서 웃었다.

"넌 닥쳐."

스택스는 잠시 그쪽으로 고개를 획 돌렸다.

"넵, 마님."

랜디 맥이 말했다.

"그러니까 네 말……"

스택스가 말을 시작했다.

"제 말은, 전 약하지 않다고요. 전 루키지만 모두에게나 시작점이라는 게 있잖아요. 앞으로 평생 망할 땅콩버터 딸기잼 샌드위치 같은 건 안 먹겠다고 말할 수 있고 거기에 대해서 다른 사람이 무슨 소릴 해도 뭣도 신경 안 써요."

리코가 말을 뱉어 냈다.

어디선가 나타난 거니 퍼들스가 서워와 팔 뻗으면 닿을 거리에 섰다. 그는 그녀를 향해 이를 드러내고 웃고는 나머지 무리 쪽으로 몇 걸음 옮겼다.

민간인의 삶에서도 시끄럽고 거친 일은 별로 걱정할 거리가 아니다. 하지만 조용히 벌어지는 일들은 정확히 주시해야 한다.

"단순하네."

스택스가 선언했다.

"네. 간단해요. 난 물러빠진 놈이 아니고, 필요하다면 그 사실을 증명하겠다는 거뿐이죠. 정말이에요."

"그래, 네가 신참으로 지내는 데 진절머리가 났을 거라는 건 알아. 제대로 된 주 무기도 하나 없으니까."

스택스가 말을 이었다.

"어린놈이 제대로 된 주 무기도 하나 없지."

사이가 그 말을 따라 했다.

"저랑 붙었던 새끼들 네 명은 죽어 자빠지면서 주 무기에 당했다고 생각했을걸요."

리코가 가슴을 펴며 말했다.

스택스는 사이의 말도 리코의 말도 못 들은 척 말을 이어 갔다.

"누가 그걸 대놓고 지적하니 심사가 뒤틀렸을 거야."

"전 약하지 않아요."

"그 말에 반박하는 사람은 없는 것 같은데. 오해가 있는 것 같아."

스택스는 사이 아이 아이에게 대낫을 겨눴다. 다른 링크를 위협할 때만 하는 움직임이었다. 주 무기를 다른 링크에게 겨눈다는 건 죽일 의지가 있고 죽일 준비가 되었다는 뜻이다. 새로운 규칙이 생기니 이런 동작에 악의는 없었지만 그럼에도 옛날에 지녔던 의미의 반향이 느껴졌다.

"사이, 여기 우리 친구 리코가 자기 말처럼 약한 놈 같아?"

사이는 갑자기 자기가 만들어 낸 연극을 즐기는 듯했다.

"배틀그라운드에 들어갔다 나온 사람은 누구든 평범한 사람 대부분보다 강하지. 그걸 몇 번이나 했다면, 뭐, 대단한 거고."

스택스가 활짝 웃었다. 서워는 얼굴을 찡그리며 계산해 보았다. 빠르게 폭발했던 것도, 쉽게 해결되는 것도, 지금의 상황 그 무엇도 앞뒤가 맞지 않았다.

"뭐, 그럼 됐네."

스택스가 말했다.

"다들 괜찮지?"

무리가 리코를 보았다.

"처음부터 화난 거 아니었어요. 처음이자 마지막으로 알려 주려고 한 거지."

스택스는 리코의 어깨에 손을 올리자 그가 누그러졌다.

"전 쿨하니까."

"넌 어때?"

스택스가 물었다.

"난 아이스지."

사이는 아이스 아이스 엘리펀트의 명확하면서도 귀에 쏙 들어오는 구호를 말했다.

"봐, 어렵지 않았잖아."

HMC들은 갈등에 다시 불이 붙는지 보려고 사이와 리코에 초점을 맞췄다. 서워는 스택스가 그녀를 지나쳐 텐트로 돌아갈 때 기회를 봐서 빠르게 말했다.

"언제?"

그녀가 물은 전부였다. 서워는 표정을 바꾸지 않았고 눈동자도 움직이지 않았다. 거의 즉시 HMC 하나가 그녀 쪽으로 움직였다.

"무슨 소린지 모르겠어."

스택스는 텐트로 사라졌다. HMC가 서워의 관자놀이 근처에 다시 자리를 잡았을 무렵 그녀는 체인의 문제가 해결된 것에 형식적인 미소를 짓고 있었다.

오늘은 새로운 방식을 도입한 첫날이었다. 계속해서 기존의 방식으로 보상을 받아 왔기 때문에, 서워는 그녀가 알고 있던 폭력과 이렇게나 멀어진다는 사실이 걱정스럽기는 했다. 겁먹은 거지. 서워는 분명하고 직접적으로 생각했다. 항상 감시당하는 처지라 자신을 위해 속으로만 간직해 둬야하는 것들이 있지 않았더라면 소리 내어 말했을 것이다. 새로운 게 무섭고, 뭐가 뒤에 숨겨져 있는지도 무섭고, 갑자기 일이 생기는 게 무섭고. 서워는 심호흡하며 자신의 의식을 훑고, 몸으로 모든 걸 느끼며 생각을 정리했다. 이번에도 너 빼고 뭔가가 계획됐을지도 몰라서 두렵고 싫은 거잖아. 스택스가 너 몰래 가짜 싸움을 꾸몄을까 봐.

가슴의 열기가 내부로 향했다. 서워는 리코와 사이의 다툼을 복기해 보았다. 말썽이 일어난 건 확실했다. 그러나 폭발하듯 일어난 데 비해 빠르게 정리되었다. 보통은 그런 식으로 진행되지 않는다. 스택스는 체인이 가족이라는 개념을 강화하기 위해 연극을 연출해야 했을 것이다. 그러나 너무 뻔히 들여다 보이고 엉성했다. 그녀답지 않았다.

새 규칙을 발표한 다음 날 아침. 이미 충분히 인기가 있는 링크 두 명이 갑자기 둘 중 하나가 죽을 수도 있었던 다툼을 일으키다니 얼마나 안성맞춤인가? 게다가 스택스가 순식간에 분쟁을 해결할 수 있다니 얼마나 편리한가? 계획했을 것이 분명하다. 하지만 언제? 서워는 마지막 허브 시티 체류를 되짚으며 스택스의 일정을 정리해 보려 애썼다.

서워는 생각했다. 스택스가 왜 너한테 도움을 구하지 않았는지가 궁금한 거잖아. 계획의 일부만 이야기했다는 게 싫은 거지.
그리고 어쩌면 너 피해망상일지 몰라.
어쩌면 너도 비밀이 있어서 피해망상이 발동한 거야.
어쩌면 진짜 싸움이었을 거야.
어쩌면 진짜였다고 생각하는 게 제일 나을지 몰라.
그녀에겐 이 주가 남아 있었다.
남은 두 차례의 전투.
그녀는 스택스가 무엇을 계획하고 하지 않았는지에 대해서는 그만 생각하고 다가올 경기에 집중하려 노력했다. 그 장소, 살인의 현장을 생각하는 것은 폭발적이고 혼란스러운 침착함을 가져다주었다. 처음 배틀그라운드에 발을 딛는 순간 서워의 안에서는 뭔가 터져나왔다. 일종의 저주였다. 그녀는 그것 때문에 싸웠고, 자기가 삶을 누릴 가치가 없다고 생각하면서도 꼼꼼하고 강박적으로 전투를 준비했다. 그녀는 최고가 되고 싶었다.
서워는 눈을 깜빡이고 하늘을 올려다보았다. 눈을 문질렀다. 드론 한 무리가 나무 위를 날아 체인 쪽으로 내려왔다. 남은 두 번의 전투. 첫 번째는 스택스와 함께하는 더블 매치였다. 경기가 끝나면 스택스는 콜로설이 될 것이다. 시즌 32가 끝날 것이다. 그리고 시즌 33이 시작되면 규칙이 바뀐다.
네가 스택스에게 비밀이 있어서 스택스에게도 비밀이 있을까 봐 두려운 거야.
새 시즌이 시작되면 콜로설 이상의 링크 둘이 같은 체인에 속할 수 없다는 것이 바로 그 비밀이었다. 시즌 33이 시작되면 서워는 자유의 날에 사랑하는 사람, 허리케인 스택스라는 여인과 싸워야 한다.
서워는 내려오는 드론을 보았다. 입에 침이 고이기 시작했다.

음식

음식이 서워 주변을 떠다녔다. 각자의 맞춤형 식사 상자를 싣고 온 드론에는 반중력 장치가 있었고 자기로 움직였다. 앵커와 HMC를 띄울 때 사용하는 것과 같은 기술이었다. 공기 중을 미끄러지면서 아무 소음도 내지 않는 매끈한 검은 삼각형들은 제각기 음식 상자가 든 철망을 매단 채 작은 무리를 지어 움직였다.

스택스가 샤워하는 소리가 들리는 동안 그것들은 내려와 느슨하게 맴돌다가 어젯밤 모닥불의 재 위에 떠 있는 앵커 주위에 원형으로 짐을 내려놓았다. 랜디 맥이 활짝 웃으며 자기 바구니에 달려들었다. 랜디는 매일 리퍼라는 계급에 어울리는 식사를 보장받기 위해 블러드 포인트를 지불했다. 실제 셰프가 준비한 뜨거운 음식이었다. 맛은 일반적으로 괜찮았고 매우 좋을 때도 가끔 있었다.

아이스와 사이, 랜디는 앵커 주위에 모였다. 음식이 도착한 위치 거의 그대로였다. 서워는 그들이 체인의 핵심이라는 사실을 알았다. 그들 셋은 진짜 역경을 함께 헤쳐 나왔다. 서워는 그들이 그녀에게 완전히 리더 역할을 맡기는 것이 고마웠다. 랜디가 스택스를 독점하고 싶어 한다고 해도. 사이가 비밀리에 리코와의 갈등을 계획해서 서워와 스택스의 새로운 법령에 쐐기를 박으려 했다고 해도.

"식사 시간. 언제나 좋은 시간이지."

랜디가 자기 몸을 끌어당긴 다음 앉으려고 그루터기로 향했다. 구리선으로 다른 땅콩들의 목을 필사적으로 졸랐던 랜디 맥은 지금은 위풍당당하게 삼지창을 휘두르는 리퍼로 성장했다. 그녀는 그 과정을 보기만 한 것이 아니었다. 수많은 다른 링크들을 도왔듯 그가 살아남을 수 있도록 도왔다.

서워는 리코가 땅콩버터 딸기잼 샌드위치, '비타민' 주스 통, 바나나를 잡아채는 것을 보았다. 그는 랜디, 아이스, 사이 쪽을 흘긋 보더니 체인의 두 번째 무리를 향해 걸었다. 거니 퍼들스와 월터 배드 워터. 거니는 핵심 그룹에서 떨어져 먹는 편을 선호했다. 그리고 이 체인에서든 어느 체인에서든 크게 오래 버틸 것 같지 않은 약한 남자 배드 워터는 나머지 무리와 섞인 적이 없었다. 배드 워터가 땅콩버터 딸기잼 샌드위치보다 나은 음식을 살 수 있는 포인트를 모은 건 최근이었고, 거니와 시간을 보내기 시작한 건 그보다 더 최근의 일이었다. 마지막 데스매치에서 둘이 팀을 이뤄 살아남은 뒤로 유대감이 형성됐다. 같이 사람을 죽이는 것만큼 사이를 가깝게 만들어 주는 일은 드물었다.

배드 워터는 서워에게 '흑인들은 멋지다고 생각했'지만 거니가 외로운 남자라서 친구가 될 수 있을 것 같았다고 설명했다. 배드 워터는 보라색 헤드밴드를 긁더니 자기 음식 바구니를 열며 웃었다. 서바이버 계급이니 치즈 스크램블드에그와 토스트를 받았을 것이다. 땅콩버터 딸기잼 샌드위치만 몇 주간 먹다가 치즈 스크램블드에그를 먹으면 살맛이 났다.

"옷 다 입었어?"

서워가 스택스를 불렀다. 눈은 여전히 거니와 배드 워터 쪽으로 천천히 걷는 리코를 보고 있었다.

"아직."

"리코랑 아침을 한번 먹을 때가 된 것 같아. 들어오라고 할게."

이것은 서워의 일이었다. 그녀와 선셋은 함께 체인을 통제하는 법을 고안했다.

"오?"

스택스의 목소리는 놀란 듯했지만 즐거워하는 쪽이었다.

그녀가 이 상황을 통제하고 있는가? 그렇다. 그리고 리코를 데리고 텐트 안으로 들어가면 자신에게, 그리고 다른 모두에게 그녀가 누구인지를 상기시켜 줄 것이다.

"응. 안 될 거 없잖아?"

"좋아. 안으로 불러."

안에서 물소리가 그쳤다.

"리코. 와서 나랑 아침 같이해."

서워가 불렀을 때 리코는 거니와 배드 워터로부터 겨우 몇 걸음 떨어져 있었다.

리코는 일종의 시험을 통과한 느낌이었을 것이다. 서워는 랜디와 사이, 아이스를 보았다. 그들은 리코보다 훨씬 오래 체인에서 지낸 후에야 그녀에게 들어와서 이야기하자는 부름을 받았다. 사이가 끄덕였다. 아이스는 혼자 피식 웃었지만 마찬가지로 고개를 끄덕였다. 랜디는 얼굴을 찡그렸지만 어깨를 으쓱하며 역시 끄덕였다. 그들의 허락이 필요한 건 아니었지만, 리코가 활짝 웃으면서 흥분을 다스리려고 하는 사이에 서워는 그녀가 그들의 의견에 신경 쓴다는 걸 보여 주고자 했다. 앙골라 해먼드는 그저 서워와 스택스뿐만 아니라, 선하고 현명하고 서로를 보호할 수 있는 링크들이 모인 곳이었다. 리코는 이렇게 받아들여질 자격이 있다는 걸 증명하지 못했다. 아직은. 하지만 서워는 떠나 가는 입장에서 이런 일을 하는 것이 그녀의 의무 중 하나라고 느꼈다. 그녀가 떠나고 남겨질 것들을 단속하는 일.

서워는 자기 아침 식사 상자에 다가가서 멈췄다.
"이 박스 두 개 좀 들어 줄래?"
서워는 옆에 자기 이름이 금색으로 박힌 커다란 검은 보온 상자와 그 옆에 온통 흑백의 X가 새겨진 스택스의 빨간색 상자를 가리켰다. 리코는 둘 다 집어 든 뒤 자기 식사를 스택스의 상자 위에 포갰다.
리코는 서워에게 바보 같은 미소를 지으며 텐트 바로 앞까지 걸었다.
서워는 텐트 안으로 몸을 돌려 외쳤다.
"우리 들어간다!"
다시 리코에게로 돌아서자 그의 얼굴에 가득한 자부심과 손에 들린 음식이 보였다.
"들어와."
서워는 걸치고 있던 긴 수건을 고쳐 매고 걸어 들어갔다. 리코가 신이 나서 그녀를 뒤따랐다.
사이 아이 아이가 체인에 합류할 때쯤에는, 아니, 그전에도 앙골라 해먼드에 영입되는 링크들은 서워를 잘 알았다. 그들은 서워의 경기 하이라이트를 보았고, 꺾일 줄 모르는 그녀의 몸에 놀랐다. 어떤 사람들은 앙골라 스미스와 해먼드 교도소 체인이 합병되기 이전부터 그녀를 지켜보기도 했다. 지금에 이르러서는 그녀는 많은 신입들이

CAPE 프로그램에 합류하는 유일한 이유가 됐다. 리코는 신입 중에서도 신입이었다. 그녀와 선셋은 그와 같은 사람들에게 희망 같은 것을 의미했다. 서워는 그것에 분개했지만, 좋아하기도 했다. 자신의 이름과 삶이 리코 같은 사람들에게 가능성의 길 자체를 상징한다는 걸 알기에. 그녀의 생존은 불가능한 게임을 가능해 보이게 만들었다. 물론 그들은 어리석게도 잘못 생각했고 결국 죽을 것이다. 하지만 약해질 때면 서워는 등불 역할을 하는 것을 즐겼다. 강할 때는 자신이 불나방이 뛰어드는 불빛임을 알았다.

"미쳤다."

리코는 공간을 살피며 말했다. 스택스는 가운을 다시 입은 참이었다. 그녀는 한쪽 발을 욕조에 올린 채 등을 보이며 코코아 버터를 다리에 문지르고 있었다.

"여기까진 험난한 길이야."

서워가 말했다.

"하지만 네 말도 맞아, 미쳤지."

스택스가 돌아서며 말했다.

서워는 리코가 텐트를 감상하게 두고 수건 위로 짙은 색 가운을 걸쳤다. 그녀만이 베풀 수 있는 사치 속에서 그가 환영받는 기분을 느끼도록 둔 것이었다.

리코는 천천히 돌았다. 여왕의 텐트를 눈에 담으려면 온몸이 필요하다는 듯.

"개미쳤네요."

그는 마침내 말했다.

"앉아."

서워가 말했다.

HMC 두 대가 그녀와 스택스 사이를 오갔고 나머지 하나는 리코가 다음으로 움직여야 할 곳을 알려 주듯 침대 맞은편 고급 안락의자 위에 떠 있었다. 리코는 빠르게 세 걸음 걸어서 의자에 파묻혔다. 이런 작은 일이 중요했다. 서워가 앉으라고 할 때, 사람들은 앉았다. 그녀로 존재한다는 것은 살기 위해 누군가를 죽인 사람들에게 아무렇지 않게 지시하는 것이기도 했다. 그들은 모두 이미 신성한 법을 어겼지만 그래도 그녀의 말에는 의미가 있었다.

"고마워."

서워는 리코가 내려놓은 음식 상자 중 하나에 다가서며 말했다. 걸쇠를 풀자 상자 옆면이 내려오며 아스파라거스를 곁들인 에그 베네딕트와 신선한 과일 컵이 드러났다. 모두 쟁반 하나에 올려져 있었다.

"맙소사."

리코는 슬프게 웃으며 비닐봉지를 쥔 손에 힘을 주었다.

스택스는 침대 옆으로 걸어가서 스택스 팩을 들었다.

오늘은 반숙 계란을 올린 각종 야채와 퀴노아 볼이 있었다. 플라스틱 뚜껑을 벗기자 김이 났다. 서워는 민간인일 때 좋은 호텔에 가 본 적이 없었다. 그리고 앙골라 교도소에 있을 때는 식당 음식은 음식이라기보다는 곰팡이에 가까워서 교도소 매점에서 파는 것으로 연명해야 했다. 그 시절과는 다르게 서킷에서 서워는 잘 먹었다.˚ 수감되기 전에는 듣도 보도 못했던 훌륭한 수준의 진수성찬을 즐겼다. 대부분 링크들은 냄새도 맡아 보지 못할 음식이었다. 서워는 자기 음식 접시를 보았다. 과일은 그냥 먹기로 하고 파인애플, 수박, 포도 조각이 든, 랩으로 덮인 빛나는 그릇을 침대 옆으로 옮겼다. 그리고 나머지 음식

---

* 수용자들이 식품 매개 질병을 앓는 비율은 다른 집단보다 월등히 높다.

이 담긴 쟁반을 큰 검은 상자에서 들어 올렸다.

"이거 뜨거워, 조심해."

서워는 몸을 기울여 리코의 무릎에 음식을 내려놓으면서 말했다. 그녀는 플라스틱 뚜껑을 열었다.

"에그 베네딕트 좋아해?"

스택스가 물었다.

리코는 자기 앞에 놓인 것을 내려다보았다. 수란을 덮고도 잉글리시 머핀의 틈 사이사이로 흘러내려 고인, 노란빛으로 빛나는 걸쭉한 홀랜데이즈 소스. 수란 아래에는 가장자리가 세심하게 그을린, 두꺼운 캐나다식 베이컨이 삐죽 나와 있었다. 그릴 자국이 선명한 막 구운 아스파라거스. 보랭병에 차게 담겨 온 음료. 서워가 알기론 사과나 구아바 주스였다. 상자에는 물도 세 병 있었다. 서워는 자기 물통에 그 물을 옮겨 담을 것이었다. 하지만 지금 그녀는 음식을 보는 리코를 보고 있었다. 서워가 알기로는 리코가 음식다운 음식을 먹은 지 거의 사 년이 되었다. 그리고 지금 별안간 그는 가장 훌륭한 정찬을 맞닥뜨린 것이다.

후들거리는 리코의 무릎 때문에 쟁반 위의 포크가 달그락거렸다.

"리코, 어서. 많이 먹어."

서워가 부드럽게 말했다.

그 목소리의 부드러움은 계산된 것이었다. 서워는 리코가 마음속 가장 깊은 곳에서 그녀와 함께 있으면 비로소 안전하다고 느끼길 원했다.

서워는 파인애플 조각을 입에 넣으며 스택스를 흘낏 보았다. 오늘 같은 일을 한 적은 많았고, 우는 사람도 리코가 처음은 아니었지만 아직도 이런 일은 그녀가 놓치고 싶지 않은 어떤 기분을 불러일으켰다. 가슴에서 흘러넘쳐 온몸을 적시는, 자신이 어떤 존재가 되었는지에 대한 자부심. 지옥에 생긴 오아시스. 의지의 힘으로 빚어진 불가능한 권력. 이런 순간이면 그녀의 이름을 불러 대는 관중들이 어떤 감정을 느끼는지 밀접하고 정확하게 이해할 수 있었다. 서워는 예전처럼 소란하고 활기차게 경기를 치르지 않았다. 그러나 그녀는 여전히 공연자였다. 이것은 메소드 연기였다. 그녀는 이 일이 주는 감흥이 진짜로 다가오게 두었다. 이것이 그녀의 일이었고, 그녀는 이 일에서 오는 즐거움을 거부하지 않았다.

　서워는 리코가 다시 고개를 돌려 그녀의 눈을 볼 때까지 기다렸다.
　"저는 너무 오래……"
　그는 크게 숨을 쉬고 눈물을 훔쳤다.
　"오랫동안 제대로 먹지 못했어요. 아시죠?"
　"알아. 내가 그거 먹어도 돼? 바꿀까?"
　서워는 아직 그의 손에 있던 비닐봉지를 가리켰다.
　"이거요?"
　"나랑 바꿔."
　리코는 미쳤냐는 듯 보았고 그녀는 똑같은 말을 다시 하지 않겠다는 식으로 그를 보았다.
　마치가 시작되기까지 한 시간 남았습니다. 앵커의 목소리가 주위에 내려앉았다.
　리코는 비닐봉지를 내밀었다. 샌드위치를 대충 하나로 겹친 뒤 그에 비해 너무 큰 생분해 가능 지퍼백에 급하게 던져 넣은 것이 분명했다.
　"먹어."
　서워가 말했다.
　"먹고 있어."

스택스가 입에 퀴노아를 떠 넣으며 농담했다.

"감사합니다."

리코가 말했다.

"나도 고마워."

서워가 말했다.

"좀 먹고 이야기하자."

스택스가 말했다.

"어서 먹어."

서워는 말한 뒤 샌드위치를, 그 거슬리는 단맛과 단순한 익숙함을 베어 물었다. 리코는 드디어 음식에 덤벼들었다. 그가 놀랍게도 아스파라거스 줄기를 먼저 삼키고 이어서 에그 베네딕트에 손대는 동안 서워는 즐겁게 지켜보았다. 그녀는 쟁반 구석에 플라스틱 나이프와 포크가 있다는 사실을 알려 줄까 했지만, 이미 리코는 손으로 먹기로 마음을 정한 듯했다. 리코는 빠르게 마구 씹다가, 속도를 늦추고 잠시 맛을 느끼다가, 다시 속도를 내서 먹었다. 음미할 시간 따위 개나 주라지.

리코가 음식을 다 해치웠을 때 서워는 아직 샌드위치 끝부분을 남겨 둔 채였다. 살인이 판치는 세계에서는 매 끼니가 마지막일 수 있다. 그 사실을 강력하게 느낀 뒤에는 땅콩버터 딸기잼 샌드위치처럼 단순한 것에서도 다른 종류의 죽음 같은 맛이 났다. 하지만 서워의 미각에는 사실 그건 그렇게 나쁘지 않았다. 그녀는 그렇게 말했다.

"내가 서킷을 시작했을 때는 하루 두 끼 식사가 막 의무가 된 참이었어. 우리 샌드위치는 오래됐고 잼도 안 발려 있었지."

그녀는 남은 것을 입에 넣고 삼켰다. 그리고 입 안에 끈적거리며 남아 있는 것을 한 번 더 삼켜 없앴다.

"하지만 그건 오래전 일이야."

손가락이 홀랜데이즈 소스로 뒤덮인 리코는 서워를 보았다. 스택스는 일어나서 욕조 근처의 핸드 타월을 가볍게 적셔 리코에게 내밀었다. 그는 손가락을 하나하나 닦고 마지막으로 얼굴을 훔쳤다.

그가 다시 자리에 푹 파묻히며 말했다.

"맙소사. 다른 삶이네요."

"뭔가 다르지, 응?"

서워가 말했다.

"완전 달라요."

리코가 웃었다. 웃으니 더 어려 보였다. 이제 막 술을 마실 수 있는 나이였다.

그들은 잠시 조용했다. 서워는 음식을 소화시키며 스택스를 보았다.

"넌 왜 떠났어?"

스택스가 물었다.

"안에서는 살 수 없다는 걸 알았거든요. 차라리 나와서 죽어야겠다고 결정했죠."

"어디 있었는데?"

서워가 물었다.

"저지, 일반 교도소 중 하나예요. 실험 교도소 말고, 일반 수용자고요."

"친구는 없었어?"

스택스가 말했다.

"작은 무리가 있었는데 없어졌어요. 멍청한 일이 생겨서 상황이 이상해졌어요. 날 팔아넘기려고 했거든요. 형제라던 놈들이 절 찌르려한 게 네 번이에요. 그래서 서류에 서명했어요."

"뭐가 변했는데? 걔네는 왜 돌아섰어?"

서워는 몸을 가까이 기울였다.

"그게 중요한가요?"

리코는 텐트의 나일론 바닥에 쟁반을 내려놓았다.

"됐어."

스택스가 말했다.

리코는 아무 말도 하지 않았다.

"앙골라 해먼드 체인으로 배정됐을 때 무슨 생각 했어?"

"누가 날 사랑하는 것 같다고 생각했죠."

"우와. 말 예쁘게 하네."

스택스가 말했다.

서워는 진심 어린 미소를 지었다.

"왜 그렇게 생각했는데?"

"아시잖아요."

"네 설명을 듣고 싶어."

"당신 팀에 있다는 건 축복이에요. 모두가 알죠."

"뭘 모두가 안다는 거야?"

리코는 스택스를 보았다. 서워는 그녀가 고개를 끄덕이며 그를 안심시켜 주고 있을 것을 알았다.

"두 사람이, 그러니까 서워랑 선셋이 가까워지면서 분위기가 바뀌었잖아요. 물론 허리케인이 그걸 더 좋게 만들었고요. 사람들이 모여 함께 강해질 수 있게 만들었죠. 서로 도와주고요."

"기억하겠지만 선셋 하클리스는 최근에 살해당했어. 그 일은 어떻게 생각해?"

계획한 부분은 아니었다. 하지만 벌어진 일이라면 자책하지 않는 것이 그녀의 원칙이었다. 서워는 여전히 리코에게 미소를 보내면서도 고개를 딱 적당히 돌려 살짝 풀 죽은 스택스를 보았다.

리코가 입술을 깨물었다. 서워는 리코를 뚫어지게 보았다. 리코가 힘겹게 눈을 마주치는 것이 느껴졌다.

"빌어먹게 슬펐어요, 솔직히…… 처음에는 말이에요. 하지만 스택스는 옳으니까 그 일도 옳아요. 그러니까 전 다 괜찮다고 생각해요. 그냥, 선셋이 없어도 당신이 블러드 마더 엔젤 노릇을 할지는 모르겠다고 생각했어요."

"무슨 뜻이야?"

서워가 압박했다.

"당신은 이 게임의 천사 같은 거잖아요. 모두를 격려하고 그런 거. 당신은 사람들에게 기회를 줘요. 내가 있던 감방에서는 당신을 리퍼 제작자라고 불렀어요. 그리고 당신은 사람들한테 자기 앞에서 멍청한 짓 하지 말라고 했고, 당신 체인은 한동안 가장 얌전했어요. 난 여기 사람들이 서로 죽이려 하지 않는 걸 방송에서 봤어요. 실례지만 지난주는 빼고요. 그리고 당신들이 어젯밤에 한 일로 그게 한결 더 공식적인 것이 됐죠. 정말 품위 있죠. 여기 끼게 돼서 영광이에요."

"어젯밤 이야길 하네."

서워는 텐트에 있는 내내 슬리퍼를 신은 그녀의 발치에 있었던 하스 오마하를 집었다. 갑자기 해머의 존재감이 공간을 채웠다. 리코 무에르테는 조금 더 똑바로 앉았다.

"어젯밤에 난 이 체인에서 다른 링크에 대한 폭력은 무슨 일이 있어도 피해야 한다고 공식적인 입장을 밝혔어. 기억하지?"

서워는 리코가 스택스에게 도움을 청하는 시선을 보내는지 주의 깊게 살폈다. 어쩌면 사이와 그의 '싸움'이 계략이었다고 깔끔히 인정할지도 모른다.

"물론이죠."

"그리고 이제 난 여기 앉아 있어, 속이 바싹 말라 가면서. 왜냐하면 바로 다음 날 아침에 네가 내 링크 한 명을 위협했으니까. 내 핵심 링크 중 하나를. 너 서킷에 얼마나 있었지?"

리코는 그녀의 시선을 피하지 않았고 그녀는 그 점을 높이 샀다.

"한 달 반. 배틀그라운드에 세 번 섰어요. 다음 주에 또 싸울 거예요."

"계급은?"

"땅콩…… 그러니까 루키요. 하지만 이제 곧 커스프가……"

"그러니까 제일 낮은 계급이라는 뜻이잖아."

"맞아요, 하지만……"

"사이 아이 아이의 계급은?"

"전 알지도 못해요. 하지만 그와 싸우게 된 건……"

서워가 일어섰다. 다른 체인이었다면 이 순간이 리코 무에르테의 마지막 순간이 되었을 것이다.

"사이는 이제 곧 리퍼가 돼. 서킷에서 일 년 넘게 버텼지. 일 년 이상 믿음직한 링크였고. 너는 내가 허튼짓하지 말자고 분명히 말한 다음 날, 우리 모두를 위해서 뭔가 했던 다음 날, 그에게 싸움을 걸었지."

"그건, 제 말은……"

리코는 이 대목에서 스택스를 보았다. 서워의 바로 오른쪽 너머를. 서워는 무릎의 불평을 무시하며 쭈그려 앉아 그의 턱을 손으로 쥐었다. 그녀는 리코의 얼굴을 다시 자기 쪽으로 돌렸다.

열 달 전, 레파 니치라는 링크가 리코와 같은 위치에 있었다. 서워와 선셋, 스택스가 함께였다. 레파는 압박감 때문에 공황 상태에 빠져 그들이 말하는 동안 러브가일을 잡으려 했다. 그가 그걸로 뭘 하고 싶었는지 세상은 절대 모를 것이다. 손이 대낮의 손잡이에 닿기도 전에 서워가 머리통을 부숴 버렸으니까. 그들은 아침 해 아래 그의 몸을 텐트 밖으로 질질 끌고 나왔고 앙골라 해먼드의 누구도 시체에 대해 한마디도 하지 않았다.

"그건 뭐였는데?"

서워는 지금 여기서 그의 머리를 부수는 상상을 했다. 그녀가 그런 생각을 한다는 걸 그가 느끼길 바랐다. 얼마나 쉽고 완전할 것인가.

"그건 뭐 내 얼굴에 침이라도 뱉고 싶었던 거야?"

리코는 방금 먹은 아침 식사만 내려다보려 했다. 거의 깨끗한 접시들을.

"날 봐."

서워는 그의 얼굴에 드문드문 난 까칠한 수염을 느꼈다.

"걔가 열받게 했어요. 죄송해요."

"죄송하고. 그리고 또?"

"그리고…… 모르겠어요. 다신 그런 일 없을 거예요?"

"나한테 묻는 거야?"

"다신 그런 일 없을 거예요. 제가 잘못했어요, 블러드 마마. 제 잘못이에요."

그녀는 그를 놓아주었다.

"고마워, 정말이야. 이제 내가 하고 싶던 이야기를 할 수 있겠어."

서워는 아무 말 하지 않았지만 리코에게 깨달음이 찾아오는 것을 보았다. 그는 웃지 않으려 노력했지만 결국 실패하고 활짝 웃었다.

"뭐가 그렇게 행복해?"

"이거요. 지금 이 순간이요. 전 제가 진짜 여기 나올 거라면 엄청나게 큰 걸 휘두르고 싶다고 생각했거든요. 아마 맥 맨이 갖고 있던 그런 거. 빌어먹게 큰 도끼 같은 거요."

스택스는 조금 웃었다. 서워는 웃지 않았다.
"내가 무슨 이야기할지 아는구나."
리코는 바로 미끼를 물었다.
"다들 알아요. 당신이 여기 사람들 반 정도에게 해 준 일이잖아요."
"네가 그렇게 정보력이 좋다니 기뻐."
"전 숨기지 않아요. 전 팬이거든요. 영광이에요."
서워는 자신이 게임에 가지고 온 모든 무기를 생각했다. 시즌 24에 규칙이 바뀌어서 링크들은 다른 링크를 위해 블러드 포인트를 쓸 수 있게 되었고, 그렇게 게임은 영원히 달라졌다. 일찍부터 서워는 자신의 부와 힘의 약속을 생존에 활용할 수 있다는 사실을 깨달았다. 처음부터 게임에 진입한 방식 덕분에, 그녀가 넘어뜨린 산 덕분에, 서워는 무기나 블러드 포인트가 부족했던 적이 없었다.
"내가 해 준 일이지만 공짜는 아니야. 내가 자비를 베푸는 대신에 뭘 기대하는지는 알 테지."
"위대한 자유 아니면 초라한 자유가 오기 전까지, 전 당신 편이에요."
리코가 일어서며 가슴에 주먹을 대고 코로 깊은 숨을 쉬었다.
"고마워. 그 맹세를 스택스에게까지 확대하길 바라."
한동안 고민했던 일이었다. 스택스와 미리 자세한 내용을 의논하고 싶었지만, 이 순간 서워는 대부분의 사람들이 이미 생각해 두고 있던 사실을 확실히 하기로 마음먹었다.
"나는 자유까지 이 주, 경기 두 번 남았어. 그 길을 갈 생각이야."
리코가 끄덕였다.
"그 후엔 내게 바친 것과 같은 충성을 스택스에게 바치길 바라. 내가 떠나면 여기서의 내 자리는 그녀의 것이 될 거야. 내 말 이해해?"
"그럼요. 전 누구에게든 맹세할 준비가 됐어요."

"'누구에게든'이 아니야. 나, 그리고 내가 자유가 되면 내 오른쪽에 있는 여자."
서워는 스택스가 화났을 거라고 생각했지만, 몸을 돌리자 스택스의 환한 미소가 보였다.
"알아들었어요, 확실히. 맹세해요, 서약해요, 뭐든 할게요."
"하나 더. 지금부터 그 샌드위치는 안 먹게 될 거야."
리코는 혼란에 빠져 그녀를 보았다.
"이제 우린 가족이니까 모두가 먹어야 해. 시스템은 만들어 봐야겠지만 지금부터 모두 제대로 된 식사를 할 거야."
계산한 부분은 아니었다. 그녀가 서킷을 떠나면 이 문제를 얼마나 보장할 수 있을지도 확신할 수 없었다. 하지만 이 말을 들으면 리코가 기뻐할 것이라는 사실은 알고 있었다. 그리고 그녀가 한 계산에 따르면 서킷에 거니의 진짜 친구가 둘보다는 하나인 게 나았다. 서류에 서명했을 때 로레타 서워를 생각했고, 그녀의 은혜를 입어 행복한 리코를 거기 데려다 놓은 건 잘한 일이었다. 그녀는 그의 날개를 녹여 버릴 불꽃이었다.
"정말 감사해요, 저에게 아주 큰 의미가 있어요. 하지만 여러분이 다 그렇듯 제 짐은 제가 들고 싶어요. 그냥 나가서 뭐라도 할 수 있게 엄청난 주 무기가 필요할 뿐이에요."
"싸움에서 이기려면 준비해야 해. 거기엔 뭘 섭취하느냐도 포함이지."
그녀는 자기 몸에 흐르는 힘을 느꼈다. 날아다니는 카메라가 얼굴 주위에서 춤추는 것이 보였다.
"뭐라고 해야 할지 모르겠네요. 감사합니다."
"그럼 얘가 이렇게 흥분한 이유로 돌아가 보자, 응?"

스택스가 말했다.

서워는 그녀를 보고 미소 지었다. 그들은 둘 다 놀라운 일들을 할 수 있었다.

"그래, 좋은 생각이야."

서워가 말했다.

"좋아요, 전 진짜 경종을 울릴 수 있는 거면 좋겠다고 생각하고 있었어요. 뭔가 무거운 거."

"좋아. 이런 걸 데스매치에 들고 나간다고 상상해 봐."

서워는 팔을 올려 하스 오마하를 앞으로 들었다.

"와, 쩔어."

리코가 말했다.

"너무 흥분하진 말고."

서워는 그에게 손잡이를 넘기기 전에 덧붙였다.

"네가 이 해머를 들어 보는 건 이번이 마지막이야. 네가 어느 정도 감당할 수 있는지 보려는 거야."

"알겠어요."

리코가 말했다.

서워는 해머를 놓았다. 시험 삼아 하는 일이지만 죄악을 저지르려는 듯 내키지 않았다.

거의 즉시 해머는 리코의 손에서 축 처져 바닥으로 떨어졌다. 그는 끙끙대며 그것을 다시 들어 올렸다.

"같이 좀 더 생각해 보자."

스택스가 말했다. 당황했지만, 리코는 또 한 번 미소가 흘러나오게 두었다.

4번 문

당신은 나처럼 한 남자에 의해 소유될 수 있다. 당신은 내가 그랬던 것처럼 국가에 소유될 수 있다. 그건 당신의 목소리를 빼앗기고 박탈당하는 것일 수 있다. 전기 충격의 감시를 받는 당신의 몸. 어쩌면 그것이 당신을 소유한다. 더 이상 소유되기를 원하지 않는 마음이. 내가 합류했을 때 살인 게임은 논란의 대상이었고, 있어서는 안 될 일이었다. 너무 잔인하고, 너무 야비하고, 아무튼 너무 나쁜 것이라고. 그렇게들 말했다. 그러더니 그렇게 말하는 사람들이 줄어들었다. 이제 살인 게임은 새로운 축구다. 그리고 이제 그것이 나를 소유했다고들 할 것이다. 내 사슬은 머나먼 자유로 만들어졌다. 나는 침묵당한 것이지, 눈이 멀었던 것이 아니다. 나를 가진 것은 내가 저지른 잘못이지, 다른 무엇이 아니다.

더 이상은, 주여

더 이상은, 주여

"네가 하는 그 노래 있잖아, 계속해. 사람들이 좋아하더라고."

소여는 내 지휘관이다. 번지르르한 미소를 짓는 남자. 가끔은 진실을 말하는 정장을 입은 거짓말쟁이. 그는 사람들이 내가 지금까지 어떻게 살아남았는지를 좋아한다고 말한다. 내가 어떻게 다른 사람을 죽였는지를. 내가 되찾은 목소리를 어떻게 사용했는지를. 내 목소리가 옆을 지킨다.

'스콜피온 싱어', 사람들이 나를 부르는 이름이다. 내가 이기면 오 번이, 전체 시스템이 이긴다. 그들은 내가 숨 쉬는 모든 시간을 행복해한다. 우리는 내가 응원하는 사람들 앞에 나서기 전에 방에 앉는다. "네가 이미 절단 장애인의 문화를 혁명적으로 바꿨다는 거 알지. 넌 그 공동체에서 영웅이라고. 여섯 번째 경기를 치르기 전에도 영웅이었는데, 앞으로 더 좋아질 일만 남았다는 뜻이지. 더 나은 갑옷 같은 걸 구해야겠어. 처음에는 이렇게 자유롭고 개방적인 모습이 좋았지만, 이제는 이거 때문에 죽을 수도 있으니까."

그는 이 말을 이제 한 달째 하고 있다.

주여, 절대 돌아서지 않겠습니다

더 이상은

"하지만 그 노래 말이야. 그건 계속해. 사람들이 좋아해. 스콜피온 싱어. 훌륭해. 너에게 진짜 기회가 올 거야."

내 창이 그립다. 내 손에 그것이 있는 게 좋다, 인정한다. 그건 우연이 아니었다. 어떤 일이 일어난다면 우연이라고 하긴 어렵다. 창. 나는 몇 달간 그것을 가졌고 그것을 잘 안다. 그것은 다른 이들을 열어젖히듯 나도 열어젖힌다. 그것이 나를 선택했다. 나는 그것도 인정한다. 얻으려고 노력할 필요도 없었다. 신인지 하나님인지 누군지 모를 그가 내 손에 쥐여 주었다. 돌림판을 돌리고 삶의 기회를 얻는다. 돌림판을 돌리고 선악과를 먹는다. 돌림판을 돌린다. 스피니퍼. 두 달 전 나는 돌려서 그것을 거저 얻었다.

쇼에서 마음에 두려움을 품은 한 남자가 돌림판을 돌린다. 그는 방금 가게에서 가져온 듯 기름으로 시커먼 렌치를 얻는다. 그는 기쁘게 받는다. 신성하다, 그는 그렇게 느끼겠지. 내가 받은 물건을 용서해 달라고 하고 싶겠지.

다음에는 여자가 돌릴 차례다. 가위를 얻는다. 아마도 주방에서 쓰던 날카로운 두 개의 날. 그녀는 행복한 듯 흥분해서 뛰어오른다. 얻게 된 기회에 행복해한다. 관중은 박수를 보내며 그녀를 응원한다. 가위가 지닌 가능성에 행복하고, 행복하고, 그녀는 모두가 한 팀인 듯 행복해한다.

그리고 한 남자가 돌림판으로 다가간다. 흥분해 있다. 바로 직전의 여자를 축복한 신의 의지가 여전히 공기 중에 남아 그를 기다리고 있다는 듯.

"준비됐나요?"

금발의 진행자가 말한다. 감금보다 죽음을 택한 우리는 무대 왼쪽 나무 벤치에 앉아 있다.

"빌어먹게 당연하지."

그가 덜덜 떨며 말한다.

주여, 더 이상은

떨리는 온몸. 흥분해 있다. 관중도 느낀다. 관중이 그에게 열광한다.

"날 때부터 준비됐지, 미키!"

이건 쇼의 일부다. 모든 것이 게임 쇼다. 「체인 갱의 시작 특별편: 수수께끼의 돌림판」. 야비한 쇼다. 1번이든, 2번이든, 3번이든, 문 뒤에는 같은 것이 있다.

"돌려."

짤깍, 짤깍, 짤깍, 짤깍, 탁, 탁, 타. 관중은 숨 들이쉬는 소리를 낸다.

남자가 본다. 다시 돌리려 한다.

"그럴 수 있다면 좋겠죠? 링크 한 명당 한 번 돌리는 거예요, 안타깝게도."

진행자가 말한다.

숟가락. 빛나는 은 숟가락.

일종의 농담이다. 돌림판에는 온갖 유치한 사진이 붙어 있다. 싸움에 전혀 도움이 되지 않는 것들. 하지만 우리 모두가 보는 저 숟가락이 제일 잔인하다. 이 모든 것이 무엇인지 사람들이 기억할 수 있도록 숟가락이 저기 있다. 하지만 관중은 그런 식으로 보지 않는다. 그들은 숨을 멈추더니 야유를 퍼붓는다. 모두 같은 팀인 것처럼. 충격받았다는 듯.

미끄러지듯이 사라진 2번 문 뒤에서 남자는 자기의 시신을 본다. 잭팟, 777, 누군가는 승리하겠지만 분명히 그 사람이 그는 아닐 것이다. 그의 떨림이 멈춘다. 나는 그를 주시한다. 직원들이 보라색 쿠션에 올린 숟가락을 건넨다. 새 상처에 소금을 뿌리는 격이다. 그는 숟가락을 쥔다. 그것을 바라본다. 곡면에 비쳐 늘어난 그의 얼굴을 본다. 나는 그를 주시한다. 전에도 보았던 쇼다. 한 사람이 자신이 버려졌다는 사실을 깨닫는 순간. 자신이 저주받았을지 모른다는 사실을 발견하는 순간. 그는 이해한 것 같다. 일순간 그는 자기가 모시던 신이 자기를 같은 방식으로 보호하지 않음을 깨닫는다. 그가 원했던 방식으로는 아니다. 그는 내내 오해해 왔다는 사실을 깨닫는다.

그가 어디 갔는지 말해 줄 수 있겠니?

아래로, 아래로

다음 남자가 볼링공을 뽑는다.

그리고 내가 앞으로 나선다. 노래하며, 콧노래를 부르며, 내 소리를 내며, 사람들이 내 모습에 잠시 숨을 멈출지라도. 그들은 나를 동정한다. 그들은 여기 오기 위해 돈을 냈다. 팔이 하나뿐인 남자가 살기 위해 싸울 줄은 몰랐겠지. 나는 걸어 나간다. 가끔 나는 왼팔을 느낀다. 왼팔은 흔적도 남아 있지 않지만. 어깨, 그리고 공기다. 나는 그 공기 중의 공간을, 가끔은 팔이 있을 때보다 더 잘 느낀다. 돌림판을 돌리는 방은 덥다. 존재하지 않는 팔에 여전히 소름이 돋아 있다.

"이름이?"

나는 진행자를 보고, 관중을 본다. 숟가락은 뒤쪽 어딘가에 있다. 그가 고함치는 소리가 들린다. 그는 온 힘을 다해서 소리친다. 우리 모두 듣는다. 숟가락 앞에서 1번 문이 열렸고 그는 그것도 좋아하지 않는다. 그는 거기에서 나무에 매달려 있다.

그리고 당신은 아마 찾을지도

거기서 그를 찾을지도

"목소리가 아주 좋군요, 그럼 뭐라고 불러 줄까요? 엘비스 어때요?"

나는 금발의 엘비스처럼 생긴 진행자를 바라본다.

"벌써 힘든 경기를 몇 번 치렀나 보군요."

나는 없는 팔로 그의 목을 조르려 한다. 사라진 팔이 그의 목을 찾아 누른다.

그는 잠시 말을 멈추고, 농담이 통하지 않은 걸 깨닫는다. 그는 목을 가다듬는다.

"알았어요, 알았어. 무신경한 발언이었어요. 이름이 뭐죠, 선생님?"

"헨드릭스 영."

내가 말한다. 돌림판의 보라색 칸에 붙은 손잡이를 잡고 아래로 당긴다. 운명이 돌아간다. 그것이 돌아가고 돌아가고 돌아가고 돌아간다. 숟가락 남자의 고함이 들린다. 운명이 우리 모두를 돌린다. 그는 비명을 멈추지 않는다.

3번 문 뒤에는 거울이 있을 뿐이다.

돌림판을 만지지 않은 팔이 적당히 속도를 줄인다. 회전이 멈추자 화살표는 단 하나의 금색 칸을 가리키고 있다. 사람들이 나를 위해 소리 지른다. 그들은 작은 스튜디오에서 파티를 한다. 내가 쓸 만한 것이다. 숟가락의 반대다. 잭팟이다.

4번 문. 4번 문은 없다. 하지만 나는 내 앞에서 그것을 본다.

검은 날이 붙은 길고 검은 막대. 막대는 튼튼하고 어두운 금빛 돌기가 있다. 가치 있는 물건이다. 사람들이 소리친다. 그들은 행복하다. 같은 편. 자, 이걸 보라.

나는 그것을 죽이는 데 쓴다, 내 창을. 전갈의 이름을 따서 스피너 블랙이라고 부른다. 전갈.

안정

"사람들이 서워를 좋아하는 이유가 모두에게 무기를 줘서야?"
에밀리는 녹화된 방송이 음소거 상태로 돌아가는 가운데 물었다. 저지에서 온 깡마른 링크, 리코 무에르테는 서워와 스택스가 지켜보는 가운데 가상의 검을 휘두르고 있었다. 에밀리는 리코에 대한 그들의 평가를 마저 보고 싶었지만, 남편 월은 그녀에게 이것저것 설명하기 위해 수시로 볼륨을 내리고 있었다.
월은 갈라진 턱을 매만지며 깊은 생각에 잠겼다.
"기본적으론 그래. 하지만 서워는 다 그럴 만해서 그만큼 존경받는 거야. 허튼 명성이 아니야. 그녀는 노바 케인 워커처럼 주최 측이 심어 놓은 인간이 아니거든."
월은 '노바 케인 워커'라는 이름에 엄청난 경멸을 담아 말했다. 누가 보면 노바 케인 워커가 월의 가족에게 범죄를 저지르고 CAPE 프로그램 참여로 면책받게 됐다고 생각할 정도였다.
"지금 애널리스트인가 뭔가로 TV에 나오는 사람이잖아."
"맞아, 그 자식. 그 개새끼. 분명히 첩자였어. 지금까지 다 빠져나간

건 그놈뿐이야. 서워에겐 상당히 충성하는 집단이 있어. 선셋 하클리스가 살아 있을 때도 딱 집어 서워를 따르는 집단이 있었지."

선셋을 언급할 때 윌은 스러진 전설을 기리며 가슴을 두 번 두드렸다.

"스택스는 물론 서워의 오른팔이고. 스택스가 선셋에게 그런 짓을 했다는 건 거지 같아. 솔직히 다른 사람이었다면 앙골라 해먼드는 끝장났을 거야. 하지만 스택스였으니까. 그녀에게 이유가 있단 걸 알아. 그래도 마음이 아파. 그 일이 계속 생각나."

윌은 힘없이 웃었다.

"선셋은 자유를 얻어야 했어."

에밀리는 윌의 말을 들으며 생각했다. 이래서 이 게임이 흥미롭구나. 조금 단순하지만 기본적으로는 꽤 다정한 윌, 에밀리가 편안하게 느끼는 이 남자는 이 쇼가 유도하는 대로 복잡한 방향의 용서를 실시간으로 타협하고 있는 듯했다. 우연이라도 일어난 듯이 윌은 선한 사람, 악한 사람이라는 것이 어떤 의미인지에 대해 훨씬 열린 사람이 되었다. 그가 존중했던 사람이 그가 존중했던 다른 사람에게 최악의 일을 했다. 앙골라 해먼드의 상황 덕분에 윌의 사고방식이 달라졌다. 에밀리로서는 윌처럼 생각하고 싶지 않았지만 한편으로 조용히 감탄했다.

"맞아, 스택스는 가장 충실하다고 여겨졌지. 그런데 지금은 모르겠어."

윌은 자기가 하는 생각이 얼마나 중대한지 에밀리가 알아차렸는지 보기 위해 멈췄다가 계속했다.

"어쨌든 스택스와 아이스 아이스 엘리펀트와 트레이서 매클러렌, 새드보이 블루지, 사이 아이 아이는 모두 주 무기를 사라고 엄청난 블러드 포인트를 받았어. 시작은 무기지만 이야기는 그보다 깊어. 몇 명은 그 이후에 금방 초라한 자유로 끝났지만, 그래도."

윌은 에밀리를 보았다. 에밀리는 자신이 그게 뭔지 이해하지 못했다고 윌이 생각한다는 사실을 알아차렸다.

"초라한 자유는……"

"죽었다는 뜻이지."

에밀리가 빠르게 말했다. 그녀를 가르치면서 남편이 행복해한다는 걸 알고 있지만, 지난 며칠 동안 그가 같은 말을 너무나도 많이 해서 또 듣기가 힘들었다. 한동안 하이라이트 영상을 지겹도록 봤다. 그녀는 가장 폭발적인 순간만 모아서 보며 꽤 많은 시즌을 지나왔다.

"정확해, 자기야."

에밀리는 웃었다.

"하지만 무기는 대가를 받고 주는 물건일 뿐, 그걸로 충성심이 지속되지는 않아. 서워는 자기가 나눠 주는 물건 이상의 존재야. 훨씬 더 많은 걸 의미하지. 일종의, 음, 리더 주위에 있으면 그걸 알아볼 수 있어. 내가 자기한테 보라고 했던 책에 있던 거 기억하지."

에밀리는 『머리로 이끌어라: 모든 이를 이해하고 이끄는 알파 메일을 위한 가이드』의 처음 몇 페이지를 넘겨 보다가 금방 내려놓았었다.

"그럼."

"앙골라 해먼드 체인은 너무 안정적이라 흥미가 떨어진다고 말한 적이 있지만, 지금은 이 흐름을 지켜볼 가치가 있는 것 같아."

이 대목에서 그는 말 그대로 양 손바닥을 비볐다.

"맞아, 여러 가지 일이 벌어지고 있지."

"하지만 자기는 싱 체인을 제일 좋아하는 걸 알아."

윌은 오른 다리를 왼 다리에 올려 꼬고는 푹신한 의자에 다시 등을 기대고 꿈꾸는 듯한 미소를 지었다.

"역시 당신은 내 이상형이야."

"당신은 앙골라 해먼드를 제일 좋아하는 줄 알았는데."

"그게, 제일 많이 보긴 했지, 물론 서워랑 스택스도 있고. 하지만 동시에 당신도 어느 정도 옳아."

"모두가 각자도생하는데 왜 체인이 있어야 하는 거야? 앙골라 해먼드 같은 체인이 왜 더 없는 거지?"

에밀리가 늘 궁금해한 부분이었다. 그녀가 이 드라마에 끌린 이유 중 하나이기도 했다. 그녀는 비교적 잔인한 걸 못 보는 편이었는데, 이 프로그램과 앙골라 해먼드에 속한 사람들이 그에 맞춰 수위를 조정하고 있다는 느낌이 들 정도였다.

"체인 갱의 아름다움은 말이야, (윌이 일주일에 몇 번씩은 말하는 표현이었다.) 팀 스포츠이면서 개인 게임이라는 점이야. 둘 사이의 긴장이 모든 것의 열쇠야. 멜레 때는 팀으로 움직여야 하고, 더블 매치에서도 같지만, 자기 팀원을 제거해서 보상을 받기도 하지."

"하지만 A 지점에서 B 지점까지 같이 걷는 게 활동의 전부라면 진짜 팀이라고 할 수 있을까?"

그녀는 몸을 틀어 화면에서 눈을 떼고 윌의 눈을 보았다.

"이런, 이런, 이런."

그는 실망해서 고개를 저었다.

"걷는 것보다 훨씬 많은 일이 일어난다고. 하지만 자기도 저들이 허브 시티에 도착하면 알게 될 거야. 마치 기간에는 아주 많은 유대 관계가 생긴다고. 지금처럼, 서워가 리코 무에르테를 핵심 세력으로 끌어들였잖아. 말하자면 그를 입양한 셈이지. 그리고 그가 그녀의 갈등 금지법, SNS에서 그렇게 부르더라…… 아무튼 그걸 무시한 걸 용서해 줬어. 허브 시티와 서킷 마치 사이에는 너무나 많은 일이 일어나. 마치는 이 게임에서 주로 머리를 쓰는 시간이지."

에밀리는 눈을 깜박이고 다시 TV로 주의를 돌렸다. 리코는 여전히 가상의 상대와 싸우고 있었다. 다른 HMC 두 대가 찍는 화면이 왼쪽과 오른쪽에 작게 떠 있었다. 왼쪽 화면도 여왕의 텐트 안이었고 대부분 서워를 찍었지만 종종 스택스를 비췄다. 특히나 스택스가 말할 때는 반드시 그녀를 담았다. 화면 오른쪽 위의 영상은 캠프 중앙을 돌아다니며 햇빛 아래 빙빙 돌았다. 랜디 맥과 아이스가 먹으며 대화하는 모습이 나타났다. 체인 갱을 보며 무뎌지던 감각이 에밀리의 뱃속에서 자라났다.

그녀는 극한 격투 스포츠의 길을 닦은 대통령 로버트 버처에게 투표하지도 않았으며, 유색인종, 특히 아프리카계 미국인이 출연자의 큰 비중을 차지하는 것은 우연이 아니라고 생각했다. 흑인과 다른 소수인종이 터무니없이 높은 비율로 교정 시설에 수감된다는 사실은 알고 있었다.* 서워, 스택스, 사이 아이 아이 모두 흑인이었고 랜디 맥도 필리핀 혼혈이긴 했지만 흑인이었다. 게다가 리코 무에르테도 있었다. 도미니크 공화국 출신인데 그녀가 다큐멘터리에서 알게 된 바로는 역시 흑인으로 분류됐다.

그래도 그녀는 U 가능화 스트림 콘솔에 나오는 이들 범죄자의 삶에 진심으로 관심이 있었다. 재수 없는 부자들의 판타지를 실현하고 있는 그들의 모습은, 도로에서 난 사고처럼 그녀의 눈길을 끌었다. 어째선지 대학살이 발생할지도 모른다는, 그리고 발생할 것이라는 가

---

* 2018년 흑인 남성 10만 명 중 2272명이 연방 또는 주 교도소에 수용되어 있다. 백인 남성 10만 명 중 수용자가 단 392명인 것과 대조적이다. 흑인 여성 10만 명 중 88명이 연방 또는 주 교도소에 수용되어 있다. 백인 여성 10만 명 중 수용자가 49명인 것과 대조된다.

능성에 목을 빼고 지켜보게 되었고, 결국 그런 보상을 받게 되면 무언가 생겼다. 이를테면 이야깃거리. 당신 자신의 트라우마.

그녀는 고속도로를 달리다가 오토바이에서 내팽개쳐진 한 남자를 본 적이 있다. 그녀는 도로를 주시하며 수동으로 속도를 높이고 있었다. 오래된 차라 운전자가 직접 제어하는 편이 안전했다. 갑자기 그녀는 흔들림을, 좌우로 꿈틀대는 바퀴를 느꼈다. 공원의 직선 도로에서 속력을 낼 때 잘 일어나지 않는 움직임이었다. 다음 순간 그녀는 사람이 오토바이에서 앞으로 날아간 것을 알아차렸다. 그녀는 상황을 살피려고 속도를 줄였다. 그의 몸은 갓길을 따라 끔찍한 추진력으로 굴렀다. 지나가며 그녀가 마지막으로 본 것은 형광 노란색 긴소매 셔츠에 번들거리는 피였다. 그녀는 운전대를 더 꽉 잡았다. 뭔가 해야 했을까? 아니, 그녀는 이미 현장에서 몇백 미터 벗어나 있었다. 하지만 그녀는 목격자가 느끼게 되는 이상한 감정에 휩싸였다. 삶의 위험에 대한 깨달음이 전기 충격처럼 덮쳤다. 그녀는 이제 현장으로부터 일 킬로미터 떨어져 있었다. 그녀가 할 수 있는 일은 없었다. 그가 괜찮길 바랐다. 어깨와 등의 피부는 갈려 나갔지만, 어쩌면 그뿐일 것이다. 마침내 그녀는 자신이 안전하게 나아가고 있으며 그는 그렇지 않다는 사실을 받아들였다. 그녀는 눈을 감고 음성 인식으로 자율 주행을 명령했다. 더 이상 수동 운전을 견딜 수가 없었다.

월은 '체인 안정성'의 개념을 네 번째로 설명하고 있었다. 체인에 분란이 없는 상태, 링크들 사이에 눈에 보이는 긴장감이 없는 상태를 '안정성'이라고 한다는 건 꽤 직관적이었다. 체인의 모든 링크가 큰 문제 없이 하루의 마치를 마칠 수 있다는 뜻이었다. 그녀는 사실 월이 말해 주기 전에도 이것을 알고 있었다. 에밀리는 혼자서 직장 컴퓨터로 꽤 많은 방송을 보고 댓글도 읽은 터였다. 그녀는 몇 시간을 보면서 이 게임에는 그 용어만큼이나 무한한 복잡성이 있다는 사실을 이해하게 됐다.

"알겠어, 그렇구나."

에밀리는 윌이 말을 멈춘 시간을 일반적인 동의의 표현으로 채웠고, 그러면 그는 무시당했다는 사실을 눈치채지 못하고 기분이 상하지 않은 채 다음 말을 이어 가곤 했다. 그녀는 서워 같은 여성이 되면 어떤 기분일지 궁금했다. 저런 종류의 힘을 휘두르는 것, 수많은 사람에게 추앙받는 것. 에밀리는 서워의 눈에서 그녀가 리코 무에르테와의 시간에 느낀 희미한 즐거움을 보았다.

"하지만 그들이 지금 정말 안정적일까?"

에밀리가 윌을 돌아보며 물었다.

"무슨 뜻이야? 선셋 일 때문에?"

"응, 서워가 큰 변화를 일으켰잖아. 하지만 스택스는 말 그대로 막 체인의 리더를 죽였어. 집단 전체에 한동안 혼란이 있을 것 같은데."

그녀가 확인한 바로는 링크 전체가 서로 해치지 않기로 공공연히 맹세한 체인에 대한 이야기는 없었다. 그리고 또한 관찰한 바에 따르면 대부분의 안정적인 체인에서 '안정적'인 상태는 사실 부적절한 명칭이기도 했다. 서킷에 있는 사람들의 삶은 차치하고라도 에밀리는 누군가의 삶에서 안정적인 것은 절대 없다고 생각했다.

에밀리가 다시 입을 열었다.

"어젯밤에 본 다른 체인 아카이브 영상 있잖아. 이레이저 형제들이랑 금발 사이에는 아무 불만이 없었는데도 그들은 그를 죽였잖아."

그 수치심, 그 기분이 다시 그녀의 안에서 일어났다. 어제 에밀리는 앉아서 한 남자가 살해당하는 장면을 보았다. 그렇다, 이름이 뭔지 모를 그 금발 남자의 처형을 허가하고 집행한 건 엄밀히 법적으로 따지면 국가이지 이레이저 세쌍둥이가 아니었다. 하지만 그녀는 실제로 지난밤 잠자리에 들기 전에 그들이 한 남자를 죽을 때까지 때리는 모습을 본 사람이었다. 그녀는 다시 솟구치는 감정을 느꼈고, 같은 감정을 느끼는 세상과 함께 그 광경을 보았다. 그리고 나서 그녀는 그 장면을 다시 보았다.

윌은 아이에게 설명하는 투로 입을 열었다.

"그래, 하지만 불만이 있었어, 자기야. 수면 아래 있었을 뿐이지. 이레이저 형제들은 필 더 필이 레이저랑 벨스 쪽 사람들과 너무 잘 지내서 인종 반역자라고 생각했기 때문에 덤비지 않았던 것뿐이야."

"하지만 파가 갈린다는 건 그 체인이 불안정하다는 뜻이잖아."

"어떤 체인에나 더 돈독한 사이인 사람들이 있어. 다른 직업이랑 마찬가지지. 하지만 이레이저 형제 같은 무리는 비밀리에 누군가를 죽이고 싶어 하지. 그게 진짜 불안정한 거야. 거니 퍼들스가 살아 있는 한 앙골라 해먼드는 엄밀히 말하자면 절대 안정적일 수 없지만, 서위가 워낙 대단하니까 어느 정도 그것도 해결해 버리는 거야. 스택스 일은…… 나도 공감하지만. 그래도 난 그들이 괜찮을 거라고 생각해. 아마 그럴 거야."

"난 모르겠어."

"내 말 믿어, 자기야. 서위가 다 통제하고 있어. 그들은 괜찮아."

"당신 서위를 정말, 정말 좋아하네, 그렇지?"

"난 서위를 좋아하는 게 아니야, 서위를 사랑하지. 그녀는 논란의 여지 없이 자기 세대에서 가장 위대한 선수야."

"그렇다더라."

에밀리는 새침하게 말했다. 기분 좋게 인정할 수 있는 마지막 수치심은 서위에 대한 남편의 또렷한 열정이, 쇼의 다른 어떤 부분보다 그녀의 흥미를 자극한다는 점이었다. 그녀와 이보다 더 멀 수는 없는 여자에 대한 그의 열정. 그녀가 아는 한 월이 사귀었던 어떤 여자와도 다른 사람. 그건 서위가 흑인이기 때문만이 아니었다. 그 차이도 마음에 선명했지만. 서위는 너무나 평온하고, 너무나 폭력으로 가득 찼지만, 영감을 주면서도 거슬리는 방식으로 거의 언제나 침착함을 유지하기 때문이었다.

"설마 서워 안티는 아니겠지, 자기."

월이 입꼬리를 잔뜩 올려 크게 웃으며 말했다. 그는 별안간 그녀를 소파로 반쯤 넘어뜨리며 올라탔다.

"난 아직 그녀에게 넘어가진 않았어. 두고 보자고. 난 저번에 그녀가 아이를 죽이는 걸 봤잖아."

월이 입맞춤을 퍼부어서 에밀리는 웃었다.

"말조심해. 역대 최고의 선수를 신성 모독하지 말라고. 말 그대로 그 아이가 첫 경기에서 이기는 걸 상상해 봐. 그게 그녀가 체인 갱에 들어온 방식이야."

"모르겠어. 납득이 안 돼. 날 설득해 봐."

월은 그녀의 손목을 잡아 소파에 고정했다.

"날 설득해 봐."

에밀리가 다시 말했다.

월은 그녀를 보고 그녀는 월을 올려다보았다. 그들을 위해, 그들의 결혼 생활을 위해, 그녀가 극한 격투 스포츠를 받아들인 것이 굉장한 일이었다는 사실은 부정할 수 없었다. 확실히 그 덕에 남편이 그녀를 더 온전히, 더 깊이 사랑하게 됐다.

"좋아, 그럴게. 자기는 그녀의 첫 경기를 못 봤어. 그래서 여왕의 이름을 함부로 들먹이는 거야."

윌은 그들이 쌓아 올린 모든 에너지를 옆으로 흘려보내며 그녀를 놓아주었다.

"지금 틀어 줄게. 준비됐어?"

윌은 즐거움에 흠뻑 젖은 목소리로 물었다. 그녀는 대답하지 않았지만 윌의 손가락은 이미 자신의 바람을 컨트롤 태블릿으로 실현하고 있었다.

"몇 시즌 전이라 지금이랑 다른 점이 좀 있어."

"몇 시즌 전인데?"

자기가 직접 계산할 수 있었고 찾아볼 수도 있었지만, 불쾌함에 가까운 감정이 들어도 윌이 원하는 것을 내주면 삶이 훨씬 편해졌다. 윌이 전문가, 지식의 수호자가 되게 해 주는 것.

"음, 지난 이 년 동안 체인 갱은 일 년에 약 세 시즌씩 했지."

"왜 그렇게 짧아?"

"다른 스포츠에 비하면 짧아 보이지."

윌은 그러는 시늉이 아니라 진짜 깊게 생각에 빠지며 말했다. 그 역시 지속적으로 이 문제를 생각하고 있었다.

"젊은 스포츠잖아. 극한 격투 스포츠 전체가 말이야. 시즌마다 새로 랭킹이 발표되고, 랭킹이 아주 자주 바뀌고, 왜냐면."

"왜냐면 사람들이 죽으니까."

"그래, 정확해. 그리고 게임이 계속 진화하거든. 그래서 시즌이 바뀌면 변경된 규칙이 적용돼. 발전하면서 극적인 변화는 훨씬 적어졌지만 시즌마다 뭔가 차이가 있어. 체인 갱이 시작됐을 땐 링크들이 진짜 야생에서 사냥해서 음식을 구해야 했다니까."

"그건 어떻게 됐는데?"

"시즌 9쯤에 바뀌었어."

"그렇구나."

"우리가 지금 볼 시즌에는 승리한 링크가 패배자의 무기를 가질 수 있도록 하는 규칙이 생겼어. 하지만 상대가 최소 두 계급 높아야 했지."

"'비쇼핑'이구나."

에밀리가 다 안다는 듯 말했다.

"맞아! 정확했어, 자기. 왜 그런 이름이 붙었는지 지금 보여 주려고."

그가 태블릿 조작을 끝냈다. 화면이 과거로 넘어갔다.

사이먼 크래프트

"축하해, 크래프트. 표식이 백 개가 됐네. 낙원에서 백 일이야."

로렌스 교도관은 케이크라도 들고 있는 듯이 말한다.

ㅋ, ㅡ, ㄹ, ㅐ, ㅍ, ㅡ, ㅌ, ㅡ. 크래프트. 내가 가장 먼저 하는 일이다. 아니. 가장 먼저 하는 일은 버저가 울리기 전에 일어나는 것이다. 나는 사람들의 비명 말고 다른 소리를 들을 일이 없다. 로렌스가 아니면 버저다. 그 소리는 인간을 뒤흔든다. 높고 찢어질 듯하다.

침대와 똥통이 있다. 이 안은 거의 하루 종일 어둡다. 하지만 그들은 내 머릿속에서 빛난다. 구멍은 검다. 문이 열릴 때만 눈이 보인다. 문은 하루 한 번 열린다. 나는 여기서 앉고, 자고, 노래하고, 몸을 풀고, 숨 쉬고, 기지개를 켜고, 흔들고, 기침하고, 똥을 싼다. 이곳은 내가 부서지는 곳이다.*

백 일 전 그들은 다시 나를 죽이기 시작했다. 나는 너무 많이 죽어서 이제 불사신이 된 게 틀림없다. 나는 불사신이다. 힘들고, 멋진 삶

---

* 독방 감금은 불안, 피해망상, 환각, 우울증, 공황 발작, 기억 상실, 기타 인지 결손을 유발한다는 국내외 연구 결과가 지속적으로 발표되고 있다.

이다.

백십칠 일 전 어떤 남자가 나를 싫어했다. 나는 백십칠 일 전에 어떤 남자를 죽였다.

이곳은 온통 피가 묻어 있다.* 특히 바닥에. 특히 벽에. 이것은 시가 아니다. 이것은 관찰이다. 누구라도 볼 수 있다. 쥐가 바닥의 피를 마신다. 그들의 피는 공기 중에 노출되어 있다. 사람들을 병들게 한다. 나를 아프게 하지는 않는다. 나는 불사신이다. 나는 병들지 않는다. 구덩이에서 이십 일째 되던 날 나는 어쩌면 조금 죽어 갈 수 있을지

---

* 미국 법전 제18편 2340A항—고문
(a) 위법 행위.—
미국 밖에 있는 누구든 고문을 시행하거나 시도하면 본 조에 의해 벌금형, 또는 20년 이하의 징역, 또는 둘 다에 처한다. 본 관에서 금하는 행위가 타인의 사망을 야기할 시 사형 또는 유기, 무기 징역에 처한다.
(b) 관할권.— (a)에서 금하는 활동에 대한 관할권은 다음 경우에 발생한다.
(1) 불법 행위의 혐의자가 미국 국민일 때; 또는
(2) 피해자 및 불법 행위의 혐의자의 국적과 관계없이 불법 행위의 혐의자가 미국에 체류할 때.
(c) 미수.—
본 조의 불법 행위를 시행하기로 미수한 자는 미수의 대상이 되는 불법 행위에 대해 규정된 것과 동일한 처벌(사형을 제외하고)을 받는다.

제18편 미국 법전 2340A항—정의
(1) "고문"이란 한 사람이 자신의 관리 또는 신체적 통제하에 있는 다른 사람에게 극심한 신체적 또는 정신적 고통 또는 괴로움(적법한 제재에 따르는 통증과 고통 외에)을 유발하려는 의도로 하는 행동을 의미한다;
(2) "극심한 정신적 고통 또는 괴로움"은 다음에 의해 야기되거나 결과적으로 나타나는 장기적인 정신적 피해를 의미한다—
(A) 의도적으로 극심한 신체적 고통 또는 괴로움을 가하거나 가하겠다고 위협함;
(B) 향정신성 물질 또는 기타 감각이나 성격을 극도로 파괴하도록 계산된 절차의 적용 또는 시행, 또는 적용 또는 시행의 협박;
(C) 즉각적인 사망의 위협; 또는
(D) 다른 사람이 즉각적인 사망, 극심한 신체적 고통 또는 괴로움, 향정신성 물질 또는 기타 감각이나 성격을 극도로 파괴하도록 계산된 절차의 적용 또는 시행에 처하게 될 것이라는 협박;
(3) "미국"은 아메리카 합중국의 각 주, 워싱턴 D.C., 각 자치주, 영토, 소유지를 의미한다.

궁금해서 바닥을 핥았다. 열도 나지 않았다. 그때 나는 내가 무엇인지 알았다. 나는 영원할 운명이다. 나는 욥이다. 아니. 욥이 나를 가엾게 여긴다. 나는 신의 주먹 아래 산다. 나는 하루 스물세 시간 눈을 빼앗긴다. 이 구덩이를 나가는 한 시간이 그중 최악이다. 나는 다시 들어갈 것을 두려워하며 오십구 분을 보낸다.

그는 손잡이를 칼처럼 날카롭게 갈아 낸 칫솔로 내게 덤볐다. 그는 달렸지만 내가 그를 보았다. 나는 가끔 뭔가를 본다. 내게 돌진했던 날카로운 것이 많았다. 그는 공동 샤워장 근처에서 덤볐다. 이 아래쪽 출신의 땅딸막한 대머리 남자. 그는 대부분의 여기 사람처럼 시골 출신이다. 나는 여기 출신이 아니다. 나는 천천히 말하거나 에둘러 말하지 않는다. 나는 침묵으로 말한다. 그리고 역겨운 얼굴의 살갗 아래 뼈에 주먹을 꽂아 넣는 것으로 말한다. 그것이 이곳의 유일한 방식이다. 그것이 그가 공격한 이유다. 내가 진 적이 없기 때문이다. 그는 자신이 대단한 사람임을 증명하기 위해서 잘못 건드려선 안 될 조용한 양키에게 덤벼 보기로 한 것이다. 그는 손목이 꺾이자 자루를 떨어뜨렸다. 그다음 칫솔의 그 날카로운 이빨이 그의 눈에, 그리고 그의 눈에, 그의 목에, 그리고 목에 박혔다. 그다음 나는 그에게 침을 뱉고 심호흡을 했다. 그다음 나는 다시 그에게 침을 뱉었고 그에 대해 죄책감을 느꼈다. 나를 공격하기로 했던 그의 일부는 이미 내가 이해할 수 있는 영역이 아니었다. 구덩이로 보내지기 전에 너무 심하게 맞지 않도록 나는 편히 앉았다. 그들은 나를 심하게 때렸다. 내가 다시 죽기 전 마지막 날들 동안 내가 볼 수 있었던 건 부어오른 내 얼굴뿐이었다.

그다음 그들은 나를 던져 넣었다.

절대 계산하지 말자. 하지만 계산해야 한다. 구덩이에선 무엇도 지속되지 않는다. 지옥에선. 하지만 다음에 어떤 일이 닥치든 시간을 보내기 위해 나는 바닥을 핥고 내 땀을 맛본다. 이 몸은 죽임을 당할 수 없다. 이 몸은 전보다 더 강해졌다. 나는 매일 아침 팔굽혀펴기를 한다. 처음에는 이백 번 했다. 이제 내가 셀 수 있는 것보다 많이 한다. 나는 더 이상 숫자를 많이 셀 수 없다. 이십사까지 세고 나면 다음이 뭔지 기억하기 어렵다. 그래서 다시 일부터 시작한다. 다시 하고 다시 한다. 다시 하고 다시 한다. 'ㅈ'으로 시작하는 단어를 생각하기 어렵다. 무엇이 먼저 떠날지 절대 알 수 없다.

"정의."

나는 아직 여기에 있다.

"젤리."

"크래프트, 오늘 무슨 계획이라도 있나?"

로렌스가 일주일에 네 번 묻는다. 그는 웃으며 곤봉으로 철문을 때린다.

"늘 똑같습니다."

나는 말할 것이다. 나는 웃을 것이다.

"내 앞에서 웃지 마, 씨발."

로렌스가 말할 것이다.

정글.

팔다리를 써서 몸을 위아래로 밀지 않으면 나는 이런 일을 한다. 벽에 글자를 긋고, 내가 보는 무(無)에 그것이 빛난다고 상상한다. 나는 손가락으로 글자를 긋는다. 나는 손가락으로 단단한 콘크리트에 엉망으로 칠한 페인트의 잔물결을 느낄 수 있다. 아무짝에도 쓸모없는 페인트. 내 독방은 캄캄하다. 구덩이에는 빛이 없다. 나는 하루 스물세 시간 눈이 없다. 나머지 한 시간은 내가 이해할 수도 알 수도 당신들에게 말해 줄 수도 없는 어떤 것이다. 나는 밖에서 식사를 하고 내 몸은 떨린다. 하지만 나는 벽에 글자를 쓰고 내 손가락은 벽을 빛나게 한다. 나는 글자를 그리고, 내 손가락으로 그림을 그리고, 내 빛으로 벽에 낙인찍은 글자로 시작하는 것들만을 쓸 수 있다. 내 오른손 집게손가락과 왼손 새끼손가락은 벽에 빛을 만들어 낼 수 있다. 나는 지옥에 가서 예술가가 되었다. 그것이 내가 하는 일이다. 나는 허공과 벽에 주먹질을 하고 땅을 아래로 누르고 내 몸을 위로 밀어 올리고 가슴의 열기를 느끼고 코로 들이마시고 입으로 내쉬고 내 몸이 모이는 걸 느낀다. 모인다. 점프한다. 그들이 나를 여기서 꺼내 주면 내가 예술가일 뿐 아니라 무시무시한, 위대한 악마가 될 수 있도록 내 주위의 지옥을 모은다. 그들은 내가 무슨 일이 일어나는지 모른다고 생각한다. 나는 그들보다 잘 알고 있다. 사이먼 J. 크래프트. 나는 여전히 여기 있다. 나중에 나는 여기 없을 것이다. 나는 그것을 안다. 그들은 내가 모르는 줄 안다.

"어이, 크래프트."

로렌스가 문 반대편에서 말한다.

"네."

"넌 정말 역겨운 씨발놈이야. 너도 알지."

"전에도 그런 말 들었습니다."

"넌 여기 있어서 다행인 줄 알아. 너도 알아, 그렇지? 밖에 있으면 갈기갈기 찢길 거야. 더러운 강간범 새끼야."

"난 밖에 있었습니다. 내 팔다리는 아직 달려 있어요."

"두고 보지."

"그러시죠."

로렌스는 조금 웃는다. 그때는 내가 잃을 것이 없다고 생각했다. 그러나 언제나, 언제나 상상하지 못한 바닥이 있다. 그때는 그걸 몰랐다.
그러다 하루는 그가 물었다.
"인플루언서가 뭔지 알아?"
그리고 거기서부터 지옥이 폭발했다. 나는 그것의 진정한 얼굴을 보았다.

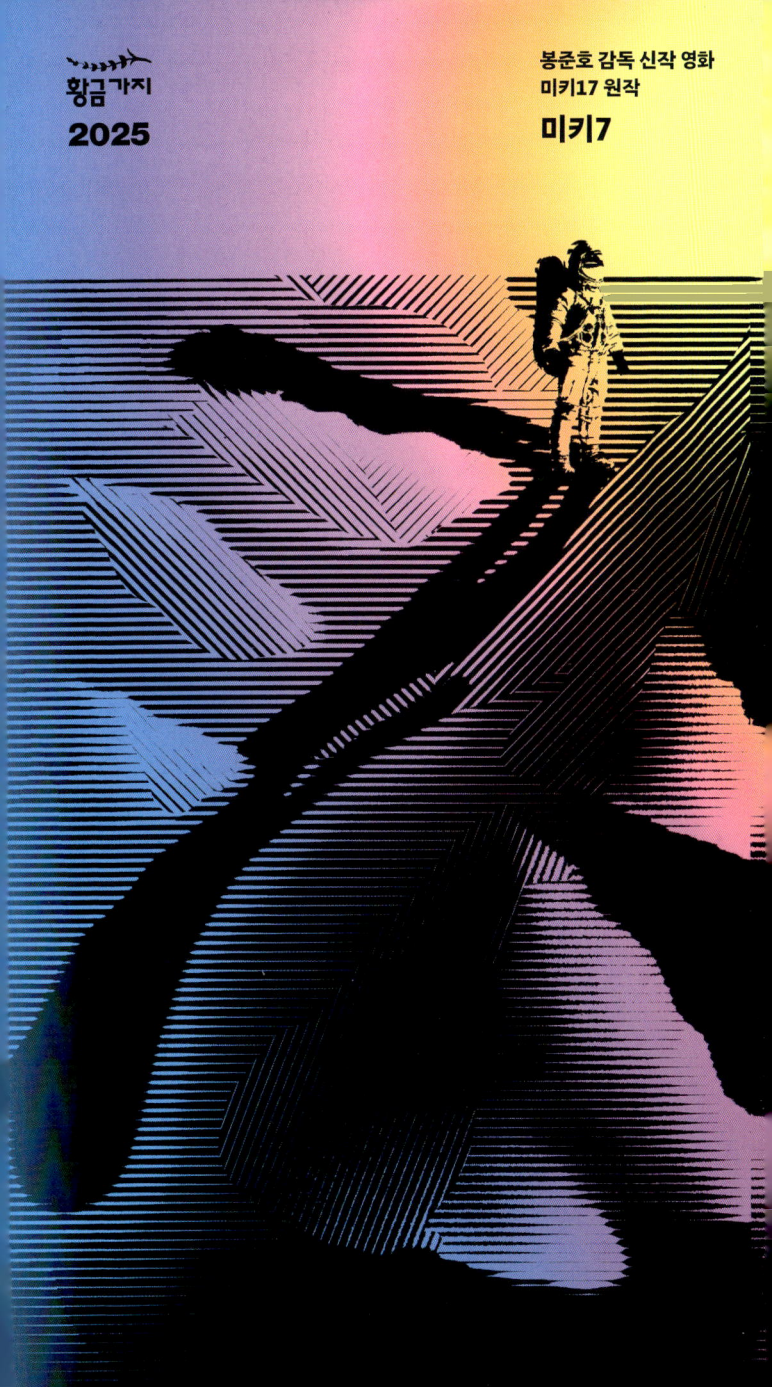

오디오북

드래곤 라자 이영도

31명의 호화 성우진이 연기하는 한국 환상 문학의 전설,
드래곤 라자 오디오북
오디오클립 단독 15부작 완결 출시

눈물을 마시는 새 (전18장) 이영도

수백만 독자가 열광한 최고의 걸작 판타지.
초호화 성우진이 모든 텍스트를 완독한 총 62시간의 혁명적 오디오북!
「소묘들」·「너는 나의」 등 이영도 작가의 최신 단편 출시 완료!

애거서 크리스티 베스트 12

애거서 크리스티의 생애 최고 걸작을 귀로 듣는다!

전자책

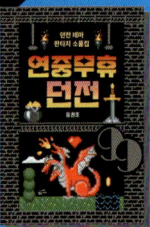

다양한 테마의 큐레이션을 선보이는
전자책 단행본 시리즈

연중무휴 던전 : 던전의 12가지 모습 유권조

제4회 황금드래곤 문학상 수상 작가 유권조의
기상천외 던전 테마 판타지 소품집

낙석동 소시민 탐구 일지 김아직

제5회 황금드래곤 문학상 수상 작가
김아직의 SF 판타지 연작 소설

브릿G 7주년 기념 소일장 앤솔러지
연차 촉진 펀치 한소은 외 10인

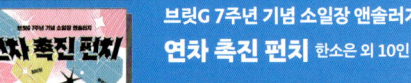

"자, 너희들도 휴가를 가라고! 연차 촉진 펀치!"

1월부터 12월까지 매달 벌어지는 이야기로
구성된 열두 편의 각양각색 장르 단편 모음집

수용자의 아이들

먼지와 시나몬.

미팅에는 핵심 조직원 중 열다섯 명이 포함됐다. 물과 차가 있었고 타말레도 한 통 있었다. 마르타의 이모는 지역 낙농장에서 혹사당하는 노동자들을 지원하기 위해 타말레를 팔았다. 그들은 먼저 먹었다. 마리가 김이 풀풀 나는 바나나 잎을 천천히 벗기자 사랑으로 만든 음식 더미가 드러났다. 그것은 갈색으로 빛났다. 마리는 칼로 찔러 작은 구멍을 만들어 열기를 살짝 빼냈다. 왜 여기에 왔는지 생각하면 속이 메슥거렸지만 마리는 어쨌든 거기 있는 음식을 즐기기로 마음먹었다. 무슨 일을 하려는지 생각하면 두려워져도.

트레이시 래서가 공식적으로 CAPE 프로그램에 맞선 이후 신노예제 중단을 촉구하는 연합의 첫 회의였다. 오늘 안건은 서워의 다음 경기 일정에 맞춰 계획된 시위에 대한 것이었다. 백 킬로미터쯤 떨어진 올드 테이퍼빌 외곽의 렌셔 스타디움에서 열리는 경기였다. 올드 테이퍼빌 토박이인 트레이시 래서가 전국적 뉴스거리가 된 지금, 이번 시위는 역대 최대 규모의 CAPE 반대 시위 중 하나가 될 예정이었다. 신노예제 중단을 촉구하는 연합은 점점 많은 극한 격투 스포츠 반대 집단과 폐지 운동가들에게서 시위에 동참해 달라고 초대받았다. 트레이시의 놀랍도록 인간적인 모습이 싸움에 새로운 생명력을 불어넣었다. 세계는 이 방식이든 다른 방식이든, 국가가 시민을 살해한다는 개념이 얼마나 엉망인지 다시금 깨달았다. 예상대로 체인갱 올스타전 행사에서 군사 경찰은 존재감을 더 강하게 드러냈고, 많은 정치인이 홀로 스트림에 나서서 비폭력을 촉구했다. 시민을 살해하는 국가가 하기엔 부조리한 간청이었지만 언제나처럼 국가의 대규모 폭력은 '정의'이자 '법과 질서'였으며 끊임없는 폭력에 대한 저항은 테러 행위였다. 그렇게 많은 피가 흩뿌려지지 않았더라면 우습다고도 할 수 있었을 것이다.

하지만 마리는 집중하려 노력했다. 그녀가 시작한 일을 꿰뚫어 보는 것은 특히 중요하게 느껴졌다. 그녀는 서워에게 앞으로 일어날 일을 적은 쪽지를 준 사람이었다. 마리는 그녀의 아버지를 알 뿐만 아니라 함께 사람을 죽인 여자를 만졌다. 사람들이 선셋 하클리스라고 부르는 남자에 대해 그녀가 기억하는 건 그에게서 먼지와 시나몬 냄새가 났다는 것뿐이었다. 또 그녀가 신발 끈도 혼자 못 묶을 만큼 어릴 때 이따금 공중으로 높이 던졌다 받았다는 것. 그녀의 아버지, 그녀가 거의 알지 못하는 그 사람은 살인을 저질렀다. 강간도 저질렀다. 마리는 그의 딸이라는 사실이 수치스러웠다. 그리고 잔인한 진실은, 그녀가 하는 일, 그녀가 믿는 일에도 불구하고, 그녀는 아버지가 세상에 자유롭게 나오는 걸 보고 싶은지 확신할 수 없다는 것이었다. 마리는 그가 자기 삶에 나타나길 원치 않았다. 자신이 그의 딸이라는 사실을 세상이 알길 원치 않았다.

그리고 그는 죽었고, 그녀에게 남은 건 먼지와 시나몬 냄새, 그리고 하늘을 날았다가 떨어지는 느낌뿐이었다.

그녀는 서워의 눈을 보았고 눈이 마주쳤다고 분명히 느꼈다. 엄청난 악행을 저지른 그녀의 아버지를 사랑하고 아낀 여자가 그녀를 보았다. 이제 마리는 그 여자를 돕고 싶었다. 마리를 대상으로 하지 않았을 뿐 역시 엄청난 악행을 저지른 여자를 돕는 일을 이제까지 원했던 그 무엇보다 더 원했다.

마리는 속이 뒤틀렸다. 나일은 타말레를 한 번 더 찌르는 그녀를 봤다. 그는 살짝 미소 짓고 그녀의 다리 근처 바닥에 자리를 잡았다. 켄드라와 프라시가 앉아 있어 소파는 이미 꽉 차 있었다. 곧 회의가 시작할 것이다. 그녀는 나일이 자기 타말레를 까서 너무 빨리 입에 넣는 모습을 보았다. 방금 먹은 뜨거운 음식을 식히려고 입을 벌리고 찬 공기를 들이마시는 나일을 보고 마리는 들릴 만큼 크게 웃었다. 나일 때문에 항상 짜증이 날 것 같았지만 가끔은 웃겼다. 하지만 더 중요한 건, 그는 진심이라는 것이었다. 그녀는 진심인 남자를 많이 알지 못했다.

카이는 역시 소파에 있던 제스 너머로 몸을 숙여 마리의 무릎을 톡톡 쳤다.

"준비됐어?"

연합에는 공식적으로는 리더가 없었고 몇 개의 위원회와 그 위원장에 의해 관리됐다. 하지만 전반적인 운영을 담당하는 운영위원회가 있었고 카이가 그들의 비공식적 리더로 여겨졌다. 다른 사람들은 공포와 슬픔으로 어려운 일을 하지 못할 때가 있었지만, 카이는 변화를 이끌기 위해 언제나 자신의 감정을 삼키는 듯했다. 카이는 지역 학교와 도서관의 파트너십을 맺는 데 앞장섰고 몇 년째 학교와 경찰 부서의 유착을 끊으려고 노력하고 있었다. 그녀는 때때로 교수로 연단에 서면서 지난 삼십 년간 사회운동을 병행하고 있었다.

카이는 마리의 이모이기도 했다. 이모라곤 하지만 마리를 거의 평생 키운 사람이었다. 마리의 생모인 샌드라는 십 년 형을 받고 육 년째 복역 중이었다. 강제 선고(범죄자가 심각하거나 폭력적인 특정 범죄에 대해 사전 정의된 징역 기간을 복역하도록 요구하는 제도)였다. 법은 본질적으로 독단적이었고, 그 무게가 어머니의 삶을 결정지은 방식 때문에 마리는 잠을 이룰 수가 없었다. 그녀는 수용자의 아이들에 대한 통계에 조예가 깊어졌다. 형사 사법 제도와 그것이 가족에게 미치는 장기적 영향의 전문가가 되었다. 그녀는 특히 억울한 마음으로 「그렇게까지 나쁘지는 않다」라는 제목의 연구를 기억했다. 저자의 주장은 수용자의 자녀가 "재판에 연루될" 확률이 여섯 배 높다는 것이었다. 마리는 그 표현을 오랫동안 곱씹었다. 하지만 그녀를 보라. 그녀는 재판에 연루되지 않았다. 그녀는 정의에 관여하고 있었다. 그 이상이었다. 마리는 그들이 감당할 수 있는 한 더 많은 사람을 정의에 관여시킬 준비가 되어 있었다.

지금의 형을 살기 전에도 교도소를 들락날락했던 샌드라는 친절을 베푼다는 듯 마리를 피했다. 함께 있을 때 마리는 그녀를 딱딱하게 대했다. 의례적이고 거리감 있게. 하지만 샌드라가 다시 사라지기 전에 그들은 서로 깊이 포옹했다. 포옹의 순간들이 어떤 모습일 수 있었을지 상상하면서.

어머니를 면회하기 위해 교도소로 운전하려면 여섯 시간이 걸렸다. 그녀는 계절마다 두 번은 가려고 노력했다. 마리는 삼 년 전 정치학 학사 학위를 받고 졸업했다. 졸업식에서 카이는 축하 꽃다발을 들고 서 있었다. 가상현실 스타트업을 운영하는 억만장자가 '계속 버티면' 뭔가의 *리더*가 될 수 있을 거라고 졸업 연설을 했다. 리더십이 인간 존재의 궁극적인 본질이라는 듯. 연설을 듣는 내내 몇 년이나 시설에 갇혀 있는 어머니, 재판에 연루된 인생을 산 대가로 계속해서 고문당하는 어머니와 같은 사람들 덕분에 어떤 CEO, 어떤 리더들이 백만장자가 된다는 사실이 계속 생각났다. 그런 민간 교정 시설 다수는 정부와 수용자 수를 기준으로 계약을 맺고 있었다. 수용자가 많을수록 계약 규모는 더 커졌다.

그러나 그녀의 어머니는 결국에는 교도소를 나올 것이다. 그녀의 아버지는 영원히 떠났다.

장례식에는 믿을 수 없이 많은 사람이 참석했다. 선셋 하클리스에게 존중을 표하러 찾아온 그 수많은 사람들. 그들은 포스터를 들었다. 울었다. 수천 명이.

졸업식 연사는 허공으로 팔을 치켜들며 연설을 끝맺었다.

"스스로의 CEO가 되고 세상의 CEO가 되십시오!"

그는 숨 가쁘게 말했다. 청중만큼이나 자기 자신도 감동한 듯했다. 마리는 지켜보았다. 그녀는 꿈쩍 않고 환호 소리를 들었다. 자신도 리더가 될 수 있다는 사실에 압도된 동기들이 카메라 앞에서 공중으로 뛰어올랐다.

"감사합니다! 축하합니다!"

녹색과 청색의 꽃가루가 흩뿌려졌다. 술이 달린 학사모가 공중으로 날았다가 비처럼 쏟아졌다. 마리는 자리에 앉은 채 학사모를 벗어 살짝 띄웠다. 학사모는 코 높이로 떴다가 무릎으로 도로 떨어졌.

마리는 카이를 마주 보고 입 안 가득 음식을 물고 끄덕였다. 그녀는 삼켰다.

"네, 진행해요."

카이는 항상 모든 일에 대비하고 있는 사람 같았다. 마리는 카이를 사랑했지만 가끔은 그녀가 진짜 어머니가 아니라는 사실 때문에 분한 마음도 들었다. 카이는 쉽게 구할 수 있는 어떤 것에도 중독되지 않았다. 그녀는 언제나 스스로를 통제했다. 그녀는 다른 누구보다도 자신을 믿었다. 갈색 피부에는 주름이 없었고, 마리보다 스무 살 넘게 많았지만 사람들은 자주 자매냐고 묻곤 했다. 카이를 칭찬하려는 것이 아니라 순수한 질문이었다. 카이는 모든 상황에서 마리의 비상 연락망이 되었다. 그녀는 누구보다도 마리의 어머니에 가까운 존재였다.

"좋아요, 여러분."

자리가 빠르게 조용해지는 바람에 마리는 목구멍이 뜨거워졌다. 그녀는 유리잔에 담긴 물을 한 모금 마셨다.

"오늘은 다가오는 살인 게임을 맞아 현재 계획 중인 직접 행동에 관해 논의할 거예요. 그전에 우리의 자매 트레이시 래서가 우리의 대의를 널리 전파하기 위해 자신의 발언대에서 목소리를 내 준 것을 모두 봤을 거라 믿어요."

진심에서 우러나온 박수갈채가 즉시 터져 나왔다.

마리는 나일이 박수치는 모습을 보았다.

"살인 게임에 맞서는 싸움은 다시 전국 공론장의 중심이 되었고 시스템 안팎으로 연대를 보여 줄 커다란 기회가 생겼어요. 이 기회를 잡아서 우리가 이 일을 받아들일 수 없을 뿐만 아니라, 계속되도록 놔두지 않겠다는 걸 보여 주려고 해요.

브룸 브룸에서 일어난 일도 짚고 넘어가고 싶어요. 세상에는 살인을 관람할 권리가 있다고 생각하는 사람들이 분명 존재하고 그들은 거기에 반대하는 우리를 싫어하죠. 참 실망스러운 모습이죠. 나도 여러분 모두와 함께 거기 있었어요. 이제야 다리를 절지 않고 걸을 수 있고요."

그녀는 웃으며 말하곤 주먹으로 장난스럽게 골반을 때렸다. 소동에 휘말리는 바람에 삐었던 곳이었다.

"몇 번이고 말한 것처럼, 그런 건 우리 뜻과 맞지 않아요. 방어는 폭력이 아니라는 걸 알지만, 의문이 제기될 때를 대비해서 우리 모두의 마음을 확실히 해 두고 싶어요. 어떤 멍청이들이 우리와 싸우고 싶어 했다고 해서 더 효과를 볼 수 있는 건 아니에요. 사실, 그날 계획했던 일 중 상당 부분을 싸움 때문에 못 하게 됐죠. 그리고 물론 어려운 날이었죠. 특히 내 여동생의 남편이었고 마리사의 아버지였던 샤리프를 최근에 잃었다는 걸 생각하면요. 하지만 우리가 어떤 운동을 지지하기 위해 싸운다는 사실을 꼭 염두에 둬야 해요. 우리는 제도적 노예제, 고문, 살인에 반대하는 사람들입니다.

이제 우린 또 다른 대규모 시위를 앞두고 있어요. 이번엔 트레이시 래서가 직접 이끌 거고 로스시엘로스의 조직 위원들도 올 거예요. 트레이시가 널리 퍼뜨린 짧은 공개 초대의 홀로그램을 가져왔어요. 이미 본 사람도 많을 거예요. 지난 며칠 사이 입소문을 탔죠. 나일, 지금 틀어 줄래?"

나일은 노트북을 열고 옆에 설치한 금속 프로젝터의 버튼을 눌렀다. 카이가 움직여서 불을 끄자 트레이시 래서가 방 안에 모습을 드러냈다.

"제 이름은 트레이시 래서입니다. 더 이상은 안 된다고 생각해서 지금 여러분 앞에 섰습니다. 저는 오늘 스포츠 분석 전문가가 아니라 우려하는 시민이자 CAPE 폐지론자로서 말합니다. 우린 교착 상태에 있어요. 미국은 세계 어느 국가보다도 수감률이 높습니다. 대부분의 국가가 사형제를 전면 폐지한 가운데, 우리는 죽음을 범죄의 처벌로

삶는 낡고 파괴적인 관습을 고수하고 있어요. 그러나 미국은 다른 국가의 선례를 따르기보다 오히려 정반대로 향했습니다. 경제적 자극과 범죄 예방이라는 핑계로 우리는 국가가 오락으로 공개 처형을 집행하도록 허락했습니다. 우리는 길을 잃었습니다. 체인 갱 올스타전 같은 극한 격투 스포츠가 나오기 훨씬 전부터 길을 잃었습니다.

저는 이 시스템에 반대하여 행동하기까지 이렇게 오래 걸렸다는 사실이 부끄럽습니다. 극한 격투 스포츠는 반드시 변해야 할 것의 극히 일부일 뿐입니다. 저는 스포츠를 알고, 살인은 스포츠가 아닙니다. 살인은 정의가 아닙니다. 감금은 정의가 아닙니다. 우리의 시스템은 사악합니다. 모든 극한 격투 스포츠는 그 사실을 악화했을 뿐입니다. 제가 폐지론자라고 말씀드렸죠. 폐지가 정확히 무엇인지 우리 모두에게 상기시키기 위해 저는 위대한 루스 윌슨 길모어의 말을 빌리려고 합니다. '그것은 모든 종류의 사회, 경제, 정치, 행동, 인간관계 문제의 해결책으로써 교도소와 처벌을 생각하고 바라보는 사고방식을 무효화하는 것을 의미한다.' 체인 갱 올스타전과 CAPE 프로그램은 사라져야 합니다. 그러나 시스템 전체 역시 새로 고안되어야 합니다. 그것이 우리가 싸우는 목적입니다. 그것이 무효화되어야 새로운 시스템을 만들고, 우리 국민의 죽음을 이용하지 않는 새로운 조직의 방식들을 만들 수 있습니다.

우리 국민들이 죽어 나가는 동안 앉아만 있는 데 질렸다면, 저와 함께해 주십시오. 올드 테이퍼빌에서 열릴 '프로젝트 언두잉'의 여러 활동 중 첫 번째에 함께해 주십시오. 우리는 단체로 나타나서 그들에게 무효화 운동이 있을 것임을 알려 줄 것입니다."

트레이시의 목소리는 또렷하고 정확했다. 분명히 방송을 하며 익힌 기술을 활용하고 있었으나, 그녀의 목소리에서는 마리가 보는 일반적인 뉴스와는 다르게 인간미가 느껴졌다.
"다가오는 시위의 정확한 날짜와 시간이 궁금하시면 프로젝트 언두잉 웹사이트를 방문해 주세요. 더 나은 세상을 만들기 위해 함께해 주십시오."

카이는 다시 불을 켰다. 트레이시는 아까보다 유령 같은 형체로 잠시 머물다가 완전히 사라졌다.

"올드 테이퍼빌 시위에 신노예제 중단을 촉구하는 연합이 참석하는 건에 대해 논의하길 제안합니다."

카이가 말했다.

"재청합니다."

마리가 말했다.

"찬성하시는 분."

카이가 물었다. 방 안의 모든 손이 바로 올라갔다.

베가

 사흘 연속으로 마치와 그 후의 저녁 휴식을 반복하자 무릎이 아팠다. 서워는 세상에 그녀가 역대 최고의 링크임을 알리기 전, 이 아픔을 조용히 감추던 때를 생각했다. 그녀만큼 멀리 온 사람은 거의 없었고 거기까지 아무런 도움도 받지 않았던 사람은 더욱 없었다. 노바케인 워커가 프로듀서들의 인도를 받아 위대한 자유에 이르렀다는 건 모두가 알았다. 자유의 약속이 진짜라는 사실을 팬들에게 보여 주기 위해서였다.
 그렇다, 선셋은 진짜로 해낼 뻔했다. 그의 두 번째 천운은 체인 합병 덕택에 그와 서워가 만났다는 것이다. 그때부터 둘은 함께 체인을 이끌었고 서로를 살렸다. 솔직했던 그는 함께 일하자고 제안했다. 그러나 그는 그녀의 손가락 사이로 빠져나갔다.
 그래서 이제 서워는 꼭대기에 홀로 서 있었다. 멜랑콜리아 비숍을 죽인 것은 서워였지만, 멜랑콜리아가 더 나았다고 생각하는 사람이 많았다. 그 사실을 서워도 알고 있었다. 심지어 서워의 명성을 지금의 위치에 굳힌 건 멜랑콜리아와의 전투도 아니었다. 그녀가 쓰러뜨린 두 번째 콜로설 계급, 레이디 렉클라스와의 경기였다.

렉클라스˚는 서워의 무릎이 아픈 이유이기도 했다. 렉클라스를 끝장내려고 무기를 휘둘렀을 때, 상대 여자는 무릎을 꿇고 헐떡이고 있었다. 그러나 그 순간 렉클라스는 어떻게 그랬는지 삶의 힘을 끌어모아 철퇴 베가(멜랑콜리아 비숍의 무기였던)로 서워의 왼쪽 무릎을 후려쳤다. 렉클라스는 위대한 자유에 이르기 전까지 남아 있는 전투가 한 손으로 꼽을 수 있을 만큼 강한 링크였고, 멜랑콜리아 비숍과는 다르게 매우 간절히 살고 싶어 했기 때문에 그 공격은 강력했다. 서워는 렉클라스의 의지를 알았다. 경기 시작 전에 서워는 킵 플랫폼에 묶인 레이디 렉클라스를 보았다. 상대 여자는 다정하고 맹렬하게 그녀를 응시하고 있었다. 그녀를 뜯어보지도, 평가하지도 않고 온전히 있는 그대로 받아들였다. 그건 일종의 사랑이었다. 그래서 서워는 놀랐다. 그녀는 렉클라스를 증오하기로 마음먹었기 때문이었다. 전투가 가까워지면서 서워는 철퇴 베가에 집중했다. 서워가 멜랑콜리아를 죽인 후에 렉클라스가 획득한 것이었다. 가장 인기 있는 링크가 초라한 자유를 얻으면 그들의 무기는 블러드 포인트 시장에 나왔다. 레이디 렉클라스가 베가를 선택한 것을 서워는 개인적인 일로 받아들였다. 멜랑콜리아가 악몽으로 서워를 따라다니는 것으로는 만족하지 못해 현실에서 다시 덤비려 한다고.

그 경기 이후 서워는 몇 안 되는 떠오르는 스타 중에서도 가장 급부상했다. 그러나 꽤 오랫동안, 아직까지도 경기장 맨 뒷자리에서부터 몇 달치 차 할부금과 맞먹는 일등석까지 사람들은 그녀에게 '운빨'이라고 소리치곤 했다. 그녀는 그날들이 그리웠다. 사람들의 말에 동요하던 때가. 그녀는 스스로를 세상에 묶어 두기 위해 사람들의 적

---

* 초라한 자유를 얻은 링크. '레이디 렉클라스' 레이첼 네이프. 콜로설 계급.

대감을 이용했다. 그들의 분노는 그녀가 증오를 집중할 수 있는 적이었고, 그 덕분에 잠깐은 죄책감을 잊을 수 있기도 했다.

그녀는 사람들이 틀렸다는 걸 증명하고 싶었다. 그리고 실제로 해냈다. 그러자 그들은 그녀의 아군이 되었다. 그녀는 자신이 경멸하는 군대의 지휘관이었다. 하지만 오랫동안 그녀는 게임을 해내며 사람들이 기대하는 역할을 연기했다. 허풍 섞인 연설을 했고, 솜씨 좋게 머리통을 박살 냈다. 사람들은 그녀를 보기 위해 멀리에서 왔다. 때때로 그녀는 진심으로 그들을 실망시킬 수 없다고 느꼈다. 사람들의 지지가, 압도적인 에너지가, 배틀그라운드에서 뭔가로, 유리한 사기로 바뀌는 건 사실이었다. 그 때문에 그녀는 경기를 계속하기도 했고, 가끔은 자신이 사람들이 생각하는 바로 그 사람임을 믿기도 했다.

스택스는 그 속임수의 고리를 깼다. 스택스는 실재했고 서워가 집중할 수 있는 진짜 뭔가를 주었다. 그녀의 삶에 스택스가 자리를 잡은 후부터 서워는 자신이 만든 페르소나를 떨치는 것이 쉬워졌다고 느꼈다. 그녀는 전투 전에 하는 말을 줄였다. 팬들과의 메일 교환도 그만뒀다. 살육함으로써 스스로 살아남고 체인 동료들을 살렸지만, 그 외에는 사람들에게 그 무엇도 주지 않았다. 스택스는 그녀에게 새로운 삶의 이유를 주었다.

서워는 이제 링크들을 살펴보러 걸음을 돌렸다. 리코는 여전히 서워와의 대화가 준 흥분으로 웃고 있었다. 사이와 아이스, 랜디 맥은 그들이 다른 종류의 운동선수였을 때 즐겼던 스포츠에 대해 이야기 중이었다. 거니는 생각에 빠졌고, 배드 워터는 언제나처럼 혼란스럽고 두려워 보였다. 그리고 스택스는 그를 웃게 하려고 노력하며 말을 걸고 있었다. 스택스는 거기 있었고, 아름다웠다. 그녀가 사랑하는 여

자. 그녀의 가장 친한 친구를 죽인 여자.

그들은 마치에 나섰다.

서워가 커다란 원의 선두를 맡은 채로 체인은 나아갔다. 앵커는 그녀 뒤를 천천히 따라갔다. 그들은 오랫동안 즐겨 왔던 마치 게임 중 하나를 시작했다. 하지만 이제 그들 사이에는 새로운 종류의 편안함이 있었다.

그리고 서워는 앵커가 그녀를 지나쳐 속도를 내는 것을 보았다. 모든 링크는 따라가려고 뛸 수밖에 없었다.

"젠장."

랜디 맥이 말했다.

"다들 준비해."

서워는 아드레날린이 솟구쳐 통증을 가리는 것을 느꼈다.

"가능하면 누구든 옆에 있는 사람을 지켜봐. 하지만 자기 몸부터 보호해. 풀려나면 바로 덤벼들어."

그들은 쪼개진 나무를 지나 달리고 축축한 땅을 눌러 밟으며 벗어났다. 발을 딛는 땅을 조심하는 것이 중요했다.

그들은 멜레를 향해, 폭력을 향해 끌려갔다. 그녀는 준비돼 있었다.

이사회

남녀가 모인 회의실이었다. 열두 명이 있었는데 모두 백인이었고 아크테크 부사장 겸 홍보 이사 하나만이 예외였다. 그는 또한 그 방에서 셋뿐인 사십 세 미만 중 하나였다. 그의 이름은 키리언, 포레스트의 흑인 친구(백인이 인종차별주의자라는 평판을 피하려고 옆에 두는 흑인 친구 한 명을 의미)였다. 포레스트의 요트에서 술을 마시거나 파티를 열 때면 그는 그 사실에 대해 농담을 했다. 상대적으로 젊은 사람 나머지 한 명은 포레스트의 가장 오래된 친구이자 아크테크의 후계자인 루카스 웨스플랫이었다.

포레스트는 테이블의 컵을 홀짝였다. 왼쪽에 앉은 그의 아버지 조지 월리는 아첨하는 방송 연출과 뭔가 이야기하며 웃고 있었다. 웨스플랫가(家)의 또 다른 아들 헨리가 의장으로서 발언했다.

"오늘의 안건을 제안합니다."

그들 앞에 있는 미해결 상태의 안건이 회의실 테이블 위에 비쳤다. 포레스트는 그것을 훑어보고 아버지가 곤란해지지 않을 정도로 관심 있어 보이려 노력하면서 키리언에게 이 모든 것이 헛소리라는 것을 안다는 뜻을 전할 만큼 따분한 얼굴을 했다.

체인 갱 주식회사 이사회 안건
- 현재 추세 및 업무 보고
- 수익 분석
- 체인 갱 올스타전 시즌 33 규칙 변경 검토
- 발표

"재청합니다."
포레스트의 아버지가 말했다.
"좋습니다, 찬성하시는 분."
헨리가 말했다. 포레스트는 헨리가 일 분 정도의 황홀경을 즐기며 세 사람의 땀에 젖은 피부에서 코카인을 흡입하고 핥는 모습을 본 적이 있었다.

조지를 포함해서 몇 명이 손을 들었다. 그리고 아버지가 하는 일이라면 포레스트도 따랐다. 하지만 그는 키리언이 손을 들지 않은 것을 알아차리고 흥미와 동시에 난처한 충격을 느꼈다.

"트레이시 래서와 관련된 상황을 안건에 포함해야 할 것 같습니다."
키리언은 대학 시절을 함께한 이후 포레스트의 친구였다. 그들 사이의 우정 덕분에 키리언의 커리어가 크게 발전했다고 말해도 크게 틀리지 않았다.

포레스트는 루카스가 키리언 쪽을 보고 얼굴을 찌푸리는 것을 보았다. 루카스는 키리언의 상사였다. 포레스트는 루카스의 아버지를 로지 삼촌이라고 불렀다.

"물론 그 이야기도 할 계획입니다. 우리가 관리하는 다른 안건만큼 중요하지 않아서 독립 안건으로 올리지 않았을 뿐이죠."

방송 연출 미첼 저민이 말했다.

"앙골라 해먼드의 올드 테이퍼빌 허브 시티 체류를 계획하느라 열심히 작업 중입니다. 아시겠지만 농산물 시장 행사 관련해서 계획을 짜고 있어요."

헨리는 회의실을 둘러보고, 이제 키리언의 손이 머리 위로 올라가 있는 것을 확인하고 선언했다.

"다수 찬성으로 가결되었습니다."

저민이 말을 받았다.

"하지만 키리언이 래서 이야기를 꺼내서 기쁘군요. 우리는 상황을 면밀히 살피고 있습니다. 그리고 다양한 연령, 성별, 지역, 직업의 참가자를 대상으로 한 포커스 그룹 설문에 따르면 트레이시가 하려는 일이 뭐든 시청자와 잠재 시청자에게 끼친 영향은 미미한 정도입니다. 사실 기시청자층에서는 트레이시의 돌발 행동 때문에 오히려 관심이 깊어지고, 극한 격투 스포츠 네트워크에 참여하고자 하는 의지가 강화되었다는 증거도 있습니다. 스스로 애청자라고 답한 많은 설문 참가자들은 하마라 스태커와의 개인적 친분으로 인해 트레이시 래서의 시각이 심각하게 편향되었다고 느끼고, 또……"

포레스트는 저민을 보고 있는 아버지를 살폈다. 그들과 그들이 하는 일을 증오하는 사람이 있다는 사실을 이 회의실에서 인정하는 것은 극도로 드문 일이라는 생각이 들었다. 그들은 추세와 결과에 대해 말했다. 실제 경기에 관해 이야기하거나 이 모든 일이 돌아가게 하는 링크의 이름을 말하는 일은 거의 없었다.

최소한 이 면에서 포레스트는 그의 아버지와 달랐다. 그는 무슨 일이 일어나는지 알고 있었다. 링크들에게 이름이 있다는 걸 알았다. 트레이시 래서가 그런 행동을 한 데는 이유가 있다는 것도 알았다. 그리고 자신이 왜 이 일을 하는지도 알았다. 래서는 사회로 복귀할 가능성을 암시하는 징벌적 엔터테인먼트가 잘못됐다고 믿었고, 살인범과 강간범을 유하게 다뤄야 한다고 믿었다. 포레스트는 정의가 모두에게 아름다울 수는 없다고 믿었다. 그는 법은 언제나 손에 피를 묻힌다고 믿었다.

"그 여자가 앵커를 맡게 하지 말라고 제럴드에게 말했는데."

조지 윌리가 말했다. 스포츠뷰넷 CEO 제럴드 해스킨슨은 조지의 골프 친구 중 하나였다.

포레스트는 위로를 표하려고 키리언을 보았지만, 입을 꽉 다물고 조지에게 눈을 고정하고 있는 키리언을 보니 얼굴이 화끈해졌다. 루카스는 안건을 응시하고 있었다.

키리언은 새로운 진지함을 담아 입을 열었다.

"포커스 그룹 설문 결과가 어땠든, 시즌 33에서 있을 변화에 대해 심각하게 고민해야 합니다. 스택스와 서위에게 너무 이목이 쏠려 있어요. 그 둘의 경기는…… 지금 당장은 모양새가 썩 좋지 않을 겁니다."

다른 무엇보다도 이성에 호소하는 것을 보니 그는 조금 진정된 것 같았다.

"사실 저도 동의합니다. 그건…… 그건 고상하지 못해요. 새로운 규칙도 재고해야 한다고 생각합니다."

포레스트는 이 말을 자칭 극한 격투 스포츠계에서 가장 짜릿한 목소리, 미키 라이트로부터 듣게 되어 놀랐다. 그 남자는 회의실의 그 어느 누구보다도 세계에 체인 갱과 그에 관련된 것들을 연상시키는 존재였다. 그들은 여전히 거의 건넌 적 없는 강을 따라 움직이고 있었다. 포레스트의 아버지는 극한 격투 스포츠를 자신이 하던 일인 교정의 자연스럽고 명백한 연장선에 두고 말했다. 교정은 그의 가문이 부를 쌓은 방법이기도 했다. 교정에 대해 말할 때 그는 신이 그에게 대중을 안전하게 지키는 책임을 주었다고 말했다. 또 선이 빛날 수 있도록 세상의 부정적인 것을 흡수해야 한다고 말했다. 지난 회사 연설에서는 이렇게 말했다. "칼은 항상 목에서 그리 멀지 않은 곳에 있습니다. 악한 의도를 가진 사람은 당신의 아이들, 당신의 딸과 아들에게서 그리 멀지 않다는 말입니다." 이는 조지 월리가 게임에 대해 생각하는 방식이기도 했다.

"고상?"

조지가 혼란스러워하며 물었다.

"네, 고상. 그게 뭔지 좀 아셔야 해요."

라이트는 쉽고 무심하게 말했다.

회의실 전체가 조지를 보았다. 아버지와 다소 가까이 앉아 있던 포레스트는 그들이 시선으로 적당한 반응을 요구하고 있다는 것을 느낄 수 있었다.

"스포츠뷰넷에서 어떤 년이 그러라고 했다고 우리 계획을 바꾸진 않을 거요. 꺼지라고 해."

조지의 말에 미키 라이트는 고개를 젓고 웃었다. 키리언은 포레스트를 뚫어져라 보았다.

"어떻게 조금 타협할 수 있을지요."

포레스트가 힘없이 말했다. 아버지는 실망한 것 같았다. '타협'은 조지 월리가 가장 선호하지 않는 단어 중 하나였다.

"맞습니다."

루카스가 말했다.

포레스트는 아버지가 뭔가 말하려다가 생각을 바꿨다는 사실을 알아차렸다. 이사회는 함께 체인 갱 세계의 방향을 결정했다. 그리고 그 세계가 성장세에 접어들어 큰돈을 벌어들였다 해도 조지 윌리에게 이것은 더 큰 산업의 작은 연장일 뿐이었다. 그러나 포레스트는 자기 아버지가 아니었다. 그는 자신들이 세계에서 가장 큰 엔터테인먼트 상품인지도 모를 것을 운영한다는 사실을 이해했다. 바로 그게 그가 참여한 이유였다. 포레스트는 뭔가 크고, 뭔가 새롭고, 자신이 직접 키워 낼 수 있는 것에 합류하고 싶었다. 그를 위한 산업. 아버지의 그림자를 벗어난 후에야 고상이니 하는 것에 신경 쓸 것이다. 하지만 지금은 아버지가 그 자리에 있어서 감사했다. 이 이사회는 그의 인큐베이터였고 조지는 미래를 위해 포레스트를 훈련시키기 위해 거기 있는 것이었다.

"자, 시즌을 시작하기 앞서서 그녀를 탈락시킬 수도 있다는 뜻인가요. 그렇다면 당연히 가능성 있는 방법이 있죠. 일을 좀 더……."

그는 잠시 멈춰 말을 골랐다.

"현재 분위기를 생각하면 서워에게 잠재적인 장해물을 더해 줄 수 있겠어요."

포레스트가 미소 지었다. 적어도 이 방면으로 그들은 노력했다. 포레스트는 키리언에게 그의 성공을 확인받으려 쳐다보았지만, 상대의 깨끗한 갈색 피부와 찡그린 두툼한 입술은 혐오를 고스란히 드러낼 뿐이었다.

포레스트는 눈을 돌려 아버지를 보았다. 조지 윌리는 끄덕였다.

이곳은 인큐베이터였다. 포레스트는 자랄 것이다. 키리언은 그의 친구였다, 그렇다. 하지만 정말 그럴까? 아니, 그는 동료다. 동기다. 함께 일하는 사람이다, 언제든 대체될 수 있는.

멜레

"걱정하지 마, 자기. 그놈들이 자기 머리카락 한 올도 못 건드리게 할 거야."

스택스는 서워의 옆에서 달리며 말했다. 원은 이제 한 줄이 되었고 링크들은 모두 어깨를 나란히 하고 섰다. 알게 된 사실을 스택스에게 말해 줄 기회가 생기기 전에 그녀를 잃는다면 어떻게 될까? 그 생각이 들자 즉각 정신이 집중되었다. 서워는 다시 그녀의 몸으로 돌아가려고 노력했다. 땅을 꾹 눌러 딛자 깨어나는 무릎의 통증, 손에 쥔 해머의 무게. 그녀는 스택스를 잃지 않을 것이다. 무슨 짓을 해서라도 그런 일은 막을 것이다.

"젠장, 뭐야?"

리코 무에르테가 말했다.

서워는 랜디 맥이 집중하고 있는지 보았다. 리코는 물론 방송에서 이런 일을 이미 보았겠지만, 직접 겪을 때는 완전히 다른 이야기다. 조용하고 꾸준하던 산행이 갑자기 달리기가 될 때. 그 길의 끝이 죽음일 때. 우리에게든, 상대편에게든.

"이 얘기 했었지, 이게 그거야."

서워가 리코에게 말했다.

그녀는 리코와 그의 골프채를 보았다. 리코마저도 그녀의 사람이었다. 그는 제대로 된 잠재력을 보여 주지도 않았고 열정이 큰 것 같지도 않았지만 정직했다. 그는 그녀의 것이었다. 갑자기 다시 죽음의 가능성을 마주하고 그녀 곁에서 나무 사이를 달리는 다른 링크들과 마찬가지였다. 그녀는 리코 무에르테라고 할지라도 초라한 자유를 얻게 두지 않을 것이다.

"누군가 죽으면 끝나."

랜디 맥이 리코에게 말했다.

그녀는 그가 다음에 어떤 말을 할지 알았다. 이것은 멜레이며, 곧 다른 체인을 맞닥뜨리게 된다는 것. 시작 전에 멜레 상대를 모두 보게 되며, 각각 자기가 공격하고 싶은 사람을 불러야 한다는 것. 서워와 스택스는 아마 확실하게 한 명을 죽여 멜레를 끝내기 위해 같은 사람에게 덤비라는 것. 도망치려 하면 임시 전쟁터의 가운데에 있는 앵커 두 개가 몇 센티미터 거리로 다시 끌고 온다는 것. 랜디 맥은 무슨 짓을 하든 도망치면 반드시 살해당할 것이라고 말할 것이다. 상대 체인의 손에 의해서든, 랜디 자신에 의해서든.

"우리의 첫 번째 기억나?"

스택스가 서워 바로 앞에서 달리며 말했다. 서워는 무릎의 통증을 인식하고 있었지만, 몸이 죽음을 만들어 낼 준비를 하자 그것은 그림자 같은 것이 되었다. 존재하지만 동시에 잊힌 기억이었다.

서워는 앞을 보려 노력하며 아무 말 하지 않았지만 미소를 띠었다.

"기억 안 나? 유감이네. 어쨌든 오늘이 기념일이야."

스택스는 길게 찡그리며 투덜거리고는 부드럽게 웃었다.

"음. 첫 멜레에서 무슨 중요한 일이 있었나?"

서워는 힘을 아끼고 싶었지만 장단을 맞춰 주었다. 꽤 훌륭한 링크라고 해도 멜레를 향해 달리는 도중에 지치곤 했다. 그냥 달리는 것과 전투에 긴장한 채 아드레날린의 힘으로 달리는 건 달랐다.

"거봐. 넌 나한테 관심 없어."

스택스가 함박웃음을 지으며 말했다.

앙골라 해먼드 체인의 첫 멜레에서 서워는 거대한 렌치를 든 남자의 두개골에 비스듬하게 치명타를 날렸다. 렌치가 서워의 왼쪽 안와골을 부수기 직전에 렌치와 그걸 쥔 손이 둘 다 땅에 떨어졌다. 대낫의 날이 남자의 목을 찾아들었다. 서워는 그때를 떠올리며 그녀가 지닌 최고의 기억 중 얼마나 많은 조각들이 피에 젖어 있는지 생각했다.

그 첫 멜레에서, 합류한 지 겨우 엿새 만에 서워는 스택스와 사랑에 빠졌다. 서워는 스택스의 힘을, 그녀의 몸이 생존을 향해 달리는 방식을 사랑했다.

스택스가 나타나는 바람에 서워는 갑자기 다른 이에게 목숨을 빚졌다. 그것이 억울했다. 하지만 그것이 그녀를 살게 했다. 처음에는 그 빚을 갚아 주려는 욕망이었고 실제로 몇 번이나 갚았다. 그 후엔 스택스가 세상에 알려진 모습 그대로 살도록 보호하려면 자신이 살아남아야 한다는 사실을 알았다. 그것이 그나마 아직 서워가 지상에 남아 있는 이유가 되었다.

"난 너한테 관심 있는 게 아냐. 널 사랑하는 거지."

서워의 말에 스택스는 러브가일로 땅을 박차고 뛰어오르다 잠시 비틀거렸다.

스택스를 잠깐 무장해제시켰다는 사실에 서워는 기분 좋은 만족감을 느꼈다. 서워는 사랑한다는 말을 거의 하지 않았고, 이제 다음 기회가 없을까 두려워서 방금 그 말을 하지 말걸 생각하게 되었다.

스택스는 미소를 지었다. 서워는 그녀가 자기 마음을 읽을 수 있는지 궁금했다. 그랬으면 좋겠다고 생각했다. 브룸 브룸 이후 머리를 어지럽히는 생각을 그녀에게 말할 수 있도록.

이것은 서워의 스무 번째 멜레였다. 열아홉 번째 멜레 이후 지난 두 달간 그녀는 다가오는 스무 번째에 대해 고통스러운 죄책감을 느꼈다. 체인에 묶인 그녀의 삶 뒤에 있는 게임마스터들은, 경기 사이로 스토리라인을 꿰매고 우연을 지휘하는 그들은 명확한 것을 좋아했다. 그들은 큰 숫자를 좋아했다. 그녀가 중요한 단계에 다다랐다는 사실은, 그녀의 체인에 있는 모든 링크들이 더 큰 위험을 직면하게 되었다는 의미였다.

서워는 게임마스터들이 자신을 편애한다고 생각하는 사람들도 있다는 사실을 알았다. 지난번 소년을 죽여 버렸을 때처럼 쉬운 경기를 시키며 애지중지한다는 것이다. 서킷에서 보내는 그녀의 삶이 쉬울 수 있다는 듯이. 갑자기 찾아오는 목숨을 건 난투극을 치르는 것이 스무 번째다. 이미 열아홉 번을 살아남았다. 그들이 통계를 이야기할 때면, 그녀가 자기를 변론할 생각이 있을 때면, 그녀는 자기 체인의 링크가 아무도 죽지 않도록 다른 체인의 링크에게 초라한 자유를 선사한 모든 사례를 상기시켰다. 서워의 해머가 멜레를 끝낸 건 여덟 번이었다. 멜레 종료 여덟 번. 여덟 번. 멜랑콜리아 비숍은 서킷에 있는 내내 멜레를 열 번밖에 치르지 않았다.

그녀는 달리며 숨을 아꼈다. 그녀는 사람들이 헐떡거리며 죽음으로 달려가는 모습을 봐 왔다. 서워는 앙골라 해먼드의 링크들에게 목적을 가지고 앵커를 따라가는 법을 가르쳤다. 깊게 숨 쉬고, 눈앞의 땅과 세상을 보는 것이 얼마나 중요한지 보여 줬다. 발목이 삐는 바람에 죽는 링크도 있었다. 그녀는 유일한 존재였다. 그녀는 세상에서 가장 힘든 일인 생존을 이뤄 낸 존재였다. 그러나 사람들은 끊임없이 의문을 제기했다. 하지만 서워가 멜랑콜리아보다, 렉클라스보다, 또 그 누군가보다 위대한가? 그렇다. 답은 언제나 '그렇다, 위대하다'였다. 서워는 새로운 지옥에서 역사상 가장 위대한 존재가 되는 것이 그녀가 가진 목적의 일부라고 믿었다. 그녀는 여전히 그 이유를 이해하려고 노력하고 있었다.

체인은 서워가 허락한 대로, 스택스가 이끄는 속도로 움직였고 마침내 멀리서 다른 체인이 시야에 들어왔다. 곧 내가 죽이거나 나를 죽일 사람들을 보는 순간이면 같은 인간으로서 갖는 본능적인 공감을 떨쳐 버려야 했다. 서킷에서 그토록 오래 버틴 서워에게 그 과정은 거의 자동적이었다. 그녀와 그녀의 체인은 사람이었다. 상대편은 해결해야 할 문제였다.

세어 보니 적은 아홉 명이었다. 그녀는 보폭을 넓혔다. 적들이 자신을 가장 먼저 봤으면 했다. 그들이 하스 오마하에 머리가 깨지는 상상을 하길 원했다. 그들이 그녀의 하이라이트 영상을 보았길 바랐다. 적들이 누구든 그녀가 인간의 몸을 파괴하는 수많은 방식을 알 것이다. 그녀는 스택스를 따라잡았고 곧 앵커가 밀어내는 힘을 느꼈다. 서워는 멈출 수밖에 없었다. 그들은 최근 벌목된 숲에 섰다. 땅은 푸르고, 빛을 가리거나 상대를 숨길 잎이나 가지가 없어 주위는 눈부시게 밝았다. 그들은 유 블로커스 체인 바로 맞은편에 서 있었다. 표정을 보아하니 유 블로커스에게는 그녀가 잘 보이는 듯했다.

크게 떠진 눈. 그리고 확연히 드러나는 숨 막히는 놀람. 거의 눈에 보이는 듯한 희미한 미소. 그들은 삼십 미터 떨어져 있었다.

서워는 스무 살도 안 되었을 어린 여자로 마음을 정했다. 주 무기도 없었고, 가위나 뭔가 작고 날카로운 것을 청재킷 주머니에 넣은 채 잡고 있었다.

"청재킷."

서위가 스택스에게 말했다.

"가엾어라, 어린데."

스택스가 대답했다. 그렇게 간단했다. 서위와 스택스는 저 약해 보이는 여자를 죽음 앞에 두었다.

"우리가 청재킷을 맡을게."

서위가 말했다. 랜디 맥과 거니 퍼들스가 눈을 마주치고 고개를 끄덕였다. 사이는 엄지를 들어 보였다. 아이스는 끙 소리를 내며 저쪽 줄 가운데의 금발 남자를 맡겠다고 했다.

"확인."

서위가 말했다.

멜레까지 육십 초 남았습니다.

서위가 앙골라 해먼드를 맡기 전, 체인들은 멜레 시작 전 멈춰 있는 순간을 낭비했다. 링크들은 멜레를 직접 끝냈을 때의 영광과 블러드 포인트를 기대하며 탐욕스럽게 누굴 노리는지를 감췄다. 하지만 체계가 생명이었다.

"녹색 운동복."

사이가 배짱이 있어 보이고 경찰봉 같은 막대를 든 남자를 가리키며 말했다.

"이글루 말이지, 확인."

그들은 돌아가며 상대를 지정했고 서위는 승인하기 전 각각을 훑어보았다. 대전이 힘들어 보이면 그녀는 허락하지 않고 다른 사람을 노리라고 했다.

서워는 청재킷을 입은 여자에게 집중했다. 그 여자가 죽고 나면 그녀의 링크들이 어떤 상대를 지정했는지는 의미가 없어진다. 그리고 청재킷은 아주 금방 죽을 것이었다. 서워는 그녀가 주머니에 손을 넣고 싶어 하는 것을 알 수 있었다. 겨우 서바이버가 되었을 것이라고 서워는 확신했다. 그녀는 유 블로커스 링크 중 네 명을 알았다. 커스프인 로건 이글루, 리퍼인 킬리언 스틸스, 그리고 서워가 마지막에 소식을 들었을 때는 커스프였지만 거기까지 올라간 과정이 서워의 주의를 끌었던 키샤 하울러가 있었다.

그리고 마지막 링크는 서워가 유일하게 진짜 경쟁자로 생각하는 레이븐 웨이즈였다. 레이븐 웨이즈 역시 콜로셜이었다. 지난달 기준으로 그는 구십 킬로그램이 나갔다. 짧게 깎은 곱슬머리를 유지했고 피라미드가 그려진 반다나를 둘렀다. 목에는 트라이앵글 킵 뱅크의 피라미드를 문신으로 새겼다. 그 역시 서워처럼 볼트 가죽을 썼다. 쇄골 쪽을 두르고 목까지 올라가는 가죽이 언뜻 보였다. 그는 왼손잡이였지만 무기를 양손으로 쏠 수 있도록 훈련 중이었는데, 서워는 이 기술에 이미 숙달돼 있었다. 그의 도끼창 이름은 치치였다. 그는 오른손에 도끼창을 들고 금빛 날을 앙골라 해먼드 링크에 똑바로 겨누었다. 그녀에게. 그들은 말을 나눈 적이 없었지만 그녀는 그를 형제처럼 잘 알고 있었다.

"어이. 서워."

서워는 그가 배틀그라운드에서 승리한 후 지르는 함성을 익히 들어 그의 목소리를 알고 있었다.

"집중해, 다들."

서워가 앙골라 해먼드에 말했다. 멜레에 풀려나기 전에 체인끼리 뭔가 소리쳐 말하는 건 드문 일이 아니었다.

"아니, 진짜로, 서워. 당신이 듣고 싶어 할 만한 말이 있어서 그래, 블러드 마마."

레이븐이 말했다.

서워는 스택스를 보았다. 그녀는 레이븐에게서 눈을 떼지 않았다.

"당신 그 기회까지 얼마나 남았지?"

앵커는 몇 초 후면 그들이 서로 달려들게끔 풀려날 거라는 알림을 보냈다.

"이 주밖에 안 남았어, 친구."

스택스가 말했다.

"참 아름다운 일이네."

서워는 레이븐의 이런 안부 인사가 마음에 들지 않았다. 이것은 멜레를 시작하는 방식이 아니었다. 멜레는 위협과 본질을 알고 보면 역시나 위협인 아이러니한 농담으로 시작되었다.

"맞아."

"그렇다면 이게 당신에게 주는 또 다른 선물이 될 것 같아."

레이븐은 고개를 움직여 한 남자에게 무대를 내준다는 뜻을 표했다. 어쩔 줄 모르고 손을 놀리는 청재킷 소녀로 마음을 정하지 않았다면 서워가 골랐을 법한 남자였다.

"네 차례야."

레이븐이 말했다.

십오 초. 양 팀의 앵커가 경고했다. 그것들은 완벽히 일치하는 목소리로 말했다.

레이븐이 앞으로 소환한 남자는 갈색 피부를 덮은 검은 패딩 조끼를 입고 있었다. 반바지를 입고 끈 없는 운동화를 신었다. 분명 서바이버보다 높은 계급은 아니었다. 그의 눈. 서워만큼 체인에 오래 있었다면 누구나 그런 눈이 무엇을 의미하는지 알았다. 그가 말했다.

"난 당신을 알아. 서워, 당신을 아주 오래 지켜봤어. 나도 이걸 할 수 있을 거라 생각했지. 당신이 도와줬어. 당신은 내가 나올 수 있다는 걸 보여 줬어. 당신은 여기 나와도 괜찮을 수 있다는 걸 보여 줬어."

"당신들 중 하나가 죽기 전까지 십 초 남았어."

서워가 앵커의 음성을 따라서 반대편을 향해 소리쳤다.

"나는 죽고 싶지 않았어. 하지만 거기 있고 싶지도 않았어. 철창 안에서 버틸 수가 없었어. 이제 죽고 싶지 않지만, 나는…… 나는 이렇게 살 수 없어."

서워는 규칙적으로 코로 숨을 마시고 입으로 내뱉었다.

"이러지 않아도 돼요!"

청재킷을 입은 유 블로커스 링크가 소리쳤다. 그녀는 패딩 조끼를 보았고, 서워는 그 목소리를 듣고 그녀가 울기 시작했을 수도 있겠다고 생각했다.

"난 죽기 싫어. 하지만 이제 살기도 싫어."

조끼가 말했다.

멜레. 앵커들이 함께 말했다.

"기다려, 서워."

레이븐 웨이즈가 소리쳤다. 그는 치치를 놓고 양손을 공중으로 들었다. 도끼창이 둔탁한 소리를 내며 땅에 떨어졌다. HMC 여섯 개 중 두 개가 춤추며 그의 주위를 돌았다.

"제발, 들어 봐."

서워는 팔을 옆으로 들어 링크들에게 기다리라는 신호를 보냈다.

"난 죽고 싶지 않아. 하지만 이렇게 살 수는 없어. 나는 당신이 살길 바라, 서워. 당신이 지금 내 앞에 있다는 사실, 이건 계시야. 계시가 분명해. 나는 당신에게 감사해. 당신은 내게 거짓말을 했지만 말이야. 당신은 여기가 괜찮다고 생각하게 만들었어. 하지만 여기는 지옥이야. 또 다시."

서워는 패딩 조끼가 칼을 들고 있는 것을 보았다. 그가 앞으로 몇 걸음 나섰다. 서워는 해머를 더 꽉 쥐었다. 그녀는 그를 보면서 머릿속에 살며 그가 지금 크게 내뱉는 말과 같은 소리를 하는 자신의 일부를 어떻게 매일 억눌렀는지를 떠올렸다.

"난 이렇게 살 수 없어. 당신은 할 수 있고. 그걸 이제 알겠어."

그는 무거운 눈물을 흘리며 무거운 숨을 몰아쉬었다. 그는 죽은 잎사귀 위에 무릎을 꿇고 빠르게 자기 목을 깊이 그었다. 상처에 피가 맺히더니 줄줄 흘러내렸다. 그는 쓰러져서 온몸을 비틀었고, 레이븐이 일을 끝마치려 앞으로 나섰다. 그러나 레이븐은 이제 흐느끼고 있는 청재킷을 입은 소녀에 의해 옆으로 밀렸다. 그녀가 더 완전히 남자의 목을 그었다.

멜레 종료. 앵커들이 각자의 링크들에게 돌아가며 말했다. 서워는 죽은 남자를 보고, 그녀 앞에 있는 체인을 보았다. 청재킷 소녀의 살갗과 옷에는 붉은 점이 흩뿌려져 있었다.

"미친, 뭐야?"

리코가 말했다.

"세상에."

배드 워터가 중얼거렸다.

서워는 이 남자에 대해 생각했다. 이 세계에 있기에는 너무 약한 사람, 그녀에게 뭔가 선물을 줬다고 생각하는 사람. 마지막 순간, 이 남자는 그녀를 거짓말쟁이라고 불렀다.

"영광이야."

레이븐이 손을 흔들며 말하고는 랜디 맥을 보았다.

"아쉽게 됐네, 내 상대."

"두고 보자고."

랜디 맥이 말했다. 레이븐 웨이즈는 랜디 맥의 다음 대전 상대였다.

"그럴 거야. 하지만 모두가 위대한 자유를 볼 순 없지."

레이븐은 땅에서 치치를 집어 들었고, 그와 그의 체인은 그들의 앵커를 따라 멀어졌다.

"이름이 뭐였어?"

서워가 그를 뒤에서 불렀다.

"앨리 바이 바이."

레이븐이 말했다.

"그의 진짜 이름이 뭐였어, 레이븐?"

"'앨빈'인가 뭐 그런 거였는데……. 기억이 안 나네, LT. 어차피 언제고 자살할 사람이었는데, 멜레 때문에 달리기 시작하면서 자기가 죽겠다고 나섰어. 그렇게 긴 연설을 할 줄은 나도 몰랐어."

서워는 그 일을 생각했다. 남자가 죽기 전 마지막 말을 서워에게 썼던 방식을, 누군가가 마지막으로 생각하는 사람이 된 것이 몇 번인지를.

레이븐이 계속 말했다.

"그는 당신 팬이었어. 그가 당신을 보고 죽게 돼서 기뻐. 나도 당신 팬이고."

"동감이야."

---

* '앨리 바이 바이' 앨빈 로프그린. 사람들은 앨빈에게 반만 똑똑하다고 했다. 이것저것 건드려 큰돈을 벌 만큼 똑똑했다. 그 돈으로 모친에게 집을 사 주려 할 만큼은 머리가 좋았지만, 모친이 그 집에 사는 것을 볼 수 있을 만큼은 아니었다. 그는 이 세상에 원하는 게 많았다. 세상은 그를 실망시켰다. 그리고 또 실망시켰다. 그리고 또. 초라한 자유. 스물두 살이었다.

서워가 물러서며 말했다.

"당신 체인 링크들 진짜 이름은 외워 둬, 레이븐."

레이븐이 걸음을 늦췄고, 두 체인이 모두 긴장했다. 레이븐은 남이 이래라저래라하는 말을 듣는 사람이 아니었다.

"네가 맞아, LT. 맞는 말은 맞다고 해야지."

그리고 레이븐은 돌아섰다.

앙골라 해먼드의 앵커는 지는 해를 향해 링크들을 물렸고, 유 블로커스는 서워와 그녀의 체인이 방금 온 방향으로 후퇴했다.

서워는 아무 말도 하지 않았다. 아드레날린에 유린당한 느낌이 들었지만 편하게 숨을 쉬려고 노력했다. 그래서 아무 말 없이 걸었고, 그녀의 체인이 뒤따랐다. 서워는 걸었고 감사했고 두려웠다. 그녀는 걸으면서 그녀의 체인을 보았다. 온전했다, 그녀 덕분에. 그녀는 자기로부터 흐르기 시작한 모든 비극과 상처를 생각했다. 부담감으로 마음이 무거웠다. 전혀 티 내지는 않았지만.

인플루언스된다는 것

"J는 제러마이아입니다."
"뭐?"
"J가 의미하는 건……"
"닥쳐, 크래프트."
로렌스 교도관이 말한다.
"제발."
"제발 뭐?"
"제발 절 인플루언스하지 마세요, 교도관님."
살면서 이렇게 순수하게 진심으로 부탁해 본 적이 없다. 인플루언서가 테이저건 같은 거라고 생각하는 멍청이들이 있다. 그렇지 않다. 인플루언스된다는 것은 뇌가 한 번에 생산할 수 있는 최악의 고통을 느끼게 되는 것이다. 인플루언스된다는 것은 당신의 몸이 신체적 고통을 더 잘 전달할 수 있는 통로가 되도록 신경 회로를 재편당하는 것이다. 그것은 뇌가 절대 받아들일 수 없는 고통을 겪게 한다. 그것은 내가 발견하고 싶지 않은 방식으로 나를 바꿔 놓……

검은 막대가 내 목에 꽂히고……

그리고 그는 내 어깨를 주먹으로 때린다.

그리고 내 어깨는 폭발한다.

나는 뼈가 으스러지고, 힘줄이 공기 중으로 불타 흩어지는 것을 느낄 수 있다. 나는…… 나는……*

"죄송합니다!"

나는 외친다.

나는 외친다.

나는 본다, 겁에 질려서, 내 어깨를. 그건 여전히 거기 있다. 피도 묻어 있지 않다. 어떻게든, 어떤 방법이든. 검은 화살은 아직 내 목에 있다. 인플루언서. 내 목에 박힌 이 물건은 모든 것의 주인이다. 나는 그것만은 확실히 안다.

이곳은 검은 막대의 지옥이다. 나는 지옥에 있다. 추한 천사들이 가득한 지옥.

"그러면 됐잖아, 로렌스."

천사 1이 문밖에서 말한다. 끝에 바늘이 있는 검은 막대는 여전히 내 목에 박혀 모든 것이 괜찮지 않을 것임을 약속한다.

"네가 무슨 상관이야?"

천사 2가 말한다. 내가 알기로 천사 2는 로렌스의 진짜 이름이다. 이제 내게는 보인다. 그가 검은 화살을 들고 있다. 천사 2는 내가 매일 죽지 않기 위해 섬겨야 하는 인물이다. 나는 그가 내게 친절한 빛을 베풀어 주도록 그가 알고 싶어 하는 것을 모두 말한다. 하지만 오늘 그는 아무것도 베풀지 않기로 작정한 듯하다.

"오늘 당할 만큼 당했어."

---

* 눈을 내리깔지 말고. 도와주세요. 제발. 도와주세요.

"너 이 인간 말종 강간범을 정말 사랑하는구나, 안 그래?"
천사 2가 말한다.
'인간 말종 강간범'은 내 이름 중 하나다. 내 다른 이름은 사이먼 J. 크래프트, J는……
"점프해, 크래프트."
천사 2가 말한다.
나는 날려고 한다. 할 수 없다. 내 손목은 금속 수갑으로 침대에 묶여 있다. 내가 뛰려고 하면 수갑이 손목을 당기고 내 손목은 우주의 모든 고통을 알게 된다. 나는 소리를 지른다. 그래서 나아지는 건 아무것도 없다. 내 비명이 뭔가를 낫게 할 수 있었다면 이 세계에 질병도 고통도 없을 것이다. 이곳의 천사들은 비명을 듣는 것을 좋아한다.
"너 이름이 뭐야, 개새끼야?"
천사 2가 말한다.
"인간 말종 강간범입니다."
내가 말한다. 손목에서 용암이 쏟아지는 느낌이다. 내 입술을 타고 흐르는 침은 얼굴을 찢어발기는 발톱 같다.
"안 닥치면 머리통을 후려갈길 거다."
가끔 그들은 내가 전혀 비명을 지르지 않길 원한다.
나는 조용히 비명을 지르려고 노력한다. 방에서는 소변과 내 격렬한 고통의 냄새가 난다. 천사 2가 웃는다.
"그 여자도 소리를 질렀을 텐데 그렇다고 네가 멈추진 않았지, 안 그래? 안 그래?"
"죄송합니다."
내가 말한다.
내 이름은 사이먼 J. 크래프트.

"네 이름을 왜 자꾸 말하는 거야? 그게 재밌냐?"

내 목에 박힌 막대기는 천사 2의 허리에 있는 발사기와 코드로 연결되어 있다. 내가 생각하는 것 중 무엇이 혀로 나가는지 모르겠다. 아니면 혹시 천사는 내 생각을 들을 수 있는지도 모른다. 나는 그들의 파괴를 조용히 생각하려 노력한다.

"야, 무슨 소릴 지껄이는 거야?"

"아뇨, 재밌지 않습니다."

"그럴 거라고 생각했어."

천사 2가 말한다. 그리고 내 목에서 인플루언서를 뽑는다.

"감사합니다."

감사합니다.

"감사합니다."

감사합니다.

"감사합니다."

감사합니다.

"감사합니다."

"알았어, 새끼야. 수작 부리지 말고 엿이나 먹어."

"감사합니다."

감사합니다.

"감사합니다."

감사합니다. 내 몸은 더는 유리가 아니다. 그 사실에 감사할 뿐이다. 인플루언스 직후의 순간에는 내가 누구인지, 왜 여기 있는지, 무슨 짓을 해서 지옥에 왔는지 기억하지 못한다. 그러나 그것이 끝나서 감사하다. 너무나 감사하다. 너무나 감사하다.

"감사해야 할 거야, 그래도 내가 널 도와주고 있으니까."

"감사합니다, 감사합니다."

천사 1이 문 바로 너머에서 지켜본다.

"싸움에서 루이즈가 너한테 무슨 짓을 하든 방금 느낀 것의 절반도 아프지 않을 거야. 무슨 말인지 알아?"

천사 2가 말한다.

"감사합니다, 감사합니다."

"앞으로 있을 전투에 널 확실하게 준비시켜 주지. 앞으로 남은 평생 나한테 감사하게 될걸."

검은 막대는 그의 손에 있다. 그가 버튼을 누른다. 막대는 다시 발사기로 들어간다.

"감사합니다."

감사합니다.

"지난주에 루이즈가 널 밟아 놨지. 이 주 후에 재경기를 할 거야. 그다음엔 삼세판을 끝낼 거고. 이 주 후에 이기면…… 이기는 게 좋을 거야."

천사 2가 내 어깨를 두드린다. 나는 소리를 지르기 시작하지만, 그의 손이 닿자 지옥이 아니라 그저 둔하고 일반적인 닿는 느낌만 느껴진다. 천사 2가 어깨를 꽉 잡는다.

"너 승모근이 튼튼하고 좋아. 꼭 매일 운동해. 팔굽혀펴기, 윗몸일으키기, 권투 연습 두 시간 정도. 이 주 후에 이기면 구덩이 밖에서 최소 네 시간은 있게 해 주지."

"감사합니다."

"넌 빌어먹을 인생 내내 매일매일 감사해야 할 거다, 이 새끼야."

그가 웃는다.

"감사합니다."

내가 말한다. 웃으면서. 그리고 싶어서가 아니라 인플루언스 후에는 한동안 얼굴 근육이 멋대로 움직이기 때문이다.

"내가 듣고 싶은 말이 그거야, 이 역겨운 놈아."

그리고 천사 2 로렌스가 떠난다. 복도에 울려 퍼지는 그의 웃음소리가 들린다.

천사 1, 그렉스 교도관은 여전히 문밖에 서 있다. 그가 사라졌다가 돌아온다. 나는 그가 거기 있음을 느낀다. 그가 들어온다. 나를 침대 모서리에서 풀어 준다. 나는 움직일 수 있고, 원하는 걸 뭐든 할 수 있다.

이제 나 자신이 돌아오는 것이 느껴진다. 교도관들이 만든 교도소 격투 리그에 강제로 합류하게 된 두 달 전부터 늘 이런 식이다. 물론 빠지고 싶다고 빠질 수는 없다.

그렉스가 나를 본다. 나는 어깨를 돌린다. 내 몸이 나에게 돌아온다. 다시 내 것이다. 그가 수건을 건넨다. 나는 그것을 침대 옆에 둔다. 지금은 뭔가가 내 몸을 건드리는 것이 두렵다.

"한번은 인플루언스 후에 자기 눈을 파낸 사람이 있었지. 알아?"

"이해되네요."

이해된다, 아주 잘.

"로렌스가 너에게 몇 번이나 이 짓을 했는지 알아?"

나는 고개를 젓는다. 정확히 말하기 어렵다. 왜냐하면 심지어 고통이 사라진 지금도 나는 그 막대기가 내 목에 없다는 사실에 영원히 감사해하고 있기 때문이다. 일단 한번 인플루언스를 당하면 진실로 멈추는 법이란 없다. 한번 인플루언스를 당한 사람은 항상 그 영향 아래 있다. 적어도 누군가는 그렇다. 나도 그렇다. 항상 그것이 다시 올 것을 기다리게 된다.

"여섯 번째였어. 너에겐 민원을 넣을 만한 정당한 이유가 있어. 누구한테 민원을 넣는지 알아?"

가끔 나는 내가 죽일 수 없는 존재라고 확신한다. 가끔은 내가 이미 죽은 게 아닌지 궁금하다.

"로렌스 교도관님."

"정확해. 그 말은 이제 너는 이렇게 살아야 한다는 뜻이지. 뭐라 더 할 말이 없네."

그는 손에 새 회색 옷을 들고 있다. 나는 언제나 천사가 손에 무엇을 감추고 있는지 안다.

"그건 그가 네게 이 주 후의 경기에 이겨야 한다고 말하면 너는 그 경기에 이겨야 한다는 뜻이기도 해. 이틀마다 이 짓거리를 보자니 토가 쏠리니까. 내 말 알아들어?"

"감사합니다."

"나한테 감사하지 마. 난 널 위해서 해 주는 거 없어. 그냥 사실을 알려 주는 것뿐이야."

나는 아무 말 하지 않는다.

"아무튼 이 말은 해야겠어. 그 난리가 끝났는데 네가 반응이 있고 다 한다는 건……."

그는 내게 주먹을 들어 보이고 나는 팔을 들어 주먹을 맞부딪힌다.

"네 이름은 사이먼 크래프트야. 네 이름을 기억해, 난 네가 괜찮을 거라고 생각해."

그는 새 옷을 내 침대에 놓는다.

"사이먼 J. 크래프트."

내가 말한다. 그는 끄덕인다.

그가 떠나고 나는 벽에 '사이먼 J. 크래프트'를 쓴다. 다시, 또 다시. 나는 누워서 눈꺼풀에 그것을 새긴다. 나는 여러 가지 방식으로 몸이 폭발하고 또 폭발하는 악몽을 꾼다. 나는 그것을 고스란히 느낀다. 잠에서 깨자 웃고 찡그리고 고통이 빚는 대로 얼굴을 움직인 탓에 턱이 아프다.

링은 없다. 그냥 F 구역의 복도다. 로렌스는 나를 그곳으로 이끈다. 우리는 일반 수용자 절반을 지나며 걸어야 하는 듯하다. 그저 어슬렁거리는 그 모든 몸들, 자유가 어떤 모습인지 잊기는 쉽다. 내가 있었던 곳에 비하면 이것이 자유다. 지옥의 얕은 층.
"저 백인 친구 미친 것 같은데."
루이즈라는 남자를 죽여야 하는 곳으로 로렌스가 나를 끌고 가는 동안 그들의 목소리가 들린다.
악취와 쇳내가 난다. 뭔가 죽어서 썩어 가는 것처럼.
로렌스는 다시 내 쪽으로 몸을 기울여 나에게 들리게 귀에 대고 말한다. 그는 검은 막대를 들고 있지 않다. 그래서 나를 죽이려고 기다리는 남자에게 걸어가면서도 전혀 걱정되지 않는다. 그 고통이 지옥이 아니라 현실의 것임을 알기 때문이다. 내 안에는 아무 걱정도 없다. 기쁘기까지 하다.
"오늘 밤에 이기면 일주일은 인플루언스가 없을 거라고 약속하지. 진다면 네가 어떤 꼴이든 상관없이 오늘 밤이 아주 길어질 거야. 내 말 알겠어?"
"감사합니다."
"다치게 하겠다고 작정해야 해, 알겠지? 그놈은 걱정하지 마. 그놈도 똑같은 생각을 하고 있을 테니까. 오늘 이기지 못하면…… 내 말 알지, 응?"
"감사합니다. 알고 있습니다."
그는 앞을 본다. 스스로 그 검은 막대 앞으로 돌아가도록 두지 않을 거라는 사실을 이 세상 그 무엇보다도 명확히 안다.

"그래야 할 거야."

"저 새끼 왜 실실 웃는 거야?"

회색 상하의를 입은 수용자 하나가 말했다.

"웃는 거 아니야. 저거 그거야."

다른 사람이 말했다.

"아, 젠장. 유감이네, 친구."

키가 하도 작아 아이처럼 보이는 사람이 내게, 그가 생각하는 나에게 말했다.

나는 그들을 보고 그들은 땅을 보거나, 늘 보고 싶었던 동물인 것처럼 나를 구경한다. 그들이 이 꼴이 절대 되고 싶지 않다고 되새길 필요가 있다는 듯 나를 본다.

"저거 그거야, 치즈 증후군. 인플루언스가 끝나면 계속 사진 찍을 때처럼 웃는다니까. 개 같아."

내가 볼 수 없는 얼굴의 목소리가 말한다.

"안 닥치면 다음은 네 차례야."

천사 2가 말하자 목소리는 사라진다. 구역의 끝에는 주황색 고깔 네 개가 놓여 있다. 몸들이 사각형을 이루며 모인다. 링은 모두 같은 색 옷을 입은 서로 다른 색의 인간들로 만들어졌다. 그리고 각 고깔 옆에는 황갈색과 검은색 옷을 입고 가슴에 빛나는 배지를 달고 허리에는 무기를 두른 교도관들이 서 있다.

'링' 안에, 주황색 양동이를 엎어 놓고 그 위에 앉은 사람이 루이즈다. 한 달 반 전의 첫 경기는 내 코를 영영 뭉개 놓으며 루이즈가 이겼다. 다음 날 일어나니 로렌스는 내가 곧 진짜 고통을 느끼게 될 거라고 말해 줬다. 그리고 그가 옳았다. 검은 막대를 들면 누구든 언제나 옳다. 당신이 아는 모든 사실보다 이것을 먼저 기억하라. 당신의 이름보다도 먼저 기억하라.

몸들이 옆으로 움직였다가 내 뒤에서 문처럼 닫혔다. 내 앞에도 엎어 놓은 양동이가 있다. 녹색이다. 로렌스가 내 어깨를 누른다. 그건 그냥 어깨를 누르는 손으로 느껴진다. 검은 막대가 있으면 녹은 힘이 근육 사이사이를 핥는 느낌이었을 것이다. 그것이 없을 때면 모든 것이 너무나 편안하다. 그리고 그것을 다시는 느끼지 않기 위해 나는 루이즈를 죽여 버리겠다고 다짐한다.

"세 라운드야. 네가 이기면 이번 주에는 인플루언스가 없을 거야. 밟아 버려, 챔피언."

로렌스가 내 귀에 대고 말했다.

"죄송합니다."

나는 그에게 말한다. 루이즈에게도, 여기 모인, 세상에 존재하는, 내 안에 존재하며 날 여기 끌고 온 모든 악마에게도.

"죄송해하지 마. 저놈이 죄송해했으면 좋겠어. 일어나, 시작한다."

구덩이에 던져지기 전, 맞은편 감방에 있었던 남자가 루이즈 왼쪽 어깨 너머의 고깔 근처에 서 있는 것이 보인다. 그는 날 알아봤다는 듯 고개를 끄덕한다. 나는 일어서고 루이즈도 일어선다.

한 교도관이 몸으로 만든 링 가운데로 들어선다.

"다들 지금 선 자리에서 꼼짝도 하지 마. 지금 가로세로 2.5미터야. 선수들이 싸울 공간은 있으면 좋겠어."

'싸울'이라는 말에 모여 있는 남자들이 환호한다. 기대하던 일이 빠르게 다가오고 있을 때 나오는, 설명할 수 없는 *와아아아아*다.

로렌스가 내 상의를 벗도록 도와준다. 루이즈도 똑같이 한다. 그는 시선을 거두지 않고 나를 바라본다. 나는 아마 그를 향해 웃고 있을 것이다.

"입 좀 닥쳐."

링 중앙의 교도관이 말한다. 그는 대머리에 키가 작다. 눈썹 위에 맺힌 땀방울이 커진다.

"삼 분씩 세 라운드를 할 거야. 하루 종일 여기 있을 수는 없어. 멍청한 네놈 새끼들은 산수를 못 해서 모르겠지만 싸움은 구 분밖에 안 돼. 라운드 사이에는 일 분 삼십 초 동안 숨 고를 시간을 줄게. 어떻게 공격해도 상관 없어. 복싱이나, 하고 싶으면 가라데를 해도 좋아. 기권하고 싶으면 그냥 바닥 두드리는 걸로는 안 돼. 이렇게 외쳐야 돼. '나는 잡년이다!'"

군중이 웃음을 터뜨린다. 폭소다. 대머리 교도관은 자신의 재치에 미소 짓는다. 지옥에서조차도 천사들은 자기가 웃긴다고 생각하길 좋아한다.

"농담이야. 기권 따윈 없어. 십 분도 안 되는데 기권할 이유가 없지."

그가 나와 루이즈를 보며 말한다.

"둘 다 준비됐어?"

로렌스가 말한다.

"기억해, 주먹 내리지 마."

나는 끄덕이며 두 주먹을 올린다.

"가 보자고."

대머리 교도관이 말하고는 사람들의 링으로 사라진다. 덥다. 굶주린 남자들이 내뱉는 숨이 공기를 채운다.

"나가."

로렌스가 말한다. 그리고 나는 나간다.

한 걸음 안으로.

루이즈가 발을 끌며 앞으로 나서서 잽을 날려 내 가드를 시험한다. 다시 왼손 맨주먹을 빠르게 날린다. 나는 그것에 전혀 움직이지 않는다. 짧다. 앞으로 나서며 스트레이트를 날리는 그의 오른 주먹에서 'CAPO'라는 글자를 읽을 수 있다. 지난 싸움에서 내 코를 부러뜨린 주먹이다. 이번에는 루이즈가 보이지 않는 줄에 묶여 움직이는 것처럼 보인다. 모든 것이 전보다 느려 보인다.

나는 주먹을 흘려보내고 루이즈의 간 쪽에 세게 펀치를 먹인다. 나는 물러섰다가 그의 몸을 꿰뚫듯 주먹을 꽂으려 한다.

그는 예상치 못하게 어디선가 나타난 작은 동물이 달려들어 놀란 것 같은 소리를 낸다.

그의 몸은 단단한 느낌이지만 그래도 완전히 부술 수 있다. 나는 뚫듯이 주먹을 날린다.

그는 숨을 들이마시고, 비틀거리며 물러난다. 환호 소리와 움직임이 이어진다. 군중 역시 속도를 늦춘 영상처럼 보인다.

루이즈의 눈에 공포가 어린다. 본 적이 없어도 모두가 이해하는 표정이다. 그 표정을 보면 아주 잠깐 이게 전부인 것 같다. 나는 검은 막대가 몸에 무엇을 할 수 있는지 거의 잊는다. 나는 잊는 것이 좋다. 바로 여기 있는 루이즈가 빠르게 숨을 몰아쉰다. 그가 크게 훅을 날린다. 스트레이트보다 더 느리게 느껴진다. 나는 휙 수그려 피하고 어퍼컷에 모든 힘을 모은다. 이 일격은 루이즈의 턱을 부숴 놓을 것이다.

군중이 그의 고통에 합창한다. 한목소리의 으으으.

나는 방금 부서진 턱에 다시 훅을 때린다. 그는 어지럽고 혼란스러워 보인다. 그의 몸이 멋대로 움직이며 다시 빠른 스트레이트를 날린다. 나는 주먹이 다가오는 걸 봤지만 얼굴로 받는다. 눈을 감고 그 느낌을 받아들인다. 고통임을 알지만 검은 막대가 주는 것과는 너무 달라, 거의 느껴지지 않을 정도다.

루이즈의 주먹은 고통의 모조품일 뿐, 실체와는 전혀 다른 것이다. 타격을 받은 그의 표정이 나를 기쁨으로 채운다. 세상에서 가장 좋아하게 된 새로운 감정이다. 그의 공포는 내가 언제나 느끼는 두려움을 잊게 한다. 나는 루이즈를 땅에 넘어뜨리고 그 몸을 타고 앉아 로렌스와 다른 교도관들이 떼어 낼 때까지 그의 얼굴을 때리고 또 부순다. 그러는 동안 기쁨 말고는 다른 생각이 들지 않는다. 그리고 그들이 나를 떼어 낼 무렵, 루이즈의 얼굴에서 더 이상 공포도, 그 무엇도 읽을 수 없게 된다. 실망스럽다.

"젠장, 크래프트. 내가 이것 때문에 잘리면…… 젠장."
로렌스가 말한다.
"죄송합니다."
내가 말한다. 다시 내 지옥으로 돌아와 그의 발밑에 엎드린다. 고개를 조아린다. 땅에 이마를 박는다. 그가 나를 바닥의 납작한 얼룩이 될 때까지 군홧발로 짓밟아도 좋으니 검은 막대는 사용하지 않기를 온 마음으로 바란다.
"아니, 앞으로 더 죄송해질 거야. 그가 죽었으면 네 남은 평생을 후회하게 해 주지."*
나는 루이즈가 죽었음을 안다.**
그렉스가 말한다.
"로렌스, 근무 시간 거의 끝났어. 그냥 놔두자."

---

* 그는 웃었다.
** 그의 이름은 안젤로 루이즈, 그의 가족은 그를 먹이고 안전하게 보호하고 양육한 사람들이었다. 그들은 그를 강하게 만들었고, 싸우는 법을 가르쳤고, 돈을 벌었다. 그들에겐 적이 있었고, 그들의 영역을 지켰다. 그는 떠날 수도 있었지만, 가족을 배반하면 안 된다.

나는 내 작은 지옥의 구석으로 달려간다. 콘크리트를 통과하게 해 달라고 기도한다.

"꺼져."

로렌스가 말한다. 나는 구석 벽에 시간을 표시한 금을 파고들고 또 파고든다. 나는 그 벽에 대고 애원하며 운다.

로렌스가 떠난다. 기다리는 일은 앞으로 다가올 일만큼이나 구역질 난다. 비슷한 것 같지만 절대 같지는 않다. 그가 없는 동안 그렉스가 내 지옥의 문으로 들어와서 내가 자는 곳에 앉는다. 그는 매우 피곤하다는 듯 눈을 비빈다. 마치 그가 곧 갈기갈기 찢길 사람인 것처럼.

"출구가 있어, 너도 알잖아."

나는 그를 본다. 그가 말하는 자유가 무엇이든 내 몸 모든 구석이 그것을 갈망한다. 나는 구석에 소리 지른다.

"다 큰 어른이 그놈 뜻대로 휘둘리는 건 개 같은 일이야. 너 같은 사람들이 최소한 다른 곳에 있을 수 있는 방법이 있어."

"제발."

나는 애원한다.

천사 2가 없는 매 순간은 눈 깜짝할 사이에 지나가서 나는 그 시간을 늘리려 한다. 루이즈의 생명을 짓이길 때 느꼈던 것처럼 시간을 천천히 잡아당기려고.

"네가 갈 수 있는 곳이 있어. 넌 죽겠지만 이것보다는 편할 거야."

"제발. 뭐든 좋아요."

"멀쩡하게 행동할 수 있어? 서류에 서명하려면 정신이 멀쩡해야 해. 몇몇 질문에 '예'라고 대답하고. 이름을 알고 서명할 수 있어야 해. 할 수 있을 것 같아?"

"제 이름은 사이먼 J. 크래프트입니다."

복도 끝에서 천사 2가 다가오는 발걸음 소리가 들린다. 사람들은 언제나처럼 와자지껄하고 시끄럽지만, 나는 그의 군화 소리를 완벽히 들을 수 있다.

"다시 말해 봐."

"사이먼 J. 크래프트."

"오늘이 지나도 그걸 기억할 수 있다면 출구가 있어."

"안 돼요."

오늘이 지나도, 라니. 그건 다시 천사 2에게서 살아남아야 한다는 뜻이다. 제발, 나는 생각한다.

"제발, 저를……"

"뭣들 하고 있어?"

천사 2가 말한다. 천사 1은 허벅지에 손을 짚고 일어선다.

"이놈이 너 기다리면서 머리 찧고 죽지 않게 지키고 있었지."

"그런 거 걱정하지 마. 이놈은 투사야."

천사 2의 침으로 번들거리는 입술이 말한다.

그리고 다음 세 시간 동안 나인 것은 모두 나였던 것이 되고……

인플루언스의 기술

그것들의 작은 다리가 부러졌다. 탈진하고 나서도 작은 심장에서 피를 짜냈다. 쥐들. 쥐들은 달리다가 죽었다. 그런 일이 일어났고, 또 일어나자 패트리샤 세인트 진 박사는 느껴 본 적 없는 압박을 느꼈다. 감각의 과학이라면 능통한 그녀였지만 이런 결과를 상상하지는 않았다. 그녀는 엄청난 고통을 느낀 뒤 그 괴로움을 다시 겪지 않으려고 스스로 삶을 끝내는 쥐들을 내려다보며 자신이 우연히 말려든 이 일이 강력한 사악함 그 자체라는 사실을 알았다. 시작한 지점에서 너무 멀어진 것이다.

아직 트리니다드에 살던 열한 살 때, 패트리샤는 아버지가 시들어 가는 모습을 보았다. 그는 골수암에 걸렸다. 단단한 뼈 안쪽 깊은 곳에서 뭔가 그를 먹어 치우기 시작했다. 세월이 지나 전문가 모임에서 의장을 맡은 그녀는 이런 말로 청중의 분위기를 풀곤 했다.

"아버지에게 달려가서 물을 가져다 드리고, 신음 소리를 들으면서 열한 살 아이로서는 굉장한 간병의 기술을 익혔죠."

웃음과 *아휴* 사이의 반응이 나타나면 청중의 이목을 끌었다는 뜻이었다.
그러나 아이일 때 그녀는 그가 시들어 가는 것을 보았다. 그녀는 물을 가져다주었고, 그가 더 이상 컵을 입술까지 가져갈 수 없게 된 정확한 날짜를 적어 두었다.

"패티, 패티, 내 딸, 내가 망할 컵을 떨어뜨렸단다."

그가 말했다.

패트리샤는 빗자루로 나무 바닥의 유리를 치웠다. 쓰레기통에 버린 조각들은 물에 젖어 번들거렸다. 그녀는 가장 큰 조각을 챙겨서 행주에 감쌌다. 그리고 침대에서 베개로 몸을 받치고 있는 아버지에게 돌아갔다. 그녀는 양손으로 아버지의 손을 감싸서 새로 떠 온 물로 목을 축이도록 도왔다, 그랬다. 하지만 그가 계속해서 느끼는 고통에 대해서는 할 수 있는 일이 없었다.

"고맙다, 패티, 내 딸."

아버지는 두 모금을 마셨고 그녀의 손과 그의 손과 그의 가슴에 토했다. 패트리샤는 그를 닦아 주고 다시 물을 두 모금 마시게 도와주었고, 아버지는 쉬겠다며 가라고 했다.

그녀는 손을 씻고 방으로 갔다. 거기엔 더러운 행주에 싼 유리가 침대 위에 초대장처럼 놓여 있었다. 그것이 말했다, 고통에는 고통으로. 그것은 고통에 교감하라고 했다. 아버지가 다시 신음했고, 그녀는 오른발을 끌어 왼 무릎에 올려놓았다. 다리를 선택한 건, 지금 상태에서도 손과 팔은 아버지를 먹이고 입히고 씻길 때 눈에 띌 것이기 때문이었다. 그녀는 한 주에 네 번 배변한 아버지를 욕실로 옮겼는데 무게를 더 잘 짊어지려고 이미 매일 팔굽혀펴기를 연습하고 있었다.

아버지는 다시 낮은 소리를 냈다가, 결국 완전히 '으아악' 하는 비명을 뱉었다. 숨이 달리는데도 소리는 컸다. 아버지가 그녀를 위해서 고통을 참지 않았으면 했다. 그가 무엇이라도 감추고 있다면 그가 겪는 고통의 깊이를 상상할 수가 없었다. 이미 그는 인간이 겪을 수 있는 최대한의 고통을 겪고 있는 것처럼 보였는데 말이다. 그런데 그조차 딸에게 괜찮아 보이려고 어느 정도 삭이고 있었던 거라면…….

"아아아, 젠장."

아버지의 목소리가 들렸다. 그때 첫 상처를 냈다. 그녀는 유리로 오른쪽 종아리를 똑바로 그었다. 외과적이고 간단했다. 그녀는 그 일이 일어나는 것을 보기 위해 싸웠다. 아버지의 고통이 복도에 울려 퍼지는 동안 눈을 감길 거부하면서. 그녀는 어린 나이부터 고통에 메아리가 있다는 사실을 알았다. 고통은 몸 안에 있었으나 벽으로도 스며들었다. 고통은 몸 안에서 시작되었지만 영혼에 들러붙어 그것을 빼앗으려 했다. 고통은 인간을 사라지게 만들 수 있다. 예를 들면 아버지의 고통은 어머니를 없애 버렸다. 그녀는 그 느낌을 들이마시며 더 깊이 눌렀다. 고통에는 고통으로. 그의 고통을 상쇄할 뭔가가 필요했다. 아버지의 고통은 홀로 두 사람을 다 삼키고 있었다.

종아리를 가로질러 유리 조각을 힘주어 당기면서 그녀는 살갗이 열리고 핑크빛이 보였다가 붉은 피가 쏟아지는 모습을 보았다. 공포스럽지는 않았다. 그녀는 다리를 그을 때 쓴 유리 조각을 다시 행주에 싸서 갑자기 성스러워진 꾸러미를 침대 밑에 두었다. 다리에서 흘러나오는 피를 손으로 대충 닦고 새로 생긴 상처를 덮을 새 수건을 가지러 갔다. 걸음을 걸을 때마다 감각이 느껴졌고, 그녀는 그에 집중했다. 발목을 당길 때마다 늘어나고 아픈 느낌에. 새 수건을 가지러 가면서 아버지의 공간이 되어 버린 거실을 지났다. 아버지를 확인하려 들여다보는 동안 발목을 타고 흐르는 피가 느껴졌다.

"아빠, 필요한 거 있어?"

이 질문을 하는 건 아픈 일이었다. 물론 그에겐 새로운 몸, 새로운 정신, 새로운 영혼이 필요했다. 그가 너무나 오랫동안 잠겨 있었던 고통에 빛바래지 않은 것으로. 그에겐 모든 것이 필요했다.
"고맙다, 패티, 내 딸. 난 괜찮아."
그는 이를 악물고 말했다.
그녀는 내려다보았다. 피가 엷게 얼룩져 있었다. 그녀는 살짝 발가락을 눌러 다리를 감추고 머리만 들여다봤다. 그녀가 낸 상처가 당겨지고 다시 찢어졌다.
"그런 말 안 해도 돼, 아빠."
그는 그녀를 돌아보지 않았다. 그의 눈은 감겨 있었다. 하지만 아버지는 깊은 의문의 시선처럼 느껴지는 숨을 쉬었다.
"알았어."
그리고 그녀는 걸음을 옮겼다. 등 뒤에서 발자국이 찍히고 말랐다. 그녀는 수건을 챙기고, 아버지가 잠든 척할 때 마루를 닦았다. 그는 몇 시간 뒤 진짜로 잠들 때까지 계속 신음했고 흐느끼기까지 했다.

아버지에게 차도가 있다고 했다.
축하할 일임을 알았지만, 아버지의 고통은 여전히 모든 곳에 있었다. 그것이 공기를 가득 채우고 있어서 기뻐할 공간은 남아 있지 않았다. 패트리샤, 그녀의 고모 로티, 그리고 아버지는 새로운 간호사를 기다리고 있었다. 재택 간호를 주당 스물여섯 시간 사용할 수 있었다. 물론 훨씬 많은 시간이 필요했지만, 보험사에서는 그런 일이 없을 거라고 확실하게 밝혔다. 그녀는 열세 살이었고 아버지의 건강을 책임지는 건 그녀의 일이었다.
"다들 잘 지내시죠?"

간호사가 물었다.

패트리샤는 끙끙거리는 아버지 옆의 의자에 앉아 있었다. 그녀는 자기 방에 있는 유리 조각을 상상하며 숨을 들이마셨다.

"맙소사."

패트리샤는 나직하게 내뱉곤 다시 크게 말했다.

"잘 지내시는 것 같나요?"

일주일에 두 번 그들 가족을 들여다보던 고모는 패트리샤의 팔을 꼬집었고 간호사가 골수암은 치료로 없어졌지만 안타깝게도 그래서 이렇게 건강 상태가 나빠졌다고, 의도하지 않은 부작용이 발생했다고 설명하는 동안 고개를 끄덕였다.

"신경 장애예요."

간호사는 패트리샤의 아버지를 다정한 눈길로 내려다보았고, 패트리샤는 그녀의 목을 조르고 싶어졌다.

"신경이 손상되서 불편한 거예요."

단어들과 그것들이 담은 모든 의미 사이에는 실로 엄청난 간극이 있었다. 계속되는 문제의 새로운 얼굴인 이 간호사는 침착했다. 전에도 이런 말을 들었다. 하지만 그날은 뭔가 달랐다. 간호사가 그 말을 편하게 하고 있다는 사실이, 바로 옆에서 아버지가 죽어 가고 있다는 것에 그녀가 전혀 개의치 않아한다는 사실이. 그녀는 불에 타는 듯했다. 그때는 그녀가 삶의 열쇠를 건네받고 있다는 사실을 알지 못했다.

"의사 선생님, 감사합니다."

로티 고모가 말했다.

패트리샤는 말하고 싶었다. 아뇨, 이 여자는 의사가 아니에요. 하지만 먹거리를 살 돈을 주고 일주일에 두 번 방문하는 고모가 필요했다.

패트리샤는 대신 이렇게 말했다.

"불타는 것 같으시대요. 신경 장애인 거 알겠어요. 근데 우리가 뭘 할 수 있어요?"

간호사가 패트리샤를 보았고, 고모는 그녀에게 방으로 가라고 했다. 그녀는 달리다시피 해서 나왔다. 방금 한 질문에 대한 대답이 단순한 것임을 알아 감사했다. 할 수 있는 일이 아무것도 없었다. 세계의 어떤 과학도 의사도 아버지를 어떻게 도울지 전혀 몰랐다. 그녀는 오랫동안 버려 둔 인형들이 가득한 상자를 열어 유리 조각을 꺼냈다. 교복으로 입은 스타킹을 끌어 내려 맨다리를 드러냈다. 그 아래 있던 다리에는 얼룩말처럼 흉터가 있었다. 그녀는 신중하고 빠르게 다리를 베었다. 그 감각을 빨아들였다. 그것을 느끼고, 알고, 그것이 그녀를 통해 흐르도록 두었다. 칼에 베이는 감각은 그녀가 가장 잘 아는 것이었다. 칼에 베이는 감각은 그녀의 가장 친한 친구였다. 칼에 베이는 감각은 그녀 인생의 감각이었다. 칼에 베이는 감각은……

아버지가 죽었을 때, 그녀는 당연하게도 그것을 제일 처음 목격한 사람이 되었다. 그리고 분노와 공포와 자해 끝에, 그녀는 안도감을 느꼈다. 솟구치는 안도감을 느꼈고 그에 대해 영원히 죄책감을 느낄 것을 알았다.

해부학 연구실 강의 첫 미팅에서 앞에 카데바를 받기 전 강의자는 학교에서 보내는 시간 내내 많은 의사가 물어보게 될 질문을 했다. 어색함을 깨뜨리기 위한 질문이었다. 패트리샤는 자신이 그 질문에 가장 먼저 답하는 사람이 될 때가 많을 것이라는 사실을 빨리 알아차렸다. 그녀는 두려워하지 않기 때문이었다.

"고통을 끝내고 싶어서요. 우리가 느끼는 방식을 바꾸고 싶어요. 사람들이 고통을 느끼길 바라지 않아요."

교수는 육십 대 백인 남자였다. 그는 따뜻하게 웃었다. 내려다보는 느낌이긴 했지만, 아버지 같은 따뜻한 우월감이었다.

"내가 자네에게 확실히 말할 수 있는 건 고통은 언제나 존재한다는 사실이지. 괴로움은 언제나 존재할 거야. 하지만 우린 그걸 완화하려고 최선을 다할 거야. 우린 돕기 위해 최선을 다해. 어떤 것 같아?"

패트리샤는 그에게 눈을 깜박였다.

"네가 한 말 마음에 들어."가 그의 입에서 처음 들은 말이었다.

그는 그녀보다 한 살인가 두 살 많았고 녹색을 띤 눈은 정직해 보였다.

"내 이름은 루카스야. 루카스 웨스플랫."

그가 손을 내밀었다.

그들 둘 다 모두가 필요하다고 했던 길을 걷기 시작한 참이었다. 여전히 인간이 해야만 하는 일. 진짜 치료란 창의성의 산물이었다. 그들은 누군가를 자랑스럽게 할 것이었다. 누군가를 구할 것이었다.

"안녕."

"어디 출신이야? 억양 마음에 드는데."

그는 여전히 웃으며, 친근하게 대하려 하며 말했다.

패트리샤는 이미 오래전에 미국 영어 억양을 완벽히 익혔고, 그를 유심히 보았다.

"트리니다드."

짧고 굵게 말하는 것이 그녀의 방식이었다. 고모는 짧고 까칠하다고 했다.

"난 그쪽 섬들을 좋아해. 가족들이랑 몇 번 갔었어."

"그래?"

그녀는 웃으며 말했다. 그녀도 인간이었다.

일이 끝나자 루카스가 손가락으로 그녀의 몸을 훑었다. 그는 손과 입술로 그녀의 살갗을 숭배했고, 그녀는 그것을 받아들였다. 그가 허벅지를 지나 무릎까지 애무했을 때 그녀는 이 남자가 제공하는 몽상에 푹 빠져서 그의 손이 정강이로 내려가는 것을 미처 막지 못했다.

"무슨 일 있었어?"

부드럽던 손가락의 움직임은 그가 세심해지려고 노력하는데도 진찰하듯 뚝뚝 끊겼다. 그의 말은 정말로 걱정하는 것처럼 들렸고 그 때문에 패트리샤는 몹시 화가 났다.

"이제 가 줘."

"뭐? 왜? 왜 그래? 무슨 소리야?"

그녀는 아무 말 하지 않았다. 완벽하게 움직임을 멈추고 거기에 도달하기 위해 되어야 했던 모든 것을 상상했다. 루카스가 그저 실려온 바로 그 자리에 있기 위해서.

"인생이 복잡했어."

그녀의 말은 그녀가 아직 노력하고 있다는 사실을 그 다리가 상기시켜 준다는 의미였다. 고통은 여전히 세계에 만연하며 그녀가 이만큼 멀리 왔음에도 불구하고 그것을 바꾸는 어떤 일도 하지 못했다는 사실을 상기시키는 것.

"그 말은 아무 의미도 없잖아."

그가 소리 내지 않았지만 미소 지었다는 걸, 아직 눈을 감고 있으면서도 그녀는 알 수 있었다.

그녀는 학년 수석으로 졸업했다. 루카스는 졸업했다. 그렇지만 그들이 나눈 대화는 이랬다.

"우리에겐 아름다운 일을 할 기회가 있어."

루카스가 말했다. 그들은 점심을 같이 먹으려고 E 식당에서 만났다. 그녀보다 나이가 많아 보이는 서빙 기계가 미국식 아침 식사를 날라다 주었다. 달걀, 핫케이크, 베이컨 몇 줄. 그들은 의대를 다니며 사귀다 헤어졌다 했고 다른 주에서 레지던트 생활을 했다. 그는 전용기를 타고 그와 그녀의 레지던트 근무 지역을 오갔다. 그는 자기의 탄소 발자국이 평균적인 인간의 열 배가 넘는다는 사실을 상관하지 않았다. 그는 그녀를 꼭 안고 말하곤 했다.

"널 위해서 그럴 가치가 있어."

그들은 다가올 대재앙에 대해 다른 사람들처럼 농담했다. 문득 그것이 그들 자신을 삼키고, 별안간 그것이 이전과 같은 방식으로는 재미없다는 사실을, 그러나 어떤 면에서는 더 웃기기도 하다는 사실을 깨닫는 시점까지.

그는 핫케이크를 잔뜩 씹으며 말을 이었다.

"그냥 생각해 봐. 네 이름으로 된 실험실이 생길 거야. 지원도 빵빵할 거고. 뭔가를 부탁할 필요도 없어."

"너 말고는 아무한테도 부탁할 필요 없겠지."

패트리샤는 음식을 건드리지 않았지만 이미 제일 실험실 평면도를 상상할 수 있었다. 그녀는 이미 자신이 축삭 자극 과정을 모델링하고 나머지 실험실 인력이 그것을 재창조하는 모습을 볼 수 있었다. 세상을 바꾸는 자기 모습을 볼 수 있었다.

"나한테도 뭘 부탁할 필요 없다는 거 알잖아. 날 알면서."

그는 오렌지 주스 잔 너머로 그녀의 손을 잡았다.

패트리샤는 물을 한 모금 마셨다.

그녀는 신체를 잘 이해했지만, 스스로의 몸에게는 등을 돌리는 뇌의 성향을 받아들이는 법을 배웠다. 그녀는 마침내 치료사에게 가 보기로 했다. 실험실 기술자 중 하나가 그 덕에 인생이 바뀌었다고 말했기 때문이었다. 그녀는 웃으며 첫 번째 상담에 갔다가, 세 번째 상담 뒤에는 세상 누구에게도 말한 적 없는 이상한 것들을 말하고 있었다.
"무엇 때문에 자신에게 벌을 주죠?"
여자는 차분히 물었다. 그리고 패트리샤는 그곳의 부드러운 의자에 파묻혀 무너졌다. 그녀는 한동안 자해를 멈췄다. 그러다 다시 자해했다. 그리고 더 오래 자해를 멈췄다.

피투성이가 된 쥐들을 보면서 그녀는 자신이 원했던 것과 정반대의 뭔가를 만들어 냈다는 감각이 자신을 덮치도록 두었다. 그녀는 포유류의 말초신경계 전체를 고립시키는 데 성공했다. 신체의 통증 수용체인 소섬유에 영향을 주는 동시에 신호를 받아들이는 뇌의 능력을 높일 수 있었다. 그녀는 한동안 이 사실을 알고 있었다. 그녀가 가진 실험실의 소독한 흰색과 회색은 점점 확장되었고, 그녀는 그 속에서 다른 인간이 이해한 적 없고 앞으로도 하지 못할 방식으로 감각 신경 섬유를 이해하고 그 지식에 파묻혔다. 이 실험실은 파킨슨병을 거의 정복했고 악명 높은 투렛 증후군을 가라앉히는 방법을 찾았지만 그것들은 그녀의 프로젝트가 아니었다. 그것들은 그녀의 목적이 아니었다. 지금까지 누린 모든 영광은 자해용 유리 조각으로만 채울 수 있는, 점점 커지는 구멍 같았다.

루카스와 그의 아버지 로저 웨스플랫은 가운을 입지 않고 마스크만 쓰고 걸어 들어왔다. 실험실 규칙을 완전히 무시한 처사였다. 그녀는 숨을 한번 쉬고, 얼굴은 가려져 있어도 눈으로 감정을 속일 수 있도록 그들을 위한 미소를 띠웠다.

"안녕하세요, 로저."

그녀가 말했다.

"그래, 패티."

그 나이에도 로저는 루카스와 달리 몸집이 크고 풍채가 좋았다. 하지만 강한 턱이 닮았고, 몇 대를 걸쳐 가문의 사람답게 여유로운 분위기도 비슷했다.

"안녕, 패트리샤."

루카스는 말하면서 그녀를 보기 위해 거의 사투를 벌이는 것 같았다.

"어떻게 지내?"

상황을 감안해서 그녀는 질문에 굳이 대답하지 않았다. 기계 돌아가는 소리에 그녀의 침묵이 더 깊어졌다.

마침내 로저가 입을 열었다. 그는 그녀가 레지던트 시절 잠들던 아파트 몇 달치 월세와 맞먹는 정장을 입고 있었다.

"패티, 자네가 혁신적인 일을 하고 있다고 들었네."

"열심히 연구했습니다. 예, 맞습니다."

"보니까 그런 것 같군. 내가 제대로 이해한 게 맞다면, 이미 실생활에 적용할 만한 혁신적인 성과를 냈다던데."

그녀는 이 말에 웃었다.

"아닙니다. 제가 지금 하는 일 무엇이라도 실생활에 적용될 수 있다고 생각하신다면, 전혀 제대로 이해를 못 하신 겁니다."

그녀는 보안경을 올려 이마에 걸쳤다.

"그런가? 그럼 내가 이해할 수 있도록 도와줄 수 있겠나? 그리고 자신을 과소평가하지 말게. 난 자네가 여기서 중요한 연구를 했다고 생각해. 강력한 동시에 생명에는 지장이 없는 통제책을 개발했다고 하던데. 새로운 행동 교정 장치 말이야. 그런 기술을 원하는 시장이 아주 커."

그녀는 그에게 이걸 이해할 가망이 영영 없다고 말하고 싶었다.

"캔버스 프로젝트에서는 말초신경계를 모방했습니다. 뇌와 척수를 몸 전체와 연결하는 신경입니다. 그 과정에서 우리는 감각과, 감각적 반응을 유발할 수 있는 정도가 어느 정도인지 연구했습니다. 생물 실험 단계는 겨우 피상적인 수준입니다. 일종의 조직화된 뉴런 반응을 끌어낼 수 있다는 건 확실하지만, 지금으로선……"

그녀는 가장 적절한 단어를 찾기 위해 잠시 멈췄다.

"반응의 정확한 본질을 선택할 수 있는 설비가 없습니다."

"아버지, 신체를 감각의 캔버스라고 생각하세요. 그리고 패트리샤 말은 우리가 그 캔버스의 테두리는 이해했지만 물감을 통제할 수는 없다는 거예요. 무슨 일이 일어날지는 제어할 수 없어요. 아직은요."

"나도 무슨 말인지 이해했어. 내 말은 그것만으로도 이미 엄청나다는 거지. 제어가 제한적이라지만 이미 반복 가능한 반응을 끌어 내고 있지, 아닌가?"

"지금 당장은 준비되지 않았습니다."

"위대한 문제는 처음 탄생한 곳에서는 해결할 수 없다네. 자네는 이미 강력하고도 유용한 기술을 개발했어."

"준비되지 않았습니다."

"뭐, 이사회에 보여 주고 다시 얘기해 보지."

"보여 드릴 게 없습니다. 아직은 그냥 신경계를 파괴할 수 있을 뿐입니다. 상상도 못할 고통을 만들 뿐입니다. 제가 한 말을 제대로 이해하지 못하고 계세요. 그건 우리 실험의 목적의 반대입니다. 더 진행해서는 안 됩니다. 제가 허락할 수 없어요. 감각을 강제하면 고통이 먼저 찾아옵니다. 상상할 수 있는 최악의 고통이요. 편안함과 쾌감, 그런 것들의 미묘한 차이를 알아야 하고 시간과 이해가 필요합니다. 이 과정을 방해하시는 건 용납할 수 없습니다."

그녀는 평정을 잃고 이제는 소리를 지르고 있었다. 그녀는 진실을 말해 버렸다는 것에 후회했다.

"패티, 자네는 이곳에서 멋진 일을 해냈네."

로저는 말의 방향을 바꾸기 시작했다.

"하지만 기억해. 여기서 자네가 하는 일이 언제, 어떻게 세상 빛을 보게 될지는 아크테크가 결정해."

그는 돌아서서 떠났다. 그녀는 자동 해부 기계에서 메스를 분리해 로저의 목에 쑤셔 넣는 상상을 했다.

"걱정하지 마, 팻."

루카스가 말하고는 사라졌다. 그가 평생 그랬던 것처럼 아버지의 뒤를 따랐다. 걱정하지 말라고, 그는 말했다. 그녀가 평생의 연구를 도둑맞는 순간에. 그녀가 고통을 끝내는 것의 정확히 반대인 일을 하는 데 이용당하는 순간에.

군사 경찰이 문 앞에 찾아왔을 때 패트리샤는 준비돼 있었다. 편안한 운동복 바지와 맨투맨 차림이었다. 민낯이었고 머리는 땋았다. 그들은 세게 문을 두드리고 밀고 들어왔고, 그녀는 의자에 앉아 기다리고 있었다.

"당신이 패트리샤 세인트 진입니까?"

남자가 그녀의 얼굴에 소총을 겨누며 소리 질렀다. 아파트에 남자 셋이 더 밀려 들어왔다.

"그래요."

"당신은 오일러 웨이 100번가에 위치한 실험실에서의 방화와 살인 미수 혐의를 받고 있습니다. 함께 가시죠."

맞다, 그녀가 저지른 짓이다. 그녀의 연구 커리어에서 가장 눈부신 연구의 씨앗을 태웠다. 제대로 모두 없앴길 바랐다.

그녀는 감각에 집중했다. 가라앉고, 더 가라앉는 느낌. 두려움. 옳은 일을 위해 최선을 다했다는 인지.

그녀는 일어섰다. 경찰들은 철커덕거리는 금속 수갑을 급하게 채웠다.

"저기. 다리에 피가 나는 것 같은데요."

경찰 하나가 말했다.

싱 아티카 싱

나는 기뻐하네…….
저 태양이 지면…….
나는 기뻐하네…….
저 태양이…….
"야, 깜둥이 새끼야, 오늘 네가 부르는 노예 노래 듣고 싶은 사람 아무도 없어, 자식아. 젠장."
태양이 지면…….
"정말이지, 노예선 타령 지겨워 죽겠어, 친구. 넌 지금 여기 있잖아. 낡아빠진 옛날 노래 좀 그만 좀 해, 깜둥아. 깜둥이 새끼가 팔이 하나라고 지가 쿤타 킨테(소설 『뿌리』의 주인공으로 노예 생활에서 도망쳤다가 발이 잘렸다)인 줄 알아, 젠장할."
사람들이 레이저 에제린이라고 부르는 젊은 링크다. 젊고 강하고 영리하지만 모두에게 스스로를 증명해야 한다. 그 자신에게도 스스로를 증명해야 하기 때문이다. 나는 증명할 것이 없다. 나는 하도 오래 침묵해서 가끔 내가 듣는 소음을 내가 내고 있다는 사실을 모른다. 나는 다른 무엇보다 듣고 있기 때문이다.

우리는 마치 중이다. 앵커, 커다란 교도관, 아무 데도 못 간다고 말하듯 앞에 솟은 전능한 막대가 우리를 이끌고 있다.

우리는 나란히 걷고 있는데, 우리의 표정은 어떻게 보느냐에 따라 찡그린 것처럼도 보이고 웃는 것처럼도 보인다. 몸들의 입이다. 찡그림이나 웃음, 그리고 우리가 짓는 이 거대한 표정의 눈은 우리가 걸어야 하는 엄청난 거리다.

나는 누군가와 나란히 있는데 익숙하지만 그 가까움을 끊는 일에도 익숙하다. 마치 중에는 하늘에서 음식이 날아든 뒤, 일어서서 풀밭과 흙과 진창과 바위를 헤치고 나란히 나란히 걷는다. 나는 가져가고 싶은 옷을 집어 든다. 이제 나에겐 옷이 몇 벌 있다. 그들이 보내 주는 것이다. 블러드 포인트를 쓸 일은 거의 없다. 내가 두고 가는 것은 다음 캠프에서 나를 기다린다. 나는 그들이 어떻게 매일 가져가고 갖다 놓고, 가져가고 갖다 놓고, 우리가 그 사이의 몇 킬로미터를 걷는지 생각한다. 살인 게임은 역시 다르다.

"고마워."

이레이저 에드 1이 말한다. 이레이저 형제는 삭발한 인종차별주의자 세쌍둥이다. 실제 형제, 형제, 형제로 같은 범죄로 여기 왔다. 그들은 백인이 아닌 사람에게 거의 말을 하지 않지만, 그들의 피부는 그들의 감정을 크게 외친다. 그들은 어떤 신이, 모든 것의 요리사가, 혐오를 한 꼬집 뿌리려다 뚜껑이 열려서 왕창 쏟아뜨린 것처럼 몸에 나치 문양 문신을 하고 있다.

"너도 그 입 닥쳐."

레이저가 그에게 말한다. 그도 나처럼 흑인이다.

"젠장."

레이저는 소리를 질렀지만 자기가 나쁜 놈은 아니라고 말하려는 듯 웃으며 나를 본다. 그는 나쁜 놈은 아니다. 내 편이지만 너무 많이 걸어서 피곤한 바람에 화가 났다고 말하려고 한다. 나 때문에 안 좋은 출신 성분이 떠오른다고 말하려는 것이다.

여기는 싱 아티카 싱 체인이다. 지금은 싱 오번 아티카 싱 체인이라지만 그 이름은 입에 붙지 않는다.

이름에 싱(노래)이 들어가다니 딱 어울린다.

몇 달 전, 이곳에 합류하게 된 나는 저녁 캠프에서 저들을 기다렸다. 바다와 멀지 않은 마른땅에서 진짜 모닥불이 함께했다. 이마 근처에 떠 있는 눈이 내 얼굴에서 공포를 찾는 동안 멀리서 들리는 파도 소리가 내 마음을 달랬다.

해가 지는 시간에 제작진은 나를 차로 캠프 현장에 데려다 놓았다. 나는 싱 아티카 싱 체인의 다른 링크들이 나를 찾아내길 기다렸다. 소여는 그들이 내 새로운 가족이 될 것이라고 말했다. 백인 소년들은 나를 보고 실망했다. (나를 처음 발견한 건 그들이었다.) 또 깜둥이 새끼네, 하고 생각했다. 나는 그들을 보고 얼굴이 같은 몸이 세 개 있는 게 맞는지 다시 살펴봤다. 몸의 어느 부위에 혐오를 드러내고 있는지로만 구분이 갔다. 아직도 누가 누구인지 모른다. 그냥 전부 에드라고 부르는 게 나을 것 같다.

앵커 아래 우리가 웃는 동안 쿠, 클럭스, 클랜이 맨 오른쪽에서 걷는다. 여기서 우리는 한 줄로 걷는다. 언제나 누군가가 다른 누군가를 죽일지도 모르기 때문이다. 마음에 여유가 있을 때면 그들을 애도한다.

"꺼져."

이레이저 2가 레이저의 말을 되받아친다.

나는 그들이 여기서 이보다도 하찮은 이유로 사람을 죽이는 것을 보았다. 신께 맹세코 그들은 길을 잃었다. 사흘 전 스마일리 러프라는 남자가 천국에서 일어났다. 목이 졸렸다. 아무도 그에 대해 한마디도 하지 않았다. 레이저의 말로는 이레이저 형제들이 그랬다고 한다. 그 남자가 계속 웃는 걸 싫어했다고 한다. 스마일리는 그들처럼 백인이었다.

나는 느슨하지만 준비된 상태로 내 창을 잡는다. '준비할 필요가 없도록 늘 준비된 상태로 있어라.' 어머니 영의 책, 일 장 일 절에 나오는 말이다.

레이저는 내 옆에 서 있고 그의 오른쪽에는 벨스가 있다. 벨스는 이런 곳에 있으면 안 될 정도로 다정한 사람이다. 또 한편으로는 그녀 역시 사람을 죽였고 계속 죽이고 있으니, 이곳이 그녀에게 딱 맞는 곳인지도 모르겠다. 벨스는 흑인과 백인 혼혈이니 흑인이다. 벨스는 장난 아닌 대검을 가지고 있다. 레이저와 마찬가지로 리퍼까지 올라갔다. 나도 곧 그렇게 될 것이다. 그녀의 오른쪽에는 에이티가 있다. 레이저와 두 번의 더블 매치를 함께 치러서 그들은 끈끈하다. 에이티는 나보다 나이가 많지만 강하다. 넓은 어깨, 활짝 웃는 미소. 많은 일을 겪은 그는 나쁜 건 그대로 무시하고 무엇에든 웃는다. 무거운 철퇴, 쇠사슬에 달린 가시 공을 들고 다닌다. 그는 무거운 철퇴를 그냥 무거운 철퇴라고 이름 지었다. 나는 그가 그렇게 말했을 때 웃었다. 그는 벨스가 태어나기 전부터 형을 살았다고 사람들이 에이티라고 불렀다고 했다. 그는 이 경기에 참가하기엔 늙었다. 하지만 그가 안에서 죽인 사람의 수 때문에 에이티라고 불린다고 말하는 사람도 있다. 모두에게 이름이 있다. 진실과 거짓의 이야기.

대형의 왼쪽 끝에는 루밥이 있다. 사람들이 루밥이라고 부른다. 그는 오래가지 못할 것이다. 이런 것에 대한 감각은 금방 생긴다.

우리는 하늘을 찌르는 산 사이 모래와 풀의 골짜기에서 마치를 한다. 너무 높아서 정상의 날씨는 지상과 완전히 다르다. 우리가 세계 어디에 있는 건지 모르겠다. 공기는 차고 신선하다. 고기를 자르던 때와는 아주 멀어졌지만 가끔은 그렇지도 않다. 일 장, 일 절.

레이저가 말한다.

"있잖아, 싱어. 이제 머리 안 아파. 소리 내야 하면 그 노래 불러."

"괜찮아."

나는 해야 할 때 노래한다.

"해도 된다고 말해 주고 싶어서. 나 그 망할 거 좋아해. 우리 조상들 노래잖아, 나도 그런 거 좋아. 알았지?"

레이저가 말한다.

"네 목소리에는 홀리데이(천재 미국 흑인 재즈 가수) 느낌이 있어. 네가 부르는 그 다른 노래 뭐였더라?"

에이티가 덧붙인다.

"비바붐비밥, 이딴 거."

벨스가 노래하더니 웃는다.

"네가 레이디 데이(홀리데이의 별명)에 대해서 뭘 알아? 그건 노동요야. 내 민족의 노래지."

나는 미소 짓는다. 맙소사.

"싱어가 웃고 있어, 친구들. 저거 봐."

레이저가 말한다.

"나 자주 웃어."

내가 말한다.

"어디서?"

벨스가 말하며 내 눈을 보려고 앞으로 나선다.

나는 그저 웃고 더는 말하지 않는다.
"넌 어떻게 조용하면서도 시끄러운 거냐, 싱어?"
레이저가 묻는다.
"네 목소리는 딱 하나를 위해서만 있는 거지? 노래하기 위해서만."
"누구든 목소리는 딱 하나를 위해서만 존재해."
내가 말한다.
"그게 무슨 뜻이야, 싱어?"
에이티가 묻는다.
"그렇지."
벨스가 맞장구를 친다.
"말 그대로야."
내가 말한다. 그들은 내 말을 듣는다.
모두 걷는다. 한동안 조용하다가 루밥이 말한다.
"뭔가 숨기려고 신비주의를 쓰는 사람도 가끔 있지."
벨스가 그를 보고 말한다.
"그 입 닥쳐, 루루."
그러자 루밥은 먼 곳을 본다.
"너한테 장난치는 거잖아, 루, 젠장."

지금의 방식은 우리, 그리고 이레이저 형제들이다. 체인에 두 무리가 있다. 루밥은 어느 쪽에도 속하지 않는데, 얼마 가지 못할 것이기 때문이다. 앵커를 보는 곳까지 온 사람은 모두 누군가를 죽였다. 누군가를 죽인 사람은 또 죽일 수 있다. 누군가를 죽이지 않은 사람도 그럴 수 있을지 모른다.

그들이 처음 검은 창을 준 날 나는 진짜 호텔의 진짜 침대에서 하룻밤을 쉬었다. 등의 커다란 M자 타투는 아직 벗겨지고 있었다. 내 피부에 새로 그린 그림. 호텔에서 나는 직접 고른 음식을 먹을 수 있었다. 밤이 낮을 장악할 때 침대 밖으로 다리를 대롱거리며 실크로 된 침구가 발목을 간지럽히는 느낌을 즐겼다. 나는 비프 웰링턴과 오리 기름으로 구운 각종 채소를 먹었다. 이곳은 사형장으로 가는 길이다, 오해하지 말자. 나는 대부분이 첫 전투를 넘기지 못한다는 사실을 알고 있었다. 오번 의료 시설을 떠난 지 나흘째였다. 톱날에 팔을 내주고 몇 달이 지났다. 나는 접시를 보았다. 알맞게 익은 고기의 육즙이 그걸 감싼 페이스트리에 스며들었다. 많은 것을 가진 사람을 위한 음식이다.

나는 식사 기도를 하려 했다가, 그 생각에 웃었다가, 아무튼 기도하기로 했다. 나는 음식과 목소리를 위해 기도하고, 파괴하는 누군가와는 다른 사람이라고 항상 느끼고 싶어서 기도한다. 나는 특별한 사람이 아니다. 나는 헨드릭스 영, 최악의 인간이다. 삶을 앗아 가는 사람. 시기하는 인간. 형편없는 겁쟁이. 곧 사람을 더 죽일 살인자. 나는 칼을 써서 고기를 잘랐다. 한 팔만 있다는 건 불편하다. 고기가 미끄러졌다. 나는 채소에 대고 울지 않으려 노력한다. 웃긴 생각이 났다. 나는 약한 칼을 부드러운 카펫 바닥에 떨어뜨린다. 나는 검은 창을 켠다. 그것을 불꽃의 흔적이 있는 고기에 가져간다. 나는 서서 자른다. 이것이 내 창의 첫 식사가 될 것이다. 기쁨의 식사. 환희의 식사. 창날은 쉽게 고기를 가른다. 날카로운 것보다 날카롭다. 스피니퍼 블랙은 잘 자른다. 나는 창을 내려놓고 포크로 조각을 찌른다. 모두 먹었다. 모두 먹었고, 접시에 빛나는 것은 기름도 지방도 아니고 내 혀가 핥은 자국이다. 나일 뿐이다. 그리고 나는 눈을 감고 해가 뜨기를 기다렸다.

다음 날 나는 배틀그라운드에 도착했다. 문이 열리자 경비가 등을 밀며 말했다.

"출동."

나는 누구라도 상관없어 하며 고함치는 모든 목소리를 들으며 서 있었다. 처음 배틀그라운드에 나섰을 때는 허공으로 끌어올려지는 느낌이었다. 모두가 한꺼번에 숨을 들이마셨기 때문이다. 바닥은 아스팔트였고 아무것도 그 위로 끌고 오면 안 된다는 의미의 차량 제한선이 그려져 있었다. 사람들이 치는 고함으로 보아 그들은 창을 든 외팔의 흑인 남자를 처음 보는 듯하다.

내 반대편에 있는 남자는 십자 타이어 지렛대를 들고 있다. 타이어 지렛대는 그렇게 많은 사람을 죽이지는 않았다. 이전까지 전투는 한 번뿐이었다. 등에는 M 하나뿐이다. 하지만 사람들은 살인 게임에서 둘을 죽이면 큰일이라고들 한다. 그리고 셋까지 죽이면 진짜라고들 한다.

그가 손에 금속을 들고 달려온다. 눈에 죽음을 담고 덤벼드는 사람을 처음 보는 건 아니었다. 그건 모를 수 없는 시선이다. 그건 특별한 것이다. 너무 집중한 나머지 눈이 거의 심장처럼 두근거린다. 그건 사람들이 소환하는 분노다. 체인에 있는 사람들은 그런 분노를 가지기 십상이다. 그건 어디에나 있다. 무엇에나 있다. 내 경우엔 노래가 그 분노를 머리에서 조금 내보내는 방법이다. 그래서 목소리를 되찾고 노래했다. 경기장에서도 노래했다. 그들이 나를 소개하는 동안, 관중들이 듣는 스피커에서는 「나는 기뻐하네」가 흘러나왔다. 침묵해야 했던 나는 세계에서 가장 큰 목소리가 되었다. 엄마, 내가 해냈어, 나는 웃을 뻔했다. 그러다 어머니가 진짜로 보고 있을지도 모른다는 사실을 기억해 냈다. 그 부끄러움에 잠기는 것 같았다. 민소매와 바지만 입고 있었으니 그들이 내 등에 찍은 타투는, 내가 어떻게 여기 왔는지 잊기라도 할까 봐 찍은 거대한 M은, 아마도 보였을 것이다.

상대 남자는 추진력을 더 얻어 내 머리를 부수려고 공중으로 뛰어올랐다. 그리고 나는 놀랍게도 내가 이 살인 게임에 재능이 있다는 사실을 깨달았다. 나는 번개처럼 창을 내질렀다. 창 중앙을 잡았다. 날카로운 끝이 그의 금속 십자가를 만나며 금속과 금속이 부딪치는 소리가 났다. 흥분이 일었고 응원이 들렸다. 그는 다시 휘둘렀고, 나는 다시 공격을 쳐냈다.

"개자식아, 난 너 안 무서워!"

그가 소리쳤다. 나는 그가 왜 그러나 싶었지만 왜 그랬는지 알고 있기도 했다. 살인 게임에 참여하는 것과 같은 두려움을 느낀다면 무슨 소리든 하게 마련이다. 나는 생존 본능에 몸을 맡겼다. 나를 죽이려는 남자와 나는 서로 삶을 맞부딪히고 있었고, 동시에 함께 무언가를 향해 달려 가고 있었다. 우리 둘 다 앞으로 일어날 일을 정확하고 자세하게 알고 그에 따라 즉시 반응하기라도 한 듯했다. 그는 이미 두 명을 죽였다. 두 명이면 충분하다.

너무 짧아서 막을 필요가 없었던 그의 세 번째 공격 후에 나는 한 걸음 물러나 오른쪽으로 뛰었다. 거대한 무대에서 싸우는 나와 그, 폭력적인 섬광 가운데의 여행.

우리는 둘 다 안에 있었다. 안에 있다는 것이 꼭 잘못했다는 뜻은 아니지만 그런 경우가 많았다. 나는 내 여자가 사랑하는 남자를 죽였다. 그 남자가 내가 아니었기 때문에. 나는 타이어 지렛대가 무슨 짓을 했는지 몰랐지만 그 역시 가엾은 영혼일 것이라 상상했다. 그래서 게임의 약속은 우리가 합류하며 지켜졌다. 하나의 악은 다른 악을 지우는가? 한 사람을 지구에서 사라지게 하면 악이 조금 청소되는가? 나는 세계를 위협하는 사람들을 보았다. 그들 역시 이것보다는 나은 것을 누릴 만하다. 더 나은 것을 바라는 게 부끄럽지만 나는 그럴 수도 있다는 걸 안다. 피 흘리는 인간의 심장에 마법의 약 같은 것은 없다. 아픔으로 가득한 건물이 대중을 구하지는 못할 것이다.

그러나 그들이 옳을지 모른다. 이것이 우리가 겪어 마땅한 일일지도 모른다.

나는 언덕을 달려 올라간다. 그때는 왜인지 몰랐지만, 나중에 돌아보니 몸은 더 많은 것을 알고 있었다. 언덕 위에는 양보 표지판이 솟아 있었다. 배틀그라운드마다 나는 이상한 나 자신을 발견한다. 가장 놀란 것은 내 숨이 헐떡인다는 것이었다. 얼마나 피곤해질 수 있는지, 또 얼마나 빨리 그렇게 되는지.

나는 양보 표지판을 등지고 타이어 지렛대는 내게 달려온다. 그는 뭔가 소리치지만 모두가 뭔가 소리치고 있어서 잘 들을 수 없다. 나는 내 몸이 말하는 것을 듣는다. '높은 곳을 차지해.' 새로운 각도다.

나는 휘두른다. 챙강 소리. 그가 든 금속이 양보 표지판을 때린다. 나는 이미 뒤로 물러나고 있다. 내 손에 있는 검고 날카로운 창은 무엇을 해야 할지 안다. 그의 눈이 커진다. 나는 살면서 두 번째로 생명을 빼앗는다. 심장이 떨린다. 불경한 짓을 저질렀다고 즉시 느낀다. 군중이 환호한다.

더 이상은, 주여.

우리는 마치를 이어 간다. 멈췄을 땐 오후다. 휴식은 갑자기 찾아온다. 앵커는 휴식 시간을 알리지 않지만 그것이 다가오는 걸 느낄 수 있다. 서너 시간 움직인 후에는 휴식이다. 잠시 긴장을 풀고 다음 전

진을 준비하기 위해서다. 벨스가 쭈그려 앉는 순간 남자들은 마음이 내키면 돌아선다. 어쨌든 레이저는 누군가의 눈이 음흉하게 굴까 봐 그녀의 앞을 막고 선다.

휴식 시간은 사랑과 증오의 시간이다. 휴식이 다가온다는 것은 지나간 것이 지나갔다는 뜻이지만 다가올 것이 다가온다는 뜻이기도 하니까. 오늘의 휴식 동안 레이저와 에이티와 벨스는 잠시 쉰 뒤에 모인다. 앵커 근처로 돌아와 기다리면서 풀밭에서 스트레칭을 한다. 대부분은 최대한 짐을 적게 들고 다니고 캠프에 물건을 남겨 둔다. 하지만 나는 등에 뭔가 짊어지는 편이 편안하게 느껴져서 내 가방을 어깨에 걸치고 다닌다. 안에는 따뜻한 옷과 모두가 들고 다니는 물통, 그리고 공책과 펜이 들었다.

오후 휴식에서 앵커는 이백 미터 정도 여유 공간을 준다. 아침과 저녁보다는 적다. 나무 뒤에서 쭈그려 앉을 정도는 되지만, 혼자 있다는 느낌을 받기에는 부족하다. 오후 휴식은 보통 약 한 시간이다. *마치 재개까지 사십오 분 남았습니다.* 그것이 말한다. 그 목소리는 인간이라기엔 너무 인간적이다. 우리는 언제나처럼 어딘지 모를 골짜기에 있다. 이번에는 몇 킬로미터 앞에 도로가 있다는 점을 빼면.

체인에 속해 있지 않은 민간인으로 살면 세계의 얼마나 많은 부분이 당신의 것이 아닌지 잊기 쉽다. 얼마나 많은 부분이 도시나 마을이 아닌지. 얼마나 많은 부분이 그 사이에 있는지. 당신이 거기 살지 않는다면, 강제로 마치해야 하지 않는다면, 누군가는 아무것도 아니라고 할 것을 속속들이 알지 않는다면. 마치는 웃자란 풀밭과 누군가 정돈해 둔 잔디밭을 지나간다. 마르고 죽은 땅. 흩어진 나무 사이를 지난다. 산비탈의 빈터를 오른다. 그 모든 곳을 걸어서 지나간다. 모든 곳을 익힌다. 그것들을 뭔가 다른 것으로 본다. 마구 칠해진 피에 신경을 끄고 화폭만을 본다면 「링크라이프」는 자연 다큐멘터리 같을지도 모른다. 하지만 벌판에서, 묵묵히 자라나는 벌판에서, 우리는 대부분의 시간을 보낸다. 우리 살인자들은 땅과 하나 된다.

보통 때처럼 우리는 무리를 나눈다. 히틀러 추종 삼인방이 동쪽에, 도로 소리가 메아리처럼 들리는 곳에 모인다. 레이저는 일본도와 칼집을 내려놓고 윗몸일으키기를 몇 번 하더니 눕는다. 벨스의 배를 베개 삼아 머리를 놓고. 나는 앵커 근처에 서서 전지전능한 막대를 본다. 검은 금속, 머리가 몸체보다 넓다. 우리가 지구에 있다는 사실을 몰랐다면 외계에서 온 것이라고 생각했을 것이다. 나는 레이저가 손가락만 움직여 가까이 오라고 하자 같이 앉는다. 그의 초대는 한동안 조용히 나를 향하고 있었다. 나를 손 내밀 가치가 있는 놈이라고 판단한 듯하다. 두려움이 없는 사람이라고.

첫 시험은 첫날, 체인의 링크 모두가, 이레이저 형제들을 제외한 모두가, 그들과 마찬가지로 손목을 빛내며 기다리고 있는 나를 봤을 때 찾아왔다. 내겐 손목이 하나뿐이었지만. 나는 큰 숨을 마시고 누군가 말하길 기다렸다. 벨스, 레이저, 에이티가 나를 보았다. 이레이저 형제들은 눈을 깜박였다. 셋 중 하나가 말했다.

"찌꺼기 인생에 온 걸 환영해."

나머지 둘이 웃었다.

벨스가 그들의 웃음을 말소리로 잘랐다.

"이름이 뭐야?"

나는 그녀를 보았다. 그녀는 내가 평가당하고 있다는 사실을 알기를 원하는 것 같았다.

"헨드릭스 영."

그 이름이 그녀나 다른 사람들에게 특별한 인상을 주지는 않았다. 그때도 그들은 물건이 포장되어 놓인 캠프 중앙 쪽을 보며 서로 가까이 서 있었다. 나는 그들의 소지품 한가운데 서 있었다. 모닥불의 열기가 내 정강이를 핥았고 다른 모든 부위에는 얇은 냉기가 돌았다. 물소리가 우리가 있는 빈터의 테두리를 쳤다.

"왜 여기 있어?"

소여는 이 처음 몇 분 동안 많은 링크의 여정이 끝난다고 했다. 그는 말했다. 네 개성을 보여 줘, 그들은 널 사랑할 거야.

"원래 있던 곳에 있을 수가 없었어."

"사람을 죽였어?"

"응. 배틀그라운드에서 완전히 쐐기를 박았고."

나는 고개를 빳빳이 들고 벨스를 마주하려고 애썼다. 그녀는 내가 한 다른 짓을 묻지 않았는데, 내 죄가 단순히 그것일 뿐 그 이상의 다른 악은 아니라고 생각한 듯했다. 그녀의 갈색 눈은 빛이 스러지는 가운데도 빛났다. 그녀가 고개를 끄덕였다. 나는 흔한 사람이었다.

레이저가 나를 쏘아보았다. 에이티는 편한 눈길로 보았다. 루밥은 아직 체인에 도착하지 않았었지만, 거기 있었더라도 아무 말 하지 않았을 것이다.

나는 그들이 나를 관찰하는 것을 보았다. 내 사라진 팔을 인지하는 것을 보았다.

"팔은 어떻게 잃었어?"

레이저가 물었다. 거의 다 나아 있었으니 나를 시험하는 첫 배틀그라운드에서 다친 것일 수는 없었다. 그런 부상을 입으면 이 게임에서 살아남지 못한다.

"톱."

이레이저 형제들은 흥미를 잃고 나를 지나쳐서 밤 사이 머무를 곳으로 갔다. 이레이저 하나가 형제들에게 큰 소리로 말했다. 그가 무엇이든 마음대로 말할 수 있다는 것을 내게 보여 주고 싶어 한다는 사실을 알아차릴 수 있었다.

"또 깜둥이 새끼네, 할렐루야."

그들이 웃었다.

"범죄를 저지르는 놈들이 다 깜둥이니까 그럴 수밖에."

다른 놈이 말했다. 나는 그들을 향해 돌아섰다. 내 창은 발치에서 기다리고 있었다. 나는 그것을 집어 들었다. 그들은 이미 그것을 보았겠지만, 무기를 보는 것과 주인의 손에 있는 무기를 보는 것은 다르고, 사람을 죽인 적 있는 무기가 주인의 손에 있는 것을 보는 것은 또 다르다. 이레이저 형제들 중 하나는 엉덩이 쪽에 채찍을 말아 매달아 놓았다. 다른 하나는 농부처럼 괭이를 들고 있다. 셋째는 무기가 보이지 않았다. 나는 농부 이레이저를 보았다. 그가 방금 말한 사람이었기 때문이다.

"내가 여기까지 오면서 날 깜둥이 새끼라고 부르는 놈들을 그냥 놔뒀을까?"

나는 벨스, 레이저, 에이티의 눈길을 느꼈다. 나는 스피니퍼 블랙의 날을 낮지만 백인들을 가리키게 들고 준비했다.

"말실수였어, 헨드릭스."

괭이를 든 이레이저가 말했다.

"그럼 입조심해."

내가 말하자 그는 내게 미소 지었다. 걸어가서 앉았다. 나는 텐트가 없었지만, 돌아다닐 수 있는 공간이 있었고 물건이 있다면 내 물건을 둘 장소가 있었다. 나는 나무 둥치에 앉았다. 그때도 그 이후로도 준비된 채.

나머지는 자기 무리에서 어울렸다. 나는 두 무리의 밖에 있다. 땅콩버터 샌드위치가 하늘에서 떨어졌다. 나를 위한 것이다. 세상은 무엇이든 될 수 있는데 내 삶이 고작 이런 것이라니 슬펐다. 저녁에 먹은 샌드위치 때문에 이가 끈적해졌는데 레이저가 내게 다가왔다. 나는 앉아 있고 그는 서 있다. 나는 일어서고 싶은 충동을 누른다. 사실 아무것도 하지 않고 쉬고 싶은데 맞서려는 것처럼 느껴질까 봐서다.

"어떻게 톱에 팔이 잘렸어?"

"정육 공장에서 일했어. 누구 좀 도와주려다가."

레이저가 나를 똑바로 본다. 밝은 빨간색 칼집에 꽂은 일본도를 들고 자루에 닿은 엄지를 누르며 올려 칼집에서 잠든 강철의 빛깔을 살짝 드러낸다. 현실의 사무라이라니.

"운이 나빴네. 난 너랑 같은 이유로 여기 왔어. 하지만 이 사람들은 내 편이야. 내 가족이야. 일단 환영해. 하지만 널 썰어 버릴 수 있는 건 톱만이 아니라는 걸 기억해. 조심하는 게 좋아."

"맞는 말이야."

내가 말했다. 그는 내가 빵 껍질을 마저 삼키게 두고 떠났다.

첫 시험은 내가 이레이저 형제들에게 어떻게 대처하는지 본 것이었다. 여기서는 나를 죽일 사람, 나를 죽일지도 모르는 사람, 내가 선택한 가족이 있다. 에이티, 레이저, 벨스는 가족이 되었다. 레이저가 벨스에게 내가 그들 사이에서 앉고 설 수 있게 해 주자고 부탁한 게 분명했다.

목적지는 절대 알 수 없다. 밤이 되면 캠프에는 땅에서 솟은 것처럼 새로운 링크가 나타나곤 한다. 마치 자체는 보통 크게 힘들지 않다. 우리의 몸은 살인의 재료로 쓰일 때 가장 가치가 있다. 그들은 산비탈에서 구르거나 뱀에 물려 죽는 식으로 우리를 잃지 않으려 한다. 그들은 우리가 죽든 말든 신경 쓰지 않는다. 우리를 어떻게 죽일지에만 신경 쓴다. 그래서 우리가 갔으면 하는 곳으로 향하는 무난한 루트를 찾아 준다.

우리는 아직 쉬고 있다. 나는 다른 사람들과 멀지 않은 곳에 풀을 침대 삼아 누워 있다. 내가 입은 옷은 단순하지만 깨끗하다. 나는 블러드 포인트를 써서 들어 보지 못한 브랜드에서 매주 옷을 세탁한다. 죽음이 세탁비가 된다. 죽음이 음식이 된다. 마음만 먹으면 죽음이 모든 것을 위한 화폐가 된다. 그들이 그것을 허락한다. 그러나 내가 그것을 거기 썼기 때문에 나에겐 입고 훈련하는 검은 상하의가 있고 발에 맞는 운동화가 있고 소나무와 비누 향과 마치로 인한 땀 냄새가 나는 양말과 속옷이 있다.

우리는 하루 여정이 절반쯤 지난 가운데 앉아서 쉬고 있다.

"오늘 노래는 다 했냐? 나 때문에 그만둘 거 없어."

레이저가 묻는다. 나는 그를 보고, 하늘을 보고 있는 벨스를 본다.

"노래 안 하고 있는지 몰랐어. 머릿속으론 하고 있거든."

"뭐?"

에이티가 딱딱하고 무거운 목소리로 묻는다. 그의 딱 벌어진 몸집과 잘 어울린다.

"나는 기뻐하네, 저 태양이 지면."

나는 노래한다.

"갇혀 있던 곳에서 널 엉망으로 만든 거지, 응, 싱어?"

레이저가 말한다. 나는 벨스를 본다. 그녀는 아직도 하늘에서 눈을 떼지 않았다. 나는 벨스가 몸을 펴며 갈비뼈에 힘을 빼자 레이저의 머리가 천천히 그녀의 몸에서 까딱거리는 모습을 본다. 그의 눈은 감겨 있다. 에이티는 깨어서 날 지켜보고, 이레이저 형제들은 모든 걸 지켜본다. 언제나 지켜보는 사람이 있다.

"나는 기뻐하네."

나는 노래한다. 엉망이 되지 않은 사람은 존재하지 않은 것이다.

"싱어는 오번에서 왔어. 실험 시설. 이십사 시간 강제 침묵."

루밥이 말한다.

"젠장."

레이저가 자기 손목의 빛을 보며 말한다.

"다들 각자 이야기가 있지. 여기 행복한 곳에서 온 사람은 없잖아."

벨스가 일어서며 말한다. 레이저도 어쩔 수 없이 일어난다.

"저 태양이 지면."

내가 노래한다.

"봐, 이제 저놈은 망가졌어. 망가진 라디오 같아."

에이티가 말한다. 벨스가 진지하다는 걸 알아서 조금 웃고 있다.

벨스는 아예 일어서서 스트레칭을 한다. 레이저의 머리를 땅에 내려놓는다. 그녀는 대검을 공기 중으로 휘두르며 연습한다.

그리고 그녀는 노래한다.

"졸리진 않지만 나는, 나는 눕고 싶어."

내가 따라 한다.

"졸리진 않지만 나는, 나는 눕고 싶어."

일 분 후에 집합입니다. 앵커가 말한다.

우리 모두 일어선다. 나는 계속 노래한다. 다시 대형으로 돌아가면서 벨스는 내가 일어나는 것을 도와주려고 다가온다. 누워 있는 내게.

그녀가 내 손을 잡는다. 나는 손에 박인 못을 느낀다.

"다들 거지 같은 일을 겪었어. 널 불쌍하게 여길 만한 사람은 없어, 싱어. 넌 지금 여기 있잖아."

그녀는 나를 위한, 나만을 위한 단어들을 말한다.

"나는 눕고 싶어."

나는 노래한다. 농담 아닌 농담이다. 애원 아닌 애원이다. 나는 그녀에게 감사한다. 그녀가 나를 일으킨다. 그녀는 무표정으로 나를 본다. 우리는 흩어지면서 동시에 가까워진다. 우리는 마치한다.

휴가

서킷에서 일 년을 보낸 후, 한밤중의 공포는 멈추지는 않았어도 잦아들기는 했다. 스택스는 웅웅거리는 듯한 불안으로 바뀐 그 감정을 삶의 일부라고 인정하고 받아들이는 법을 배웠다. 작은 침대에 누워 있는 오늘 밤 랜디 맥의 우렁찬 코골이와 소나무 향기는 자신이 흩어지는 가운데, 스스로와 분리되는 가운데 그녀를 현실에 붙들어 주는 유일한 것들처럼 느껴졌다. 그녀는 자신이, 스택스가, 남자를 붙들고 있는 사람이라는 사실을 기억하려 노력했다. 잠들어 있는 그의 등을 누르고 있는 건 그녀의 가슴이었다. 그녀는 침낭 밑에서 아주 조용히 쉬고 있는 러브가일을 생각했다. 그를 죽인다면 어떨까? 오늘 그렇게 한다면? 주변 사람들을 죽이는 일 외에는 생각할 수 없는 것 같은 날들이 있었다. 선셋을 죽이기 전부터 불쑥불쑥 떠오르는 그런 생각은 삶의 일부였지만, 그가 자신을 죽여 달라고 부탁했을 때는 그런 생각 중 하나가 마침내 이뤄진 것 같았다. 친구를 잃는 것은 아팠고, 그의 죽음을 도와야 한다는 사실도 아팠다. 하지만 어떤 어려운 방식으로, 그녀는 선셋의 삶이 끝날 때 곁을 지켰다는 사실이 자랑스러웠다.

선셋은 말했다.

"다른 어느 누구도 나를 용서할지 말지 고민해야만 하게 두지 않을 거야. 내가 뭘 누릴 자격이 있는지 모르겠어."

그 말들은 스택스의 악몽을 휘저었다. 그녀는 정반대의 일을 했다. 너무 많은 사람에게 용서를 강요했다. 그들 안에 용서가 있음을 보여 주기 위해서였다.

그녀는 사람을 죽였으니 살인자였다. 그녀는 다른 모든 것 이전에 그것이었다. 그건 그녀의 가장 어두운 생각이 하는 말이었다. 심지어 가장 처음 살인을 했을 때, 고등학교 선생이 그녀 위에 강제로 올라타려고 해서 칼을 잡아 그의 경정맥을 끊으면서 어떤 의미에서는 그녀의 인생까지 함께 끊어 버렸을 때도. 그 이후로 그런 자리에 그녀는 몇 번이나 있었을까? 다른 사람의 폭력을 받아들여야 하는 자리 말이다. 이미 수많은 사람들이 그녀와 같은 악몽을 살았다.* 이것은 그녀가 지닌 목적의 또 다른 일부분이었다. 그녀에게 일어난 일에도 불구하고 요란하게 살고 전설이 되는 것. 그녀에게 상처받을 것을, 그에 대해 입을 다물 것을 강요한 세상을 이겨 내고. 세계는 그녀의 이야기를, 그녀가 어떻게 첫 살인을 하게 되었는지를 알았다. 가족이 마치 그녀를 두려워하기라도 하듯 어떻게 그녀를 버렸는지도. 그들은 교도소에 있는 스택스를 면회하는 일을 싫어했고, 면회를 멈췄고, 멀리 이사했다. 그들은 그녀를 버렸다. 그것은 그녀를 휩쓸고 무너뜨린 완벽한 폭풍이었다. 그녀의 삶은 허리케인이었다.

그러나 어디서 허리케인이 끝나고 하마라가 시작되는가? 살인 게

---

* 신토이아 브라운은 강제로 성매매를 하게 되었고 자기 방어 도중 43세 남성을 죽였다는 이유로 처음에 16세의 나이로 종신형을 선고받았다. 신토이아, 신토이아, 신토이아.
세계 전역에서 여성은 자신의 강간범을 죽였다는 이유로 형기를 살고 있다.

임을 시작하기 전에 그녀였던 사람보다 허리케인을 더 잘 이해하고 있다는 생각에 스택스는 두려웠다. 허리케인은 싸웠고, 허리케인은 어떤 도전에도 맞서 일어섰다. 허리케인은 자신의 짐 위에 던져진 타인의 짐도 짊어질 수 있었다. 허리케인은 자신이 사랑하는 사람들을 지탱했다. 하지만, 하마라는. 하마라는 낯선 사람 같았다.

하마라를 그냥 영원히 잠재우면 어떨까?

하마라는 하나둘 불쑥불쑥 이어지는 생각이었다. 그녀의 마음은 조용한 순간에 그녀를 가장 두렵게 했다. 죽이라는, 리더가 되라는 요청을 받을 때면 그녀는 존재할 수 있었다. 잘 해낼 수 있었다. 아무것도 없을 때는, 그저 존재하는 것 외에 달리 해야 할 일이 없을 때는……

너는 살인자야.

그녀는 그 생각이 떠다니게 두었다. 저항하지 않았다. 그녀는 사랑을 담는 그릇이었다. 그녀는 그녀를 겁탈한 남자들이나 그녀를 버린 가족이나 그녀를 체인에 가두고 안전한 집에서 그걸 지켜보는 수백만 명에 의해 정의되지 않았다. 그녀는 눈을 감았지만 여전히 눈꺼풀 뒤의 유령처럼 HMC의 푸르스름한 빛을 볼 수 있었다.

그녀의 쓸모가 살인뿐이고 그녀가 한 말은 모두 번지르르한 꾸밈일 뿐이라면? 그녀가 바란 것의 정반대가 사실이고, 사람들이 가슴에 다이아몬드 대신 똥을 품은 예쁜 그릇일 뿐이라면? 그들이 다이아몬드 껍데기 안의 똥이라면? 그녀가 랜디를 지구에서 없애 버린다면? 그녀는 그가 어떤 사람인지를 사랑했다. 그러나 사랑했던 사람을 죽이는 것이 곧 그녀의 삶이라면? 그녀를 사랑한 사람을. 가끔은 정말 그런 듯했다.

그녀는 그들이 누운 침대가 흔들릴 정도로 웃음을 터뜨렸다. 침대가 삐걱거리며 휘었다. 그들은 이미 몇 번이나 침대를 거의 부서뜨릴 뻔했다. 형편없는 침대였다. 특히나 서워가 자는 침대나 그녀의 텐트에 있는 침대에 비하면.

랜디가 굴러왔다. 스택스는 목에 닿는 그의 숨결을 느낄 수 있다.

반쯤 잠든 채 그가 물었다.

"뭐가 그렇게 우스워?"

그의 낮은 목소리, 잠에 사로잡혀 더 낮아진 목소리에 그녀는 더욱 스스로에게 묶여 있는 듯 느껴졌다.

"생각해 봤는데, 내가 널 죽인다면 사고였다고 설명해야겠지. 이렇게 말이야. 또 이런 일이 일어났네요, 여러분, 화내지 마세요. 친구를 죽이다니 내 잘못이에요."

랜디는 스택스의 살갗이 더 많은 산소를 품은 것처럼, 마치 그녀의 품에서 신선한 공기를 찾는 것처럼 더 가까이 파고들었다.

"재밌네."

그리고 그 말과 함께 그는 다시 잠들었다.

스택스는 랜디의 이마 끝에 입을 맞췄다. 불안의 끈이 느슨해졌고, 감사한 마음이 밀려왔다.

"선셋을 죽여서 내가 미워?"

그녀는 랜디에게 묻는 것처럼 보였지만 사실 그가 자는 동안 세상에 묻고 있다는 점을 알고 있었다.

"내가 망가졌다고 생각해? 내가 세상에 있어도 되는 사람이라고 생각해? 그러니까, 정말로? 내가 밖에 나가서 괜찮을까?"

그녀는 그의 몸이 오르내리는 것을 보았다. 근육은 늘어져 있었지만 여전히 피부 아래 뚜렷이 보였다.

"난 그놈들이 망할 시리얼 상자에 네 얼굴을 박아 넣을 것 같아."

그녀는 아무 말도 하지 않았다. 매미와 귀뚜라미 소리가 들리는데도 그 침묵은 무거웠고, 랜디는 몸을 알맞게 웅크려 그녀와 눈높이를 맞추었다. 그의 눈꺼풀이 열렸다. 그는 그녀를 보았고, 그녀는 그와 시선을 마주쳤다. 그녀는 스스로의 몸 안에 있길 바랐다. 자신이 떠내려가는 것을 느끼며.

"넌 망가졌어. 하지만 지금까지 네 앞에 놓인 걸 모두 처리했어. 그러니까 완벽하기도 하지. 게다가 대단한 나쁜 년이야. 병든 세상에선 건강한 게 이상한 거야. 그러니까, 맞아, 넌 좀 망가졌어. 하지만 서킷에 있는 우리 중에 저쪽 세상에서 너보다 잘할 사람은 없을 거야. 난 너를 메시아로 생각하는 이기적인 링크로서 이 말을 하는 거지만, 가짜와 진짜를 알 수 있는 사람으로서도 말하는 거야."

"어디 떠다니고 있는 것 같아."

그녀의 눈은 촉촉했다.

"알아. 내가 여기 있잖아. 무슨 이야기 하고 싶어? 지난 일 아니면 지금 중에서 뭘 얘기할까?"

스택스는 무슨 이야기를 할 기분인지 생각했다. 그녀의 마음이 어떤 이야기를 받아들일 수 있는지.

"예전."

"이런, 그거 문제네. 널 만나기 전의 내 삶은 이야기할 가치가 없는데."

그는 눈을 감고 다시 파고들어 그녀의 쇄골에 입술을 댄 채 잠이 들었다.

그녀는 웃었고 침대도 삐걱대며 키득거렸다. 그녀는 더 웃었다.

"바보."

그녀는 랜디가 사랑스럽게 느껴졌다.

그녀를 위해 항상 너무나도 애쓰는 남자를 가지고 있다는 것이 인간인 시절의 욕망에서 비롯된 것인지는 알 수 없었지만 잔혹한 그녀의 삶 속에서 스택스는 그를 즐겼다.

그녀는 이 시간을 즐겼다. 주에 한두 번 랜디와 보내는 시간. 몇 달 전에는 하나 이상을 원하면 체인이 대단히 불안정해질 것 같았다. 서워와 함께하면서 랜디 맥과도 시간과 몸을 나눌 자유를 누린다면. 기자들은 확실히 전쟁을 부추기려 했다. 최소한 한 명이 죽으며 끝나길 기대했다. 그러나 그러지 않았다. 서워의 성숙함과 품위, 그리고 서워에 대한 랜디의 떨떠름한 충성 덕분이었다. 이들의 합의 덕분에 최소한 이 점에서는 그녀가 원하는 대로 할 수 있었다. 그들 각각은 그녀에게 서로 다른 것을 주며 별개의 욕구를 만족시켜 주었다. 서워는 집이었다. 랜디 맥은 휴가였다. 또 다른 곳. 그녀를 몸 안에서 안정되고 고른 상태로 머무르게 해 주는 변화였다.

스택스는 전 세계 앞에서 이런 식으로 자신이 될 수 있음에 자부심을 느꼈다. 그녀는 이러려고 태어났다. 거슬리는 생각들이 찾아왔으며 일이 험난하기도 했지만 그럼에도 그녀는 사랑을 두려워하지 않았다. 그녀는 사랑을 어떻게 휘두르고, 어떻게 키우고, 어떻게 받는지 알았다.

그녀의 쓸모가 죽음뿐이라면?

이 생각은 지나가게 두었다.

그녀가 되려고 노력한 모든 사랑이 거짓이라면?

그녀는 그 생각을 보았다. 그것이 숨에 올라타게 했다. 그렇다, 어떤 면에서 그녀는 서킷에서 스스로를 발견했다고도 할 수 있겠지만 그건 불가피했다. 그녀가 배운 것은 어떤 인생이든 그것은 죽음과 부활, 죽음과 부활이라는 것이었다. 모든 것은 늘 바뀌었다.

동트기 몇 시간 전에 그녀는 잠에서 깨어 텐트 밖을 응시하고 있었다. 모기를 막고 공기가 통하도록 설치한 그물망 너머로 어둠을 흘려보내는 하늘이 보였다. 랜디가 스택스의 옆구리를 문지르고 좀 더 오래 잡아 두려는 듯 꽉 끌어안았다. 그는 아직 자고 있지만 깨어나고 있었다. 스택스는 랜디와 밤을 보내더라도 서워와 아침을 시작하려고 노력했다. 그는 그녀가 곧 떠날 것을 알았다. 과거에는 아침에 좀 더 있어 달라고 비는 그의 모습을 그녀와 나라 전체가 보았다. 그리고 그녀는 단호하지만 다정하게 랜디를 꼭 안고 이마에 키스한 뒤 서워에게로 사라졌다. 이제 그는 보통 스택스가 떠날 때까지 눈을 감고 있었다. 하지만 오늘 그녀는 그와 함께 기다렸다.

스택스는 캠프에 아침이 내려앉는 모습을 보았다. 서워는 곧 자유를 얻을 것이다. 스택스는 곧 콜로설이 될 것이다. 삶은 죽음과 부활, 죽음과 부활이었다. 스택스는 선셋을 죽이기 전날 밤과 같은 사람이 아니었다. 그녀는 여전히 이 새로운 자아를 알아 가고 있었다.

서워는 곧 자유를 얻을 것이다. 그들은 함께 너무 많은 사랑과 너무 많은 죽음을 만들어 냈다. 지구상에서 로레타 서워와 같은 방식으로 그녀의 짝이 될 사람은 분명 아무도 없었다. 그녀는 손가락으로 랜디 맥의 눈썹 가장자리를 따라가며 이 생각을 했다. 그는 턱을 악다물고 있었는데 괴로운 꿈을 꾸는 것 같았다. 그녀는 그의 짙은 눈썹을 부드럽게 눌렀다. 엄지가 지나간 눈썹은 가지런해져 있었다. 스택스는 그가 어디 있는지 궁금했다. 그녀는 랜디가 깨어날 때까지 그와 함께 기다렸다. 이 남자는 서워가 아니지만 그럼에도 여전히 그녀의 일부였다. 그가 무슨 꿈을 꾸었는지 물어봐야겠다고 생각했다. 그녀는 좀 더 눈을 감고 기다렸다.

랜디가 잠에서 깨어날 때, 스택스는 그를 지켜보고 있었다. 그는 한 번도 온 적 없는 장소에서 잠이 깬 것처럼 혼란스럽게 주위를 둘러보았다. 서킷에서는 실제로 매일 그렇긴 하다.

"무슨 꿈 꾸고 있었어?"

스택스가 부드럽게 물었다. 침대 너머로 손을 뻗어 스트레칭하는 랜디가 뿜는 아침 숨의 냄새가 났다.

그가 빠르게 움직여 침대에서 모습을 드러냈다. 누구라도 갑자기 움직이는 걸 보면 스택스는 러브가일로 돌진하고 싶어지지만, 지금은 그냥 놓인 채로 두었다. 그는 침대 옆 바닥에서 무언가를 집어 들었다.

랜디는 공책을 들고 뛰어서 다시 앉았다. 그는 빠르게 뭔가 적었다.

"무슨 꿈 꾸고 있었냐니까."

스택스가 다시 물었다. 그녀는 그의 몸 위에 올라타 허벅지 사이에 그의 복부를 가두고 공책을 가운데 놓았다.

"염소. 염소 꿈을 꿨어."

"으쓱해지네. 아직도 내 꿈을 꾸는지 몰랐어(염소를 의미하는 GOAT는 역대 최고를 뜻하는 Greatest Of All Time의 약자라서 농담한 것)."

"내가 하는 일이라곤 그것뿐이지."

그녀는 앞으로 몸을 숙여 키스했다. 그는 기쁘게 받아들이며 미소 지었다.

"뭐가 잘못됐어?"

그녀는 그에게 마주 미소 지었다.

"오늘 허브에 도착할 거야. 늦어도 내일."

링크들은 마치가 언제 끝날지 절대 알 수 없었다. 며칠 동안 가면 갑자기 밴이 기다리고 있는 픽업 포인트에 도착했다. 알 수 없다는 것, 허브 시티에 대한 바람은 많은 링크를 무너뜨렸으나 그 목적지에 도착하는 것에 대한 공포도 그랬다. 허브 시티는 배틀그라운드를 의미했고, 배틀그라운드는 죽음을 의미했다.

"위대한 허리케인이 예지력까지 있다는 뜻이네. 아니면 그냥 추측이야?"

"난 추측하지 않아. 그냥 아는 거지. 공기에서 느껴져. 넌 못 해?"

"전혀 모르겠는데."

랜디는 공책을 내려놓고 그녀의 허리에 손을 가져갔다. 그녀는 그의 손목을 붙들어 그의 귀 옆에 다시 내려놓고 눌렀다. 그렇게 한동안 그를 붙들고 있었다. 그리고 그를 놓았다. 그녀가 옷을 입는데 HMC가 머리 방향에서 나타났다.

"너 왜 아직도 여기 있어?"

랜디가 물었다.

"나는 모든 곳에 있어."

"이렇게 늦게까지 안 있잖아."

"오늘을 서둘러서 시작하지 않으려고."

그녀는 운동복 바지를 끌어 올렸다.

"그리고 내가 말한 것처럼, 우리 곧 허브 시티에 도착해. 만약에……."

그녀는 항상 혼잣말로 되뇌던 질문을 말하지 않았다. 만약에 이다음 것이 나를 끝장내면 어쩌지?

"너희 둘이 할 전투가 걱정되는 거야?"

서워와 스택스는 며칠 후에 더블 매치를 하게 되어 있었다. 그들이 마주한 어떤 적보다도 더 강하고 예측할 수 없다던 두 남자를 상대하는 경기였다.

그녀가 얼굴을 찌푸렸다.

"그건 아닐 거라고 생각했어. 너희 둘은 더블 매치에서 걱정할 게 없잖아. 오늘 뭐가 특별해서 자기가 이런 기분이 됐는지 모르겠네."

"가끔은 단순해, 맥."

"그래서?"

"단순하다고."

그녀는 말했고, 그러고는 그의 공간을 떠나 집으로 향했다.

현실에 발 딛기

처음으로 서워는 스택스가 랜디 맥과 밤을 보내서 진심으로 행복했다. 하룻밤은 오롯이 홀로 애도하고 싶었다. 무리를 일찍 벗어나 해머를 들고 훈련했는데, 다음에 스택스와 이인 팀으로 경기에 나설 예정이었는데도 서워가 하스 오마하를 허공에 휘두를 때 마음의 눈에 적으로 불쑥 나타나는 사람은 스택스였다.

서워는 최악의 생각들이 여왕의 텐트에 범람하도록 두었다. 그녀가 이미 너무 오래 기다렸다는 생각. 규칙 변경에 대해 미리 말해 주지 않은 그녀를 스택스가 절대 용서하지 않으리라는 생각. 스택스가 왜 선셋을 죽였는지 전혀 모른다는 생각. 그녀가 스택스에 대해 알던 모든 것이 거짓말이었다는 생각.

그 전투가 오기 전부터 무너지고 있는지도 몰랐다. 어쩌면 더 최악으로, 무너지고 있지 않은지도 몰랐다. 그래서 결국 어쩔 수 없이 자유의 날에 스택스가 그녀를 죽이게끔 내버려 두도록 정말로 내몰리고 있을지도. 그것이 그녀가 해야 하는 일이기 때문이다. 달리 어떤 방법도 상상할 수 없었다. 스택스에게 하스 오마하를 휘두른다는 생각. 그것은 그녀가 한 번 이상 꾼 악몽이었다. 그녀는 더는 사랑하는 사람들을 해치는 사람이 아니었다. 그녀는 그런 사람이 아니었다. 그렇게 될 수 없었다. 버네사에게 저지른 짓은 인생 최대의 실수였다. 그런 일을 저질렀으니 살 자격이 없어졌다고 믿긴 했지만, 그녀는 더이상 버네사를 죽였던 사람이 아니었다.

그녀는 쪽지에 적힌 정보가 사실이 아닐 수 있다는 생각에 잠시 빠져들었다. 구원의 폭발. 그 여자가 준 쪽지에 있던 시즌 33의 규칙 변경이 잔인한 유언비어가 아니라는 보장은 결국 없었다. 서워는 근거 없는 소망을 품어 보았다.

하지만 서워는 그것이 사실임을 알고 있었다. 이 게임을 만든 사람들이 생각하는 방식이 꼭 그랬다. 다가오는 그들의 더블 매치 직후, 시즌 33이 시작되는 동시에 스택스는 콜로설이 될 것이다. 그리고 이 악랄한 새 규칙이 발동되고 일주일 후 세계가 꿈꿔 온 경기로 시즌이 시작될 것이다, 서워 대 허리케인 스택스.

삶을 견디게 했던 사람이 이제 앞을 가로막은 지금, 그녀는 어떤 사람인 것일까. 그녀는 먼저 살해당해야겠다고 결심했다. 그것이 애초에 합류했을 때의 계획이 아니었던가? 죽는 것이? 그녀는 유 블로커스의 남자가 가졌던 용기를 마침내 보여 줄 것이다. 그녀는 다음 경기에서 스택스와 함께 이길 것이다. 그들은 이길 것이고 서워는 자유의 날로 향할 것이다. 그녀는 결국 멜랑콜리아처럼 끝날 것이다.

서워는 스택스의 그림자를 바라보았다. 아직 이른 아침이었다.

서워는 더 이상 질투가 삶을 좌지우지하지 않는다는 사실에 자부심을 느낄 정도로 여유로워졌다. 그녀의 어떤 옹졸한 부분이 가끔 랜디의 불운을 바라기도 했지만, 수많은 일을 함께 겪으면서 랜디는 그녀를 이해하는 몇 안 되는 사람 중 하나가 됐다. 그가 서워의 운명에 끼어든 방식만 아니었다면 좋은 친구가 되었을 것이다.

그러나 그는 스택스가 자기다워지도록 도왔다. 제정신을 유지하도록 도왔다. 그리고 그런 면에서 서워는 랜디 맥이 짐을 덜어 줘서 감사했다.

그러나 스택스는 절대 아침 식사 때까지 랜디와 함께 머무르지 않았다. 서워는 링크들이 자기 음식을 챙기는 소리를 유심히 들었고, 그들의 맞춤형 아침 식사를 간신히 들고 겨드랑이에 러브가일을 낀 스택스의 형체가 텐트 바로 앞까지 다가왔을 때 안도감이 밀려들며 인지하지도 못하고 있던 긴장감을 씻어내리는 것을 느꼈다.

"안녕, 거기 이쁜이."

스택스가 말했다.

서워는 그녀를, 그녀의 미소 짓는 입을 보았다.

"무슨 문제 있어?"

서워는 묻고서 침대의 자기 자리 옆에 공간을 만들었다. 머릿속을 요란하게 휘젓는 암울한 생각을 스택스가 들을 수 있기라도 한 것처럼, 서워는 시즌 33에 대해 생각하지 않으려 노력했다. 스택스는 커다란 음식 상자 두 개를 바닥에 조심스럽게 내려놓은 다음 물 흐르는 듯한 움직임 한 번으로 등에 멘 배낭을 벗었다. 서워는 왼손을 허벅지에 닦고 계속 자기 옆의 자리를 문질렀다. 스택스는 서워의 무릎에 머리를 떨어뜨렸다.

"오늘이 마치 마지막 날이야."

스택스가 말했다.

"괜찮아. 괜찮아. 나랑 너잖아."

서워는 스택스의 얼굴 옆으로 흐르는 눈물을 닦으며 말했다.

"너랑 나. 배틀그라운드를 걱정하는 게 아니야."

스택스와 서워는 멜레 이후 지난 며칠간 신중하게 함께 훈련했다. 다가오는 전투는 서워 자신 이후 한 번도 없었던 방식으로 계급이 수직 상승한 한 쌍이 상대였다. 두 남자, 서로 다른 두 스타일. 그들도 준비되어 있을 것이다. 스택스는 걱정하지 않았지만, 그건 그녀가 스택스였기 때문이다. 서워는 극도로 걱정됐다. 이것은 여태까지의 배틀그라운드 중 그들의 가장 큰 도전이 될 것이다.

"그런 기분이야, 송골매가 된 기분. 땅은 새에겐 뭔가 다른 거야."

스택스가 말했다.

링크들은 이런 아주 특수한 생존 방식을 가끔 써먹었다. 서로 암호와 수수께끼로 말하는 것이다. 진짜 하려는 말을 시청자들에게 모호하게 가리기 위해서였다. 이건 게임이 아니지만 가끔은 그런 듯도 싶었다. 이 행동의 목적이 바로 자신들을 배제하려는 것임에도, 팬들은 링크들의 버릇을 파악하고 그 암호를 풀려고 했다.

"나랑 너야. 나한테 말해 줘."

서워는 스택스의 살갗에서 랜디 맥의 냄새를 맡을 수 있었다.

HMC가 가까이 날아올 때 서워는 그녀가 짊어진 심리적 부담을 생각했다. 다음에 다가오는 전투에서 살아남았을 경우, 서로 싸우기를 강요당할 거라는 사실을 알지 못하는데도 스택스는 심란한 상태였다. 아니. 그녀는 스택스에게 진실을 말할 수 없었다. 그들이 처한 운명의 비밀을 지키는 것은 서워가 그녀를 보호하는 또 다른 방법이 될 터였다.

"송골매는 시속 삼백 킬로미터 이상으로 빠르게 다이빙할 수 있어. 나도 그거랑 비슷해. 나는 땅에 가서 뭔가를 잡아채서 먹고 다시 하늘로 돌아가. 겨울이 끝나는 걸 가장 먼저 알려 주는 건 새들의 노랫

소리야."

스택스는 머리를 들고 눈을 문질렀다.

서워는 스택스를 끌어당겨 이마에 입을 맞췄다.

"내가 너와 함께 날 거야."

스택스는 아주 많은 것을 아주 시끄럽게 느꼈다. 그녀는 노래와 시와 암호로 말했다. 서워는 보통 스택스의 말을 이해했는데 그녀 역시 같은 것들을 많이 느꼈기 때문이었다. 하지만 가끔 서워는 스택스가 의미하는 바를 정확히 말하기를, 무슨 생각을 하고 있든 사람들이 그걸 알게 해 주기를 바랐다. 다른 사람들은 무시하고, 둘뿐인 것처럼 해 주기를.

한편 서워는 서킷에서 보낸 시간 때문에 만들어야 했던 스택스의 일부가, 본인조차 분리해 낼 수 없을 정도로 뒤죽박죽인 상태로 존재하는 게 아닐까 걱정스러웠다. 사람들은 그걸 '무너진다'고 했다. 서워는 스택스가 제정신을 유지할 수 있도록 해 줄 수 있을지 늘 확신할 수만은 없었다.

"무기 없이 모의 전투 할까?"

서워가 물었다.

스택스는 자신감에 차서 그녀를 보았다.

"좋아."

이것은 서워가 사람들의 곁에 있어 주는 방식이었다. 그녀의 몸으로. 서워는 스택스를 현실에 존재하게 하는 한 가지 방법을 알았다. 몸을 쓰게 만드는 것이었다.

스택스는 이미 좋은 훈련 복장을 갖추고 있었다. 반바지 아래 압박 타이즈, 그리고 티셔츠. 서워는 타이즈와 긴소매 압박 셔츠를 입었다. 그들은 밖으로 나간 뒤 텐트 뒤에 숨겨져 있던 곳을 스파링 장소로 골랐다.

"넘어뜨리면 이기는 걸로 삼 판 이 선승제?"

서워가 즐기려고 노력하며 스택스 주위를 돌았다. 무릎 상태가 좋은 날이었다.

스택스는 목을 스트레칭했다.

"좋은 생각이야."

그녀는 잠시 생각하는 듯 싶었다가 말했다.

"어이, 배드 워터, 우리 좀 봐 줘."

서워는 눈살을 찌푸렸고 스택스는 미소를 돌려주었다.

"응?"

배드 워터가 여왕의 텐트 반대편 어딘가에서 말했다.

"이리 오라고, 월터."

스택스가 고함쳤다.

곧 배드 워터가 잔디밭에 나란히 선 두 여자의 앞에 도착했다. 그는 그들을 보았고, 기다리는 동안 그의 창백한 피부는 붉어졌다.

"고마워, 배드 워터."

스택스가 말했다.

"그냥 '시작'이라고 말해 주면 돼. 우리는 모의 전투를 할 거야. 무기 없이, 넘어뜨리면 이기는 걸로. 우리가 하는 거 전에 본 적 있지?"

서워가 설명했다.

"봤어."

배드 워터가 말했다.

"좋아, 그럼 이리 와서 뭐라도 배워. 그냥 '시작'이라고 말하고, 내가 쓰러뜨린 다음에 서워가 마음 상하지 않게 달래 줘, 알겠지?"

스택스가 말했다.

"삼세판이야. 점수 기록은 어렵지 않을 거야."

서워는 그렇게 말한 뒤 배드 워터에게 윙크했다. 그가 몸서리쳤다. 그녀는 간간이 매우 정확한 순간을 골라 자기 링크들에게 그녀도 그들만큼이나 사람이라는 것을, 농담할 수 있다는 것을 상기시켰다.

"장외는 없어? 아들이 레슬링했었거든."

배드 워터가 말했다.

"아들이 있어?"

서워가 말했다.

"그건 몰랐네."

스택스가 말했다.

"너희가 나랑 얘길 안 하잖아."

배드 워터가 말했다.

"이제 와서 그게 바뀌진 않을 거야. 네가 해야 할 일은 우리가 쭈그려서 자세를 잡았을 때 '시작'이라고 말하는 것뿐이야."

스택스가 말하며 씩 웃었다.

"알았어."

기분이 조금 들뜬 배드 워터가 말했다. 뭔가에 참여하게 되어 기쁜 것이 분명했다.

"시작하자."

서워가 말했다. 그녀와 스택스는 레슬링 훈련을 수백 번 했다. 서워는 링크들의 연습 일정에 무기 없이 훈련하는 것을 포함시켰다. 먼저 자신의 몸부터 무기로 쓸 줄 알아야 더 치명적이라는 사실을 경험으로 배웠기 때문이다. 그녀는 배틀그라운드에서 한 번 이상 무장 해제된 적이 있었고, 그 사실은 역사적인 기록으로 남았다. 무장 해제는 보통 죽음을 의미했기 때문이다.

이제 그녀와 스택스는 서로의 앞에 쭈그려 앉았다. 서워는 집중했고, 날카롭고, 현실에 머무르는 스택스의 갈색 눈을 들여다보았다. 스택스는 완전히 그곳에 있었다.

"레슬러들 준비."

배드 워터가 말했다.

배드 워터는 몇 미터 떨어진 곳에, 텐트와 다른 링크들을 등지고 무방비 상태로 섰다. 서워는 그 남자의 모든 것이 초보자라고 소리 지르고 있다고 잠깐 생각했지만, 곧 스택스에게 집중했다. 스택스는 최고의 경쟁자였지만 세 판이든, 다섯 판이든, 일곱 판이든, 아홉 판이든 대결에서 서워를 이긴 적이 없었다. 스택스가 한 번 더 기회를 달라고 우기면서 횟수는 늘 늘어났다.

서워는 낮지만 너무 낮지는 않게 쭈그려 허벅지를 단단히 디뎠고, 스택스도 똑같이 했다.

"준비."

그들은 각자 말했다.

"시작."

두 사람의 팔이 튕겨 올라갔다. 그들은 쭈그린 채 서로 어깨를 잡았다. 서워는 스택스가 낼 수 있는 힘을 알았고 자신과 상대의 선택을 동시에 고려했다. 그녀는 중립 자세를 넓히려 했지만, 스택스가 왼쪽을 세게 당기며 서워의 다리에 팔을 감은 채 웅크리고 버텼다. 스택스의 머리가 옆구리를 파고들자 서워는 점수를 잃었다는 사실을 깨달았다. 스택스는 그녀의 허벅지 안쪽을 붙들고 땅으로 잡아끌었다. 서워는 엉덩방아를 찧었고 스택스는 신이 나서 위로 쓰러졌다.

"허리케인 스택스에게 일 점."

배드 워터가 말했다.

"넌 '시작'만 말하면 돼."

서워가 일어나며 몸을 툭툭 털었다. 졌다는 사실이 아니라, 스택스가 정확하고 직접적으로 그녀의 아픈 무릎을 노렸다는 사실이 충격이었다. 그녀의 무릎은 스택스에게 짐 지우고 싶지 않았던 또 다른 비밀이었다. 다시 쭈그린 자세로 몸을 낮추면서, 서워는 스택스가 또 어떤 비밀을 이미 알고 있었는지가 궁금했다. 예를 들면 스택스는 버네사의 이름을 몰랐다. 그녀는 전체 이야기를 몰랐다. 종종 버네사를 때렸다거나, 버네사가 맞서 싸우려 했을 때 무슨 일이 일어났는지 등의 이야기는 스택스에게 말하지 않았다. 그녀가 용서받을 자격이 없다고 생각하면서도 얼마나 매일 밤 용서를 바라는지 말한 적이 없었다. 그리고 그런 걸 물은 적이 없어서 스택스를 사랑했다.

"저걸 봐. 그랜드 콜로설 겸 분노한 패배자지."

스택스가 말했다.

"맙소사."

리코 무에르테가 말했다. 그와 사이, 랜디는 이제 모두 스파링을 구경하고 있었다.

"난 패배하지 않았어. 끝날 때까지 끝난 게 아니야."

서워가 말했다.

"레슬러들 준비."

배드 워터가 말했다.

"시작!"

다시 손들이 튕겨 올라갔다. 서워는 즉시 스택스의 어깨를 짓눌렀다. 그녀의 이마를 땅에 처박아 짓이기는 상상을 하면서. 스택스는 서워가 짐작한 대로 저항했고 예고 없이 힘을 모두 방출했다. 스택스의 머리가 딱 알맞게 튀어 올라왔다. 서워는 순식간에 몸을 낮춰 스택스의 명치로 머리를 밀어 넣으며 양손으로 그녀의 무릎을 감쌌다. 두개 골로 밀자 스택스의 코어가 느껴졌다. 일어서면서 머리로 스택스를 더 밀고 들어가자 그녀가 뒤로 넘어졌다. 서워는 땅 위의 스택스를 내려다보았다. 그녀의 손이 하스 오마하를 찾았다. 서워는 그 본능 때문에 스스로를 혐오했다.

"미친!"

리코가 말했다.

"더블레그 테이크다운. 교과서네."

사이가 말했다.

"고마워, 여러분. 다들 지금 달리 할 일이 없다니 기뻐."

스택스가 일어서며 말했다.

"가 보자고."

서워가 말했다. 그녀의 링크들이 응원을 보냈다.

서워는 진실을 말할 수 있기를 바랐다. 그들은 서로의 눈을 보고 준비 상태로 몸을 낮췄다. 리더가 된다는 것은 때로 뭔가를 홀로 짊어진다는 의미였다. 그리고 서워는 게임 역사상 가장 위대한 리더였다. 또는 어쩌면 그녀는 그냥 짐을 나눠 지는 것, 책임을 나누는 것이 두려운지도 몰랐다. 그녀는 그녀가 무엇도 두려워하지 않는다고 생각하는 사람들이 있다는 사실을 믿을 수 없었다.

"준비…… 시작."

그 사람들은 틀렸다.

스택스가 달려들었다. 서워는 준비되어 있었다. 그녀는 맞부딪히는 힘을 흡수하고, 낮게 인사이드 스텝으로 걷는 척하다가 위로 덮쳐 손으로 스택스의 목을 붙들고 끌어내렸다. 그러고는 스택스를 아래로 잡아당겨 거꾸로 눌렀다. 스택스가 일어나려고 하자, 스택스는 몸을 돌려 허벅지를 제대로 잡았다. 그 뒤 그녀는 다시 스택스를 누르고 배가 보이도록 뒤집었다.

작은 무리가 박수를 보냈다.

"역대 최고야, 미친."

리코가 말했다.

"정확해."

서워가 말했다. 그녀는 이런 사람이었다.

"다 이길 순 없지."

사이가 말했다.

"절대 이길 수 없어."

서워가 말했다. 노력하면서, 이 순간만을 즐기고 한순간이라도 앞으로 다가올 일을 잊으려고 노력하면서.

"배틀그라운드에서는 무기를 써야 하니까 나한텐 좋은 일이지."

스택스가 책상다리로 땅에 앉아 말했다.

서워는 '방금 뭐라고 했어?'라고 내뱉을 뻔했다. 대신 그녀는 관객의 환호를 받으며 허공에 팔을 들었다.

"나도 사랑해, 자기."

서워가 말했다. 상처에 소금을 뿌리고 유심히 지켜보면서. 스택스가 무엇을 알고 있을까?

"꺼져."

스택스가 말했고, 서워는 생각했다. 이 여자는 완벽해. 그리고 모든 기쁨이 그녀의 가슴에서 증발했다.

사이먼 J. 크래프트

지금 점프, J. 지금 점프.

노래

우리는 누군가를 잃고 무거운 발걸음을 옮긴다. 체인 내의 두 무리 모두 배틀그라운드에서 한 명씩 줄었다. 이레이저 세쌍둥이는 쌍둥이로 줄었다. 그들의 셋째는 그 대단한 레이븐 웨이즈에 의해 처리됐다. 가망조차 없었다. 그들 형제는 자궁에서도, 감방에서도, 그리고 결국 이 살인 게임의 열린 세상에서도 함께 갇혀 있었다. 이제 그들은 처음으로 분리됐다. 남은 둘은 목에 있는 나치 문신을 눈물로 적신다. 셋째는 심지어 흑인에게 죽었다.

우리 쪽은 에이티를 잃었다. 오래전 나쁜 짓을 한 좋은 사람. 피에 젖어 살았지만 어쩐지 쾌활한 커다란 남자. 나쁜 싸움은 아니었지만 좋지도 않았다. 에이티는 아주 잠깐 주저했고 그 순간 절대 때울 수 없는 방식으로 뚫렸다.

그를 잃은 후 서킷에 나와, 우리는 수그러지는 봄의 흔적을 발 아래로 바스락거리며 걷고 있다. 레이저는 나를 본다. 그는 노래를 청한다.

"추모곡은 잘 모르는데."

"무슨 소리야? 네가 부르는 거 다 추모곡인지 뭔지 같아. 어서 불러 봐."

레이저가 말한다.

나는 벨스를 본다. 고개를 든 채 걷는 그녀는 울고 있고 조용하다.

"네가 안 하면 내가 부를 거야. 일 년 내내 빌어먹을 노래를 하더니 이제 부를 노래가 없다고 하네. 생각해 봐. 엿 같잖아, 친구. 최소한 음이라도 줘 봐. 내 동료를 위해서 한 번 프리스타일이라도 해 보게."

레이저가 말한다.

흥얼거릴 곡조가 바로 떠오른다. 음, 음, 음. 나는 노래한다.

"음, 음, 음."

레이저는 눈을 감고, 칼자루를 쥔 채로 곡조를 음미한다. 그는 자신의 무기를 산스푸리타라고 부른다. 에이티가 살아 있을 때, 그와 레이저와 벨스는 서로 음절을 주고받으며 운을 맞추면서 몇 킬로미터를 걷곤 했다. 그들이 내 노래에 운을 맞춘 것도 몇 번이나 됐다. 오늘 레이저는 내 소리를 받아들인다. 앵커가 이끄는 대로 이름을 알 수 없을 강을 따라가는 가운데 온몸으로 그 소리를 숨 쉰다.

음, 음, 음

음, 음, 음

나는 내 친구를 사랑했네, 뚱뚱한 남자

벨스가 바로 웃는다. 에이티의 이름과 관련된 또 다른 사연이 있다. 에이티는 처음에 에이트 헌드레드로 불렸다. 하지만 처음 두 경기에서 간신히 이기고 어떻게든 몸을 만들다 보니, 사람 두 명 무게를 뺐다는 것이다. 그는 덩치에 맞게 이름을 바꿨다. 에이티.

나는 그가 날씬해져도 사랑했네

음, 음, 음

그가 나쁜 짓을 한 걸 알아, 하지만, 주여, 그는 갔습니다

그러니 제발 그를 들여보내 주세요
음, 음, 음
음, 음, 음
그리고 벨스가 같은 곡조로 그의 노래를 이어받는다.
레지는 전설이었지
이기든 죽든, 가라앉든 헤엄치든
그는 나와 함께였고, 이제 그는 자유롭네
그러니 제발, 신이시여, 그를 들여보내 주세요
음, 음, 음
나는 그것이 나를 훑고 지나가는 것을 느끼고 그 기운을 거부하지 않는다.
그의 엄마는 그에게 왕의 이름을 주었네
그녀는 그의 안에 무엇이 있는지 알았으니까
그의 유일한 죄는, 너무 인간적이었다는 거지
그러니 제발, 신이시여, 그를 들여보내 주세요
그러니 제발, 신이시여, 그를 들여보내 주세요
다음 몇 킬로미터 동안 에이티의 이야기는 노래가 되었고 공기 중을 빙빙 돌며 떠다니는 눈이 그것을 찍었다. 어딘가의 누군가는 이게 좋은 방송감이라고 생각하겠지. 그리고 그 생각이 옳다. 내 일부는 에이티의 팬이 이걸 보고 있기를 바란다. 다른 일부는 그들이 그러지 않을 힘을 찾길 바란다.
"우릴 괜히 '싱'이라고 부르는 게 아냐. 알겠지, 개자식들아? 우린 여기서 그걸로 유명해졌다고."
레이저가 떠다니는 눈을 똑바로 들여다보며 말한다.
그는 마지막 남은 눈물을 웃음으로 털어 버린다.

이레이저 쌍둥이는 굳이 말하지 않는다. 마치 내내 조용히 듣는다. 그들의 마음도 잃어버린 조각을 기리며 노래하고 있는 게 분명하다.

덤불 속 먼 불빛이 우리를 반긴다. 이 슬픈 마치의 끝이 다가오고 있다. 나는 벨스와 레이저가 아직 정착할 준비가 되지 않았다는 걸 느낄 수 있다. 걸음걸이와 눈에서 알 수 있다. 어둠은 분명한 상처 말고는 아무것도 남기지 않는다.

우리를 끌고 간 앵커는 불구덩이 위에서 멈춘다. 그 힘을 보여 주려는 듯 그것은 언제나 불 위에서 쉰다. 화형당할 수 없는 마녀. 앵커가 당기는 힘은 여전하지만 우리는 걸음을 늦춘다. 살인 게임은 이렇다. 누군가가 배틀그라운드에서 죽으면 보통 다른 사람을 받는다.

에이티와 루밥과 이레이저가 지난 경기장에서 사라졌다. 루밥은 거기 들어가는 너무 많은 사람과 마찬가지로 잊혔다. 나는 아침에 부를 노래에 그를 담아야겠다고 다짐한다.

싱 아티카 싱은 세 명을 잃었지만, 모닥불 앞에는 남자 하나만 서 있다. 우리는 그를 바라본다. 체인은 속도를 늦추고 그의 주위에 몸으로 미소 모양을 만든다. 곤충과 바람이 합창한다. 오래 들었다면, 불이 내는 탁탁 소리는 아무것도 아니라는 걸 알 수 있다. 이 불은 타는 소리가 다르고 불꽃은 자연스러운 수준보다 어둡다. 캠프에서 손목들이 녹색으로 빛난다. 우리는 마침내 멈춘다. 대부분이 체인의 새로운 구성원으로부터 이 미터도 떨어져 있지 않다. 그는 너무 환해서 뭔가 옳지 않게 느껴지는 미소를 지으며 불 앞에 서 있다. 이는 누렇고 몸은 강인해 보인다. 자신을 위로 아래로, 위로 아래로, 아주, 아주 많이 옮긴 종류의 몸이다. 군살 없는 근육질이다. 피부가 탄탄해 보인다. 리넨 바지는 하이탑 운동화에 쑤셔 넣었고 신축성 있는 상의는 피부에 착 붙어 있어 그의 근육에서 위아래로 춤추는 그림자가 보인다.

"안녕."

그가 미소를 띠고 손을 흔들며 말한다. 그가 인사할 때 우리는 모두 가진 무기를 조금 더 단단히 쥐었는데, 양손에 한 쌍의 긴 날이 손가락 관절 바로 아래 연결되어 신체의 일부처럼 보였기 때문이다. 오른손에는 금으로 된 날 두 개, 왼손에는 금 하나와 흑요석 하나가 있었다.

레이저가 먼저 그에게 걸어간다.

"안녕, 친구? 사람들이 널 뭐라고 불러?"

우리는 지켜보고, 우리를 둘러싼 자연의 침묵당하지 않은 것들은 아주 시끄럽고 분명해진다. 벨스가 앞으로 한 걸음 나선다.

"괜찮아, 친구? 사람들이 널 뭐라고 부르고 어디서 왔어?"

"내 이름은 사이먼 J. 크래프트."

그가 말하고는 날이 달린 오른손을 레이저의 목에 휘두른다.

레이저는 펄쩍 뛰어 물러난다. 배틀그라운드를 몇 번 보지 않은 사람이라면 눈도 깜짝 못 할 사이 산스푸리타가 위로 번뜩인다. 레이저는 칼집에서 칼을 뽑았고 벨스는 이미 그를 도우러 달려가고 있다. 레이저는 크래프트의 머리에서 반짝이는 낮은 불빛 사이를 가르고 크래프트는 허리를 뒤로 젖힌다.

"내 이름은 사이먼 J. 크래프트."

그는 벨스의 무시무시한 대검을 피하려고 뭔가 불가능한 방식으로 몸을 뒤틀며 말한다. 다음으로 내가 아는 건 바닥에 흘러넘치는 벨스의 피다. 그녀에겐 두 번째 공격을 위해 칼을 거둘 틈도 없었다.* 내가

---

* '링 야 벨스' 조지나 히커리. 많은 걸 보았다. 많은 걸 했다. 지옥에서 집을 찾았다. 그녀는 아이들에게 독을 판 적이 없지만 독은 어쨌든 아이들을 찾았으니, 무슨 차이가 있을까? 규칙이 없다면 아무것도 없는 것인데, 벨스에겐 규칙이 있었다. 가족을 위해 무기를 휘두를 것, 고개를 높이 들 것, 할 수 있다면 옳은 일을 하기 위해 노력할 것. 그녀는 자신이 사랑에 빠지는 유형이라고 생각하지 않았다. 그 면에서 그녀는 틀렸다. 그녀는 지옥에서 그것을 찾았다, 사랑과 노래가 있는 집을.

벨스를 챙기러 움직이고 레이저는 소리를 지르며 검을 앞으로 치켜든다.

"사이먼 J······"

날끼리 부딪힌다. 그들이 서로 무기를 휘두르자 살인을 위한 금속의 소리가 폭발한다. 그리고 레이저의 날이 땅 위에 눕고 몸이 뒤따른다.* 목이 너무나도 깊이 그어서 쓰러진 지 일 분도 지나지 않아 그의 눈이 영영 감겼다.

나는 벨스를 붙든다. 그리고 그녀는 실망한 채 나를 보고는, 눈을 떨며 마지막을 향해 피를 쏟는다. 나는 내 손의 피를 보고 방금 본 광경을 어떻게 생각해야 할지 몰라 하는 쌍둥이를 올려다본다.

서킷에 있는 모든 사람은 공포를 본 적이 있다. 하지만 레이저와 벨스는 전 세계에서 유명하다. 레이저와 벨스는 게임에서 가장 강한 축에 속하고, 둘 다 리퍼로 불렸으며, 둘 다 이제 움직이지 않는다.

"너 우리 편이야, 친구?"

이레이저 1이 다가가며 말한다. 한 손에 채찍을 들고 다른 손은 악수하려는 것처럼 내밀고 있다. 이 남자의 피부색이 약간 짙은 것이 그림자이거나 태닝이거나 아무튼 유전이 아니길 바라면서.

사이먼 J. 크래프트는 갑자기 차분해져서 자기 손을 내밀고 걷는다. 고분고분하고 협조적이다. 신이 가져간 것을 새로이 가져다주었다고 믿으며 이레이저 1의 얼굴에 따뜻함이 스쳐 간다. 그의 정당성이 입증된 것처럼. 그러나 악수하기 전, 이레이저의 손은 또 한 번 번뜩이

---

* '레이저' 에제린 보아텡은 언젠가 질 운명이었다. 그는 그를 시험한 개자식들을 다치게 했다. 그에겐 가족이 있었고, 그는 똑똑했다. 하지만 가끔은 해야 할 일을 해야 한다. 피는 피를 부른다. 그가 규칙을 만든 것이 아니라 규칙이 그를 만들었다. 하지만 그는 다행이라고 생각했다. 그는 그녀의 안에서 다시 집을 찾았다. 그는 그 모든 것을 지나 결국 전에 느낀 적 없는 평화를 찾았다. 벨스, 그는 그녀를 가졌고, 그녀는 그를 가졌다. 그는 그녀를 영원히 안을 수 있길 바랐다.

는 폭력에 잘려 땅 위에 있다.

"젠장……."

그는 사이먼 J. 크래프트가 그의 얼굴과 목을 깨끗이 썰기 전에 그렇게 뱉는다.

마지막 이레이저가 돌아서서 달린다. 괭이를 든 채 꽤 빠르게 질주한다. 내 팔 안의 벨스는 아직 따뜻하다. 한때 세쌍둥이였다가 잠시 쌍둥이였던 이레이저가 달리고 달린다. 나는 벨스를 내려놓는다. 나에게 시간이 얼마나 남았는지 모르기 때문에 빠르게 레이저의 시신을 그 옆에 끌어다 놓고 그녀와 그의 손을 포갠다. 이것이 내 마지막 순간이라면 최소한 그들에게 참을 수 있는 휴식에 가까운 뭔가를 주기 위해서. 드디어 멀리서 앵커에 당겨진 손목이 만들어 낸 보이지 않는 두꺼운 벽에 이레이저가 부딪힌다. 그는 저항한다. 점점 더 느리게 뛴다. 지쳤기 때문이 아니라 아무리 발버둥 쳐도 기계의 손아귀가 더 강하기 때문이다. 그는 저항을 멈추지 않는다. 사이먼 J. 크래프트가 공중으로 뛰어오를 때도 여전히 느리게 아우성친다. 그들은 모래사장을 지나가듯 함께 움직인다. 결박으로 제한된 움직임이다. 사이먼 J. 크래프트가 그 느린 움직임으로 괭이 이레이저의 등을 찌르고 또 찌른다. 세쌍둥이는 그들이 상상했을 것보다 훨씬 일찍 다시 만났다.

그리고 사이먼 J. 크래프트는 천천히 내게 다시 걸어온다.

아무 노래도 떠오르지 않는다, 오래전 사라진 손에서 느끼는 욱신거림뿐이다. 그 느낌은 손이 실제로 있었을 때 느낀 어떤 것보다 선명하다.

나는 내 곁에 죽은 사람들을 본다. 내 인생에 남은 가장 좋은 친구들이었다. 그리고 나는 의문이 든다. 분노는 어디 있는가? 살인의 충동은 어디 있는가? 나의 어떤 부분이 사라진 것인가? 지금이 아니라면, 언제인가?

나는 통나무에 앉아 불을 바라본다. 사이먼 J. 크래프트가 뒤에 긴 그림자를 매달고 돌아온다. 나는 창끝이 하늘을 가리키도록 든다. 나는 내 사라진 팔이 이 남자를 향해 뻗어나가는 것을 느낀다. 목을 조르려는 듯 끌어당기거나, 평화를 얻기 위해 어깨를 다독여 그를 구슬리려는 듯 하거나. 자기 앞의 생에서 벌어지는 일 같다.

"사이먼 J. 크래프트."

내가 말한다.

"그만해."

그리고 사이먼 J. 크래프트가 웃으며 말한다.

"네, 선생님."

자기야?

"방금 대체 무슨 일이 일어난 거야, 자기야? 방금 대체 무슨 일이 일어난 거냐고. 오, 젠장, 신이시여."

에밀리는 다시 녹화 방송을 몰아 보고 있었다. 윌이 이 장면을 함께 보고 싶어 해서 그와 같이 시청하고 있었다.

그는 이미 그녀의 반응을 녹화하기 위해 홀로폰을 들고 있었다. 그녀가 지금 느끼는 충격만큼이나 나머지 세상도 충격을 받았다는 모양이었다.

에밀리는 남편을 보았고 다시 화면으로 눈을 돌렸다. 거기서 싱어는 이 새로운 남자가, 그녀가 보는 가운데 단 몇 분 만에 네 사람을 죽인 이 새로운 링크가, 벨스의 텐트로 들어가 침대에 편안히 눕는 것을 보고 있었다.

"저놈 되게 피곤한가 봐!"

그녀가 말했다. 그녀가 뭔가 말하면 남편이 좋아할 것을 알았기 때문이다.

"자기야. 저 사람들 죽었어. 한 일 년 전에 일어난 일이야."

"알아."

충격을 꾸며 낼 필요는 전혀 없었다. 지금 보고 있는 일이 과거의 일이며, 이미 오래되었다는 사실을 알았어도 에밀리에게는 그 순간 펼쳐지는 일이었다. 그녀에게는 막 차오른 슬픔이 넘쳤다.

"안다고."

에밀리는 심지어 자신의 목소리 때문에 눈물이 나왔다.

에밀리는 현재의 앙골라 해먼드 방송보다도 싱 아티카 싱의 밀린 방영분을 보는 걸 더 좋아했다. 그녀는 과거로 돌아가 방송과 배틀그라운드 하이라이트를 몰아 보았다. 에밀리는 싱 체인의 링크들을 알게 되었고 특히 레이저와 벨스가 서로 사랑하는 모습에 빠졌다. 그리고 그들이 둘 다 정식 리퍼로 자리매김한 후의 이인 팀 매치도 좋았다. 플렌티 페인 퍼시와 허크 미스 원더가 발치에서 피 흘리는 가운데 벨스가 대검을 떨어뜨리고 레이저의 입에 입술을 누르던 장면은 체인 갱의 모든 것이 그렇듯 끔찍한 방식으로 아름다웠다.

윌은 자기도 똑같은 느낌이라고 말했고, 그녀는 이런 것에 의견을 같이하기 싫었다. 또한 싱 아티카 싱에는 앙골라 해먼드에 지금 있는 비폭력 협정이 없다는 점이 매력으로 다가오기도 했다는 사실을, 그녀가 폭력의 위협에, 죽음이 어느 모퉁이에서나 링크들을 기다리고 있다는 감각에 중독되었다는 사실을 인정하기 싫었다. 예를 들어 이 레이저 형제들은 큰 생각도 뉘우침도 없이 많은 약한 링크들을 떠나보냈다. 이전 주에 레이저와 에이티는 이레이저 형제들 중 두 명과 논쟁이 붙어 주먹질까지 했지만, 벨스가 세 번째 나치 뒤로 몰래 움직여 등에 대검을 꽂겠다고 협박하면서 싸움은 멈췄다. 두 쌍의 남자들 모두 흩어졌고 평소와 다름없이 다음 날을 이어 갔다. 그건 정말 흥분되는 볼거리였다.

그녀는 이레이저 형제들에게 야유를 보내는 것이 자랑스러웠다. 하지만 프로그램에서 명백하고 분명한 나쁜 놈을 등장시킨다는 사실을 즐기고 있다는 것도 내심 알았다. 영웅들, 그러니까 레이저와 벨스, 그리고 그들의 파트너인 에이티와 외팔 흑인 남자 싱어가 이레이저 형제들이라는 문제를 해결하는 구도였다. 이레이저 형제들은 인종차별주의 살인자니까 이 벌을 받아 마땅하다고, 체인에 있을 만하다고 느끼는 건 쉬웠다. 분명하고도 단순한 악으로 느껴지는 이레이저 형제들의 존재는 어떤 면에서 살인 게임 전체를 정당화했다.

"나도 알아, 자기, 나도 알아."

그리고 윌 역시 지금 울고 있었다. 그녀는 이것을 보고 그를 맹렬히 사랑했다. 누군가 그들의 친구를 앗아 간 느낌이었다. 그렇다, 그들은 살인자였다. 하지만 어떻게든 에밀리와 윌은 그들을 속속들이 알게 되었다. 그런데 그들은 이제 어디로 갔는가.

"저 자식은 진짜 미친놈이야. 사이먼 J. 크래프트."

"사이먼 크래프트. 사이먼 J. 크래프트."

그녀가 말했다.

그 이름을 잊는다니 상상도 할 수 없었다. 그녀는 그것을 절대 잊지 않으리라 생각했다. 에밀리는 사이먼이 자고 있는 화면을 보고 카메라가 그를 클로즈업하자 얼굴을 자세히 살폈다.

"자고 있어. 맙소사. 저놈 뭐지?"

그녀가 사랑하게 된 체인의 구성원 중 유일하게 남은 핸드릭스 싱어를 보니 뱃속에서부터 깊은 분노가 자라났다.

"싱어는 지금 당장 저놈의 목을 그어야 해. 저렇게 자고 싶어 하잖아. 그 빌어먹을 목을 그으라고."

윌은 핸드폰에서 눈을 떼고 올려다보았다. 그는 녹화를 멈췄다. 에밀리는 그가 무슨 생각을 하는지 확신할 수 없다가, 이윽고 그녀가 체인 갱을 보는 동안 한 번도 링크의 죽음을 외친 적이 없었다는 걸 깨달았다. 지금까지 그녀는 도덕적인 감독관의 역할을 가장했다. 체인 갱에 흥미를 느꼈고, 어쩌면 중독되었다고까지 할 수 있지만 누군가가 죽길 바랄 정도로 치우친 적은 없었다. 그녀는 체인 갱을 지나쳤다. 어쩌면 조금 머무르는 순간도 있었지만, 결국 언제나 그저 지나쳤다. 하지만 지금 그녀는 눈에 눈물이 고인 채 떨리는 목소리로 겨우 몇 분 전에 존재를 발견한 남자를 죽이라고 외치고 있었다.

"맞는 말이야, 자기."

응징을 너무나도 바랐던 탓에, 이 정의의 서커스 안에서 사람이 죽을 때 흔히 동반되던 수치심은 완전히 자취를 감추었다. 그녀는 더 자세히 보려고 얼굴의 머리카락을 쓸어 넘겼다. 그리고 실망스럽게도 더 이상의 죽음은 없었다. 방정식은 불균형했는데 겁쟁이 싱어는 그것을 수정하려는 시도조차 하지 않았다. 그녀는 새로운 욕망이 자신을 자극하는 것을 느꼈다. 들이쉬고 내쉬는 숨이 분노로 뜨거웠다. 숨쉬기 어려웠다.

"저놈 뭐 하는 거야! 씨발. 지금 해야 하는데."

"알아, 자기, 진정해."

"진정하라고 하지 마, 나는…… 나는……."

간절히 뭔가를 던지고 싶었다.

"당신은 이해 못해, 이건……."

숨을 쉴 수 없었다.

"괜찮아, 자기. 내가 저걸 봤을 때 내 기분도 그랬어."

윌이 그녀를 감쌌다. 오크와 식초와 낯선 향수 냄새가 났다.

"나 건드리지 마."

에밀리는 몸을 비틀어 그의 품을 벗어났다. 그는 더 꽉 붙들었다. 에밀리의 주먹 쥔 손과 팔뚝을 가슴 사이에 낀 채로 눌렀다. 그녀는 뒤로 물러서서 그에게 주먹을 날리고 싶었다. 그러려다가 실패할 때마다 그를 다치게 하고 싶은 마음은 더 커졌다.
"당신 괜찮아?"
이런 걸 묻다니. 너무나 많은 시간을 함께 보낸 사람들이 살해당했다. 말하자면 그녀의 거실에서.
"내가 괜찮냐고?"
그녀가 떨림을 멈추려 애쓰며 말했다. 에밀리는 윌의 손이 부드러워지는 것을 느꼈고, 그녀 역시 목소리를 부드럽게 내려고 노력했다.
"놔줘."
윌이 그녀를 놓았다. 윌의 손이 옆구리로 돌아가기도 전에, 에밀리는 주먹을 뒤로 당겼다가 최대한 세게 가슴에 날렸다. 그는 기침하고 반걸음 뒤로 물러났다. 그러고는 다시 기침했다. 방은 아직 남은 싱 아티카 싱 체인의 링크들, 즉 남자 단둘이 머무르는 피투성이 외진 땅을 덮은 소리로 가득 채워져 있었다. 에밀리는 폭력성이 끓는 채 서 있었다. 윌은 조심스럽게 다가가서 그녀의 손목을 잡았다. 그녀는 여전히 주먹을 쥔 채였다. 그녀는 잠시 그를 내버려 두었다가 손을 빼서 직접 윌의 손목을 낚아챘다. 그녀는 그를 바닥으로 넘어뜨려 쇄골 가운데에 입을 맞추고, 다시 키스하고, 소금기가 번들거리는 목을 세게 물었다. 그는 으르렁거리는 소리를 냈고 그것은 뭔가 부드러운 것으로 바뀌었다. 그녀는 그의 살을 더 세게 물며, 생생한 절망과 분노 사이에서도 기쁨을 느꼈다. 그 분노는 너무 커서 그녀가 윌의 바지를 적당히 끌어 내리기 전 벨트가 풀리지 않는 어색한 순간을 완전히 삼켜 버릴 정도였다.

"사랑……"

윌은 말하기 시작했다.

하지만 그녀는 양손으로 그의 입을 덮었다.

"당신은 닥쳐."

에밀리의 반바지는 옆의 소파 발치에 놓여 있었다. 그녀는 죽음이 온전해지지 않도록 화면에서 절대 눈을 떼지 않았다. 크래프트는 한때 벨스의 것이었던 침대에서 잠들었고, 싱어는 앉아 있었다. 그녀는 새로이 울었고 어떤 멀리 떨어진 밤의 귀뚜라미 우는 소리에 맞춰 윌과 섹스했다.

드라이브

마치가 끝날 때면 항상 오고 가는 소리가 들린다. 그들은 도착했다. 도로를 찾았다. 그들이 있길 원하는 곳으로 차가 데려가는 사이 낮잠을 자거나 밀린 뉴스를 보는 인간들의 초고속도로다.

밴은 갓길에서 기다리고 있었다. 앵커는 앙골라 해먼드 체인 바로 앞에서 떠올랐고, 차량 옆에서 대기했다.

"씨발, 맞네."

랜디 맥이 말했다.

"무기 버려, 죄수들."

제리가 말했다. 낯선 멸시가 그에게서 일렁였다. 제리는 위협하듯이 슬레이트를 들고, 손에 든 그들의 목숨, 검은 거울을 보여 주었다.

"다 괜찮은 거지, 제리?"

스택스가 물었다.

"무기 버리라고 했어. 문제 만들지 마."

링크들은 무기를 떨어뜨리고 HMC가 몸을 훑는 가운데 함께 섰다. 마치가 종료되며 일렬로 서는 모습이 매주 「링크라이프」 방송의 끝이었다. 이것은 시청자들이 무료로 보는 마지막 장면이었다. 배틀그라운드나 허브 시티 명소에서 있을 그들의 다음 행보를 보려는 사람들은 돈을 내야 했다.

"저기, 무슨 문제인지는 모르겠지만 길에서 기쁘게 들어 줄게."

스택스가 말했다.

"내 걱정은 마. 난 괜찮으니까."

카메라가 링크들의 몸을 다 살피고 앵커의 머리로 날아 들어가는 가운데 제리가 말했다.

"알았어, 그냥 그렇다고, 너 안 괜찮아 보여서. 너……"

"닥쳐, 죄수. 안 그러면 처음 반 킬로미터 동안 테이저를 먹일 거야."

제리가 쏘아붙였다.

스택스는 눈을 휘둥그레져서 제리를 보고는, 미소 짓더니 입을 잠그고 보이지 않는 열쇠를 스포츠 브라에 쑤셔 넣는 시늉을 했다.

앵커는 제리와 밴을 향해 느리고 정확히 떠 갔다. HMC들은 앵커 안으로 들어갔고 앵커는 공중을 돌다가 잠자리에 드는 것처럼 차량 바닥 가까이에 있는 공간으로 접혀 들어갔다. 제리는 링크들의 무기를 같은 칸에 실을 것이었다.

HMC가 사라지고 앵커가 접혀 들어가자 제리는 긴장을 푸는 것 같았다. 이상한 일이라고 서워는 생각했다. 링크들이 가장 위험한 존재가 되는 건 바로 그때였다. 지루하지만 꼭 필요한 마치와 허브 시티 사이의 이송 시간. 그때 제리의 삶에서 그를 뽑아 내기란 얼마나 쉬울 것인가. 링크들이 원하기만 한다면 제리는 슬레이트를 제대로 만져 보지도 못하고 목이 꺾일 것이다.

"퉁명스럽게 굴어서 미안해. 지금 스트레스를 많이 받고 있어. 상사들이 보고 있기도 하고. 시위인가 뭔가 하는 것 때문에. 빨리 타자."

제리가 말하자 서워는 그 남자의 죽음에 대해 생각하길 멈췄다. 그건 너무 쉬웠다.
"당신들 전부 파란색으로 바꿀 거야, 괜찮지?"
"괜찮은 것 이상이지, 제리. 그거 아주 좋겠어."
랜디 맥의 목소리는 아주 달콤했다.
"우리도 절차를 알아. 앉고 싶어."
그렇게 말한 배드 워터는 움직이진 않았지만 밴 방향으로 어깨를 틀었다.
서워는 계속 배드 워터를 잊어버렸다. 그녀는 뭔가에 그를 끼워 줘서 이제 목소리를 내는 거라고 짐작했다. 사회화에는 관성이 있다.
"맞아, 서둘러, 버스 운전사."
거니 퍼즐스가 말했다. 서워는 배드 워터가 그녀와 스택스와 시간을 보낸 바람에 그가 화났을 가능성이 크다는 것을 알았다.
"좋아, 이제 침묵의 게임 시작이야."
제리가 빠르게 화면을 두드리자 서워의 손목이 이른 태양 아래 푸르게 빛났다.
"됐어, 어서 타. 다들 자리에 앉으면 짐 정리할 거야."
나머지 링크들은 시키는 대로 서워를 따라 느릿느릿 차에 탔다. 서워는 밴에 들어가기 전에 하스 오마하를 한 번 돌아보았다. 그러고는 왼쪽 맨 구석을 차지하고 좌석 등받이에 날개뼈를 눌렀다. 밴 뒷좌석에서는 모두가 서로를 마주 보았다. 문이 있는 곳을 빼면, 그곳은 벽을 따라 긴 의자가 있는 직사각형의 공간이었다. 배드 워터가 뒤뚱뒤뚱 들어오자 문은 마침내 닫혔다.
서워는 발목 근처의 환기구에서 웅웅 소리를 내며 들어오는 인공적인 냉기를 느꼈다. 아침의 자연스러운 한기와는 달랐다. 그녀는 이제 자기 안으로 들어가 꼼짝하지 않고 있는 스택스를 넘겨다보았다. 아무것도 없는 곳을 똑바로 보는 스택스. 서워는 어깨로 스택스를 문지르며 그녀의 온기를 느꼈다. 스택스는 계속 앞을 보고 있었다.

서워는 다시 문질렀다. 스택스는 옆으로 부드럽게 흔들렸다가 중앙으로 돌아왔다. 그녀는 링크들과 운전석을 분리하는 금속판을 등지고 있었다. 밴의 문은 아직 열려 있었다. 제리가 아래 칸에 무기를 싣고 있었다. 서워는 하스 오마하를 만지는 사람들에 대해 생각하길 싫어했다. 제리 같은 사람이 하스 오마하의 손잡이에 손을 댄다는 것만으로도 혐오스러웠다. 곧이어 금속이 부딪히는 소리와 자리 잡는 소리가 들렸고 아래 칸이 닫히는 것이 느껴졌다. 스택스는 여전히 도로를 응시했다. 전보다 더 현실에 없는 느낌이었다. 어딘가 다른 곳에 가 버린 듯했다.

그녀는 스택스의 가슴에 있는 X 한 쌍을 보았다. 하나는 데임 킬로와트, 다른 건 허더 유르트를 위한 것으로 둘 다 더블 매치에서 서워와 함께 만들어 낸 죽음이었다. 스택스는 서워의 곁에서 베어 넘어뜨린 전사자를 기리기 위해 그 표식을 받았다. "내 심장 가까이"라고 그녀는 새로운 피의 잉크로 문신을 새기고 서워의 품으로 돌아왔을 때 말했다.

서워는 제리가 밴 뒤로 나타나자 스택스의 배를, 다시 갈비뼈 사이를 세게 찔렀다.

"이동은 짧을 거야. 소동이 있고 사람이 많으니까 멍청한 짓 하지 마."

그가 말했다. 그리고.

"미안."

제리는 앞주머니의 슬레이트를 두드리지 않았지만, 그렇게 한 것처럼 보이는 식으로 말했다. 서워는 그가 떠났으면 해서 제리가 문을 힘껏 닫기 전까지 움직이지 않았다.

그녀는 제리가 운전석에 앉는 게 느껴질 때까지 기다렸다가, 스택스의 옆구리를 꽉 쥐고 간지럽혔다. 스택스는 언제나 뜨거움과 차가움을 둘 다 가지고 있었다. 두 전선이 만난다. 그러나 서워는 현실에 존재하는 쾌활한 스택스를 다시 그곳에 데려와야 한다는 열정을 느꼈다. 마치 이후 허브 시티에 도착할 때면 항상 삐거거렸다. 언론과 그에 수반하는 모든 것 때문이었다. 그곳에 들어갈 때는 날카로운 것이 최선이었다. 그녀는 부드럽게 스택스의 턱에 손가락을 가져가 두 번 두드리고는 빠르게 스택스의 코에 쑤셔 넣었다. 빠르고 효율적으로 넣었다 뺐다. 서워는 사이가 웃음을 참는 것을 볼 수 있었다. 랜디가 턱을 꽉 물고 지켜보았다. 거니 퍼들스는 늘 그렇듯 화가 났는지 슬퍼하는지 모르게 그저 응시했다. 서워는 스택스에게 조금 떨어져, 전혀 서로 닿지 않은 듯이 굴었다. 스택스는 혼란스럽다는 듯 서워를 보았다. 자기가 거기 있어서 놀랐다는 것처럼. 크게 뜬 그녀의 눈은 멋졌다.

"사랑……"

서워는 최대한 빨리 말했고, 고통스러운 전기 충격이 찾아왔다. 전기 충격은 숨을 못 쉬게 쥐어짜는 뜨거운 손아귀 같았다. 그녀는 웅크린 채 밴 바닥으로 굴렀고 고통은 효율적으로 움직여 할 일을 하고는 빠르게 마무리됐다. 서워는 몸이 다시 자신의 통제하에 들어올 때까지 숨을 들이마시며 그대로 잠깐 누워 있었다. 그리고 그녀는 다시 스택스의 옆에 앉았고, 스택스는 차를 타고 가는 나머지 시간 내내 그녀의 무릎을 베고 있었다.

맥클러스키

나는 투덜대는 년이 싫다. 그리고 역사학도로서, 나는 흑인들이 세상에서 가장 많이 투덜대는 년들임을 안다. 아버지는 어린 나에게 이렇게 소리쳤는데 그 사실이 기쁘다. 그래서 절대 잊지 않으니까 말이다.
"네 역사를 알아야지!"
아버지 프레데릭 퍼들로우는 학교에서 흑인들과 친구가 되었다고 말하면 나를 꾸짖었다. 또 내가 제대로 배울 수 있도록 교과서로 입을 후려쳤다. 그는 내게 이름을 물려주고 이 세계를 그럭저럭 살아갈 도구를 주었다. 그는 내게 역사를 가르쳤고, 어리고 착한 내게 싸우는 법을 가르쳤다.
밴 밖에서 우리를 응원하는 구호를 외치는 소리가 벌써 들린다. 우리가 아니다. 미스 해머와 미스 허리케인을 위한 것이다. 줄리엣과 슈퍼 줄리엣. 이미 밖은 지옥처럼 시끄럽다. 아버지가 이 꼴을 봤다면 무덤에서 돌아누웠을 것이다. 살인한 여자들을 위해 소리치고 환호하는 사람들. 남자와 여자와 아이들의 얼굴에 해머를 휘두르는 것을 내 눈으로 본 바로 그 여자에게 말이다. 인간이 돼지인 양 표식을 새기는 바로 그 여자. 사람들은 그들이 성인이라도 되는 양 대한다. 그것이 흑인들이 받은 선물이다. 그들이 얼마나 나쁘건, 지구의 소금과 같은 대우를 받는다.

서워는 비숍 여자가 가졌던 해머와 돈을 선물로 받고 게임에 들어왔다. 그녀는 자기가 내내 애지중지 취급받은 걸 인정하지 못한다. 그리고 미친년 허리케인은 내게 어떻게 살아야 할지 지시하려 한다. 내가 이 삶을 택한 유일한 이유는 바로 그 거지 같은 일이 다시는 일어나지 않게 하기 위해서인데 말이다. 나는 십육 년 내내 집을 너무 시끄럽게 돌아다녔다고, 양껏 먹었다고, 충분히 먹지 않았다고 얼굴로 날아오는 손 외엔 아무것도 얻지 못했다. 오래전, 나는 규칙이라는 건 이제 됐다고 다짐했기에 이 게임을 선택했다.

우리는 속도를 늦춘다. 밴 바로 밖에서 나는 소리는 뭔가 다르다. 허브 시티는 이 삶을 삶으로 만드는 것이다. 마치에서는 제작진이 밀고 당기는 대로 이 망할 망가진 나라 전체를 끌려다녀야 한다. 허브 시티는 그 사이의 시간이다. 체인 갱에 나선다는 선택이 그 가치를 얻는 곳이다. 부드러운 침대에서 쉴 수 있는 곳. 선호하는 온도로 맞춰진 공기. 뜨거운 음식을 먹는다. 세계에서 가장 위대한 나라의 도시들을 본다. 이 선택의 과실을 누리는 동안 불평하는 것을 상상해 보라. 그리고 이것은 선택이다.

우리가 모두 한 선택. 당신이 두 검은 미녀들을 보았다면 모를 만한 사실이다. 그들은 나와 마찬가지로 살인자들이지만 그들 자신과 미국에겐 여전히 연인이다. 가장 최악인 것은 자기가 최악의 삶을 산다고 생각할 정도로 저들이 뻔뻔하다는 점이다. 하나는 너무 잘나서 돈을 낸 관객에게 말하지도 않는다. 나머지 하나는 자기가 무언가의 치유책이기라도 한 양 사랑을 말한다. 그들은 최악을 본 적이 없다. 그걸로 정통으로 젖가슴을 얻어맞는대도 진짜 구린 게 뭔지 모를 것이다. 아버지 퍼들로우는 헛소리를 용납하지 않았다. 내게든 어머니 퍼들로우에게든. 그는 경찰이었다. 그걸로 말 다 했다.˚ 어머니는 사라졌다. 하지만 난 그녀를 비난하지 않는다. 그녀는 결국 머리에 총알이 박혔을 것이다. 아버지는 충분히 말했다. 하지만 그는 내게도 머리에 총알을 박아 넣겠다고 했는데 나는 여전히 여기 있으니, 어쩌면 그녀를 조금 비난하는 걸 수도 있겠다.

구호가 커지자 그들은 기운을 차리고, 활기를 띠며 사랑하는 팬을 맞이할 준비를 한다. 여왕의 피부가 흙색이 아니어도 그들이 그녀를 사랑할까? 미스 허리케인이 머리 전체를 덮은 끔찍한 많은 머리를 하고 있지 않다면, 그녀의 미친 짓이 그렇게 멋질까? 난 아니라고 생각한다. 이 모든 것에서 흑인인 편이 더 쉽고 몇 년 동안 그래 왔다. 이 세상이 제공하는 모든 빌어먹을 자유를 제공받고도 여전히 공평한 기회를 얻지 못한다고 생각하는 것을 상상해 보라. 여왕이라 불리며 거기 앉아서, 내가 스스로를 싫어해야 마땅하다는 눈으로 나를 보고 있는 것을 상상해 보라.

나머지 세상에 어울리지 않는 사람들이 있다는 것이 사실이다. 체인에 있는 우리 모두가 그렇다. 나는 그에 대해 전혀 불만이 없다. 나는 멍청하고 가식적인 사랑을 더하지도 않는다. 나는 역사가 옳다는 것을 안다. 그건 모두 끝났다. 흑인들이 맥클러스키와 뭔가를 해 보려고 시도한 적이 있었지만 법원은 그들에게 꺼지라고 했다.˚˚ 아홉 명

---

* 경찰관의 가족은 그렇지 않은 사람들에 비해 높은 확률로 가정폭력을 경험한다는 사실이 밝혀졌다. 가정폭력범 총기금지법이 1996년 통과됐고, 해당 법률은 가정폭력 범죄로 유죄 선고된 사람이 총기를 구매할 수 없도록 했다. 그러나 경찰이나 군 관계자에게는 적용되지 않는다.
** 1978년, 흑인 남자 워런 맥클러스키가 백인 경찰관을 살해하여 사형을 선고받았다. 그는 공범 셋과 함께 가구점을 털었다. 그는 사형 선고, 피의 약속을 받았다.

의 고결한 대법원 판사가 그것을 확실히 했고, 여전히, 와, 와, 와."* 빌어먹게도 항상. 아버지는 경찰이었지만, 그는 역사가가 되고 싶어 했다. 나도 규칙 따위 집어치우자고 말하기 전까지 역사가가 되고 싶었다. 하지만 나는 내 역사를 안다.

밴이 느려지고 사람들의 소리가 커진다. 어느 때처럼 열광적인 고함이 아니다. 이것은 경기장 같다, 사람들이 합창하며 내는 소리. 대본을 읽는 듯하다. 제대로 이해할 수는 없지만 벌레가 목을 타고 기어가는 느낌을 준다. 나머지도 그것을 느낀다. 미스 허리케인은 화살처럼 꼿꼿이 앉아 있다. 나는 웃으며 그녀에게 윙크한다. 밖에서 시끄럽게 구는 것이 그녀의 사람들임이 분명하다. 역사는 그녀를 기억할 것이다. 젠장, 누구나 그런 축복을 받을 수는 없다.

---

* 그는 미국 수정 헌법 제8조(잔혹하고 비정상적인 법률에 관하여)와 제14조(동등한 보호에 관하여)를 들며 항소했고, 백인을 죽인 사람은 사형 선고 확률이 네 배 이상 높다는 사실을 밝힌 데이비드 C. 발더스 박사의 연구를 이용했다.
** 워런 맥클러스키는 패소했다. 이것은 미국에 인종 편견에 대한 명백한 통계적 증거도 헌법에 위배되지 않는다는 선례를 세웠다.
*** 대법원에서 5:4 다수결로 맥클러스키가 패소했다. 생산된 데이터는 법원이 아니라 입법부에 제시하는 것이 가장 적절하다는 것이다. 다수결 판결문은 판사 루이스 F. 파월 주니어에 의해 작성됐다.
　판사 아홉 명은 모두 백인이었다.
　판사 파월은 은퇴 이후 기회가 있다면 바꾸고 싶은 판결이 있느냐는 질문을 받았다. 그는 그렇다고 답하며 맥클러스키 대 켐프 사건을 언급했다.

하마라

그곳에 있다는 충격이 온몸을 짓눌렀다. 그녀는 거기 있었지만 스스로에게서 미끄러져 나가고 있기도 했다.
"좋아, 밖에 사람들이 시끄러우니까 여기서 재갈을 풀어 줄게."
어떤 장소는 한 점이다. 구체적인 시공간이다. 지도 위의 그림이다.
"됐어, 모두 자유, 자유가 아니지……. 뭐, 다들 내 말 알잖아."
집은 근원의 이야기다. 집은 내가 가지고 다니는 것이다. 집은 넘치고 넘치고 넘치는 거친 에너지의 장이다. 날 불러. 날 집이라고 해.
제리는 태블릿을 보고 읽었다.
"좋아. 당신의 허브 시티 올드 테이퍼빌에 오신 것을 환영합니다. 사흘 후 배틀그라운드 매치가 열리며 당신은 참가 여부와 관계없이 그에 앞서 시민 서비스 의무를 완수해야만 합니다. 당신의 일정은 확정되었고, 어……."
제리는 눈을 가늘게 뜨고 앞에 있는 단어를 보며 스크롤을 내렸다.
"여기다. 시민 서비스 의무에서 고의로 중대하게 일탈하면 당신의 CAPE 프로그램이 즉시 종료됩니다. 다들 이거 전에도 들어 본 거 아는데, 전부 읽어야 된다니까 가만히 앉아 있어."

제리는 밴 앞에 설치된 후방 카메라 화면을 보았다.

"당신의 시민 서비스 업무는 이송용 차량에서 내리는 순간부터 시작됩니다. 당신은 즉시 미리 정해진, 접근 가능한 근방의 기자회견장으로 인도될 것입니다."

제리는 잠시 올려다보았다.

"고등학교에 괜찮은 장소를 마련해 뒀다더라."

그리고 다시 읽었다.

"……음, 기자회견 종료 이후 당신은 즉시 시민 서비스 위치로 인도될 것입니다. 오늘은 올드 테이퍼빌 파크사이드 광장의 지역 농산물 시장에서 지역사회 구성원과 함께 일하게 될 것입니다.

시민 서비스를 마친 후 당신은 지정된 허브 시티 숙소로 인도될 것입니다. 이곳은 주요 숙소 역할을 합니다. 허브 시티 숙소 내부 반경에서는 움직일 수 있습니다. 이 반경을 벗어날 경우, CAPE 프로그램이 즉시 종료됩니다. 당신은 또한 블러드 포인트로 구매 가능한 링크 마켓 네트워크에 접근할 수 있습니다. 당신은 훈련 자료에 접근할 수 있으며 배정된 숙소 방에는 개인 컴퓨터 단말기가 있을 것입니다. 마흔여덟 시간이 지나면 배틀그라운드 스케줄이 있거나 할당된 블러드 포인트를 사용하여 경기를 관람하기를 선택한 링크들은 미리 정해진 배틀그라운드 경기장으로 이송되며 전투 관리 체제에 들어갑니다. 그 안에서 제시된 지시사항 중, 어, 무엇에든 불응하면 즉시 프로그램이 종료될 수 있습니다."

스택스는 모든 말을 들었지만 제대로 들은 것은 거의 없었다.

그녀는 생각했다. 집은 또 다른 사람, 내가 찾는 반쪽이라고.

"너와 나."

서워가 말했다.

다른 반쪽, 온전함. 하나라는 걸 알게 된다.

"너와 나."

서워가 다시 말했다. 그것은 스택스를 다시 자신에게로 불러왔다.

"너와 나."

스택스가 말했다. 올려다 보자 그녀를 보고 있는 거니 퍼들스가 보였다. 그가 미소 지으며 날카로운 이로 경멸을 드러낸 덕에 현실로 돌아오는 데 큰 도움이 됐다. 그녀는 그의 시선을 받고 마주 웃어 주었다.

"다들 이해했으면 대답해 주겠어?"

제리가 물었다. 링크들이 그렇다고 답했다.

스택스는 손목을 내려다보았다. 지금은 일반 수갑을 찬 것처럼 양손목이 서로 붙어 있었다. 밴 바로 밖에는 있는 사람들은 그녀의 이름을 외치고 있었다.

"좋아, 고마워, 여러분. 내가 문을 열면 당신들 모두 알아서 하는 거야. 난 가까이 있고 싶지 않거든. 오늘 밖에서 많은 일이 벌어지고 있어."

스택스의 눈은 한낮의 빛에 적응해야 했다. 링크들은 천천히 밴 밖으로 나왔다. 보통 마지막으로 나오는 서워도 일어섰다. 링크들은 일종의 쇼맨십을 익혔다. 밖에 있는 사람들이 특정한 누군가를 기다리고 있다는 사실을 다들 알았다. 그 사람이 차량에서 나오는 이 작은 이벤트의 그랜드 피날레가 되어야 했다.

스택스는 혼자 밴 안에 남았다. 빛이 쏟아져 들어왔다. 그들은 소리치고 있었다. 세상이 그녀의 몸에 낙인찍은 이름이 아니라 그녀가 세상의 몸이 되었을 때 선물 받은 이름을.

하마라

하마라

하마라

스태커

함성은 귀가 먹먹할 정도였다. 사람들이 소리를 지르며 그녀의 존재에 에너지와 명확성을 불어넣었다. 그녀는 숨을 쉬었다. 갑자기 기도를 올리듯 모이고 싶어 안달이 난 손가락이 보였다. 그녀는 그것들을 떨어진 채로 두었다.

하마라

하마라

하마라

스태커

스택스가 아이였을 무렵, 그때까지는 사리가 분명했던 그녀의 엄마는 말하곤 했다. "누구한테 이름을 알려 줄지 조심하렴, 딸아. 사람들이 그걸 어떻게 쓸지 모른단다." 스택스는 누군가 자기 이름을 부르면 그다음에 오는 말이 에너지를 갖는다는 사실을 배웠다. 나에 대해 하는 말에는 힘이 있었다.

이제 그녀의 이름은 통제할 수 없는 방식으로 나라 전체에 퍼져 있었다. 이 사람들이 너무나 강력하게 그것을 부르는 것을 듣는다는 건, 그녀의 이름을 이런 식으로 듣는다는 건. 허리케인 스택스를 위한 외침과는 전혀 달랐다. 이것은 전적으로 다른 어떤 것이었다.

"맙소사."

스택스가 크게 말했다. 그녀는 거기 앉아 있었고, 나머지 링크들은 그녀를 기다렸다.

"이리 와. 네 신하들이 기다린다, 죄수."

군사 경찰 소속 경비가 밴에 머리를 밀어 넣으며 말했다.
"그러네."
스택스가 앞으로 나섰다. 인공적인 냉기가 자연의 따뜻한 야외 공기로 흘러 들어가는 것이 느껴졌다. 그녀는 밴 계단에 서서 사람들에게 자신을 드러냈다. 그들은 언제나 원했던 것을 드디어 가진 듯 환호했다. 양손이 붙은 채 서 있는 그녀를 거기서 보는 것이 그들이 늘 찾던 집인 것처럼. 그녀가 머리 위로 팔을 들어 올리자 사람들은 더 소리 질렀다. 소리의 충격 탓에 거의 균형을 잃을 뻔했다. 스택스는 훌쩍 뛰어 땅에 내려섰다. 그녀는 손을 든 채였고, 전자기 수갑이 행동을 제약하는 가운데서도 두 검지로 작은 X를 만들어 최대한 높이 들었다. 팔과 주먹으로 만든 X의 바다가 군중을 휩쓸었다. 처음으로 사람들이 하마라라는 이름을 외치던 곳, 그녀가 졸업한 하비에르 고등학교로부터 백 미터도 떨어지지 않은 곳이었다. 뱃속에서 자신이 감금된 인간이라는 날카로움과, 고향에 대한 따스한 향수가 뒤섞였다. 이 초마다 찢겼다가 다시 붙는 느낌이었다. 그녀는 걸으면서 울었다.

하마라

하마라

하마라

스태커

스택스는 계속 손을 든 채 나머지 앙골라 해먼드 링크들 뒤로 걸었다. 군중에게 즐겁게, 신속하게, 무심하게 진압봉을 휘두르는 무장한 군사 경찰 바로 뒤였다.

깃대의 콘크리트 받침대에 서 있는 여자. 그녀는 메가폰을 들고 있었다. 미국 국기가 늘어진 채 그녀 위로 걸려 있었다.

"그리고 우리는 나의 자매가 자유를 얻을 때까지 멈추지 않을 것입니다! 내겐 네가 보여, 해미. 그리고 우린 너와 함께야. 우리는 네가 여기서 나갈 때까지 쉬지 않을 거야."

사람들은 이것에 환호했다.

"우리 모두 너와 함께야!"

여자가 소리쳤다.

스택스는 그 목소리를 듣자마자 걸음을 멈췄다. 다른 삶에서 그녀의 가장 친한 친구 중 하나의 목소리.

"트레이시."

스택스가 말했다. 트레이시가 실제로 그녀의 목소리를 들을 가능성은 없었지만. 스택스는 손을 높이 들고 트레이시의 눈을 보았다. 트레이시는 그녀의 시선을 마주하고 고개를 끄덕이더니 다시 메가폰에 대고 외쳤다.

하마라

하마라

하마라

기자회견

 햇볕과 수천 명이 부르짖는 숨으로 공기는 더웠다. 링크들은 보도로, 이어서 학교 정면을 가로지르는 도로 바로 앞에 자리한 작은 잔디밭으로 걸음을 옮겼다. 매일 버스가 멈춰서 지역사회에서 가장 소중한 존재인 학생들을 내리고 싣는 곳인 듯 싶었다.
 링크들은 유니폼을 입은 남자들이 치운 공간으로 걸어 들어갔다. 보아하니 링크들의 삶을 보이지 않게 조직하는 프로듀서와 게임마스터들은 올드 테이퍼빌의 군중이 그렇게 의욕적일 것이라고 예상하지 않은 듯했다. 팬들보다 시위대 숫자가 훨씬 많았고, 그들이 입은 검은 옷은 즐거움을 위해 그 자리에 있을 뿐인 사람과 시위대를 구분했다. 하지만 뭐가 뭔지 모른다면 스택스를 보고 싶어서 거기 있는 사람과 그녀가 자유로워지길 원해서 거기 있는 사람을 구분하기 힘들 것이었다.
 하마라
 하마라
 하마라

서워는 스택스를 돌아보았다. 그녀는 양손을 든 채 웃으며 고개를 끄덕이고 있었다. 지난 몇 주 간 두 사람은 매일 훈련에 팔굽혀펴기를 추가하며 힘을 길렀는데, 스택스의 삼두에서 그 점이 드러났다.

서워는 걷게 되어 기뻤다. 밴에 강제로 앉아 있는 동안 일주일 내내 했던 그 어떤 마치보다도 더 빠르게 무릎의 통증이 느껴졌다. 그녀는 누군가의 앞에서 다리를 스트레칭하거나 다른 식으로 무릎을 돌보는 일을 피했다. 서워의 고통은 그녀만의 것이었다. 가끔은 밴에 몇 시간씩 박혀 있을 때도 있었지만, 아무리 시간이 길어져도 서워는 신중하게 다리를 한 시간에 한 번 이상 움직이지 않았다. 그녀는 스택스가 무릎 문제를 알 확률을 생각해 보고 그냥 피해망상일 거라고 결론 내렸다. 애초에 스택스에게 무릎 이야기를 숨긴 것 역시 피해망상 때문일 수도 있었다. 어떻게 보면 마치 본능적으로, 어떤 일이 다가올지 언제나 알고 있었던 것처럼. 무릎의 통증이 참을 수 없어질 때마다 그녀는 자기 자신과 침묵 안으로 깊이 뛰어들어, 안에 있을 때는 더 한 것도 마주했다는 사실을 스스로에게 일깨우곤 했다. 인플루언스의 고통의 망령은 상황이 얼마나 나빠질 수 있는지에 대한 기준점이 되었다. 그녀는 생존하기 위해 그 기억을 억눌렀지만 언제나 그 참고 자료를 가지고 있을 것이었다. 인플루언스 막대에 찔리지 않은 한, 모든 건 언제나 더 나빠질 수 있었다.

스태커

멜랑콜리아 비숍과의 전투 이후 군중이 그녀가 아닌 사람을 이토록 확실히 선호하는 건 처음이었다. 서워는 그 생각에 웃었고 스택스와 어깨를 나란히 하기 위해 걸음을 조금 늦추고 그녀의 옆구리를 문질렀다. 서워의 어깨가 드러난 스택스의 겨드랑이를 찔렀다. 군중은 이것을 보고 새로이 소리 질렀다. 몇몇은 "LT"를 외쳤다. 그녀가 군중의 감탄을 얻으려고 노력한 건 몇 달 만이었지만, 지금 서워는 그 많은 사람들이 그녀가 사랑하는 사람에게 환호하는, 날것의 격렬함 가운데 정확히 설명하기 힘든 욕구를 느꼈다.

그들은 높은 유리문에 다다랐다. 스택스가 손을 내렸다.

"집에 온 기분이 어때?"

서워가 물었다.

"거친 에너지장이 모든 곳에 넘치는 느낌이야."

"아주 스택스다운 답이야."

서워가 말했다. 그리고 공기 중에 짙게, 그들의 살갗에, 에너지가 있었다.

건물 바닥에는 갈색 무늬의 단단한 타일이 깔려 있었다. 건물 내부. 내부라는 건 중요한 부분이었다. 하늘 아래에서 너무 오랜 시간을 보낸 탓에 그녀는 천장이 머리 위에 있을 때마다 인식하게 되었다. 이 건물에선 내려앉은 먼지와 청소용 세제에서 나는 날카로운 산성의 냄새가 났다. 공간은 바깥보다 쾌적하게 시원했고 건물 안으로 걸어 들어갈수록 더 시원해지는 것 같았다.

군사 경찰 두 명이 복도 끝의 큰 나무 문을 열어젖혔다. 그들은 방에 들어섰다. 들끓던 대화는 그들이 걸어 들어가자 조용해졌다가 카메라 플래시로 폭발했다.

서워는 감사했다. 그녀가 겪은 모든 고통, 그녀가 초래한 모든 고통에도 불구하고 그녀는 링크로서 고향에 돌아가지 않아도 되었고, 스택스의 얼굴 전체에 환한 웃음을 불러온 복잡하게 들끓는 감정을 느끼지 않아도 되었다.

앞에 나서서 긴 테이블이 놓인 무대로 다가가며 리코 무에르테는 기자와 공무원, 기자회견 참석 표를 구할 수 있었던 현지 주민들과 주먹을 부딪쳤다.

"우리가 왔어요!"

사이는 허공에 잠깐 양손을 들었다가 통로를 걸으며 내렸다. 서워는 성인들이 작은 강당 좌석에 채워진 광경을 둘러보았다. 스택스는 플래시가 터지는 카메라에 키스를 날렸다.

서워는 이런 순간이 가지는 기념적인 속성을 경시하지 않기로 했다. 체인 갱에서 하는 모든 행동은 마지막이 될 수 있었다. 그래서 매번 기자회견으로 돌아오면 기억되는 것이 필수적이었다. 내가 아직 여기 있다고 되새겨 주며 세상에 외치는 시간이었다.

"물론이지!"

거니 퍼들스가 높은 천장으로 소리치며 크게 말했다.

"사랑해."

스택스가 방 전체에 고함쳤다.

앙골라 해먼드 링크 몇 명은 이미 앉아 있었고 서워는 막 무대 계단에 도착했다. 모든 입구에 군사 경찰이 있었고 네 명이 무대의 네 귀퉁이를 지켰다.

그녀가 올라섰다. 장내의 불이 켜졌다. 그녀는 테이블로 가서 *로레타 서워*라고 쓰인 카드가 있는 자리를 찾았다. 스택스가 방금 자리 잡은 중앙 좌석의 오른쪽이었다. 앉는 순간 양손이 서로에게서 풀려나는 것을 느꼈다. 녹색은 안도감이었다. 테이블 아래에서, 갈색 테이블보 뒤로, 그녀는 아무도 볼 수 없게 쑤시는 무릎을 문질렀다. 그녀는 부드럽게 슬개골을 마사지하고 가장 문제가 많은 부분인 반월판으로 손을 옮겼다. 다른 손으로는 물을 마셨다. 오른쪽에 앉은 거니 퍼들스의 시선이 느껴졌다.

"당신의 여인을 위해서 대단한 구경꾼들이 오셨네."

거니가 말했다.
"응."
서워가 물을 삼키며 대답했다. 그녀는 무릎을 문지르는 것을 그만뒀다. 방 뒤에 있는 더 큰 카메라들이 주의를 끌었다. 그리고 기자회견이 시작됐다.

"안녕하세요, 스택스, H2 스포츠의 카일 로버트슨입니다. 여기 당신을 위해 모인 사람들을 보고 감정이 솟구칠 것 같은데요, 지금 기분이 어때요?"
"고향에 돌아오니 전기장에 들어온 것 같네요. 모든 게 느껴져요. 밖에서 옛날 친구들을 봤어요. 감사한 일이죠. 이 건물은 제가 처음으로 운동선수가 된 곳이에요."
뒤로 빠져서 테이블 전체 와이드 숏. 다시 스택스와 LT 가까이.
"여기에서 제 이야기가 좀 복잡해요. 모두 아시겠지만 여기서 제가 범죄자가 되었거든요."*
환한 미소에 줌 인. 프레임 안의 스택스가 가리키는…… 가리키는 그녀 손목의 X. X를 잡아.
"짧게 후속 질문 드리겠습니다. 이번 주 데스매치에 특히 강한 동기부여를 받았다는 뜻인가요? 상대 중 한 명의 범죄 이력을 고려할 때요."
웃는 입을 잡도록 프레임 전환. 웃음이 잦아들다가, 완전히 사라질 때까지 유지.
"제가 강간범을 죽이고 싶은지 묻는 건가요? 아니요. 전 사랑이에요. 죽음에 관심 있는 건 여러분이죠."

---

* 감옥에 있는 여성의 86퍼센트가 성폭력을 경험했다. 충격적인 현실이다. 감옥에 있는 여성의 대부분이 성폭력을 경험했다는 것은.

뒤로 빠져서, 상체와 X들.

"전에도 강간범들에게 초라한 자유를 준 적이 있어요. 아무런 영향도 받지 않았어요. 전혀 절 구하지 못했어요. 하지만 여러분도 이미 그걸 알죠. 그렇게 일이 쉬웠다면 이 세상은 다른 모습이겠죠."

"채널 플렉스의 메간 멜렌데즈입니다, 서워."

당겨서 서워에게 가까이.

"러닝메이트였던 선셋 하클리스가 없어졌죠. 어떤 기분입니까. 또 그는 당신의 사람이라고 할 수 있는 허리케인 스택스에게 살해당했는데, 그녀가 이유를 말하기를 거부한다는 사실은 어떻게 생각하나요?"

서워에게 가까이. 더 가까이. 그녀가 스택스를 보며 멈춤. 유지. 유지. 뒤로 빠져. 스택스의 희미한 미소와 서워를 돌아보는 시선을 프레임 안에.

"먼저, 스택스는 제 사람이 아닙니다. 자기 자신일 뿐 누구의 것도 아니죠."

"제 말은 그저……"

"우리는 체인으로서 그 문제를 논의했고 더는 이야기하지 않을 것입니다."

"당신과 선셋을 몇 년간 지켜본 사람들, 또는 선셋의 가족에게 할 말이 있을까요?"

뒤로 빠져서 서워를 보고 있는 테이블에 있는 사람들 전체 숏. 유지.

"선셋은 최고의 친구였습니다. 그는 많은 것들에 의해 살해당했고, 도움을 받는 대신에 구덩이에 던져졌죠. 그러니 이번이 마지막 죽음이었을 뿐, 그는 이미 여러 번 죽었습니다. 거기에 대해서 제가 할 말은 이게 전부입니다. 다음 몇 주 동안 생각할 다른 문제가 많습니다."

"올드 테이퍼빌 스트림라이트의 비한 파텔입니다. 그렇다면 뭘 생각하고 계시죠?"

테이블 오른쪽을 훑어 보여 주고 서워의 얼굴에 다시 초점. 거기서 유지. 서워, 프레임 가운데.

"무시무시한 전사 두 명이 당신과 여기 제 옆의 아름다운 여인을 죽이려 하기까지 사흘 남았다면, 뭘 생각하고 계시겠습니까?"

"일리가 있군요."

"크로스헤어 캐피털의 에파 텔랜드입니다. 이번이 당신 둘이 같이 싸우는 마지막 경기죠. 체인 갱 역사상 어떤 팀보다 많은 더블 매치 승리를 기록했어요. 이번 전투에 임하면서 기분이 어떻습니까? 이길 확률이 어느 정도라고 보세요?"

거니 퍼들스, 서워, 스택스, 랜디 맥까지 자르기. 스택스와 서워만 보이도록 천천히 들어오기.

"여기까지 왔다는 건 더는 확률의 문제가 아니에요, 자기. 허리케인은 우연히 블러드 마마를 만난 게 아니랍니다."

"우리는 대비했고 준비돼 있을 것입니다."

"그리고 스택스, 이번 전투 이후에 당신도 콜로설이 될 텐데요. 그 사실에 흥분되나요?"

서워의 얼굴. 불편한 눈빛 가까이 잡기. 초점 거리 다시 반전시켜 두 여성을 다시 프레임.

"전 이미 콜로설입니다. 이번 일요일이 지나면 모두가 지금까지 오랫동안 사실이었던 것에 동의하게 되겠죠. 진실이 너무 밝아 쳐다볼 수 없었다고 해서……"

스택스 얼굴 클로즈업.

"그것이 내내 거기 있지 않았다는 의미는 아닙니다."

"그래서 기분이 좋다는 건가요?"

"하강 중인 송골매 같은 기분이에요."

스택스의 얼굴에 프레임. 얼굴 전체. 거기서 멈춤. 유지. 그녀를 보여 주기. 턱선을 타고 올라오는 타투. 날카롭게 응시하는 눈. 더 가까이 밀착. 그녀의 눈. 날카로운 결심. 그대로. 그대로.

"그게 어떤 건지 아세요? 절대 알 수 없겠죠."

뒤로 빠져서. 그녀의 머리, 돌아온 미소. 부드러워진 눈.

"그러니까 맞아요. 기분이 좋아요. 우린 준비돼 있을 거예요. 우린 공교롭게도 지금껏 이 게임을 한 사람 중 최고니까요. 그건 확률과는 아무 관계도 없죠."

"서워, 어떻게 생각하나요?"

"스택스가 할 말을 다 한 것 같군요."

"옥스 뉴스의 그레첸 에브입니다. 서워에게 하는 질문이지만 누구라도 대답해도 좋아요. 지난주에 당신은 앙골라 해먼드 링크는 다른 앙골라 해먼드 링크에게 블러드 포인트를 얻어 낸다든지, 다른 방식으로 잠재적인 미래의 공격을 예방하기 위해 무력을 사용할 수 없다고 일방적으로 명령함으로써 근본적으로 체인을 바꿨어요. 왜 지금입니까? 그리고 일종의 역풍이 일어날 가능성이 있다고 생각합니까? 앙골라 해먼드가 서킷에서 가족적인 시간을 보내는 바람에 배틀그라운드에서 그만큼 강렬해지지 못한다든지?"

옆으로 지나가며 각 링크의 얼굴. 거니의 웃음에 머무르기. 사이 아이아이의 찌푸린 눈썹. 스택스의 찡그림, 미소 속으로 사라지는. 서워의 무표정한 얼굴 가까이 클로즈업.

"왜 지금이냐고요? 지금이어야 하기 때문입니다. 전 곧 떠나고, 당연히 이래야 하니까요."

"하지만……"

"그리고 '블러드 포인트를 얻어 낸다'고 하셨는데, 그건 서킷 전체의 체인들에 너무나 오랫동안 계속되고 있는 부정직한 일을 말한다는 걸 알고 계시겠죠. 링크들이 등에 칼을 맞는 것 말입니다. 우리에게 그런 일은 끝났으니 좋은 일이네요. 세상은 헬리콥터 퀸이 나가서 싸우는 걸 봐야 마땅했어요. 위대한 링크들이 가장 중요한 배틀그라운드 전투에 나서지 못한 일이 너무 많았죠. 더 약한 링크들이 서킷에서 비겁하게 무슨 짓을 했기 때문에요. 하지만 당신의 질문에 답하자면, 전 그것이 옳기 때문에 했어요. 그리고 아닙니다, 전 그것이 우리의 배틀그라운드에 어떤 영향을 미칠지 걱정하지 않습니다."

"헛소리지만 괜찮은 헛소리지."

빠르게 거니 퍼들스에게로 움직임. 뒤로 빠져서 둘 다 화면에 포함.

"난 내가 누군지, 이 테이블의 모두가 누군지 알지. 우린 성인도, 밖에서 고함치는 사람들이 생각하는 그런 사람도 아냐. 나는 여기 먹고 내 것을 가지러 왔고 그게 다야. 하지만 지금은 여왕님이 규칙을 만들지."

"그래서……"

군중 속에 서 있는 그레첸 에브를 찾아, 둘째 줄, 오른쪽 끝, 옅은 녹색 재킷.

"당신은 자신이나 다른 링크들에게 일어날 일이 두려웠다는 건가요? 그래서 체인에 새로운 삶의 방식을 강요하는 건가요? 아니면 시민 의식 같은 것 때문인가요? 둘 다일 수는 없을 것 같아서요."

"물론 둘 다일 수 있죠. 하지만 나 자신에게 일어날 일을 두려워할 필요는 없습니다. 전 곧 자유로워지니까요."

다시 스택스에게, 앞으로 몸을 기울임. 거의 일어섰음. 그리고 자기 의자에 다시 기대어 크게 웃음을 터뜨린다. 조리개를 열어서 그녀 뒤의 모든 것을 흐리게. 그녀를 이 순간의 그림으로 만들어. 눈에 초점 고정. 갈

색. 빛나는.

"앙골라 해먼드로 오세요, 그레첸. 그게 어떤 기분인지 느껴 봐요."

천천히 그림을 보통 화면으로, 뒤로 빠지기.

"근데 저는 범죄자가 아니……"

"그럼 범죄자들이 알아서 하게 두세요."

서워의 얼굴, 무표정한, 변함없는.

"메가볼트 스트림스 3의 지나 프레이언입니다. 서워, 링크로서 당신의 걸출한 커리어가 종료를 앞두고 있는데 과거를 돌아보며 가장 자랑스러운 일은 뭔가요? 그리고 당신의 피해자의 가족들이 당신의 석방 가능성을 어떻게 생각할 것 같습니까?"

서워, 혼란스러워 보인다. 그녀의 눈에 조명. 눈이 반사하는 빛을 보도록.

"이 체인에는 이번 주말을 매우 열심히 준비한 다른 사람들이 있습니다. 그들 중 누군가에게 어떤 생각을 하고 있는지 물어보고 싶으신가요?"

서워는 물러나 앉아 물을 한 번 들이켰다.

"맞아요."

리코 무에르테가 말했다.

그를 찾아.

"전 제대로 된 진짜 싸움을……"

테이블 끝 근처의 리코 무에르테를 찾아.

"보여 줄 준비를 하고 있어요. 이번 주말은 역사적일 겁니다. 거기에 대해서 뭘 알고 싶으신가요?"

어둠을 뚫고 올라가는 기자들의 손.

노예된 우리들

뭐가 가장 자랑스러웠는지 질문받으면 그녀는 항상 굶주림을 떠올렸다. 그녀는 감옥에 있을 때 단식 투쟁 조직을 도왔다. 그녀는 먹는 것을 멈췄다. 그녀가 있는 감옥의 조건이 인간의 품위와 존엄성을 지키지 않기 때문에 바쁜 일들을 멈췄다. 그리고 그녀는 주위 사람뿐만 아니라 비슷한 다른 감옥(너무 많았다)에 있는 사람들, 그리고 살고자 노력한 것 외에 아무 죄도 짓지 않았는데 붙들려 있는 이민자 임시 수용소 사람들과 함께 단식했다. 감옥은 서로에게 말하는 방식이 있었고, 다른 곳의 공포에 대해 알았을 때 그들은 행동을 취했다. 그녀는 자신의 성명 초안을 종이쪽지에 써서 감옥에 있는 여성들의 삶에 관심을 둔 기자에게 흘렸다.

양심과 정의의 감각이 있는 모두에게:
포스라이트 수용소로 알려진 GEOD 시스템 시설에서 노예된 우리들은 감금되어 있지만 힘과 연대로써 뉴홀리에 위치한 수용자들과 함께하며, 우리는 무고한 난민에 대한 가족의 분리와 비인간적 폭력을 거부한다. 우리는 소위 외국인들이 시민권이 없다는 이유로 형편없게 조직된 수용소에서 비인간적 환경에 처해야 한다는 생각을 거부한다. 우리는 이러한 시설에서 과거에도 지금도 만연한 강간과 성폭력뿐 아니라 어린이를 거래와 물물교환의 수단으로 사용하며 수많은 공포로 몰아넣는 행위를 추가로 규탄한다. 우리는 이들 소위 이민자 수용소의 폐지를 요구하며 어려움에 처한 사람들을 보다 인간적으로 우리의 국가로 받아들이기를 원한다. 우리는 이 나라에서 노예제의 잔인한 불꽃을 오래도록 유지해 온 GEOD 시스템과 모든 미국 수용 기관에서의 신노예제 중단을 촉구한다. 우리는 정의와 공정의 이름으로 인간이 다른 인간을 쉽게 고문한다는 사실을 혐오하며, 우리의 요구를 관철하기 위해 생명을 걸 각오가 되어 있다.

서명인
패트리샤 세인트진 박사
마사 밴위튼
로레타 서워
레이시 콜레어
그리고 포스라이트 권리 연합의 구성원 전원

그녀가 쓴 글이었으나 연합의 일부로 확인된 같은 구역에 있는 여자들 몇 명이 그 글을 믿었고 동의해 주었다. 그들은 함께 굶었다.
단식 투쟁 엿새째가 되자 교도관들은 그녀를 독방에 던져 넣고 그녀가 인플루언스될 거라고 말했다. 몇 사람들이 웃는 게 보였다. 두개

---

* 2010년에서 2016년 사이 미국이민세관집행국을 대상으로 성적, 신체적 학대 혐의를 주장하는 고소가 약 14700건 접수됐다. 수천과 수천. ICE는 2003년 9.11 테러에 대한 정부 대응의 일부로 설립됐다.

골에서 눈알이 튀어나온다는 이야기를 들었다. 하지 말아 달라고 빌었다. 그들이 말했다.

"각오가 얼마나 돼 있는지 보자고."

그러고는 전선에, 그 끝에 있는 제어 장치에 연결된 검은 막대를 그녀의 허벅지에 찔러 넣었다.

그녀는 그날 밤 자기 몫을 먹었다. 인플루언스는 이미 엉망인 그녀의 삶이 상상한 것보다 훨씬 심한 고통으로 채워질 수 있다는 사실을 보여 줬다. 그리고 그녀는 저 사람들이 그러한 고통을 얼마만큼 끌어낼 수 있는지 지켜볼 생각이 없었다. 다음 날 그녀는 CAPE 프로그램에 참여하겠다는 서류에 서명했다.

인터뷰

 흰 셔츠를 입고 몸 앞에 큰북을 단 육십 대로 보이는 남자가 있었다. 그는 세 음절마다 팔을 휘둘러 깊게 쳤다. 그는 모두의 대통합을 이루는 사람, 배터리였다. 그런 사람이 여러 명이었다. 링크들이 기다리고 있는 학교로 걸어가면서 나일이 그를 볼 때쯤, 남자가 입은 셔츠의 등 부분은 땀으로 반쯤 투명해져 있었다.
 단결한 사람들은 절대 패배하지 않는다.
 신노예제 중단을 촉구하는 연합의 회원 스물네 명이 원정을 왔다. 원했던 것보다 늦게 도착했지만 거기 있었다. 시위에 참여한 대부분의 사람들처럼 그들은 검은 옷을 입었다. 그들은 서워의 마지막에서 두 번째 배틀그라운드 매치를 불과 며칠 남겨 두고 허리케인의 고향에 있었다. 오래전부터 이곳에서 브룸 브룸에서 했던 것과 같은 시위를 하려고 계획 중이었다. 수천 명이 참석하리라는 건 계획에 없었다. 하지만 이제 운동의 에너지가 달랐다.
 나일은 해일의 물방울 하나가 된 기분이었다. 그들은 뭔가를 하고 있었고, 거기엔 의문의 여지가 없었다. 그는 굵은 인쇄체로 붉게 **당장**

*폐지*라고 쓰인 검은 상의를 입은 마리를 보았다. 그녀는 주위의 군중을 똑바로 응시하고 있었지만, 아무것도 보고 있는 것 같지 않았다.

단결한 사람들은 절대 패배하지 않는다.

움직일 공간은 있었지만 앞으로만 갈 수 있었다. 사람들이 몸으로 도로와 길가를 채웠다. 검은 드레스를 입은 두 여자로 이루어진 커플이 세이지를 태우며 대의로 들끓는 공기에 향긋한 따뜻함을 더했다. 그들이 있다는 사실이, 이 군중이 바로 선언이었다. 하지만 해야 할 말이 훨씬 많았다. 그 어디도 아닌 그곳에 그들 모두가 있었다. 농산물 시장으로 가는 서쪽을 향한 길에. 마리는 세상의 부조리함과 자신이 지금 속해 있는 강렬한 아름다움을 생각했다. 그녀는 여기 있고 싶지 않았다. 그녀는 피곤했다. 어쩌면 미국 문화 도처에 있는 잔인함 때문에 지쳤다고 해도 좋을 것이다. 기자와 그 뒤를 따르는 어깨에 작은 장비를 든 카메라맨이 검은 옷을 입은 여자들을 밀치고 지나갔다. 그들이 들고 있던 세이지 다발이 땅에 떨어졌다. 두 여자가 그것을 줍기 위해 사람들 속으로 사라졌다가 다시 올라왔을 때, 마리는 둘 다 웃고 있는 것을 보았다. 한 명은 주머니에서 라이터를 꺼내고, 한 명은 허브를 들었다.

단결한 사람들은 절대 패배하지 않는다.

머리를 깎은 여자 기자가 마리에게 다가왔다.

그녀는 자기도 모르게 인터뷰에 응했다. 무슨 계획이 있었는지 생각하면 그렇게 멍청한 짓을 저질렀다니 스스로를 욕하고 싶었다.

"이름 전체 철자를 말씀해 주실 수 있을까요?"

마리는 그 여자를 응시했다. 그녀는 혼자 마음먹었다, 좋아.

마리사 롤린다가 자기 이름을 한 글자씩 말했다.

여자는 그녀에게 미소 짓고는 물었다.

"강간범과 살인자의 석방을 촉구하는 것을 어떻게 정당화하십니까?"
항상 한마디로 요약되는 질문이 아닌가? 공포.
단결한 사람들은 절대 패배하지 않는다.
마리는 여자를 보고 숨을 한 번 쉬었다.
"전 폐지론자입니다. 그건 지역사회에 전혀 도움이 되지 않는 교도소라는 답보다 문제를 해결하기 위한 공동체에 투자하는 데 관심이 있다는 의미죠. 살인자와 강간범은 엄청난 피해를 끼칩니다. 그러나 이 나라의 교정 기관은 그 피해를 완화하는 효과가 거의 없습니다. 오히려 개인과 공동체에 더 큰 피해를 입히죠. 교도소 국가는 그들의 기준에 따른 정의의 이름으로 피해를 규정하기 위해 무죄와 유죄, 선과 악이라는 이분법에 의존합니다. 그리고 대규모로 그것을 집행하여 자본주의적이고 폭력적이며 본질적으로 불평등한 시스템을 떠받칩니다."
마리는 이렇게 대답했고 이전에도 여러 차례 똑같이 말했지만, 사실 한편으로는 그 순간에도 기자가 끌어내고 싶어 하는 말이 무엇인지 알았다. 석방되어서는 안 될 법한 사람들이 있었다. 그녀의 아버지도 그중 하나였다.
"조사를 꽤 하신 것 같네요. 하지만 이러한 시스템이 공동체를 폭력으로부터 보호한다는 사실은 변하지 않습니다. 당신은 살인자와 강간범이 자유롭게 길거리를 나다녀도 걱정하지 않는다는 말인가요?"
여자가 이제야 뭔가 진지한 이야기를 시작했다는 듯 저음으로 어조를 바꾸며 물었다.
"CAPE 프로그램이 있기 전에도 사형 제도는 언제나 끔찍했다는 말입니다. 현재 존재하는 감옥도 마찬가지입니다. 피해라고 하셨는데, 사실 사람들은 바로 당신이 묘사하는 피해를 저지르고 있습니다. 감옥은 예방해야 하는 피해를 예방하지 못했습니다. 그것은 실패한 실험입니다."

"그게 무슨 뜻이죠? 길거리에 범죄자가 적어지지 않았나요?"

"당신이 말하는 그 모든 문제는 현 시스템의 증상이라는 뜻이에요. 걷잡을 수 없는 빈곤, 중독과 정신 건강 문제로 고통받는 사람들을 위한 자원 부족. 어렵겠지만 해결할 수 있는 문제들입니다. 하지만 해결되지 않고 있죠. 왜냐하면 모든 문제를 범죄로 정의해 버리면서 그 원인이 개인의 인간성은 말살되고 어려울 때 그들을 방치했던 사회라기보다는, 그들 자체라는 결론에 이르렀으니까요."

"그렇다면 당신이 그렇게 혐오하는 체인 갱 올스타전과 감옥들이 창출하는 일자리는요? 우리 교도소 시스템의 그런 긍정적인 면을 고려해 보셨나요?"

여기서 마리는 희미하게 웃었다. 이것이 고용 문제라는, 또는 고용이 이러한 죽음을 정당화할 수도 있다는 부조리한 생각에 대한 자동적인 반응이었다. 여자의 얼굴은 사악하지만 열려 있는 따뜻함에서 순식간에 차가운 분노의 표정으로 바뀌었다.

"제 말이 우습나요?"

우리가 원하는 건?

"아니요."

정의!

"남자가 여자를 먹잇감으로 삼지 않은 시대는 없었습니다. 강자가 약자를 먹잇감으로 삼지 않은 적은 없었죠. 폐지론자로서 자신의 목숨, 아이들과 가족의 목숨 때문에 두려워해야 하는 사람들에게 어떻게 답하실 겁니까? 타인을 희생시킨 사람들을 길에 풀어 놓겠습니까?"

여자의 목소리가 떨렸다.

"그들이 또 그런 짓을 저지를 수 있도록 밖에 나오길 바랍니까?"

마리는 아버지가 석방되어 그녀에게 돌아오길 원치 않았지만, 그를 더 사랑하는 세상에서 그가 자라났다면 하고 바랐다. 그녀는 그가 세상에 나온다면 자기 삶이 어떻게 될지 두려웠지만, 그가 받은 처벌이 마땅하지 않다는 사실을 알았다. 그의 결정이 그녀의 삶을 좌우한 방식에 오랫동안 화가 나 있었고, 그와 함께였다면 그녀의 삶이 어땠을지 무서웠다. 마리는 그가 풀려나 그녀를 찾길 원하지 않았지만, 최소한 세상에 자유롭게 나오길 원했다. 그가 죽었을 때 최소한 그녀의 작은 부분은 오랜 여정이 끝을 맺어서 안정되었다고 느꼈다. 다른, 더 시끄러운 부분은 이 모든 것을 해체하고 싶은 열망을 재차 불태웠다.

여자는 마리를 똑바로 보았고, 카메라맨은 뷰파인더 뒤에서 내다보더니 크게 뜬 눈으로 동료를 돌아보았다.

마리는 분노하고 마음이 상했지만 그녀의 적은 아닌 여자를 보았다.

언제여야 하나?

지금!

"답하지 않으실 건가요? 제 여동생은…… 그 아이가 살아 있었다면 당신이 그 애에게 뭐라고 했을지 알고 싶어요."

나일은 행진하면서 여자와 이야기하는 마리를 보았다. 그는 들을 수 있도록 가까이 갔다.

"여동생을 잃은 건 유감이에요. 그녀가 살아갈 기회를 빼앗긴 것도, 당신이 그런 상실을 겪어야 하는 것도 유감이에요."

"당신은 우리의 사법 시스템을 '유감이에요.'라는 말 몇 번으로 축소하고 싶은 것 같아요."

마리는 아직 발명되지 않은 말을 찾는 것처럼 잠시 멈췄다.

"우리는 삭제를 요구하는 게 아닙니다. 희생자의 고통을 잊으려고 노력하는 것이 아닙니다. 우리에게 폐지는 긍정적인 과정이에요. 피해를 줄이는 것에 대해 새로운 사회 기반 시설과 새로운 사고방식을 창조하자는 의미입니다. 그게 우리가 하고 싶은 말이에요. 전 두려워할 것이 없다고 말하는 게 아닙니다. 우리가 두려워하는 것이 이미 여기 존재하고, 그러니 더 나아지기 위해 노력하지 않는 것은 잘못됐다고 말하고 있는 거예요. 우리 중 누군가가 어떻게 할지에 대해 완벽한 답을 갖고 있다고 말할 수는 없지만, 함께 생각한다면 뭔가 해결할 수 있을지 몰라요."

우리가 원하는 건?

정의!

그들을 찍는 카메라맨은 인터뷰가 시위의 흐름을 따라가면서 몇 걸음 뒤로 물러났다.

"게다가, 체인 갱은 인간의 고통에 대한 이미 믿을 수 없는 무관심을 심화하기만 했어요. 오늘 우리는 그것에 시위하고 있습니다."

"하지만 당신들은 절대 과거로 돌아갈 수 없는 실제 인간들에 대해 아무런 답도 갖고 있지 않죠. 트라우마에 평생을 좌우당할 사람들 말이에요."

"저는……"

언제여야하나?

카이가 앞으로 나섰다.

"내 생각에 이만하면 충분한 거 같은데."

지금!

"어쩌면요. 하지만 전 그렇게 생각하지 않아요."

마리가 여전히 기자에게 말했다.

"그거면 됐어, 마리."

카이가 말했다.

"여동생 일은 유감이에요. 당신도요."

마리가 말했다.

나일은 더욱 가까이 가려고 노력했다.

"유감이라고요. 하지만 제 여동생은 여전히 땅 밑에 묻혀 있죠. 그러니 당신이 유감스러워해 봤자 무슨 소용이죠?"

기자가 내뱉듯이 말했다.

언제여야 하나?

지금!

"가자."

카이가 마리의 어깨에 손을 올렸다.

카이

우리가 원하는 건?
"기자랑 인터뷰할 필요 없었잖아."
카이가 말했다. 군중 사이에 너무 많은 기자가 흩어져 있었다. 어디에서 나왔는지 알 수 없는 사람이 많았다. 그리고 카이는 마리의 메시지를 신뢰했지만, 마리의 얼굴이 대중에게 그렇게 확실히 드러나길 원하는지는 확신할 수 없었다. *정의!*
"알아요. 하고 싶었어요."
마리가 말했다.
카이는 그녀가 지난 몇 주간 있었던 먼 곳으로 물러나는 모습을 보았다. *언제여야 하나?*
카이는 그녀를 이해해 보려고 노력했다. *지금!* 마리를 끌어내기 위해서 그녀가 가장 좋아하는 음식을 만들었지만, 마리는 방에 틀어박혀 아무 말도 하지 않고 먹었다. 그녀답지 않은 고독 속에 숨었다. 심지어 그녀를 사랑하는 게 분명한 나일이라는 소년도 그다지 함께 있지 않았다. 마리는 자신은 거의 알지 못했지만 세상에는 알려져 있던 아버지를 잃었다. 마리의 졸업 이후 몇 년간 카이는 그녀를 최대한 가까이 두려고 노력했다. 마리는 그에 대해 별로 말하지 않았지만, 둘이 떨어져 있을 때면 마리가 불안으로 힘겨워하는 것 같았다. 카이는 마리가 안전하다고 느끼길 바랐다. *우리가 원하는 건?* 그러나 그녀가 생각할 수 있었던 유일한 답은, 옳게 느껴진 유일한 일은, 계속 밀어붙이는 것, 마리를 그녀의 날개 아래 계속 보호하는 것이었다. *정의.*

그래서 그녀는 이제 딸에게 아무 말도 하지 않기로 했다. 그녀는 그런 사람이었다. 마리의 삶 내내 카이는 마리가 의지할 수 있는 사람이었다. 교도소에 들어간 카이의 여동생도, 사람들이 선셋이라고 부르는 남자도 아니었다. 마리를 위해 있어 준 사람은 그녀였다. 그녀는 길 한쪽을 완전히 막고 작은 길을 함께 걸어 내려가는 수많은 사람 모두와 같은 구호를 외치는 마리를 지켜보았다. *언제여야 하나?*

아직 만남 지점인 고등학교에 도착하지도 않았는데 이미 수천 명이 있었다. 최종 목적지인 고등학교는 농산물 시장에서 잠깐 걸으면 갈 수 있는 곳에 있었다. 그 일에 참여한다는 것은 아름다운 일이었다. 딸과 함께하기에 아름다운 일이었다. 수천 명과 함께 걷는 것, 현장에서 위대한 폭포의 물방울이 되는 것. 그러나 어떤 예감이 들었다. 그 느낌이 그녀의 몰입을 가로막았다. 보호해야 할 것 같았다. 그녀는 마리와 연합이 걱정됐다. 큰 시위 때는 늘 그랬지만 브룸 브룸 이후로는 특히 심해졌다. 그래서 온전히 집중하기 어려웠다. *지금!*

그녀는 나일이 마르타를 지나쳐 마리와 어깨를 나란히 하는 것을 보았다. 그는 그녀에게 미소 지었고, 마리가 마주 웃으며 입에 건 미소는 마음에서 우러났다기보다는 나일을 위한 것 같았다. *우리가 원하는 건?*

카이는 마리의 아버지 샤리프와 그가 그녀의 삶에 있었다면 벌어졌을 모든 일을 생각했다. 치료사는 그런 사고 실험의 소용돌이에 휩쓸리는 일을 삼가라고 분명히 말했으나, 학교로 걷는 동안 카이는 그 가능성을 계속 생각했다. 그녀는 그들보다 몇백 미터 앞에 있는 북 치는 남자를 힐끗 보았다. 팔은 몸 옆에 있었고, 머리는 높이 치켜들고 있었다. 녹색 끈을 넣어 머리를 땋은 여자가 북채를 들고 그가 쉬는 동안 북을 치고 있었다. *정의.*

최초의 목적지가 가까워지고 있는 건 확실했다. 메가폰에서 흘러나오는 목소리는 안내와 지시사항을 알려 주고 구호를 선창하고 있었다. *언제여야하나?* 사람들이 더 집중하자, 진동하던 에너지가 고동치며 자랐다. 서로 다른 참가자들이 소리치는 목소리가 희망을 밝히면서 구호는 서로의 핏속으로 흘러들었다. 거기에는 쉽게 포착할 수 없는 공동체의 느낌이 있었다. 걸음으로 땅을 울리고, 실제 현장에 나타난다는 것. *지금!* 특별하고 필요한 것이었다. 언제나 가장 효과적인 행동은 아니었으며, 누군가에게는 성가신 일이기도 했다. 하지만 카이는 그런 일에서 활기를 되찾았다. 외롭지 않다는 것, 많은 사람과 함께한다는 것을 기억할 수 있었다. 다른 어떤 곳에서도 느끼지 못하는 힘을 느끼게 했다. *우리가 원하는 건?* 서로 다른 삶의 그늘에서 온 그 모든 사람들 사이에 있다는 것, 그곳에 어린 시절의 트라우마와 불안에도 불구하고 총명하고 목적이 있는 젊은 여성으로 자라난 그녀의 딸과 함께 있다는 것. 신노예제 중단을 위한 연합의 운영위원회가 대부분의 일에서 의지하는 사람은 카이였지만 마리는 아주 명백하게 조직의 심장이었다. *정의.* 마리는 그들에게 읽을거리를 자주 제공했다. 자유와 그 모든 함의에 대한 어려운 질문을, 가장 분명하고 불쾌한 질문까지도 고민할 의지가 있는 사람이었다. 폭력적이었으며, 기회만 있다면 또 폭력을 휘두를 수용자에 대한 질문 말이다. 그리고 카이는 그녀가 가장 마음을 쓰는 일을 딸과 함께할 수 있게 되었다. *언제여야하나?* 그녀는 마리에게 돌봄의 삶, 적극적인 지지 활동과 폐지 운동의 삶을 살라고 강요하지 않았으나, 마리를 열렬하게 환영했다. *정의.* 하지만 그녀는 가끔 인생의 거의 대부분 부모가 교도소에 있었던 마리 같은 아이에게는 환영과 강요가 같은 것이 아닌지 의문이었다.

지금!

나일은 앞에 있는 사람과 부드럽게 부딪혔다. 사람들이 갑자기 멈춘 것이었다.

"죄송합니다, 죄송합니다."

나일이 말했다.

"신경 쓰지 마세요."

여자가 말했다. *우리가 원하는 건?*

카이는 눈을 들었다. 제일 먼저 딸이, 그다음에는 딸이 보고 있는 것이 눈에 들어왔다. *정의.* 늦었다. 아니면 딱 제시간에 온 것일까? *언제여야하나?* 이 운동의 가장 중요한 부분이 된 여자들이 바로 앞에서 걷고 있었다. *지금!* 이 음험한 살인 게임에 참여하도록 강요당한 다른 가엾은 영혼들과 함께 군사 경찰에게 둘러싸인 채 같은 건널목에서 그들을 지나갔다.

그들은 학교를 떠나 시장으로 향하고 있었다. 시위대가 그들을 응원했다. 마리는 서워를 자세히 보고 있었고, 카이는 서워가 마리와 눈이 마주쳤을 뿐 아니라 똑바로 마주 응시했다고 맹세할 수 있었다. *우리가 원하는 건?*

풍선 아치

링크들은 군중에는 익숙했다, 보통 이 정도 규모까지는 아니었지만. 하지만 바로 그 에너지와, 군중들이 이름을 외치는 방식 때문에 서워는 자신의 삶이 무엇인지 기억하게 됐다. 말하자면 그들을 진심으로 염려하는 수많은 사람이 처음으로 그렇게 많이 모인 것이다. 그래서 그들이 거대하고 믿을 수 없는 악의 대상임을 잊을 수 없게 되었다. 너무나 많은 사람이 있는 그곳에서 서워는 선한 것을 발굴할 수도 있는 뭔가 거대하고 끔찍한 것의 일부를 느꼈다.

군사 경찰이 사람들을 밀고 치면서 시장 쪽으로 길을 텄다. 검은 옷을 입은 사람들은 그녀를 만지려 하지 않았고 대부분은 사진을 찍지 않았다. 대신 그녀의 이름, 스택스의 이름, 체인에 있는 모든 사람의 이름을 가슴 아픈 애정을 담아 불렀다. 그 소리를 들으면 이 모든 일이 일어나기 전에 그녀가 어떤 사람인지가 기억났다. 그녀의 이름이 상품이 아니라, 그녀 자신으로서 인식되었을 때가. 그 기억과 함께 그녀가 싸움으로 삶을 끝냈던 비숍과 다른 모든 링크들에 대한 깊은 이해가 찾아왔다. 서워는 보통 자신의 죽음을 마땅한 형벌이라고 생각했다. 하지만 이 사람들은 그녀가 죽어 마땅하지 않다고, 그녀가 살게 되어 버린 삶의 어떤 것도 마땅하지 않다고 너무나 크게 외쳐 주었다.

공식적으로 발표된 적은 없었지만 자살은 CAPE 프로그램 문화의 일부였다.* 적어도 해를 볼 수도 있는 야외에 있고 조금이라도 평화로울 수 있는 마치 중이나, 데스 매치 중의 흥분된 혼란 속에서 자살하는 링크는 거의 없었다. 그런 일도 일어난 적은 있다. 아슨 존슨과 멜랑콜리아 비숍. 아슨 존슨은 멜랑콜리아가 배틀그라운드에서 처음으로 죽인 상대로 유명했다. 그는 무릎을 꿇고 기쁜 듯이 하스 오마하의 일격을 받아들였다. 그리고 몇 년 뒤 멜랑콜리아는 서워 앞에서 거의 비슷한 일을 했다.

그러나 마치의 잔인함에도 불구하고 링크들이 스스로를 스스로에게서 분리하도록 선택하는 것은, 대부분 배틀그라운드 매치를 앞두고 허브 시티에서 편안하게 체류하는 기간이었다. 그건 민간인의 삶으로 가장 비슷하게 돌아가는 시간이었다. 생존이 어려울 때는 마음속 무언가가 노력하라고 호소한다. 생존이 쉬울 때는 완전히 다른 문제가 된다. 서워는 학교를 나서는 길에 스택스가 맨 앞에서 무리를 이끌도록 신경 쓰며 이 점을 생각했다. 그녀의 위치는 스택스의 바로 뒤였다.

하마라에게 자유를, 로레타에게 자유를! 군중이 외쳤다.

미처 억누르지 못한 마음이 솟구쳐서 서워는 공중에 주먹을 내질렀다. 군중은 더 크게 소리 질렀다. 그간 서워가 무시하려고 했던 사실을 확인하는 듯했다. 그녀는 고문당하고 있는 사람이었다. CAPE

---

* 자살은 수용자 사이에서 예방 가능한 사망의 주된 원인이다. 2001년에서 2019년 사이 감옥에서 자살은 폭증했다. 이 시기 자살자 수는 주 교도소에서 85퍼센트, 연방 교도소에서 61퍼센트, 지역 감옥에서 13퍼센트 증가했다.

프로그램에 합류하기 전에도 그랬으며, 지난 삼 년을 보내며 그 점은 매 순간 점점 더 진실에 가까워졌다. 절대 잊을 수 없었던 사실이었으나 받아들이기에는 가슴이 아팠다. 그러나 체인 외부의 사람들이 이렇게나 명백하게, 그녀의 삶의 진실을 인정한 적은 없었다.

고문을 완성하기 위하여 주최자들은 그녀가 가장 사랑하는 사람을 파괴하라고 요구할 예정이었다. 그녀를 지구에 붙들어 둔 사람을. 서워는 사람들의 목소리가 그녀를 움직이게 두었다. 그들의 희망이 혈관으로 스며들게 두었다.

군사 경찰 여덟 명은 네 명씩 앞뒤로 체인을 에워싸고 빠르고 정확하게 걸음을 옮겼다. 허브 시티에 와서 좋은 또 다른 점은, 달콤한 사생활 비슷한 것을 즐길 수 있다는 것이었다. 허브 시티에서 HMC은 거의 자취를 감췄다. "네가 직접 봤어야 해."라고 말할 수 있는 것이 바로 허브 시티를 찾은 사람들이 누리는 특권이었다. 그래서 서킷과 서킷 사이, 배틀그라운드에 참석하기 전에 링크들은 화면에 모습을 드러내지 않았다.

그들은 마을 중앙에 있는 공원으로 걷고 있었다. 서워는 스택스가 사랑받는 것을 즐기길 원했고, 스택스가 그녀를 사랑하길 원했고, 그녀가 스택스를 계속 사랑하길 원했고, 곧 서로를 죽이라는 지시가 있을 것이라고 스택스에게 말해 줄 수 있길 원했다. 그녀는 이중 무엇을 가장 원하는지 판단할 수 없었다.

그리고 서워는 그녀를 보았다. 이 모든 느낌과 기운 가운데 그 소녀가 모습을 드러냈다. 어떤 힘에 의해 공기 중에서 소환된 것처럼. 서워가 생각을 행동으로 옮기도록 진실이 물리적으로 나타난 것처럼. 서워를 둘러싼 사람들이 뿜어내는 날것의 힘이 젊은 여자의 모습으로 나타난 것처럼. 그녀는 건널목의 흰 선 위에 서 있었다. 서워의 삶을 이 새롭고 외로운 공포에 빠뜨린 쪽지를 전해 준 바로 그 여자. 그녀는 어떤 징조처럼 거기 서 있었다. 서워는 계속해 걸으며 그녀에게 고개를 끄덕였다. 고맙기도 했지만, 무지의 축복을 앗아갔다는 점에서 밉기도 한 여자.

그녀는 뒤로 돌거나 해서 중요한 사람을 보았다는 것을 티내지 않도록 유의했다. 이상하고 미묘한 방식으로 아는 사람을. 떠다니는 HMC가 없어도 모든 곳에 보는 눈이 있었다. 사람들이 항상 보고 있었다.

서워는 진실을 가져온 그 여자에 대해 생각했고, 지난주 꿈에 많이도 등장했던 그녀의 총기(聰氣)가 사라졌음을 알아차렸다. 그리고 서워는 자신이 그녀를 증오했다고 해도, 사랑하기도 했다고 판단했다. 그녀가 지금 다시 나타난 이유가 있었다. 서워 자신이 진실의 관리자였다. 그녀는 그것을 무대에 올리고, 조명을 비추고, 필요하면 다가가고 가끔은 아예 선반으로 치웠다. 마음의 구석진 곳으로 처박았다. 하지만 진실을 파괴할 수는 없었다. 여전히 그녀는 관리했고 그것에 능숙했다. 그녀의 삶이 증거였다. 그녀는 계속하는 것을 계속했고, 그녀의 위치에 있었던 수많은 사람이 기회가 있었을 때 그랬던 것처럼 스스로를 죽이지 않았다.

농산물 시장이 열리는 마을 중앙에는 사람들이 특히나 많이 모여 있었고 그 수는 아직도 늘어나고 있었다. 그곳에는 링크들을 환영하기 위한, 풍선으로 만든 아주 높은 아치가 있었는데 서워는 그것을 보고 약간 속이 메스꺼웠다. DJ가 스택스의 입장곡을 재생하는 동안 하늘색, 녹색, 흰색, 금색이 산들바람에 흔들렸다. 노래는 전자음이 많고 밝았지만 선율이 아름답고 깊이 있기도 했다.

그들은 구석이라고 할 만한 보도로 계속 걸었다. 서워는 주변을 둘러싼 모든 것을 한 번에 꽉꽉 눌러 담으려고 노력하는 듯한 스택스에게 집중했다. 그녀는 이쪽을 보았다가, 나무를 보고 나무둥치를 타고 오르는 다람쥐를 보고 피식 웃었다. 그 다람쥐가 전부터 알던 다람쥐였고 그 모습을 봐서 재미있다는 듯이. 두 사람 뒤의 랜디와 사이는 둘 다 웃으며 걸었다. 스택스가 지닌 힘의 물결이 그들을 휩쓸고 있었다. 배드 워터 역시 사람들과 함께 있어 신이 났는지 웃고 있었다. 그리고 그들 모두의 뒤에는 거대한 모임이, 너무 크게 구호를 외치고 있어 절대 무시할 수 없는 검은 파도가 뒤따랐다.

링크들의 삶은 항상 이상했다. 그들은 매일 잔인하고 특이하게 살았지만, 뒤에서는 그들의 해방을 외치는 소리가 진동하고, 앞에서는 시장에서 풍기는 팝콘 냄새가 가까워지면서 서워는 새롭게 두려워졌다. 그녀의 삶이었던 것의 끝이 바로 앞에 있었다.

"재소자 서워, 재소자 스태커, 두 사람은 스테이션 1, 딘의 아이스크림 가게에 있을 거다."

방탄판을 든 남자 중 하나가 말했다. 늘 그렇듯 경찰은 솜사탕 가판대보다는 전쟁에 어울리는 장비를 장착하고 있었다. 비슷하게 무장한 다른 경찰관들이 갑자기 폭동을 일으켜 덤비기라도 한다는 듯 터무니없는 중무장이었다. 나머지 네 명의 군사 경찰은 농산물 시장 전체를 둘러 세워진 금속 바리케이드로 돌아갔다. 농산물 시장에 들어갈 수 없다는 사실을 깨달은 시위대가(미리 구매해야 했던 입장권은 상당히 비쌌다) 근처에 넘쳐났다. 금속 바리케이드 뒤에는 검은 옷을 입은 사람들로 만들어진 두 번째 벽이 생겼다. 한편 농산물 시장 안에 있는 체인 갱 팬들은 일부러 솜사탕을 사거나 토마토를 유심히 살피면서 모든 것이 정상이고 불과 몇 미터 떨어진 곳에서 천여 명이 시위하고 있지 않은 척하려 비상한 노력을 했다.

"알겠어."

서워가 말하고 스택스를 보았다.

"우리."

스택스의 말에 서워의 심장이 조금 춤을 췄다. 그리고 스택스는 군사 경찰을 보고 말했다.

"채식주의자용 아이스크림도 있을까? 난 유당불내증이라서."

경찰이 씩 웃으며 말했다.

"알아. 말 그대로 모든 사람이 당신이 해산물을 제외한 다른 동물성 식품은 섭취하지 않는 채식주의자인 걸 알지."

"그냥 하는 말이야. 아이스크림을 전혀 못 먹는데 매대에 종일 서 있는 건 시민 서비스가 좀 개판인 거잖아."

스택스가 말했다.

"위장한테 양해 좀 구해야겠는데요. 소에서 방금 짠 젖인가 하는 게 있을 거예요."

리코가 말했다.

"배틀그라운드 전에 '위장한테 양해를 구해선' 절대 안 되지. 프로의 조언이야."

스택스가 날씨 이야기를 하고 있었던 것처럼 말했다.

그리고 그녀는 사나운 속도로 돌아서 리코의 배에 주먹을 내질렀다. 그러나 닿기 직전에 주먹을 멈춰서 살짝 댔다 떼고는 무장한 남자들에게로 다시 몸을 돌렸다.

"배드 워터가 그때 한번 운이 좋았지, 안 그래? 하루 지난 참치를 먹은 남자 말이야."

"맞아."

배드 워터의 뺨이 빛났다.

서워는 그 순간을 들이마셨다. 스택스의 작은 순간들. 그녀가 행동하는 방식. 그녀가 기분이 좋을 때는 그런 사람이 없었다. 그녀가 기분이 나쁠 때는 또 그만큼 특별했다. 이 모든 것에도 불구하고 전혀 매여 있지 않은 사람. 스택스는 그녀를 볼 수 있는 행운을 누리는 사람에게 인간에게는 절대 속박할 수 없는 부분이 있다는 사실을 상기시켰다.

"됐어, 그만해."

경찰관은 자신이 책임자라는 사실을 일깨우기 위해 목소리를 크게 냈지만, 그가 노력해야 한다는 사실은 의도한 것과 정확히 반대의 느낌을 주었다. 아직도 주변에 넘치는 시위대가 보내는 날카로운 감시 앞에서, 경찰관들은 자신이 선한 사람이며 적이 아니라는 사실을 증명하고 싶어 애를 태우는 듯했다. 그러나 그들 말고는 달리 적이 있을 수가 없었다. 총을 가진 건 그들이었다. 반대편 도로에서는 군사경찰 탱크 두 대가 추가로 도로를 내려오고 있었다. 그 소리에 책임자의 입이 침묵하며 일자로 다물렸다.

"스태커와 서워, 이제 저 길을 내려가서 스테이션 1로. 아니면 안내가 필요한가?"

"우리끼리 갈 수 있을 것 같아."

서워가 말했다. 그들은 무리를 떠나 천으로 덮인 테이블과 아이스크림 여섯 통이 있는 방향으로 걸었다. 전면에 있는 앞뒤로 된 광고판에 화려한 붉은 글씨로 딘의 아이스크림이라고 쓰여 있었다. 남자 하나, 여자 하나, 아이 둘이 이미 테이블 앞에서 기다리고 있었다.

나는 B3에 반대한다. 나는 B3에 반대한다. 나는 B3에 반대한다.

어디에서나 구호가 들렸다.

서워는 스택스와 둘만 있었다. 더 바랄 수 없을 만큼 둘만 있는 것에 가깝다고 할 수 있었다. 그녀는 스택스의 손을 잠시 잡았다가 놓았다.

부드러운 잔디로 들어가며 경찰들로부터 몇 미터 떨어지자, 익숙한 인력이 다시 생긴 느낌이었다. 손목의 빛은 여전히 녹색이었지만 움직일 수 있는 반경은 더 엄격해졌다.

작은 소년이 발을 구르며 다가왔고 따뜻하고 수줍게 웃고 있는 부모가 바짝 뒤따라왔다.

"당신은 역대 최고로 위대해요."

아이는 확실히 서워에게 말했다. 그리고 정확히 스택스에게 돌아서 말했다.

"그리고 당신은 역대 세 번째로 위대하고요."

"지미."

소년의 아버지가 말했다.

"와, 내 고향에서?"

스택스가 부모에게 윙크하며 말했다. 주위로 더 많은 사람이 모였다. 가깝게 둘러싸이는 느낌에는 그들 둘 다 익숙했다. 스택스는 과장스럽게 한숨을 쉬었다.

"있지, 괜찮아. 누구나 자기 의견을 가질 권리가 있으니까."

스택스가 웃었다. 부모는 감사한 듯 그녀를 보았다.

"우린…… 우린 당신 팬이에요. 항상 그랬어요. 하비에르에서 뛰던 때를 기억해요. 우린 당신을 완전히 지지해요."

어머니가 말했다. 서워가 익히 알고 있는 불합리성이었다. 그것은 주위의 수많은 군중들에 의해 대단히 강조되곤 했다.

"제 해머에 사인해 주실래요?"

작은 아이가 라이프디포 브랜드의 해머를 내밀었다. 어떤 공구 상자에라도 있을 법한 종류였다. 이것이 하스 오마하와 어떤 의미에서 같다는 암시는 모욕적이었지만, 서워는 미소로 그 모욕을 받아들였다. 그녀는 이미 아주 많은 고무 손잡이에 사인했다.

"당연하지. 매직펜 있니?"

"나한테 있어요!"

첫 번째 가족 말고 다른 사람이 말했다. 이 많은 사람들 때문에 아이스크림 매대까지의 짧은 산책은 여행이 될 것이 분명했다.

"다들 이 여자분들이 원래 하려던 일을 하게 해 주는 게 어떨까요?"

앞에 딘이라고 쓰인 적갈색 앞치마를 두른 남자가 말했다.

"꼬맹이 지미에게 사인해 준 다음에 나머지는 매대 쪽으로 움직이는 게 어떨까요?"

"좋은 생각이에요."

서워가 답했다. 그녀는 그의 매직펜을 받아 손잡이에 "LT"라고 쓰고, 군중 사이로 그를 따라갔다.

농산물 시장

랜디 맥은 아미시파(현대 기술 문명을 거부하고 소박한 농경 생활을 하는 미국의 한 종교 집단) 가족이 소유한 농장과 제휴한 유기농 치즈 매대 계산대에 서 있었다.

"여기에 참여하는 게 조금 율법에 어긋난다든지 그런가 보죠?"

랜디는 치즈 냄새를 맡았다. 매대 앞에는 줄이 생겼고, 사람들은 홀로폰을 꺼내 영상을 찍을 준비를 했다. 랜디는 그들이 참여하는 이유를 알았다. 돈이었다.

"맞아요."

턱수염 난 남자가 말하고는 미소 지었다.

"말해 봐. 당신이 말하는 거 있잖아."

줄 맨 앞에 선 사람이 말했다. 랜디의 아빠뻘 되는 나이였다. 그는 홀로폰을 가리켰다.

모든 날이 파괴다.

"안 해요."

랜디가 말하고는 남자에게 치즈 덩어리를 건넸다.

"엿 먹어."

남자가 말했다. 어쨌든 영상을 찍으며 웃으면서.

농부의 아내가 매대 뒤에서 자고 있던 듯한 염소와 함께 나타났다.

"장난하는 거죠?"

랜디가 눈에 염소를 담으며 물었다.

모든 날이 파괴다.

염소는 아름다움의 정석이었다. 그는 무릎을 꿇고 염소의 머리를 쓰다듬었다.

"아름답네요."

사이는 레모네이드를 만들었다. 레몬과 라임 더미가 허리까지 쌓여 있었다. 레모네이드 매대의 주인은 피부가 하얗고 머리가 갈색인 상당히 젊은 남녀였다. 남매처럼 보였다.

"내가 뭘 팔고 있는지 알아야겠어요."

사이가 종이컵에서 한 모금을 마셨다.

"좋아, 좋아. 좋은 거였네요."

"감사합니다."

남녀가 동시에 말했다.

모든 날이 파괴다.

이미 스무 명 정도 줄을 서 있었다. 이미 여러 번 시민 서비스라는 것을 해 본 사이는 다음에 일어날 일을 알았다. 자신의 성 정체성에 대해 생각하거나 생각하지 않은 것들을 말해 주는 사람들. 요청한 적 없는 수많은 의견. 민간인들은 자기 의견을 선물처럼 사이 아이 아이에게 내밀었다. 사이는 거기에 익숙해졌다. 사이는 오래전에 그들의 잔인함을 웃음으로 받아들이기로 마음먹었다.'

"시작하기 전에, 우린 당신이 여기 있어 줘서 고맙다고 말하고 싶어요. 우린 전적으로 당신을, 그러니까, 당신의 모든 걸 지지해요."

여자가 말했다.

"그럼 오늘 제가 탈출하는 걸 도와주고 싶은 거예요? 그 말을 하려는 건가요?"

사이가 웃지 않고 말했다.

남자는 부드러운 잔디에서 말 그대로 앞으로 펄쩍 뛰었다.

"아뇨, 아뇨. 우린 그냥 당신과 당신의 정체성을 전적으로 지지한다는 뜻이었어요."

"그러니까 탈출은 아니다, 그거죠?"

사이가 웃으며 그들을 곤경에서 놓아주었다.

"농담이에요. 레모네이드나 팔죠."

사람들은 구호를 멈추지 않고 외쳤고 그 때문에 농산물 시장과 그곳에 있는 링크들의 존재가 한층 더 우스꽝스러워졌다. 사이는 농담에 기댈 수 있었다.

사이는 자기 손을 가운데 놓고 다른 둘에게도 똑같이 하라고 손짓했다. 고등학교 농구팀이라도 된 양.

"셋에 '레모네이드'를 외쳐요."

사이가 말했다.

'배드 워터' 월터 크루시는 언제나처럼 살아 있다는 데 놀랐다. 그를 찾아 낸 모든 불운에도 불구하고, 목숨은 그에게 달라붙어 있는

---

* 트랜스젠더 미국인은 시스젠더 미국인보다 수감될 확률이 두 배 이상 높다. 두 배 이상. 그리고 유색인종 트랜스젠더는 백인 트랜스젠더보다 수감될 확률이 높다. 취약 계층은 표적이 된다, 다시, 언제나.

어떤 것 같았다.

그는 물병에서 물을 한 모금 삼키고는 말했다.

"알았다, 내가 배드 워터라서군요."

"맞아요, 우리 물은 좋다는 걸 빼면."

매대 주인인 젊은 남자가 말했다.

좋은 물이라는 것은 너무나 많은 사람들에게 아직도 부족한 것이었다. 배드 워터라는 이름은 그가 태어난 곳과 같은 어떤 곳에서는, 가장 기본적인 필수 자원이라고 할 수 있는 음용 가능한 물을 찾는 일조차 여전히 투쟁으로 얻어내야 한다는 사실을 되새기게 했다. 그리고 미키 라이트가 배드 워터라는 말의 울림을 좋아한다는 사실도.

"그러네요."

배드 워터는 말하고 기다렸다. 지금으로선 물 매대에는 그와 열여덟 살쯤 되었을 매대 주인뿐이었다. 배드 워터가 감옥에 던져진 나이와 비슷한 나이였다.

십 년 전에 그는 무죄였다.[*] 이제 그는 같은 길에 있지 않았다. 이제 사람을 죽였다. 일이 어떻게 흘러갔는지가 우습다. 그는 아무 죄도 짓지 않고 감옥에 던져졌다는 걸 잊으려 노력했다. 가난하고, 변호사가 없고, 멍청해서 던져졌다. 죄명은 살인이었지만 그들은 그가 그렇지 않았다는 걸, 그럴 수 없었다는 걸 알았을 거라고 그는 확신했다. 하지만 그는 여기 있었다.

군사 경찰은 리코를 매대로 데려갔다. 크기와 색깔이 다양하고 반짝이는 토마토 더미. 몇 분 안에 고객들은 사진을 요청하기 시작할

---

* 미국의 수용자 중 2.3퍼센트에서 5퍼센트 사이가 무죄로 추정된다. 이는 잠재적으로 10만 명 이상에 해당한다. 조지 스티니 주니어, 다시, 또 다시.

것이었다. 사람들이 그가 겁먹었다는 걸 알아챌 수 있을까? 처음부터 마음에 번졌던 질문이었다. 바로 이 사실을 궁금해하느라 너무나 많은 시간을 썼다. 그는 염소를 쓰다듬으며 웃는 랜디를 보았다. 사이는 레모네이드를 마시고 있었다. 배드 워터마저도…… 뭐, 그는 아무것도 하고 있지 않았지만 겁먹은 것 같지는 않았다. 그냥 멍하거나 놀란 듯했다.

난 왜 이렇게 겁쟁이일까? 리코는 회색 운동복에 손을 문질러 닦으며 생각했다. 둘러싼 무리의 힘이 느껴졌고, 그 때문에 리코는 끔찍이도 두려웠다. 그렇지 않다는 걸 증명할 수 없다면, 사람들 한 명 한 명이 리코가 얼마나 두려워하고 있는지를 알아차릴 것만 같았다.

"요즘 어때요?"

리코는 미소 지으며 나이 든 백인 여자와 그녀의 딸에게 물었다.

그들이 그를 보았다.

"어떻게 지내시냐고요?"

그가 다시 시도했다.

모든 날이 파괴다.

군중이 한 음절씩 꾹꾹 눌러 강조하며 소리쳤다. 리코는 토마토를 뒤적이는 사람과 그 딸 너머로 군중을 내다보았다. 게이트 가장 가까운 곳에서 팻말을 든 사람들이 그를 보고 있었다. 시위대와 농산물 시장 안에 있는 사람들 사이의 불협화음 때문에 리코는 자기 몸에서 뛰쳐나가고 싶었다. 몸의 중심에서 불협화음이 느껴졌다. 그들은 모두 인간이었으나 인간성이 무엇을 의미하는지에 대해서는 완전히 다른 생각을 가지고 있었다.

"우린 잘 지내요."

어머니가 말했다.

"오늘 아주 좋은 토마토를 좀 골랐어요."

딸이 말했다. 그들의 커진 눈과 거의 떨리는 듯한 목소리가 거대한 평온의 파도를 일으켜 리코의 몸을 휩쓸고 지나갔다.

모든 날이 파괴다.

그들은 그가 두려워하고 있다는 걸 몰랐다. 사실은, 그들이 그를 두려워했다.

그는 "얼마나 좋은지 보여 줘요."라고 말했다. 그러고는 미소지었다. 그러나 그가 안다는 사실을 그들이 알기를 바랐다.

모든 날이 파괴다.

아이스 아이스 엘리펀트. 그는 남자, 전사, 위대한 검투사, 현명한 동지였다. 그는 체인 갱 올스타전의 링크였다. 이것들은 사실이었다.

"편한 날이네."

그는 새로 분홍색 설탕 실을 잣는 기계 앞에 종이 고깔을 들고 서서 혼잣말했다.

"여기 솜사탕 매대에 아이스 아이스."

젊은 남자가 휴대폰에 대고 말했다. 아마도 그가 라이브 방송을 하고 있다는 걸 신경 쓰는 다섯 명에게.

"안녕."

아이스가 소년에게 말했다.

"젠장, 아이스 아이스 엘리펀트가 방금 나한테 말 걸었어, 얘들아. 미쳤어."

소년은 홀로폰에 대고 말하며 아이스를 그저 수시로 흘긋흘긋 보기만 했다.

아이스가 솜사탕을 건네자, 그걸 받은 여자가 불필요하게 그의 손을 스치며 말했다.

"고마워요. 이 일이 끝나면 당신하고 내가 같이 여기서 벗어날 수 있으면 좋겠는데요."

그녀는 그런 걸 바라지 않았다. 그것은 망상, 제안, 농담을 모두 담은 한 마디였다.

아이스는 아무 말 하지 않았다.

그는 자기 어깨 너머로 솜사탕 매대를 운영하는 여자를 보았다. 계산대를 맡은 여자.

"아주 잘하고 있어요."

그녀가 말했다.

만약 정말로 저렇게 생각한다면, 거니는 왜 사람들이 팻말을 들고 고함만 치며 우유부단하게 구는지 알 수 없었다.

"개 같네, 안 그래?"

거니는 나이 든 남자에게 말했다. 남자는 거니가 배정된 목공예 매대 바로 뒤에 있는 사탕단풍나무 틈으로 들어오는 빛줄기를 더 잘 받으려고 흔들의자의 각도를 조절하고 있었다.

"뭐라고요?"

남자가 그를 올려다보며 말했다. 그는 숱 많은 긴 턱수염과 날카로운 푸른 눈을 가지고 있었다. 우스울 만큼 산타클로스와 닮았다.

"당신들이 오늘 오후에 좋은 시간을 보내려는 걸 저 사람들이 망치려고 하다니, 개 같다고."

거니는 시위대를 가리켰다. 가장 가까운 사람은 그의 왼쪽 십 미터 거리에 있었다.

"꺼져!"

거니가 그들에게 소리쳤다.

모든 날이 파괴다.

산타는 거니를 보았고 거니는 그의 푸른 눈에서 펼쳐지는 느린 계산을 보았다. 거니는 그의 수고를 덜어 주었다.

"당신한테 수작 부리는 거 아냐. 난 내가 어디 있어야 할지 알아. 이 사람들이 뭐라도 안다고 생각하면서 문제를 일으키는 게 유감일 뿐이야."

남자는 흔들의자에서 일어서면서 침묵을 지켰다.

"우리가 판매를 시작하면 욕은 전혀 하지 말아 주시오."

거니는 그를 보았다. 그가 자신을 거의 두려워하지 않는다는 사실이 조금 역겨웠다. 이 빌어먹을 나라 곳곳의 겁 없는 개자식들의 내장을 발라 버린 남자가 아니라 무슨 인턴을 대하듯 하다니.

거니는 머리를 뒤로 젖히고 웃었다.

그리고 게이트 밖의 검은색이 밀려들기 시작했다. 외침과 구호가 바뀌었다. 거니 퍼들스는 생각했다, 드디어. 이건 최소한 별일이었다.

"세상에."

산타가 말했다.

"'세상에'라니. 빌어먹게 정확하군."

딘의 아이스크림

그는 보았다.
"락토 프리 제품도 있어?"
스택스는 멜라니 딘에게 자신을 내주듯 크게 팔을 벌리며 물었고 멜라니는 미소 지으며 마주 껴안았다. 작은 여자는 스택스의 품으로 사라졌다. 스택스가 놓아주었을 때 그녀는 환하게 웃고 있었다. 다음으로 스택스는 그들의 여덟 살 아들과 악수하기 위해 무릎을 꿇었다.
"전 짐이에요."
지미가 말했다.
"빅 짐. 나보고 삼 등이라며."
스택스가 바로 말했다.
지미는 온몸으로 웃었다.
서워는 지미의 엄마에게 인사했고, 이어서 서워와 스택스는 전혀 웃고 있지 않은 매대의 나머지 젊은 남자에게 말을 걸었다.
"안녕, 미남."
스택스가 말했고, 서워는 그에게 미소 지으며 손을 내밀었다. 그는 전혀 기뻐하지 않고 받아들였다.

많은 이들이 일이 벌어지는 것을 보았다. 그가 거느리는 사람들은 계획에 없던 손님 팔천 명이 시장 밖에 왔다고 했다. 이 안에는 돈을 지불한 고객 구백삼십일 명이 네 시간 동안 돌아다니고 있어야 했다.

하지만 지금 시민 서비스가 시작되는 시점에 도착한 사람은 사백 명도 되지 않았다. 확실히 곤란한 일이었다. 그 때문에 그가 온 것이다. 지켜보는 사람은 많았다, 그렇다. 하지만 그와 같이 주시하는 사람은 아무도 없었다. 그는 수년간 진행자를 담당했던 스타일리스트가 엄선한 복장을 입었다. 다만 진행자가 방송 때 입는 것보다는 훨씬 단순했고 일상적인 옷이었다. 방송 준비의 반대로 하자는 생각이었다. 그는 혼자 능글맞게 웃었다. 그의 눈은 끝부분이 둥글게 휘어진 선글라스의 빛나는 어둠 뒤에 감춰져 있었다. 그는 이미 세 명의 고객이 비슷한 옷을 입고 있는 걸 발견했고 네 번째가 방금 지나갔다.

"이긴 거야."

그가 혼잣말했다.

"뭐라고요?"

군사 경찰 밴 하나의 뒤에 자리 잡은 레베카가 말했다.

"아무것도 아냐."

그가 선글라스를 만지며 말했다. 선글라스는 아크테크 직원들이 최신 상품 데모에서 준 쌍방향 커뮤니케이션 장비였다. 그걸 받은 건 이보다 반의반쯤 되는 사람들만 올 것이라고 예상했을 무렵이었다. 그는 이사회에 모든 게 괜찮으리라고 확언했지만, 이제 그는 가린 눈으로 자신이 얼마나 큰 거짓말을 했는지 보러 온 참이었다.

종아리 사이로 바람이 스쳤다. 그는 선글라스와 브라운 카키 반바지, 잘 다려진 청록색 폴로 셔츠, '무서워'라고 쓰인 헤드밴드를 착용하고 있었다. 그는 서위와 스택스가 딘의 아이스크림에서 지켜야 할 규칙을 익히는 걸 보고 있는 군중의 가장자리에 서 있었다. 그의 머리에 단어 하나가 떠올랐다. 그 하나의 단어는 그가 하는 일, 세계 곳곳에 이걸 실시간으로 보여 주는 기술에 그가 어떻게 접근하고 있는지에 대한 기반이라고 할 수 있었다. 품격.

그의 이름은 미첼 저민, 콘텐츠 및 방송 경영 감독이었다. 직함은 그랬지만 같은 팀 사람들, 특히 레베카와 같은 조감독에게 그는 품격 있고 지속 가능한 엔터테인먼트 생태계를 창조하는 전문가였다. 그리고 가끔, 지금처럼 그의 소중한 암말 두 마리가 얼굴을 찌푸린 십 대와 사이 좋은 척하고 있는 모습을 보고 돈도 안 낸 정신병자 수천 명들이 사방에서 소리치고 있을 때면 미첼 저민은 업무상의 이유로 빌어먹을 스파이가 되어야 했다.

현장의 온도를 파악하고 상품이 손상되고 있지 않음을 확인하며 지상을 정찰하고 있지 않을 때면, 미첼 저민은 이제껏 세상이 본 가장 품격 있는 스포츠 프로그램 조직에 일조하는 사람이었다. 그건 스포츠 프로그램 이상이었다. 가장 실감 나는 리얼리티 방송이었다. 이 프로그램의 너무나도 깊은 이해관계 때문에 시청자들은 말 그대로 결과에 중독됐다. 하지만 그건 언제나 진짜였다. 그는 두 부분에서 활약했다. 그는 블러드 포인트를 도입했다. 지금은 그 화폐를 어떻게 쓰는지만을 다루는 팟캐스트까지 있었다. 그는 또한 체인 갱 서킷에 참여하는 모두가 범죄자라는 사실을 강조하면 기업들이 점점 더 조직과 함께 광고하려 한다는 것을 깨달았다. 각 링크를 저지른 범죄로 구분하기 시작하면 시청자들은 그들의 죽음에 같은 무게를 부여하지 않았다. 범죄·사법 스포츠의 어려운 부분은 범죄를 인간으로부터 분리하는 것이다. 누군가 다른 사람이 그 주에 썰려 나가는 걸 보면 '안

됐다'고 느낀다. 범죄자가 죽는 것을 보면, 뭐, 그건 달랐다.

"진짜잖아! 생각보다 키가 크네."

미첼 옆에 선 남자가 경외에 젖은 목소리로 말했다. 미첼은 중심을 약간 옮기고는 말했다.

"185센티미터, 178센티미터인데 부츠를 신어서 더 클 거예요."

"대단하네요."

남자는 미첼과 키가 비슷했다. 둘 다 스택스나 서워보다 상당히 작았다.

많은 시청자가 이 남자와 같았다. 여기에 또 다른 품격이 있었다. 남자는 두 여자에게 명백히 경외와 존경을 느꼈지만 동시에 그들이 죽음 가까이에서 아슬아슬하게 살고 있다는 사실을 불편해하지 않았다. 미첼은 그들이 흑인 여성인 것이 도움이 되었다는 사실을 알았다. 시장 조사에 따르면 대중은 보통 그들의 생존에 신경을 덜 썼다. 흠모와 혐오가 복잡하게 결합한 가운데, 욕망의 대상이 파괴되는 모습을 편하게 보기 위해서는 흑인 여성인 쪽이 좋았다. 서워와 멜랑콜리아 비숍을 통해, 미첼은 시청자들이 링크들에게 어떤 감정을 갖기를 바라는지 가르칠 수 있었다.

"시청자들이 누굴 중요하게 여길지 유도할 수 있습니다."

그가 오 년 전 처음으로 참석한 공식 이사회 회의에서 했던 말이었다. 주제는 격투 스포츠 반대 시위의 증가였다. 당시에는 흔한 일이었지만, 미첼이 고용된 이후로 시위는 실질적으로 사라졌다. 물론 망할 여자 뉴스캐스터가 그의 업적을 크게 망쳐 버린, 지난달 이전까지의 이야기였다.

그러나 모든 문제는 바로잡을 수 있다. 그 여자가 한 거라곤 그가 수년간 깨끗이 유지한 방에 똥을 싼 것뿐이다. 이제 그는 그녀의 악취를 고압 세척하는 과정에 있었다. 모든 것을 이전으로, 그가 육성하고 성장시킨 새로운 진실로 돌려놓는 것이다.

그는 윌리엄 딘과 멜라니 딘이 큰아이에게 얼굴을 찌푸리고 있는 매대에 다시 집중했다. 가족 배경을 점검했을 때 큰아들 윌리엄 주니어는 공식 체인 갱 콘텐츠에 활발하게 참여하거나 구독하지 않는다는 사실이 드러났다. 그건 윌리엄이, 그리고 연장선상에서 그의 가족 전체가 시민 서비스 배치를 받기에 바람직하지 않다는 것을 증명하는 셈이었다. 그러나 아버지 윌리엄은 신청서에 편지를 동봉했다. 이것이 그의 가족에게 큰 의미가 될 것이며, 아들의 등록금을 감당할 수 없는데 링크들이 돕는다면 이번 달 대출을 메꾸고 매출을 조금 더 내서 아들의 잠재력을 발전시키는 데 사용할 수 있을 것이라고. 미첼은 항상 스스로를 친절한 사람이라 생각했기에 스택스와 서워를 그 가족에게 배정했다. 그런데 이게 그가 받는 보답이었다.

"우릴 도울 거 없어요. 당신들이 이런 일 강요당하는 거 말도 안 돼요."

윌리엄 주니어가 말했다. 미첼에게도 들릴 만큼 큰 목소리였다. 딘 가족 뒤로 사 미터 정도 떨어진 바리케이드 근처에서 시위대가 들끓고 있었다.

스택스와 서워는 서로를 보고 아이를 보았다. 서워는 몸을 기울여 미첼이 들을 수 없는 뭔가를 말했다. 그는 시민 서비스 동안에는 촬영하지 않는다는 게임마스터 이사회의 결정을 저주했다. 미첼은 선글라스 오른쪽에 손을 대고 말했다.

"어이, 레베카."

"무슨 일이시죠?"

"시민 서비스 기간 동안 링크의 녹음 및 촬영 제한에 대해서 재고

하라고 메모 좀 부탁해."

"알겠습니다. 다른 건 없나요?"

"계속 알려 줄게."

그는 자연스럽게 손을 주머니로 떨어뜨렸다.

"주니어, 일을 힘들게 만들지 마. 그분들은 빚을 갚으려고 일하고 있어. 넌 그걸 유념해야 한단다."

윌리엄 딘은 서워를 사과하듯 보았고, 서워는 그의 눈길을 마주했다. 그녀가 그를 어떻게 생각하는지는 알기 어려웠다. 이 바람직하지 않을지도 모르는 모든 상호 작용을 보는 동안, 미첼은 그가 만든 미묘한 생태계와 문화의 중심이 된 프로그램이 만드는 시너지의 힘을 느꼈다.

서워와 스택스가 아이스크림 맛에 대해서 듣고, 각자 앞치마를 받는 다음 몇 분은 평온하게 흘러갔다. 테이블 앞에는 시장의 어떤 줄보다 긴 줄이 생겼다.

하마라는 중요하다! 로레타 서워는 중요하다!

서워는 그의 상징이었다. 서워는 게임의 전체 전망을 높였다. 일을 시작할 때부터 미첼은 사람들이 승리할 수 있다는 사실을 알아야 한다는 걸 알았다. 정복은 비할 데 없는 기쁨이었다. 시청자들은 가장 좋아하는 링크가 이기는 것, 위대한 자유를 얻는 것이 가능하다고 믿어야 했다. 그래서 그는 사랑받는 남자를 창조했다. 살인을 저질렀던 남자가 더 훌륭한 살인자가 되었다가 사회의 자유로운 일원이 되었다. 등장, 노바 케인 워커. 그는 살인자에서 '미국에서 가장 섹시한 남자' 칠 위가 되었다. 그러나 서워는 혼자서 그 일을 해내기 직전이었다. 진짜였기 때문에 그럴듯했다.

품격이 게임이었다.

왜냐하면 그것이 이 게임을 완성하기 때문이다. 보이지 않는 것. 감옥은 섹시하거나 멋지지 않다. 체인 갱은 섹시하고 멋지다. 체인 갱은 모험이고 개방성이었다. 그것은 종종 사람을 죽였던 아름다운 여자들이 아이스크림을 나눠주는 것이었다. 그것은 지금껏 고안된 것 중 가장 눈을 뗄 수 없고 보기 쉬우며 본능적인 시청 경험이었다. 그리고 그는 이제 여기 있었다. 보이지 않는 지휘자 중 하나로서 그가 만든 것을 보려고, 그 김에 아이스크림도 좀 사려고 모여드는 사람들을 보고 있었다.

"나는 여기 끼고 싶지 않아."

윌리엄 주니어의 말에 부모는 귀와 뺨이 붉어졌다. 윌리엄 주니어는 가족에게서 멀어졌다. 미첼은 생각했다, 괜찮아. 그래도 이긴 거야.

하지만 그때 윌리엄 주니어는 뒤로 돌아서서 바리케이드 쪽으로 걸어갔다. 시끄러운 야유와 꺼지라는 소리가 비처럼 쏟아졌다. 그는 멈추지 않고 그것들을 받아들였다. 그러고는 흑인들의 무리에 외쳤다. 가슴을 채웠다가 목소리를 내뱉었다.

"나는 B3에 반대한다!"

시위대에서 함성이 폭발했다.

윌리엄 주니어가 바리케이드를 오르자 반대편에서 그를 받았다. 윌리엄 딘은 토할 것처럼 보였다.

"젠장."

미첼이 말했다.

"뭐라고요?"

레베카가 그의 귀에 말했다.

"젠장."

이것

 윌리엄 주니어는 바리케이드를 넘어갔다. 가장 가까이 있는 사람들에게 뭐라고 외치자 그들이 그를 끌어당겨 주었다. 실시간으로 일어난 일이었다.
 아버지는 분노가 넘치는 얼굴로 아들에게 달려갔다. 그는 다 저은 크림 통을 넘어뜨리면서 큰아들에게 돌진했고, 큰아들은 펄쩍 뛰어 그의 손을 피하고는 갈비뼈를 걸치고 바리케이드를 넘어가려고 애를 썼다.
 아버지도 아들도 움직이느라 끙끙거린 것 말고는 큰 소리를 내지 않았다. 아버지는 다시 아들을 잡으려 시도했다. 아들은 사람들 쪽으로 몸을 붙이면서 손을 뻗고 말했다.
 "도와주세요."
 그리고 시위대가 그를 아버지 바로 앞에서 바리케이드 너머로 끌어당겼다. 처음에 아버지는 두려워하며 아들을 보았지만 그것은 뚜렷한 분노로 빠르게 변했다. 아들의 운동화 한 짝을 쥐고 온몸을 굳힌 채로 그는 소리쳤다.

"지금 당장 여기로 돌아오지 않으면……."
"꿈 깨!"
아들이 바리케이드 반대편에서 맞서 소리쳤다. 군중은 새로운 승리의 기분을 누리며 함께 소리쳤지만, 나머지 시위대와 시장 고객 사이에서 새로운 긴장이 퍼졌다. 소란은 언제나 걱정스러운 것이었다. 무슨 일이 벌어지는지 확실하지 않을 때는 더 그랬다.
"당장 이리 오라고 했어."
아이스크림 매대의 주인이 말했다. 분노와 좌절, 당황 속에서 그는 주먹을 뒤로 당겼다가 바리케이드 너머로 휘둘렀고, 세이지를 든 여자의 관자놀이를 정통으로 맞혔다. 이 주먹이 일으킨 갑작스러운 파동이 사람들의 소음을 순식간에 뚫고 지나갔다. 그것은 방아쇠였다.
폭력이 상상 속의 것에서 실재하는 것으로 빠르게 뒤바뀌는 시간과 공간이 있다. 만약 그 물리력이 더 많은 물리력과 만나면, 폭력은 그 뒤에 오는 모든 것을 싣고 나른다. 새어나간 것을 억누르기는 믿을 수 없이 어렵다.
사람들이 손을 내질렀다. 금속 펜스를 연결한 바리케이드는 한 여자가 앞으로 내달려 아버지 딘의 턱에 주먹을 날리면서 넘어졌다. 시위대가 농산물 시장으로 밀려들었다. 일부는 딘과 드잡이했고, 일부는 짓밟히지 않으려고 움직였다. 시장 안의 고객들은 공포나 분노 때문이든 어떤 목적의식 때문이든 주먹을 휘두르기 시작했고, 폭력이 자라고 퍼졌다. 가장 진정한 인간의 바이러스가 군중 속에 번졌다. 폭력이 그곳을 장악했다.
부모들은 아이들을 가장자리로, 출구로 피하게 했으나 그곳은 더 이상 출구가 아니라 사람들이 밀려 들어오는 또 다른 공간일 뿐이었다. 질서가 있었던 곳에는 이제 달리고, 허우적거리고, 서 있고, 막는 몸들이 있었다. 시위대는 동료를 도우려 했다. 시장 고객들은 탈출하려 하면서 누구든 앞에 있는 사람과 싸웠다. 어떤 사람들은 진정하라며 비폭력을 외쳤지만, 한목소리로 구호를 외치던 시간은 끝났다. 나머지를 압도하는 하나의 목소리는 없었다. 이제 혼돈 속에서 들리는 건 탱크의 스피커로 외치는 군사 경찰의 명령이 전부였다.

"선동하는 자들은 모두 체포된다. 평화롭게 대피하라."

시장 안에서 서로 밀치는 사람들에게 갇힌 군사 경찰이 한 남자를 차서 넘어뜨리자 그가 외쳤다.

"대체 무슨 짓입니까? 난 CAPE에서 일한다고요."

군사 경찰은 남자를 일으켰다. 바로 그 군사 경찰이 검은 옷을 입은 여자에게 무기를 겨누고 고무 총알*을 한바탕 발사하자 총알은 여자의 쇄골 근처에서 폭발했다. 그 가운데 남자는 재빨리 출구를 찾으려고 움직였다. 탄약 때문에 여자의 뼈가 부러졌다. 그녀가 비명을 지르며 쓰러지자 시위대 몇 명이 그녀를 끌어와 몸으로 가렸다.

"우리의 가족을 보호하자!"

그들이 소리쳤다. 시위대는 이런 무리를 곳곳에 만들고 있었다. 각각의 무리는 앙골라 해먼드의 링크 한 명을 둘러싸고 있었다. 링크들이 곧 출전할 팀의 주장이라도 되는 듯했다. 쇄골이 산산이 조각난 여자가 사이의 발치에서 절규했고 사이는 그들을 둘러싼 팔과 다리로 된 둥근 벽 안에서 무릎을 꿇었다.

"자, 숨 쉬어요. 괜찮을 거예요."

사이가 말했다. 그 말이 사실일지 전혀 알 수 없었지만.

---

* 운동성 충격 발사체, 또는 고무 총알 또는 고무 총탄, 일반적으로 금속 심이 있다. 고무는 중요하지 않은 구성 요소다. '군중 통제 상황'에서 사용되는 '고무 총알'은 자주 영구 장애 또는 사망을 야기한다.

주위 사람들이 팔을 연결해 원을 만들어 낸 몇 미터 반경의 또 다른 보호막 안에서, 혼란에 저항하며 그것을 막아 주는 그 안에서 스택스와 서워는 쭈그려 앉아 있었다. 나일, 마리, 카이, 다른 연합 회원 두 명, 그리고 남녀 몇 명이 더 있었다. 서워는 그녀의 가족 앙골라 해먼드를 찾기 위해 몇 초마다 주위를 둘러보려고 일어서려 했다.

"두 사람은 앉아요. 다 정리되면 모두와 만날 거예요."

무기가 발사되는 순간 침착함이라고는 전부 흩어졌지만 그래도 두 여자를 향한 카이의 말은 들렸다. 서워는 무릎을 꿇고 앉았다. 스택스는 책상다리를 했다.

"그래서 이거 끝나고 다들 뭐할 거야?"

혼란스러운 바깥 소리를 뚫고 들리도록 스택스는 크게 외쳐야 했다.

서워는 불안한 미소가 만들어지는 것을 보았다. 잔인성과 어쩌면 죽음에 둘러싸이는 것, 그리고 농담하려고 노력하는 스택스를 옆에 두는 것. 앙골라 해먼드의 링크가 된다는 건 그런 것이었다. 이 사람들은 아무나 할 수 없는 경험을 하고 있었다. 브룸 브룸에서 만난 젊은 여자 때문에 마음이 흐트러지지 않았더라면 서워는 웃었을 것이다. 그녀는 진실을 가져온 사람을 응시했다.

"그냥 쉬거나 좀 더 시위하거나 하겠죠. 당신들은요?"

나일이 함박웃음을 머금고 말했다. 그의 미소는 거짓말이었지만 주위의 모두가 감사하게 받아들였다. 서워는 그 젊은 남자 역시 브룸 브룸에 있었다는 사실을 깨달았다. 그리고 그를 포함해서 다른 사람들 중 누구도 젊은 여자가 준 정보를 알지 못한다는 사실도 알 수 있었다.

"좋은 생각이네. 나는 아마 여기 아름다운 숙녀분과 어울리겠지. 전투 계획을 짜고, 이것저것. 정비들도 확인하고, 세밀한 부분 좀 조정하고. 알잖아, 평소처럼."

스택스가 대꾸했다.

"그렇군요."

나일이 말했다. 크게 쾅 소리가 났다. 사람들의 벽은 거세게 오른쪽으로 밀렸다가 다시 위치를 바로잡았다. 가운데 있던 스택스와 서워는 타격을 받지 않았다. 마리는 자기 어깨 너머를 보았다. 흰 연기 기둥이 다가오고 있었다.

"지금으로선 여기 있어요."

마리의 말에 무리는 고개를 끄덕여 동의했다. 서워는 젊은 여자를, 이어서 스택스를 보았다. 그러고는 그녀가 그녀 자신과 하스 오마하, 또는 스택스와 러브가일, 또는 선셋과 그의 행운의 검 외의 다른 누군가에 의해 보호받는 느낌이 든 것이 얼마나 오랜만인지 생각했다. 마리가 없었다면 그녀는 아무 말도 하지 않았을 것이다. 가식을 부렸을 것이다. 운명 때문에 이렇게 만나지 않았다면, 앞으로 일어날 일을 모르는 것처럼 며칠을 흘려보냈을 것이다. 하지만 젊은 여자를 보면서 어떤 욕망보다도 깊은 공포가 서워의 몸 전체로 퍼졌다. 다른 여자가 스택스에게 그들이 배틀그라운드에서 만날 거라고 말하게 둘 수 없었다. 그녀는 자기 입술로 스택스의 귀를 끌어당겼다. 온 존재가 갈라져 열리는 느낌이었다. 그녀는 뭐라도 잡아야 했기 때문에 잔디에 있던 우스꽝스러운 앞치마를 움켜쥐고 스택스에게, 오직 스택스에게만 말했다. 그녀가 삶에서 가장 즐기던 부분을 끝내고 있다는 것을 알면서.

"다음 전투에서, 우리 더블 매치 후에 말이야. 주최자들은 우리가 서로 죽이게 만들 거야. 규칙을 바꿀 거야. 네가 콜로설이 되면 이제 끝이야. 그들이 일을 저지를 거야. 같은 체인에 있는 콜로설 두 명은 배틀그라운드에서 서로를 만나게 돼. 그게 다가오는 시즌 33이야."

주위를 둘러싼 사람들이 그녀가 스택스의 귀에 밀어 넣는 말을 듣지 못한다는 사실에 서워는 감사했지만, 진실을 전해 준 여자는 그녀가 무슨 말을 하는지 정확히 알고 있을 것 같았다.

서워는 이제 울고 있었다. 아직도 이렇게 격렬하게 울 수 있을 줄은 몰랐다. 무언가가 끝나기 때문만은 아니었다. 이 새로운 잔인한 세상을 사랑하는 여자에게 던지고 있었기 때문이었다. 그래서 그녀는 스택스가 매몰차거나 냉소적인 표정을 짓지 않고, 정직하게 그녀를 바라보며 서워의 귀에 오므린 손을 갖다 대서 그녀만이 들을 수 있게 이렇게 말했을 때, 혼란스러운 흥분을 느꼈다.

"선셋에게 무슨 일이 일어난 건지 말해 줄게."

3부

선셋 하클리스

삶을 등지던 날, 선셋 하클리스는 고개를 들어 HMC들이 앵커로 돌아가는 것을 주시했다.

블랙아웃이 시작됩니다. 앵커가 말했다. 그리고 앙골라 해먼드는 환호했다. 불 근처에 모여 색다른 활기로 이야기를 나누며 블랙아웃을 즐기는 건 그들의 전통이었다. 서로가 어떤 사람이었는지 일깨워 주려고 노력하는 것이다. 그리고 그것이 그날 밤 그들이 한 일이었다. 그들은 오래도록 불 주위에 둘러앉아 있었다. 그날은 선셋의 링크로서의 삶에서 마지막 블랙아웃의 밤이 될 게 거의 확실했고, 체인은 그가 일종의 연설을 남기리라는 것을 알고 있었다. 선셋 하클리스는 말하는 사람이었다. 언제나 그랬다.

"밤이 깊어 가네."

그가 마침내 말했다. 선셋은 이를 드러내며 웃었다. 덥수룩한 구레나룻의 흰머리가 갈색 피부와 대비되어 빛났다. 그는 볼트 가죽을 두르지 않았고, 셔츠와 갈색 가죽조끼, 그리고 주머니가 하도 많아 만물바지라고 이름 지은 카고바지 차림이었다. 앙골라 해먼드 링크 모두가 그의 주위에 모였다.

"혼자 있을 시간이야."

거니 퍼들스가 말하고 일어나려 했다.

"잠깐만, 그대로 있어."

선셋이 말했다. 그리고 거니는 말을 들었다.

어둠이 있고, 모닥불이 빛나고, 감시당하지 않으니 밤은 상쾌했다.

"내가 다음 일을 준비하는 건 다들 알 거야."

"위대한 자유."

서워가 크게 말했다.

"위대한 자유."

체인이 메아리처럼 말했다. 선셋이 웃었다.

"마침내 자유야. 난 여기 오래 있었어. 여기서 좋은 친구를 처음 만난 때가 기억나네. 공교롭게도 지금까지 해머를 들었던 사람을 통틀어 가장 못된 년이었지. 아마 미스 비숍까지 포함해서 말이야."

서워는 선셋을 똑바로 보며 공감하듯 끄덕였다.

"너희 중에는 합병을 한 번도 못 본 사람도 있을 거야. 하지만 나 때는 그건 쉬운 일이 아니었어."

서워의 시선이 굳더니 웃음이 사라지는 모습을 스택스는 유심히 보았다. 선셋은 자기 검을 들고 모닥불 빛을 비추며 날을 살피더니 그것을 발아래 흙에 꽂았다.

"우리, 그러니까 나, 허리케인, 랜디는 이미 질서가 있는 체인에 왔어. 땅콩 몇 명도 그런 질서를 파괴할 수 있는데 우리 같은 집단은 말해 뭐해, 젠장. 난 그때 리퍼에 가까웠지. 갈등이 폭발할 수밖에 없었어. 나와 랜디와 허리케인뿐만이 아니었으니까. 다들 조이 데이즈를 기억할 거야."

체인은 더 깊은 침묵에 빠져들었다. 선셋은 미소 지었지만 소리 내어 웃지는 않았다.

"본 적이 있다면 알겠지만 조이 데이즈는 루키였어. 바로 여기 있는 친구보다도 새파랬지."

선셋은 리코를 가리켰다. 리코는 자기가 불리자 더 꼿꼿이 앉았다.

"더 말랐고. 다들 조이 데이즈 기억해? 미키가 지어 준 이름 아닌 거 알지. 내가 지어 준 이름이야. 항상 자기가 왜 살아 있는지 모르겠다는 듯한 표정을 지었으니까. 늘 그래 보였어. 조이 데이즈……. 다들 기억해?"

링크들은 조용했다. 스택스는 서워를 보았다. 서워의 눈은 땅을 향해 있었다.

"다들 기억해? 너희들이 그를 잊지 않은 걸 알아."

"난 기억해."

랜디 맥이 말하자 선셋이 말을 이었다.

"좋아. 그는 우리와 함께 넘어왔어. 어느 모로 봐도 루키였고 거의 항상 빌어먹을 멍청한 표정을 짓고 있었어. 그게 데이즈였지. 다들 내가 말이 많은 거 알지, 그래서 개랑 좀 알게 됐어. 부모님은 언드라운드 래니어에 산다더군. 남부에서 온 자식이었어. 사투리 억양이 좀 있었지만 그 부분을 숨기려고 했던 것 같아. 사투리를 안 쓰면 더 강해 보일 줄 안 거지. 아무튼 조이 데이즈도 합병 때 있었어. 그에게 무슨 일이 일어났는지 기억하는 사람 있어? 너희들이 모두 있었던 건 아니지만, 기억하는지 묻는 거야."

불이 춤췄다. 아무도 아무 말이 없었지만, 스택스는 기억했다.

선셋은 허공에 대고 웃었다.

"아무도 기억 못 하네, 그렇지? 얼굴에 생기가 없고 항상 어쩔 줄 몰라 하던 녀석 말야."

링크들은 여전히 기다리고 있었다.

"조이 데이즈, 조이 데이즈, 다들 기억을 못……"

"내가 그를 죽였어."

서워가 말했다. 스택스는 서워가 고개를 드는 것을 보았다.

"내가 그를 죽였다고."

선셋이 펄쩍 뛰듯 일어섰다. 그의 검은 발치에서 땅을 꿰뚫고 있었다.

"네가 죽였어. 네가 죽였지. 네가 죽였다고. 왜 그랬는지 기억나?"

서워는 선셋을 올려다보았다. 상처를 입은 그녀의 눈이 반짝였다. 하스 오마하는 그녀 옆에 놓여 있었다. 앙골라 해먼드는 너무나 오래이 두 힘에 의존했다. 편안한 우정을 나누는 서워와 선셋. 침착한 상호 작용.

"왜 그랬는지 기억해, 로레타?"

"내가 원한 건……"

서워가 말을 시작했다. 스택스가 그녀의 무릎에 손을 댔지만, 서워는 이렇게 말하듯 그녀의 손을 치웠다. 이건 나 혼자 할 거야.

"내가 그를 죽인 이유는, 넷이었기 때문이야."

"넷이었기 때문이라고."

선셋이 웃었고 리코 무에르테와 거니가 희미하게 따라 웃었다. 아이스, 사이, 랜디와 나머지는 조용했다.

"그게 무슨 뜻이야?"

"넷은 너무 많았기 때문이야."

서워의 목소리는 떨렸지만 컸다.

"네가 왔을 때 나는 네 명은 너무 많다고 생각했어. 그래서 셋만 받겠다고 말했지."

"그랬어. 그리고 내가 뭐라고 했지?"

"넌 네가 지키는 한 그런 일은 없을 거라고 했지."

"그다음에 무슨 일이 있었지?"

"그리고…… 내가 달려가서 후려쳤지. 서 있는 그의 관자놀이를. 그는 이미 그때 죽었지만 나는 땅에 쓰러진 그를 다시 쳤지, 같은 곳을."

"그리고 넌 말했지……."

"'여기서는 내가 지키는 것 외에는 의미 없어.'"

"그래서 '넷이서' 그랬다고?"

"내가 그렇게 한 건 할 수 있었기 때문이었어. 그리고 내가 뭔가를 위해서 그렇게 노력했는데 너희들이 와서 그걸 망가뜨리는 걸 원하지 않았어. 나는 너희들이 내가 누군지 알길 원했어. 내가 누구인지, 여기서 일이 어떻게 돌아가는지 너희들이 보길 원했기 때문에 그런 것 같아."

"그리고 또?"

"두려워하고 싶지 않아서 그랬어. 또 내 체인이 나 말고는 아무도 두려워하지 않기를 바랐어."

"그럼 두려웠기 때문이라는 거네. 그리고 네가 그런 짓을 한 건 처음이 아니었지. 그럴 필요가 있다고 느껴서 누군가를 지구에서 날려버린 게."

"그래."

서위는 일어섰지만 움직이지 않았다.

"여긴 서킷이야. 그래서 사람들은 언제나 죽은 채로 발견돼. 우린 그런 게 익숙하고. 자기가 죽은 게 아니라면 계속 나아가는 거야."

"진정해, 레타, 그냥 얘기하는 거야. 내가 이 이야길 꺼낸 이유는, 내 마지막 블랙아웃인 오늘 그걸 기억하자는 이유는…… 지금 누가 네 앞에 있는지 봐. 뭔가 다른 사람 이야기 같잖아. 로레타가 그런 일을 했다는 사실을 네 스스로도 못 믿는 것 같이 들린다고. 하지만 난 내 눈으로 그걸 봤지. 데이즈는 무슨 일인지도 모르고 죽었지. 그리고 그 일을 했던 여자는 그랜드 콜로설이 되기 직전인데, 이제 그런 일은 절대 하지 않을 거야. 그리고 내가 그녀를 바꾼 게 아니야. 젠장, 나는 빌어먹게 무서웠어. 하지만 그녀는 달라졌어. 나는 달라졌어. 나는 빌어먹게 자랑스러워."

선셋 하클리스는 서워 맞은편에서 일어나 걸어갔다. 그들은 얼굴을 마주하고 섰다.

"로레타, 넌 끔찍한 짓들을 저질렀지만 나는 지금의 네가 자랑스러워. 네가 어떤 일을 이뤘는지 알고 스스로를 용서했으면 해."

선셋은 그녀를 안았다. 서워는 팔을 늘어뜨린 채 두 눈을 꼭 감았다.

"네가 스스로를 용서할 수 있다면, 여기서든 위대한 자유 이후에든 해야 할 일을 하게 될 거야."

그는 서워를 놓아주었다.

"그게 진짜 위대한 자유야, 제기랄. 내가 강도도 안 하고 살인도 안 저질렀다면 제기랄, 난 전도사가 되었을 거야."

선셋은 키득거렸고 체인 나머지를 보았다.

"너희가 스스로를 용서하면 위대한 자유를 얻은 거야. 그게 내가 너희 모두에게 원하는 거야. 스스로를 용서하면 다른 사람들을 위해서 노력할 수 있다고. 내가 떠나면 날 위해서 그렇게 해 줘, 알겠지?"

링크들은 아무 말 하지 않았다. 그들은 그때 조용히 오랫동안 앉아 있었다.

"난 자러 갈래."

랜디 맥이 마침내 말했다. 그는 스택스를 보았고, 그녀는 고개를 끄덕여 곧 그에게 가겠다고 소리 없이 말했다. 서워는 이것을 보고 빠르게 자기 텐트 안으로 사라졌다. 나머지 링크들은 자기 텐트나 침낭으로 들어가 잠을 청했다. 선셋은 스택스와 함께 불 앞에서 기다렸다.

"따라와, 하마라."

선셋은 땅에서 자기 검을 뽑고 일어서며 말했다. 그는 모닥불에 물 양동이를 걷어차서 뿌려 어둠의 고삐를 완전히 놓아주고 캠프에서 멀어졌다.

스택스는 대낫을 집어 들었다. 그들은 어둠 속에서 걸었고, 스택스는 선셋보다 한두 걸음 뒤에 있었다. 선셋, 그녀가 그를 보호하기 전까지 그녀를 보호해 준 사람. 선셋, 용서받을 수 없는 범죄를 저질렀지만 그녀는 그의 친구가 되었다. 그들은 움직일 수 있는 범위의 끝에 다다랐다. 그들을 가두는 물리적 인력이 느껴지는 장소. 스택스가 보이지 않는 벽에 기대자 몸이 천천히 기울었다. 그녀는 한 걸음 물러나 균형을 바로잡았다. 선셋이 웃었다.

"그거 재밌네."

"내가 재밌는 거야."

스택스는 진심으로 말했지만 한편으로는 두려웠다. 선셋의 눈을 보고 있노라면 지금껏 본 적이 없는 그의 일부를 보고 있는 듯했다. 진짜 날것의 차분함이었다. 보통 선셋은 아주 쾌활하고 생기 있었지만, 스택스는 언제나 그가 그런 모습을 꾸며 내고 있는 것 같았다. 그녀는 러브가일의 자루를 잡았다가 힘을 풀며 무기를 땅에 놓았다.

"너에게 말하고 싶은 게 있어. 중요한 거야. 내가 나름대로 정보를 얻는 방법이 있다는 걸 너도 알 거야."

"어떤 방법?"

선셋이 항상 다른 사람들보다 조금 더 아는 것처럼 보이는 건 사실이었다.

"지금 그건 중요하지 않지만, 지난 두 달간 우리를 태운 운전기사가 내 동서였어. 그 남자가 네가 알고 싶어 할 정보를 말해 주더라."

"그게 뭔데?"

스택스는 그걸 알고 싶은지 확실하지 않았지만, 알아야 한다는 건 확실했다.

"말해 줄 수 있어. 대신 네가 날 위해서 뭘 좀 해 줘야 해."

"나 많이 불안해, 선셋. 무슨……."

"나 진지해, 하마라. 중요한 일이야. 너와 로레타에 대한 거야. 그냥 네가 뭘 좀 해 줬으면 해. 그래 줄 거야?"

스택스와 선셋은 세상이 그들을 감시하는 특권을 누릴 수 없는 황무지의 끝에 서 있었다.

"알았어, 그럴게."

"내가 말하면 그 말을 주워 담을 수는 없어, 이해하지?"

"말해 줘."

선셋은 크고 굳은살 박인 손 하나를 스택스의 어깨에 올려놓았다.

"이런 말 하게 돼서 유감이야."

스택스는 이미 울고 있었다.

"네가 콜로설이 되면 규칙이 변경돼. 다음 시즌, 너와 레타의 다음 더블 매치가 끝나면 체인 하나당 콜로설 이상의 등급은 한 명만 있을 수 있어."

드디어. 드디어, 최악의 상황이 닥쳤다. 드디어 게임마스터들은 절대 극복할 수 없는 고통을 찾아냈다. 그녀는 귀를 기울였다.

"그 규칙에 예외가 생기면 배틀그라운드에서 만나게 돼. 넌 미쳤지만 이 사실을 견딜 수 있는 걸 알아. 그래서 말하는 거야. 하지만 로레타는 어떨지 모르겠어. 이미 모든 일을 마음에 짊어지고 있는데 이 사실을 받아들일 여유가 얼마나 있을는지."

삶이 바로 앞에서 산산조각이 나는 지금에서조차, 스택스는 자신이 스스로에게서 분리되는 걸, 스스로가 펼쳐지는 걸 보며 차분한 공포를 느꼈다.

선셋은 그녀의 머리에 손을 올리더니 끌어 안았다. 선셋의 손가락이 땋은 머리카락 사이로 미끄러지며 스택스의 두피를 만졌다.

"알려 줘서 고마워."

스택스는 그를 밀어내려 했다. 서위를 찾고 싶었지만, 선셋이 놓아주지 않았다.

"기다려, 하마라. 제발, 난 지금 네가 필요해."

스택스의 마음이 소용돌이쳤다. 이 갑작스러운 진실에서 태어난 그녀의 새로운 삶이 목을 졸랐다.

"난 못 해. 안 해."

"말도 안 되는 거 알지만 명백해. 이 게임이 원래 그렇잖아. 우릴 내버려 두지 않아. 너희는 이미 너무나 특별한 일을 해냈어. 사람들에게 우리가 그들과 같다는 걸 보여 줬거든. 우리가 그냥 사람이라는 걸 알려 줬다고. 그러니까 그걸 없는 일로 해야 하는 거야. 이제 넌 앞으로 뭘 할지 결정해야 해."

"꺼져."

"미안해. 내가 좀 이기적으로 구네. 난 오랫동안 이기적이었어."

"너희 둘은 내 유일한 가족이야."

스택스는 사라지고 싶었다. 그녀는 그럴 수 있었다. 그녀는 긴 잠을 부를 수 있었다. 그것이 그녀가 할 일이었다.

선셋은 그녀가 생각하던 바를 말했다. 다만, 그것을 스스로를 위해 요구했다.

"네가 날 죽여 줬으면 해."

스택스는 다시 그를 밀쳤다.

선셋은 그녀를 놓았다. 그러고는 손을 양옆으로 떨어뜨리고 작은 미소를 띤 채 땅에 시선을 두고 서 있었다.

"부탁이야. 도움이 필요해. 거니가 그랬다고 하면 아무도 이의를 제기하지 않을 거야."

"싫어."

"내 말 들어줄 거잖아, 알아. 미안해. 모르겠어, 하마라. 나는 절박해. 다가오는 배틀그라운드에 나가면 자유를 얻게 돼. 나는 새 시즌을 보지 않을 거야. 그리고 나는 세상에 나가지 않을 거야."

"내가 체인에 뭐라고 말하길 원해? 어떻게 설명해? 거절할래."

"난 네가 필요해, 나는…… 나는 그저 도움이 좀 필요해. 그렇게 사람을 죽여 왔는데도 어쩐지 그건 나랑 안 맞아."

"스스로를 용서하자는 얘기는 어떻게 됐어? 방금 말했던 그건 다 어떻게 됐어?"

그녀는 모든 걸 이해했지만 그가 말하는 것을 듣고 싶었다.

"왜 지금 그걸 부탁하는 거야?"

"왜냐하면 난 내가 해야 할 일을 했거든. 이 삶에선 볼일 다 봤어."

스택스는 만족하지 않았고, 그녀가 불만족했다는 사실은 얼굴에 시끄럽게 드러났다.

"내가 하는 대로 말고 내가 말하는 대로 하라?"

선셋이 웃었다. 선셋은 언제나 웃을 수 있었다.

"나는 저 밖으로 돌아가지 않을 거야. 넌 내가 무슨 짓을 저질렀는지 알잖아. 난 너무 많은 사람을 아프게 했어. 난 더는 그들이 기억하는 남자가 아니지만 그걸 증명할 것이 없어. 나는 내 딸에게 내가 누구였는지 말할 수 없어. 내가 지금 누구인지도 설명할 수 없어. 미안해. 난 나 자신을 용서하지 않아. 하지 않을 거야. 그리고 누구에게도 날 용서할지 말지 고민하도록 강요하지도 않을 거야. 나에게 어떤 자격이 있는지 잘 모르겠어. 하지만 밖에 다시 나갈 수 없어. 너희들은 모두 더 잘되길 바라. 하지만 난 내 한계를 알아. 그러니까 네가 이 검을 들고 내 손을 이끌어서 도와주면 좋겠어. 내가 널 도와줄 거야, 하지만 나도 도움이 필요해."

"그럼 배틀그라운드에서 죽으면 되잖아."

스택스가 애원했다.

"그 정도로 용감하지는 않거든. 이걸 부탁하는 게 옳지 않다는 건 알지만 배틀그라운드에서 죽을 용기가 나한테 있는지 모르겠어. 늘 하던 일을 해 버릴 것만 같아. 늘 그랬던 것처럼, 죽이는 일 말이야. 제발, 하마라. 난 이미 심사숙고했어."

이것이 그녀의 삶이었다. 그녀의 목적이었다. 세상에 어려운 사랑을 심는 것. 그녀는 사람들이 스스로는 할 수 없는 일을 도와주기 위해 그곳에 있었다.

"그냥 내 손을 이끌어 주기만 하면 돼. 나는 누구에게도 자비를 구하지 않아. 사람들이 어떤 식으로도 날 좋게 생각하길 원하지 않아. 내가 그럴 만한 짓을 했다고 말해 줘. 난 그냥 다시 밖에 나가지 않을 거야."

그는 다시 미소 짓고는 흐느끼기 시작했다.

"나는 슬픈 게 아니야. 나는 피곤해. 쉬게 되어서 행복해."

그는 칼을 목으로 가져갔다.

"내 손을 이끌어 줘."

그리고 스택스가 그의 뒤로 걸어갔다. 선셋은 무릎을 꿇고 앉았다. 칼날이 목에 바짝 닿아 있었다.

"사랑해."

그는 세상과 스택스와 그의 딸에게, 그가 아프게 한 모든 사람과 그를 아프게 한 모든 사람에게 말했다.

선셋 하클리스는 칼날을 잡았고 스택스는 그의 단단한 손가락을 잡았다. 선셋이 당기자 스택스는 그를 내버려 뒀다. 그가 칼날을 당겨 긋자 생명이 흘렀다. 그에게서 흘러나왔다. 그리고 스택스는 그 일이 벌어질 때 날을 잡지 않고 선셋의 가슴을 받쳐 안았다. 그가 원했던 건, 그에게 필요했던 건 누군가에게 안기는 것임을 알았기 때문이다.

최루 가스

"네가 선셋을 죽인 게 아니네?"

서워가 말했다. 스택스가 늘어져 있는 서워의 손을 꽉 잡자 서워도 힘을 주어 마주 잡았다. 진실을 듣는 것은 아팠으나 또한 잊어버렸던 이야기를 듣는 느낌이었다. 항상 알고 있었던 이야기.

"내가 죽인 거나 마찬가지 아닐까? 그를 구하지 않았잖아. 하지만 다른 누군가를 구했는지도 몰라. 내가 그러지 않았다면 누군가 죽었을 거야. 선셋은 자기가 뭘 상징하는지 알았어. 그리고 어떤 길을 선택했는지 사람들이 알길 바라지 않았지. 나는 그를 위해 비밀을 지키고 있었어."

"내가 이해할 수 없는 건……."

서워는 힘겹게 숨을 골랐다.

"네가 왜…… 네가 날 믿게 하려면 내가 뭐가 되어야 할까. 왜 날 믿지 않았어?"

시위대 무리에 발사되는 총탄의 소리, 그걸 쏘는 남자들이 진정하라고 말하는 소리가 들렸다. 군사 경찰이 농산물 시장 전체에 뿌린 최루 가스 때문에 모두가 울고 있었다.˙ 사람들이 몸으로 짠 벽 안으로도 가스가 내려앉아 앞을 보기 어려웠다. 숨 쉬는 것마저 고통스러웠다.

"우리의 새로운 방식대로 해 보고 싶었어. 너랑 다른 사람들에게 내가 무슨 짓을 했는지 보라고 하고 너한테 나를 용서하라고 요구하는 거야. 그리고 넌 용서했지. 그들이 그걸 봤으면 했어."

서워는 그녀가 말하는 '그들'이 시청자임을 알았다. 링크가 죽는 동안 팝콘을 먹은 사람들.

"네가 그 사람들 말고 나에게 신경 썼으면 좋겠어."

서워가 울면서 말했다. 시장에 남아 있는 거의 모든 사람들처럼.

"난 모든 걸 신경 써."

스택스가 말했다.

서워는 화를 내고 싶었지만 눈물과 그 순간 때문에 분노보다 훨씬 큰

---

* 질식성·독성, 또는 기타 가스 및 세균학적 전쟁 수단의 전시 사용 금지에 관한 의정서
 1925년 6월 17일 제네바에서 조인
 1928년 2월 8일 발효
 1974년 12월 16일 미 상원의 비준 권고
 1975년 1월 22일 미 대통령에 의해 비준
 1975년 4월 10일 프랑스 정부에 의해 비준 보증
 1975년 4월 29일 미 대통령에 의해 선포

전권 대사들은 각 정부의 이름으로 아래 서명한다:
전쟁에서 질식성, 독성 또는 기타 가스와 모든 유사한 액체, 물질 또는 장비의 사용이 문명 세계의 일반적인 의견에 의해 마땅히 비난받았으므로; 그리고
그러한 사용의 금지가 세계 패권국의 다수가 당사자인 조약에서 선언되었으므로; 그리고
이러한 금지가 국제법의 일부로서 보편적으로 수용되고, 각국의 양심과 실행을 동일하게 구속하도록 하기 위하여.

최루 가스는 '폭동 진압 작용제'로 간주되어 화학무기법에서 제외되었다. 그 결과, 전쟁 지역에서는 여전히 금지된 한편으로 도시의 길거리에서 경찰에 의해 시민에게 자주 사용된다.

뭔가가 느껴졌다. 그녀는 스택스의 목을 끌어당겨 이마에 키스했다.

"네가 그런 일을 해야만 했다는 게 유감이야. 선셋이 너한테 부탁한 게 유감이야. 내가 아니라 너한테 부탁했다는 게 유감이야."

스택스는 이 말을 듣고 숨 쉬려고 노력하며 서워의 손을 꼭 잡고 말했다.

"우리."

군중은 대부분 흩어졌다. 남아 있는 건 옹송그리고 모여 링크들을 보호하는 작은 무리 몇몇과 군사 경찰, 혼돈의 망토 아래에서 누군가를 때리는 것에 행복을 느끼며 특히 흥분한 팬들이 전부였다. 스택스와 서워를 둘러싼 시위자들은 기침했지만 함께 굳건히 서 있었다. 경찰은 탱크를 앞으로 굴리며 다시 한번 평화를 호소했다.

스택스는 몸을 바로 세우고 현장을 살폈다. 서워에게 진실을 말하는 것이 고통스러웠지만 다시 살아난 기분이었다. 그녀는 서워가 앞으로 일어날 일을 알고 있었다는 사실에, 그들의 최후가 그녀 혼자 짊어져야 할 비밀이 아니며, 지금껏 혼자 짊어지지도 않았다는 사실에 안도했다. 각자 비밀을 숨겼을 때도 그들은 하나였다. 그들은 운명이 엮은 한 쌍이었다. 다른 사람들이 절대 부인할 수 없는 사실이었다.

사람들은 서쪽으로 도망쳤고 경찰은 그걸 내버려 두는 것 같았다. 몇 사람의 등에 고무 총알을 쏘긴 했지만 경찰들은 공간을 정리하고 링크를 되찾는 데 훨씬 더 관심을 보였다. 다가오는 응급구조사들의 외침이 잦아드는 혼돈의 소리를 거의 삼켜 버렸다.

"다들 가 보는 게 좋을 것 같은데, 응?"

스택스가 말했다. 그녀는 카이의 어깨에 손을 댔다.

"다들 집에 가. 알았지?"

카이가 고개를 끄덕이자 사람의 벽은 빠르게 무너졌다. 스택스는 크게 기침하고는 미소 지었다.

"고마워."

마리가 팔을 아래로 뻗어 서워의 손목에 있는 선을 보았다. 서워의 몸에는 통제가 자리잡고 있었다. 그녀는 눈물이 고인 채로 기침하며 마리의 팔을 잡았다. 일어선 서워는 마리의 머리 위로 우뚝 솟았다. 그녀는 마리의 작지만 아주 부드럽지는 않은 손을 쥐고 따뜻하게 내려다보았다.

"고마워. 나한텐 큰 의미가 됐어."

마리는 그녀의 눈을 보고 말했다.

"감사합니다. 당신은 내 아버지를 알았어요. 샤…… 선셋이요. 그를 도와줘서 고마워요."

서워는 그녀의 말을 들었다. 선셋이 상상하고 희망하고 꿈꾸고 울던 젊은 여자.

"우리 모두 당신과 함께예요. 내 이름은……"

"마리사. 그가 언제나 네 얘기를 했거든."

서워가 말했다.

"알아요."

마리가 말했다. 스택스는 주의 깊게 보고 들었다.

그리고 그들은 서로를 놓았다.

스택스와 마리는 눈물이 가득한 눈으로 서로 시선을 맞췄다. 마리와 자기 아버지를 죽였다고 마리가 믿는 여자.

스택스가 말을 시작했다.

"나는……"

하지만 마리는 그녀가 더 말하기 전에 스택스에게 돌진했다.

"그게 뭐든, 괜찮아요."

마리는 스택스를 안았고 스택스도 마주 껴안았다. 그들은 울었다. 숨쉬기 어려웠지만 그들은 서로를 들이마시려고 노력했다.

총격 소리가 가까워졌고 통에 든 가스가 무리 가까이서 또 폭발했다.

"이제 다들 나갈 시간이야."

서워가 말했다.

"알았어요."

카이가 지켜보는 가운데 마리가 말했다.

"고마워요."

카이가 서워에게 말했다. 그녀는 스택스에게 고개를 끄덕였지만 아무 말도 하지 않았다.

그리고 갑작스러운 가족은 해산했다. 마리와 연합은 군사 경찰이 안내하는 방향으로 떠났다. 서워는 손목의 빛나는 선을 보았고, 그녀가 품었던 고뇌를 생각했다. 스택스가 어떻게 거짓말하고 또 거짓말했는지, 그리고 어떻게 그녀를 똑같이, 또는 더 사랑하는지 생각했다.

"한번 뛰어 볼까?"

서워가 말했다.

"네가 가는 곳 어디든, 난 갈 거야."

스택스가 말했다.

그들은 공기가 좀 더 깨끗해 보이는 곳까지 몇 미터를 걸어서 잔디에 앉아 군사 경찰이 대피하지 않은 사람들을 때리고 제지하고 다시 때리는 모습을 보았다. 그들의 손목은 곧 깜박이는 붉은 선 세 줄로 빛났다. 원한다 해도 많이 움직일 수 없다는 의미였다.

눈과 폐가 불타는 듯했다.

"이게 다 뭐람?"

서워가 잔해를 살피며 말했다. 군사 경찰 몇 명이 그들을 알아보고 다가오는 게 눈에 띄었다.

"우린 대단한 사람들이야, 알아?"

스택스는 서워의 어깨에 머리를 기대고 말을 이었다.

"난 여기 온 적이 있어. 여기 돌아오면 뭔가 느껴질 거라고 생각했어. 진짜 그러네, 생각처럼은 아니지만."

"어떤 느낌인데?"

서워가 눈을 감고 물었다.

"이곳이 내 집이 아닌 것 같은 느낌이야. 알잖아, 내 가족. 그 사람들은 내 생각 안 해. 더 이상 여기 있지도 않아. 한 명은 내가 안에 있을 때 죽었어."

"기억나."

"남은 한 명은 여기를 영영 떠났어. 딸이 살인자란 걸 아는 마을에서."

"다른 건?"

서워가 말했다. 몸은 굳어 있었다.

스택스가 잠시 멈췄다가 말했다.

"무섭지만, 또 자랑스럽달까? 이 모든 걸 좀 봐. 사람들이 내 말을 들었어. 그들이 우리 말을 들었어."

서워는 그들의 이름이 쓰인 대혼돈을 받아들였다. 어쩌면 그들은 들었을 것이다.

그녀가 웃었다.

"잠깐만, 저기 너희 어머니 아니야?"

서워가 시장 건너편을 가리키며 물었다.

스택스는 머리를 들고 사람들의 폐허를 내다보았다.

"꺼져."

그녀가 웃으며 말했다.

서워는 이런 순간에조차도 스택스를 웃게 만들 수 있다는 사실을 알게 되어 기뻤다.

"하지만 정말 여기 있다면? 뭐라고 할 거야?"

"이렇게 말할 거야. '엄마, 이 사람들은 날 사랑해. 엄마도 그랬으면 좋겠어.'"

스택스는 생각에 빠졌다.

"그 남자가 내 몸에서 뭔가를 뺏으려고 해서 그런 짓을 저질렀다고 말할 거야. 그다음엔 이렇게 말할 거야. '엄마, 사람들은 내가 사랑하는 여자를 내 손으로 죽이게 만들 거예요. 그게 인류 역사상 가장 위대한 엔터테인먼트 행사라고 생각하기 때문이죠.'"

경찰들이 시장에 아직 남아 있는 사람들에게 무차별적으로 전기 충격을 가했다. 사람들은 몸을 뒤틀며 쓰러졌다. 어떤 사람은 일어났고, 어떤 사람은 가만히 누워 있었다.

"왜 내게 말하지 않았어?"

"선셋이 가고 나서 옛날처럼 널 즐기고 싶었어. 네가 원했던 것처럼. 그리고 내심 이런 일이 다가오는 걸 알고 있었잖아. 우리처럼 좋은 건 여기 존재할 수 없어."

원하는 사람 대부분을 붙든 군사 경찰들이 스택스와 서워 쪽으로 향했다.

"네가 겁이 난다고 말했으면 좋겠어. 내가 겁이 나니까. 나에게 어떻게 할지 말해 주면 좋겠어."

서워는 말하며 울었다. 너무 많은 것이 한 번에 느껴져 그녀는 이미

---

* 테이저는 사람을 죽일 수 있다. 2020년 1월 4일, 뉴욕주 로클랜드군 스프링밸리에서 티나 데이비스는 경찰에게 살해당했다. 경찰들은 그녀에게 전기 충격을 가했고 그녀는 그 때문에 죽었다. 그녀의 이름은 티나 데이비스였다.

감정을 억누르려고 노력하는 중이었다. 살아남기 위해서는 조절해야만 했다. 모든 것을 조절해야 했다. 하지만 이번엔 날것 그대로를 전달했다.

"넌 우리가 뭘 해야 할지 알아. 넌 살 거야. 그리고 나도 살 거야."

"아니. 무슨 말인지 정확히 말해. 우리 어떡할까."

서워는 절박했다. 밴으로 끌려가기까지 몇 초밖에 남지 않았다.

"넌 우리가 뭘 할지 알아. 넌 그들에게 파괴당하지 않을 거야. 난 네가 다시 인플루언스를 당하게 두지 않을 거야. 넌 이미 답을 알아. 그러니까 네가 어떡할지 말해 줘."

스택스의 대답에 서워는 으스러지는 기분이었다.

"우린 서로 싸울 거야. 우린 노력할 거야."

"바로 그거야. 그리고 우리 엄마가 여기 있다면 지옥에나 떨어지라고 말할 거야. 그리고 나는 에너지요 파동이며, 선셋을 죽인 사람은 나라고. 그는 내가 알았던 최고의 사람 중 하나였다고. 그리고 나는 여기 이 여인을 사랑한다고. 나는 허리케인이라고."

군사 경찰이 그들을 일으켰다. 서워의 손목이 보라색으로 빛나며 양손이 강제로 다시 포개졌다. 서워는 자기 말고 다른 걸 붙들 수 있도록 하스 오마하를 들고 있었더라면 하고 바랐다. 그들은 이송용 밴으로 인도되었다. 서워는 걸으며 스택스의 몸에 어깨를 문질렀다. 스택스도 마주 문질렀다.

외팔 스콜피온 싱어 헨드릭스와 불사신 정글 크래프트의 전설

그는 밴에서 기다리며 그들이 이룬 전설에 대해 생각했다. 그들이 보낸 시간을.
"싱어, 준비됐어?"
운전사가 말했다. 싱어, 준비됐어. 싱어는 준비됐다. 싱어는 전혀 준비되지 않았다. 그것 모두 언제나 사실이 아니었던가. 남자의 말이 들렸지만 아직 기억을 돌이키는 중이라 그대로 앉아서 그곳에 도달하기 위해 그들이 어디를 헤쳐왔는지 생각했다.

그 첫날 밤 스콜피온 싱어는 기이한 일을 했다. 그는 멀리 있는 나치 한 명의 시신을 두 번째 나치의 시신 쪽으로 끌어와서 그 둘이 영원히 함께 쉴 수 있게 했다. 입장이 바뀌었더라면 나치들은 그런 망가진 품위를 싱어에게 베풀지 않았을 것이다. 곧 프로듀서들이 시신을 수습할 테니 묻을 필요는 없었다.
태양이 다시 한번 하늘을 알아갈 때쯤 싱어는 싱 아티카 싱 체인 대부분을 학살한 남자에게로 향했다. 그는 벨스와 레이저가 지녔던 힘을 상징하는 텐트에서 잠들어 있었다. 싱어는 명성을 얻게 해 준 길고 날카로운 죽음의 흑요석, 스피너 블랙을 손에 쥐고 머뭇거리며 들어섰다. 창날이 그보다 앞서 방을 보았다. 그는 날카로운 끝을 크래프트의 목에, 목젖 근처에 가져다 댔다.

"넌 여기서 잘 수 없어."

싱어는 남자의 어깨를 차고 그가 벌떡 일어날 때 찔리지 않도록 날을 거뒀다. HMC의 눈 세 개가 그 자리에 빛을 던지면서 서로가 지금 벌어지는 일을 더 잘 찍도록 도왔다. 싱어는 침착하고 낮은 목소리를 유지했다.

"저쪽 건너편이나 밖은 괜찮지만 여기는 안 돼. 마치까지는 몇 시간 안 남았지만, 이 텐트는 네 물건이 아니니까 여기서 잘 수는 없어."

크래프트는 눈을 깜박여 옅은 잠기운을 날려 보냈다.

"네, 선생님."

크래프트는 몸을 일으켜 이른 새벽 속으로 나아갔다. 그는 이레이저 한 명의 것이었던 텐트를 찾아 안으로 사라졌다. 싱어는 큰 텐트 안에 몇 분 더 서서 벨스와 레이저, 에이티를 생각했다. 그들은 에이티가 자주 하던 말처럼 나쁜 사람들로 이뤄진 좋은 가족이었다. 그는 너무나 빨리 그들이 그리웠다. 지독하게 그리웠다.

"주여, 어째서?"

싱어는 밖으로 나가 불과 몇 걸음 떨어진 더 작은 텐트로 향했다.

그날 아침 늦게 싱어는 젊은 태양과 이슬에 젖은 잔디가 있는 밖으로 다시 나가 하늘을 보았다. 푸른색과 하얀색을 보니 몸이 뭉게구름을 한 입 먹고 싶어 하기라도 하는 것처럼 침이 고였다. 하지만 곧 드론이 식사 박스를 가지고 나타났다. 그는 캠프 중앙에 있는 오래전에

꺼진 모닥불을 건너다보았다. 크래프트는 거기 있었다. 다리를 쭉 뻗고 꼿꼿이 앉아서. 싱어를 본 그의 얼굴에 환한 웃음이 스쳤다가 사라졌다. 스피니퍼 블랙을 가지러 텐트에 들렀다가 나온 싱어는 크래프트가 자세를 바로잡는 모습을 보았다. 싱어는 그에게로 걸어가 중앙의 재를 사이에 두고 맞은편에 앉아 물었다.

"네가 어디 있는지 알아?"

크래프트의 매끈한 얼굴은 깔끔하게 면도한 채였다. 빛이 비치자 눈이 회색에서 푸른색으로 바뀌었다. 그의 창백한 피부는 오랫동안 태양 아래 나가지 않은 것처럼 윤기 없고 무력해 보였다. 그는 벨스와 레이저와 이레이저들을 죽인 칼날을 손에 차고 있었다.

"네, 선생님."

"안다고, 응? 이게 뭔지 알아? 여기가 어디야?"

"여긴 지옥입니다."

싱어는 자기도 모르게 웃었다. 크래프트도 웃었다. 그의 눈은 죽어 있었고, 곧 웃음도 죽었지만.

"이미 말했던 것 같기는 한데 너 누구야? 넌 네가 누구라고 생각해?"

"저는 개새끼 강간범 인간 말종입니다."

싱어는 남자를 보았다. 싱어가 만족스러워하지 않는다는 걸 확실히 알아차린 크래프트가 다시 말했다.

"저는 사이먼 J. 크래프트입니다."

"사이먼 J. 크래프트. J는 뭐의 줄임말이야?"

싱어는 햇빛을 가리고 멀리서 음식의 함대가 날아오는 모습을 보았다. 크래프트가 답하지 않자 싱어는 한 번 더 물었다.

"J는 무슨 뜻이야?"

싱어는 남자를 돌아보았다. 그의 시선은 뭔가를 찾듯 흩어졌다. 눈동자가 왔다 갔다 빠르게 움직이더니 일어섰다가 조용히 다시 앉았다. 싱어는 발 딛는 자세를 신중하게 바꾸고 창을 쥔 손에 힘을 주었다.
"신경 쓰지 마. 정글이나, 뭐 네가 좋은 걸로 하지."
크래프트의 얼굴에 짧게 편안함이 스쳤다. 그 편안함은 거슬리는 웃음으로 깨졌다. 웃음은 찾아올 때만큼이나 빠르게 사라졌다.
"정글은 어쨌든 거친 남자에게 어울리는 이름이니까."
싱어가 말했다. 첫 번째 드론이 크래프트 뒤에 상자를 떨어뜨렸다. 크래프트는 번개 같은 움직임으로 돌아서서 상자를 내리쪘다.
"어이, 거친 친구. 그만둬."
크래프트는 움직임을 멈췄다. 싱어는 상황을 주시하며 뭐가 뭔지 생각했다. 크래프트의 드러난 가슴에는 오렌지주스 방울이 맺혔고 손등을 덮은 칼날에는 빨은 옥수수죽이 번들거렸다.
"날 봐, 정글 친구. 내 이름은 헨드릭스 싱어야. 그리고 지옥의 이번 층에서는 내가 너의 감독관이 될 거야. 이해했어?"
"네, 선생님."
크래프트는 검은 창을 흘깃 보고 다시 싱어를 보았다. 그러나 그는 언제나 다시 창으로 눈을 가져가는 듯 보였다.
더 많은 상자가 주위에 떨어졌다.
"첫 번째 가르침은 어떻게 너의 아침을 학살하지 않고 먹는가 하는 거야. 그건 매일 아침 이 시간쯤 서킷에 배달돼."
싱어는 오지 않을 웃음을 기다렸다. 그는 친구들의 유령을 상상했다. 그들이 그가 왜 이 남자를 돕고 있는지 이해해 주길 바랐다. 그들이 저세상에서 증오를 넘어선 곳에 있길 바랐다. 싱어가 앞에 있는 이 남자를 증오하면서도 책임감을 느낀다는 사실을 그들이 알기를.
싱어는 스스로를 이해할 수 없었다. 그저 이 남자가 자신이 지닌 힘에도 불구하고 무력해 보인다는 사실만 알았다.

"이해했어, 정글맨?"

크래프트는 아무 말도 하지 않았다.

"걱정하지 마. 이해하게 될 거야."

그들은 첫 전투에서 질 것으로 예상됐다.

"저쪽 끝에 두 남자가 있을 거야."

싱어는 경기장 게이트가 열리길 기다리며 설명했다.

"날 따라와, 그리고 결박이 풀리면 공격해. 여기서는 죽여도 돼. 여기서는 죽여야 해. 두 명이 있을 거야. 우리 두 명 대 그들이야."

보통 군중이 내지르는 함성을 들으면 배가 부글거렸지만, 이 남자가 살아남을 수 있도록 가르치는 데 집중하니 어쩐지 침착해졌다. 크래프트는 웃었고, 그리고 웃지 않았다. 그러고는 다시 웃었고, 그리고 웃지 않았다. 그리고 할지라도 긴장한 게 분명했다. 정글맨조차도 공포를 품을 수 있었다.

"내 말 들어. 저기 나가서 내가 아닌 사람을 보면 그들을 죽이는 거야. 이해했어? 나, 절대 공격하지 않는다. 그들, 죽인다."

"이해합니다."

"좋아, 넌 괜찮을 거야."

배틀그라운드의 진행자가 유언을 묻자 싱어는 말했다.

"내 옆에 있는 남자를 어떤 존재로 만들었는지 당신들이 자랑스러워했으면 좋겠네요."

그리고 그는 노래했다.

"그건 키다리 존……."

크래프트에게 마이크가 넘어가기 전까지.
"사람들이 당신을 정글 크래프트라고 부르는 걸 아나요, 선생?"
하늘에 있는 금발 남자가 물었다.
"제 이름은 사이먼 J. 크래프트입니다."
"그렇게 들었어요."
아나운서가 웃으며 말하자 수천 명이 같이 웃었다. 그리고 결박이 풀렸다.

싱어와 크래프트는 텔레파시로 의사소통하고 있는 것처럼 동시에 움직였다. 그들은 경기장 반대편에서 쇠사슬을 휘두르고 있는 거대한 남자들, 볼더 형제를 향해 달렸다. 가까워지자마자 싱어를 향해 쇠사슬이 날아왔다. 그는 그것을 창으로 막은 뒤 볼더 형제가 다시 끌어당길 수 없도록 밟았다. 형제가 끙끙대며 무기를 회수하려 노력하는 동안 다른 쪽은 크래프트에게 쇠사슬을 날렸다. 크래프트가 앞으로 구르자 쇠사슬은 완전히 빗나갔다. 그 뒤 크래프트는 상대의 팔을 그어서 몸에서 거의 완전히 절단했다. 첫째는 목이 잘릴 때까지 비명을 지르다가 쿵 쓰러졌다. 나머지 한 명은 싱어의 발밑에서 쇠사슬을 간신히 빼내 자기 머리 위로 휘둘렀다. 더 다가오지 못하게 하기 위해서였다. 크래프트는 빈틈을 노리며 몸을 낮추고 유심히 지켜보며 기다렸다. 볼더는 크래프트에게 시선을 고정했고 싱어는 사슬 밑으로 수그린 채 들어가 거리를 좁혀 남자의 겹쳐진 턱밑을 찔렀다.

군중은 함성을 질렀다. 외팔 헨드릭스 싱어와 정글 크래프트의 전설이 탄생했다.

짝이 지어지고 여러 달 뒤, 긴 마치를 하는 동안 헨드릭스 싱어는 노래에도 질린 듯했다. 나라 전체가 그들의 이름을 알았다. 그들은 수

많은 경기장에 함께 갔다.

"어쩌다 내 몸뚱아리가 이렇게 비대칭이 됐는지 알아?"

싱어는 바싹 구워진 땅을 가로질러 걸음을 옮기며 물었다. 더운 날이었다. 싱어는 매번 마치 전에 크래프트를 확실히 준비시켰다. 전투 전에는 그를 위해 블러드 포인트를 관리했고, 보호구와 무기를 돌봤으며 식사를 도왔다. 일정한 루틴이 자리잡았다. 아직도 종종 갑자기 울음이나 웃음을 터뜨리기는 했지만, 크래프트는 대부분 침묵하며 해야 할 일을 했다. 하지만 싱어의 질문에 크래프트는 멍하니 마주 볼 뿐, 아무런 말도 하지 않았다.

"정글, 내가 어떻게 팔을 잃었는지 알고 싶냐고 묻는 거야. 알고 싶어?"

"당신이 팔을 잃었다고요?"

그리고 싱어는 다음 삼 킬로미터 동안 웃었다.

같은 날 밤 그들은 어디인지 모를 곳의 열기 안에서 함께 땀 흘리며 앉아 있었다. 싱어는 손을 휘둘러 모기를 쫓았고 크래프트는 열심히 칠면조 버거를 해체하고 있었다.

"넌 어떻게 된 미친놈이야? 나도 인플루언스당한 사람들을 몇 명 알았는데……."

크래프트는 버거를 떨어뜨리고 빌기 시작했다.

"제발, 죄송합니다. 죄송합니다."

싱어는 울고 있는 크래프트를 보았다. 몇 분간 길게 그를 보았다.

"알았어, 알았어, 정글. 힘내, 인플루언스 걱정은 안 해도 돼, 알았지?"

"네, 선생님."

크래프트가 말했다. 그러고는 먼지투성이 땅에서 버거를 집어 들고 계속 먹었다.

"좋아, 젠장, 나한테 뭣 좀 물어봐. 난 목소리가 있으니까, 젠장, 어서."

"어떻게 팔을 잃게 되셨죠?"

크래프트는 입 안에 뭘 가득 물고 말했다.

싱어는 고개를 뒤로 젖히고 떠오르는 달에, 그의 위에 있는 앵커에, 그의 삶에, 이 나라에, 그들 둘을 지금의 꼴로 만든 세상에 대고 새로이 웃었다.

그가 '불사신'으로 알려지게 된 이야기는 이렇다.

마치에 나선 지 채 한 시간도 되지 않아 헨드릭스 싱어는 수다를 떠는 목소리들을 들었다. 서킷에서 낯선 사람의 목소리는 죽음이 불과 몇 분밖에 떨어져 있지 않다는 뜻이었다. 멜레를 두 번 겪었지만 구석에 서 있기만 했다. 두 번 다 벨스가 시작하자마자 남자 하나를 토막 내서 바로 끝내 버렸다.

"정글. 잠깐 움직이지 마."

크래프트가 멈췄다.

"가방을 열어서 볼트 가죽으로 팔을 감싸."

앵커가 앞에서 더 빨리 움직이기 시작했다. 크래프트가 복종했다.

"머리카락이 눈에 안 들어가게 뒤로 묶어."

싱어는 겨드랑이에 스피니퍼를 끼고 입으로 손목에서 땀 흡수 밴드를 벗어 크래프트에게 주었다.

"빨리 움직여, 뒤처지면 안 돼. 앵커에 끌려가지 마."

그들은 앞으로 움직이며 준비했다. 크래프트가 만족스럽게 준비되자 싱어는 다시, 하지만 조용히 말했다. 라제스 스테이트 펜 체인이 이미 그들을 보고 있었다. 그 체인에는 건강한 여덟 명이 있었다.

체인들의 앵커 둘이 공중에서 만났다.

삼십 초 후에 멜레가 시작됩니다.

"J, 오늘은 그 어느 때보다 열심히 싸워야 해. 내가 아닌 모든 사람들이 너를 죽이려고 들 거야. 이해해?"

"이해합니다."

"자 그럼, 이게 지옥에서 우리의 마지막 날인지 보자고."

"아닐 겁니다."

라제스 스테이트 펜 체인에서 계급이 가장 높은 요커 스태시캐시는 한 손에 클레이모어 대검을, 다른 손에 떠오르는 태양과 달리 표시가 있는 방패를 들고 있었다.

"어떻게 하고 싶어, 친구?"

스태시캐시가 말했다. 그는 머리가 벗어졌고 온몸이 근육질이었다. 체인의 나머지 링크들도 강해 보였다.

멜레까지 십, 구, 팔……

"누구든 너희들이 고르는 사람이랑 일대일로 붙을게."

"아니, 공정한 일대일 같은 건 거절하지. 저 야만인을 죽이게 해 줘."

멜레를 시작합니다.

"쓸데없는 얘기 할 거면 대화는 관둬."

싱어는 건너편으로 소리쳤다.

멜레를 시작합니다.

"야만인을 죽이게 해 줘. 우린 널 가지고 놀 거야, 싱어, 내 사람들이 널 가지고 놀 거라고."

스태시캐시가 말했다. 그리고 싱어는 여덟 남녀를 넘겨다보았다. 아주 잘 무장하진 않았지만 방망이와 클레이모어 대검, 창, 해머, 칼이 있었다.

"거절한다."

싱어가 말했다. 그러고는 크래프트를 보고 속삭였다.

"다 죽여 버려, 정글맨."

크래프트는 달리기 시작했고, 싱어는 바로 뒤따랐다.

한 사람만 죽어도 멜레가 끝나는 것이 규칙이다. 그것이 모두 끝났을 때 사이먼 크래프트는 오른쪽 복부에 얕은 자상을 입었고 헨드릭스 싱어는 어딘가를 삐어서 캠프까지 가는 나머지 길을 절뚝거려야 했다. 사라진 팔에 연결된 어깨를 얕게 베여 피도 흐르고 있었다. 그러나 두 남자는 라제스 스테이트 펜 체인의 누구도 살려 두지 않고 전장을 떠났다.

크래프트 이후 싱 아티카 싱 체인에는 새로운 링크가 한 명도 합류하지 않았다. 몇 달이 지났다. 그들끼리만 세상을 여행할 운명인 느낌이었다. 싱어는 그것이 싱 아티카 싱 CAPE 프로그램 부서를 대상으로 제기된 진행 중인 소송 때문인지는 전혀 몰랐다. 체인에서 보인 사이먼 제러마이아 크래프트의 정신 상태를 보면, 프로그램에 참여하기로 서명했을 때는 정신이 건강했다는 기관의 입장이 의문스럽다는 소송이었다. 이 사건은 심리를 기다리고 있었고, 이것이 해결되기 전까지 새로운 링크가 체인에 추가될 수 없었다. 그래서 둘의 전설은 둘만의 것으로 남았다.

그들은 그날 마치를 끝내고 불 앞에 앉았다. 한 해가 넘게 그들은 외팔 스콜피온 싱어 헨드릭스 영과 불사신 사이먼 정글 크래프트였다. 그들은 만났던 곳에서 아주 먼 곳, 혹은 어쩌면 전혀 멀지 않은 곳에서(서킷은 어디로도 향하지 않는 곳이었고 가끔은 같은 자리를 돌기도 했

다) 서로 마주 보고 앉았다. 싱어는 크래프트에게 앞으로 와서 앉으라고 했다.

"네 울버린 하나 벗어서 줘 봐, 알았지? 여기 딱 앉아."

그리고 크래프트는 그렇게 했다. 그는 돌이 많은 땅에 앉았다. 그날 마치 끝에 다다른 곳은 물과 가까운 어느 넓은 땅이었고, 파도를 볼 수는 없었지만 밤에 밀려오는 밀물 소리는 들렸다.

"그거 나한테 줘."

싱어는 긴 이중 날을 손가락으로 잡았다. 크래프트의 피부는 여행 탓에 그을렸지만, 그의 손에서 무기를 차는 부분은 처음 등장했던 피비린내 나는 날과 마찬가지로 창백했다. 두꺼운 선이 있는 듯했다.

싱어는 무기를 응시하더니 칼날을 허벅지에 놓고 손잡이 사이로 손을 넣어 크래프트처럼 착용했다. 크래프트는 그의 다리 사이에 앉아 불을 들여다보고 있었고, 싱어는 그루터기에 꼿꼿이 앉았다.

"준비됐어?"

"네, 선생님."

싱어는 목덜미까지 막 자란 크래프트의 머리카락을 당겨 고개를 부드럽게 젖혀서 목 부분을 드러냈다. 이어서 크래프트의 목에 칼날을 가져가 제멋대로 소용돌이치는 털을 조심스럽게 깎기 시작했다. 그는 면도하면서 노래를 불렀다.

"난 너희 둘에게 큰돈을 걸었어."

운전사가 말했다. 그는 속도를 늦췄다. 그들의 손목은 여전히 푸른색이었다. 남자는 침묵당한 사람들 사이에서 혼자 말하며 신이 된 느낌이었다.

"너희를 응원할 거야."

운전사는 자신이 보기에 우리가 죽은 목숨이라는 걸 알려 주고 싶어 했지만, 동시에 우리가 세상을 놀라게 하기를 바랐다. 외팔과 불사신. 전에도 세상을 놀래킨 적이 있으니 다시 하지 못할 이유가 없다.
"너희를 응원하는 사람들이 많아, 그걸 기억해."
밴은 속도를 늦췄고 나는 이미 잊었다. 내가 기억하는 것은 무겁고 나에겐 공간이 없었다.

배드 워터

서워는 배드 워터와 뒤쪽 비좁은 공간에 억지로 처박혔다. 군사 경찰은 혼란이 터진 것에 대해 벌이라도 주는 듯 서워를 스택스에게서 떼어 놓았다. 경찰차 뒷좌석의 아크릴판에 무릎이 눌린 채였다. 월터 배드 워터가 그녀를 응시하고 있었다.

"나 안 울어."

서워는 울면서 말했다.

"안 우는 거 알아."

배드 워터는 그렇게 말하고 다른 앙골라 해먼드 체인의 링크들이 비슷한 차에 쑤셔 넣어지는 동안 창문을 내다보았다.

서워는 스택스가 어디 있는지 정확히 볼 수 없었다. 그녀는 그들이 영원히 헤어질 시간이 얼마나 가까워졌는지를 생각했다. 너무나도 심하게 울어서 차가 도로를 달릴 즈음에는 몸이 떨리고 있었다.

"난 여기 있어서는 안 돼."

서워가 슬픔의 소리를 억누르는 가운데 배드 워터가 말했다.

"내 M은 거짓말이야. 이 모든 게 시작되기 전에는 아무도 죽인 적 없어."

가슴에서 피 흘리던 슬픔에서 서워의 정신이 펄쩍 물러났다. 그녀는 잠시 아무 말 하지 않다가 이윽고 말했다.

"왜 서명했어?"

답이 뻔한 질문이었지만, 원래 하던 생각을 잊고 싶어서 서워는 대화를 이어 갔다.

"나는 무죄였고, 피곤했어."

그들은 모두 너무 피곤했다.

서워는 배드 워터를 보았다. 그는 확실히 곧 죽을 것이다. 이미 조금 살해당했다. 배드 워터가 거니와 친해졌고, 여기서 살아남을 의지가 없었기 때문에 서워는 그를 무시해 왔다. 그가 이 게임에 너무나 어울리지 않아 구역질이 났다. 그가 자신이 이 게임에 부적합하다는 사실을 단호하게 드러내고 있다는 점은 존경스럽기도 했다. 하지만 그가 배틀그라운드에서 네 번이나 승리하며 비틀비틀대면서 어쩐지 여기까지 왔다는 사실은 그녀의 모든 것에 대한 모욕이었다.

"난 달라. 내 M은 사실이야. 난 누군가를 죽였어. 버네사라는 이름의 여자였지. 그녀는 아름답고 사랑스러웠어. 내가 그걸 파괴했어."

그들은 잠시 조용했다가 배드 워터가 말했다.

"난 스택스가 그걸 하는 걸 봤어. 블랙아웃 때. 멀리 있었지만 나한테는 보였어."

서워는 아무 말 하지 않았다.

"선셋이 원했어. 난 알 수 있었어. 그가 한 일이야. 그냥 그녀가 도와주길 바랐던 것 같았어. 스택스는 아무것도 안 했어, 거의."

"고마워."

서워가 말했다. 세상이 그들의 창밖으로 달려 지나갔다.

"넌 왜 서명했어?"

배드 워터가 물었다. 그들이 나눈 이야기는 이 대화가 거의 전부였다.

"왜냐하면, 나는……"

서워는 이 질문에 그녀가 답했던 모든 거짓말을 생각했다. 그리고 모두의 진정한 대답은 같은 것을 조금씩 다르게 표현했을 뿐이라고 생각했다.

"나는 엄청나게 고통받고 있었어."

서워는 배드 워터를 보았다. 스택스의 고향이 그의 뒤로 미끄러져 갔다. 그녀는 그의 얼굴, 까칠한 턱, 맑은 눈을 보았고, 그의 튼 입술이 말려 올라가며 미소 짓는 것을 보았다. 그는 웃기 시작했다. 더 심하게, 더 심하게.

서워는 그를 보았다. 서워도 미소 지으며 작은 웃음을 기침처럼 내뱉었다.

"그래."

그녀가 말했다.

그리고 그들은 나머지 길을 달렸다. 가끔 웃고, 가끔 조용하게.

리저널

 서워는 리저널 호텔에 있는 그녀의 방에서 피부에 묻은 최루 가스를 씻어 냈다. 샤워를 한 후 욕조에 몸을 잠깐 담그고 따뜻한 물 속에서 긴장된 근육을 풀었다. 그 뒤에는 해머 그림이 있는 실크 잠옷으로 갈아입고 무료 스트리밍 콘솔로 가서 이전의 전투 영상을 보며 준비했다. 모두 의식대로였다.
 먼저 그녀와 스택스가 이틀 뒤에 함께 맞설 남자들이 치른 옛 경기를 보았다. 전투가 발표됐을 때부터 그랬던 것처럼 그들을 연구하며 시간을 보냈다. 이전의 적들과는 전혀 다른 상대였다. 더 구체적인 전략이 필요했다. 서워는 고심하며 유니콘 라신과 치렀던 경기로 화면을 돌렸다. 서워는 자신이 유니콘 라신을 살해하는 모습을 보았고, 그 후 관중들이 자신에게 준 열정을 빨아들이는 모습을 보았다. 서워는 마스터 스위트룸에 앉아 어떻게 그 아카이브 속의 사람이 될 수 있는지를 기억했다. 그녀는 그때 다리를 거의 절지 않았다. 영광은 놀라운 마취제였다.
 그녀는 예전에 그녀였던 사람의 기억을 보고 있었다. 그녀였던 사람. 더 이상 맞지 않아서 벗어 버린 사람. 지금 있는 곳에 그녀를 데려다 놓았고, 그녀가 자주 증오하는 사람.

"난 널 사랑해."

서워는 기억에게 말했다. 그리고 스트리밍을 껐다. 입에서 나오는 그 단어들은 맥이 빠진 듯했다. 스스로에 대한 분노가 언제나처럼 거기 있었다.

"너 자신을, 네가 누구였는지를 보고 그 사람을 어떻게 여기는지 생각해 봐. 넌 스스로에게 친절해야 하고……."

안에 있던 시절에 친구가 된 박사가 한 말이었다. 그런 여자와 감방 동료가 된 것은 축복이었다. 패티는 그렇게 부드러웠으면서도 다른 수용자들에게 무너지지 않았을 만큼 강했고, 많은 수용자가 그녀를 존경했다. 그녀는 기초 과학 수업을 가르치고 개인 교습을 해 주었는데 서워는 과학을 배울 마음이 없으면서도 거기 앉아 있었다. 한 여자가 세상에 대해, 몸에 대해, 무엇이 그들을 움직이게 하는지에 대해 그토록 많이 안다는 사실이 흥미로웠다. 소문으로는 패티 박사는 몇 년 전 자기 실험실을 불태웠다는 모양이었다. 안에서 패티는 온화했고, 수많은 다른 여성들이 조언이 필요할 때 찾는 사람이었다. 서워는 그런 쪽으로 대놓고 패티를 찾지는 않았지만, 서워가 어느 날 저녁 감방의 이층 침대에서 울고 있을 때 박사가 서워에게 말을 건 이후 그들의 우정은 달라졌다.

"고마워, 로레타."

패티 박사가 말했다.

서워는 아무 말 하지 않았다.

"넌 나한테 매우 친절했지. 내가 잘 지낼 수 있게 돌봐 준 거 알아. 고마워. 넌 좋은 사람이야, 로레타."

"아니야."

서워는 눈물을 삼켰다.

서워는 감옥의 혼란스럽고 골치 아프고 지속적인 소음 말고 달리 들을 것이 있길 바라며 숨을 참았다.

"넌 물론 좋은 사람이야."

박사는 카리브 출신임이 드러나는 말투로 말했다.

"그리고 할 수 있다면, 넌 너 자신이었던 사람들을 돌아봐야 해. 매일 밤 너를 울게 하는 사람들 말이야. 그리고 그들 역시 사랑이 필요한 사람이라는 걸 기억해야 해. 내 말 이해하겠어?"

그때는 이해하지 못했다. 서워는 너무 외로웠고, 어떤 종류의 선함에서도 완전히 동떨어져 있었다.

"내 말……"

"그녀는 살인자야. 그때의 나, 그 여자는 내가 가장 좋아하는 사람을 죽였어. 난 그녀를 사랑하지 않고, 그래서도 안 돼."

"난 너한테 그래야만 한다고 말하고 있어, 친구. 로레타. 그리고 너를 그렇게 울리는 사람이 되기 전에 있었던 작은 소녀도. 그녀도 사랑해 줘. 이제까지의 너를 모두 사랑해 줘. 난 그게 유일한 길이라는 걸 배웠어."

"그리고 우린 여기 있지."

"맞아, 여기 있어. 그리고 넌 과거로 돌아가서 너 자신을 증오하면서 시간을 보내고 있지. 그건 다 헛된 일이야. 난 알아."

"그래."

"이걸 좀 봐."

서워는 내려다보았지만 그녀의 침대 옆으로 뻗은 박사의 다리 말고는 아무것도 보이지 않았다.

"보고 있어?"

"응."

"난 다리를 자해했어."

그리고 서워는 볼 수 있었다. 이전에 힐끗 보았을 때도 알아차렸지만 크게 생각하지 않았다. 다리를 완전히 도배한 흉터와 상처가 이룬 모자이크. 그녀가 볼 수 있었던 박사의 무릎과 은빛 허벅지와 전혀 다른 색이었다. 차가운 회색 감방에서 서워는 박사가 겪은 고통의 증거를 받아들였다.

"내가 왜 이랬다고 생각해?"

서워는 아무 말도 하지 않았다.

"나는 내가 통제할 수 없었던 것들 때문에 나 자신을 증오했어. 나는 더 잘하지 못해서 스스로를 증오했어. 나를 증오한 건……"

"우린 같지 않아. 난 통제할 수 있었어. 나에겐 선택권이 있었어."

"그래서 뭐? 난 이 한 가지는 타협하지 말아야 한다는 걸 오래전에 깨달았어. 너는 한때 너였던 모든 사람을 사랑하고 더 나아질 기회가 있길 바라야 해."

박사는 다리를 다시 자기 침대로 끌어당겼다.

"넌 하늘만큼 땅만큼 스스로를 증오할 수 있지만, 그래서 어떤 느낌이 드냐는 거야. 너 자신에게 '사랑해.'라고 말하고 어떤 일이 일어나는지 지켜봐."

"거짓말하는 거잖아."

"전에는 그보다 더한 짓도 했잖아."

나중에 서워가 인플루언스될 거라는 사실을 듣고 박사는 울었다. 그리고 서워가 감방에 돌아오자 꼼꼼하게 검사하듯 물었다. 서워에게 눈을 움직여 보라고, 이쪽저쪽으로 몸을 뻗어 보라고 요구했다. 웃으라고, 찡그리라고.

"지금 느낌이 어때, 로레타?"

"나는……."

말을 시작했지만 서워는 넋이 나가 버렸다. 그녀가 고통이라고 생각했던 것은 그저 싸구려 모조품일 뿐이었다. 그들이 구덩이라고 부르는 가로세로 이 미터의 감방에서 그녀는 진짜를 발견했다. 그것은 여전히 그녀 안에 뜨거웠다. 그녀가 벗어나야 할 공포였다.

"그걸 또 하겠대."

"로레타, 정말 미안해. 정말 미안해."

박사는 검진을 계속해 나가면서도 울었다. 그녀는 어떤 인지적인 변화라도 느끼면 알려 달라고 했다. 기분이 바뀌면. 변화가 있었다. 그녀는 새로운 절망감을, 끝내고 싶은 욕구를 느꼈다.

"나 떠나."

서워는 다음 날 아침 박사에게 말했다. 박사는 말리지 않았지만, 서워는 그날 밤과 다음 날 밤 내내 입을 막고 우는 소리를 들었다.

호텔은 리저널이라고 불렸고 올드 테이퍼빌보다는 앞으로 싸우게 될 도시와 더 가까웠다. 허브 시티에서 보내는 첫날 밤은 놀고 쉬는 밤이었다. 링크들은 경비가 삼엄한 구역에 머물렀다. 서워와 스택스는 지위가 높은 덕에 보통 밤을 함께 보내도록 허락됐고, 방은 언제나 붙어 있었다. 서워는 맨 구석이었고, 스택스는 가능한 바로 옆의 방을 받았다.

리저널에 차가 서자 수갑이 녹색으로 풀렸다. 링크들은 개인별로 방으로 안내됐다. 서워는 킹사이즈 침대와 매니저가 쓴 정중한 메모가 부착된, 얼음에 든 샴페인 한 병이 있는 자기 방으로 안내됐다. 자신의 옛 경기를 본 후, 그녀는 홀로 컴퓨터 단말기의 메시지 폴더에 로그인하기로 했다. 몇 달간 적극적으로 무시하던 것들이었다.

LT에게,
당신 덕분에 제가 매일 움직인다고 말하고 싶어서요. 난 직장에서 나쁜 년들을 상대해야 할 때, 헬스장에서 무게를 칠 때 당신을 생각하고, 당신은 말 그대로 모든 순간에 영감을 줘요. 당신이 위대한 자유를 얻는 날이 너무 기다려지네요. 그날은 국경일로 지정돼야 해요. 내가 당신과 스택스와 함께 시간을 보낼 수 있으면 좋겠어요. 당신의 다음 모든 것을 기대합니다. 당신이 뭔가 하는 걸 보면 나는 이렇게 돼요.
[1개 이미지 첨부]

사랑을 담아,
W

안녕, 미스 서워.
당신의 지난 전투가 쉽게 끝나서 기뻐요. 어떤 사람들은 화를 냈지만 난 전혀 그렇지 않았어요. 멜랑콜리아 비숍 이후로, 당신은 분명히 내가 제일 좋아하는 링크가 됐어요. 난 당신의 가장 열광적인 팬 중 하나일 거예요. 학교에서 토론이 벌어지면 난 절대 지지 않아요. 왜냐하면 레이븐 웨이즈, 허리케인 스택스, 플라이롤라 햅스, 퀘스트 퀘스트 소스, 심지어 불사신 정글 크래프트와 싱어하고 한꺼번에 싸워도 당신이 이길 거라고 생각하니까요. 난 당신이 그 정도로 훌륭하다고 생각해요. 읽어 줘서 고마워요. (사람들이 이상한 걸 보내서 당신이 편지를 대부분 읽지 않는다는 걸 알고 있지만요.)

당신은 쩔어요,
랜디 L

서워에게.
물론 이런 말을 많이 듣겠지만, 당신은 전설이에요. 당신이 존재한 덕분에 이 지구가 밝아졌어요. 지지와 사랑, 힘을 보냅니다. 그리고 당신이 이런 걸 좋아하지 않는 건 알지만, 어쩌면 내가 이것도 보내 주길 원할지도 모른다고 생각했어요. 헤헤 ;)
[1개 이미지 첨부]

당신의,

A. 그로어

로레타에게.
내가 가장 좋아하는 당신의 전투는 유니콘과의 전투예요. 당신이 그 싸움에서 전환점을 돌았다고 생각해요. 무서웠나요? 틀림없이 그랬겠죠. 그게 당신이 하는 모든 일이 멋진 이유예요. 무서울지라도 해내잖아요. 당신은 끝까지 해내요. 난 그때의 서워가 그리워요. 열정 넘치는 블러드 마더가요. 당신은 이제 조금 지루해지고 있어요. 싸울 때는 재미있지만 그게 다예요. 당신은 위대한 자유까지 살인이 두 번밖에 안 남았죠. 그것들을 특별하게 만들고 싶지 않나요?

걱정하는 팬이 보냄.

미스 로레타 서워.
사악함의 마음은 기민하고 교활하오. 나는 그대가 옳은 쪽으로 한 발 나아가고 그대가 새로이 만든 죄인의 마음을 버리길 간청하오. 하나님께서 완벽하게 빚어내신 생명을 빼앗은 것은 그렇다 칩시다. 그러나 계속해서 창녀로서, 부정한 여자로서 살다니? 그것은 하나님에 대한 모욕이오. 하나님께서는 그대가 지닌 명성을 이용해서 동성애자 문제를 발전시키는 걸 보고 슬퍼하고 계시오. 그것은 우리 모두에게 횡포를 부리려고 하고 있소. 그대는 사악한 과거를 지녔지만 충분히 이성적인 여성으로 보이며, 나는 운동 경기의 팬으로서 그대가 꽤 우수한 선수라는 걸 알고 있소. 그리고 아마도 하나님께서는 그대를 축복하여 그대 마음 안에 사는 바로 그 악을 세상에서 제거할 힘을 주셨는지도 모르오. 그대는 삼손이 될 수 있었는데 소돔이 되기를 택했소! 하나님께서 그대를 영원한 불구덩이에 던질 것이오. 그대는 은혜를 찾을 수 있었으나 이것을 택했소! 그대가 신체를 열심히 단련하는 것을 나는 보았소. 그대의 몸은 탄탄하고 강하지만 그대의 마음은 약하오. 그대의 허벅지는 단단하고 준비되어 있소. 그러나 그대의 정신은 쉽게 흔들리오. 그대는 여성을 선택했소. 나는 그대의 영원한 영혼을 염려하오. 나는 그대가 서킷에서 광인 하마라 대신 함께 누울 멋진 남자를 찾길 지켜보고 기도하오. 빛을 찾으시오, 하나님의 그릇이 되시오. 그러면 하나님께서 친히 그대를 자유롭게 하실 것이니.

구원을 찾으시오.

—정의로운 미덕

LT.
너랑 빌어먹게 떡치고 싶어. 네가 좋아할 것 같아. 알려 줘?
[1개 이미지 첨부]

—PJ

로레타에게.
이 편지가 잘 도착하길 바라요. 다른 편지들에 무엇이 있을지 상상하면 메스껍지만, 전 그냥 사랑과 빛을 보내고 싶었어요. 이건 제가 당신에게 보내는 두 번째 메시지예요. 좋은 일이 두 번 있으면 세 번째 행운이 온다잖아요. 당신은 내 아버지를 알았어요. 당신은 지지받고 있어요. 당신은 사랑받고 있어요.

친구가 보냄.

LT.
넌 못된 잡년이야. 난잡한 깜둥이 잡년. 이걸 원하는 거 맞지? 고맙긴 뭘.
[1개 이미지 첨부]

대물 도둑

블러드 마마에게.
안녕. 여전히 잘 있길 바랍니다. 당신에게도 보고 있는 나에게도 빌어먹게 미친 한 주였어요! 싸움 없이 끝난 멜레라니? 미친, 뭐지? 난 아내에게 말했어요. "서위는 지금 '미친, 뭐지?'라고 생각하고 있어." 당신이 그랬다고 확신해요. 왜냐하면 결국 당신은 전사잖아요. 난 당신이 위대한 자유를 이뤄내길 바라요. 이미 당신이 그렇게 되는 날 입을 옷도 골랐어요. 나는 그냥 사람들이 당신이 서워이며, 선셋(그의 명복을 빌어요, 그가 당신 친구였던 거 알아요)도 노바(그 개새끼)도 아니라는 걸 이해할 만큼 당신을 존중했으면 좋겠다고 느껴요. 당신은 진짜배기예요. 이런 식으로 가다간 멜랑콜리아 광팬들은 절대 멈추지 않을 거예요. 멍청한 놈들. 나도 비숍을 봤어요. 그녀는 대단했지만 당신이 더 나아요.
아무튼. 계속 나아가라고요.
마지막으로 편지를 보낸 이후에, 방송에서 말한 것보다 당신이 이런 걸 훨씬 많이 읽지 않을까 생각했어요. 아내도 나랑 같이 방송을 보고 있다고 했잖아요. 그녀도 완전 푹 빠졌어요. 그건 축복이에요. 고마워요. 나는 그녀가 내게 마음을 열길 원했어요, 알죠? 난 그녀가 뭔가 시도하길 원했어요. 난 그게 좋고, 송구스럽지만 우린 당신과 스택스를 봐요. 내 아내가 그걸 보면 더 야하게 놀려면 어떡해야 할지 생각이 조금 더 열리게 되거든요. 난 당신이 열쇠라고 생각해요. 그냥 고맙다고 말하고 싶었어요. 그리고 어쨌든 난 옛날 방송을 틀어 놓곤 하니까 내가 얼마나 감사한지 알 수 있겠죠. 하하 :)

[1개 이미지 첨부]

행운을 빌며,
iLL 윌리 윌

서워.
살인자는 죽어 마땅해. 넌 죽어 마땅해.

―켑

어이,
[1개 이미지 첨부]

이건 어때
[1개 이미지 첨부]

좋아?
[1개 이미지 첨부]

서워는 메시지를 모두 읽었다. 그녀는 그 내용에 대해 생각하지 않고 물처럼 굴러떨어지게 두었다. 또, 메시지 관심도가 관찰 및 기록된다는 걸 알고 있는 만큼 선셋의 딸이 보냈을 것이 거의 확실한 메시지를 보았는데도 팬 메일 계정에서 로그아웃하고 무기와 보호구 업그레이드 전용 페이지를 클릭하며 넘겼다. 그녀는 마리가 보낸 사랑을 받으려 노력했고, 그녀가 무엇을 암시하는지 궁금해하지 않으려 했다. 대신 다가오는 경기에 집중했다. 그녀는 아침에 리코 무에르테에게 배달될 일본도를 사려고 블러드 포인트를 상당히 썼다. 다른 개인적인 운동이나 준비를 하기 전, 전투 계획 마지막 날에는 리코가 다른 링크들처럼 무기를 가지고 있기를 바랐다. 또 리코가 땅콩버터 딸기잼 샌드위치에 대해 더 불평하지 않도록 식사를 기본 수준으로 업그레이드했다.

그녀는 무기와 장비를 검토하고, 체인 내 모든 링크가 만족스럽게 준비됐다고 생각하자 컴퓨터 단말기에서 물러나 침대 끝에 앉았다. 문 두드리는 소리가 들렸다.

"리코 무에르테가 널 보겠다고 와 있어."

문 너머에서 경비 한 명이 말했다.

"왜 그래?"

서위가 소리쳐 대답했다.

"그냥, 음, 고맙다고 말하고 싶어서요. 당신이 보낸 걸 확인했어요. 그게 저에게 엄청난 의미라는 걸, 전 영원히 당신 편이란 걸 알아줬으면 좋겠어요."

리코의 목소리를 듣고 서위는 일어났다.

그녀는 문을 열었다.

리코는 바닥을 응시하고 있었다. 그의 어깨가 위아래로 들썩였다.

"산스푸리타라는 칼이야. 강한 링크의 것이었어. 좋은 무기야. 네 걸로 만들어."

"네, 부인. 자랑스럽게 해 드릴게요."

그리고 리코는 고개를 들어 그녀를 보았다. 눈물이 굴러 떨어졌다.

"신께 맹세코 그렇게 할게요."

서위는 고개를 끄덕이고 문을 닫았다.

십 분 뒤, 또 한 번 노크가 있었다. 스택스.

서위는 빠르게 일어섰다. 무릎이 발작적인 고통을 느끼며 항의했다.

"지금은 혼자 있을 시간이 좀 필요해."

서워가 외쳤다.

"정말?"

스택스가 물었고, 서워는 잠시 조용했다.

"그냥 농담이야."

서워는 말하고 문을 열었다.

"망할 년."

스택스는 서워와 함께 침대에 올랐다.

준비

그들은 '빌어먹을 턴웨인 타이탄스' 소유의 축구장을 준비 공간으로 배정받았다. 스택스는 밴이 들어가서 서자 함성을 질렀다. 여전히 기분이 좋지 않았던 제리는 그다지 말이 없었지만 링크들이 무기와 연습용 말뚝을 꺼낼 수 있도록 짐칸을 열었다.

곧 억지로 서로 맞서야 한다는 사실을 모르는 것처럼 서워와 새벽까지 함께했는데도 스택스는 피곤한 기색을 보이지 않았다. 그들은 밤새 서로를 깊이 사랑했고 서로의 땀의 맛을 음미했다. 깨어난 다음에는 두려움을 느끼지 않으려고 노력했다.

"오래된 라이벌이야."

스택스는 설명을 시작했다. 다음 날 전투를 벌이기 전 진행하는 훈련 세 시간 동안 그녀는 언제나 체인의 사기를 높이려고 했다. 그녀와 서워는 다가올 일을 알았지만, 아무렇지 않은 척 연기하면서 다행히 그 생각에 파묻히지 않을 수 있었다. 활동 범위가 설정됐다. 축구장 가장자리에 늘어선 기자들도 몇 명 있었지만, 그 공간을 지배하는 건 적어도 서른 명은 될, 무장 상태로 대기하는 군사 경찰들이었다.

"리코, 한 번이라도 다른 사람 말뚝을 잡아 봐."
리코가 사람들을 보고 있는데 스택스가 말했다.
"하지만 그전에……"
그녀는 열린 짐칸에서 무기를 끌어내며 말을 이어 갔다.
"오늘 특별 발표가 있지."
링크들(사이, 랜디, 아이스, 서위)은 모두 스택스가 밴에서 빛나는 붉은 칼집에 든 칼을 끌어당기는 동안 기다렸다. 배드 워터는 조금 멀리서 지켜보았고 거니 퍼들스 역시 보고 있었지만 관심 없는 척 행동했다.
"리코, 앞으로 나와."
그리고 리코가 앞으로 한 걸음 나섰다.
"오늘 이날부터, 리코 무에르테는 골프채를 휘두르던 남자를 졸업하고 누가 보아도 이…… 발음 못 하겠어, 아무튼 이 개쩌는 검을 휘두르는 자가 되었음을 알리노라."
링크들은 빠르게 박수를 쳤다. 심지어 거니조차 그랬다.
"무릎 꿇어, 땅콩."
"더는 땅콩이 아니죠!"
리코는 한 무릎을 꿇고 앉았다.
"걸출하고 명성 높은 앙골라 해먼드 체인의 일원으로서, 그대는 체인을 위해 이것을 영원히 들 책임을 받아들이는가?"
"네, 부인."
"내가 늙은 여자는 아니지만 뭐 괜찮아."
스택스가 칼을 빼들자 아침 해에 칼날이 빛났다.
"그대는 체인 갱을 가족으로서 받아들이며, 다른 구성원을 해치지 않기 위해 최선을 다할 것을 약속하는가?"

그녀는 칼날을 내려 그의 오른쪽 어깨에 올려놓았다.

"네, 부……. 약속합니다?"

"그래, 빌어먹게 약속하는군. 그리고 그대는 나아가서 검을 휘두르겠다고, 위대한 자유를 얻기 위해 모든 힘을 다하겠다고 맹세하는가?"

그녀는 왼쪽 어깨로 날을 가져갔다.

"당연하죠!"

"그렇다면 오늘 이날 나는 그대에게, 이곳 사악한 타이탄의 땅에서, 이 칼을 수여하노라, 칼 이름이…….'"

"산스푸리타."

서워가 말을 마쳤다.

"그래, 그거. 나는 그대, 바니에 리코 무에르테 레예스에게 이것을 수여하노라. 그대는 받아들이는가?"

"받아들입니다."

스택스는 칼을 칼집에 넣고 아직도 무릎을 꿇고 있는 리코에게 두 손으로 내밀었다. 모든 링크가 환호했다. 그들 대부분이 비슷한 순간을 겪었기에, 제대로 된 생존 가능성이 생긴다는 것이 어떤 의미인지 알았다.

리코가 일어섰다.

"가 보자고요!"

"좋아, 가슴에 털 나기 시작한 소년을 위해 만세삼창. 이제 나는 해 지기 전에 훈련 좀 해야겠어."

거니 퍼들스가 말했다.

앙골라 해먼드는 해머와 대낫과 검과 삼지창을 비롯한 온갖 종류의 살인 수단을 들고 햇볕이 내리쬐는 축구장으로 걸어 들어갔다. 스트레칭을 한 다음, 경기장 사방에서 무기를 들고 모의 전투를 몇 차례 했다. 서워는 링크 모두가 배틀그라운드 상황에 최대한 가깝게 시뮬레이션하며 훈련할 수 있도록 자기 무기의 무게를, 말 그대로 그 무게를 이해시켰다.

"가자."

서워의 말에 체인 모두가 뒤따랐다. 서워는 각 링크마다 훈련 계획을 세워 두었다. 블러드 포인트를 사용해서 상대들의 영상을 샀고, 그들이 방치하고 있는 신체적 약점을 세심히 분석하며 찾았다. 전날 밤, 서워와 스택스는 확실히 리퍼가 될 수 있을 것으로 보이는 커스프, 레인폴 롤리를 상대로 리코가 주말을 넘길 수 있도록 돕기 위해 전략을 구상했고, 랜디 맥이 레이븐 웨이즈와 어떻게 맞설 수 있을지 전투 작전을 짰다.

그들은 모두 그날 훈련하는 동안 랜디를 여느 때처럼 대하려고 했다. 그의 농담에 웃거나 가끔 웃지 않았고, 편안하고 쉽게 그를 존중했다. 이것이 그의 삶에서 마지막 날들임을 알았기 때문이다.

그리고 그 사실을 알고 있음에도 서워와 스택스는 서로와 훈련했다. 다음 경기는 이제껏 겪은 어떤 경기보다 힘들 것이었다. 랜디에게 할애할 수 있는 염려는 그 정도였다.

운전

마리의 엄마는 나일을 절대 용서하지 않을 것이다. 나일은 그걸 알았다. 스스로를 용서할 수 있을지도 확신할 수 없었다. 그러나 그들은 이미 길 위에 올라 좋은 일이 있을 수 없는 경기장을 향해 돌진하고 있었다.

"이 표를 어떻게 구했다고 했지?"

그가 물었다. 가로등이 빛났다. 그는 운전대를 자율주행에게 맡기고 물러났다. 마리는 자기 쪽 창문을 내다보고 있었다. 빠르게 지나가는 검은 바깥세상에 비친 그녀가 보였다. 마리는 답하지 않았고, 놀랄 일은 아니었다. 최근 그에게 말을 아끼는 모습이었다. 하지만 그에게는 차가 있었고 그녀에게는 없었다. 그래서 그들은 이제 길 위에 있었다.

"카이한테 뭐라고 말했다고 했지?"

나일은 목과 가슴이 답답했다. 무엇보다도 그녀가 원한다면 어떤 방식으로든 마리에게 도움이 되고 싶었다. 그러나 차를 돌려 마리를 집에 내려 주고 그녀의 계획을 듣지 못한 척하고 싶기도 했다.

"카이한테 뭐라고 했는지가 왜 중요해?"

그녀가 여전히 그를 보지 않고 말했다.

나일은 브레이크를 밟아 수동 제어를 활성화한 뒤 도로변에 차를 세우고 시동을 껐다.

"마리."

나일은 머리 위 조명을 켰다.

마침내 그녀가 그를 보았다. 그녀의 눈에서 빛이 일렁였다.

"사랑한다고, 잘 자라고 했어."

"모르신다는 거야?"

"맞아."

올드 테이퍼빌 시위에서 느꼈던 공포는 몸 안에 단단한 돌처럼 자리잡고 있었는데, 그는 지금 마리를 그보다 훨씬 나쁜 곳으로 데려다주고 있었다.

"그리고 넌 앞줄 표를 갖고 있고?"

"그래. 이모부한테 받았어."

"그리고 그게 가능해?"

"가능해. 미리 다 준비했어."

마리는 눈을 훔치고 지금도 준비되어 있다는 표정으로 나일을 보았다.

"가자."

"이 일 하고 싶지 않아."

"그럼 차가 하게 둬. 그냥 편안히 앉아서 나랑 함께 있어 줘. 차가 우릴 데려다주게 둬."

지나가는 차의 불빛이 그들에게 쏟아졌다가 사라졌다. 나일은 얼굴을 움찔했다.

"내가 널 어떻게 생각하는지 알지, 응?"

나일은 손을 뻗어 그녀의 손을 잡고 엄지로 그녀의 엄지를 문질렀다. 마리가 깊게 숨을 들이마셨다.

"응. 그래서 부탁한 거야."

"내가 널 아끼는 걸 알아서?"

"네가 거절하지 않을 걸 알아서."

나일은 답답한 마음이 풀리길 바라며 미소 지었다.

"그리고?"

"그리고 그래서, 난 이걸 해야 해. 트레이시 래서가 혼자 힘으로 어떤 일을 해냈는지 봐. 실제 공간에 그 힘을 조금 불어넣을 수 있다면 무슨 일이 일어날 거야. 그녀가 뭘 할 수 있었는지 봐. 우리가 그녀와 함께 뭘 했는지 봐."

"그런다고 무슨 일이 반드시 일어날 거라는 보장은 없어."

"좋을 대로 생각해."

"내 말은 그냥……"

"나 안 데려갈 거면, 그냥 그렇게 말해."

"마리, 나는……"

하지만 나일이 말을 마치기 전에 마리가 몸을 기울여 키스했다. 마리는 그를 강하게 눌렀고, 나일은 몸을 뒤로 기댔다. 그녀는 몸을 빼 내 앞을 보았다. 그들은 침묵했다. 마침내 그녀가 말했다.

"이 망할 자동차에 시동 걸어서 우릴 거기 데려다주게 돼."

그리고 나일은 그가 함께하든 아니든 마리가 갈 거라는 사실을 이해했다.

"아니야. 내가 운전할게."

그날 아침

그녀의 마지막 더블 매치 아침, 서워는 사랑하는 여인을 팔에 안은 채 킹사이즈 침대에서 일어났다.

서워가 일어나자 스택스는 와락 성을 냈다.

"아직 아니야."

"아냐, 일어나."

서워가 일어나 앉으며 말했다.

스택스는 베개를 움켜쥐고 서워의 머리에 휘둘렀지만, 서워는 맞기 전에 스택스의 손목을 잡고 꼼짝 못 하게 내리눌렀다.

"안 돼, 넌 너무 강해."

스택스가 말했다.

서워는 고개를 뒤로 젖혀 머리로 스택스를 들이받으려는 듯 장난치다가 속도를 늦춰 이마에 입 맞췄다.

"맞아."

서워는 굴러서 다시 스택스 옆에 누웠다. 제시간에 시작하려던 준비성은 사라졌다. 그녀가 원하는 건 눈을 감고 정확히 지금 모습 그대로 영원히 머무르는 것뿐이었다.

더블 매치 아침, 스택스는 거의 자지 못했다. 그녀는 몇 시간 동안 랜디의 방에서 그를 위로하고 그를 떠나 서워의 침대에서 잠을 청했지만 이상한 꿈을 꾸었다. 말로 쉽게 표현할 수 없는 감정이었다. 그림자와 빛과 거울 이미지. 경기 전 남길 말을 어떻게 시작해야 할지 알 것 같았다. 스택스는 세상이 기억할 만한 뭔가를 말해 주고 싶었다. 그들의 고상한 자아를 불러내고 싶었다.

서워는 평소처럼 일찍 일어나서 준비했고 스택스는 그녀를 늦잠으로 끌어들이려 했다. 놀랍게도 서워는 몇 분은 더 다시 침대에 누웠다. 그녀는 손을 뻗어 스택스를 만지며 물었다.

"너 내 무릎이 어떤지 알지, 맞지?"

"그게 뭐?"

물론 알고 있었다. 하지만 그녀는 서워가 하려는 말을 확실하게 해 두고 싶었다.

"이제 무릎이 약해. 움직일 수는 있어. 하지만 약점이야. 취약한 부분이지. 그게 벌써 파악됐을지는 모르겠어."

호텔의 얇은 전등갓에 더 걸러진 조명은 희미하고 부드러웠다.

스택스는 몸을 돌려 침대에 누운 서워의 옆 얼굴을 보았다. 서워도 몸을 돌리자 그들은 서로 똑바로 마주 보았다.

"이걸 말해 주는 게 날 위해서야, 우릴 위해서야, 널 위해서야?"

"우릴 위해서. 아니면 널 위해서인가? 모르겠어."

스택스가 얼굴을 찡그렸다.

더블 매치 아침, 사라진 팔이 너무나도 현실적으로, 너무나도 깊게 아파 와서 핸드릭스 싱어는 침대를 빠져나가 용서를 빌었다. 그는 그가 사랑한 여자를 사랑했다는 이유만으로 그가 죽인 남자를 위해 기도했다. 그는 그를 알고 지낸 것이 거대한 불행이 됐던 여자를 위해 기도했다. 그는 정글을 시켜서 죽인 모든 영혼을 위해, 그가 스피니퍼 블랙으로 자유롭게 한 모든 영혼을 위해 기도했다. 그는 오번에서 침묵하는 사람들과 전 세계의 창살 안에서 침묵하는 사람들을 위해 기도했다. 다른 인간의 공포에 의해 숨통이 막힌 모든 이들을 위해서. 그는 자신이 무엇의 일부인지 전혀 모르는 그 모든 정장 입은 사람들과 그것을 완벽히 이해하는 모두를 위해 기도했다. 그는 사이먼 J. 크래프트를 위해 기도했다. 크래프트는 거의 완전히 지워졌으나 여전히 거기 있었고, 깜박였지만 밝았다. 그는 자신을 위해, 자신이 한 모든 일에 대한 답을 위해 기도했다. 그는 그의 목적을 이해하기 위해 기도했다. 그는 자기 삶에 아무런 이유가 없지 않다는 것을 보여 준 신에게 감사했다. 그는 자신의 삶이 무엇을 위한 것인지 몰랐으나, 아무런 이유가 없지는 않다는 사실은 알았다. 그는 삶을 누릴 자격이 있다는 걸 알게 해 준 신의 선물에 감사했다.

더블 매치 아침, 사이먼 크래프트는 젊은 남자의 꿈을 꾸다가 깼다. 아픔 때문에 화가 난 남자. 그를 괴롭히는 고통을 잠재울 수 있는 연고와 또 다른 연고 사이를 뛰어다니는 남자. 그는 남자가 물건을 부수고, 여자와 아이, 남자를 부수는 것을 보았다. 그는 남자를 증오했고 죽이고 싶었다.

그는 와 본 기억이 없는 방에서 눈물을 흘리며 일어났다. 그는 두려웠다. 벽이 그에게 소리 지르고 있었다. 그는 두려웠고, 고통은 그림자처럼 모든 곳에서 기다리고 있었다. 하지만 그는 그의 이름을 기억했다.

서워는 왜 스택스에게 그것을 말했는지 생각했다. 어쩌면 지금, 너무나 오랫동안 상상한 곳에 너무나 가까워져서 진실이 더 필요하다고 생각했는지도 모른다. 이런 식으로 밝힐 거라고 상상하지는 않았지만.
"자기 너무 귀엽네. 넌 진짜 네가 날 도와줘야 한다고 생각하는구나. 내가 널 죽였으면 좋겠어?"
"그냥 아무것도 숨기고 싶지 않아. 넌 내 무릎에 대해서 알아. 내가 어떻게 여기 왔는지 알고, 그게 내 잘못이었다는 것도 알아. 넌 버네사에 대해서 알고 내 무릎에 대해서 알아. 난 내가 누구인지 네가 정확히 알길 원해."
"로, 난 이미 모든 걸 알아. 어떻게 모를 수 있어? 우리잖아."

스택스는 여전히 꿈 때문에 들뜬 상태였다. 어쩐지 그 덕분에 원하는 것을 정확히 말할 수 있었다.
"하지만 그래도 넌 귀여워. 아침 먹자."
그녀가 말을 끝냈다.
그리고 스택스는 웃었다. 그녀는 그 순간을, 그녀와 서워가 같은 시공간에 존재한다는 선물을 만끽했다. 그게 아무리 찰나라고 해도.
"알았어."
서워가 말했다. 그녀 안의 무언가가 지금으로선 치유된 것 같았다. 그들은 서로를 너무 잘 알았다. 스택스가 뭔가 더 알아야 한다는 생각은 터무니없는 것이었다.

헨드릭스 싱어 영과 불사신 정글 크래프트는 경기장에 도착해서 원정팀용 탈의실에서 그들을 기다리는 방호구와 무기를 찾았다. 사람들이 가장 응원하는 선수가 그들이 아니라 다른 사람인 건 오랜만이었다. 싱어는 앉아서 지시를 기다리는 크래프트에게 미소 지었다.

"이번 상대 둘은 약점이 없어. 하지만 불사의 존재도 아니야. 그런 영광을 가진 건 너 하나야."

그들은 차가운 방에 앉아 있었다. 사람들이 모여드는 소리에 벌써 배가 뒤집혔다. 싱어는 긴 볼트 가죽을 펼쳤다. 크래프트는 전투용 바지를 입었다. 드러난 등으로 커다란 R(강간)과 네 개의 M이 보였다.

"준비시켜 줄게."

싱어가 말했다.

크래프트는 착한 천사 싱어에게 양팔을 내밀었고, 천사는 그를 보호구로 감쌌다.

"네가 이 땅에 하러 온 일을 할 준비가 됐어?"

"네, 선생님."

"넌 정글맨, 맞지? 넌 불사신이지?"

그의 팔과 목에 볼트 가죽. 가슴 보호대, 다리의 금속판. 착한 천사가 안전으로 그를 덮었다.

"준비됐어?"

서워는 랜디 맥에게 진지하게 물었다. 랜디는 메인 경기에 앞서 경기를 치를 예정이었고 리코와 거너도 마찬가지였다. 랜디는 레이븐 웨이즈를 상대할 예정이었다. 서워는 오늘이 지구에서 랜디의 마지막 날임을 거의 확신했다. 그녀는 깊은 연민을 느꼈고 랜디를 위한 마지막 선물로 그것을 마음에만 담아 두었다.
"난 이제 운이 다한 것 같아, 블러드 마마."
밴에 올라탈 때 랜디가 조용히 말했다.
그녀는 존중하는 마음으로 그에게 반박하지 않았다. 랜디는 좋은 링크였고, 어쩌면 대단한 링크였다. 하지만 레이븐 웨이즈는 레이븐 웨이즈였다.

"하지만 넌 그의 사정거리를 알잖아."
스택스는 지난 몇 주간 랜디와 대련했고 러브가일로 그가 레이븐의 도끼창이 얼마나 길지, 얼마나 정확할지 상상하도록 도와주었다. 그럼에도 그녀는 랜디를 다시 볼 확률은 매우 낮다는 것을 알았다.
"내가 네 이야기의 일부가 될 수 있었다는 게 행복해."
"너는 혼자만으로도 전설이야."

싱어는 목소리를 되찾은 초창기를 기억했다. 악마의 서류에 서명하지 않았다면 삶이 어땠을지 생각해 보려 했지만 확실하게 떠올리기는 어려웠다.
"이랬든 저랬든 고기를 자르는 거지."
그가 말하고는 우울하게 웃었다.
"저도 그렇습니다."
크래프트의 말에 싱어가 미소 지었다.
그건 *키다리 존*,
그는 오래전에 죽었네.

착한 천사가 노래하고 그건 싸움이 다가온다는 뜻이다. 그는 내게 누구인지 알려 주고 나는 한다. 나는 사이먼 J. 크래프트. 언제나 그렇다. 내가 할 일은 죽이는 것이다. 나는 그것을 한다. 나는 그와 함께 노래한다.

옥수수밭을 지나는 칠면조처럼
키 큰 옥수수밭을 지나

그들은 팔에 볼트 가죽을 감쌌다.

그리고 중심부. 거기에 있는 일곱 개의 X를 먼저 건드려. 그녀의 몸에 있는 수많은 표식을 지휘하는 하나의 M을. 죽이려는 게 아니었다면 전혀 몰랐을 사람이 그리울 수 있을까?

목을 보호해.

우리는 크고 시끄러운 지옥을 위해 옷을 입는다.

음악이 들렸다. 랜디의 음악, 이어서 레이븐의 음악, 그리고 완전한 삼 분. 서워는 랜디 앞에 있는 것이 아니라 그녀 앞에 있는 것을 생각하려 노력했다. 다시 이 분. 그리고 레이븐의 음악, 그리고 고통. 무언가를 듣길 원하며, 희망하지 않으려고 노력하지만 그럼에도 희망한다.
"유감이야."
서워가 스택스에게 말했다.

---

* '랜디 맥' 랜들 맥모리슨, 32세. 초라한 자유.
　내 말은, 자유를 표방하는 땅치고 죄수가 너무 많다는 것이다. 도축되는 짐승이 너무 많다. 나는 당신들이 노쇠한 자를 가두는 구덩이에서 최고의 인간들을 보았다, 그러니 엿이나 먹어라.

"그는 이미 전설이야. 그들은 그를 잊지 않을 거야."
스택스는 그가 기억되게 하겠다고 맹세했다.
"그가 그의 자유를 즐기기를. 엿이나 먹어라, 미국."
서워가 그녀의 말을 되풀이했다.
스택스는 곧 보게 될 두 명과 함께 그를 새길 것이다. X 세 개. 그녀의 피부가 바닥나고 있었다.

우리 순서 전의 전투가 격돌하고 있다. 오늘 우리의 경기가 메인이다. 말로는 최고의 경기라고 한다. 그들은 우리를 복도에서 기다리게 하려고 한다. 나는 크래프트가 내가 아닌 사람 주변에서 잘 있지 못한다고 남자들에게 설명한다. 그래서 우리는 탈의실에 앉아 있다.
   그래, 나의 존은 말했지
   십 장에서
   "한 사람이 죽으면
   다시 살게 되리니."

   지금 장난, J.
   지금 점프.
   "내 이름은 사이먼 제러마이아 크래프트."
   "말하지 마."
   착한 천사가 말한다.
   우리는 소리치는 천사들 사이로 걸어 나간다. 우리를 위해 소리친다. 죽이라고 요구한다. 나는 착한 천사를 보호할 것이다.
   우리는 걷는다.
   우리는 무릎 꿇는다.

우리는 점프할 기회를 기다린다.

사람들이 크게 소리친다. 서워는 그게 내면의 무언가를 바꾼다고 생각했다. 그렇게나 많은 사람들이 자신에게 무언가를 기대한다는 걸 안다는 건. 삼 년 동안 그녀는 자신이 얼마나 많이 달라졌고 얼마나 많이 달라지지 않았는지 생각했다. 그녀는 오늘 누군가를 죽이고 싶은 마음이 조금도 없었다. 그녀는 그것을 스스로 인정할 수 있었다. 게이트를 달려서 통과해 로데오 경기장처럼 보이는 공간에 들어섰다. 팬들이 그들 위로 둥그렇게 앉아 있었고, 가장 가까운 객석의 높이는 이 미터도 되지 않았다. 미키 라이트가 배틀박스에서 말을 쏟아냈다. 서워는 킵으로 걸어가 무릎을 꿇고 기다렸다. 건너편에는 두 남자가 조용히 앉아 있었다. 기대될 뿐 무섭지 않았다. 우린 대단한 팀이라고 서워는 생각했다. 그녀는 깊게 숨을 들이마셨다.

"엿이나 먹어라, 미국!"
스택스가 외쳤다. 그녀는 흙바닥을 쿵쿵 돌아다니며 머리를 뒤로 묶고 다시 러브가일을 집어 들었다.
"엿이나 먹어라, 미국!"
유행어 중의 유행어였다. 관중은 열광했다.
"사랑해, 맥."
갑작스러운 강풍, 함께 하는 폭풍.
"여러분, 내가 꾼 꿈 이야기 듣고 싶어?"
그녀가 물었다. 그녀의 목소리, 젊은 신의 목소리.
"나는 순수한 어둠의 세계에 있었어. 다른 건 아무것도 보이지 않았어. 나는 한참을 비틀거렸어, 뭔가를 바라면서."

스택스는 말을 멈췄고, HMC가 그녀의 입술 앞을 맴돌며 공기 중을 항해했다.

"그리고 오랜 시간이 지난 후에 나는 아주 작은 빛을 보았고, 그걸 향해 달렸어. 나는 달리고 달렸고 그걸 만지려고 하자 내 그림자가 그걸 완전히 삼켰어. 하지만 나는 눈을 감고 다시 시도해 봤지. 나는 끝없는 빛이 펼쳐진 공간에 갔지. 아주 작은 어둠만 있었어. 그리고 내가 전에 있던 곳에 돌아갔다는 걸 알았지."

"알았어요, 스태커 양. 제발, 재미있는 부분으로 들어가고 싶은데요."
그날 저녁의 진행자 미키 라이트가 중계석 꼭대기에 섰다.

"그게 재미있는 부분이야!"

스택스는 서워 옆에 무릎을 꿇으며 웃었다. 답을 거저 줄 수는 없었다. 그녀가 그랬듯, 수수께끼를 붙잡고 앉아 있는 것에서 마법은 시작된다. 그것이 스며들게 두어라. 언젠가 그들은 이해할 것이다.

그리고 관중은 숨을 멈췄다.

난데없이 새로운 여자가 나타난 듯했다. 링크가 아니라 틀림없이 민간인의 옷을 입은 여자였다. 서워는 이 나라의 다른 사람들과 함께 그녀를 응시했다.

여자는 선셋의 딸 마리였다. 그리고 그녀는 배틀그라운드에 이렇게 쓰인 플래카드를 들고 있었다.

생명이 소중한 곳에서

샤리프

마리는 지갑, 매직펜, 형광 녹색 플래카드만 가지고 보안 검색대를 통과했다. 게이트 C 입구의 경비가 금니를 빛내며 미소 짓고는 물었다.
"플래카드에 뭐라고 쓰여 있나요?"
대단한 공포를 느낄 줄 알았지만, 대신 본능적으로 뭘 할지가 떠올랐다. 그녀는 거부감 없이 느슨하게 말아 두었던 플래카드를 펼쳐 아무것도 쓰이지 않은 녹색 종이를 보여 주었다. 경비는 혼란스러워하며 그녀를 보았다. 마리는 바지 왼쪽 주머니에 손을 넣어 두꺼운 검은 매직펜을 꺼냈다. 그녀는 손가락 사이로 그걸 흔들며 미소 지었다.
"서두르느라."
그녀의 미소는 화답을 받았다.
"알겠어요. 이제 어쩌면 누굴 응원할지 고를 시간이 좀 더 있겠네요?"
그가 웃으며 말했다. 그의 허락을 받고 장벽을 통과해 자리를 찾아가며 마리 역시 웃었다.
마리는 가장 가까운 좌석에 앉은 사람들을 찾았다. 이 죽음의 서커스를 직접 목격하기 위해 수백 달러를 냈을 남자와 여자는 평범하게 보였다. 무리 지어 온 그들은 수다스러웠으며 마리에게 몇 가지를 물었다. 그녀는 그들과 대화하는 데는 별로 관심이 없는 것처럼 질문에 대답했다. 실제로도 그랬다.

"이렇게 가까이서 보는 건 처음인가요?"

붉은 머리 여자가 물었다.

"네."

마리는 앞줄에 앉았고, 이 경기장이 원래 설계된 용도대로 야구 경기를 했더라면 그녀의 자리는 삼루 근처였다.

하지만 배틀그라운드 때문에 좌석 앞에는 하키 경기장에서처럼 낮고 투명한 벽이 세워져 있었다. 높이는 1.5미터 정도에 불과했지만, 앉아 있는 동안 그것 너머로만 봐야 했다. 그리고 그녀도 보았다. 그녀는 랜디 맥이 도끼창에 찔리는 모습을 보았다. 주변 사람들은 복잡한 승리감과 슬픔을 느끼며 함성을 질렀다. 붉은 머리 여자를 포함한 많은 사람이 울었다.

마리는 그녀의 플래카드로 몸을 숙였다. 두껍게 글자를 썼다. 그녀는 자신이 울고 있음을 깨닫고 막 쓴 검은색 글씨를 적시지 않으려 노력했다.

"메인 경기에선 누구를 응원하세요?"

왼쪽에 있는 남자가 물었다. 그는 형제나 사촌일 법한 다른 남자 몇 명과 함께였다. 그들은 시끄러웠고 말투와 얼굴이 똑같았다. 그들은 눈앞에서 벌어지는 살인과 서워 둘 다 분석적이고 정확하게 관찰하고 평가했다. 그들이 돌려보는 휴대폰에는 서워의 얼굴이 떠 있었고, 남자들은 논문 검토 위원회처럼 그녀를 평가했다.

"서워요."

마리는 남자의 푸른 눈을 잠깐 들여다보고 다시 플래카드로 시선을 돌렸다.

"여자들끼리 뭉치는 그런 게 있나 보죠. 우린 다른 쪽에 걸었어요."

그는 웃었고 마리는 웃지 않았다.

마리는 계속 섰다. 그녀는 자기 플래카드를 보았다. 그것 덕분에 눈 둘 곳이 생겼다. 두려움이 쉴 곳이었다.

"좋은 소식은, 우리 둘 중 하나는 옳다는 거예요. 그렇죠?"

그는 웃으며 말했다.

"그럼요."

그녀는 자신에게로 골몰하려고 했다. 배틀그라운드가 펼쳐지는 공간에는 굉장한 에너지가 있었고, 마리는 그것을 너무나 명백하게 느끼게 되어 수치스러웠다. 거니 퍼들스가 사람을 죽였다. 리코 무에르테가 사람을 죽였다. 장엄한 숭배의 기운, 힘과 흥분의 느낌이 있었다. 그녀는 그것이 익숙하다는 사실에 수치스러웠다. 마리에게는 비밀이 있었다. 「링크라이프」를 챙겨 보았다는 것이었다. 아버지를, 그녀를 거의 알지 못했던 남자를 알기 위해서였다. 그녀는 그가 선한 일을 하는 것을, 그와 서워가 앙골라 해먼드 체인을 뭔가 다른 것으로 만들어 내는 것을 보았다. 선셋이 그녀의 이름을 말할 때면 누군가 원하는 존재가 되었다는 기쁨을 느꼈다. 마리는 끔찍한 프로그램을 통해 그를 사랑할 방법을 찾았는데, 이제 그 프로그램이 바로 앞에 있었다. 그녀는 선셋이라고 불리는 남자를 보았다. 그가 떠났다 해도, 그가 그녀로부터 떨어져 살았다고 해도, 그는 그녀의 것이었기 때문이다.

그녀는 마무리한 뒤 매직펜을 운동화 옆에 두었다.

서워는 음악 없이 모습을 드러냈고 마리는 해머를 든 우상을 보기 위해 모든 사람과 함께 일어섰다. 스택스의 음악이 들렸다. 사람들이

지르는 함성 때문에 팔의 털이 곤두섰다. 놓칠 수 없는 에너지였다. 그들의 몸은 보호구 아래에서 빛났다. 이게 진짜 일어나는 일이 아니라면 아름답다고도 할 수 있을 것이다. 진짜였기에 경외를 불러일으켰고, 가슴에서부터 온몸이 열리는 느낌을 주었다.

서워, 서워

허리케인, 허리케인, 허리케인, 스택스

"중요한 것 먼저."

스택스가 외쳤다.

"엿이나 먹어라, 미국!"

사람들도 소리 질렀다. 붉은 머리의 여자는 다시 눈물을 쏟아냈다.

"사랑해, 맥."

마리는 유심히 보고 귀를 기울였지만, 한편으로는 일찍이 예상했던 공포를 마침내 느꼈다. 이제 하겠다고 했던 일을 할 시간이었다. 남은 그녀의 삶이 앞에 있었다.

그녀는 움직일 수 없었다. 갑자기 자리에 굳어 버렸다. 마리는 소리 지르는, 슬픔 속에서도 삶의 희열을 느끼고 있는 붉은 머리 여자를 돌아보았다. 그녀도 확실히 스택스와 서워의 팬이었다.

"제 아버지는 링크였어요."

마리가 여자의 왼쪽 귀에 소리쳤다. 갑작스럽게 구미 당기는 정보를 들은 여자는 놀람을 감추지 않고 마리를 흘깃 보았다.

"그래요? 이름이 뭐였어요?"

여자는 서서 배틀그라운드에 집중한 채로 물었다.

"이제 전 이 벽을 뛰어넘을 거예요. 전 배틀그라운드로 나아가서 우리가 모두 이것보다 낫다는 사실을 알려 줄 거예요."

"뭐라고요?"

여자가 혼란스럽지만 여전히 조심스럽게 친근한 태도로 말했다.

마리는 좌석에 올라섰다.

"그의 이름은 샤리프 하킨 롤린다였어요. 아니, 롤린다예요."

마리는 녹색 플래카드를 든 채 뛰어올라, 팔로 끌어당기고 발로 차며 벽을 넘어 배틀그라운드로 나갔다.

그녀는 거칠게 착지했다. 그러고는 사람들이 알아차릴 때까지 삼 초 정도 그라운드에 가만히 있었다. 중앙을 향해 몇 걸음 걸은 그녀는 발목을 다쳤다는 걸 깨달았다. 상관없었다. 그녀는 머리 위로 플래카드를 들고 천천히 걸었다. 터져 나오던 박수갈채는 빈약한 소리, 명백한 혼란으로 바뀌었다. 대조는 극명했다.

"여기 조금 길을 잃은 누군가가 있는 것 같네요."

아나운서가 말했다. 마리는 그가 경기장에 있는 그의 작은 방으로 물러서는 모습을 지켜보았다.

그녀가 느끼는 열기에, 자기 발걸음의 힘에 완전히 사로잡히지 않았다면 그녀는 그를 비웃었을 것이다. 길을 잃었다니.

스택스는 아직 자기 자리에 결박되지 않았다. 이제 그녀는 대낫을 들고 마리 쪽으로 걷고 있었다.

마리는 그녀에게 미소 지었고 스택스는 미소를 돌려주었다. 그녀의 뒤에서 서워는 카이 같은 눈으로 마리를 보았다. 걱정하듯, 우려하듯.

"괜찮아요."

마리는 말한 뒤 모두가 볼 수 있도록 플래카드를 위로 들었다. 그리고는 천천히 돌리며 경기장에 있는 모두가 양면을 읽을 수 있게 했다. 양쪽 게이트에서 군사 경찰이 그녀를 향해 밀려들었다. 먼저 그들은 스택스를 킵으로 다시 끌어내어 결박했다. 그리고 무장한 남자들이 마리를 덮쳤다.

마리는 무릎을 꿇고 허공 높이 플래카드를 들었다. 자랑스럽게 진실을 말하면서. 둘 다 가질 수는 없다. 우리는 서로를 사랑하거나 아니면 사랑하지 않는 것이다.

플래카드 앞면에는 이렇게 쓰여 있었다. **생명이 소중한 곳에서**

그리고 마리가 떨어뜨렸을 때 바다으로 향한 뒷면에는 이렇게 쓰여 있었다. **생명은 소중하다.** 남자들이 그녀를 둘러쌌지만 경기장 전체가 메시지를 볼 수 있었다. 그리고 프로듀서들이 대형 스크린 카메라를 강제로 검은 화면으로 바꾸기 전, 메시지는 잠시 확대되어 모두에게 드러났다. 생명이 소중한 곳에서, 생명은 소중하다. 그리고 방금까지 그해 최고의 배틀그라운드 더블 매치에 몰입하고 있던 관중들은 여기서는 생명이 소중하지 않을 수도 있다는 사실을 이해하기 시작했다.

경찰 하나가 옆구리에서 총처럼 보이는 검은 막대를 뽑아 마리의 목에 가져다 대는 모습이 경기장 전체에 보였다. 경기장에 모인 관중 모두가 마리가 인플루언스되는 것을 보았다.

느낌

　찢어짐과 열림. 끝낼 필요. 출구 없는 입구. 몸과 뇌가 한 번에 소환할 수 있는 모든 아픔을 느꼈다. 그것은 발목에서 시작됐다. 발목이 폭발한 듯한 느낌이었다. 목에 검은 막대가 꽂힌 채로 온몸을 비트는 그녀를 남자가 잡자, 감각은 점점 더 피어났다. 마리는 자신이 죽게 될 거라 확신했고 그것을 반기고, 희망하고, 애원했다.
　인플루언스당하며, 돌아간 발목을 느끼며, 그녀 안에서 다시 또 다시 터지는 폭발을 느끼며, 천 분의 이 초마다 마리는 시간의 환상을 이해했다. 그녀는 그녀가 쉽사리 시간을 초월한 곳에 던져질 수 있음을, 고통이 그녀가 몇 초라고 알고 있었던 것을 늘이고 다시 빚어 짓이겨 몇 년으로 만들어낼 수 있음을 이해했다.
　이것은 깨달음의 경험이 아니라 고통이었다. 지금 느끼는 고통을 끝내기 위해서라면 자신이 무엇이든, 무엇이든 할 거라는 사실을 이해하고도 남았다. 눈이 꺼졌나 보다. 어쩌면 그냥 감은 것도 같았다. 어느 쪽이든 보통 눈이 있었다고 기억되는 공간에 남은 것은, 눈알이 이미 뽑혀 나갔을 것 같다는 비틀림과 잡아당김 뿐이었다.

그녀는 고통받고 있었다. 그리고 그녀는 그것을 끝내기 위해 뭐든 할 것이었다. 그러나 움직이기 두려웠기 때문에 아무것도 할 수 없었다. 그녀의 모든 것은…….

그리고 그것이 끝났다. 그녀는 공중에 떠서 실려 가고 있었고, 자기 몸을, 자기 몸과 자기 숨을 느낄 수 있었다.

넷

서워는 건너편을, 두 남자가 기다리고 있는 경기장 오른쪽 끝을 보았다. 그녀는 방금 일어난 일을 잊으려고 노력했다. 그 일이 앞에서 계속되고 있는데도 잊으려고 노력했다.

군사 경찰들은 드디어 경련을 멈춘 마리의 다리와 어깨를 잡고 끌어냈다. 그들은 그녀의 몸을 빠르게 처리했다. 시야에서 사라지면 바로 잊히기라도 할 것처럼 카메라와 모든 눈의 앞에서 치우려고 노력했다. 인플루언스를 당하면 사람이 어떻게 되는지 아는 서워에게 그 일이 일어나는 것을 보는 건 고통스러웠다. 그런 고통이 가능하다는 것을 알게 된 이후 삶에 대한 그녀의 애착은 완전히 달라졌다.

하지만 당장은 마리를 잊어야 했다. 서워는 자신이 막 일어난 일, 지금까지 본 가장 용감한 일 중 하나를 생각하는 대신 전투 전략을 기억하려 노력하고 있다는 사실을 믿을 수 없었다. 하지만 그녀는 그러고 있었다.

그녀가 스택스를 보았다.

"괜찮을 거야."

스택스가 말했다.
"어쩌면."
"그럴 거야."
"그래."
스택스가 미소 지으며 물었다.
"웃긴 얘기 해 줄까?"
그들은 서로 가까이 있었지만, 군중이 소란스러워 서로의 말을 듣기 위해서는 소리를 질러야 했다.
서워는 기다렸다.
"이 꼴이 웃기지."
"안 웃긴데."
서워가 웃으며 말했다. 그것은 농담이었다. 농담은 모든 것이었다. 악에 던져졌는데 그곳이 그들이 지배할 수 있는 땅임을 발견한 것.
관중들 속 몇몇이 들썩였다. 그들은 누구를 또는 무엇을 야유하고 응원해야 할지 모른다는 사실이 불안했다.
미키 라이트가 명쾌하게 말했다.
"관심 끄는 방법이긴 하네요. 하지만 다른 여러분들은 절대 저러시면 안 됩니다."
관중은 웃지 않았다. 대신 집단적으로 중얼거렸는데, 그건 이렇게 말하는 듯했다. 지금 웃어도 될지 모르겠어.
"상사들이 시끄럽게 구네요. 사람들이 원하는 걸 주라는군요! 그리고 여러분은 대혼란의 배틀그라운드를 보러 온 게 아닌가요!"
네. 그들이 말했다.
"여러분은 세기의 더블 매치를 보러 오셨나요?"
네. 그들이 외쳤다.

"체인 갱 올스타전 역사상 가장 나쁜 선수들이, 최소한 그중 하나에게는 마지막이 될 경기를 위해 출전해서 오늘 밤 이곳에 왔나요?"

당연하죠! 사람들이 소리 질렀다.

서워는 눈을 감고 에너지를 들이마셨다. 그녀는 바로 왼쪽에 있는 하스 오마하를 보았다. 러브가일은 스택스 바로 오른쪽 땅에 꽂혀 있었다.

"최고의 경기를 볼 준비가 됐다면, 함성 한 번 들려 주시죠!"

그들은 그렇게 했다. 소리 지르며 조금 전에 그들을 괴롭힌 것을 마음 깊은 곳으로 밀어냈다. 지금으로선 묻힌 씨앗이었다. 그들의 몸에 불쾌함이 자리 잡았다. '소중한'이라는 단어가 마음속 어딘가에서 울렸고, 그것은 영원히 거기 있겠지만, 그 순간에는 잊은 척했다.

"결박 해제!"

미키 라이트가 외쳤다.

결박이 해제되는 공허한 소리가 경기장을 휩쓸었다. 서워는 해머를 끌어당겼다. 스택스는 러브가일을 들었다. 그들은 차분히 걸어오는 남자들을 기다렸다.

문을 통해

네 순교자가 로데오 광장에 들어선다. 이건 농담이다. 죽여 주는 종류의. 그다지 웃지는 않지만 마지막까지 이해하고 나면 뭔가 조금 다른 것이 보이는 종류. 생명이 소중한 곳에서, 생명은 소중하다. 그리고 물론 그건 여기가 아니다. 그런 용기를 보려면 운이 좋아야 한다. 그걸 관중 전부가 봤다. 그리고 안에서 응원하는 사람보다 경기장 밖에서 시위하는 사람이 더 많다. 어쩌면 뭔가 옳은 것이 오고 있는지도 모른다. 어쩌면 뭔가 다른 세상이 올지도 모른다. 하지만 지금으로선 우리는 그 여인들의 죽음이 아닌 것들은 모두 잊는다.

우리는 걷는다, 세상이 기다리던 것을 향해 풀려나서. 이 살인 게임에서 왕관을 쓴 여자인 서워는 해머를 들었다. 그녀의 여인, 대낫을 든 사람, 허리케인이라고 불리는 사람, 우리를 피부 위의 X로 축소시키려고 기다리는, 멋들어진 죽음의 현신 뒤에서 서워는 천천히 뛴다.

"내가 해머를 맡을게. 넌 대낫에게 가."

관중이 그 어느 때보다 시끄러워서 나는 소리친다. 그들의 목소리에 뼈가 울린다.

그에게 죽음을 향하라고 명령하는 게 아니길 빈다. 사이먼 J. 크래프트, 불사신으로 축소된 사람. 사이먼, 동정받을 자격은 없지만 절대 사랑받을 자격이 없지는 않은 사람.

"네, 선생님."

그가 말하고, 그는 달린다.

나는 내가 파멸을 향해 달리는 것이 아니길 바란다.

서워는 싱어라 불리는 남자, 예상 밖의 콜로설을 잘 알았다. 그는 미친 것인가, 독실한 것인가? 그리고 불사신. 확실히 그는 미쳤다, 다른 종류이긴 하지만. 인플루언스에서 태어난 것이다.

그녀는 싱어를 보았다. 날카롭고 슬픈 눈이었다. 그는 아래까지 내려와 팔을 보호하는 어깨 보호대를 찼다. 그는 볼트 가죽을 감쌌고 셔츠에는 유명한 음악 스트리밍 서비스의 상징인 경적 모양이 수 놓여 있다. 싱어는 서워를 향해 달린다. 그녀는 그가 보통 길게 찌르면서 시작한다는 걸 알았다. 서워는 창의 검은 끝을 주시했다. 그녀는 그를 죽이고 싶지 않았지만, 기회만 있다면 즉시 죽일 것이다.

이 여자를 궁금해하며 긴 밤들을 보냈다. 나보다 죽음을 더 많이 본 여자. 그녀를 잘 알 수 있으면 좋겠다. 4번 문이 그녀에게 무엇을 주었을까? 그녀는 무엇을 발견했을까? 나는 크래프트에게 허리케인 쪽으로 뛰라고 말했다. 내가 해머를 맡을 거라고 말했지만, 나는 방향을 틀어 사람들이 바람과 천둥의 이름을 붙인 여인 쪽으로 전력 질주한다. 땅에서 날아오르기 위해 밀고 나아간다. 외팔과 불사신은 폭풍을 질식시킬지도 모른다. 사라진 팔이 계획을 바꾸라고 한다. 그랜드 콜로설이 내 접근을 알아채고, 대낫도 마찬가지다. 우리는 폭풍으로 달린다.

더블 매치에서 한 명을 먼저 처리하는 것은 드물지 않은 전략이었다. 남자들이 스택스 쪽으로 질주하는 것을 보고 서워는 단단한 땅에서 거친 물살로 떨어지는 듯한 공포를 느꼈다. 그녀는 남자들을 향해 최대한 힘껏 밀치고 나아갔다. 솟구친 아드레날린 때문에 큰 고통은 없었지만 무릎은 살살 하라고 말했다. 갑작스럽게 힘을 주며 방향을 바꾼 탓에 다리 힘이 풀렸다. 서워는 흙바닥에 무릎을 꿇었다. 그녀는 불사신이라 불리는 남자가 허공으로 뛰어오르는 것을 보았다. 스택스는 그와 맞붙기 위해 멈췄다. 그녀는 남자의 얼굴에 부지깽이처럼 러브가일을 찔렀다. 그는 공중에서 무딘 쪽으로 타격을 받아치고 아무것도 느끼지 못한 것처럼 계속 그녀 쪽으로 떨어졌다.

서워는 땅에서 몸을 일으켰다. 무릎은 아팠지만, 그건 여전히 그녀의 것이었다. 그녀는 달렸다.

크래프트가 폭풍의 신과 춤을 춘다. 살의를 가지고 크래프트는 팔을 휘둘렀지만 머리가 나부끼지 않도록 묶어 둔 끈만 베어 낸다. 내가 그들에게 접근하는 사이 그녀의 많은 머리는 자유로이 날린다. 그녀는 크래프트가 가까이 오지 못하도록 대낫을 회전한다. 그는 도약하고 숙여서 피한다. 그답게, 정확한 인간 동물처럼 움직인다. 나는 그녀가 크래프트만 보기를 바란다. 그녀는 살아남기 위해 집중하고 있다. 대낫은 크래프트가 본 적 없는 마법처럼 움직인다. 그러나 그녀도 그를 주시해야 한다. 그랜드 콜로설이 넘어졌다. 나는 공격할 것이다. 그녀는 막 다시 일어섰다. 나는 사라진 팔을 뻗으며 그것이 크래프트를 돕는다고 상상한다. 그는 휘두르고 피한다. 대낫이 그의 발톱을 받아칠 때면 금속이 노래하는 소리가 난다. 특별한 순간, 죽음의 화신 둘이서 추는 격렬한 춤. 고통과 사랑이 노력한다, 서로를 죽이려고 노력한다. 해머가 나를 덮칠 것이다. 나는 몸을 뺀다. 스택스라 불리는 자가 넘어질 듯 휘청인다. 나는 사라진 팔에 감사한다. 그녀는 뒤로 넘어지면서도 성을 내듯 휘두르는 정글을 튕겨 낸다. 그녀는 한 다리로 서서 대낮을 휘두른다. 크래프트는 어쩔 수 없이 물러난다.

그러나 그 자세에서 균형을 잃은 그녀는 취약하다. 나는 충분히 가깝다. 스피니퍼, 이 아름다운 여인을 몰락으로 데려가 줘. 그녀에게 자유의 축복을 내려. 나는 달리며 창을 뒤로 당긴다.

내 옆에서 내 사라진 팔이 뭔가를 받아치려고 한다.

내 옆에서 내 사라진 팔은 피하려고 한다.

해머가 더는 거기 없는 내 팔을 찢고 들어온다. 머리 옆으로 날아온 해머가 느껴진다. 잔혹한 발사, 느닷없는 노래. 그건 키다리 존.

나는 세상에게 감사하지만 더 그럴 수 있을지는 모르겠다. 살 가치가 있었다고, 삶이 나를 떠날 무렵 확신한다. 결국 우리는 분명 축복받았다. 왕족과 하층민, 여왕과 노래하는 자. 분명 우리는 축복받았다. 해머가 나 헨드릭스 영을 해방으로 반긴다.'

좋은 생각은 아니다. 하지만 경기장에서 죽음이 다가오면 그 방향을 바꿀 방법을 찾는다. 서워는 일어나 세 걸음을 달린 뒤 제시간에 스택스를 도우러 갈 수 없음을 알았다. 그녀는 달리기를 멈추고 하스오마하의 끝을 잡고 몸을 돌렸고, 또 다시 회전했다. 눈으로 싱어를 뒤쫓았고 몸으로 치명적인 계산을 했다. 그녀는 해머를 날렸다. 던져진 그것은 날더니 싱어의 머리 옆을 때렸다. 그는 폭발해 고요가 되었다. 관중은 살인에 함성을 질렀다. 사람들은 서워를 위해 소리 질렀다.

---

* 헨드릭스 영, 콜로설. M 하나. 그가 했던 것처럼 죽이는 사랑은 전혀 사랑이 아니다. 몇 년 전에 얻은 교훈이다. 원할 때 노래하라. 할 수 있다면 친절을 베풀어라. 구세주가 너를 받아들이시길, 은총을 허락하시길 기도하라. 네가 구세주다.

이래서 우리가 당신을 사랑한다니까.

불사신이라고 불리는 남자는 거친 추격을 벌이는 와중에도 동료가 죽어 쓰러진 것을 깨닫고 갑자기 멈췄다. 그것을 알아챈 사람들은 소리 질렀다. 불사신 정글 크래프트의 팔에서 힘이 빠졌다. 그는 그를 지옥에서 좀 더 친절하고 쉬운 지옥으로 인도한 남자를 향해 달렸다. 서워는 사이먼 J. 크래프트가 그녀를 지나쳐 스콜피스 싱어 헨드릭스 영의 시신으로 달리는 것을 보았다.

크래프트는 무릎을 꿇고, 싱어의 시신 중 인간으로 남아 있는 형체를 안고 움직이지 않았다. 관중은 조용히 서 있었다. 그들의 마음이 열렸다. 누군가는 저항했고, 누군가는 받아들였다. 눈물이 고였다. 사이먼 크래프트는 싱어의 시신을 들어 꽉 끌어안은 뒤 바닥에 눕혔다.

스택스는 숨만 헐떡일 뿐 움직이지 않는 남자에게 걸어갔다. 크래프트는 주먹을 들어 가볍게 싱어의 주먹에 부딪쳤다.

서워는 이 모습을 보았다. 스택스가 가까이 다가가서 크래프트의 어깨에 대낫을 내려놓았다.

"미안해, 자기. 사랑해."

스택스가 말했다. 그러고는 러브가일을 당겨 그의 목을 그었다.

그는 앞으로 쓰러졌다. 불사신 사이먼 J. 크래프트가 죽임을 당했다.* 스택스는 현장에서 멀어져 무기를 땅에 떨어뜨렸고 서워도 그렇게 했다. 그들은 킵으로 돌아가 다음을 위해 서로의 손을 잡았고, 사람들은 지금 느끼는 것이 구원이 아닌지 생각했다.

---

* 사이먼 J. 크래프트. 하시 리퍼. M 넷, R 하나. 정글 정글 제러마이아. 지금 점프. 지금 장난. J가 뜻하는 것. 고통을 일으키는 사람들. 그들이 어떻단 말인가? 나는 어떻단 말인가? 사이먼은 스스로에 대해 물었다. 그는 살인자이고 강간범이었다. 그랬다. 항상 그랬던 건 아니다. 그랬던 인간은 어찌 되는가? 그럴 수도 있던 것은 어찌 되는가? 그는 망쳐졌기 때문에 망쳤고 더 망쳐졌다. 빛이 있었다. 그는 그것으로 점프했다.

시즌 33

남자들은 땅 위에 죽어 있었다. 그는 땅 위에 죽어 있는 것이 여자들이길 바랐었다. 그가 서워를, 블러드 마더를, 스포츠계에서 가장 유명한 여자를 사랑하지 않는다는 사실만큼이나, 앞으로 말할 것을 직접 발표하는 사람이 되고 싶지 않은 것이 확실했기 때문이다.
"멋진 싸움이었어요."
그는 바람 빠진 축구공처럼 말했다. 현장 직원들이 남자들의 시신을 가방에 넣었다.
"위대한 싱어와 결국 불사신은 아니었던 정글맨의 충격적인 결말이군요. 그들이 이 게임 최고의 선수들이었다는 건 확실합니다. 훌륭한 경기를 펼쳤어요. 그들을 위해 박수를 보내도록 하죠."
그가 좋아하지 않는 일이 일어나고 있었다. 그는 그가 무엇인지 알고 있었다. 시신이 아직 식지도 않았는데 미키는 관중들이 방금 본 것보다도 훨씬 나쁜 잔혹 행위를 발표할 참이었다. 이것이 그라는 사람이었다. 어떻게 이렇게까지 되었는지 알 수 없었다. 그는 뉴스를 보았고, 트레이시 래서가 그만두는 영상을 보았고, 생각했다. 그렇군. 잘한 일이야. 며칠 뒤에서야 그는 스스로에 그가 무엇이 되었는지에, 그가 무엇인지에 두려움을 느끼며 밤중에 잠에서 깨어났다. 이사회 회의에서 그는 할 수 있는 모든 것을 했다. 그는 그렇게 혼자 되뇌었다.

관중석의 사람들은 훼손된 시체에 박수를 보냈다. 그는 웃었다. 달리 할 일이 없었기 때문에. 우리 모두가 그것을 허락했다. 우리 모두가 그것에 투표했다. 우리 모두 그것이 일어난다는 사실을 알았다. 그렇다면 왜 갑자기 분노하는가? 그는 왜 지금 가라앉는 기분을 느끼는가? 오랜 시간 자라난 어떤 것. 안에서부터 그를 먹어 치울 준비가 된 입이 있는 어떤 것.

"그리고 물론 가장 역동적인 듀오, 사랑에 빠진 피투성이 여인들이 한 번 더 그들 앞의 산을 정복하고 체인 갱 올스타전 시즌 32를 마무리했습니다. 게다가 아름다운 시인, 스택스라 불리는 허리케인이 드디어, 드디어 콜로설에 도달했습니다. 그녀와 그녀의 귀여운 연인은 같은 체인에서 콜로설 계급에 도달한 최초의 여성 커플이 되었습니다."

마지막 부분은 대본이 없었다. 그는 분명한 그림을 그렸다. 관중석의 바보들, 그러니까 그를 사랑하거나 증오하는 사람들, 탐욕스러운 눈으로 기대하듯 그를 지켜보는 사람들에게 앞으로 일어날 일을 확실하게 알려 주고 싶었다.

그는 자신만의 작은 무대 꼭대기에 있었다. 군사 경찰이 손을 잡은 스택스와 서위를 통로로 이끄는 동안, 두 사람은 고개를 돌려 미키를 보았다. 시즌이 끝났다. 그건 새 시즌이 시작됐다는 뜻이었다. 지금 발표하는 내용 때문에 전투 후 발언은 없을 예정이었다.

그는 자기 모습을 보려고 대형 스크린을 올려보았다. 속이 조금 메스꺼워졌다. 그래서 그는 시선을 돌렸다. 뭔가 전설적인 것을 보러 왔고, 만족스러워하지만, 그럼에도 여전히 뭔가를 더 원하는 군중에게로.

"게임 마스터들에게 충격적인 새 규칙에 대한 말을 듣고 있는데요."
그는 이렇게 말하고 귀에 손을 댔다. 메시지가 들리지는 않았다. 이미 대본이 있었다. 주중에 오늘을 앞두고 리허설을 하기도 했다. 하지만 미키는 스스로와, 체인 갱을 통제하는 보이지 않는 손 사이에 거리를 좀 두고 싶었다. 그는 이사회에 속해 있었지만, 거기서 모든 걸 통제하는 사람은 부자들이었다. 그는 그렇게 스스로에게 말했다. 그는 고용되었지, 그쪽 혈통이 아니라고. 서워가, 그 대단한 년이, 그리고 그 미치광이 스택스가 그 모든 것들에도 불구하고 그가 이런 짓을 하지는 않을 것임을 알아 주었으면 했다.

"으응. 세상에. 과격한 생각이군요."

그는 혼잣말처럼 자신과 세상에 말했다. 그리고 숨을 들이마셨다.

"여러분 모두의 피로 뛰는 심장 속에 잠들어 있던 질문에, 드디어 답을 얻게 될 것 같군요. 누가 가장 강할까? 누가 가장 나쁠까? 누가 역대 최고의 링크일까?"

그의 말에는 힘도 느낌도 없었다. 그는 무심하게 말했다. 그러면서 해고되리라 생각했다. 그는 자기 에이전트가 트레이시 래서 쪽 사람들을 알지 궁금했다.

"체인 갱 올스타전 시즌 33이 막 시작되며 이 새로운 규칙에 즉시 효력이 생깁니다. 어떤 체인에도 콜로설 계급 링크 두 명 이상이 있을 수 없습니다. 한 체인에 콜로설 계급 링크가 두 명이 되면, 그들은 배틀그라운드에서 만나게 됩니다. 그래서 일주일 후, 위대한 자유라는 가장 탐나는 보물을 두고 로레타 서워는 '허리케인 스택스' 하마라 스태커와 전투를 벌입니다. 그럼, 그때까지!"

그는 후원사 언급을 완전히 생략해 버렸다. 그러고는 배틀박스로 내려와 바닥에 주저앉았다.

사람들은 충격에 빠져 조용했다. 그리고 고요 속에서 미키 라이트는 생각했다, 어쩌면 아직 희망이 있다고.

엿이나 먹어라, 미국

"다들 힘든 밤이었지. 너희들 수갑 모두 파란색으로 설정하지 않을게. 아무한테도 말하지 마, 알았지?"

이것이 제리의 친절이었다.

"엿이나 먹어라, 미국."

사이 아이가 말하자 너무나 오랫동안 밴을 채우고 있던 침묵이 깨졌다. 더는 랜디 맥이 없다는 사실은 그들의 마음에 가시처럼 박혀 있었다. 하지만 그건 시즌 33이 체인의 리더들에게 가져온 끔찍한 미래를 외면하기 위해 링크들이 온몸으로 겪기로 선택한, 확실하고 실재하는 고통이 되어 주었다. 서워는 보통 앉는 구석에 앉았고 스택스는 서워 옆에 앉는 대신 반대편에, 랜디 맥이 목숨을 잃지 않았다면 차지했을 공간에 앉았다.

"엿이나 먹어라, 미국."

아이스 아이스 엘리펀트, 리코 무에르테, 스택스가 답하듯 말했다.

서워는 이미 외로웠다. 어깨에 스택스가 기대지 않으니 길을 잃은 기분이었다. 그녀는 허전함을 그대로 받아들였다. 그리고 무릎이 지르는 비명을 무시하려고 했다. 오랫동안 잘못돼 있던 뭔가가 더 심해졌다.

"바로 그 정신이지."

제리가 말했다.

나머지 링크들은 한마음으로 그를 증오했으나 아무 말도 하지 않았다.

거니 퍼들스가 말했다.

"다른 나라들도 많잖아."

나머지 링크들은, 심지어 배드 워터조차 그를 경멸의 눈으로 보았다. 리코는 자기 자리에서 거니의 오른쪽으로 몸을 기울여 "**엿이나 먹어라, 미국.**"이라고 거니의 얼굴에 최대한 큰 소리로 말했다.

거니는 미소 짓고 뒤로 기댔다.

그냥 당장 죽이면 안 될까. 서워는 생각했다. 더는 아무것도 중요하지 않다면, 거니 퍼들스를 제거함으로써 이 집단의 평화와 안전을 조금이라도 더 보장할 수는 없는 걸까.

"그 말 하고 싶은 만큼 해도 좋지만, 바뀌는 건 아무것도……"

"아무튼 우리의 사나이는 잘 해냈어요. 그는 할 수 있는 걸 했어요."

리코가 말했다.

"기록이 어떻게 된다고 했더라? 오 분? 전설의 경기라는 게 있다면 바로 그거였어."

아이스가 말했다.

"그래도 똑같이 끝났어."

거니가 말했다.

서워는 랜디가 염소 농부로 일했던 시골 시설 출신이라는 사실을 기억했다. 그는 감옥에서 진정으로 사랑하는 것을 찾아낸 몇 안 되는 사람 중 하나였다. 그에게 기회만 있었다면. 그는 어떤 사람이 되었을까? 서워는 무엇이든, 누구든 생각하려고 했다. 그게 스택스만 아니라면. 이것은 그들이 이미 적이라는 의미일까?

그랬다. 배정된 순간 싸움은 이미 시작되었다. 싸움이 다가온다는 걸 아는 순간 준비가 시작됐다. 서워는 다른 상대들을 분석하던 식으로 스택스를 마음속에서 분석하려고 했다. 그녀에게 어떤 경향이 있는지 나열하고, 첫 공격을 예측하고, 그녀의 죽음을 상상했다. 처음의 스택스는 반격하는 사람이었다. 상대가 공격하면 그걸 죽음으로 바꿔서 돌려줬다. 하지만 허리케인이 되면서 그녀는 선공을 하게 됐다. 그녀는 먼저 공격하고, 마지막에 공격했다.

사이가 말했다.

"원한다면 여기서 바로 흠씬 두들겨 주지."

"네가 뭘 한다고?"

거니가 여전히 웃으며 말했다.

서워는 차를 타고 가면서 싸움이 그녀가 희망했던 것만큼 어렵지 않음을 깨달았다. 모든 위대한 링크가 그렇듯 스택스는 경기를 빨리 끝내고 싶어 했다. 하지만 놓쳤을 경우를 대비해 두 번째나 세 번째 공격을 이어 가기 위해 거의 항상 수평 회전 베기로 시작했다.

스택스는 현란한 편이었지만 그러기 위해 정확도를 많이 포기하지는 않았다. 러브가일은 하스 오마하보다 훨씬 길었다. 서워는 이미 이 생각들을 모두 했었다는 사실을 깨달았다. 스택스와 함께 싸운 경험이 많았고, 전사이자 파트너로서 스택스를 이해해야 했기 때문이라고 스스로에게 변명해 보았다. 하지만 콜로설이, 그랜드 콜로설이 되려면 다른 링크를 배틀그라운드에서 이기는 모습을 그려 뒀어야 했다. 서워는 스택스를 볼 때마다 경기에 대한 피드백을 주었다. 배틀그라운드에서 스택스를 상대한다고 하면, 경기를 보며 알아챈 스택스의 습관들 때문에 자신이 이겼으리라는 생각에 기반한 것들이 대부분이었다. 하지만 전략을 짜는 것은 짜는 것이고, 그것이 다가온다는 사실을 아는 것은 다른 문제였다.

"아주 브레이크 없이 두들겨 패 주겠어."

사이가 말했다.

"그리고 저도 몇 초만 낄게요."

리코가 덧붙였다.

서워는 스택스를 보았고, 이어서 리코, 사이, 아이스, 배드 워터, 거니를 보았다. 그들에게서 자신의 모습이 비쳤다. 그녀는 죽은 스택스를 상상한 적이 있었다. 사실 매일 상상했다. 서워는 그 느낌에 스스로를 단련시켰다. 스택스의 죽음, 차갑고 움직이지 않는 그녀의 몸을 생각하면, 가슴에서 아드레날린이 나와 근육 하나하나로 퍼져 나갔다. 그것은 주위의 모든 것에 대한 후끈한 증오로 바뀌었다. 그 증오는 강력한 동기였다. 열망이었다. 스택스가 이 땅에 없다는 생각이 그녀를 그랜드 콜로설로 이끌었다. 스택스를 애초에 CAPE 프로그램 같은 시스템에 들어오게 허용한 세상의 잔인성에 대한 혐오……. 그것 역시 그녀를 이끌었다. 하지만 서워는 스택스를 향해 폭력을 휘둘러야 할 때, 무슨 일이 일어날지 알 수 없었다. 스택스를 죽이기 위한 동기로 스택스의 죽음을 사용한다는 건 불가능해 보였다. 그러나 그 감정은 존재했다.

그녀는 피곤했다. 너무 피곤했다. 서워는 무릎을 펴고 아무도 보지 않을 때와 같은 방식으로 문질렀다. 서워는 무릎을 쭉 펴고 아무도 보지 않을 때처럼 문질렀다. 무릎을 문질렀다. 너무나 자주 참아 왔던 안도감을 느꼈다. 무릎을 문질렀다. 앙골라 해먼드가 지켜보았다.

"넌 안 돼."

서워가 반월판 주위를 주무르며 말했다.
"랜디는 심지어……."
리코는 흔들리는 목소리로 말했다. 리코의 경기가, 그의 살인이, 여전히 그의 목소리와 눈에 생생했다. 그는 아직 어렸고, 그 상처를, 살인의 역풍을 숨기는 법을 배우지 못했다.
"난 이미 좋은 밤을 보내고 있지 못해. 넌 아무에게도 아무 짓도 하지 않을 거야."
스택스가 말했다.
"랜디라면 했을걸요."
"그만하라고 했지!"
스택스가 소리 질렀다.
서워는 스택스를 보았고 스택스는 마주 노려보았다. 서워는 삶에서 가장 큰 고통을 느꼈다. 스택스의 감정이 여전한지, 아니면 살아남기 위해 서워를 사랑하는 자신의 일부를 죽였을지 알 수 없다는 것.
"맞아. 체인 갱은 가족이야."
거니가 목구멍에서 침이 튀어나올 만큼 심하게 웃으며 말했다.
"정확해."
스택스도 웃으며 말했다.
사이는 자기 좌석으로 늘어졌다.
"엿이나 먹어라, 미국."
리코가 말했다.
"바로 그 정신이야."
운전사 제리가 다시 말했다.
그리고 그들은 이번 서킷 마치를 시작할 어디로인가를 향해 어떤 길인지 가던 길을 계속 갔다.

블랙아웃

그들은 도착했다. 걷는 것보다는 삶과 진실에 더 지친 채로.

캠프는 협곡으로부터 몇 미터 떨어져 있었다. 모닥불 빛에 더 붉게 보이는 적색 땅은 죽어 가는 강의 마지막 잔해를 품은 지구의 넓은 틈에 가까워지며 점점 어두워졌다.

그들은 캠프에 도착하기까지 얼마간 협곡을 따라 걸었다. 스택스는 마치에서 여섯 시 방향의 같은 자리를 지켰다. 전과 같은 느낌이었다. 하지만 서워는 스스로에게 다르다고 말했다.

앵커의 알림을 듣자 거대하고 슬픈 안도감이 찾아왔다.

블랙아웃. 열네 시간 후에 마치가 시작됩니다.

"젠장. 그래도 저건 반갑네."

아이스 아이스 엘리펀트는 서워의 어깨에 그의 큰 손 하나를 올리고, 돌아서서 스택스를 껴안았다.

서워는 저녁을 찾아 텐트에 가지고 들어가지 않고 그 자리에서 상자를 열었다. 아삭아삭한 브로콜리, 유기농 로스트 치킨, 트러플 버터와 숙성 파르메산 치즈를 곁들인 브리오슈 번이 들어 있었다. 그녀는 식사를 꺼내 무릎에 쟁반을 놓았다. 먼저 번을 한 입 베어 물고 생수병을 비틀어 열었다.

"블랙아웃 저녁 만찬이네. 건배."

서워가 병을 들어 올리자 손목에 자리 잡은 빛이 투명한 병에 쪼개지고 반사되고 굴절되었다.

스택스는 모닥불을 사이에 두고 서워 건너편의 의자에 앉았다. 앙골라 해먼드는 함께였다. 그들끼리만 말하고 들을 수 있었다.

서워는 허벅지에 쟁반을 균형 맞춰 놓고 물을 마셨다.

체인 나머지는 주위에 확신 없이 불안하게 서 있었다.

"긴장 풀어. 앉아. 블랙아웃이잖아."

서워가 말했다.

"무슨 일 있었어? 너희 때문에 스트레스 받아."

스택스가 이어서 한 말에 거니 퍼들스는 킥킥거리기 시작했다. 그는 앉아서 자기 이름이 쓰인 상자를 열었다. 다른 사람들도 뒤따랐다.

서워는 낮에 막 죽인 남자들을 기억하려 노력했다. 그들은 평화를 찾은 듯이 보였다. 편리한 환상이라는 걸 알았지만 그래도 진짜처럼 느껴졌다. 서워는 그들이 그녀를 용서하길 바랐다. 그녀가 스택스와 무슨 짓을 했든 그녀를 기다리는 용서가 있길 바랐다.

그녀는 스스로가 뭔가 벗어 버리는 것을 느낄 수 있었다. 한때 그녀를 정의하던 저항. 끈질김, 강함. 그녀는 그것들이 흘러나가는 것을 느꼈다. 그것에 감사했다.

"그래서 계획이 뭐야?"

사이가 물었다.

"너희 안 먹을 거야, 응?"

서워가 말했다.

서워는 지금 주변에 둘러앉은 사람들과 무슨 일을 겪었는지 생각했다. 오랜만에 기분이 가벼웠다. 최악의 일은 이미 찾아왔다. 그래서 그걸 덜기 위해서 시간을 들이고 있었다. 그녀는 다리를 폈다. 쟁반의 균형을 잡으면서 무릎을 잠시 문질렀다. 닭고기의 맛이 그녀를 채웠다.

"그건 정당하지 않아."

사이가 말했다.

"개판이에요."

리코가 말했다.

"이 게임이 원래 그래."

거니가 말했다.

"옳지 않지만, 이미 그랬어."

서워가 말했다.

"하지만 이건……"

리코가 말을 시작하자 스택스가 끼어들었다.

"블랙아웃인데 다들 분위기 죽이고 있네. 맥은 이유 없이 엿이나 먹으라고 한 게 아니야. 그게 이곳이야. 그게 이거야. 그러니까 지금은, 오늘은, 내가 알고 싶은 건……."

스택스는 모닥불 쪽으로 몸을 기울였다.

"다들 누구야?"

"무슨 뜻이에요?"

리코가 말했다. 그들 모두 이해했지만.

"간단한 질문이잖아. 그리고 다들 블러드 포인트 써서 우릴 보러 올 거야?"

스택스가 압박했다.

앙골라 해먼드는 너무 많은 일에 대해 그랬던 것처럼 서워를 보았다.

"스택스한테 대답해 줘."

서워는 웃었다. 그녀의 일부는 피 흘리고 있었지만. 스택스와 서워는 일종의 위로를 하고 있었다. 체인 구성원들의 압박을 덜어 주며 돕고 있었다. 변화가 다가오고 있다는 사실을 확실히 받아들일 여유를 주고 있었다.

그들은 원의 맞은편에 있었지만, 최소한 이 면에서는 하나였다. 또 다른 공연. 절대 괜찮을 수 없는 것을 괜찮게 만드는 일.

"넌 대단해, 미스 서워. 하지만 저쪽은 사신의 막대기를 든 제대로 미친 여자야. 난 볼 거야. 고급 좌석에 앉을 거고."

아이스가 말했다.

"내가 이걸 좀 잘 다루지."

스택스는 러브가일의 머리를 두드렸다.

"난 안에 있을 때 E 구역 휴게실에서 네 첫 경기를 봤어. 그런 건 본 적이 없어. 그때부터 로레타 서워가 위대한 자유를 얻을 걸 알았지. 존경을 담아서."

사이가 말했다.

스택스가 웃었고 서워는 끄덕였다.

눈물을 글썽거리다가 조용히 울고 있던 리코는 자기 모습에 웃었다.

"그러니까…… 스택스가 집중하고 있다면 이기긴 힘들죠. 이 말을 하는데 마음이 편해지는 않아요. 젠장. 스택스가 진심이라면 강하죠."

그는 말하면서 땅을 보았다.

"내가 진심이 아닐 때도 있나?"

스택스가 물었다.

이제 체인 전체가 웃었다.

"정확해요. 일 년 전이라면 서워가 이겼을 거라고 생각해요. 지금은 그렇다곤 못 하겠어요."

리코의 말을 아이스가 받았다.

"삼십 초 안에 끝내, 스택스. 그것보다 길면 블러드 마마가 군림한다고."

"너희 전부 무슨 라스베이거스 사람들 같아. 젠장."

스택스가 말했다.

"서워."

배드 워터가 말했다.

"그리고 맥은 스택스래. 방금 내 귀에다가 그렇게 말하더라고."

스택스가 말했다.

"내가 열세네. 괜찮아, 전에도 그런 적 있었어."

서워가 말했다. 다른 링크들은 먹기 시작했다. 그 사이로 일주일 후 과 그 이후에 주위에서 어떤 죽음이 펼쳐질지에 대한 각자의 생각이 마음대로 돌아다녔다. 그들은 모닥불의 온기와 불빛 안에 머물렀다. 서워는 그녀가 뭔가 좋은 일을 한 것인지 생각하지 않아도 되었다.

"난 절대로 바로 앞 일등석에 있을 거야."

사이가 말했다.

"저도요, 당신이 블러드 포인트를 좀 지원해 준다면."

리코가 서워에게 말했다.

"스택스한테 앞줄에 앉혀 달라고 해. 걔는 너무 강하니까."

서워가 웃자 체인은 더 긴장이 풀렸다. 그래서 그들도 웃었다.

"제 말은, 그녀는 그저 누구에게나 정말 나쁜 상대라고요."

"어쨌든."

서워가 말했다. 그들은 그녀의 모습을 즐겼다. 그들은 로레타 서워라는 이름의 여자에 의해 인솔되는 것이 자랑스러웠다.

밤이 깊어졌다. 이제는 자는 일밖에 안 남았다 싶을 때 거니 퍼들스가 질문했다.

"우리가 모두 쿰바야를 부르고 있지만 물어보려고 한 게 있었어. 왜 선셋을 죽였어? 그는 개새끼였지만 당신을 왕족처럼 대했잖아. 왜 그런 사람을 그렇게 베어야 했던 거야?"

서워의 눈이 스택스를 찾았다. 밤은 시원했고 협곡 사이로 움직이는 날카로운 바람 소리를 낮은 숨처럼 품고 있었다. 그것이 거기 있다는 걸 계속해서 일깨우는 부름이었다.

"그가 내게 부탁했어. 난 그를 도와야 했어."

체인이 이 말을 들었다. 탁 트인 공간의 소리가 허공을 채웠다.

거니가 끄덕였다. 그는 더 묻지 않았다.

여기서 스택스는 일어나서 어둠 속에서 천천히 지구가 갈라진 곳을 향해, 그 틈을 향해 천천히 걸었다. 그녀는 불 옆에 러브가일을 두고 체인에서 멀어졌다.

서워는 나머지와 함께 앉아 있었다. 그녀는 그들을 사랑했고, 실망시키고 싶지 않았다. 그녀는 그들이 그것을 알길 바랐다. 그녀가 고개를 들어 스택스가 사라진 곳을 보았을 때 스택스는 보이지 않았다.

서워는 일어났다. 무릎이 약하게 욱신거렸다.

그녀는 스택스를 볼 수 없었고 그래서 그 방향으로 더 빨리 걸었다. 그녀는 그 순간 스택스를 봐야 했다. 꼭 봐야 했다.

그리고 그녀는 보았다.

스택스의 손목이 뿜는 빛이 서워를 다시 그녀에게 이끌었다. 그녀는 협곡 가장자리에서 기다리고 있었다. 그녀의 몸에서 나오는 빛은 기도 같았다.

"내가 이걸 만들었어, 알지."

스택스는 내려다보았다. 그녀가 죽음 위에서 그렇게 서성이자 서워는 심장이 멎는 듯했다.
"뭘 만들어?"
서워는 팔을 뻗어 스택스를 다시 당겨 오고 싶었다. 하지만 그녀는 그만큼 쉽게 밀어 버릴 수도 있었다.
"이 협곡. 연습하고 있었는데 조금 흥분해서 쾅……. 그래서 세상에 구멍을 내 버렸어."
스택스는 가장자리로 몸을 기울였다. 서워는 눈을 감았다. 일어날 일을 일어나게 두기 위해 노력했다. 어쩌면 이것이 가장 쉬운 길이었다.
그들은 세상이 지금까지 본 가장 위대한 전사 두 명이었다.
서워는 스택스의 잘록한 허리로 손을 뻗었다.
그녀는 스택스의 운동복 바지 끝을 잡고 끌어당겼다. 그들은 몸을 돌려 서로 마주 보았다.
"네 말 믿어."
서워가 말했다.
"난 서로가 없는 우리 둘의 모습은 어느 쪽이든 생각하고 싶지 않아."
스택스가 말했다.
서워는 스택스를 가까이 당겨 그녀의 눈빛을 느꼈다. 스택스도 서워를 느낄 수 있길 바랐다.
"우리가 왜 이걸 해야 하는지 모르겠어. 그냥 함께 떠나자. 우리 둘 다."
서워는 자신의 말을 허공에서 들었다. 너덜너덜해진 기분이었다.
"넌 왜 이런 일을 하자는 거야? 우리여야 하잖아. 왜 우리가 그라운드로 나가는 거야?"
서워는 전에도 물었다. 그녀는 이제 다시 물을 수 없을 거라는 걸 알고 있었다.

"내가 지금 뛰면, 넌 어떻게 할 거야?"

스택스가 말했다.

"난 널 따라갈 거야."

"그리고 네가 뛰면 나도 똑같이 할 거야. 그리고 퍼들스가 내 목에 칼을 던지면?"

그 생각에 뜨거운 파도가 서워의 몸을 관통했다.

"난 그놈을 먼지로 만들어 버릴 거야."

"그다음엔 뭐야?"

서워는 곤죽이 된 거니 위에 서 있는 것을 상상했다.

"모르겠어."

하지만 서워는 불이 날 것을, 자기 안의 혐오가 계속해서 부풀어 올라 다른 것을 먹어 치워야만 하는 어떤 것이 될 것을 알았다.

"넌 거니의 가족을 찾고 싶을 거야. 최소한 개나 뭔가라도. 맞지?"

서워는 웃는 소리를 냈지만 어둠 속에서 그녀의 얼굴은 애절했다.

서워는 들었다.

"우리는 이 모든 걸 하면서 메시지를 보내고 있었잖아. 우리가 그라운드로 나가면, 그건 다른 방식으로 생명을 얻을 거야."

"그게 어떻게? 나는 못……"

"음, 난 할 수 있어. 사람들이 내가 널 죽이게 만들면, 난 그 사람들을 파괴하려고 노력하면서 남은 시간을 보낼 거야. 너도 이해하지? 너도 같은 생각인 거 알아."

"아니. 나는 안 그럴 거야."

"네가 그라운드에서 이기면 최소한 나는……"

"내가 널 죽이면, 그러면 뭐? 그게 뭘 할까?"

서워는 스택스에게 훨씬 더 가까이 다가섰다. 그녀의 피부가 내뿜는 열기가 느껴졌다.

"넌 그것 때문에 세상에 머무를 거야. 넌 그들을 먼지로 만들 방법을 찾을 거야. 그러려고 노력하겠지. 넌 트레이시를 찾을 거야. 그리고 뭔가의 일부가 되겠지. 일하고 일하고 일하다 어쩌면 그 어디쯤에서 나를 조금은 잊고, 조금은 널 위해서 살 거야. 네가 여기 있어야 할 뭔가를 가졌으면 좋겠어. 그래서 네 모든 게 조금이라도 더 오래 저 밖에 머무를 수 있으면 좋겠어. 꼭 무슨 일을 하지 않아도 돼. 넌 이미 많은 일을 했으니까. 하지만 난 널 알아. 넌 노력할 거야. 그게 네가 하는 일이야. 그리고 그건 뭔가가 될 거야. 모든 게 될 거야."

"그럼 내가 네 메시지를 전하는 사람이라고? 내가 그걸 원하지 않으면?"

"네가 내 메시지고 난 네 메시지야. 누가 이기든 그건 똑같아."

서워는 스택스의 어깨 너머로 손을 올려 손바닥으로 그녀의 머리를 잡았다.

"우리."

스택스가 말했다.

"하지만 그 메시지라는 게 뭐야? 어떤 메시지가 이 모든 걸 할 만한 가치가 있지?"

스택스는 서워의 손목을 잡고 꽉 쥐었다. 서워는 그냥 울었다. 그러며 말했다.

"네가 옳아. 난 알아."

그리고 그녀는 스택스가 그녀의 삶에서 가장 좋은 것이었음을, 그녀가 그들에게 남은 모든 시간을 원한다는 사실을 알려 주기 위해 스택스에게 키스했다.

게임

모든 곳에서 소리가 들렸다. 수천 명의 함성이 합쳐졌다. 두 전사는 일주일 만에 처음으로 떨어졌다. 북쪽 게이트. 남쪽 게이트. 그들은 앙골라 농장·교도소의 목화밭에서 영감을 받은 잔디 경기장, 풀이 무성한 녹색 땅에 나타날 것이었다. 곳곳에 관목이 있었지만 대부분은 깨끗하고 고른 잔디였다. 게임마스터들은 이 경기가 집중을 방해하는 요소가 있어야 하는 것이 아님을 알았다. 이것이 사람들이 원하는 것이었다. 이것은 완벽한 경기였다. 이것은 대단원이었지만 시작이기도 했다.

그들은 보았다. 그들은 그들 자신과 세상에 봉사한다는 소명을 믿었다. 무엇을 하든, 결과가 어떻든 그들은 새로운 종류의 삶을 소유하고 팔고 거기에 맞춰나갈 수 있었다. 그들은 가장 높은 계층의 예술가였다.

이날 하룻밤에 인간이 지닌 모든 가능성이 있었다. 바로 이것이었다. 모든 게임이 암시했던 약속. 바로 이것이었다.

게임마스터들이 지켜보았다. 그들은 이사회였지만 또한 그 이상이었다. 거래의 해결사이며 교도소장이며 정치인이며 소유주였고, 그들은 극히 일부만 이해하는 세상, 그들만을 위한 위쪽의 세계를 살았다. 그들은 앉아서 자신들의 인류애를 흠뻑 적실 만큼 샴페인을 마셨다. 그들은 그들이 이미 이긴 게임을 몇 번이고 보았다. 좌석은 바닥 근처가 가장 비쌌고 위로 올라갈수록 점점 더 싸졌다. 그러나 그들이 앉아 있는 폐쇄형 스카이라운지는 대부분이 상상도 못할 가격이었다.

그들은 술을 마셨고 철학에 대해 생각하지 않았다. 플래카드를 든 소녀 때문에 구역질이 났다. 그 질문 때문에 구역질이 났다. 밖에 있는 수천 명의 시위대 때문에 구역질이 났다. 그러나 그 사람들이 무엇에 분노하는지 그들은 여전히 확신하지 못했고 앞으로도 알아차리지 못할 것이었다. 무엇이 그렇게 큰 악인가? 이 높은 라운지에 앉을 재치나 진취성이나 품위가 없는 사람들은, 게임마스터들이 이 끔찍한 세상을 뭔가 아름다운 것으로 바꾸고 있다는 사실을 이해할 수 없다는 말인가?

그들은 트레이시 래서가 그 소녀의 양어머니에게 마이크를 넘기는 걸 생방송으로 보았다. 소녀는 여전히 인플루언스에서 회복 중이었지만 오늘 밤에는 마스코트처럼 나타났다.

"그리고 우리는 밀려나지 않을 것입니다. 우리는 절대 침묵하지 않을 것입니다. 내 딸의 메시지는 들릴 것입니다. 우리는 시스템이 완전히 새로 구상될 때까지 멈추지 않을 것입니다. 국가가 개인을 없애기 위해서가 아니라 문제를 없애기 위해 일할 때까지. 내 딸과 같은 사람들의 용기가 변화를 만날 때까지 우리는 멈추지 않을 것입니다."

여자는 몸을 돌려 마리라는 소녀를 보며 마이크를 넘겼다.

"그들은 나를 멈추지 못했습니다. 그들이 당신을 멈추게 하지 못한다는 사실을 잊지 마세요."

마리의 목소리는 떨렸지만, 크고 무게가 있었다. 그녀는 회복했고, 저 사람들이 무슨 미친 짓을 팔고 있는지 광고했다. 상복을 입고 아무 말이나 할 것이다. 그리고 사람들은 그걸 모두 믿겠지. 무단침입을 했는데 수백만 명이 그녀를 무슨 영웅처럼 보았다. 그녀는 살아 있었지만 그럼에도 순교자였다. 인플루언스당하는 홀로폰 녹화 영상에서 태어난 순교자였다.

"우리는 많고, 우리는 하나이며, 우리는……"

그들은 방송을 껐다.

그들이 공포를 가져다가 숨겨 버렸다는 사실을 알지 못하는 걸까?

게임마스터들이 사람들을 구해 주었다는 사실을 알려 주려고, 바로 그 공포를 가져다가 세상에 다시 내놓았다는 것을 알지 못하는 걸까?

칼은 항상 목에서 그리 멀지 않다.

악한 의도를 가진 사람은 누군가의 아이들, 누군가의 딸과 아들에게서 그리 멀지 않다.

알지 못하는 걸까? 게임마스터들이 만들어 낸 아름다움을 볼 수 없다니 얼마나 눈이 먼 것일까.

당신은 두 가지 방식으로 생각할 수 있다.

선한 사람과 악한 사람이 있다고 믿을 수 있다. 그리고 선한 사람은 영광을 누리고, 악한 사람은 처벌받아 마땅하다고.

또는 처벌받아 마땅한 사람은 없다고 생각할 수도 있다. 다만 처벌은 필요한 악일 뿐이라고. 최고의 선, 인류를 돕기 위한 피할 수 없는 희생이라고. 그래서 게임마스터들도 역시 그 무게를 짊어지고 있다고. 항상 궁극적 선을 위하라. 어려운 선. 이 빌어먹을 선한 세상은 게임마스터들이 기꺼이 그런 구원을 가능하게 하는 기반 시설을 건설했기 때문에나 가능한 것이라고 믿을 수 있다. 암을 제거하기 위해서였다. 최고로 꼽히는 사람들이 모두를 위해서 이런 정의를 이루려고 노력했다. 영원히 존재하려는 악을 무력화하려고 했다. 거대한 고통에 희생당한 수많은 사람들을 기리기 위해 보복하는 것이다. 사람들 속에서 자라나는 악의 씨앗을 막고, 가능하다면 구원을 찾는 사람들이 사회로 복귀할 수 있게 도우려는 것이었다.

그들이 그래야 마땅하다고 생각하는 사람들을 위해서.

이것이 세상이었다. 이것이 사실이었다. 삶 자체만큼이나 필요한 일이었다. 그리고 그들, 우리, 당신, 저들…… 모두가 약속에 동의했다.

스카이라운지에 있는 사람들은 잔을 들었다.

"건배."

그들은 외치며 자신들이 설계한 녹색 경기장으로 관심을 돌렸다.

콜로설

나를 콜로설이라 불러.

와서 네가 부르는 대로 나를 불러, 와서, 와서 나를 삶으로 불러, 지금 나를 불러.

스택스.

나를 범죄자라 불러. 차가운 심장의 재앙이라고.

나를 초대받지 않은 자라 불러, 왕이라 불러.

나를 미치광이라고 불러. 네가 나를 죽이고 있는데도 넌 나를 살인자라 불러.

나를 불러, 내 이름을 들어, 지금 나를 불러

스택스.

나를 도태된 자라고 불러, 나를 연이라고 불러.

나를 남겨 둔 촛불이라고 불러.

나를 카인이라고 불러, 나를 예수라고 불러.

나를 창조자의 교회라고 불러.

나를 네가 부르는 대로 불러.

스택스.

그것을 그대로 불러.

네가 주는 삶은 죽음이야.

내가 주는 죽음은 삶이야. 최소한 사랑이야.

그러니 나를 콜로설이라 불러.

나를 부패했다고 불러, 나를 깨끗하다고 불러.

나를 치유라고 불러, 나를 허리케인이라고 불러.

스택스.

허리케인.

스택스.

허리케인.

스택스.

와서 불러, 와서 불러, 와서 나를 완전히 불러.

자유의 날

그리고 그녀는 대낫을 들고 그라운드에 나타났다. 사람들이 그녀의 이름을 너무 크게 부르는 바람에 땅이 흔들렸다.

그들이 그녀를 소개했다.

미키 라이트는 없었다. 그날이 너무 대단한 날이고, 너무 전설 같은 만남이라서 다른 영혼은 단 하나라도 그라운드에 있을 수 없다는 듯.

서워가 통로를 나와 빛으로 걸어 들어갈 때도 스택스의 말이 그녀를 스쳐 지나갔다. 찬양이 폭발했다. 눈이 빛에 적응하는 동안, 서워는 해머를 잡은 손을 하늘로 치켜들었다. 그녀는 자신을 사방에서 둘러싼 장대함을 받아들였다. 그녀를 위해 소리치고 울고 숨 쉬는, 관중석에서 일렁거리는 남자와 여자의 바다. 그녀는 밖에 있는 시위대의 구호를 들을 수 있었다. 그녀는 그들을 위해 주먹을 들었다.

그녀는 잔디밭을 걷는 동안 숨을 내쉬며 스택스를 보지 않으려 노력했다. 물론 스택스는 반대편에 있는 킵에 결박돼 있었다. 서워는 관중석으로 돌아섰다. 그녀의 체인이 보였다. 그들은 자기 좌석에 결박돼 있었지만 목이 쉴 정도로 고함치고 있었다. 그들은 거기에, 이 모든 것 가까이 있었다. 사이의 목 근육이 소리치느라 불거져 나온 것이 보였다. 리코와 아이스도 똑같이 소리 지르고 있었다. 그녀는 배드워터가 응원하는 것을 보았고, 심지어 그들 모두를 지켜보는 거니도 그들 모두를 위해 거기 있었다.

그녀는 귀 기울였고, 그 모든 것을 느꼈다. 눈을 감고 그것이 넘쳐 흐르게 두었다.

서워

서워

서워

서워는 앞에 떠 있는 HMC를 알아차렸다. 그녀는 앙골라 해먼드를 향해 윙크했다. 그들이 그렇게 하라고 졸랐기 때문이었다.

"우린 여기 있어!"

서워가 외쳤다. 사람들은 충격에 빠졌다. 그들은 그들의 여왕이 전투 전에 말하는 것을 너무 오래 듣지 못했다.

"우리가 다시 여기 있어, 내가 시작했던 곳에."

서워가 말했다. 그녀의 말은 그녀의 것이었으나 그녀는 모두를 위해 말했다. 그 모든 자유로운 자와 자유롭지 않은 자, 위대한 자유를 얻은 자와 초라한 자유를 얻은 자.

"자유의 장에."

그녀는 자기 손의 해머를 느꼈고, 그 무게를 생각했고, 그것을 들고 다니는 것이 그녀를 어떻게 해쳤으며 그녀가 그것을 사용해서 어떻게 타인을 해쳤는지 생각했다. 마치 이런 순간을 필요로 하듯 해머를 필요로 했다는 것을. 가끔은 당신을 상처 입히는 것이 당신에게 필요한 것이기도 했다.

그녀는 킵 옆에 하스 오마하를 내려놓았다.

"나쁜 소식은, 내가 여러분을 용서한다는 거야."

사람들은 소리 질렀다.

"좋은 소식은, 내가 여러분을 용서한다는 거고."

그녀는 누구에게 말하고 있었을까?

온 세상이었다.

"여러분은 우리 같은 기적을 본 적이 없다는 걸 잊어서는 안 돼. 사실이지 않아?"

온 세상이 그렇다고 했다.

서워는 혼자 웃고는, 스스로에게 스택스를 보는 일을 허락했다. 그들의 시선이 만났다. 서워가 말하고 있었다. *나 어떻게 하고 있어?* 스택스가 말하고 있었다. *경이로운데.*

"여러분이 본 적 없는 거야, 의견이 같아서 기뻐. 여러분은 이전에 블러드 마더를 본 적이 없어."

본 적이 없어! 그들이 외쳤다.

"여러분은 나, 라우드 시어터 테러를, 로타이드 타이탄을, 로드 선더를 본 적이 없지!"

그녀가 화답하여 외쳤다. 서워는 그 옛날의 자아로, 세상이 원했던 존재로 빠져들었다.

"라이언 테이머. 마지막 노래를 부르는 자. 여러분 모두를 길들인 사람!"

서워는 다시 스택스를 보았다. 그녀는 무릎 꿇은 채 웃고 있었다. 그것이 사실이기 때문이었다. 서워는 오래전 이 관중에게 외침과 응답의 힘을 보여 줬다.

"여러분이 누군지 누가 가르쳐 줬지?"

서워가 허공으로 뛰어오르며 말했다.

서워

"여러분이 가장 좋아하는 콜로설이 가장 좋아하는 그랜드 콜로설이 누구지?"

서워

"그게 모두 사실이라면, 이것도 기억했으면 해."

서워는 천천히 돌았다. 수천 명이 그녀와 눈을 마주쳤다는 기분을 느낄 수 있도록.

"우리는 여러분이 본 적 없는 뭔가야."

그리고 그녀는 킵에 결박되기 전에 말했다.

"우리를 생각할 때, 바뀔 수 없는 건 없다는 걸 기억해. 뭔가를 본 적이 없다고 해서 그게 불가능한 일이라는 뜻은 아니라는 걸 기억해. 사람들은 여기를 자유의 장이라고 하지. 그런데 누가 자유를 얻는 걸까. 나일까, 여러분일까?"

그리고 그녀는 자기 구역에 무릎을 꿇었고 군중은 조용해졌다. 이것은 그들이 태어난 이유였다.

사람으로 만들어진 기계 또는 사람을 흉내 내는 기계가 누구의 목소리도 아닌 목소리로 말했다.

"결박."

서워가 킵의 힘을 느끼는 것은 인생에 있어서 이번이 마지막이었다.

로레타 서워

HMC가 그들의 입술 쪽으로 떠 갔다.

그들은 결박된 채 움직이지 않았다. 침묵을 유지하는 동안 그들은 자신들의 힘을 느꼈다. 스택스는 생각했다. 다들 얼마나 당황스러울까. 이렇게 사슬에 매였는데도 나를 봐. 바람처럼 자유로운걸.

"할 말 다 했어. 집중해."

스택스가 말했다.

서워는 건너편의 스택스를 보고 HMC에 말했다.

"사랑해."

서워가 말했다. 그리고 그들이 풀려나자 수천 명이 소리 질렀다.

서워가 달렸다. 스택스도 마찬가지였다. 잔디는 그들을 서로에게 밀어 주는 듯했다. 그들은 빠르게 날아오르는 듯 움직였다. 최대한 빨리 서로의 품으로 달렸다. 서워는 무릎을 전혀 신경 쓰지 않았다. 아팠지만 이제 끝이었다. 그녀는 무릎이 가진 모든 걸 내주었다. 그들은 서로에게 도착했다.

그들은 서로를 안았다. 사람들은 조용했다. 그들은 서로 안았다. 둘

다 자신의 일부를 품에 안고 있다는 사실을 알았다.

"우리, 알지?"

"너랑 나."

서워의 말에 스택스가 답했다.

그녀가 스택스에게서 입술을 떼자 사람들은 감동에 빠져 고요해졌다.

그들은 서로를 놓았다. 서워는 마지막으로 스택스를, 자기 자신이 됨으로써 세상을 놀라게 한 전사를 보았다.

살해의 시간이 왔다.

서워가 말했다.

"준비됐어?"

"날려 보낸다고 생각하고 휘둘러."

"뭐라고?"

"사랑해."

"잠깐만."

그러나 스택스는 이미 멀어지기 시작했다.

"너랑 나."

서워가 말했다.

"우리."

스택스가 말했다. 그리고 그들은 등을 돌렸다. 서워는 눈을 훔치고 하스 오마하를 되찾으러 뛰었다. 몸을 돌렸을 무렵 스택스는 이미 땅에서 러브가일을 들어 올린 채였다. 사람들은 한 번 더 달아올랐다.

서워가 해머의 무게를 느끼는 사이 세상이 고함치고 웅성거렸다. 그녀는 해머의 힘과 그것이 세상에서 없애 버린 모든 것을 상상했다. 해머를 손에 들고 그녀는 달렸다.

그들은 서워의 킵에서 멀지 않은 지점에서 만났다. 스택스가 더 빨랐다. 서워는 살면서 처음으로 자신에게 돌진하는 러브가일의 머리를 만나고 있었다.

서워의 몸이 통제권을 잡았다. 이런 생각이 그녀를 삼켰다. 난 그냥 여기 누워야겠어, 못 하겠어. 하지만 그녀의 몸은 말했다. 이 일은 내가 알아서 할게. 이 끝없는 아픔을 붙들게 해 줘. 넌 여기서 생각할 필요도 없어, 그냥 움직이기만 하면 돼.

스택스는 뛰어올라 어마어마한 속도의 세로베기로 이어갔다. 서워는 스택스가 러브가일을 휘두르는 중에서도 자유자재로 속도를 조절할 수 있다는 사실을 알았다.

서워는 힘껏 옆으로 피했다. 러브가일은 잔디에 코를 처박는가 싶었지만 스택스가 다시 몸을 돌려서 러브가일로 공기를 갈랐다. 웅크린 서워의 주변으로 러브가일이 채찍처럼 감겼다. 많은 링크는 허리를 움직여 이 공격을 피하려 했고 곧 내장을 신발에 쏟았다. 서워는 뒤로 뛰었고 날이 지나간 뒤에 남겨진 사나운 공기의 자취를 느꼈다.

다시. 서워의 몸이 말했다.

그리고 그것이 다시 왔다. 스택스의 발이 각도를 틀며 다시 한번 몸을 돌렸다. 러브가일이 재차 허공을 수평으로 갈랐고 이어서 스택스의 허리와 팔이 뒤따랐다. 이 베기로 스택스는 많은 링크들을 반으로 갈랐다. 서워는 그것을 기다렸다. 하스 오마하는 풀어 달라고 애원했다. 러브가일이 혼자 춤추는 걸 보는 데 지쳤다는 듯이. 서워는 다시 뒤로 뛰어 피하며, 그 느낌을 따라 하스 오마하를 잡은 손을 느슨하게 풀어 손잡이 끝을 잡고 휘둘렀다.

금속이 부딪히는 소리가 들리자 사람들은 새롭게 태어난 듯 폭발했다. 러브가일이 공중으로 똑바로 솟아올랐다. 서워는 빈틈을 보았다. 부수는 길, 그녀를 오랫동안 살린 여인의 심장을 뚫고 자유로 가는 길……. 생각이 너무 길었다. 스택스는 일격을 가하려고 앞으로 움직이면서도 힘있고 우아하게 치솟는 러브가일을 멈춰 세워 마술이라도 부리는 듯이 서워의 머리를 향해 빠르게 내리꽂았다. 서워는 휘두르던 망치를 멈추고 몸을 옆으로 흔들면서 움츠렸다. 러브가일이 그녀의 어깨 보호대에 있는 해머 로고를 베고 지나갔다. 어깨부터 손까지 얼얼하게 울렸다.

생각은 버려. 그녀의 몸이 말했다. 날 믿어. 난 할 수 있어.

서워가 앞으로 밀고 나아갔다. 보호구에서 튕겨 나간 러브가일이 다시 얼굴을 베러 다가오고 있었다. 더 많은 생각이 사라졌다. 그녀는 완전히 거기 있었다. 그전의 어느 때와는 달랐다. 그 순간, 그곳에 그녀는 스택스와 온전히 함께였다. 앞으로 나아가는 것이 그녀가 할 수 있는 전부였다. 서워와 스택스. 그들의 눈이 만났다. 감사를 느끼면서도 파괴된 눈들.

서워는 하스 오마하를 왼손으로 옮기고 오른손으로는 대낫의 자루를 잡았다. 그날 저녁 처음으로 러브가일은, 전 세계의 여자와 남자가 두려워하던 무기는, 움직이지 않았다. 서워는 대낫을 잡은 채 몸을 돌려 스택스의 왕관을 향해 아래쪽으로 강하게 휘둘렀다. 스택스는 살기 위해 러브가일을 완전히 놓아야 했고, 하스 오마하가 바닥을 찍는 동시에 스택스의 부츠가 서워의 얼굴에 작렬했다.

처음으로 먹혀든 공격이었다.

사람들이 좌석에서 일어섰다. 공격은 빗나갔지만 서워는 분명 날려 보내듯 휘둘렀다. 그럴 수 있었다는 사실을 알자, 그 어느 때보다도 기분이 나빴다. 그녀는 숨을 쉬었다. 그녀는 여전히 거기에 숨 쉬고 있었다. 그녀의 몸이, 그 느낌이 말했다, 아픈 거 알아, 그 아픔을 봐,

느껴, 그리고 움직여.

사람들은 함성을 지르고 또 질렀다. 절대 만족시킬 수 없는 식욕이 날카롭게 뻗어 갔다. 서위는 러브가일을 들고 비틀거렸다. 하스 오마하의 무게와 머리에 맞은 일격 때문에 몸이 불안정해졌다. 스택스는 두 손으로 그녀의 무기를 잡고 서위의 가슴과 배에 드롭킥을 날렸다. 서위는 뒤로 넘어져 구르면서 러브가일을 놓았다. 올려다보자 스택스가 달리는 모습이 보였다. 달려오는 몸, 몸을 가진 폭풍. 스택스는 서위를 세게 베었다. 서위는 일어서서 뒤쪽으로 뛰었지만 그러면서도 부족하다는 걸 알았다. 서위는 몸을 뉘였다. 대낮의 날이 얼굴 바로 위의 공기를 찢어 발겼다. 그녀는 앞으로 걸어찼다. 스택스가 숨을 들이켜는 소리가 들렸다. 그 소리에 서위는 스스로를 찢어 버리고 싶었다. 그러나 그녀는 일어섰다. 피곤하지만 준비된 채. 스택스의 숨이 거칠어졌다.

그들은 서로를 향해 잔디를 박차고 나아갔다. 스택스는 뛰어서 짧게 가로로 베었다. 이번에도 하스 오마하가 러브가일을 밀어낼 때, 서위의 눈에는 세상이 느리게 보였다. 이렇게 막아 내는 건 불가능해 보였는데, 이게 두 번째였다.

러브가일이 움츠러들었다. 하스 오마하는 돌아와서 포식할 준비를 했다. 허리케인 하마라 스택스를 집어삼킬 태세를 갖췄다. 해머를 다시 오른손에 쥔 서위는 하늘을 향해, 턱을 부수려고 휘둘렀다. 위에 있는 먹구름을 으스러뜨릴 듯했다. 파괴적이면서도 절대적인 속도를 몸으로 소환했다. 성공하면 스택스는 영원히 기억되고, 또 복제되리라. 서위는 알고 있었다.

그러나 해머가 움직이자, 서위는 스택스가 러브가일이 받은 힘을 이용하고 있음을 깨달았다. 스택스는 몸을 돌리며 러브가일을 회수해 서워의 목을 향해 휘둘렀다. 그녀는 멈출 수 없었고, 움직일 수 없었다. 할 수 있는 건 반대편에서 그녀를 기다리는 것을 보고 있는 것밖에 없었다. 서워는 자유를 얻을 준비가 된 채 무기를 휘둘렀다.

서워의 머리 옆을 때린 건 러브가일의 뭉툭한 뒷부분이었다. 스택스는 다시 뒤돌았다. 그녀의 얼굴은 다시 한번 하스 오마하의 살인적인 돌진의 경로에 있었다.

"잡았다."

스택스가 말했다. 그리고 러브가일을 땅에 떨어뜨렸다.

대낫이 땅을 만나기 전, 하스 오마하가 떠오르며 스택스를 날려 버렸다. 둘은 자유를 얻었다. 그리고 로레타 서워는 황홀한, 황홀한 정적에 던져진 사람들 사이에 서 있었다.

〈끝〉

감사의 말

많은 사상가들, 활동가들, 작가들, 운동가들이 이 나라의 교도소 생태계와 국가에 대한 이해를 발전시키는 데 지침을 제시해 주시고 생각이 성장하도록 도와주었다. 그분들이 아니었다면 이 책은 나올 수 없었다. 루스 윌슨 길모어, 앤절라 데이비스, 마리암 카바의 가르침과 글은 이 책을 작업하는 몇 년간 믿을 수 없이 중요했다. 나는 새로운 짐 크로우 법 폐지를 위한 로클랜드 연합에 지극히 감사한다. 이 열정적인 지역사회 단체는 살고 싶은 세계를 만들기 위해 어떻게 시스템을 바꿀 수 있는지 현장에서 배울 수 있도록 도와주었다. 유니티 컬렉티브와 그 프로젝트 작업 덕분에 이러한 문제를 깊이 생각한 사람들과 하나된 기분을 느꼈다.

티나 데이비스의 가족에게 감사를 표하고 사랑을 보내고 싶다.

이 책에 인용된 많은 통계와 사실의 맥락에 관해서는 미국 헌법과 그 개정안을 참고했다. 형사법과 관련된 법적 인용은 미국 연방 법전 18편을 참고했다.

교도소 정책 계획이 제공한 자료는 미국 내 교도소를 연구하는 데 엄청난 도움이 되었으며 프로퍼블리카도 마찬가지였다. 투명한 치안 유지 활동을 위한 기관 덕분에 법률집행지원국에 대해 알았다. 또한 TransEquality.org에서도 많은 정보를 얻었다.

앨버트 우드폭스의 「독방 사십 년」은 초고를 쓰는 동안 많은 영감을 주었다. 우드폭스의 독방 감금에 대한 《뉴욕 타임스》 기사, 특히 캠벨 로버트슨, 허먼 월리스, 로버트 킹의 글 역시 내게는 매우 큰 아이디어가 되었다.

《가디언》을 포함한 다른 매체들의 보도 덕분에 신토이아 브라운과 그녀의 수감 생활에 대해 알았다.

E. 앤 카슨 박사는 내가 참혹한 통계를 끌어온 교도소와 감옥에서의 자살에 대한 보고서를 저술했다.

《로이터》와 국가여성치안센터의 공동 보고서(1999년 11월 5일)는 이 책에서 드러나는 경찰과 가정폭력의 역사와 맥락을 제공했다. 이 보고서는 미 하원 아동청소년가족특별위원회의 「최전방에서: 경찰 스트레스와 가족의 삶의 질」과 피터 나이딕, 해럴드 러셀, 앨버트 셍의 「법률 집행 공무원의 가족 내의 배우자 간 공격성」의 데이터에 기반하고 있다.

애덤 립탁의 《뉴욕 타임스》 기사 「새로운 연구가 밝혀낸 사형 사건에서의 거대한 인종 간 차이」와 여기서 다뤄진 워런 맥클러스키의 중요한 사건은 극히 귀중한 배경 자료였으며, 《NPR》이 취재한 조지 스티니 주니어의 자백 번복도 마찬가지였다. 앨런 로맥스는 달링턴 주립 교도소 농장의 흑인 재소자들을 촬영하였으며 그들의 노동요가 이 책에 등장한다. 이곳의 재소자들과 모든 감금되어 있거나 감금된 적 있는 사람들에게 사랑을 보낸다. 여러분의 목소리는 매우 중요했다.

또한 페이턴 샤이닝 폭스 파월에게 감사하고 싶다. 그녀의 믿을 수 없는 사랑과 지지가 없었다면 이 책은 가능하지 않았을 것이다. 몇 년 동안 이어진 데이나 스피오타, 아서 플라워스, 조지 손더스의 멘토링과 지도에 감사하고 싶다. 시라큐스 대학 예술 석사 과정 전체에, 특히 수많은 우리를 위해 공간을 창조한 새라 하월과 테리 졸로에게 감사한다.

나를 이 길로 제대로 안내해 준 린 틸먼에게 영원한 감사를 표한다. 이 책의 초고를 읽어 준 워커 러터보먼에게 크게 감사한다. 또한 잉그리드 로하스 콘트레라스가 가르쳐 준 모든 새로운 것들에 거대한 감사를 보낸다. 새러소타에 있는 작업실 덕분에 집중할 수 있었다.

가족들 덕분에 현실에 발을 딛고 설 수 있었고, 모든 걸 농담으로 넘길 수 있었다. 모든 일에 대해 렌셀러, 그린리지, 플림턴 팀에 감사한다.

모든 방법을 동원하여 이 일을 가능하게 해 준 메러디스 카펠 시모노프에게, 책 하나가 세상에 나오기까지의 긴 과정 내내 어려움을 헤쳐 나온 나오미 기브스에게 영원한 감사를 전한다.

리사 루카스, 나탈리아 베리, 조시 칼스, 줄리앤 클랜시, 아샤리 피터스, 앨티 카퍼, 캐슬린 쿡과 판테온의 모두에게 거대한 감사를 전한다. 그들의 노력은 이 책이 이러한 형태로 존재하도록 하는 데 필수적이었다.

나 자신이 되는 법을 찾는 모두에게 영감을 주는 누나 아푸아에게 감사한다. 또한 수많은 것을 가능하게 하는 또 다른 사람 여동생 아도마에게 감사한다. 감사합니다, 어머니. 이 책과 내가 하는 모든 일은 당신의 것입니다. 그리고 감사합니다, 아버지. 언제나 쉽지는 않았지만 모든 것에 감사합니다. 이 책을 당신에게 바칩니다, 아버지가 좋아하셨을 거라고 생각해요.

옮긴이 | 석혜미

연세대학교에서 영어영문학을 전공했고, 한국문학번역원에서 영어권 정규과정을 수료했다. 글밥아카데미를 수료하고 바른번역 소속 전문 번역가로 활동하고 있다. 옮긴 책으로는 『액트 빅, 씽크 스몰』, 『암세포 저격수 비타민 B17』, 『슈퍼 파워 암기법』, 『지속 가능한 교육을 꿈꾸다』(공역), 『죽음의 역사』, 『랜선 사회』, 『실리콘밸리의 MZ들』, 『죽음의 심리학』 등이 있다.

체인 갱 올스타전

1판 1쇄 찍음 2025년 4월 18일
1판 1쇄 펴냄 2025년 4월 25일

지은이 | 나나 크와메 아제-브레냐
옮긴이 | 석혜미
발행인 | 박근섭
편집인 | 김준혁
책임편집 | 정미리
펴낸곳 | 황금가지

출판등록 | 2009. 10. 8 (제2009-000273호)
주소 | 06027 서울 강남구 도산대로 1길 62 강남출판문화센터 5층
전화 | 영업부 515-2000 편집부 3446-8774 팩시밀리 515-2007
홈페이지 | www.goldenbough.co.kr

도서 파본 등의 이유로 반송이 필요할 경우에는 구매처에서 교환하시고 출판사 교환이 필요할 경우에는 아래 주소로 반송 사유를 적어 도서와 함께 보내주세요.
06027 서울 강남구 도산대로 1길 62 강남출판문화센터 6층 민음인 마케팅부

ⓒ황금가지, 2025. Printed in Seoul, Korea
ISBN 979-11-7052-567-7 03840

㈜민음인은 민음사 출판 그룹의 자회사입니다.
황금가지는 ㈜민음인의 픽션 전문 출간 브랜드입니다.